谨以此书
献给那些把自己最美丽的青春
奉献给了祖国边疆的生产建设兵团战士们

魂归大漠

吴小军 著

中国华侨出版社

目 录

楔 子　　　　　　　　　　　　1

魂 归 大 漠（第一部）　　　3

魂 归 大 漠（第二部）　　　247

魂 归 大 漠（第三部）　　　348

尾 声　　　　　　　　　　　432

后 记　　　　　　　　　　　435

楔 子

某日的深夜时分，万籁俱寂，我不知何故，全无睡意，躺在床上辗转反侧，有件在脑中萦绕多年的往事又浮现在脑海中。我的思绪随之开动起来，围绕着那件往事不停地想着，想着想着，忍不住欠身起床，披上衣服，趿拉上拖鞋，开了灯，来到房间一角那老书柜前蹲下，打开下面的两扇门，把那个装满了旧时通信的硬纸盒子从压着的大大小小的各类书籍和本子的下面取出来，捧到书桌上放下，打开盒子盖，打算从中寻找一封当年战友的来信。那纸盒子被那些老旧信件塞得满满的，挤得紧紧的，我不得不将其中一部分从盒子里面取出来，放到桌面上。那些信件不知有多少年没有打动过了，取出来的时候，散发着一种陈年的气味，有点难闻，又有点类似陈酒的味道，有点令人迷醉的感觉，我翻着翻着，忽然手边掉出来一个写着熟悉字迹的信封，我定睛一看，这正是我想找的那封信，它竟自己跳出来呈现在我的面前。

我满意地拿着这封寻获的信件，回到床上半躺着，把被子拉到胸前，双手将信封置于眼前，望了一会儿信封上那熟悉的字体，然后把信件从信封中徐徐抽出来，轻轻地在眼前展开。然后慢慢地，一字一字地读那清晰的，仿佛带有灵性的钢笔书写字，读着读着，眼前恍若出现写信人熟悉的脸庞，耳边似听到写信人亲切的声音，那信的内容，不知不觉地把我带回到许多年以前……

信读完了，我的思绪却翻腾起来了，陈年往事一件一件从内心深处涌出来，从大脑最隐密之处闪现出来，特别是那件萦绕脑际多年的往事不断地在我的脑海中放大，再放大，直至占满了我的整个思绪。

　　我关了灯，静躺在床上，眼睛瞪得大大的，我想我今天晚上是没法睡觉了，怎么办？我忽然想起一个办法，把目光死死盯住昏暗的天花板的某一处看，我希望这样看着看着会令我恍惚，然后在恍惚中睡去。

　　我的双眼盯着天花板一动不动地看，看着看着，我的眼前确实恍惚起来，恍惚的景象渐渐幻化出一幅清晰活动的画面，而我自己却在不知不觉中失去了存在感，不知不觉融入到那画面之中去了……

魂 归 大 漠
（第一部）

1

　　清晨八点多，北京某社区的小路上行走着一位六十来岁的老者。他身背剑套，腰不弯，背不驼，身板挺直，上身穿一件略显宽松的黑色秋衣，下身穿一条富有弹性的黑色练功裤，额头上留着一点汗迹，剃成寸头的头发已黑中泛白，正在向全白过渡，两道剑眉下是一双炯炯有神的锐眼，鼻梁高直，褐唇紧闭，眉宇间透出一股英气。此人叫方伟民，他刚刚完成了晨练，正在回家的路上，他家位于本小区比较靠里的一栋六十年代兴建的老式红砖的五层楼房，他溜溜达达转了几个弯之后，来到这栋楼房的楼下，上了几步阶梯，进了大门，向位于三楼的家拾阶而上。接下来的这一天，他也将像过往的无数个一天一样，按照早已形成了条件反射的程序来展开：冲热水澡，吃早餐，翘着二郎腿看两眼电视，起身扫扫地，弹弹这，擦擦那，问老伴王紫薇要不要上街买菜，如要去，就拿气筒子下楼给那辆老是慢撒气的自行车打气，如不去，就回房间看看书，练练字，拉拉二胡……自从前年退休以来，除了头一两个月觉得有些个不自在，以后也就慢慢适应了，日复一日都是在这种闲适安逸，平淡无奇，一成不变的固定程序中渡过。

　　但是今天，这个固定的程序被一个意外，不可思议的"事件"打乱了。

　　当方伟民像平日一样，左手稳住肩上的剑套，右手从裤兜里掏出大门钥匙，往门锁里一捅一拧，大门"咔"的一声打开的瞬间，一阵急促的电话铃声从大厅响亮传来，电话铃响本来是再平常不过的事，但今天这铃声怎么显得这么响亮，这么紧促，方伟民抬眼往大厅沙发旁边小桌上的电话望去，不知是错觉还是怎么地，那电话机似乎一边大声急促地响着，一边还微微跳动着。

"谁呀？这么早……"

方伟民顺手把剑套放在过道的桌柜上，一边急步向电话机走去，一边脑子里闪出一串可能往这打电话的人名来，随即又全部否定掉：不可能，全都不可能。

当他急匆匆赶到小桌旁，没顾上坐，俯身一把抓起话筒"喂"了一声时，听筒里传来一个完全莫生的年轻人的声音。

"请问您是方伟民先生吗？"

声音文绉绉的，显得挺有教养，还管我叫"先生"，这是谁呀？

"是，我是，那你是——"

方伟民一下想起，该不会是拉广告搞推销的吧，他可是最讨厌这类骚扰电话的，想到此，一下子就没了好气，只等对方那套推销广告的说词一说出头两字，就"啪"地压断电话，还要跟上一句"真讨厌"！

"很抱歉，老先生，这么早就打扰您。"

对方语速平缓，语调亲切，仿佛能看到脸上挂着微笑。但是，啥事呀？听听再说，听听他跟着能说出些什么，只要你一露出搞推销的苗头，没二话，立马压断！

"唔，那你是——"

"哦，我叫肖书林，我是外交部的工作人员——"

什么？外交部？方伟民好象挨了一闷棍，"外交部"这三个字把他搞蒙了，以至于接下去那姓肖的年轻人说了些啥他都没留神去听。

外交部和我能有什么关系？那从来都只是在广播电视上听到看到的字眼儿，在现实中从来不会也不可能会和我发生什么关系，我的经历在那摆着呢，一个事业单位后勤部门的退休职工，退休前在这单位默默无闻地干了二十多年。再往前，七十年代末那会儿，从内蒙古生产建设兵团回城后，先是闲待了一年多，然后到一个国营电子管厂干了七八年，后来就到了现在退休所在的这个单位。至于我的亲人圈子，我的朋友圈子，他们所从事的职业，所干的营生，所处的社会阶层，都和"外交部"八杆子打不着呢！那么，今天，这外交部的，居然来找我，这真是奇了怪了！莫不是打错电话，找错人了，或者甚至是——骗子？

"喂——大伯，您听得清我讲话吗？"

那边大约等了一会儿不见这边有反应，随即又唤了一声。

"哦，听得清，我在听，在听。"

年轻人亲切和蔼的语调，已使方伟民的警觉和敌意渐渐消退。

"大伯，是这样，我这里是外交部亚洲司，我叫肖书林，您叫我小肖好了。"

"哦，哦"，方伟民连忙应声。

"您曾是内蒙古生产建设兵团的兵团战士是吗？"

"是呀！"

"您当年所在的连队是内蒙古生产建设兵团七师 203 团十连，您在二排六班，对吗？"

"对呀！"

奇怪了，真是奇怪了！这外交部的年轻人怎么对我的这点老皇历这么清楚，你又不是公安部门，派出所，查户口的，你是外交部，怎么调查起我来了？方伟民越想，脑子里的问号越多。

"啊哈，大伯，您一定感到很奇怪，我们外交部的怎么会打电话找您"，年轻人热情的话语中带着一点笑意，让人听着挺舒服："我们的工作中碰到一个情况，需要您，还有您的战友，协助一下。"

"你是说，你们，外交部，的工作，有，需要我协助的地方？"

"是呀是呀！"听筒里传来欢快的肯定声。

这就更奇怪了，我一个退休职工，还有我的那些兵团战友，我们这些老头老太太的，能协助你外交部干啥呀？

方伟民越想越迷糊，整个人如卧雾中，我梦游啦？眼前的这一切是梦境，还是幻觉？

"这，这到底是怎么回事呀，小肖同志。"

"哦，大伯，是这样，我们处的处长，秦处长，在工作中碰到一件事情，这件事情牵涉到你们这些当年的兵团战士，所以需要你们给我们提供一些协助。"

方伟民竖起耳朵紧贴话筒，两眼盯着电话机，生怕露掉一个字。刚才还在厨房里忙着准备早餐的老伴王紫薇不知何时已凑到跟前，瞪大好奇的眼睛望着方伟民，两手攥着围裙的一角，嘴巴一张一合的虽然听不清说什么，但一看就知道在一个劲儿的问"怎么回事"，方伟民一边对话筒发着短促的应声，一边冲她使劲摆手让她别打扰。

听筒那边继续传来小肖亲切而平缓的声音。

"大伯您一定很想知道整个事情的来龙去脉，但是因为事情比较复杂，我实在无法三言两语在电话里和您说清楚。我们秦处长今天一上班就让我给您打电话，希望您能联系几个当年你们连，最好是你们班的战友，大约三五个人吧，这个星期六，麻烦你们过来一趟，您看行吗？"

堂堂的外交部邀请我，那还有不行的？方伟民楞怔了一下，忙不迭答道："那当——当然行啦！"

方伟民的脑际里随即跳出几个战友的名字，他看了一眼墙上挂着的 2015 年的挂历，今天是星期三，一会儿马上就联系他们，明天找个地方聚聚，正好也有好些日子没聚了，到时把这个重大情况一公布，一个个肯定惊得目瞪口呆的，哈哈！想到这，他的脸上绽放出笑容，声调也变得愉快起来，他在电话里和小肖约定好，星期六早上九点，小肖在外交部附近的一个酒店里等他们。他催促王紫薇快点把笔和纸递过来，用肩膀和脖子夹住电话，一手按纸一手持笔迅速记下小肖的电话。完后小肖又说了几句"别着急，慢慢走，注意来往车辆"之类嘱咐的话，然后互道再见，挂了电话。

方伟民刚刚如释重负般放下电话，这边王紫薇早已迫不及待地两手纠着他的袖子催他快把详情道来，当他把电话内容一说，王紫薇惊得两眼圆睁，爆发出一串哈哈大笑，一下子仰身倒在沙发上，双脚双手冲着天花板又蹬又蹿道："哈哈哈不得了啦！外交部来请我们家老头，我们家老头要高升啦！"

王紫薇比方伟民小两岁，因为打小聪明，五岁就让家里人送去上了小学，当年下兵团的时候，军代表看着她的样子，觉得有点不像初中生，说是个小学六年级的还差不多。跟学校一查，可不，差两岁呢，决定不要她，小姑娘又哭又闹缠着军代表，走哪儿跟哪儿不批不行，军代表最后让她缠得没了折只好破例批准，这样，她就像个跟屁虫似的跟着那些比她大几岁的孩子们一块到了兵团。到了连队后大家都管她叫"小不点儿"，连队领导照顾她年小体弱把她安排到种菜班，免得让她上大窑背砖，她却死活看不上干勤养猪种菜，非要到战斗排和男生们较劲，也上大窑背砖。有一回正背着一大摞砖坯走在砖窑的斜坡上，一个踉跄脚踏空了，整个人失去平衡向后倒去，方伟民刚好背着高高的一摞砖坯跟在她身后，整个险情看得真切，不顾一切冲上去从后面推扶那正在向后倒去的人和砖，用尽全力抵消了那向后倾倒的力量，自己却被自己背着的那摞砖坯向后的力量一下拉倒失去了平衡，连人带砖从斜坡上翻滚下去，直滚到窑下的一个碎砖窝里，那手上腿上脸上头上到处磕的碰的划的砸的青一道，紫一道，红一片，黑一片……经过这次事故，他们二人从此进入了彼此的视线，人走得也越来越近，心贴得也越来越紧，多少年后竟携手成为夫妻。如今王紫薇也五十几快奔六十的人了，身上还老带着孩子气，动不动就做出些孩子气的动作，说出些孩子气的话来，每当这时，方伟民总忍不住讥讽道："真是球大个东西，多会儿也长不大！"紫薇一听就急了："我说方伟民同志，嘴干净点行不行？别老'球球球'的挂在嘴上，在内蒙学的这脏话这辈子就改不了啦！"不过今天，方伟民不但没有讥讽她，还跟她一块儿手舞足蹈地疯笑了一阵。可不是吗，平静的，一成不变的生活中突然冒出这么一档子做梦都想不到的事，是好？是坏？是惊？是喜？反正挺刺激，挺有意思，完了几个老战友一聚，把这事一说，一议，像猜大谜似的各发高论，那个热闹劲儿，想想都兴奋！想到这，他连忙对王紫薇说："快，快把地址本递过来，我这就给战友打电话。"

王紫薇说："急啥呀，早餐还没吃呢，吃完早餐再打不迟。"

方伟民急忙走到饭桌边坐下，抓起一颗鸡蛋就咬，却咬了一嘴鸡蛋壳，原来他光想事儿了，忘了鸡蛋是带壳的，连忙撮着嘴往外吐壳，王紫薇嗔笑道："你就连壳儿吃了呗，还吐啥。"

整个早餐，俩人都在围绕着外交部小肖的电话猜呀猜，却怎么也猜不出个靠点谱儿的缘由来，最后勉强推测出的结论是，可能是我们这帮人里的某个人的或亲戚或朋友或其他什么关系的人出事了，而且多半不是好事，所以组织上来找我们了解情况来了。但那也说不通啊，要来也应该是居委会，派出所的人来，怎么也不应该是外交部的人来呀，人家外交部是干啥的呀！再说了，为啥就那么具体偏偏要找我们六班的战友呢？这更加是解释不清楚了。俩个人你一句我一句，猜了一个早餐的时间，最后还是什么也没猜出来。

吃过早餐，方伟民急忙找出记电话号码的小本查找战友的号码要打电话，看到他着急忙慌来回翻动那卷边破损的小本，王紫薇不屑道："用手机打不就得了，手机上都有号码，还老翻那小破本儿，真老土！"

"我手机上号码不全，还是这小本可靠。"

"老古董！"

"老古董咋啦？老古董才值钱！"

方伟民一边拌嘴，一边把找到的号码记在一张小纸上，然后拿起电话，冲王紫薇说了声"别吵了"，就开始拨电话。

方伟民一连拨了几个战友的电话，这些战友们一听说要聚会，个个都高兴得在听筒里"好哇好哇"地大叫，还不忘捎上一句"别忘了把你们家小不点儿带来"。等到方伟民神秘兮兮地宣称有一个重大消息要在聚会上宣布时，一个个都好奇兴奋得一个劲儿地追问"啥重大消息？啥重大消息？能不能先透露点儿"，方伟民当然是严辞拒绝："甭想！一定要在聚会上当众公布！"他这么一说，更把这帮战友的胃口吊得高高的，使他们对于参加聚会的心情由一般的高兴变为迫不及待了。

2

第二天上午十一点多，在出三环路不远某个小区旁的一条食街边的一家东北菜饭庄里，一场热闹的聚会正在这里如期进行。整个饭庄儿十几张餐桌，就数靠西南角这桌最热闹，那七八个六十岁上下的老者一个比一个嗓门儿高，两手还时不时比霍着，让人不由想起"张牙舞爪"这词儿，有几个不安分的一会儿站起一会儿坐下，弄得屁股底下的椅子"吱吱"作响。旁边几桌的人时不时被这边爆发出来的哈哈大笑吸引得频频扭头观看，上菜的小姑娘不时腾出一只手捂在嘴上以遮掩忍俊不住的笑。近旁靠窗边一张小桌那儿面对面坐着一对年轻人，男的忍不住转身用手轻触一下身后的那位老者，用带着点东北口音的话问道："你们好象都是一个单位儿的吧，都这个年龄了还象年轻人似的，老有活力了！我老爸老妈咋就没象你们这么乐呵呢。"被问的老者张嘴爽笑道："我们这帮人再老也乐呵，因为我们是——兵团战士！"

"啥？兵团战士？"年轻人一脸茫然。

"没听说过？"老者问，年轻人摇摇头，对面的女孩抢话道："我知道，我在电视上看见过，叫，叫什么，生产，建设，军团，好象是。"老者纠正道："是生产建设兵团。"女孩道："哦，那就是又生产，又建设，又打仗的军队呗，对吧！"老者发出一阵呵呵呵呵的笑声算作回答，又把身子转回到自己那桌。

这桌这边正热闹呢，方伟民像挨批斗似的被人按着脖子，向前弓着身子，冲几个站起身来"义愤填膺"指责他的战友一个劲儿地摆手，一边"哈哈哈"一边紧着说："别急，别急，我马上向各位汇报！"

自从昨天他向战友们透露他有重大"军情"要公布，大家可都急不可待地等着呢，可他却一路卖关子，在电话里说聚会见了面说，见了面又说等都到齐了说，等都到齐了，又说等上了菜边吃边说，这菜已经上来了，又说先喝一轮再说，这下把几个性急的战友惹火了，方伟民，你小子想耍我们不是？你还反了你！其中一个站起来冲大伙儿一摆手说："别听这小子的，咱谁也别先喝，先罚这小子三杯，然后让他交待，再抗拒不交待，就一人罚一杯！""噢！"大家一致响应，坐在方伟民旁边的王紫薇攥起拳头朝他大腿上狠狠捶了几下生气地说："真讨厌，没完没了卖啥关子呀，真让大伙儿灌醉了，自各儿爬回家去，我可不管你！"这话引起一阵哄堂大笑。方伟民一看这架势，再卖关子众人都不干了，真的要对他动真格儿的了，忙躬身摆手平息众怒："别，别，别，我这就说，这就说，你们先都坐下，安静安静，听我慢慢道来。"这边刚好上菜的小姑娘又笑嘻嘻地端上来一盘菜，铁板牛肉，热烘烘气腾腾的，油汁和配料还在"嗞嗞"作响，鲜嫩浓郁的肉香一下子弥漫开来。"来来来，赶紧趁热一人先来它一块儿，一边吃着一边听我说，"方伟民慢慢地转动着转盘，让每人都夹到一块牛肉，最后转到自己这，也夹出一块儿，急不可待咬一口，连声称赞"真嫩！真香！"又呷一口茶，清了清嗓子，扫视了一圈一边嘴巴嚼着牛肉一边眼睛盯着自己的各位，说道："情况是这样的，"然后就一五一十地把昨天他和外交部小肖通话的内容告诉了在坐的各位。

这个消息一公布，简直象一颗重磅炸弹在众人当中轰然炸开，炸得人人的脸上都挂满了大大的惊叹号，随后又变幻成弯弯曲曲的蚯蚓般的大问号，相互用睁得大大的眼睛惊诧而困惑地传递着求解的询问，刚才还高吼二叫气氛热烈的一桌人转眼变得静悄悄的，个个都若有所思，像在猜灯迷似的。这气氛的突然转变，使得邻桌的客人感到好生奇怪，不禁纷纷扭头察看这边到底发生了什么。

方伟民默默地望了望在坐的各位，然后说道："就是这么个情况，我和紫薇昨天琢磨了一天也没琢磨出来到底是咋回事儿，现在咱们集思广益，看看谁有什么高见吧。"

经过一开始的震惊和迷惑，大伙儿楞怔了一会儿，便开始你一言我一语地议论开了，但议来议去，都离不开一个推测：人家外交部的小肖不是专门提到咱连的2排6班吗，那一定是，某个和6班的战友扯得上关系的人（不管这关系是直接的还是间接的），这人还得和外交部扯得上关系的，出事了。顺着这思路，大伙就开始一个一个地过滤6班的人以及他们所知道的这些人的社会关系，但过滤了半天，也没能过滤出一个能和堂堂的外交部沾上边儿的人来，面对这道大迷，大伙真的是感到迷惑不解了。

方伟民见大伙儿猜议了半天，最后也跟自己和紫薇昨天所得结果差不多，最终还是个大问号，于是就做结论说："我看既然咱们谁也猜不出来，就别费那个劲去猜了，只等星期六见了外交部的人，就啥都清楚了，对吧！"他边说边冲大伙儿招手："来来来，吃菜，吃菜！"

这时，坐在桌子靠墙角一侧一直没说话的一位战友突然一摆手，说道："慢着，听我说两句。"这突如其来的一句话，一下子把大伙儿的注意力和目光都聚焦到他的脸上了。

　　说话的这位名叫章青峰，当年和方伟民同为 6 班战士，个子在众人中高出半头，留着背头的黑发中加杂着几缕明显的白发，脑门子显大，一副金丝眼镜架在傲慢的鼻梁上，后面藏着一双目光深邃的锐眼，嘴角总是自觉不自觉地微微上翘，显出一丝讥讽的意味。当年在连队的时候，由于他的学识之高和同龄人根本不在同一个档次上，所以大伙儿在背地里给他起了个外号叫"人物"，但从来不会当面这样叫他。他从兵团回城后先是几经周折，后来到了一家著名跨国公司当高管，在那一干就是二十年，成了公司不可或缺的骨干，公司老总多次想让他办理移民然后到总公司去任要职，都被他婉拒了。而且，当某一日他突然向公司老总提出辞职时，老总傻眼了，实实在在地体验了一回被人"炒鱿鱼"的失落感。"退休"后的他决意要把人生所剩的时间留给自己，痛快地玩一切自己一直想玩而这么多年来一直没有时间玩的"玩项"：阅读、绘画、音乐、摄影、文物收藏……他尽情地玩，尽情地体验其中的乐趣，玩得消遥自在，乐哉悠哉。

　　这会儿大家都望着他，其实大伙儿早都盼着这位"人物"发表高见呢，因为他的思维见解总是出人意外，高人一筹，可这半天他却一直一言不发，光是面带微笑地听别人在那瞎猜乱议，也不顾别人总是拿眼瞅他，一会儿品口茶，偶尔尝口菜，弄得有人都急得想大声冲他喊："人物儿！你这人五人六儿的，别光喝茶吃菜呀，把你的高见和大伙儿说说呀！"正这么想呢，这位"人物"就说话了，大伙儿一下子都安静下来，全拿眼盯着他，等着听他说话，真可谓"洗耳恭听"。

　　只见章青峰双眼皮儿一耷拉，半眯着眼作沉思状，右手五指在饭桌上轮击了两回，突然一睁眼道："咱们分析问题，一要抓住重点，二要把时空的范围放大，不能局限在太小的范围。"

　　大伙儿听他这么一说，都觉得他心里一定有谱了，结论已是呼之欲出，于是个个都屏住呼吸，眼睛盯着他那张矜啬的很少发言的嘴，耳朵恨不得贴到他的嘴边，等着听他说出什么惊人的结论来。

一桌人安静极了，空气好象都凝固了，就这样静静的过了几秒钟，只听章青峰说道：

"咱们先说重点吧，啥是重点？我考虑重点的因素有两个，一是六班，这事儿肯定跟咱六班有关；二是这一定是件大事，如果事情不大，怎么会有劳外交部的大驾出面来找咱们呢？"

大伙儿望着他，纷纷点头，只听他继续说道：

"根据已知数，求解未知数，这是咱们上小学的时候就没少做过的算术题，我刚才说的重点，那就是已知数，那么，根据已知数'六班'和'外交部'，我们怎么才能推导出合理的结论呢？"他望望大伙儿，大伙儿一脸茫然，只顾眼不眨地盯着他。

"这里面的关键就是'大事'！"

"咱六班的人能有啥大事呀！"有人忍不住冒出一句，接着就有人附和："是呀，咱六班的人，在北京几个，在外地几个，都在干啥，基本上都一清二楚的，哪能有什么大事呀！"

章青峰没有理会这些质疑，只顾往下说道："这就是刚才我强调的第二点，要把时空的范围放大，你们说六班的人没啥大事，对，现在是没啥大事，但是如果我们把时间往前推十年，二十年，三十年，甚至更久，你们还敢说六班的人没事吗？"

章青峰的一席话，一下子把大伙儿的思路激活了，脑子顿时像长了翅膀，腾空而起，向着那逝去的遥远的时空振翼疾飞。然后，几乎在同一时间，大伙儿脸上的表情突然起了同样的变化，都在这一刻想起了一件事！一件天大的事！

3

时光倒转四十多年，回到 20 世纪 70 年代中期。那年春季，来自西伯利亚的冷空气在蒙古高原上肆虐了整个冬天之后已渐渐失去了威力，春日的阳光在不知不觉中变得越来越温暖宜人，那阳光泛着柔光穿过淡淡的薄云洒布在浩瀚的沙漠上，给每座沙丘顶部那弯月形的棱边镶上一抹柔和的亮色。那带着些许凉意的微风顽皮地打着旋子幽灵般地在沙丘之间跳跃游动，时而这里时而那里卷起一阵细细的明沙轻轻地在空中扬洒。在离开沙丘底部不远的地方，那看似枯萎的一丛丛红柳正在悄悄地转换着颜色，浅褐色的碎叶渐渐转暗，好像是有了水份的浸润，那包裹着没有生气的枝叉的暗红色树皮开始发亮有了光泽，上面凸起的小包再过些日子就会裂出新芽，用不了多久，这些渐渐长大的新芽就会给沙漠的边缘装点上斑斑绿意。

在离开沙丘往北更远一点的地方，红柳丛越来越多，越来越密，沙质的土壤愈发湿润，渐渐出现了渍水，渍水越来越多慢慢形成小片积水，一处处积水越聚越多继而形成大大小小的水面，水面边缘的沙地上拃开着一丛丛高高的枯黄的竹芨草。在这些历经了严冬后仍然顽强竖起的竹芨草的枯叶中，细小的嫩芽已按捺不住生长的冲动，从枯叶严密的遮挡中全力想露出脸来，随着气温的日渐回升，它们会很快冲破枯叶的阻挡，将强壮的绿叶尽情展露。

再往北去，在分布着片片水面的对面，一道两边望不到尽头的高高的土坝横亘在广袤的大地上，土坝下面，早已解冻的宽阔的黄河"南干渠"在静静流淌，这道在机械稀缺的年代里主要靠人工开挖的大渠（就其宽度应该称之为河），忠实地护卫在库布其沙漠的北部边缘，将肆虐的流沙锁定在渠南，并在两岸形成大片湿地，使沙漠的边缘地带充满了生机。

越过大渠和大渠北部的湿地，一大片沙枣林密密地生长在那里，带刺的枝桠相互穿插缠绞着，织成密集的枝叶的阵营。干躁的气候和密如尘阵的沙枣飞虫迫使树木自己生长出一种自我保护的状如白霜的树粉蒙在枝叶上，被在林中吃草的牲畜一碰一刮，便纷纷扬扬地洒落下来。

沙枣林里的忽然传来一阵笑声，枝桠晃动处猛地钻出一男一女两个穿着兵团式军服没戴帽子的兵团战士，他们的身后是雾一样从树上洒落下来的树粉和嗡地一声腾空而起的无数飞虫。两人一前一后跑到离开沙枣林有一定距离的地方，男的先停下，女的喘息着跟上来，两人一边笑着，一边脱下身上的军服使劲抖落上面的白色树粉，又使劲挥舞军服以驱赶跟着飞过来的小飞虫，女的边拍打边嗔笑着责怪男的："都怪你，魏志远，你个神经病，非拉我钻这鬼树林，这下可好，你不是爱钻吗？你自各儿再去钻呀！"

"钻就钻，可你休想逃，得和我一块儿钻！"男生说着就过来抓女生的手，女生抽脱手反手用力拍了男生手背一下嗔怒道："想钻自己钻去，我再不跟你钻！"男生谄笑了两声，指着不远处一座小沙丘道："走，咱到那沙丘上面坐会儿。"（当年的学校都是整年级整班的去兵团，所以到了兵团后仍习惯称男生女生，一时半会儿改不了口。）

两人把军装穿好，又浑身上下拍了拍，然后一同向沙丘走去，到了沙丘坡顶，就能远远望见连队宿舍那一排排低矮的土坯房了，离他们这大概三四百米远，之间错落散布着一圈一圈越来越小的沙丘。沙丘消失处，是一大片长着稀稀落落的碱草的盐碱地，盐碱地再过去，被一条宽宽的土路隔断，那是从团部通往巴勒亥公社的大道，连队驻地就紧靠着路边。

两人坐在沙丘坡顶，望着远处连队驻地那一排排宿舍的灰色屋顶，一时间都不说话，各自默默地在想心事。

这一对青年男女，男的叫魏志远，年方二十一岁，中等个头，因上学时喜好体育运动，有着一副健美的体格，不算太密的头发留着那个年代最常见的小平头，脸上的皮肤由于不注意防护，被塞外强烈的日照晒得脱过一层皮，完全没有了原先细嫩的肤色，而代之以透着红光的健康之色。双眉象两把弯弓，衬托着眉下一双坚毅有神的大眼，高直鼻梁下的鼻尖有点调皮地微微上翘，配上那张时不时为了显示"老练"而故意抿上的棱角分明的嘴，呈现出来的是一副不够老练的既英俊有神又有点滑稽可笑的样子。

女的叫徐小梅，与魏志远同年，她虽然身高稍低于魏志远，但是苗条端直的体型使她看起来比较显高。一头乌黑的秀发梳成两条那个年代时兴的短辫吊在脑后，间于鹅蛋型和瓜子型之间的脸上眉清目秀，五官俊俏，一双水样含情的秀眼既温宛大方又楚楚动人，顾盼之间柔情若现，使那张秀脸更加显得生动灵气。她的肤色和兵团的其他女性一样，由于比较注意用各种方式保护保养，不像小伙子们那样不管不顾，所以虽然历经了几年的风吹日晒，仍然没有变得太粗糙，仍旧保持着少女应有的水灵细嫩，略被晒黑的嫩肤中透出青春健康的红润之色，显得更加活力四射光彩照人！

这两个年轻人，自上小学起就在同一个学校同一个班里，那时徐小梅是班里最漂亮的女孩，调皮捣蛋的男孩子都爱找各种借口大胆地接近她，老实胆小的男孩子也都爱趁别人不注意时偷偷地多看她几眼。那时她和魏志远都是少先队十部，魏志远是二道杠中队长，徐小梅是一道杠小队长，两人因中队工作的事儿免不了经常在一块儿，魏志远原本就和班里的其他男孩一样对徐小梅有着一种天然的喜欢，但是慢慢地，特别是到了六年级的时候，魏志远觉得事情有点越来越不对劲儿，他和徐小梅之间的关系里好像有一种说不清道不白的东西在日益发酵，弄得两个人在一起时总是脸红心跳，局促不安，那怕是几句最简单的话，几个最随意的动作，都会在事后被反复地思忖，回味，而魏志远自己总是被一种奇怪的心情撩动得有点魂不守舍。

"是我自己想多了吗？是不是她也和我一样有这种感觉？还是她根本就啥感觉也没有？"抱着这个老是折磨着他的疑问，他总是忍不住带着惴惴不安的心情背地里偷偷观察她和别的男同学交往时的表情、态度、语气……经过反复认真观察和比较，他差不多可以得出肯定的结论：她对谁都是表情自然，落落大方，唯独面对自己时，是一副羞涩不安的样子，脸上还会微微泛起红韵。这一重大发现，令这个小学六年级的男孩兴奋得有点飘飘然了。

当六年级接近结束，同学们越来越多地议论小学毕业升初中的事儿的时候，一场巨大的政治风暴正带着山雨欲来风满楼的气势迅速逼近着，广播里时时传来最权威的播音员夏青、齐越、葛兰等人磁性好听的声音，那时的人们都习惯认为，这声音就是党中央毛主席的声音，那声音在播出一篇篇长长的评论文章时，是那样的抑扬顿挫，沉稳激跃，音色迷人，听得人们眉飞色舞，热血沸腾。

形势的发展非常迅猛，人人都满怀巨大的政治热情参与其中，学校的楼道里很快就张贴出红红绿绿的标语和大字报，魏志远和同学们也不甘落后，纷纷铺纸握笔写起大字报来。在那些日子，原本就喜欢写毛笔字的他可是大大地过了一回写毛笔字的瘾，他不但自己写，也帮同学写，因为他的毛笔字写得好，很多同学要写大字报都找他，他就三天两头趴在铺开的大大的纸张上奋笔疾书，猛烈抨击校领导的种种不是，还老爱模仿广播里那些权威文章的口气，写得十分带劲！

小学毕业考试在浓浓的政治运动气氛中结束了，同学们怀着各种各样复杂的心情在等待着升初中考试，终于有一天，当全班同学正在教室里议论纷纷的时候，戴着深度近视眼镜的学校共青团总支书马老师带着一脸激动的笑走进教室。他站定在讲台上的讲桌的后面，用藏在反光的厚眼镜片后面的眼睛扫视了一遍全班同学，他知道他将要宣布的事儿将掀起狂澜，所以他笑了笑，吸了一口气，然后用带着点神秘的语气说："同学们，"他边说边观察全班学生的反应，不用说，大家都竖起耳朵等着听他说出下面的话，于是他用兴奋的语调宣布道："全北京市的中小学，从今天起，停课闹革命！"

"噢！"像炸雷一样，马老师的话音刚落，全班的男生都高举着双手从坐位上跳起来，尽情欢呼雀跃着，因为每个人大脑里的第一个反应是：不用上课了！可以尽情地玩了！

在随后那段充满阳光的尽情玩耍的日子里，魏志远和几个要好的同学骑着自行车出没在京城的各个角落，他们到什刹海游泳，到西单王府井乱逛，到各自住家附近的片儿区玩耍，恶作剧，到北土城的林子里抓刺猬，到三环路外的农田捕田鸡，冬季来临的时候，是最激动人心的滑冰的季节，他们或到各大公园封冻的湖面上租冰鞋滑冰，或扛上自制的小冰车到结了冰的水塘河沟去滑冰车……当然，他们也十分关心正在如火如荼地进行着的政治运动，他们也参加了学校里组织的红卫兵，穿上不知从哪儿翻出来的旧军装，腰间扎一根武装带，臂上戴着印有"红卫兵"字样的红袖箍，去中关村那边的各大专院校看大字报，学习取经，然后回到本校可劲儿地折腾，还用当时流行的方式蹬着不知从哪儿搞来的三轮车在大街上散发自己抄写的传单，看着街上那纷乱的行人来回跑着抢他们纷纷撒落的传单，觉得好玩极了……这场严肃的政治运动在这些十三四岁的孩子眼里简直就是一场盛大的旷日持久的充满欢乐气氛的节日狂欢！

就这样，在无忧无虑中痛快地玩了将近一年多以后，终于在某一天，一纸某中学的入学通知书送到了家里，通知书里写道：

魏志远同学：

你已被分配到××中学初一×班，请于1968年×月×日准时到校。

当他不无遗憾地结束了尽情玩耍的生活，带着意犹未尽的心情重新迈进校园，走进指定的班级教室时，他的眼前忽然一亮！他发现徐小梅竟然也在这个班里，正端坐在她的坐位上冲着自己微笑呢！差不多有两年没见面了，眼前的她没有了小学女生的稚气，多了几分青春少女的风采，她身着一袭洗得发白的卡腰的女式军装，臂上鲜红的红卫兵袖箍和身上的旧军装相互映衬显得光彩夺目，头发梳成时兴的"马尾巴"骄傲地甩在脑后，整个人看着更加秀丽，她那微笑着望着他的表情也不再羞涩，而是热烈大方，宛若一朵盛开的鲜花！此情此景令他心花怒放，把结束玩耍带来的失落感一下抛到九霄云外！

对于魏志远来说，初中的日子是短暂而幸福的，他觉得自己完全沐浴在柔情蜜意之中，他和徐小梅虽然没有太多单独接触的机会，但他清楚地感到他们彼此都能读懂对方的每一个眼神和表情，看明白对方每一个细微动作的意味。在那段时间里，学校有时上文化课，有时开批判会，有时在晚上到社区巡逻防止"阶级敌人"破坏捣乱，到大街小巷抓流氓小偷帮助维持社会治安，还有时到京郊的人民公社去支农，收割小麦玉米等等，在所有这些活动中，他都感受到徐小梅的近距离存在，而她的存在，使得这一切事物都变得那么有趣，那么愉快，那么美好。

时间在红红火火中不知不觉流逝，在初中刚上了一年多的时候，"上山下乡"的时代洪流很快席卷了京城的校园，又因为那时中苏边境发生了武装冲突，战争的阴云一度密布中华大地的上空，这使得这场上山下乡运动带有了强烈的奔赴边疆保卫祖国的悲壮色彩。在那些日子里，学生们根本无心念书，他们全都关注着广播、报纸里的有关消息和报道，密切注视着事态的发展，他们经常在一块儿热烈地议论听到的看到的各种有关上山下乡的消息：某某学校的去了东北生产建设兵团，那里离中苏武装冲突的边境有多近，个个都发了枪，天天搞军训，有多么多么过瘾……某某学校的去了内蒙古生产建设兵团，在那里整天骑着马在边境的大草原上巡逻，好生让人羡慕……这些激动人心的消息令年轻人们无法按捺内心的骚动，很多人的心早已飞到了祖国的边疆！

终于有一天，学校军宣队的军代表带来了大家焦急盼望已久的好消息，在"全校革命师生大会"上，军代表用他那军人的洪亮嗓门冲着全校两千多名瞪大眼睛望着他的学生大声宣布：上级决定，本届初中生，将要参加"中国人民解放军北京军区内蒙古生产建设兵团"！军代表的最后几个字还没说完，整个会场已经沸腾起来，人们按捺不住内心的激动，一边大声欢呼一边用力鼓掌，人人的脸上都扬溢着欣喜和欢笑，这时只见红卫兵中队长在人群中站起来振臂高呼：

"誓死捍卫祖国领土！"

"保卫边疆！建设边疆！"

"毛主席万岁！"

中队长喊一句，全场师生跟着喊一句，那激情万丈的口号声是那样振撼人心，震耳欲聋。

大会结束后不久，学生们人人都拿到了参加生产建设兵团的通知书，上面详列了应该办理的各种手续，定好了出发日期、时间和集结地点——北京火车站，通知书通过学生很快传到了家长们的手里，于是所有涉及此事的家庭都开始忙碌起来，为即将离家远行奔赴保卫祖国边疆第一线的儿女们做着各种准备工作。

在四月初春的一个傍晚，在最后一次班级红卫兵会议结束之后，大家都陆陆续续离开教室走出校门向各自家的方向走去，魏志远望着走在前面隔着几个人的徐小梅，只见她心事重重，放慢脚步，走走停停，魏志远心里明白，她是在等着别人都走光，等着自己走近呢。总算，当校园门口只剩下他们两个人时，魏志远还在犹豫间，徐小梅已走到他跟前，微微低着头乜斜着眼扫视了一下周围，轻声对他说道："晚饭后在那儿见面。"她用下巴冲前方微微示意，魏志远知道她指的是学校门外一片开阔地那头的一条小水渠，他很肯定地"嗯"了一声，使劲点了点头，然后二人就分手各自沿着回家的路走去。

和女同学约会！这可是魏志远长这么大头一回。他的内心里仿佛窜进了一群顽皮的猴子在翻腾打闹，抓，挖，蹬，踹，害得他心乱神迷，躁动不安，以至于吃晚饭时面对着母亲专门为他精心烹制的他最爱吃的饭菜全然没了一点胃口，母亲越是说尽好话让他多吃点他越是

不耐烦，害得母亲以为他"生病了？哪里不舒服了？"一个劲儿地问，
问得他心烦意乱生烟冒火，还得使劲压抑着，不停地说"没事儿！没
事儿！没事儿！"强作镇定地在母亲疑虑重重的目光注视下草草吃了
几口饭菜，然后撂下筷子，抹了一下嘴巴对母亲说："妈，今晚我们
红卫兵中队有事，我去了啊。"说罢就急匆匆出门去了。那段时间学
校的红卫兵中队时不时都会晚上有活动，母亲对此早已是见惯不怪了，
听他这么一说，也只好由他去，望着他的背影，深深地叹了一口气。

4

　　屋外天已经完全黑下来了，晴朗的夜空中，已望得见点点星光，
月亮已经爬高到摆脱了近处楼房的遮挡，带着如水的辉光呈现在半空
中。四月里轻柔的晚风拂面吹来，令人在微凉中感到一阵清新的春意，
路边高高的杨树下，路灯在泛着暗暗的黄光，给四周昏暗朦胧的物体
涂上一层昏黄的颜色，路灯之下，魏志远正怀揣着一颗砰砰跳动的心，
沿着小区通往学校的区间小柏油路快步疾走。在一年多来上初中的日
子里，他无数次地在这条路上走来又走去，眼前这些熟悉的景物，不
久就要与他告别了，而迎接他的，将是祖国北部边疆那广阔的天地！
带着这些激动人心的念头，他不知不觉已走到学校的围墙边，转过围
墙的一角，就是学校的大门了，而大门正对着的那片空旷地，因为周
边的楼房和路灯都离得较远的缘故，显得一片暗黑，魏志远带着越来
越急促的心跳走进那片暗黑的空旷地，径直向着空旷地尽头的小水渠
边快步走去，走着走着，前方隐约出现一个人影，再往前走，只见皎
洁似水的月光勾勒出一位少女美丽的轮廓，不用说，那就是她！魏志
远疾风般冲过去，带着呼呼的气喘站在徐小梅面前，两眼盯着她在暗
夜中闪动的眸子，激动得一时不知说什么好。
　　"傻站着干嘛，咱们坐这儿吧。"徐小梅指着水渠边一处高起的

土埂说道，自己率先找了一处较平的地方坐下，魏志远顺从地"嗯"了一声，也在离开她一点儿距离的地方坐了下来。他的心情此刻还没有平复，心里憋着好多话，却不知该先说哪一句，那是从小学以来一直憋到现在的话，他们从来都没有象现在这样坐在一起交过心，但又相互觉得这么多年来他们一直都在交心，所以那些交心的话，那些掏心窝子的表白对于他们来说似乎显得多余，还不如就象现在这样坐着，虽然沉默，却都能透彻明了对方的心思，体验到两人的内心融为一体的快感。就这样，小梅一手支在弯起的腿上托腮望着星空，志远两手交握低头望着自己微微晃动的脚尖，沉默了一会儿，只听徐小梅说：

"这夜色多美呀！"

"嗯"，

"魏志远，你想过没有，"

"想过什么？"

"你说咱们以后还能像现在这样，坐在这里吗？"

魏志远抬起头，把脸转向徐小梅，徐小梅也把脸转向他，两人默默互望着，一言不发。

"能！当然能！"魏志远忽然坚定地冒出一句。

"为啥这么肯定？"徐小梅不解道。

"那是因为，就算实际上不能，做梦也让它能！"

徐小梅被这话逗得双手捂脸吃吃地笑起来。

"徐小梅，咱们马上就要去边疆了，你高兴吗？"

"嗯……"徐小梅的回答意味有些不明朗。

"我就是担心一件事儿，徐小梅，"

"啥事儿？"

"我担心以后咱们很难见面。"

徐小梅没有回答，沉默了片刻，一只手缓缓伸向一侧的衣袋，在衣袋里停留了一会儿，当她慢慢抽出手来时，一条手绢被带了出来。

徐小梅双手把手绢紧握了几秒钟，然后把它往魏志远面前一递："给！"

魏志远连忙双手接过手绢，轻轻地把它在双腿上铺展开。那是一方再普通不过的浅兰色的手绢，手绢上没有任何图案，只在一角似乎有个符号，他拿近眼前一看，那是用细细的红线绣着的一个"梅"字，望着这月光下小小的"梅"字，他的心里涌起一阵暖流，双手一下把手绢捧起捂在胸口，然后慢慢移向脸部，把脸埋在手绢里，他能隐约闻到手绢上带着少女身上迷人的气息。他就那样久久地把手绢捂在脸上，忽然，他一下把手绢从脸上移开，转头面向徐小梅说："我就是死，也要把它带在身上！"

"呸呸呸，瞎说啥呢，你想吓死我！"徐小梅连忙阻止道。

魏志远把手绢在腿上铺平，角对角地把它叠好，然后小心翼翼地放进上衣靠左胸的口袋里，他朝徐小梅笑笑，从身旁拾起一块小土咔啦扔进缓缓流水的水渠里，溅起的水花反射着晶莹的月光，惊起什么小生物在渠边的草丛里一窜，然后一切又恢复了平静。

两人就这样坐着，时而交谈几句，时而沉默无语，交谈是在用语言交流，沉默是在用心灵交流，在流泻着如水月光的京城大地的这个角落，两个年轻人忘记了时间，忘记了一切，只感觉到对方的存在，感觉到对方的呼吸乃至体温，以及那颗燃烧跳动的心。

时间在不知不觉中过去，周围楼房里的灯光陆陆续续熄灭了，只剩下黑乎乎的楼影，两个年轻人的身影在水渠边上一动不动，像两座静静的雕塑。

也不知过了多久，东方的天际渐渐变色，先是由黑变灰，又由灰变白渐渐地显出了鱼肚色，远处楼房之间的小道上开始传来清洁工人扫马路的"唰唰"声。是分手的时候了，两人在小渠边上站起来，拍了拍屁股上的土，相互嘱咐了几句，然后依依不舍地分手，各自向家走去。

5

几天之后，北京火车站，这里红旗招展，人如潮涌，来自北京各中学的学生正在向这里汇聚。他们由家人陪着，背着用背包带扎起的背包，手提各式各样的箱子和网兜，在人流中左避右闪，向各自学校和班级的集结地点赶去。他们很多人还是一副红卫兵的装束，穿着或黄或绿的军装，臂上戴着红卫兵袖箍，有的腰间还扎着武装带……尽管他们还对红卫兵的身份依依不舍，但这身份将很快将变为历史，他们行将入列新成立不久的内蒙古生产建设兵团，他们的身份也将由红卫兵转变为兵团战士。

魏志远由父母陪着来到车站，正在混乱的人海中寻找自己的学校，他们根据各种临时写在小黑板或木板上的指示牌很快在广场一角找到了自己的学校，看见了熟悉的本校老师、同学、工宣队领导以及前来接人的军代表。已经到了的学生们排成队列，送行的家长们集中站在一旁，他们都尽量在靠近自己孩子的地方站定。魏志远站在队列里，眼睛在人群中四处寻找徐小梅，但来来往往的人的身体不断遮挡着他的视线，他找了好几次都没找到。这时车站各处的大喇叭响了起来，播放起激昂的进行曲，人群开始骚动，各校领队的军代表扯着嗓门招唤着本校的队伍，各种口音和嗓音的叫声此起彼伏，随后队列开始移动，家长们也随着队列在移动，人们脸上的表情即紧张兴奋，又难掩伤感之色。家长们的眼睛紧紧盯着自己的孩子，孩子们也不时回头望望自己的家人，尽量装出笑脸来冲他们微笑，他们心中虽然都涌动着即将迸发的离别之情，但个个都在心里不停地嘱咐自己：要装出没事的样子！要笑！要笑！

魏志远的眼睛在紧张地寻找着徐小梅，队伍已经开始移动了却还不见她的踪影，他急得心都快要从胸口跳出来了，一边挪动着步子随队移动，一边加紧用眼睛在密密麻麻的人群中搜索，终于，在队伍刚开始要加快速度行进的时候，他看见徐小梅和一个拉着她的四十多岁戴眼镜的中年男子提着行李箱从人堆里挤出来，跟上了已经在行进的队伍的队尾，他心里的一块石头落地，长长地出了一口气。

聚集在广场上的队伍和人流在大小各异的鲜红旗帜引领下，经过车站一侧的甬道，向停靠着列车的站台涌去，站台上早已是人如潮水，学生们都在纷纷和自己的家人道别。他们的家人紧紧地围着他们，人人的眼中都闪烁着泪光，临别要说的话早在一两天前，特别是在出发的头天晚上已经说了不知多少遍了，此刻已经没有再多的话可说了，再说那嘈杂鼎沸的人声和令人耳膜震动的广播音乐声也使得彼此说什么都听不清楚，这些坚强的孩子们咬紧牙关告诫自己：一定要保持笑脸，一定不能哭！就这样，在家人的簇拥下来到列车门口，纷纷踏上了列车，然后很快又从车窗里伸出手来，钻出头来，甚至探出半个身子来，紧紧握着家人的手，紧闭双唇咬紧牙关，无言地频频点头。随着前面火车头传来"呜"的一声长鸣，车厢咣当一声开始移动的瞬间，所有的心理防线都崩溃了，孩子们和送行家人的眼泪一下子从眼眶里迸发出来，在脸上滚滚流淌，车上车下的人们都彻底开放了情感的闸门，任由泪水流淌，啜泣声声。

对于列车上的人们来说，京城的学生时代从此刻起已成为历史，这裹挟着疾风隆隆开进的列车将把他们带进一种全新的生活，一个他们从来没有体验过的莫生的天地正在疾速向他们迎来。

6

光阴荏苒，日月如梭，转眼五年过去了。在这五年里，魏志远和千千万万个从北京，天津，包头，上海，青岛等等大城市汇聚而来的兵团战士一起，在荒寂辽阔的内蒙古大地上展开了一场旷古未有的大规模农垦开发，他们向草原进军，向沙漠进军，向荒滩戈壁进军，他们自己脱坯烧砖，自己修筑营房，垦荒开地，种粮种菜，放马放牛，养猪养鸡……他们用青春激情燃起的冲天干劲，克服了种种艰难险阻，用自己辛勤的汗水改变着边疆的面貌。这些五年前从大城市出来的细皮嫩肉的学生娃，经过这五年战天斗地的艰苦锻炼，一个个变得健壮了，成熟了，男孩子的脸上脱了一层皮，皮肤晒得黝黑，唇边开始长出细绒般的胡子，女孩子弱不禁风的身子骨变得坚强有力，经历了塞外高原风霜雪雨洗礼的少女的面容焕发着红光，发育成熟的胸部含羞地愈来愈明显地将身前的上衣轻轻撑起，透出成熟女性的迷人风彩。

随着年龄的增长，不可抗拒的自然规律开始光顾这些年轻人了，青春的骚动从一开始的若隐若现渐渐演变成波澜起伏不可压抑。人们在田间地头休息聊天时，在收工回营洗涮干净吃过晚饭后闲聊时，都非常热衷于绘声绘色地传播议论这一类的消息：某某某和某某某好上啦，某某某和某某某出事啦，某某某和某某某不小心怎么怎么啦……诸如此类，总之，在这类消息的盛传中，人们既感到兴奋和愉悦，也在笑过之后展开了丰富的遐想，憧憬着自己的那个"她"或"他"什么时候出现。每当魏志远听到大伙儿议论这类话题的时候，脸上总会露出得意的微笑，因为他的心上人徐小梅就在这个连队里，此刻就在离他不远的本连的某个地方待着，他想着她那美丽动人的或忧或喜的面容，和那虽然穿着看着有点土气的兵团服，但却仍然改变不了的袅袅婷婷的身姿，心中荡漾着幸福的甜蜜感。

可是在五年之前，在他们刚刚来到兵团的时候，情况可不是这样的，那时他和徐小梅二人是被分配到两个连队的，这两个连队之间相隔着近百里路，在那缺少交通工具的年代，近百里路简直就是漫漫长途！两个强烈思念着对方的年轻人，就这样在间隔着近百里路的各自的连队里劳动着，生活着，思念着，期盼着，那近百里路仿佛就象关山阻断大海分隔，使他们长时间分处两地无法相见，那年月既无电话可打（每个连的连部有一部电话，那是绝对不能私用的。）连队之间也没有信件来往一说，偶尔有团部的卡车或别的连队的马车来自己的连队办事，他们多么想通过来人的口打听一下对方的情况，但是不行，兵团头一两年的时候，男女之间就如楚河汉界般，分得十分清楚，谁都不轻易跨过一步，两性之间很少来往，一条不成文的"纪律"约束着大家：不要搞对象，谁搞对象谁就是小资产阶级思想没肃清，没有远大革命理想，不求上进。谁要是那样做被人知道，那是很丢人的！大家基本上都自觉遵守这条不成文的"纪律"，所以要想向他人打听异性的消息，是很难张口的，你刚一张嘴问起异性的某某某，被问者多半会面带讥讽反问：你问他（她）干嘛呀，你俩啥关系？一但这样，想问的人也就只好用打哈哈敷衍，没法再问了。

7

日子在不知不觉中一天天过去，季节也在不经意间转换，秋凉之后，冬季已带着呼号的寒风横扫塞外高原的这一方大地，将残留在树枝上的秋叶一扫而光，只剩下光秃秃的枝条在在凛冽的寒风中颤抖，这些来到边疆的年轻人经历的第一个塞外的冬天来临了。

兵团的冬装发下来了，厚厚的棉衣棉裤还有棉大衣，面料都是用一种染着奇怪的绿色的布料做的，被调皮的男生们戏称为"狗屎绿"。虽然看着不太美观，但也还算实用，御寒效果也不错，另外还配了一顶狗皮帽子，因为狗皮的颜色无法做到一致，所以帽子的颜色也就成了五花八门啥色都有：黄色的，棕色的，白色的，黑色的，花斑色的，这些颜色各异的狗皮帽子倒也使那单一的"狗屎绿"服装色调有了一点变化和亮色，当男生们戴上这狗皮帽子，两个毛绒绒的护耳往上一翻，还真是有一股威武之气，而女生们头上顶上这么一顶有点男性化的大帽子时，倒也显出别有一番韵味的英俊和秀气来。

这天傍晚，魏志远裹着新发的厚厚的军大衣，坐在宿舍过道的一角，面对着砖砌的煤炉中呼呼作响的炉火，思绪又在翻腾，他越来越压抑不住对徐小梅日益加重的思念。每当屋里没人的时候，他总是忍不住从箱子里取出徐小梅留给他的那条手绢抚了又抚，吻了又吻，思心急切之下，他开始设想种种和徐小梅见面的办法。他想趁星期天休息的时候，一大早出发步行去徐小梅的连队，但是又一想，那近百里路差不多要走一白天，到了那儿都差不多天黑了，再往回返，什么时候才能回到连队？再说事前又没和她联系过，约定好见面的时间地点，万一她不在怎么办？就算在，怎么找她呀？他自己一个外连的，大老远来到人家的连队就已经让人觉得挺新鲜了，再到处打听一个女的，人家会当他是怎么回事？他要是突然出现在徐小梅的宿舍门口，当着那么多女生的面说他要找徐小梅，那还不成了爆炸新闻了！想想又觉得这样做不可行，那怎么办呢？他苦苦思索，想来想去也想不出个好办法来。直到有一天，他去连部翻查自己的来信时，看到一封别人的信的信封上在收信人一栏上写着："某某某转某某某收"，他一下受到了启发，灵机一动，竟想起一个办法来！他赶紧跑回自己的宿舍，打开那个黄绿色的帆布箱，从上面压着衣物和各种杂物的最下面的一个角落里，翻出一本红色塑料皮的本子来，那里面记录了很多当年初中同学的家庭地址，因为当时大家一开始都不知道上山下乡离校后的去向，说不定一分手就天南地北了，所以大家都相互记下了彼此家里的地址。魏志远拿着本子，很快翻到记录着徐小梅家地址的那页，看着自己用工工整整的字体书写的地址，他暗自庆幸道：这下好了！

第二天下午收工吃过晚饭后，别人都离开宿舍出去活动了，他赶紧跳上大炕爬到自己的铺位，从箱子里取出那红塑料皮本子和一本从北京带来的信笺和钢笔，趁着天还没有黑，赶紧给徐小梅写起信来。他的计划是，把给徐小梅的信写好后，寄给徐小梅的父母，再由他们转寄给徐小梅。由于这个缘故，他给徐小梅的信写得平平淡淡，就像普通同学之间的信，因为尽管他要把给徐小梅的信装进信封里，再连信封折起来装进给小梅爸妈的信封里，但他还是担心小梅爸妈万一会把他的信折开。于是他在信中写道：

"徐小梅同学：

中学一别已近一年，你在边疆还好吗……我想和你联系，但没有你的地址，只好通过你爸妈把信转寄给你。在你接到此信的下个星期日或下下个星期日，我们连会有老同学去你们连办事，请你到时到你们连的路口迎接他们……"。

他把给徐小梅的信装进信封里，信封上只写了"徐小梅同志收"几个字，他犹豫了一下要不要把信封口封上，最后决定还是不封口的好，然后把它折起来，塞进给徐小梅爸妈的信封里，并附了一张给小梅爸妈的短信，信是这样写的：

"阿姨叔叔你们好，我是徐小梅的中学同学，我想联系她联系不上，麻烦你们代为转寄。"

就这样，一封信里有信的信就完成了。

第二天，魏志远趁着中午休息的工夫，一溜小跑来到团部，转进团部院里，来到"矗立"在一角的邮筒前，刚掏出信来，就听见背后传来话音。

"喂，你是哪个连的？"

他扭转头一看，一个身穿配有红领章的深绿色军装，头顶镶着红五星军帽的现役军人正对他说话呢，这军人的个儿头比他高，二十六、七岁的样子，脸长得有几分英俊，再配上这身军装，显得十分精神。魏志远认出他是团部的蒋干事，连里的人私下对他有很多议论，说此人很风流，专爱找有姿色的女战士干"那事儿"。

"我是十连的，来寄封信。"

"寄信为什么不交给你们连通信员，还自己跑这儿来寄？"

"我顺路经过这儿。"

"乱弹琴！"军人不满意道。

魏志远没再搭理他，把信塞进邮筒里，又把双眼贴近黑洞洞的邮筒口朝里仔细看了看，确信自己这封十分重要的信已经落到邮筒里了，然后侧头不屑地瞥了那军人一眼，转身朝连队方向走去。

8

而此时，在相隔近百里外的另外一个连队里，徐小梅也正在经受着思念的折磨。自从来到兵团和魏志远分开以后，已经差不多有一年时间了，这期间，他们既没见过一面，也得不到对方的音信，时日越久，思心越发急切，情绪不免低落，况且最近发生的一件事，令她在郁郁寡欢中又平添了一份心烦意乱和忧虑，这使她更加急切地想见到魏志远。她曾设想过装病，而且病得很重，那就要住到团部医院去，那里离志远的连队比较近，或许能有机会联系上他见到他，但她又是个脸皮很薄自尊心很强的人，一但让人识破了她是装病，她实在承受不了那份丢人，所以想想也不能那样做。

怎么办呢？她左思右想，想着想着，又想起那件令她心烦意乱的事情来。

大约一个月前，在一个星期天的中午，徐小梅正在宿舍前面空地边的晾衣绳上晾晒衣服，忽听远处有男女说笑的声音越来越近，偶尔，说笑声在宿舍转角处带出一男一女两个人来，男的是个现役军人，一身当时最令人羡慕的装束——"国防绿"的军装军帽，配上鲜红的领章帽徽，色彩鲜艳夺目，令人看着眼前一亮！只见那男军人浓眉毛，高鼻梁，两个眸子里好似蓄着一汪水，泛出水样的柔光，又似乎隐含着一丝不易察觉的倦意，嘴角微微上翘勾出一种容易令女性着迷的怜香惜玉的伤感状，因而使脸部更加显得生动多情。身边那个女生长得面容娇好俊俏，身材丰腴有致，她的兵团式军装虽然颜色和徐小梅她们的军装是一样的，但不知为什么，就显得那么可体有形，尺码恰到好处，把迷人的身段突显出来，"那一定是经过自己裁剪的"，徐小梅心里想。

男军人脖子上挂着一部长盒子形的双镜头反光相机，一边和那女生说笑一边时而停下来以附近的景物为背景给女生拍照，与通常照相时把相机直接对着目标取景不同，用这种反光相机是照相的人抱着那长方形的机体从上往下看，这样更能彰显出"专业摄影"的架势，令照相者本人增添了几分得意感。

当这对男女和徐小梅擦肩而过时，徐小梅的目光无意中与那军人的目光片刻相遇，只这一下，那军人仿佛遭了轻微的电击，眼神错愕了一下，随后的步子变得踟蹰，尽管那女生扯着他的袖子让他快点走，说那边有好景致照相，他还是步子越来越慢，最后干脆停了下来对那女生说："小燕，你到这来，我给你照一张晾衣服的"，只见那女生一边不情愿地往晾衣绳那边移步，一边斜眼瞥了徐小梅一眼，徐小梅知趣地走开，好让军人取景，却不料那军人忽然指着她说"你你你，你也过来，你们俩合照一张！"徐小梅连忙推脱道"我不照！我不照！我身上的衣服乱乱的……"但军人执意要让徐小梅照，徐小梅推辞不过，只好勉强屈从，站到比自己略高的那位女生身边，那军人扳弄着相机来回调整画面角度，他想突出徐小梅，但那女生却老是为了突出自己而移到徐小梅靠前点儿的地方，弄得这位"资深"摄影师废了老大劲才把这张相拍下来。

照片一拍完，那位叫"小燕"的女生恨不得用双手推着军人快快离开，军人不情愿地走了两三步，又回转身冲徐小梅说："你叫什么名字？我改天让人把照片给你送来！"徐小梅本能地应了一句"我叫徐小梅",军人也不知道听清楚没有,就让"小燕"差不多是连拉带推地哄走了。

徐小梅望着两人的背影,忽然想起前些天听人们议论过,说团部有位姓蒋的干事要来连队采访,这位姓蒋的干事长得如何风度迷人,令好多女生都主动往上靠,风流韵事一大堆!那肯定说的就是这位,想想刚才两人目光相遇时他的眼眸里传出的明显异样的暗示,她不禁心头一悸,不愿往下再想了。

话说那天下午五点多,太阳已经偏西,冬季的气温随着夕阳西下而渐渐下降,寒意开始愈来愈显出袭人的威力。蒋干事和小燕各自裹着厚厚的军大衣从连部出来,后面跟着送他们的连长。两人钻进停在连部院子里那辆老旧的团部卡车的驾驶楼,里边的驾驶员老赵早已把车子打着火,一直在给车子预热,蒋干事从车窗里冲连长摆了摆手,摇上车窗,车子就加大油门带着很大的轰响开出了院子朝大路开去。

车子在凹凸不平的土路上颠簸行驶,天色渐渐黑下来,只在天边留下一抹惨亮,车子里老赵在专心开车,靠车门坐着的蒋干事把头靠在车门上打瞌睡,坐在两个男人之间的小燕一声不吭,双眼睁得大大的凝视着车灯照射的前方。往常这种时候,蒋干事总是把身子靠得自己紧紧的,随着车子的晃动,一会儿用胳膊肘捅捅自己的腰窝,一会儿手滑到大腿边掐掐自己的大腿,加上风趣幽默的说笑,一路都是在浪漫有趣的气氛中度过,让人心里美滋滋的,可现在,他竟这样冷落自己,哼!一定是因为看见了那个叫徐小梅的女生!想到这,一阵强烈的醋意攻上心头,令她烦躁不安地在坐位上使劲地扭动了两下身子,司机老赵侧头望了她一眼道:"小燕,怎么不说话?要不,唱个歌怎么样?"

"不想唱!唱给鬼听!"

哈哈哈哈!老赵爆发出一阵笑声道:"啥时候我们都变成鬼啦?哈哈哈哈!"一边笑一边瞥一眼靠在车门上打瞌睡的蒋干事,而此刻的蒋干事已经微微地发出鼾声了，老赵做了个鬼脸，转头目视前方，呶起嘴唇用口哨吹起《我是一个兵》来。

9

当蒋干事等人乘坐的卡车开到团部时，已经是晚上八点多了，蒋干事和小燕到团部食堂让饮饲员热了点饭菜吃过后，他打发小燕回她们电话班的宿舍，自己急匆匆来到黑着灯空无一人的团部会议室，他推门走进会议室，没开灯，熟悉地径直走到会议室尽头，那有一扇小木门，他推开门，摸着灯绳轻轻一拉，灯光一下照亮了面前的小房间。

这原本是一间堆放杂物和工具的屋子，蒋干事来到后，把它改成了自己的工作室兼休息室，他虽然在团部大院里有自己的宿舍，但他更爱来这间小屋。小屋为长方形，宽四到五步，进深六到七步，一边靠墙摆放着一张木制单人床，床上铺放着部队上用的那种简易被褥和枕头，床对面靠墙放着一溜拼起来的两张类似小学生课桌那样的小方桌，上面放着放大机，小轧纸刀，相纸盒等物，还有两个白色兰边的长方形塘瓷盘，应该是洗照片用的。除了这几样东西外，房间稍靠里的地面中间蹲着一个铁制的煤炉子，炉筒子向屋顶伸上去在空中拐了一个弯后向窗户上面开着的一个窟窿伸出去。在靠近炉子的地方，随意摆放着一个放着脸盆的脸盆架子和一把有点残缺的木椅。

蒋干事走进房间，房间里有点阴冷，那是一天没升火的缘故。他拿起靠在墙角的炉勾子移开炉盖往炉子里瞅了瞅，炉子里压着的黑煤块上面有几缕细烟正在往炉筒口的方向走，说明底火还在，他连忙把炉勾子伸进炉子，把压着的煤块中间捅了个眼，又把炉勾子从炉子下面敞开的口子伸进去，向上面的炉篦子勾了几下，勾落下来很多灰白色的炉灰，没过多久，就听见炉子里传出呼呼的声音，那是火苗子窜上来了。

蒋干事把厚重的军大衣脱下来抛到床上，又坐在床边弯腰脱掉鞋头蒙着褐色翻毛牛皮的沉重的大头鞋，趿拉上床底下的一双轻便的解放鞋，围着煤炉子踱了两圈，然后仰身倒在床上，两眼望着空中的炉筒子发呆。

蒋干事差几岁不到三十，家庭背景和军队紧密相关，之前一直在军区机关工作，他人长得帅，又多才多艺风流倜傥，因而情史相当丰富。他打小在军区大院里就爱和女孩子们厮混，动辄被漂亮女孩子"感动"得意乱情迷不能自已，他倒还没坏到想玩弄女孩子们的地步，还真是一心一意对人家好，啥好东西都舍得送给人家，好玩的、好吃的、好用的，全都毫不吝惜地奉献！奉献！奉献！但就是一个毛病没治，那就是朝秦暮楚，见异思迁，见了新人很快就忘了旧人，这使得那些接受过他的"奉献"的女孩子们没一个说他好的，他这毛病自小到大一直带着，真所谓从小看到大，江山易改禀性难移，到部队机关工作后，无论在这革命大熔炉里怎么烧怎么炼，就是烧不去炼不掉这既多情善感又见异思迁的习性，当然也怪这机关里漂亮女战士太多了点儿，害得我们这位蒋干事防不胜防，一不小心就掉进爱河里弄出点事来，搞得满军区大院里风言风语，影响极坏！消息传到身为军队高级干部的父亲的耳朵里，他虽然震怒，大骂，但又有几分体量，因为他自己年轻时也是这毛病，现在都到了知天命之年了也不能说这毛病就全戒干净了。儿子的事使老军人很犯愁，他左找关系右托人，给儿子找了一位颇有姿色的在地方政府机关上班的年轻女大学毕业生做媳妇，想以此栓住儿子的心。一开始，小两口是恩恩爱爱了些日子，可老军人很快就觉察出来，儿子的心思又慢慢地不在媳妇身上了……这真是令老军人伤透了脑筋，正好这时候军区生产建设兵团成立，他的一个原部下被派去参加组建工作，任兵团某师领导，他就通过关系把儿子弄到了老部下那里，还好生嘱咐老部下要对他儿子严加管教，让他在兵团艰苦的环境里好好锻炼改造。可老军人大大地想错了，这兵团里年轻貌美的女孩子更多，把儿子往那里送，岂不是把儿子送进情窝里了！老军人一看不对，赶紧采取补救措施，让儿媳妇赶紧申请随军安置，因为他儿子这一级的干部是可以随军安置家属的，老军人想的是，有儿媳妇在儿子身边，一来可以监督儿子的行为举止，二来可以用儿媳的美貌让儿子的花心收敛收敛，哪知道儿子左一个理由右一个理由，什么条件太艰苦啦，什么工作太忙顾不上啦，等等，就是不想让媳妇随军，老军人气得实在没了招儿，这时候北部边境形势紧张，战备工作繁忙，老军人一气之下一头扎进战备工作中去，再也不管儿子的事了……

铁炉子里的火越烧越旺，发出嗡嗡的声音，连炉筒子都被烤得咕咕作响，屋子里很快暖和起来。在床上歇了一会儿的蒋干事一翻身从床上坐起来，走到墙边，从墙上的挂勾上取下照相机放到小桌上，伸手把安在小桌上方的一个红灯泡的开关按下去，红灯泡立刻从暗红变成通红，他几步走到门边把灯绳一拉，照明灯灭了，小屋一下子笼罩在红光之中，他随后就开始了熟练的照片冲洗操作。他先冲洗胶卷，胶卷冲出来后，他把徐小梅和小燕合映的那张底片剪下来，其余的挂在洗脸盆架上面的横杠上晾着，把单独剪下来的这张底片用手拿着靠近炉子烘烤。底片很快就烤干了，他把底片塞进放大机里，开始在相纸上进行放大曝光，他把这张底片曝光了两次，一次是两个女人在一块儿的原画面。另一次他在曝光时采用局部遮挡的办法把小燕遮挡掉，只剩下徐小梅单人的画面，当他把曝过光的相纸放进显影液后，相纸在显影液的作用下慢慢显现出影象来，望着红光映照下越来越清晰的画面，他的脸上露出了笑容，他迅速把徐小梅单人的那张相片处理完毕，打开照明灯，躺在床上欣赏起来。

今天白天见过徐小梅后，他非常后悔当时没有抓住机会和她多聊几句，多看看她那美丽迷人的面孔，而现在，他可以躺在床上充分欣赏她的美貌了，更可喜的是，他拍的这张照片光线和角度运用得非常恰当，四十五度角的不强不弱的光线把徐小梅的脸部拍得极富立体感，虽然看起来她的表情有点惊惶，但这更使她显得妩媚动人。望着这张迷人的面孔，他浑身的血液和呼吸都似乎加快了，看着看着，竟对着照片狂吻起来。那天晚上，他在床上辗转反侧无法入睡，又掉进爱河里不能自拔了。

10

在徐小梅和蒋干事相遇过后的没几天，在徐小梅所在连队接收到的信件里，有一封是从本团的团部发给徐小梅的，连部通信员看着这封信觉得挺奇怪，因为本团内部个人之间的通信他还从来没遇见过，他拿着信件找到徐小梅，半开玩笑地说："徐小梅，有一封团部给你的信，你好大的面子呀！"徐小梅心里咯噔一下，团部的？谁呀？她接过信来，望着信封发楞，通信员刚走没多远，她猛然想起来：一定是那个人，那个姓蒋的干事！她拿着信转身进了宿舍，坐在炕沿上把信封撕开取出信，打开一看，信果真是那位蒋干事写的，那纷纷跳进她眼帘的秀气的字体毫不掩饰地向她大胆表达着爱慕之意，什么一面之后就难以忘怀呀，什么你就像那丘比特的神箭射穿了我的心呀，什么我为了你茶饭不思夜不能寐呀……扬扬洒洒写了三大篇，要是别人，或许有可能被这些华丽词藻堆砌出来的缠绵悱恻的内容所打动，但徐小梅却越看越反感，觉得简直是受了莫大的污辱，她真想找个人倾诉，但又无人可以倾诉，因为她实在是不想让除了魏志远之外的任何人知道这件事，这种事一但传开，就算你有一百张嘴也是说不清楚的，这使她更急切地想联系到魏志远，但是怎样才能和他联系上呢？直接寄信是不可能的，因为没有本团连队之间个人互相寄信的先例，让人捎信吗？让谁捎才可靠呢？万一捎的信让别人打开看了怎么办？徐小梅想来想去想不出个好办法来，又着急又发愁，一时竟不知如何是好，最后决定，还是先不理这位蒋干事，往后怎样到时再说。

过了没几天，连部通信员又笑嘻嘻地拿着信来找徐小梅了，徐小梅接过信一看，信封上居然写着：请通信员亲手交给徐小梅同志。徐小梅一看心里那个窝火！这不是在故意制造影响吗？她气得恨不能把信撕碎扔了，但又在好奇心的驱使下还是把信拆开看了。这回的信更是密密麻麻地写满了五大篇！除了照样是满篇的华丽词藻，照样是令人肉麻的爱恋表达，照样是表现得多愁善感情深意切之外，这回还讲了一大通自己身世的"精彩"故事。从孩童时代讲到上小学中学，从小学中学又讲到部队，他用既伤感动情又略带幽默的笔调讲述自己那些令人同情的挫折和逆境经历，把自己塑造成一个既单纯正直，又富于同情心的令人尊敬的堂堂男子，为了表现自己的学识教养，好象信手拈来似的一会儿提到马克思，一会儿提到高尔基，一会儿提到奥斯特洛夫斯基……总而言之，这位掉到情海里淹得快要岔了气的蒋大干事费尽心思，力图打造出一种感天动地的，令人难免生出恻隐之心的氛围来打动徐小梅，却不料徐小梅对他苦心写就的"大作"竟然是带着嘲笑，有时甚至是忍不住鄙夷地笑出声来看完的，而且看着看着，她竟然热衷于挑开错别字了，挑出一个冷笑一声，也不知挑出了多少个，可怜的蒋干事要是知道了这个情节，还不得臊红了脖子！

在随后的日子里，徐小梅又陆续几次从通信员手上接到蒋干事写给她的信，搞得通信员都觉得奇怪了：怎么团部有那么多信给她？徐小梅心里想，这样下去不行，你越是不理他，他就越是骚扰上没完，得向他表明态度，让他死了这份心思！可是，用什么方法向他表示呢？他可以这样没完没了地把信"寄"来给自己，自己可没办法给他回复呀，她一时觉得十分无奈。正在她发愁不知道该用什么办法向他表明态度之际，有一天上午刚刚收工，她和班友们一块儿回到连队驻地，经过连部门口时，听见旁边有人喊她，她扭头一看，是通信员正在一扇打开的窗户里冲她招手让她过去，等她走近了，通信员带着狡黠的目光

露出坏笑道："快快快进来，团部有人打电话找你。"徐小梅没说话，
跟着通信员来到一个较大的房间，房间中间用四张办公桌拼在一起形
成一个大桌面，上面放着一部电话机，电话听筒口向上撂在桌面上，
正等着人接电话呢，通信员手指电话听筒对徐小梅说："找你的，快
接呀。"徐小梅迟疑了一下，走近桌面拿起电话听筒，看了通信员一眼，
通信员连忙道"你说你的！你说你的！"边说边走出了房间。

当徐小梅刚刚"喂"了一声，那边就传来了蒋干事那磁性的明显
抑制不住激动的声音："小梅吗？啊小梅！小梅你好啊！"小梅知道
他紧跟下去会说出一大堆她不想听的话来，所以不等他接着往下说，
就打断他说："你以后再不要给我写信了，更不要打电话找我，这样
影响很不好，你我之间什么关系也没有，就这样吧，"说着就要挂电话，
就听见那边急了大声喊："别别别，先别挂先别挂，我真的有很重要
的事儿和你说！"

"很重要的事？"徐小梅心想，他能有什么重要的事？心里这样
想着，嘴上不禁问道："什么重要事呀？"

蒋干事一听徐小梅没挂电话，还问他是什么事，一下子像得了大
赦似的，连忙用亲热的口吻说："是这么回事，小梅，"他说"小梅"
这两个字的时候，故意突出"梅"字，而把前面的"小"字说得又轻
又快一掠而过差不多都给隐没了，让人听着就像光是"梅，梅"地叫
似的，听得徐小梅心里那个恶心简直就像吃了苍蝇似的。徐小梅强压
着厌恶听他往下说，就听蒋干事说："（小）梅，团部电话班要增加人，
你要是想来，我可以帮你争取。"

徐小梅这边没有声音，好像是在思考，蒋干事一看事情有门儿，
连忙接着说："（小）梅，这可是个难得的机会，你可千万别错过，
只要你想调，我一定想办法帮你调成！"

徐小梅确实是在思考，当她乍一听到蒋干事说有机会调到团部时，
她的第一个反应就是：那就有机会能见到她朝思暮想的志远了，因为

志远的连队就在团部附近，她的内心不禁为之一动！但她很快又想到，这姓蒋的这么热心帮她往团部调，无非就是为了便于追她，她要是真的答应了，调到了团部，他整天追她缠她又该如何是好？

蒋干事见徐小梅老是不作声，又焦急地问："（小）梅你听清楚没有？你怎么不说话呀？"他听见小梅在电话里好像犹豫地"唔"了一声，赶紧说："梅你别犹豫了，这么好的机会你要是放过了多可惜呀，你这么——"他本想说"漂亮"，觉得不合适，连忙改口"你这么优秀的人待在那么偏僻的连队里太可惜了呀，团部有那么多好机会，入学，参军，提干，你要是不来，这些好事全都轮不上你呀！"

徐小梅静静地听蒋干事在电话那头风风火火地说着，自己的思绪也翻腾开了，她承认蒋干事说的调到团部的种种好处那都是事实，但她想去的目的根本不是为了这些，而是为了离志远近一些，但去了之后又要整天面对这个她反感恶心的人，他到时还成了她的直接上级领导了，她还不敢对他太怎么样，如果事情闹过了，不但对她，甚至对志远都会产生不利的影响，所以调过去到底是福是祸这都难说，咳！到底应该怎么办呢？

电话那头蒋干事手拿听筒在等待，他知道，这会儿徐小梅虽然不作声，可一定是在犹豫，在权衡，在考虑，所以他不急着说话，静静地等了一会儿，才问："怎么样？梅，你倒是说话呀。"

"要不——"小梅迟疑道。

"要不什么？"蒋干事觉得希望来了，忍不住追问道。

"要不我考虑考虑再说吧。"

考虑考虑再说？那就是说，她没有拒绝，既然没有拒绝，那就说明还是有希望！蒋干事费劲半天讨得这个结果，虽然不是大获全胜，但也算是很有收获，能有这个结果，也很不错了，所以他满怀庆幸地对徐小梅说："那也好，那你再好好考虑考虑吧，我过几天还有事要去你们连，到时咱们再当面议一下这个事，另外，上次给你照的照片洗出来了，你照得真是没治了，我们这儿的人个个看了都赞不绝口呢，我去的时候给你带过去。"

"哦——"徐小梅含糊地若有所思地应了一声，那边蒋干事早高兴得恨不得手舞足蹈起来，强压着兴奋对小梅说："好嘞，就这么着，一言为定！再见，梅！"

蒋干事挂上了电话，但两只手还扶在电话机上，整个人还沉浸在兴奋中，他觉得，这个电话把他和徐小梅之间的距离一下子拉到如此之近。以至于他们竟然像老相好（他自己觉得）一样交谈，他一口一个"梅"地叫她，她也应着（他觉得人家应了），这不明摆着我们的关系已经不是一般的关系了吗！啊，天呀，我是多么幸运啊！想到这，他屁股离开椅子站了起来，伸了个懒腰，得意地哼起歌子来。

11

徐小梅放下电话，带着满腹的心事向连部门外走去，连通信员俏皮地和她打招呼都没注意到，在回自己宿舍的这一路上，她的思想一直在激烈地斗争着，她实在是太想调到离志远近一点的地方了，但同时她又实在不情愿甚至惧怕靠近那个疯狂追她的蒋某人，到底选择去还是不去？她权衡来去，总是拿不定主意，咳！要是志远在，能和他商量一下多好啊！

而此时此刻，在离徐小梅百里远之处，魏志远也正满腹心事地坐在他们连菜地边的一辆小平板车的车帮上苦苦思索着。在不远处，本班的方伟民、章青峰、马车班的严子俊、郎信玉等人正围坐在一棵杨树下打扑克牌，他们都是上初中时的同班同学，当年一块儿下兵团，到兵团后又分到同一个连里，所以既是同学又是战友。他们这天一下午都在忙着把马车班的马厩、饲养班的猪圈、羊舍、鸡舍这几处地方积攒的畜粪往菜地运，严子俊和郎信玉是赶马车的，一人赶着一辆马车拉粪，魏志远、方伟民、章青峰被安排跟车，他们已经干了半个下午，拉了好几趟了，这会儿觉得累了，正在休息喝水打扑克牌呢。这时，一把牌打下来，方伟民又给逮住了要"上供"，他已经连着好几回给逮住了，气得他冲着连着当了好几回"大王"吃供吃得乐翻了天的郎信玉说："你小子的牌怎么老是那么好？这是不是有问题呀？"他是暗示郎信玉在搞鬼，郎信玉冲天哈哈哈哈一通大笑："牌势！牌势！牌势就这样你能怨谁呀？哈哈哈哈！"方伟民转身看了一眼不远处坐在小车边上拿根小树棍在地上划拉的魏志远喊道："魏志远，你过来帮我打两把，我这手气太臭啦！"

魏志远冲他摆了摆手，摇摇头，又低头用小树棍在地上划拉。他哪有心思和他们打扑克牌呀，他心里正在盘算着，他的信已经寄出去多久了，按照通常速度，平信寄到北京一般是七至八天，小梅家里人接到信，就算是马上把信转寄给小梅，也要七八天，再加上其中的某个环节再耽误几天，这样一来一去，他的信转辗一大圈最终到达小梅手里，差不多要二十天，从寄信那天算起，二十天以后大概是几号，现在是几号，和小梅约定见面的星期天又是几号……其实自打他把信塞进邮筒的那天起，他几乎天天都在算，虽然早就算得烂熟于心，可他还老是忍不住要算，每次算的结果，都指向某月某日的那个星期天，也就是现在这个星期的星期天！他的内心像是准备迎接一场战斗一样，开始计划着他将要开始行动的种种细节，路上要走多久？到了能待多久（包括找的时间和见面的时间）？如果见不着人怎么办？如果不能按照预定的时间回来怎么办？是不是应该和老同学方伟民、章青峰等透露这件事，让他们协助打打掩护等等，随着那个约定的时间一天天接近，他的整个身心也越来越进入临战状态了。

可徐小梅并不知道这一切，她还在为她面临的那个令她两难的问题着急发愁着。姓蒋的这两天就要来连里了，她知道他所说的那些所谓"公务"都不过是借口，他的真实目的其实只有一个：那就是说服自己同意调到团部去，而她自己还迟迟下不了决心是调还是不调，情急之下，她甚至幻想这几天奇迹会出现，志远会突然出现在自己的面前。

终于，令徐小梅犯难的时刻来到了。星期六的中午，团部那辆老式卡车又停在了连部门口。徐小梅刚吃完午饭回到宿舍，正准备简单洗一下脸然后午休，就听连部通信员在宿舍外面喊："徐小梅，你出来一下！"她连忙用毛巾擦干脸上的水迹，在同宿舍班友们好奇目光的注视下走出宿舍门。通信员一看她出来了，连忙凑近她的耳朵说："他，来找你了！"通信员已经从频频过手的团部发给徐小梅的信件猜到"他"是谁了，所以他故意用神秘的口气这样说。

徐小梅跟着通信员来到连部那间大房间的门口，通信员推开一半木门，徐小梅一眼就看到了坐在里边面对着自己的蒋干事和背对着自己的连长，蒋干事也同时看见了她，这时只见连长扭转身对通信员说："你们先在外面等一会，我和蒋干事说点事一会儿就完。"

徐小梅转身走到走廊的窗户边，心里盘算着一会儿该如何应对蒋干事，正想着，就见连长开门出来了，对她说："徐小梅你进去吧，蒋干事有事和你说。"

蒋干事一看是小梅进来，赶紧笑容满面地起身快步走过来把徐小梅迎进屋里，来到桌边的椅子坐下，又急走几步到门口把门关好，这才回到桌边拉过来一张椅子想挨着徐小梅坐，见徐小梅有意躲他，只好和她隔着桌角坐下。

蒋干事屁股刚挨到椅子，又一下站起来，走到一旁放着暖壶的小桌那儿倒了一杯水给徐小梅端过来，连声说"喝水，小梅，喝水"。放下水杯，又走到一侧墙边从墙上的挂勾上取下挎包拿过来放在桌面上，两只手在里面掏了掏，掏出一把水果糖来往徐小梅面前一摆，连声招呼"吃糖，小梅，吃糖"，看着徐小梅不吃，拿起两颗硬往她手里塞，徐小梅推不过，只好顺势接过一颗，慢慢地剥那糖纸以作缓兵之计。

蒋干事饥渴的双眼火辣辣直勾勾地盯着徐小梅只顾剥糖纸而低垂着的脸，那是他作梦都想见到的脸，他对着照片中的这张脸不知亲吻了多少回。自从头一次见到这张脸，他就被迷得几近癫狂，今天是第二次见到，他觉得这么些天不见了，这脸显得更加娇艳妩媚，特别是她因紧张或者是惊慌所表现出来的那种有点可笑的表情，更是令人爱怜万分！

蒋干事兴奋得有点无法自已，忽然想起啥，又连忙两手往包里掏，掏出两样东西，他趁徐小梅不注意，将其中一样压在挎包底下，拿起另一样，两张照片，往徐小梅眼前一亮："小梅你看，你的照片！我没骗你吧，你看照得多好。"

徐小梅接过两张照片来端祥，心里暗暗承认确实是拍得不错，把自己那些优点都充分表现出来了，不由说了一声："拍得是挺好的。"蒋干事一听徐小梅夸他拍得好，真是心花怒放，又改用神秘的口气对徐小梅说："我还有一样好东西带给你呢，你猜是啥？"他得意地望着徐小梅，边笑边把手伸到挎包底下，停顿片刻，一下抽出一封信来："看，你的信！"

徐小梅抬起眼睛一看，还真是自己的信，她不解道：

"我的信怎么跑你那儿去了？"

蒋干事连忙解释道："我见通信班在整理各连的信件，走过去随便看了一眼，刚好看到你这封信，我就顺路给你带来了，要不你还得过几天才能看到呢。"

徐小梅有点感激道："那谢谢你了。"

蒋干事笑嘴一张："谢啥呀，咱俩还有啥说的。"

徐小梅接过信一看，大吃一惊差点"啊"地叫出声来，只见信封上地址是母亲那熟悉的字体，收信人姓名那栏，"徐小梅同志收"那几个字竟然是志远的字体！这是怎么回事？这里一定有什么奥秘！她偷偷瞥了蒋干事一眼，还好她的瞬间失态并没让他察觉，他此刻正满脸高兴沉浸在得意之中，徐小梅连忙装出没事的样子，可心里却急得恨不得马上把信拆开看个究竟。

蒋干事一出手就先打出了这些精彩的好牌，看着徐小梅有点被打动，于是便把话题转到正事上来，他问徐小梅："怎么样，调动的事想好了吗？"

徐小梅沉吟片刻道："我还没想好呢。"

蒋干事替她着急道："这有啥好想的，明摆着只有好处没坏处，多少人想去还去不了呢，你真是的，我都替你着急！"

"我舍不得——"

"舍不得什么？"

"舍不得连队和一块儿来的同学。"

"咳！"蒋干事一听大笑一声道："这有什么舍不得的？到哪儿还不是过个两天半就混熟了，再说又不是从此就见不上了，你们还是在一个团里嘛！还值得为这点小事犹豫，哎呀呀，梅呀，你怎么幼稚得跟幼儿园小班的小朋友似的，哈哈哈哈！"

徐小梅急着想看信，所以想早点结束谈话，于是她说："这样吧，蒋干事，你再给我点时间，我下星期答复你。"

"哎呀还要到下星期！"蒋干事急不可待，可又不敢催逼太紧，于是放缓口气道："那好吧好吧，下星期就下星期吧，你可别再拖了啊，夜长梦多，别让好事到时候飞了啊！"

徐小梅知道，要紧事谈完了，接下来他就要向她发起疯狂的情爱攻势了，她讨厌他这样，她心急如火想快点看那封藏着奥秘的信，于是她编造借口说，她有很要紧的事要赶紧回本排去，无论蒋干事怎么挽留她都执意要马上走，蒋干事没办法，只好让她走。望着她往宿舍那边跑动时扭动着的诱人身姿，一个强烈的压抑不住的念头闪现在他的脑中："我早晚要把你搂进怀里！"

12

　　徐小梅带着未定的喘息回到自己的宿舍，班友们还在午休中，她不想惊动大家，就站在过道里把信封撕开，信封里有母亲的一封信，信里简单说了一下家里的近况，然后就着重讲述了如何收到本信封里装着的另一封信——魏志远写给徐小梅的信，又如何把这信转寄给她。徐小梅急忙从信封里把另一封信抽出来，一眼就看到志远那熟悉的字体，她一字一字地把信看了三遍，她完全明白了志远的意思，心中激起一阵狂喜！"星期天？那么就是明天！难道真的是明天？"这太突然了，她简直有点不敢相信，又把信的内容仔细一个字一个字地看了一遍，然后抬起头想了想，"对，没错，就是明天，一定是明天！"

　　那天的整个下午和晚上，徐小梅满脑子里想的都是这件事：总算有他的消息了，他真的要来了，我昨天还在幻想他在关键时刻突然出现，现在他真的要出现了！可是他怎么来呢？路那么远，一年前我们分到连队时，坐团部的卡车走过一次这条路，我们坐车都坐了那么久，要是走路得走到什么时候啊？那路多荒凉多难走啊，一会儿折进沙漠里，在巨大的沙丘间绕来绕去，一会儿隐没在长得比人还高的加杂着稠密野草的红柳滩里，那里会不会藏着什么吓人的毒蛇怪兽？一会儿又下到干涸的河道里，在半沙半土的软路上艰难行驶，有时半个车轮都没进水里……志远他一个人走这样的路，多让人为他担心啊！但她知道，这一切都挡不住他的，他决定了要来，就一定会来的。

　　徐小梅掐着手指头计算着魏志远大概什么时候能到：从这里到团部的距离（志远的连队就在团部附近），常听人们说有近百里，那就是将近五十公里，徐小梅在中学时参加过行军拉练，行军速度一般是每小时五公里，那将近五十公里就大约需要九个小时，这是在最顺利的情况下，如果路上再有什么不顺利的情况，那时间可能还要延长，好在志远他上学时一向体育特别好，行军拉练时他走得比谁都快，因为他是体育委员，要负责带队，要跑前跑后招呼整个队伍，因此长途行军对他来说不是大问题，按照他的速度，八个多小时一定可以到达这里，他肯定会一大早就出发，如果他早上五点出发，到这里的时间应该在中午一两点左右。

徐小梅掐着手指头反反复复算了又算，确信她得出的结论一定不会错，志远他一定会在中午一点多到两点这段时间到达这里，她将在这段时间里到连队驻地外面的路口去等他。

13

与此同时，魏志远也在做着出发前的准备，他早饭时多留了点咸菜，午饭多留了两个馒头，晚饭多留了两个窝头，这些就是他准备携带的干粮，他把这些干粮用一张旧报纸包好，塞进他的挎包里，另外再把军用水壶装了满满一壶水。他又找了一根不长不短挺结实的棍子，路上万一有个什么意外情况也好用来应付一下，总比赤手空拳好。再就是，带不带军大衣呢？他有点拿不定主意，带吧，不穿时是个累赘，不带吧，大冬天的，冷起来怎么办？特别是早上四、五点钟出发，正是最冷的时候。他左想右想，最后决定还是不带，因为这一路都是急行军，肯定会热得出大汗，根本不用考虑什么冷不冷的问题。

一切都准备妥当了，晚上自由活动的时候，他看见好几个班里的人正围在木头做的双杠旁聊天，他冲正在聊天的方伟民招招手喊他过来，方伟民便向他走来，后面章青峰也跟过来了，等他们走近了，他把他俩拉拢来，神情严肃地对他俩说："你们二位帮我个忙。"

二人不明白啥意思，问："帮啥忙？"

魏志远犹豫片刻，决定直言相告："我明天一大早出发去十五连。"

"你是去找徐小梅吧。"

"你们怎么知道？"

"嘿嘿，你这点儿事，早在中学的时候我们就都知道啦！"

什么？竟然是这样！魏志远原本还以为他和小梅的事只有他和小梅两人知道，没想到这帮同学早就知道了，真是应了那句流行的话："群众的眼睛是雪亮的！"

"我又没和她有什么公开来往，你们怎么就能知道呢？"

"谁一眼还看不出来呀？你以为我们都是傻子就你一个人聪明！"

魏志远无言以对只好干笑两声，然后正色道："没错，我就是去找徐小梅。"

"对啦！你早该去看看人家了，我们还以为你小子变心了，这么久都不想法子去看人家。"方伟民和章青峰你一言我一语道。

魏志远听他们这么一说，心里一阵感动，说道："我找你们二位，就是想让你们帮我应付应付，我要是回来晚了上面问起来，你们想法儿帮我应付一下。"

"那没问题，你尽管放心，有啥事儿我们给你扛着！"二位大包大揽道。

这一下，魏志远心里的石头落地了，他伸出双手重重地拍在二位的肩膀上，用力抓了抓，脸上露出了感激的微笑。

那天晚上，等到同睡在一条大炕上的其他人都关灯睡下后，魏志远在黑暗中把挎包、水壶、皮帽子等要带的东西都放到枕边一伸手就能摸到的地方，把那根结实的棍子竖在宿舍门口边的墙角里。然后回到自己的铺位上，轻轻打开帆布箱子，熟练地在箱内的一个角落里摸到那条浅兰色的手绢，慢慢抽出来，好像取出什么贵重的稀世珍宝，他要带着它踏上漫漫长路，去寻找它原先的主人，有这条手绢在身，他会觉得小梅就在身边陪伴他，他就有信心、勇气、力量去战胜即将面临的路途上的种种艰险，他就一定能见到小梅！

他把手绢塞进贴身内衣靠左胸的小口袋里，又在外面用力按了按，好让它更加贴近自己的胸口，然后和衣躺下，钻进冷飕飕的被窝里。

他不敢脱了衣服睡，怕一大早起来时会惊扰别人，他竭力抵抗着睡意，不让自己睡死过去，他怕一但睡死过去，一觉醒来天大亮，他的计划就被打乱了，他努力使自己保持在半睡半醒的状态中，在这种状态中蓄积力量，有好几回刚刚昏昏沉沉要睡过去又一下子惊醒过来，然后又使劲嘱咐自己：千万不能睡死，千万千万！

他把靠近耳朵旁边的被子、衣物等都拨得离耳朵远一点，好让耳朵的神经处于最敏感的状态，全力注意聆听从饲养班方向传来的鸡鸣声，因为鸡鸣一般都是在早上的四、五点钟，那也就是他该出发的时间了。有几回，他在迷迷糊糊中好像听见鸡鸣，一个楞怔醒过来，探起身来仔细再听，却只听到屋外呼呼的风声，他只好又躺下，继续着半睡半醒的状态。

终于，在又一阵困意袭扰过后，他隐约听到了几声鸡鸣，他浑身为之一振！支起身子来，全力倾听着，这时他听到远远传来第二声，第三声鸡叫声，而且不是一只鸡在叫，而是混杂了几只鸡的叫声，这回没错了，是凌晨鸡叫的时分了，该出发了！

魏志远摸着黑轻轻地溜下大炕，穿上鞋，背上挎包和水壶，戴上狗皮帽子，把两个护耳放下来，蹑手蹑脚蹭到门边，摸到竖在墙角的那根棍子，抓牢在手上，另一只手慢慢把门拉开一小半，侧着身子闪出了门外。

外面漆黑一片，天上没有月亮，只有微弱的星光，借着这点微光，勉强能辩别出连队驻地那些熟悉的景物，在两排黑魆魆的营房之间，是通往连队外面的道路。四周安静极了，走路发出的沙沙声显得特别清晰极易引人注意，魏志远尽量放轻脚步，快速通过了营区，来到连队外面那条宽宽的土路上，迈开大步，沿着大路向笼罩在黑暗中的前方走去，不久，就将连队驻地远远遗落在了身后。

旷野里的风显得比在营区里大而且劲，带着刺骨的寒气穿透棉衣浸入到周身的骨缝里，使人禁不住一个劲儿地打颤，任凭你用手怎么使劲磨擦任何部位，都不能产生一点点热感，反尔打颤得更厉害，魏志远有点后悔没带上军大衣，但是后悔也没用，不可能再返回去取，现在只有一个办法，就是使劲走，甚至是跑，只要浑身的血液加速循环起来，就不会感到寒冷了。这样想着，他加快了脚步，越走越快，最后竟跑起来，跑得大气直喘，呼出的白气在狗皮帽子前面的边沿结了一层白霜，这时，他想起上小学的时候，也是在大清早，体育老师脖子上挂着哨子领着他们沿着长安街练长跑，越跑天越亮，等跑到天安门广场时，天已经大亮了，一缕朝霞映在天安门城楼顶上的琉璃瓦上反射出耀眼的金光，跑步的同学们个个都兴奋极了，浑身上下热气腾腾的……在这偏远的塞外边陲，在这沉沉夜幕笼罩的刮着刺骨寒风的旷野里，想起北京，想起家，他的眼眶有点发热，但是一转念，想到那个和他一块儿离开了北京，来到这塞外边陲的心爱的人，此刻正在漫漫长路的前方等着他，他的心里顿时燃起一团火，脚下的步子也加快了。

经过道路两旁分布着一片片白色盐碱滩的开阔地，夜暗中前方的道路朦胧地指向一片起伏的小沙丘，当魏志远慢慢接近这些沙丘时，发现沙丘之间偶尔分布着一些小土包，越往沙丘里面走，小土包出现得越多。走着走着，他猛然想起，这就是马班的人讲鬼的故事时提到的那片"沙漠之坟"，马班的人曾神秘兮兮地说，每次他们的马车经过这里，就算是大白天艳阳高照，可那些拉车的马儿们一到了这个地方，就像丢了魂似的，一个个都把耳朵竖直起来，紧张地来回摆动马头往左右两边看，好像发现什么令它们惊悚的东西，但赶车的人睁大眼睛四处看，却怎么也看不出有什么名堂来，可那马匹确确实实就是那样一副受惊的样子，走着走着还失前蹄，似乎印证了那句"马失前蹄必有鬼"的民间说法，或许动物真的具备人类没有的所谓第六感，能看见一些人类看不见的东西？想到这，魏志远心里生出一阵恐怖，脊背上嗖嗖地发凉，他双手把棍子牢牢握紧，嘴上小声骂着："妈的，有种的出来，看老子揍扁你！"同时加快了脚步，想快点走出这片神秘而恐怖的地方。

魏志远在快步急走，脚上的棉鞋踩在软软的沙地上，一步一塌陷，发出咯吱咯吱的声音，走得挺费劲，这时他已不觉得冷了，一路不停顿的快走和时不时的小跑，特别是进入这片沙丘地之后加快步子的急走，已使他周身血液的运行越来越加速。浑身的感觉先是由冷变暖，又由越来越暖变得越来越热，这时寒冷对他已失去作用，冷风夹带着冷空气灌进嘴里不但没有感到不适，反而使人感到畅快，以致于他要有意张大嘴去吸进更多的冷空气，那带着晨露的新鲜冷空气令他感到无可名状的畅快，他一边走一边张大嘴，贪婪大口地吸进着。

常言道"黎明前的黑暗"确实没错，魏志远走到这个时候，天黑得像扣了一口黑锅，原先那点星光也不见了，前方的道路仿佛走到了尽头已在黑暗中截止，但坚持再往前走，走着走着，天色就在不经意间发生变化了，先是那罩着天地的黑锅渐渐地好像没那么黑了，再渐渐地那黑锅就悄悄隐去化作了暗灰色的穹窿笼罩在大地之上，远近的景物挣脱了黑暗的遮掩越来越清楚地显现出来，脚下沙地的塌陷也渐渐减少以至完全不再陷了，代之以坚实的路面走起来省劲多了，再望望四周，沙丘已落在身后了，魏志远松了一口气，什么神秘莫测的精灵鬼怪，除了时大时小呼呼作响的风声之外什么也没出现，马班这帮臭小子瞎编故事吓人而已。他把棍子从脖子后面横放在双肩上，双手搭在棍子上，放缓了步子信步而行作为休息，这时整个天幕的灰色调越褪越浅，东边的天际已露出惨白色，呈现出几缕靠近地平线的灰色的云带。现在应该有六点多钟了，也就是说从出发到现在已经走了有两个钟头了，再走个把钟头，就可以停下来休息吃干粮了，魏志远心里想。

对于脚下这条路，魏志远从来没走过也没坐车经过，他只是不只一次地听别人说过，只要顺着它一直走，就能走到小梅所在的连队。

眼下的地势平坦而开阔，天色此时已经大亮，太阳在地平线下方似乎犹豫了片刻然后一下子跳出来，将金色的光辉透过天际那几片灰色云带的遮挡投射出来，洒布在凝聚着寒气的大地上，眼前的道路放眼望去象一条桀骜不驯的长蛇顽强地扭曲着伸向远方，道路左边，隔着一片宽阔的结了冰的海子，远远望去，隐约可见海子那边树林的后面有一栋栋房子，魏志远断定，这就是那个去小梅连队的路上最后一个连队的驻地了，过了这里，直到小梅的连队，就都是人迹稀少的地区了。前面来到一个叉路口，不用说，向左去的路是通往海子那头的那个连队的，向右这条路自然就是继续通向前方的道路。他选择了右边的道路继续前进。

当他又行进了一大段路程，眼见得离开那个连队驻地越来越远，在翻过一个缓坡后，那个连队驻地就彻底从他的视线中消失了。这时，他看到前方的道路远远地通向一片黑压压的矮林，他看不清那是什么林子，只觉得那阵势就好像夏日里华北大平原上的青纱帐，他决定休息一下再往前走。

他就地找了个土坎，把棍子靠在一边，斜着肩膀取下挎包和水壶放在地上，然后准备在土坎上坐下来吃干粮。此时红橙色的朝阳已升到一杆子多高，给天边那大团大团的云朵镶嵌上通亮的金边，阳光驱散了聚集在大地上的寒气，照到人身上暖融融的。一路上的急行快走，已使他浑身冒出热汗，胸口湿呼呼的，他把狗皮帽子的护耳翻上去固定好，迎着光艳的阳光解开领口的衣扣，敞开胸膛，以便让出汗的潮气散发出来，然后坐下来开始吃干粮。他从挎包里把用旧报纸包着的干粮和咸菜取出来打开，先抓起馒头，他要犒劳自己，先吃比较好吃的馒头，等往后什么时候饿急了，再啃那不那么好吃的窝窝头。

他啃一口馒头，吃一口咸菜，喝一口水，这些食物和水份进到肚子里，很快就转化成了能量，肚子里不再觉得空荡荡的了，疲劳也在消退中，身上也觉得有劲儿了，"一切都很顺利，就这样走走歇歇，到下午一两点的时候就一定能见到小梅！"他信心十足地边吃边想，但想着想着，他又不免有些担忧：小梅到底有没有收到我的信？她的爸妈要是没有及时把信转寄出去，一放好多天那就糟了！也许她现在根本就不知道我要去，再有，她会不会和连里的人一块儿出去了？她要是不在了怎么办？我的行动是不是太草率了？什么准确的消息都没有，完全凭着主观上的猜想和预测，就付诸这么大的行动，万一最后落个一场空，这近百里路的奔波岂不是白辛苦了！他越想心里越打鼓，越想越惴惴不安，这种想法严重影响了他的情绪和信心，刚才还觉得一切顺利，前面的路途完全不在话下，这会儿竟有了畏难情绪，觉得路途是那么遥远，简直难以到达了。

14

其实魏志远的担心完全是多余的，徐小梅自从昨天看到信后，就已经全副身心地准备迎接他了，她一直处于高度兴奋之中，一个晚上都没睡踏实，一会儿惊醒一下，老是误以为自己睡过了接他的时间。

第二天，星期天早上，因为是休息日，连队的人都起得比较晚，所以营区里面静悄悄的，徐小梅早早地就起来了，穿好棉衣棉裤棉鞋，头上扣上大皮帽子，把两个护耳放下来，又围上一条又软又厚的毛线织的长围脖，把身体捂得严严实实的，然后出门向连队驻地外面那条大路的路口赶去。虽然现在并不是预计中志远要到达的时间，但她还是忍不住想去路口看看，她要看看那里的地形，想想志远将要在哪个地方出现，她站在哪个位置最便于他们相互老远就能看到对方。

来到大路后，她情不自禁地就顺着大路走去，她想象着，甚至幻觉着——她就这样走着走着，就能忽然看见志远从大老远向她走来，因为心中老是出现这种幻觉，她在幻觉的引诱下竟在不知不觉中走出去老远，眼下来到一处周围长着一圈白刺的小土坡，她手脚并用一阵努力上到坡顶，这里确实视线开阔多了，她一边喘气一边往四处观望。在大路的右边一百多米处，与大路并行的，是一条十多米宽的水渠，从连队那边的方向一直延伸过来，又向前方远远地伸展过去，渠里的水封冻着，但冰面不是平展的，而是在严寒的作用下膨胀，爆裂，挤压，变形，有的地方大块的冰面斜塌下去，有的地方冰面又横七竖八地翘起来，呈现出一副狰狞的面目，听说前几天有老乡的牛在上面经过时踩裂了冰面掉到水里了。水渠那边是一片空旷的开阔地，一直铺展到很远很远，细看那里的地势相当复杂，有高低不平的坡坎，有七弯八叉的沟壑，到处分布着的冰面反射着耀眼的白光，小梅知道那里有渠南当地老乡开垦种植的田地，但更多的是大片荒野。她也清楚空旷地那边地势高起来的地方，就是那条从团部通过来的大路，那大路一直朝水渠走向的那个方向而去，在走出相当远的一段路程后，才向水渠的方向转过来，水渠在那里架有一座简易的水泥桥，过了桥，大路才掉转头，朝着连队驻地的方向通过来。徐小梅站在高坡上远眺，能隐约看到晨曦中远处的那座桥。"道路在这里绕了好大的一个弯子啊，"她心里暗暗地想。

徐小梅看完了地形和道路，看看时间已不早了，赶紧转身往连队返。

此时连队驻地里正一片忙碌，各排各班的人拎着大饭盆往饮事班赶，又从饮事班里端着饭盆出来往回走，这时盆里不是空的了，而是盛着白面或饺子馅儿，这是各班排到饮事班领包饺子的材料呢，连队有个惯例，逢星期天包饺子改善伙食，各班排把白面和饺子馅儿领回各自的宿舍里自己包。徐小梅她们班的班长和另一个战士刚刚一人拎着一个饭盆出门要去饮事班，看见她正从不远处往本班宿舍走，连忙大声喊："徐小梅，你一大早干嘛去了？赶紧回去准备包饺子啊！"

徐小梅连忙应声道："早上空气好，我出去转悠了一圈儿。"

"赶紧刷牙洗脸，我们一会儿就把面和馅儿取回来了！"班长说完和那战士风风火火地朝饮事班去了，徐小梅赶紧进屋搞个人卫生，准备迎接这一星期一次的包饺子大会战。

没过多久，全班女生就像迎接英雄凯旋似的把端着白面和饺子馅儿的班长和那个战士迎进门来，于是一班人就开始忙碌了，这时过道炉子里的火正着得旺旺的，屋子里非常暖和，女生们纷纷脱掉笨重的棉衣，只穿一件紧身的毛衣，个个都显出好看的体形，有人互相轻轻耳语，评论着某某的身材，发出窃窃的笑声，气氛十分活跃。班长和那女生把白面和饺子馅往炕上一放，大伙就撸胳膊挽袖子，把案板在炕上摆好，和面的和面，擀皮儿的擀皮儿，包馅儿的包馅儿，叮呤咣当地大干起来。

众人施柴火焰高，人多力量大，总之，人多干事就是快，那些个白面和饺子馅经过这十来双麻利的手的折腾，没过多久就神奇地变成了一弯弯好看的饺子了。这饺子包好之后，还得转移回饮事班的大锅去煮，各班的宿舍里可没有能煮这玩艺儿的家伙，所以又案板、木板、饭盆、脸盆齐出动，一帮人用这些"盛具"放上饺子往饮事班端，到了饮事班，早有别的班的人站在大锅台旁边等着了，几个健壮的充当大师傅的男生或女生正用特大号的笊篱在冒着白气的锅里拨来拨去，那锅里的饺子在开了锅的滚水中胀满了肚子漂起来。大师傅打点儿凉水进去，一会儿又开了，又再打点儿凉水进去，如此这般几个回合之后，大师傅高喊一声"好嘞！"等在一旁的人赶紧把饭盆伸过去放在锅台边儿上，大师傅那大笊篱捞起饺子差不多是一笊篱装满一盆，很快就打发走了一拨儿人，然后轮到下一拨儿人往锅里下饺子。那些端上煮好的饺子的人们兴高采烈地往各自的宿舍走，路上个别男生馋得忍不住，一手抱着盆另一只手就抓饺子偷吃开了，吃得眉飞色舞，一路上嘻嘻哈哈。

徐小梅这个班的饺子也煮好端回来了，班长用一个大勺子把饺子平均分到各人的碗里后，大家就津津有味地吃起来，毕竟一个星期中多数时间吃的都是粗粮，肉菜就更是少见，所以星期天这顿饺子就觉得格外的香，大家都默默地专心地吃着，尽情品味那久违的肉馅儿的可口滋味儿和那白面饺子皮儿的细软柔滑。

徐小梅刚吃了两三个饺子，便停下了筷子，满满的心事使她根本没有胃口。志远现在走到哪儿了？他累吗？他渴吗？他路上带吃的了吗？想到这，她再也吃不下去了，她放下碗，爬上自己的铺位，从床头翻出一个长方型的铝制饭盒，打开盖子，把碗里的饺子倒了进去，这一幕让班长看见了，问她：

"徐小梅，你怎么不吃啦？都倒饭盒里干嘛？"

徐小梅皱皱眉头说："肚子好像有点儿不舒服，啥时候想吃了再用开水泡下吃。"

班长关心地走过来用手摸摸她的额头说："肯定是大早上出去受凉了，不行一会儿去卫生员那儿开点药。"徐小梅忙摆手说："不用了不用了，静静歇会儿就好了，班长你快趁热吃饺子吧。"班长说："那盆里还剩点饺子，你把它都装上吧。"徐小梅遵命把那大盆里剩下的饺子又装了些进饭盒里，把饭盒装满，然后爬到炕上自己的铺位上躺下，看着像是歇着，可心里却象匹野马放开了四蹄在狂奔，奔向那正在漫漫长路上拼尽全力向她走来的人。她已决定，过了晌午，就去路口等他。

15

话说此刻的魏志远，由于不久前还在担心万一徐小梅没收到信而导致的种种不利情况，一度产生了消极畏难情绪，后来经过一番思想斗争，又下定决心不管情况怎样都一定要到达目的地，管他三七二十一，先到了再说！主意一定，决心一下，精神就重新振作起来了，身上也有劲儿了。此刻他正在大步流星地赶路，先头那片矮林子已经让他甩在了身后，回想起刚才在那林子里受惊的一幕，他还暗自觉得好笑。

　　刚才经过的那林子，是黄河南岸河套边缘地区特有的一种地貌，一般半人多高手指粗细的红柳，在这里由于特殊的土壤和水份条件，可以发育长成胳膊粗一人多高，而且密集地簇拥在一起，几乎织成了树篱。红柳之间还长满了密密的竹芨草、茅草、芦草等，虽然是冬季，干枯的枝叶和野草依然把整个林子的内部空间封闭得严严实实的，道路就像胡同一样在林子里通过，由于很少有车子经过，没有什么外来的干扰打动，路两边的红柳枝条和野草在春、夏、秋三季里疯长，不断地从两边向路中间蔓延，有的地方路两边的树枝和草都差不多要对接上了，人从这里通过，时不时要拨开从两边探出来的枝条和野草，有时甚至要从搅在一起的枝桠当中弓着身钻过去。前面枯黄的芦草越来越密，纷纷把干硬的叶尖探出来，魏志远经过时不得不频频用手去拨，那尖叶刺在手上划在肉上刺痛刺痛的，再细看那芦苇叶子，每片上面都有个牙印，传说那是当年武则天御驾出游，在野外宿营，一时肚子发紧要出恭，来到外面蹲下便拉，却被那尖尖的芦苇叶子在屁股蛋子上狠狠地扎了一下，女皇大怒！揪起那芦苇叶子狠狠地咬了一口，从此天下的芦苇叶子就都留下了牙印。魏志远一边拨着枯草一边想着老乡讲的这个传说，不禁笑出声来。

　　魏志远正在这"胡同"中艰难行进，忽然觉得前面什么地方有点异样，他双手握紧棍子，停下脚步仔细观察，四周倒没发现什么动静，却觉得最大的动静来自脚下，低头一看，吓了一惊！一只黄灰色毛茸茸的肥大野兔正卧在他的双脚之间。人和动物在面对突如其来的情况时，都会有瞬间的发楞，魏志远和野兔此刻正是处于这种状态，但野兔的反应比他快了半拍，当他两脚一合想把野兔夹住时，那野兔已像一道闪电般窜出去，让他夹了一个空，兔子身体像弹簧般一弓一展的狂奔，转瞬就消失在林子里。他正觉惋惜间，前面十几米处的林子里忽然"哗"地一声窜出一个骑在黑马上的黑人,他自早上从连队出来还是第一次碰到人,这着实把他吓了一大跳!待仔细看那黑人,其实也没那么黑,不过是林子里光线暗,那人又是背光,所以连人带马都显得黑乎乎的,这人其实就是个当地的老乡而已,于是他学着本地口音冲那老乡喊道:

"老乡,你在这干甚(什么)呢?"

老乡骑的马也被突然出现的魏志远吓了一惊,一个劲儿地往一旁倒蹄子,老乡猛地拽了两把缰绳让那马镇定下来,冲魏志远回话道:"牛走丢了,出来找牛,后生你这是去哪呀?"

"鹅(我)是去巴尔呼苏,"徐小梅她们连队所在的地方叫巴尔呼苏。

"鹅(我)就是从巴尔呼苏来呀。"

志远一听心里一喜,赶紧问:"到那里还有多远来着?"

"有个四、五十里哇。"

还有四、五十里,那就是说已经走了一半了,"再加把劲儿,把这剩下的一半彻底消灭!"他在心里暗暗地鼓励自己。他谢了老乡,继续向前赶路。

此刻他已远离了那片红柳林子,他上到路边的一处高坡向前眺望,前方的道路左弯右曲向远方蜿蜒而去,消失在一大片波涛般起伏的沙丘地里,上午的太阳高悬在头顶上,阳光遍洒大地,沙丘地区上空飘浮着几朵硕大的云团,遮挡住了阳光,投下巨大的阴影,与那没有被云团遮挡的、被阳光映得黄灿灿的沙丘部分形成鲜明的反差。魏志远喝了一口水,扛起棍子,快步向沙丘方向走去。

那些远看好似浪涌般的一波一波的沙丘,越走近越显高大,等走到跟前时,已像山一样耸立在眼前,感觉几乎把前面的天空遮掉了一半,人处在如此巨大的沙山之下,显得那么的渺小,而此刻魏志远所在的位置,正处在一块特大云团的遮盖之下,阳光倏忽消失,四下里阴森森的，再加上沙山的压顶之势，人在其间，不免生出莫名的畏惧之心。

　　沙地走起来很费劲，一步一塌陷，越使劲脚陷得越深，拔出来越费劲，魏志远用棍子撑着沙地艰难地行进，他一刻也不敢偏离道路，所谓的道路不过就是两道车辙，有时明显有时不明显，有时干脆就让流沙彻底掩埋了，所以道路看起来是断断续续的，在沿着这条时隐时现的"道路"在大沙山之间来来回回转了几个圈之后，魏志远完全搞不清方向了，"管它什么方向呢，死跟着路走就是了！"他心里自言自语道，继续执着地盯着车辙印子往前走，可是走着走着，抬头一看，他傻眼了！眼前竟然出现一个叉路口，脚下的路在前方分开成两条，通向左右两个不同的方向，他站在路口犹豫起来，究竟应该选哪一条呢？想来想去，还是下意识占了上风，觉得应该选左边这一条，因为从大的方向来说，本团各连队都处在黄河以南沿岸不远的地方，小梅的连队是在黄河下游的方向，也就是在东边，往这个方向去，黄河就始终是在左手的方向，那他自然应该选左边这条路。"就这样，肯定没错！"他十分有把握地想。道路既然确定了，他就鼓足劲头沿着这条路走去，但是走了一段时间之后，他总觉得好像有点不对劲，道路好像总是向着他的下意识不情愿的方向弯过去，"到底是我的感觉不对，还是路不对？"有好几次，他在犹豫间停下了脚步，但在经过了一番思索之后，他还是觉得自己先前的决定是对的，现在的这些感觉和想法都是因为错觉而产生的，自己不应该三心二意受这些错觉的影响，要坚定地沿着这条路走下去。

　　又经过了差不多一个小时的行走，这时太阳终于离开了云团的遮挡，重新把阳光洒布在沙海里，四周的沙子被阳光映得黄灿灿的，晃得人眼睛发花。冬日的阳光和煦而温暖，应该令人感到舒适惬意，但魏志远还没来得及感受阳光的舒适，却先打了一个冷勤！他猛然发觉不对劲，如果他行走的方向是正确的，也就是说，如果他是向东走，阳光应该照在他的右脸上，怎么现在阳光居然照在自己的左脸上，这不是再明白不过地说明，他走的方向完全搞反了吗！这个发现把他吓坏了，他怀疑自己是不是神志错乱了，马上停下来，想喝几口水，让自己冷静冷静，一看水壶里水不多了，就只吮了一小口，然后就在原地转来转去根据阳光照射的角度来确定方向，最终得出一个令人沮丧的结论：他选错了道路！另外一条路才是正确的，而他选的这条路引导他向着相反的方向整整走了一个多小时！

这个无情的结论令他浑身发软一下瘫坐在沙地上，半天没缓过劲儿来。一个多小时（他没有表，只是估计，实际可能更多），整整一个多小时的时间和辛苦全都白费了，现在再返回去，回到那个叉路口，又得需要一个多小时，这加起来总共白费了三个多小时，原计划下午两点到达，这一下要搞到天黑了！小梅等到天黑了还见不到我，她会怎样地担心？怎样地着急？她会心想我是不是出事了？是不是我今天到不了？这将带给她多么揪心的折磨，他越想越沮丧，越想越生气，恨不得用棍子狠狠揍自己一顿！"现在想什么也没用，只能马上改正错误，往回走！"他一边这样想着一边发狠地从沙地上站起来，连走带跑地往回去的方向赶去。

16

此时在小梅的连队里，人们已经吃完了饺子，正三三两两地结伴往三四里地之外的巴尔呼苏公社走，那地方也算是此地的小集镇，可以去逛逛，最主要的是那里有小卖部，可以去买点日常用的东西。但是今天那里却另有一件吸引人的事情，一个来自安徽的戏班子要到此地演出徽剧移植的样板戏《沙家浜》，这消息早在几天前就在四下里传开了，方圆十几二十里地的老乡在晌午过后就已经开始往此地聚集了。

徐小梅哪有心思赶这个热闹，为了不引人注意，她先是随着班友们说说笑笑地往公社走，刚走出没多远，她突然"呀"地叫了一声，对身边同伴说她忘了一件事，随即转身往连队方向跑回去。

她回到自己的宿舍，此时宿舍里空无一人，人们都去公社看热闹去了。她爬上自己的铺位，从床头的被子下取出那个装满饺子的饭盒，来到过道里，把饭盒放到炉盖上，她想让炉子的热量把里面的饺子热一热。随后她又转身进屋去取来她的军用水壶，拎起炉边放着的烧水的大铁壶晃了晃，里面还有不少热水，她就把军用水壶灌了个满，这些事做完后，她就守在炉边等待，直等到她认为饭盒里的饺子热得差不多了，她就用自己的毛巾把烫手的饭盒包上，放进了她的挎包里。她站在原地想了想，觉得一切都准备得差不多了，就背上挎包和水壶，戴上皮帽子，出门朝路口方向赶去。

她来到早上来过的那个小土坡，站在坡顶上四处张望。这里视线很好，可以隐约看到远处的小桥和水渠那边的开阔地，当志远经过小桥沿着大路向这边走来时，她大老远就能看见他。她抬头看了看太阳，根据太阳的位置，她觉得现在应该有十二点多了，如果志远一路顺利，再有一个多小时，他就应该会出现在小桥那边的路上。

她在小土坡上找了一处干软的沙地坐下来，把装有饺子的挎包捂在怀里，想尽量保持饺子的热量。她的双眼紧紧盯着远处的小桥，那桥上只要一有人出现，她就马上兴奋地站起来，按捺住"砰砰"的心跳，眼睛睁得大大的，把视线聚焦在远处移动着的像个小黑点儿似的人上，直到那人越走越近，看出是别人而不是志远，她才缓缓呼出一口气，重新在沙地上坐下来。

她和志远已经整整将近一年没见面了，在这三百多个日日夜夜里，她是在怎样的苦苦思念中度过的啊！刚到连队的头几个月还好，在那红红火火的连队初创时期，个人的情感在军事化的同甘共苦的大集体氛围中被抑制着，掩盖着，但它不可能消失，它像顽强的种子，会按照自己固有的本性重又萌生，勃动，越长越大，直至不可压抑地暴发出来。黑夜里，她常常在半梦半醒的状态中似乎要见到志远了，但却总是还没来得及见到，梦幻就一下子消失了，令她痛惜万分，这真是见也见不到，梦也梦不着，真是应了那句古诗："天长路远魂飞苦，梦魂不到关山难。"

这么久没见面了，他现在变成什么样子了？晒黑了？长壮了？还是变瘦了？她根据本连多数男生的状况推断，觉得他肯定是晒黑了，也长壮了，不可能再是分手时那个北京中学生的样子了，那时的他是多么单纯善良，多么热情爽直，多么嫉恶如仇啊，整天想装出成年人的样子，却又带着一身孩子气，动不动就想和社会上的小流氓小混混打架，让她老是为他担心。如今，经过这近一年的艰苦磨练，不用说，他已经和千千万万个从北京来的稚嫩的中学生一样，早已像蚕蛹化蝶般完成了蜕变，变成了标准的兵团战士了。

在这漫长的思念的日子里，她曾经多少次设想过各种和他联系的办法，却都无法实现，现在，他居然想出这么个奇特的办法，让小梅自己的爸妈转寄信给自己，使自己和他终于取得了联系，"亏他想得出来，他是多么鬼聪明啊，"想到这，徐小梅一边笑，一边不禁流出眼泪来。

徐小梅就这样一直在小土坡上等着，坐久了就站起来走走，走一会儿后又坐下，她曾好几次想向桥那边走去，但没走出几步又觉得不行，因为现在这个位置，连队和小桥两边都能看见，如果再往小桥那边走，就看不到连队了，连队万一有什么情况她也就不能马上知道了（虽然她也说不上连队会有什么万一的情况，但是直觉是这样告诫她），于是她决定还是在现在这个两边都能看到的地方等待。

徐小梅抬头看看太阳，太阳已经开始偏西，阳光照在身上的温度也在不知不觉中减退，"现在应该有两点多了，按理说他应该到了，"小梅有点心急地想。"那么远的路，他又是第一次走，出现点不顺利是很正常的，"她向自己解释道。"别着急，耐心等着吧，他一定会出现的，"她不断安抚自己。

她那颗焦急的心令她无法静静地坐着，她只好站起来，在坡顶上走走停停绕圈子，以消耗难熬的时间。长时间地盯着远处看，令她的眼睛疲劳发酸，她不得不收回目光，闭上眼睛，用双手轻轻揉搓眼部以驱除疲劳，这时她的脑海里，又禁不住开始验算那个早已验算过无数次的结论，但无论怎么算，他都是现在应该到了啊！想到这里，她的心跳在加快，又面向小桥方向重新睁大经过短暂休息的双眼，紧盯着那边可能出现的任何细微的动静。

17

徐小梅哪里知道，在她算来算去觉得他应该到达的那个时间，魏志远才刚刚回到那个该死的叉路口，由于纠错心切，他一路没停地在松软陷脚的沙路上连走带跑，等来到叉路口时，已经气喘得像翻江倒海，双腿的骨头好像化作了棉花，一屁股坐在地上顺势就躺倒了。

他躺在沙子上喘息了一阵，努力坐起来，摸摸挎包，挎包是空的，干粮早吃完了，晃了晃水壶，水壶也是空的，但他依然拧开水壶盖，把水壶倒置，壶嘴对着朝天张开的嘴，让最后几滴水流进嘴里。

他断定小梅此时已经在前方等他，他知道每拖延一刻都会令她万分焦急，他必须立刻振作起来，重新鼓起劲来，完成这最后的冲刺！于是他撑着棍子站起来，迈开沉重的双腿，朝叉路口右边那条早就该走的路走去。

当他终于走出了沙丘地带，进入到一马平川的开阔地时，太阳已经明显偏西，阳光呈现出柔和的橙红色，而且感觉不到温暖，空气的温度明显下降，而且随着太阳西下，温度将会越降越低，再往后，气温将会低得寒彻骨髓。

他看见大路在布满石砾的滩地上左弯右拐避开一坨坨暴露着粗大根系的沙蒿丛，向远处地势较高的坡地伸展过去，他尽量选择直线往坡地的方向急走。

当太阳离西边天际还有差不多一杆子高的时候，他沿着大路来到坡地上，一边喘气一边放眼往坡地那边瞭望，坡地下去是一眼望不到边的平川，上面不规则地分布着沟渠和耕作过的地块儿，说明附近有公社的生产队，在目力将及未及之处，在接近地面泛起的迷濛的雾霭中，隐约看到那里似乎藏着一栋栋房子，他怀疑自己是不是眼花了，用手揉了揉眼睛，再集中目力使劲盯着看，看着看着，果真看出了那形状极为熟悉的兵团的营房！没错，是兵团的营房！他原本已经开始感到凉意的身体里的血液一下子沸腾起来，他知道在那雾霭迷濛之处的某个地方，他虽然还看不见，但小梅肯定已经在那里急切等待他多时了，他恨不得长出翅膀直接飞过去。他望了望前面的道路，道路好象并不理解他的心情，不是马上向着他所希望的方向去，而是向着一旁的方向没完没了地远远伸展出去，不知道要走出去多远，看来道路是要绕一个大弯后才通到营房那边去，他看看天色，看看前方的道路和远方的营房，决定不顺着大路走了，没必要跟着道路去绕那么大的弯子，"我现在就从这儿直插过去！"他料到前面这片莫生的平川地里一定地势复杂，不然道路不会躲开它绕那么大的圈子，但那是对汽车而言，"我是个大活人，汽车走不了的路我一定能走！"他十分自信地这样想着，已经迈开步子离开了大路，向土坡下面的平川地直插过去。

18

而此刻在距离魏志远三四里地远的大路旁的小土坡上，徐小梅正在心急万分地等待着，随着时间超过她预计的时间越久，她就越加不安和焦虑，此时太阳已经接近西边的地平线，漫天云彩刚才还被夕阳映成通红色，这会儿正在快速褪变成暗灰色，整个天地的光线越来越暗，当太阳最终落到地平线以下时，黑暗和寒冷就将要降临大地了，可志远他还是没有踪影,这到底是怎么回事呢?徐小梅心里着急,身上又冷,浑身不禁打起哆嗦来,"他会不会遇到什么情况了?他会不会出事了?"种种不祥的念头轮番折磨着她,使她的心理承受力接近极限。她身上发冷,双腿发僵,脚指头也冻得生痛,她不得不绕着土坡跑动来取暖,当她跑了几圈再上到坡顶往小桥那边瞭望时,小桥已在傍晚渐渐浓重的雾霭中变成了模糊一团,几乎辨认不出来了,她转过身想望一眼连队那边的情况,就在她的目光往连队方向转移扫过水渠那边的旷野时,她似乎看见很远的地方有个物体在移动,但看不清是人还是牲口,或是其他什么东西,她起先并不在意,因为那片旷野里,偶尔会有当地老乡或牲畜等出现,但当她观察完连队,再次把目光投向远处那个移动的物体时,这回隐约看出好像是个人的形状,而且是在往这边移动,她使劲睁大眼睛仔细辨认着,这时的夕阳已不知何时在西方的天边下沉消失了,天色一下子暗淡下来,远处的景物变得混沌不清,但她还是努力借着天地间最后的一点余光盯着那个好像是人的物体仔细辨认。那物体也好像在跟余光消失的速度赛跑似的,天色越暗,它越往这边移近,总保持让徐小梅能勉强看见它,而不至于消失在黑暗中。徐小梅不敢相信,但又不得不寻思:那人会不会就是志远?他怎么会出现在这个地方?他不是应该顺着大路过来吗?啊——她突然醒悟过来,可能真的是他!他是为了抄近道,所以直接从这边插过来了!她的心一下子提到了嗓子眼,呼吸都差不多停止了,使劲睁大眼睛盯着那个渐渐从混沌中走出来,越走越近,越来越看清的人,她想喊,但又不敢喊,因为天色太暗,看不清那人衣服的样式和颜色,看着黑糊糊的一团,像是裹着黑棉袄的老乡,她正犹豫间,隐隐约约好像听见随着微风从远处飘过来有点象"小梅"的喊声,她不敢相信自己的耳朵,以为那是错觉,但那声音断断续续不时传来,而且越来越大越来越清晰,这回肯定不是错觉,这回听真切了,喊的就是"小梅"两个字。是他在喊,没错,就是他在喊,她的眼泪哗地涌出来,发疯似地向着那人行进的方向跑，边跑边拼尽全力喊"志远！志远！"刚喊了两声就喊不出来了，她的喉头一下子哽噎住了，再喊出来时，已是泣不成声的哭腔。

19

当志远一溜小跑从高坡上冲下来，进入到那片旷野走了没多久，西边天际的夕阳就在重重云霭的包围中沉沦了，剩下的余光在迅速消逝，又过了一段时间，就只在天边残留下一抹惨白色了。魏志远在越来越暗的旷野里急匆匆地赶路，时而穿过密密的扎人的竹茇丛，时而趟过翻犁过的大片松土，时而像走平衡木般沿着窄窄的田埂行进，边走边伸展两手以保持平衡，时而又跋上一人多高的渠背沿着渠背小跑，渠里冻裂得横七竖八的冰块在昏暗的光线中显出惨白的颜色，不时发出令人心悸的"咔咔"的断裂声。

魏志远瞪大双眼死死盯着前方营房的方向，以防自己在越来越暗的光线中走偏方向，由于顾及不到脚上，常常被脚下的土坎和石块绊得跌跌撞撞，他顾不上这一切，只管奋力往前赶，同时目光来回搜寻着营房附近的区域，希望能发现小梅，但由于距离尚远，加上渐生渐浓的雾霭，使远处的情形呈现一片混沌什么也看不清，但他并不气馁，他坚信小梅就在前面，她就隐身在那混沌的雾霭之中，只要再加把劲儿往前走一程，就一定能看见她！抱着这样的信念，他深一脚浅一脚地在旷野里奔跑起来，当他跑得上气不接下气，停下来喘气，同时用目光更大范围地扫视雾气弥漫的前方时，他忽然在一处先前没有注意到的离营房较远的地方，发现有一个人在土坡上站着，虽然看不清衣着和相貌，但从那熟悉的形体和站姿，他一下认出了那就是小梅！他大声喊叫，那人没有反应，他向前跑了几十步，又喊，那人还是没有反应，他再连续不断地跑，边跑边拼尽全力喊，喊着喊着，就见那人

忽然转过身来向他拼命跑来，边跑边喊他的名字，那已经不是喊声，
而是发自心底的哭声了。

两人不顾一切地向着对方猛跑，却嘎然止步在大渠的两岸，志远
犹豫了一下，扔掉棍子，伸出一只脚小心地试探了一下冰面，就准备
往冰上走。小梅拼命摆手喊道：

"别过来！别过来！冰不结实，前些天老乡的牛还掉进去了，那
边有桥！"小梅边喊边用手向桥的方向指。

志远收回脚喊道："桥有多远？"

小梅本想说挺远，话到嘴边了又改口道："不算太远"。

志远往黑朦朦的远处望了望，又看看眼前的冰面，决定还是涉冰
过渠，他在小梅一连串"别过别过"的大声劝阻中谨慎地踏上冰面，
弓着上身和双腿，张开双臂，开始缓缓前行，小梅知道再劝阻也没用，
他一但决定了是谁也拦不住的，只好带着"呼呼"的心跳，屏住呼吸，
眼睛死死盯着他脚下的冰面。

魏志远提着一口气，轻轻慢慢地在冰面上移动，快走到大渠中间
时，突然不知从哪儿传来"咔"的一声惊响，只觉得脚下的冰面似乎
动了一下，他赶紧就势趴下，这时只见前方斜对面岸边的冰面上有一
条白色的裂缝正发着咔啦咔啦的响声向自己这边裂过来，一直恐怖地
爆裂着从自己趴着的冰面下经过，透过冰层可以看到下面滋滋冒动的
水泡，魏志远一下傻了眼，完全束手无策，只能一动不动地趴着等待
命运的发落，或者逢凶化吉有惊无险，或者冰面开裂掉进水里。这一
幕徐小梅在岸上看得真切，她大气都不敢出，心提到了嗓子眼，腿软
得快要站不住了。

魏志远就那样一动不动地趴着，一切都好像静止了，在静止中等
待着什么……这僵持的一幕大约持续了十几秒，志远觉得冰面好象没
啥动静，他小心抬起头来看了看四周，冰面上除了多了一道发白的裂
缝，并无其他险情，于是他慢慢用胳膊肘支起身来，这回他再也不敢

站起来了，他用四肢像狗一样缓缓爬行，只要觉得冰面一有动静，就马上趴下，他记得在中学上物理课时老师讲过：增大受力面积可以减少压强……

就这样，他爬几下，停下来观察一下，然后再爬几下，再观察一下，慢慢地就爬过了大渠中央，慢慢地就接近了对岸，而此时岸上的徐小梅早已迫不及待地探着身子，伸出手来准备拉他了。

在离岸边只剩下一两米的时候，魏志远弓着身子慢慢从冰面上站起来，吸了口气，突然猛冲几步跳到岸上，身后的冰面"咔"的一声裂开了一片，黑水冒出来漫过了冰面。

魏志远伸出的双手最先触到徐小梅的指尖，随之小梅整个人扑到他的怀里，二人紧紧抱在一起，小梅的头埋在他的胸前，他的脸紧紧贴着小梅的脖子，谁都说不出一句话来，任凭泪水尽情流淌，泣不成声。此时此刻，再没有什么能比泪水更能表达重逢的喜悦，也再没有什么能比泪水更能洗却思念的苦涩和分离的痛苦，二人就那样紧紧地，久久地相拥着，无言地任泪雨倾洒。过了好一会儿，志远轻轻推开小梅道：

"小梅，让我看看你。"

小梅慢慢把头离开志远的胸口，抬起噙满泪水的双眼望着志远，志远用双手捧住她的双颊，二人在黑暗中久久地互相凝视。

"你怎么像个胡子，"小梅带着满脸的泪水苦笑道。

"那你，你怎么像个农妇，"志远也满眼含泪苦笑着说。

说完两人又紧紧拥抱在一起，过了一会儿，小梅觉得志远腾出一只手在胸前找什么，她低头看时，只见他从棉衣左胸的里面抽出那条淡兰色的手绢。然后轻轻地捂在她的双眼上，捂了一会儿，又捂到自己的眼上，两人的泪水把手绢打湿了一大片，志勇又用手绢在小梅的脸上擦了擦，说道：

"小梅，咱别哭了，你不能回连队太晚了，我一会儿也要往回赶，咱们赶紧说会儿话吧。"

徐小梅一下想起来了,她用双手使劲抹了抹脸上的泪水,把忘在身后的挎包拉到身前说:

"志远,你饿了吧,我给你带来饺子了!"

魏志远确实是饿坏了,刚才激动之下一时忘了饥饿,现在经徐小梅一提醒,肚子立刻咕咕直响,饥饿劲儿上来了,他听小梅说带来了饺子,高兴极了,他们就地找了一道土坎准备坐下来,志远往四周看了看,朝小梅摆摆手道:"慢着,等会儿,"说罢跑到几米之外的一堆枯草处,三扒两下抱了一小抱枯草往回跑,跑回来把枯草往小梅要坐的地下一铺,小梅说:"你坐的那边也铺点儿",他说:"不用,我火气壮",说罢,就让小梅坐下,小梅从挎包里掏出饭盒,放在两人中间,又把背着的水壶也摘下来摆上,然后用冻得冰凉的手打开了饭盒。饺子虽然早就不热了,但由于徐小梅一直把饭盒抱在胸口捂着,所以还不至于冰凉,志远抓起来就往嘴里塞,只觉得那肉馅儿和饺子皮儿真是太好吃了,简直美不可言,绝对是他长这么大以来吃过的最好吃的饺子,他一边吃着,一边不时抱起水壶咕咚咕咚地往嘴里灌水,小梅柔声地嘱咐他"慢点儿吃,慢点儿喝,别噎着呛着,"魏志远应付地点点头,又接着狼吞虎咽,小梅用力地搓着两只冰凉的手取暖,两个眸子在黑暗中闪动着泪光默默地注视着他。忽然,志远停住不吃了,他惊醒地望着小梅问:"你也还没吃东西吧?咳!我怎么光顾自己啦!"小梅忙说:"我不饿,我不想吃,你快吃吧,"可志远坚决不吃了,抓起饺子就往小梅手上塞,小梅只好说:"那好,咱们一块儿吃吧,"说罢,就拿起一个饺子慢慢地吃起来。志远把剩下的饺子分作大小两份,大的那份留在饭盒里,小的那份盛到盒盖上,他要小梅吃大的那份,自己吃小的那份,小梅坚决不干,要换过来,志远没办法,只好听小梅的,但趁小梅不注意偷偷丢了两个饺子到小梅那边,小梅发现了又给丢了回来。

两人吃完饺子,又互相贪婪地凝视了好一会儿,想要抓紧现在的分分秒秒补偿那三百多个日日夜夜的不能相见之苦，过了一会儿，志远站起来，走到小梅身边坐下，小梅往旁边挪了挪让志远也坐在枯草上。志远坐下后，双手抓起小梅的双手凑近张大的嘴使劲哈气给她暖手，一看哈气也暖不过来，就把棉衣胸前的扣子解开，把她的双手塞进去，然后两臂紧紧地捂着，只感觉两只手凉得像冰坨子，他心痛得眼眶又湿润了。过了片刻，只听小梅说：

"志远，你来得正好，有件事要和你商量，你再不来，我都快急死了。"

魏志远吃惊地瞪大双眼望着她问："啥事这么着急？"于是徐小梅就把遇见蒋干事之后发生的种种事情一五一十地讲给了魏志远听，末了，徐小梅问他：

"那你看，我是调团部好还是不调好？"她的心里实在是很矛盾，又想借这个机会调得离志远近些，又怕姓蒋的骚扰她。

魏志远听完徐小梅的讲述后，低头沉吟起来，小梅的心情他完全理解，但到底怎样好？他得好好想一想。徐小梅一声不吭，双眼盯着他的脸，等着听他说出他的主意，不一会儿，只见他突然抬起头来，望着徐小梅的双眼用坚决的口气说：

"调！干嘛不调，坚决调！调去以后，他姓蒋的要是敢胡来，看我把他大卸八块丢黄河里喂鱼！"

"你可不敢瞎来！"魏志远这一番话把徐小梅吓着了，"你要是瞎来我还是不调去的好。"

魏志远一看徐小梅真的给吓着了，连忙笑道："看把你吓得，我那是发狠说的话，你放心，咱有办法对付他，再说咱连里北京的老同学多了，大家都会为你撑腰的，还怕他个小破干事。"接着，二人又商量了一些有关调动的细节，到时如何联系，如何配合等，这件事就基本上这样确定了。

天色越来越晚了，连队那边好像隐约传来嘈杂的人声，同时一栋栋营房陆续亮起了灯光，那显然是去巴尔呼苏公社凑热闹看唱戏的人们返回来了，徐小梅必须要回宿舍去了，魏志远也该往回赶了，前面还有近百里地等着他呢，但是，这回他不再畏惧那漫漫长路了，他已经一步一步把它走过一遍了，这路对于他来说已经算是熟路了，哪里有什么情况，哪里该怎么走，他都了然于心。更重要的是，他终于见到了苦苦思念了那么久的心上人，他冲破了时空的阻隔和她紧紧相拥在一起，这可是他们从小相识以来的第一次拥抱，在这之前别说拥抱了，就连牵手都没有过，这人生中珍贵的第一次竟然来得这么突然，这么自然，这么不可阻挡，这带给他的巨大幸福感使他浑身劲头倍增，就像一辆加满了油打足了气的汽车，再远再难的路都不在话下，且按捺不住跃跃欲试之心想去征服它。

分手的时候到了，这真让人体验到了那句吟唱了千百年的"相见时难别亦难"的诗境，二人恋恋不舍地依偎在一起，多少想说的话都化作了无语，只有两双眸子在夜色中闪动着辉光相互凝视着，要把这一刻长久地刻在心里，"看久点，再看久点，"两颗年轻的心在悲楚中乞求着。终于，志远轻轻推开小梅，用发自心底的柔声对她说：

"小梅，你回去吧，我站在这看着你走。"

徐小梅心里一酸，泪水涌到了眼眶，她不想再泪汪汪地分手，赶紧点点头转过脸去，放开了紧紧抓住志远双手的手，慢慢地朝连队方向走去，走了十来步，她转过身来，看见志远一动不动地站在那儿，频频向连队那边摆手，示意她快点走，她满眼含泪使劲点头，转身继续往连队走去。她头也不回地走着，她知道志远在后面望着她，她不走到连队营区，他是不会踏上归途的，于是她加快了脚步，向着灯火阑珊人影晃动的营区走去。

魏志远一直站在原地目送着徐小梅，直到她溶入了夜色、灯光、人影和营房轮廓的杂景中，才转身朝相反的方向走去。

20

第二天凌晨五点左右，正是冬日里黎明前最黑暗的时分，经过了一夜艰难跋涉的魏志远终于回到了自己的连队，他悄悄经过一栋栋黑影似的营房，来到自己宿舍的那栋房子，轻轻推开门，立刻感到被炉子烤热的空气迎面扑来，借着炉盖间炉火透出的光亮，他看见炉台上放着几块馒头和窝头，他知道这是班友们的习惯，吃饭时拿多了吃剩下的馒头窝头，会被随便放在炉台边上烤着，谁想吃谁吃。他走了这一晚上的夜路，这会儿肚子里空空的，赶紧抓起一块窝头就啃，那烤得焦黄的窝头透着一股香味，越嚼越有滋味儿，他忍不住连着吃了好几块，然后拎起炉台另一边上放着的烧水的大铁壶晃了晃，里面还有不少温水，他双手把大铁壶搬起来，直接把粗粗的壶嘴对着自己的嘴，咕咚咕咚灌了几大口，这才过了瘾，然后又嚼了两小块儿馒头，又灌了几大口水，这才蹑手蹑脚地摸进睡觉的屋子里，看看各位都睡得正死，呼噜声打成一片，他衣服也没脱，爬上自己的铺位，把棉被扯过来往头上一蒙，很快就迷迷糊糊睡过去了，他实在是太累太困了。

这天是星期一，白天天气良好，只见冬日明媚，万里无云，阳光带着微微的暖意遍洒大地，虽然气温较低，但却没有一丝风，冬季里只要不刮风，人就不会觉得太寒冷，且能感受到阳光的暖意。

这天蒋干事兴致好极了，他在团部食堂随便吃了两口不那么可口的早饭后，便来到那间洗印室兼休息室的小房间，把炉子捅旺，放上已经有水的铁壶，从小桌的抽屉里取出一包已经开了口的袋装麦乳精（这在当年算是奢侈品了）和一个油纸食品袋。袋里面装着棕黄色的小蛋糕，这是他最爱吃的北京蛋糕，他把这些东西放在小桌上后，伸了伸胳膊，抬了抬腿，绕着铁炉子转了几圈，等到铁壶冒出热腾腾的水汽，他就用一个大搪瓷缸子放进点儿麦乳精，再把开水倒进去，一杯麦乳精就冲好了，他拉过来椅子，坐在小桌旁边，就着冲好的麦乳精津津有味地吃起蛋糕来。

他一边吃着，一边脑子在盘算着：徐小梅说这个星期答复我，今天是星期一了，我是不是应该打电话问她了？如果现在就问她，是不是有点太急了？是不是应该过个两三天才问她？那样显得自然点，可是，两三天啊，我可连一天都不想等啊！她要是同意调过来多好啊，我都恨不得给老天爷跪下磕头了！但是她要是不同意怎么办？她应该不会不同意的吧，我那天都看出来她有点动心了。这样想着，他赶紧吃完了手上拿着的蛋糕，喝光了缸子里的麦乳精，起身朝门外走去。

星期一刚上班的时间，团部大院里总是显得比较忙乱，蒋干事刚走到团部院子里，就见团长——一位参加过抗美援朝战争的中年军人——披着羊皮里子军大衣，带着一个姓刘的参谋，还有团部通信班的小赵，正风风火火地往团部外面走。他看见蒋干事，招手叫他过去，说他要去几个连队去看看，交待了蒋干事若干事情，就转身领着二人走了。蒋干事站在原地琢磨了一会，好像想好了什么，径直向电话班走去。

所谓电话班，其实也就三个人，一部交换机三个人轮流值班，每班一个人坐在交换机前值守。由于三个人值班每个人值守时间太长，而且万一其中有人有什么特殊情况，连个顶替的人都没有，所以决定增加人手。蒋干事在团部兼管着电话班和通信班，所以增加人员的事就自然由他来办理。

蒋干事拉开门走进电话班机房，见只有小燕在值班，她好像起床晚了刚赶着来上班的，头发都没梳好，散乱地披在肩上，显出另一番迷人的风韵。这激起了蒋干事一阵冲动，走过去经过她身后时在她脖子上轻轻地掐了一把，却不料这一下激怒了小燕，她像触电般反应强烈，反感地把一只胳膊使劲一甩，把蒋干事的手给撞一边去了，嘴里冷冷地"哼"了一声，又转向交换机，不搭理蒋干事了。蒋干事悻悻地干笑两声，心里想："小丫头片子，爱搭理不搭理，等我找个更漂亮的来，气死你！" 然后走出机房，来到通信班旁边的值班室，值班室里靠墙放着两张并在一起的桌子，桌子上有一部电话，一旁有个通信员正靠在桌旁在一个本子上写着什么，蒋干事冲他挥挥手，示意他出去一下，那通信员心领神会放下笔和本子转身往屋外走，蒋干事等他消失在门口之后，走近电话拿起了话筒，要通了徐小梅所在的连队。

21

早饭之后，徐小梅正和本班的人排着队扛着铁锹在班长的带领下向菜地行进，老远看见连部通信员往这边跑过来，跑近班长时示意有事和班长说，然后凑近班长耳边耳语了几句，就见班长朝行进着的队列喊道：

"徐小梅，出列，过来一下。"

徐小梅提着铁锹跑过来，就听班长对她说："徐小梅，你跟通信员去一下连部，铁锹给我，完事儿你自己来菜地。"

徐小梅心里已经料到是什么事，她默默地跟着通信员走，进了连部大门，通信员说了一声"有你电话"，示意徐小梅往有电话的大屋去，自己则向旁边的小屋走去。

徐小梅一进屋，就看见电话的话筒口朝上放在电话机旁，一看就是等着人接电话呢，她走近桌边，拿起话筒"喂"了一声，听筒那边立刻传来令她惧怕的热情得使听筒"呼呼"作响的磁性男声：

"喂，是徐小梅吗？啊，是你呀，梅！"他又故意把"梅"字前面的发音含混掉，只突出个亲热得要命的"梅"字。

徐小梅决定要制止他，不能让他再这样叫，于是她对着话筒说："你以后别再这样叫我，我叫徐小梅。"

电话那边那位显然是碰了个没料到的钉子，有点尴尬，干笑了两声："哦呵呵，对对对，叫小梅，叫小梅。"

徐小梅觉得有点好笑，静静地等对方说话，就听那边轻咳一下清了清嗓子说道：

"小梅，调团部的事儿你想好了吗？"

徐小梅本想顺嘴说"想好了"，但潜意识使她不想让对方那么轻易就得到这句话，于是她踌躇道：

"我——我想再好好考虑考虑……"

"还再考虑考虑？这有啥可考虑的！从上礼拜考虑到这个礼拜还没考虑完，"对方急得好像火烧到了屁股，"小梅你别再犹豫了，我都是为你好，你要是错过了这个机会，你可别后悔！"

"那——"

"那什么？你快说呀！"

"那就那样呗，"

"就那样？就哪样啊？"

"那就调呗，"

"你真的同意啦？"那边几乎不相信自己的耳朵。

"是的。"徐小梅平静答道。

那边忽然没了声音，是晕倒了还是休克了？徐小梅正暗自发笑，忽然听筒里猛地传来一阵哈哈哈哈的大笑声，那笑声仿佛带着一股强烈的气流冲击着她的耳膜：

"梅，哦不，小梅呀小梅，你总算决定了，你下这决心真好像比搬山还难呀！哈哈哈哈，好嘞，就这么着，你等着吧，我会尽快给你办妥的。"

在那边通信班值班室的屋子里，蒋干事早高兴得忘乎所以，撂下电话后，他围着桌子又蹦又跳，一会儿摆个忠字舞的姿势，一会儿摆个造反舞的姿势，还想摆个芭蕾舞姿势，可借基本功太臭试了几下没摆成，就胡乱比霍起来发泄兴奋。当他刚摆好一个时兴的"奋勇向前"的姿势：弓字步，一只胳膊屈于胸前肘尖朝前，另一只胳膊稍微弯曲伸在身后，双手握拳，目视前方，正得意间，门口响了一下吓了他一跳，赶紧收了"舞姿"站定，原来是通信员进来拿东西，他马上一脸正经地整了整衣服衣领，走出了屋子。

22

那天魏志远一觉睡到下午三点多才迷迷糊糊睁开眼，他都搞不清楚现在是什么时间，是上午还是下午，只见屋里空空的，他知道人都上工去了，上砖窑的上砖窑，下菜地的下菜地，就剩自己一个人在这睡觉了。但起身一看不对，屋里还有一个人侧身躺在大炕的最那头，仔细一看是方伟民，他怎么也没出工呢？他正寻思，就见方伟民转过身来对他说：

"睡好啦？"

魏志远一看他的模样吓了一跳，只见他头上脸上好几处用白胶布贴着纱布，还有几处抹着紫药水，忙问："你这是怎么啦？"

方伟民说："上午不小心从砖窑上摔下来了。"

魏志远惊讶道："天呀，摔成这样！咋不注意点啊。"

方伟民满不在乎地笑了笑，然后着急地问魏志远："怎么样啊？见着徐小梅了吗？"

魏志远一看方伟民问起，就把见小梅的事和他一五一十地说了，方伟民一听说徐小梅要调来团部电话班，高兴得从炕上一下坐起来说：

"太好啦！这下你不用发愁了吧？咱连那几个老同学要是知道了还不定多高兴呢！"

然后魏志远又说起蒋干事骚扰徐小梅的事，方伟民给他宽心道：

"不用担心，咱这一大帮同学呢，姓蒋的要是敢不地道，咱还不把他生吃了！咱们是谁呀？兔崽子想欺负人找错了对象！"

魏志远感激地笑了笑，方伟民接着说：

"不过咱们也得提防着点儿这家伙，别让咱小梅吃亏了。"

魏志远连连点头称是。方伟民又说，等吃过晚饭后，咱几个老同学凑一块儿，商量商量怎么对付姓蒋的，不能让他太嚣张了。魏志远说是应该想个啥法子治治这色狼，让他老实点儿。方伟民又告诉魏志远，章青峰已经和班长打过招呼了，说你去附近连队找北京的老乡，晚上喝酒喝多了，回来太晚了今天有点不舒服，给你请了一天的假，好在咱班长也好说话，说不舒服就让他歇着吧。魏志远听他这么一说，心里的担心也就解除了。

两个人正说着话，就听见院子里人声嘈杂，是收工的人们陆续回来了，一会儿过道里就传来了人的走动声，房间门吱呀一声被推开，进来的是班长，班长姓高，北方某县城人，是个转业兵，比魏志远这帮中学生大个五、六岁，显得成熟老练多了。他见魏志远起来了，问道：

"怎么样？没事儿吧，喝那么多酒干嘛，以后少喝点。"

魏志远有点儿心虚，自己嘴上哪有酒味儿呀？但他忽然想起来，班长的鼻子是闻不到味道的，他有严重的鼻炎！怪不得章青峰编这个理由，哈哈。

"没事儿，班长，我缓过来了。"他回应班长道。

班长没说啥，走进屋里向坐在炕头的方伟民走过去，来到跟前，弯腰看了看他头上的受伤处问：

"方伟民，感觉怎么样？"

方伟民一副无所谓的样子道："咳，不就是点儿皮肉伤吗，又没伤筋动骨，没啥大不了的，我明天上工去了，待在这屋里闷死了。"

班长说："你还是老实歇几天吧，人家卫生员说得有道理，一但不注意感染了，麻烦可就大了。"

正说话间，屋外传来男男女女的说笑声，一会儿门被一推，本班的几个人出现在门口，眉飞色舞地冲屋里的人大声说：

"方伟民，你看谁来看你啦？"

还有人喊："英雄救美女，美女来看英雄啦，哈哈哈哈！"

屋里这三位往门口一看，只见男生们簇拥着两个女生挤进屋来，定睛一看，一位是外号"小不点儿"的王紫薇，另一位是王紫薇她们班的班长，她们是来探望为保护王紫薇而受伤的方伟民的。王紫薇腼腆地被女班长连扯带推地来到坐在炕边的方伟民跟前，羞红脸低着头，女班长轻轻一推她说：

"你说呀。"

王紫薇不知所措地小声说："说啥呀？"

女班长又气又笑道："你说说啥？人家为你负了伤，你连个谢谢都不会说！"

王紫薇低着头小声说："谢谢。"

女班长气恼地说："冲着我谢什么呀，又不是我救了你，"说着把王紫薇的身子往方伟民那边一扳："冲着人家方伟民说谢谢呀！"一屋子的男生早就忍俊不住了，这会儿都放声"哈哈哈哈"地大笑起来，王紫薇那点儿谢谢的声音完全被淹没在笑声中，方伟民也忍不住笑起来，望着眼前这位臊得满脸通红的小妹妹，觉得她是如此的可爱如此的美，自己原来怎么从来没注意到！

魏志远拉了一把身边的章青峰，小声问他方伟民救王紫薇是怎么回事，章青峰就把王紫薇如何差点从砖窑上摔下去，方伟民如何为了保护王紫薇自己摔下去负了伤的大致经过给魏志远简述一遍，魏志远闪开前面的人冲着方伟民伸出两个竖得高高的大拇指使劲晃了晃，方伟民冲他微笑着点了点头。

等到女班的这二位结束了慰问正要往门外走时，方伟民忽然招手叫王紫薇过来说有事和她说，女班长觉得挺奇怪，方伟民和王紫薇之间能有什么事儿呀？只见王紫薇来到方伟民跟前问"啥事呀？"方伟民凑近她耳朵说了什么，王紫薇高兴得叫了一声"太好了！"两手一拍差不多要跳起来，魏志远知道方伟民是告诉王紫薇徐小梅要调来团部的事，他知道她俩特别要好，可女班长就搞不明白了，这王紫薇和方伟民这么快就有秘密啦？哈哈真是因祸得福呀！女班长想到这，忍不住开心地笑了。不过女班长还真的没想错，这两个人在这次事故之后很自然地就走到了一起，速度之快实在有点惊人，或许是冥冥之中命运早就安排好了，就等着这么一个契机呢，当然这是后话。

　　吃过晚饭后，六班的魏志远、方伟民、章青峰等几个人，还有马班过来串门儿的严子俊、郎信玉等一帮子老同学围着宿舍前面院子里的自制双杠，有的坐在双杠上，有的靠在双杠上，正在热烈地议论着什么。在每天晚饭后直到熄灯号响起进屋睡觉这段较长的自由活动时间里，他们经常喜欢以这种轻松愉快的方式聚会，其间或者讲点什么趣闻趣事，传点小道消息，或就某个话题展开议论或争论，或者干脆就是吹牛侃大山，大家在这种气氛中感到一种精神上的愉悦和满足，但是，今天的气氛有点特别，说话的人都比较谨慎不那么张扬，好像怕给人家听到什么，原来他们正在商量——或者干脆说密谋——一个针对色狼的行动，他们刚刚听方伟民讲了徐小梅的情况，都预料徐小梅调到团部后，肯定会受到那色狼将干事的加倍骚扰，他们必须采取行动保护他们这位人见人爱的小学妹，于是七嘴八舌地出损招儿，说高见，议了半天都不得要领，等于白吹一通牛，这时一直沉默不语的章青峰开口说道：

　　"咱不能尽说那没用的，咱们得整点实际的。"

　　大伙儿一听这话，都望着章青峰说："那你有什么高招儿快说出来给大家听听。"章青峰示意大伙儿靠近点儿，大伙儿立刻都把脸凑过来，听他讲了一阵，忽然都哈哈大笑，有人学着电影《地道战》里伪军官讨好"皇军"的腔调一个劲地说："高！高！实在是高！"跟着又是一阵笑声。

　　就这样，这场"密谋"就在愉快的笑声中结束了。不久，"猫叫一样的"熄灯号传来了，大家意犹未尽地离开双杠，各回各的宿舍睡觉去了。

23

　　几天以后，团部的那辆老旧卡车又停在了徐小梅连队连部的院子里，蒋干事专门跟车过来接徐小梅去团部。早在两天前连长就得到了团部要调人的通知，并告知了徐小梅所在的班排长，让本人做好准备。这时正是中午饭后休息的时间，徐小梅在班长和班友们的簇拥下离开了那栋住了将近一年的土坯营房，怀着复杂的心情朝连部走去，她的全部"家当"都由班友们帮她提着或拿着：一个不大的帆布箱子，一个用背包带捆好的背包，还有一个网兜儿，兜着洗脸盆、缸子之类。大家来到卡车跟前，连长早就在那儿了，正跟蒋干事说话呢，见徐小梅过来了，就嘱咐了她几句，无非是"去了要好好干，给咱连增光"之类，徐小梅使劲点头，当她转过身来和姐妹们道别时，心里一酸，泪水涌出了眼眶，班长和旁边的班友们的眼睛也红了，毕竟大家同甘共苦亲如家人般相处了快一年了，在那种艰苦的环境中培养出来的感情是那样纯真那样深厚，任何语言都难以表达，只有彼此的心灵才能体会。班长一把把徐小梅搂过来，含着眼泪对她说：

　　"小梅，别这样，咱们又不是再见不到了。"

　　徐小梅使劲点点头，班长又说：

　　"以后有机会，常回来看看。"

　　徐小梅边擦眼泪边点头。连长看见她们难分难舍的样子，笑着说：

　　"同志们，咱们都是革命战士，可不能轻易掉眼泪，咱们一块儿欢送徐小梅同志奔赴新的革命工作岗位吧！"

　　听连长这么一说，姐妹们抹了抹眼泪，就帮着徐小梅往车上放行李，有的人过来扶她上驾驶楼，蒋干事也在一边殷勤地想伸手帮忙，当徐小梅一只脚刚踏上驾驶楼踏板，她忽然改变了主意，说她坐在驾驶楼里会晕车呕吐，还是上车厢上面去站着好些，车厢上正好有几个男生有事要跟车去团部，一路上可以照顾她。大伙儿劝徐小梅还是坐驾驶楼里面，站车厢上太冷，徐小梅执意坚持要上车厢上去，大伙儿没办法，只好帮着她往车厢上爬，同时反复嘱咐她把大衣穿好，把皮帽子戴牢，把护耳放下来扣上，把围脖围严实，不行的话马上拍驾驶楼让司机停车。徐小梅一个劲儿地说"没事儿的，没事儿的，你们放心吧"。蒋干事一看，也只好这样了，和连长道了别，就钻进驾驶楼，司机老赵把车"轰"地一声打着，车子就缓缓启动朝连队外面驶去，徐小梅站在车厢后面，一手扶着车帮，一手频频向班长和姐妹们招手，视线很快被泪水模糊了……

卡车在广袤的原野上时而颠簸时而平稳地行驶，中午的天气还算不错，天上散布着几片薄薄的棉絮似的白云，冬日的太阳将明媚柔和的辉光恣意洒布在无边的原野上，耀眼的光线使人不得不眯起双眼。徐小梅和几个男生站在车厢前部，双手扶着车帮，身体随着车身的晃动摇来摆去，迎面而来的风很快吹干了她眼角的泪水，身边几个男生见她好像还沉浸在离别的伤感中，就老想说些俏皮话逗她乐一乐，她知道他们的好意，就对他们报以善意的微笑。

她望着前方的远景和不断地由远而近的道路，慢慢陷入了沉思：那天志远就是一步一步走过了这看似无边无尽的道路，从凌晨走到晚上，最终得以和自己相会，接着又从晚上走到凌晨，回到他的连队，他这一路是多么艰难啊！得有多强大的体能和精神力量才能支撑他完成如此艰巨的长途跋涉啊！这精神力量无疑来自他们之间的感情，虽然他们从相识那天起直到今天，从未说过一个"爱"字，但那"爱"字的内涵早已被他无言的行动演绎得如此之深，而"爱"字本身对他们来说已显得苍白了。现在，她就要调到离他较近的地方，结束那种"天长地远魂飞苦"的状况，再也不用饱受相思之苦了！想到这里，她的心里不禁泛起一阵喜悦，同时在潜意识里还有点感激坐在前面驾驶楼里的那位蒋干事，虽然他时时对她很过份，令她感到讨厌。由此她又想到，现在这样一来，她不但将面临能和志远经常见面的欣喜，同时还得面对这位蒋干事狂追的烦恼，如何才能处理好这个矛盾？她的心里还真是没有数，由此又生出了一阵苦恼，尤其是想到志远说的那一番狠话，她真的有点害怕，闹不好哪天矛盾激化会生出什么不测之事来，想到这，她又不免增加了一份担心。

而坐在驾驶楼里面的蒋干事也一路都没停地在想心思，他的心思都集中在车厢上面的徐小梅身上，自从开车之前徐小梅执意不进驾驶楼而要爬到车厢上面去，落得他自己一个人在驾驶楼里和司机作伴，就使他十分扫兴，原本想象中一路上徐小梅紧挨着坐在自己身旁，他随着车身晃动不断触碰她那迷人的身体，感受那温暖的体温，那将是多么醉人的浪漫之旅啊！可现在只剩个大老爷们儿老赵，在那机械地鼓捣这破车，真是好没意思。司机老赵也感觉到有点反常，往常一路上不断和自己有说有笑打发旅途苦闷的这位蒋干事怎么今天忽然变得沉默寡言？他扭头望了他一眼，见他仍在怔怔地想事，两眼呆望着前方，根本没察觉到自己在看他，老赵一看这情形，只好打消了说话的念头，仍专注于开车了。途中蒋干事几次让老赵停车，打开车门站在踏板上问车厢上的徐小梅冷不冷，要不要进驾驶楼，徐小梅都摇头说站在上面挺好，不用进驾驶楼，他看看根本没可能说动她，只好缩回驾驶楼里让老赵继续开车。

"这一路肯定是没希望了，只好干熬着吧，"他闷闷不乐地想。

当徐小梅一行人乘坐的卡车越来越驶近团部所在地时，太阳已经偏西，天色开始渐渐向黄昏演变，此时出现在道路两旁的兵团战士越来越多，他们或扛着锄头铁锨，拉着歌子列队行进，或赶着小毛驴车不紧不慢地走着，还有的人三三俩俩结伴而行，一路说笑，一派收工回营的景象，徐小梅知道团部附近有好几个连队，所以在这一带随时都能看到兵团战士的身影。

卡车来到了团部所在地，在一大片房子前面转了个大弯，慢慢驶进了团部。团部由团部大院和几排位于其后的平房组成，团部大院由东、南、西、北四排红砖墙灰瓦顶的平房围成一圈，冲南的方向有个缺口，作为大院的进出口，大院里有办公室、会议室、食堂、卫生所等。大院后面的几排房子是家属宿舍和车队等，这时卡车从大院的口子驶进了院子里，站在车厢上的徐小梅看见院内的一角站着六七个兵团战士，有男有女，好像是在等他们这辆车，等车子开近了定睛一看，她的心猛地震了一下，首先映入眼帘的是魏志远，还有方伟民、章青峰、严子俊、郎信玉等老同学，女的里面她一眼就认出了王紫薇，这些一年前一同从北京穿着各式衣服出来的同学们，如今都是清一色的兵团式制服。她虽然在自己的连队里早已见惯了穿这身服装的兵团战士，但是看见这么多以往最熟悉的同学都穿上这一身服装出现在眼前时，还是特有一番新鲜感。正在等她的这几个人早就认出了徐小梅，因为车厢上只有她一个女的，于是高兴得又是招手又是呼喊她的名字，徐小梅更是激动得拼命向他们招手，车子还没停稳，众人就一拥而上围在车厢下，两下就把后车厢护板放下来，有人爬上去帮着拿行李，有的在下面伸手接应徐小梅下车，下车后的徐小梅和早已等在下面的王紫薇迎面抱成一团，一个激动得大叫"小梅姐我想死你啦！"另一个深情地回应"小薇我也想死你了！"蒋干事从驾驶楼钻出来下到地面，看着眼前这热闹的场景，这是他根本没想到的，他本来是想当之无愧地独揽搀扶徐小梅下车这类好事儿的，现在看来根本没他什么事，他很恼火地想，是谁走漏了风声让这么一帮人到这来迎接徐小梅的？这个嘛，他当然是想不到的，原来那团部通信班的通信员小赵，是魏志远他们马班的郎信玉的二大爷的小姨子的老公的四叔介绍来的，自然和郎信玉走得很近，团部有啥消息他都会很快告诉郎信玉，而徐小梅今天就要到达团部这重要"情报"，就是通信员小赵传递给郎信玉的，这"情报"不但及时，而且准确到大概几点到达都有了，所以魏志远这一帮人才能神机妙算般出现在团部迎候徐小梅。众人正热闹间，会议室大门忽然被推开，团长出现在会议室门口，他刚才在会议室里和两个参谋说事儿，听到外面人声喧闹，就拉开门出来看看，大家一看团长在这，都亲切地喊"老团长"，其实团长也就是五十岁上下，并没多老，只不过曾经出生入死的战争经历和艰苦的前线生活使他面色黧黑，皱纹深刻，显老而已，团长虽然在朝鲜战场上像头猛虎，但在和平环境的日常生活里却是个十分和善的上年纪人，兵团战士们喊"团长"时特意在前边加上个"老"字，其实是含有一种特别的亲切感在里面。团长看着这热闹的场面，乐呵呵地说：

"嚯，这么多人来欢迎徐小梅同志呀！"

团长认识徐小梅，因为有一回团长到徐小梅他们连视察，来到她们正在干活儿的田地，看到这帮城里来的小姑娘不太会使用耧锄，就忍不住上去给她们示范，反复耐心地教她们。教着教着就放不下手了，于是就干脆和她们一块儿干开活儿了，姑娘们都特喜欢和这位和蔼可亲的"老头儿"说话，还让他讲战场上的故事，他就拣些简单有趣的经历讲给她们听，听得姑娘们一个个嘻嘻哈哈直乐，田间里充满了欢快的气氛。当团长耧地耧到和徐小梅并排时，团长边干边问她一些家常事儿，两人像父女般有问有答，团长亲切的语调令她感到一种久违的类似父爱的感觉，后来团长还去过他们连几次，每次见到团长时，她都有类似的感觉，所以当她看见团长出现在会议室门口微笑着和大家打招呼时，心里感到一阵温暖的同时，内心隐存的某些忧虑也随之消释了。

"老团长！"徐小梅分开众人走到团长面前有点腼腆地喊了团长一声，团长乐呵呵地说："欢迎你呀徐小梅同志，怎么样，一路上辛苦了吧？"徐小梅说："不辛苦。"

"小蒋——"团长唤了一声蒋干事："赶紧把徐小梅同志安顿好了让她先休息休息吧，坐车跑了这一路也挺累的吧。"团长说完就带着两个参谋走了。

蒋干事见徐小梅正和她的这帮久别重逢的老同学说热心话说在劲

头上，也不好立即打断他们，只好站在一旁干等着，一会儿就听众人里有人用半开玩笑的口气说：

"徐小梅，我们不在，有没有人欺负你呀？"

马上有人笑着接话说："要是有人敢欺负你，立马告诉哥儿几个，准卯儿把兔崽子修理得屁股朝天，只敢冒烟儿不敢冒气儿！"

"哈哈哈哈……"这话把大伙儿逗得前仰后合地大笑。蒋干事隐隐觉得这些话是冲着自己来的，特别是那个几个女的，尤其是那个叫什么薇的，笑的时候分明在偷看自己，就更说明这些话里有话的话就是针对自己来的，他顿时心里生出一阵反感，没好气地对众人说："我说同志们，徐小梅你们也接到了，也见过面了，我现在要给她安排一下住的地方，让她早点休息，你们除了帮她拿行李的跟我过来，其余的人就先回去吧。徐小梅，你也过来吧。"说罢就领着几个人往电话班的宿舍走。魏志远从别人手里接过徐小梅的帆布箱子，方伟民抱起她的背包，王紫薇提着她的网兜儿，伴随着徐小梅跟着蒋干事走，其他人也没离去，只是不远不近地跟着。出了这边的院子，后面那排平房就是团部工作人员的宿舍，电话班宿舍是把房头的一间屋子，门口站着一个女生，徐小梅一眼就认出是小燕，便主动热情地和她打招呼，小燕也一脸高兴地说："啊！总算援兵到了，不然累死我们三个了。"电话班的三个人，一个在值班，一个在睡觉，出来迎接新战友的只有小燕了。几个人来到门口，男的不便进去，魏志远把箱子递给徐小梅，方伟民把背包交给小燕，王紫薇提着网兜儿，和徐小梅一块儿跟着小燕进了屋，徐小梅放下行李后，转身出门和众人道别。

徐小梅和王紫薇两双手紧紧攥着，有点依依不舍，王紫薇说："小梅姐，我们会经常来看你的。"徐小梅冲她微笑着点点头，然后把脸转向站在王紫薇身边的魏志远，无言地深情地望着他，魏志远也以同样的目光望着她，一切尽在不言之中，片刻之后，魏志远说："自己好好保重，我们很快会来看你的。"徐小梅微笑着用力点了点头，同时感觉到王紫薇用力捏了一下她的手。

徐小梅和魏志远、方伟民、王紫薇三人道过别，又冲站在一旁的蒋干事说了声"辛苦你了，蒋干事，"然后向站在远一点的地方的众人挥手道别，看着他们都渐渐走远了，才转身进了屋子。

24

从这天傍晚住进电话班宿舍起，徐小梅的电话班生活就算正式开始了，这是一种全新的生活，和她熟悉的连队生活是根本不一样的。这里没有了连队生活的欢快和热闹，没有了集体出勤的激情和干劲，也没有了连队战士之间在艰苦的共同劳动和生活中自然而然产生的那种不加修饰的友爱真情，这里一天到晚面对的就是这三个人，加上自己一共四个，说是电话班，也没有明确谁是班长，也许就这么几个人，也没这个必要，上面有什么事基本上都是习惯性地交待给小燕，那她也就算是个不挂名的班长了吧。这四个人，人不多，可就让人觉得各揣着一个心眼儿，表面上一团和气，私下里就不一定是那么回事了，好在她们不是在机房值班就是睡觉，四个人轮流转，在一块儿面对面相处的时间没多少，因此好像也生不出什么事来，但却总让人觉得隔着一层似的，徐小梅对此实在是太不习惯了。连队生活虽然艰苦但却充满了激情，这种激情造就了男女战士们大气，豪爽，耿直的性格，他（她）们为了帮助彼此，照顾彼此，甚至保护彼此，什么都豁得出来，连队让他（她）们感到是一个充满亲情的温暖的大家庭，是这儿根本没法比的。

至于电话班的工作，那倒没什么太大的困难，无非是戴着耳机面对交换机时不时地变换接线就是了，只要别接错了就行，但也真有接错的时候，如果那边正好碰到个爱找碴儿的，向领导反映了，当班者就得挨批。除了在电话机房值班，她们也兼着干些文秘、后勤方面的工作。她们现在四个人排班，每人值机六个小时，工作量不大，有较多的休息和自由活动时间，每逢这时候，那三位里面，小燕总是忙着自己的"形象工程"。又是整饰头发，又是用大茶缸子盛了滚烫的开水当熨斗熨烫衣裤，要么就是一只手拿个小圆镜照着自己，另一只手用雪花膏抹脸蛋子，一般人抹这玩艺儿抹两下也就完了，谁知道她咋就抹上半天没完没了的，不过她的"形象工程"也还真的挺奏效，同样颜色同样款式的兵团服穿在她身上就显得那么可体那么好看，加上那一头黑发略加整束巧妙弄成的样式，再微微撇嘴一笑，笑出个极好看极具魅力的勾人的笑脸来，想不引人多看两眼都难！剩下那二位，一个姓苏，一个姓林，整天就热衷于织毛线，两人互相指点交流，织得"热火朝天"。徐小梅闲下来时，就生出了看书的念头，可这团部内外，除了政治学习方面的书，别的书可真是一本难求，她忽然想起那天老同学们在团部迎接她时，好像看见章青峰手里拿着一叠又像书又像纸的东西，她知道章青峰酷爱看书，这在同学里是有名的，他一定有书，改天见面一定管他借本书来看，她暗暗地想。

25

现在，最感到不惬意乃至焦躁不安的就是蒋干事了，他恼火地觉得好象扫兴的事一件接着一件，先是徐小梅执意不和他一块儿坐进驾驶楼里，让他陪着个大老爷们儿苦苦地熬了一路，接着又冒出她的一帮同学来迎接她，而且这帮家伙还假借开玩笑向他发警告，难道是她……但他又本能地不想把徐小梅往坏里想，所以心里纠结得很，纠结得他心烦意乱。更让他恼火的是，好容易把自己的梦中情人调到了身边，本来心想这下可好了，随时有机会接触她，靠近她，以便施展各种手段捕获这只诱人的小鸟儿，却让小燕像眼线似的整天盯着她。自己的一举一动都在她的监视之下，在值班时间的安排上，总让他不便于接近徐小梅，在不值班的时候，又总是在她的身边，像个守门员似的总是在提防着他，而他又不敢和她翻脸，因为他毕竟还是离不开她，她那丰满性感的腰身，和时不时有意无意地带出来的那种特殊的魔力让他无法抗拒。而徐小梅对他则老是刻意地回避或者说躲避，任凭他在工作中对她怎么尽量照顾，生活上怎么尽量关心，对她表现出如何的好，如何的与众不同，可她始终对他是一副客客气气的，或者说下级对上级的恭恭敬敬的态度。一点都不想如他所愿的那样把关系越拉越近，始终与他保持着一段似乎永远无法跨越的距离，这让他心烦，焦躁，甚至绝望，但又绝不甘心接受现实，总想向那段分隔开他俩的距离发起一轮又一轮的冲击，直到最后跨越它，征服她！他看得出她和那天接她的那帮所谓"老同学"中的一个关系有点暧昧，说不定他们二人之间的关系正是他所不希望的那种关系，但即便如此，他也绝不会在乎，这只能更增加他的竞争欲和占有欲，他以往在此种情况下总能屡屡得手，这使他对于击败对手的快感有着特殊的迷恋。如今这只诱人的小鸟近在咫尺，时时刻刻在诱惑他，刺激他，折磨他，令他像热锅上的蚂蚁，几近疯狂，以至到了晚上，他老是觉得床铺是百般的不舒适，令他辗转反侧无法入睡，有时甚至像"乾坤大挪移"般在个不大的单人床上打转转，直把床单拧得象麻花儿似的，他经常在夜里离开屋子，来到大院和后面宿舍房之间的空地上来回踱步，每当经过电话班宿舍时，内心都在苦苦乞求，希望那门"吱呀"一声打开，徐小梅悠然出现在门口，然而这一幕却令人伤心地总也不出现，他最终总是无功而返，还是得回到那张令他心烦不已的床铺，去经受漫漫长夜的煎熬。

那天晚上八点多钟，这个时间正是睡觉前人们最休闲放松的时候，蒋干事来到他那间小屋，满腹心事地斜靠在床上，两眼怔怔地望着旧报纸糊的顶棚，心里又胡思乱想开了，他想象着，外面会议室里传来轻盈的脚步声，那声音是那么熟悉，那么令人心动，是她吗？应该是！

门忽而被人从外面轻轻一推，进来的人一抬头，正是那张他日思夜想的脸……他的呼吸急促而热烈，心跳砰砰加速，浑身的躁热令他有点窒息，这时，他真的听到门外传来脚步声，他霍地一下站起来，只见门被轻轻一推，小燕那张性感妖媚的脸像朵美艳绽放的鲜花出现在门口。他一阵风似地冲上去，一把将她搂住，轻轻一侧把她横着抱起来，腾出一只手把门反锁上，快步把小燕抱到床边往床上重重地一放，像头饥饿的猛兽扑上去，以最快的速度，把阻隔在两人之间的所有人造物：厚的薄的大的小的，棉的绒的布的丝的……统统扯扒得干干净净，蹬蹍扒拉到一边，只剩下两个天然的造物拥作一团，在欲火的焚烧中拼搏，挣扎……

不知过了多久，暴风骤雨总算过去，两人像被风暴摧毁的万物般瘫痪在床上，蒋干事的脑袋里一片空白，然而慢慢地，他像个被救上岸的溺水者一样，意识逐渐恢复，思想开始萌动，不由自主间，那个美丽小鸟的形象又悄悄出现在他的脑际。

"怎么不吭声？想什么呢？"他忽然听到身边传来小燕的声音。

"没想什么。"

"没想什么？"小燕轻蔑地笑道："我知道你在想啥。"

"想啥？"

"还用我说出来吗？"

"别瞎扯！"

"哼，吃着嘴里的，想着盘里的，我还不知道你！"

蒋干事转过身来，看见小燕雪白的胳膊半支着裸露的玉体用两眼死盯着他，胸前两只大白兔在诱人地晃动，他一下翻过身来又把她重重地压在了自己的躯体之下……

那天晚上十二点多，徐小梅值完班从机房出来，猛不丁看见小燕推开会议室的门走了出来，她的头发有点不易觉察的凌乱，两个眸子在和徐小梅的眼睛相遇时闪过一丝慌张，她用故作镇定的口气对徐小梅说："呀，这么巧，你也刚下班呢。"徐小梅面露微笑轻轻地"嗯"了一声，她虽然极力不去想，但直觉已经告诉她是怎么回事了，她俩一块儿往宿舍走，小燕稍靠前，徐小梅稍靠后，望着小燕侧背的身影，徐小梅心里忽然生出一阵略带忧伤的怜悯之情。

26

第二天，徐小梅接到通信员小赵转交给她的一个便信，便信是用当年时兴的一种方法：把信纸对折几下折成窄条后，再打上三个折，最后别起来，做成四方形带燕尾的形状。徐小梅当着小赵的面把便信打开一看，是魏志远那熟悉的字体，上面写着：

"小梅，咱们几个老同学想这个星期天找你一块儿出去玩儿，你什么时候有空？让小赵转告我。"

徐小梅笑着看完信，对站在一旁的小赵说："你告诉魏志远，我现在上晚班，白天都有空。"小赵痛快地说了声"好嘞"，就转身走了。

魏志远的信像一副清心爽气的解药，把徐小梅这些日子郁积的各种不快情绪一扫而光。想起那即将到来的老同学聚会的美好情景，她的心里好象有一群欢快的小鸟在歌唱，脸上掩饰不住开心的笑容，对人对事也更加热情，爽快，温柔，这很容易让同住一个屋子的屋友觉察出来，先是小燕忍不住问："啥事儿这么高兴呀徐小梅？"徐小梅一边整理床铺一边回头望望她，光笑不回答。刚下班睡在被窝儿里的小苏带着睡眼抬起头说："肯定是要见心上人了呗。"说完又倒头要睡。徐小梅说："别瞎猜了你们，我们几个老同学这个星期天要聚会。"小苏打着哈欠说："真羡慕你呀，我的老同学都远在天边呢。"徐小梅看得出，小燕也和小苏是一样的心情，因为她俩都是通过私人关系来兵团的，和徐小梅她们的情况不同，所以只有羡慕的份儿，还带有一点点伤感和嫉妒。

那一天，蒋干事也收到了一封奇怪的信，那是邮递员在开启团部那个邮筒取信件时发现的，因为这封信根本没贴邮票，信封上收信人处写着："本团团部蒋干事收"，邮递员觉得挺奇怪，这样的信怎么也投到邮箱里，直接交给本人不就得了，所以他把这封信交给了通信班，通信班自然就要交给蒋干事。蒋干事当时正坐在会议室的桌边写东西，桌子对过那边坐着团长，正和两个从下面连队来的人谈话，通信员走进来把信放在蒋干事面前的桌面上说了声"蒋干事有你一封信"就转身出去了，他看也没看那信一眼，因为他的信挺多，没啥稀奇的。他继续写他的东西，在写到某处告一段落时，他放下笔，伸了个懒腰，眼光这才落到那封信上，他一看，觉得挺奇怪，本团的人给我写信？谁呀？字还写得挺好，钢劲有力，颇见功底，急忙坐下折开信来看，这一看，他的脸色就变了，那信里写道：

"蒋某人：

我们是一群徐小梅同志最亲近的人，徐小梅在我们心目中圣洁无比。你是什么人？你是有妇之夫，据说还是搞女孩子的老手，奉劝你不要打我们徐小梅的馊主意，你应该认真学习伟大领袖毛主席亲自制定的三大纪律八项注意第七条。认真学习最近中央领导同志关于狠刹各地频发侵害女知青歪风的讲话精神，以及兵团专门为此所发的文件，收起你的色心色胆，不要再玷污伟大的中国人民解放军的声誉，不要以为你干的事别人不知道。"若要人不知，除非己莫为"，你的一举一动都在我们的监视之下，如若执迷不悟，我们定将对你采取必要措施，黄河里的大鲶鱼和马塔尔湾里的老王八对人肉是相当感兴趣滴！希望你不要成为它们的美餐。

......"

蒋干事一边看信一边手心冒汗脸色发白，"妈的，这帮兔崽子，胆敢……"他一抬头，看见团长望着他问："蒋干事，怎么啦？你的脸色不对劲呀，是不是哪里不舒服？"他连忙答道："没什么，就是昨晚有点着凉，我去卫生员那儿要点药去。"团长说："快去吧。"

蒋干事把信揉成一团，扔进会议室一角的炉子里烧了，然后开门出了会议室，面对院子站着，让冷风吹吹脑袋，他的脑子里乱得像一团乱麻：没错，肯定是那天接徐小梅那帮兔崽子写的，肯定是他们自己要这么干的，而不是徐小梅叫他们干的，徐小梅和自己还是有交情的（他认定），不可能让他们干这种事儿。但是，他们怎么知道我和徐小梅之间……除非徐小梅告诉他们，而徐小梅告诉他们，这本身不就说明……他实在不情愿朝这个思路去想，就在心里骂道："兔崽子们还想监视我，哼……他们是吓唬人？但……会不会兔崽子们还真的有眼线？这倒是不得不防……还说要对我采取措施。可笑……不过，这帮家伙还真的说不定会干出什么出格的事来，还是提防着点儿好。"如此一来，这封匿名信还真的起到了震慑作用，至少在一段时间内，他是不敢无所顾忌地乱来了。这时刚好徐小梅从电话班机房里出来，两人目光相会的瞬间，徐小梅感觉到他的眼神中闪过一丝不自信的慌乱，这和平日里总是用一双色迷迷热辣辣的眼睛盯着她形成鲜明的对照。

"他这是怎么啦？"徐小梅心里想。

27

徐小梅盼望的星期天总算到了，吃过早饭后，她正在宿舍里扫地整理内务，差不多扫完时，听到窗外传来王紫薇的说笑声，随后门被推开，王紫薇出现在门口，她没戴皮帽子，而是围了一条蓝紫色的毛绒绒的大围脖儿，把个灿烂的笑脸围在中间活像盛开的大花朵，还故意把头一歪，那意思是：怎么样，好看不？

徐小梅惊喜地叫道："呀！这么好看！在哪儿买的呀？"屋里的小苏和小林也一块儿投来欣赏的目光，王紫薇哈哈笑道："是我们家寄来的，才刚收到，怎么样，收拾完了吗？他们都在外面等着呢。"徐小梅一听，赶紧把扫帚往墙角上一靠，拉起王紫薇的手说了声"走"就往门外走，临出门时回转身对小苏和小林说："我们走啦啊。"小苏带着羡慕的表情说："去吧，祝你们玩得开心！"

徐小梅和王紫薇牵着手一出院子，就看见魏志远等几个人已经站在院子外面等她们了，马班的严子俊和郎信玉还每人牵着一匹马，严子俊牵的是白马，郎信玉牵的是枣红马，徐小梅不解地问："出去玩儿还牵着马干什么呀？"方伟民笑道："给你们二位大小姐骑呀！"王紫薇一听又惊又喜，哈哈笑着问徐小梅："怎么样小梅姐，你敢骑吗？"徐小梅吓得直摆手说："天呀，我可不敢骑！"严子俊见徐小梅那紧张的样子忍不住笑着对她说："哪能让你们自己骑呀，你们二位是高贵的大小姐，你们只管坐在上面，我们给你们牵着马走就是了。"这话把大伙儿都逗乐了，严子俊说："来吧，你们二位坐上去吧。"说着就把大白马牵到徐小梅身边，徐小梅惊慌地说："我行吗？我可从来没碰过马呀。"王紫薇逞能道："小梅姐你可真胆小，看我的！"说着就走近郎信玉牵着的枣红马，让郎信玉协助她上马，却不料那马本来挺老实的，可能是因为没有经历过让女的骑，心里有点不情愿，一甩尾巴一摆屁股躲一边儿去了，把王紫薇吓了一大跳，众人给逗得哈哈大笑。郎信玉恼火地用力拽了一把缰绳对马吼了一声"老实点儿！"同时用手抚了抚马脖子，对王紫薇说："没事的，你上吧。"枣红马这下老实了，一动不动任凭王紫薇往上爬，方伟民和魏志远赶紧过来，在她身体两边一个扶着她一个护着她，经过一番挣扎，总算爬到了马背上，一下子觉得自己离开地面好高，又害怕又兴奋，用带笑的哭腔对郎信玉说："郎哥，你可把它牵好啦，别把我掀下来！"

郎信玉笑道："你只管放心好啦。"方伟民和魏志远又分别在马肚子两侧帮王紫薇把脚伸进马镫子里面踩稳，这样王紫薇就总算在马上坐稳了，她得意地大声冲徐小梅道："小梅姐你看，我都骑上来了，你也赶紧上马呀！"徐小梅一看王紫薇已经稳稳地骑在马上了，挺受鼓舞，也走近了严子俊牵着的大白马准备要往上爬，大白马是匹性情温顺的马，它看见徐小梅靠近自己，就把马头伸过来闻她，徐小梅吓得赶紧往后躲，一边吃惊地问严子俊："妈呀！它是不是要咬我呀？"严子俊忍住笑答道："它不会咬人的，它是对你表示亲热呢。"这时魏志远和方伟民已经来到徐小梅身旁，他们用和王紫薇同样的办法很顺利就把徐小梅扶到马上坐好了，现在总算可以出发了。

章青峰这半天手里拿着一卷书不像书，本不像本的东西一直站在一旁看热闹，还时不时忍俊不住抽着肚子发笑。

众人像护送要出嫁的新娘似的簇拥着两个骑在马上的"大小姐"往团部外面走去，经过团部小卖铺时，章青峰加快几步向小卖铺跑去。众人停住脚步，魏志远在后面大声追问："章青峰你干嘛去呀？"章青峰回了一句"我买点儿水果糖去"，众人这才醒悟过来，谁都没带一分钱，还就是章青峰心细把钱带上了。不一会儿章青峰就从小卖铺里出来了，边走边用一只手往衣兜儿里塞东西，不用说，那肯定是水果糖呗。章青峰回到众人处，就开始给大家发糖，女的每人三颗，男的每人两颗，然后大家一边吃糖一边说笑着继续往团部外面的荒野走去。

这是个十分适合出游的天气，冬日早上八点多的朝阳明灿灿地高悬在晴朗的天空，温暖而柔和的日光将地表的寒气驱散殆尽，大地的景致在艳阳普照之下给人一种异常清新的视觉感。举目四望，视线清晰、开阔而辽远，近处的前面，是一片泛着白碱长着刷子一样又短又硬的碱草的开阔地，开阔地那边是一条沟渠，翻过沟渠，再走过一片竹芨草丛生的地段，就可以远远望见一大片静静地密布在前方的沙枣林了。在春夏生长的季节里，沙枣叶子是灰青色的，现在是冬季，一些没有落尽的叶子依然顽强地残留在树枝上,呈现着单调的土灰色。塞外高原干燥缺水再加沙暴频繁的恶劣气候,使得沙枣树的树形不往高了长,而是七扭八弯,互相穿插,仿佛一群面对风暴的人们不得不弯着腰,互相抵靠,支撑,抓紧,以防被风吹倒刮散一样,结成了顽强的枝叶的阵营,以抗衡和适应恶劣的自然环境。沙枣林再往前去,就是那道高高隆起两边都望不到头的黄河南干渠的渠背了,站在高高的渠背上放眼望去,只见干渠那边的开阔地对面,横陈遍布着一座座大小沙丘,沙丘的两面在日光照射之下呈现出强烈的反差,向阳的一面光亮耀眼,背阳的一面阴暗晦涩,沙丘的脊部呈弯月形,无数弯月形的沙丘一弯一弯地在苍穹之下遍布铺展开去,好似波涛浪涌般,一直延绵至极远处一道横在天边的蓝灰色的高地之下,那高地远望有点朦胧,显得虚幻神秘,上面是什么景象无从得知,这时只见大漠之中极远之处的某个地方,总是有一条像烟缕一样拔地而起上接天穹的黄色沙柱,象幽灵般在沙海里轻漫地游动着,那情景会令人产生恐怖的遐想:那沙龙会不会把人卷到天上去?如果身在其中会是什么感觉?以及其他种种怪诞的想法……而章青峰想的是,以前看过的一些书上,都是把唐代王维《使至塞上》一诗中"大漠孤烟直,长河落日圆"中的"孤烟"解释成是"炊烟",现在想来,那些把"孤烟"解释成"炊烟"的人,都是些没有到过大漠的人。

眼前这片浩瀚的沙海,就是远近闻名的库布齐沙漠了。

徐小梅骑在一颠一颠的马背上,经过这一阵子的骑行,她已经适应了马匹行走的颠簸节奏,完全不再紧张,可以很放松地东张西望和说话了。望着牵马走在前面的严子俊和并排走着的魏志远,她的心里充满了欢快,自从离开了自己的连队以后,她已经久违了这种欢快,一度情绪低落和傍惶。现在,处在这么多从小相识要好的同伴之中,感受着他们的热情、关心和爱护,更加上自己的心上人就近在身边,她的心儿都快醉了,脸上绽放出的笑容是那样灿烂甜美,她侧转头望望王紫薇，王紫薇早已把包裹着整个脑袋的大围脖解下来搭在肩膀上，正兴高彩烈地和个子高高的走在马肚子旁的章青峰说着什么，方伟民走在旁边，听着他们的交谈，不时地发笑。这时忽听章青峰大声说："大家看，这二位女士坐在马上让人牵着走，像不像让新郎倌牵回家的新娘子啊？"大家一听这话哄地大笑起来，羞得马上的两位女性满脸飞红，这时牵马的人不干了，严子俊连忙把缰绳往魏志远手里塞，魏志远笑着接了过来，当郎信玉也把缰绳往方伟民手里塞时，方伟民不好意思说啥也不接，大伙儿都说："方伟民你装啥呀，你和紫薇的事儿谁还不知道呀！"王紫薇也在马上生气地说："好哇你们俩谁都不想管我啦！方伟民，你接过来又怎么啦？"郎信玉对方伟民说："你看，再不接着人家紫薇可生气啦！"方伟民这才红着脸把缰绳接了过来。这下可好了，各人都名正言顺地牵着自己的心上人儿，等于是向大伙儿正式宣布他们的关系，这一幕真是妙极了，大伙儿开心地大笑不止，那牵马的和坐在马上的四个人，虽然一个个都红着脸不好意思，心里头可都美滋滋的。

就这样，一行人有说有笑牵着骑在马上的两位女子，先是从沙枣林旁边经过，然后上到高高的干渠渠背，他们站立在渠背上，远眺浩瀚的大沙漠，领略无尽沙海的磅礴气势，想象其中的神奇奥秘，各人心里都生出一番感慨。

"咱们啥时候深入这大沙漠去看看如何？"方伟民突然发出这样的奇想，大伙儿的反应是既兴奋又有些畏惧，魏志远上回去看徐小梅时，已经有过一次进大沙漠的经历，那其实还是在沙漠的边缘，还有路径可寻，并没有真正深入进去，但就那样也已经让他领教了沙漠的厉害了，所以他心有余悸地说："那里边可不是闹着玩儿的。"大家纷纷点头表示同意他的说法。方伟民又提议过到干渠对岸去，靠近点看看大沙漠，严子俊说还是别过去了，干渠的冰层谁知道结不结实，就算结实，马掌钉已经磨得差不多了，上了冰面会打滑的。这样一说，大家也就都打消了过渠的念头，就在这边远眺就好了。

众人边说话边沿着渠背走，不知不觉已走出老远，再回头望望那片沙枣林，已缩小成一片模模糊糊的灰色的平面状，章青峰提议说："别再往前走了，这渠不知道能把咱们带到哪儿去呢。咱们就在这儿歇会儿吧。"

众人停住脚步，纷纷帮着徐小梅和王紫薇下马，严子俊和郎信玉把两匹马的马鞍子卸下来，把垫马鞍子的毡垫铺在地上，让徐小梅和王紫薇坐在上面休息，二人骑马骑得有点累了，毕竟是平生第一次骑马，就骑了这么长时间，走了这么远的路，所以都说有点腰酸了。然后就站在原地活动腰腿，活动了好一阵，才在毡垫上盘腿坐下来，其他人也在附近席地而坐，这时严子俊和郎信玉把两匹马牵到渠背下面一片有着枯黄干草的地方，给马腿戴上三脚的牛皮马绊，又把马嚼子和马龙头全都摘下来，任由两匹马在那里自由自在地吃草，然后二人提着马具回到了渠背上。郎信玉一上来就对冲章青峰说："你买那水果糖要是留到现在吃多好。"章青峰没答话，站起来就掏兜儿给大家发糖，大家都没想到他还留了这一手，个个喜出望外，虽然每人只分得一颗糖，但这意外得到的糖吃起来显得特别好吃特有滋味，徐小梅正津津有味地品着水果糖，忽然想起一件事，连忙问章青峰："章哥，你那衣服口袋里揣着的是什么呀？"她指着章青峰另一个兜儿里露出一小半儿的书不像书，本不像本的东西好奇地问，王紫薇也好奇地凑过来看，章青峰嘿嘿笑着掏出来往她眼前一亮，竟是几叠拆开的小说，徐小梅接过来翻看了一下，这是好几部小说的拆开本，每个拆开本有几十页上百页不等。她认出有她熟悉的小说，如《钢铁是怎样炼成的》，如《毁灭》，还有法国的小说她一时想不起书名，她吃惊地问章青峰："天呀，你们怎么把好好的小说拆成这样啊？"章青峰哈哈笑道："你还不知道呢，这已经是连里流行了有一阵子的办法了，就那么几本书，大家都没耐心等待，干脆拆开分着看，分到哪部分就看哪部分，看完了再互相交换。"徐小梅听闻此言惊得直瞪眼，真是想不到这帮"男兵儿"还能想出如此办法来看书，真是又好笑又为那些被残酷支解的书感到可惜，因为在北京上学时，她自己的习惯是特别爱惜书籍的，每本书的封面都要用画报纸或者牛皮纸认真地包好，一但发现书页折了角，她总是忍不住立刻要把它弄平了心里才舒服，所以当她看到章青峰向她展示的这些破书烂页时，真是感到惨不忍睹。

"没办法，总比没书看强啊。"章青峰有点自嘲地说。这些小说，其实他都读过不止一遍，在经历了一段没书读的枯燥日子之后，现在能搞到这些"拆开本"来读，也真有饿极了吃啥啥香的感觉。

徐小梅转脸望着王紫薇，面对面一笑，附和地说："可也是呀。"这时其他几个男的也凑了过来，看他们这议论啥呢这么认真，一看他们说的是换书看的事，这个说"我那还有两本呢，"那个说"我那也有几本，"闹了半天，他们都参与了这拆书大交换呀！徐小梅真是大开眼界了。

这些被拆开的书页虽然惨不忍睹，但那毕竟是真正的书啊，对于酷爱看书的徐小梅来说，一样具有难以抗拒的吸引力，她忍不住对章青峰说："章哥，能借给我看看吗？"章青峰说："没问题，现在先装在我的口袋里，等一会儿回去路过团部我再给你。但你要快点看，别人可都等着交换呢。"小梅答应说"知道了，我会的。"这时凑过来的方伟民和郎信玉也说他们回去以后让团部通信班小赵把他们的"拆开本"也给徐小梅稍过去，徐小梅高兴得一个劲儿说"太好了！"

众人在渠背上围成一圈坐着有说有笑，气氛轻松愉快，徐小梅和魏志远紧挨着坐着，心里的甜美全表现在开心的笑脸上，魏志远好想把小梅的手握住，但当着大伙儿的面又不好意思，只好时不时假装无意地碰碰她的手，他的心思徐小梅何尝不知道，那每一下触碰都像电流般传递着强烈的爱意令她心醉，她望了一眼王紫薇，王紫薇也紧靠着方伟民坐着，但脸却冲着坐在旁边的章青峰，听他不紧不慢娓娓道来讲述着什么，听到高兴处就用挨着方伟民的那只手使劲捶方伟民的大腿，方伟民给她捶得直个劲儿地乐，看来让心爱的人捶打是件很美的事儿。

这时只见王紫薇在方伟民耳朵旁说了几句什么，方伟民就问徐小梅：："最近那个姓蒋的烂干事有没有再找你麻烦吧？"徐小梅说："没有，但他最近有点反常。"众人问："怎么反常？"徐小梅说："他好象怕见到我似的。"大伙一听就乐了，章青峰笑着说："他让咱们给吓着了。"徐小梅不解道："吓着了？你们怎么吓人家了？"魏志远凑近她的耳朵给她讲了事情的来龙去脉，听得徐小梅扑哧一声笑道："你们鬼点子可真多。不过……，这坏人要是突然一下子不坏了，反倒让人觉得有点可怜了。""什么？"郎信玉惊得大眼一瞪："你竟然还有这种思想，你真的成了农夫与蛇里的农夫了！"徐小梅这种善良过份近乎愚蠢的想法实在令人哭笑不得，章青峰说："江山易改禀性难移，他这是装老实，你还是要多提防着点儿他。"徐小梅转脸望望魏志远，魏志远说："章青峰说得对，你是得多提防他。"

欢乐的时间总是显得很短暂，三、四个小时在不知不觉中过去。太阳不知何时已在偏南的当空移至中央，这说明时间已是中午十二点左右了，章青峰望望天色，提醒说该回连队吃午饭了，经他这一提醒，大伙儿才想起吃饭的事，肚子也确实感觉有点饿了。

严子俊和郎信玉提上马龙头和马嚼子下到渠背下，把马腿上的马绊解下来，戴上龙头和嚼子，牵到渠背上，又把马鞍子在马背上安放好，冲徐、王二人说："怎么样，想骑马还是走路？"王紫薇说"走会儿路吧"，徐小梅也说走路，于是大伙儿都站起来，拍拍屁股上的沙子，开始原路返回。

他们往回走时没有完全按照来时的路线走，为了抄近道，在离那片沙枣林大约还有几百米的地方，他们就从渠背上下来了，穿过一片结着冰的水滩地面，来到一处分布着零星沙丘的地方，他们打算从这里穿过沙丘后直接向团部和连队那边插过去。走着走着，远远地，在一个较大的沙丘旁边的平地上出现了一个土堆，严子俊一眼就认出了，那是一个坟冢，一个他亲手参加过埋葬死者的坟冢，当时的情景至今还历历在目。记得当年是夏天，干渠上游某连的一个女兵不慎跌落渠里淹死了，严子俊所在班被指派去完成埋葬死者的任务，死者是跌落渠里失踪很久后才被发现的，整个人被水泡得极度浮肿，肿涨的脸部呈紫红色，被人一抬还不断渗出红黑色的液体，把第一次看见死人的严子俊和同班的人吓得不轻。尽管如此，他们还是强忍着恐怖，把死者抬到此地掩埋了，并树了一块挺厚的水曲柳的板子当墓碑，上面用毛笔黑墨写着："兵团战士×××之墓"。经历了夏、秋、冬三季，那板子上的字已褪色得几乎无法辩认，坟冢表面原来糊着的粘土也已开裂脱落，整个坟冢一派颓败之相。众人听了严子俊的讲述，心情沉重而压抑，一个如他们一样活生生的正值青春年华活力四射的生命，就化作了如此破败的一个坟头，想来真是令人难过。大家默默地站在坟前向自己的战友致哀，而后一言不发继续赶路。

众人在临近团部的一处便道旁停住了脚步，他们要在这里和徐小梅分手了，章青峰把口袋里的小说拆开本取出来交给徐小梅，徐小梅珍重地接过来说："我一看完就马上让小赵给你稍回去。"王紫薇两手攀着徐小梅的一只胳膊嘱咐道："小梅姐，好好保重自己，咱们下个星期天见。"章青峰对魏志远说："你在这里再和小梅说会儿话，我们先走一步。"说完后，大伙儿就和徐小梅道别，然后向连队方向走去。等大伙儿走远了，魏志远一下伸出双手把徐小梅的双手紧紧抓住，把她拉近自己，两人深情地凝视着对方，默默无语，此时目光似乎比语言更能表达情感和心声，在无言的相望中，两人都想起了那天晚上在小梅连队附近的水渠旁见面的情景，那情景真是刻骨难忘，小梅说："那天晚上你是怎么走回去的啊！我好担心呢。"志远说："担心啥，我往回走一点儿都不觉得累，不知不觉就走到连队了。"两人微笑着望着对方，心里油然生出一阵幸福感，一种在经历过磨难之后才能体验到的幸福感。魏志远真想一下子把小梅紧紧抱住，就像那天晚上在渠边那样，而那次不顾一切的拥抱，竟是他们从小相识这么多年以来的第一次拥抱，那完全是在特殊情况下激发的异常行为，要是换在正常情况下，他多半做不出那样的举动。他现在强烈地想拥抱她，但是又不敢，因为附近随时都有人经过，怕被别人看见。

两人就这样双手紧紧攥着，明知道要撒手了却都不愿松开。魏志远用下巴冲着不远处几个独立的小沙丘示意道："以后每个星期天我都在那几个小沙丘那儿等你。"徐小梅点点头，魏志远又说："有事随时让小赵给我捎条子。"小梅又微笑着点点头，然后仍旧是无言相望，徐小梅忽然笑着说："你还记得那天晚上分手时你是怎么说的吗？"魏志远想了一下道："我好像是说，你回去吧，我站在这看着你走。"徐小梅一听笑道："是呀，不知道怎么回事，我总是想起这句话。"魏志远笑笑，徐小梅又说："那么，现在，你也回去吧，我站在这看着你走。"说完冲志远深情地一笑，两人放开了紧攥着的手，"那我走啦，"魏志远说，徐小梅抿着嘴点了点头，魏志远毅然转身离去。

魏志远走几步一回头，再走几步又回头，总见小梅微笑着冲他点头，他不忍心让徐小梅长时间站在那儿目送自己，就再也不回头看她，同时加快了脚步向连队赶去。

徐小梅一直望着魏志远的背影，越走越远，直到差不多远出了她的视线，才转身向团部走去。

28

徐小梅在进团部大院的时候，不期然和蒋干事打了个照面，只见他好像想说什么，却欲言又止，在与她擦肩而过时，还有点回避她的目光，徐小梅想起魏志远告诉她的那封信，再看看蒋的那副模样，竟有点可怜起他来。这时忽听蒋干事在身后用不大的声音叫了一声"小梅，"她吃了一惊，停住脚步转过身来，对站在不远处的蒋干事说："你喊我？蒋干事。"蒋道："你明天上午有空吗？"徐小梅答："我上晚班，白天有空。"蒋道："那你白天上班时间来会议室帮我整理点材料吧。"徐小梅爽快答应道："好的。还有别的事吗蒋干事？"蒋好像迟疑了一下，说道："啊……没事了。"徐小梅旋即转身离去。

徐小梅坦然地走了，可蒋干事的心里却翻腾开了。那封匿名信虽然兜头给了他一桶冷水，令他颤栗，清醒，认识到徐小梅完全不同于以往他屡屡得手的那些小姑娘，他的那些纯熟的套路对她根本不起作用，而且弄不好还会惹祸上身，他必须收敛锋芒，调整思路，改变做法。他看得出徐小梅生性柔弱善良，富于同情心，对付这种类型的女性，最好的办法就是使用悲情，用悲情去引发她的同情，在同情中发展友情，再慢慢把友情演变为"那个"情！总之，必须设法接近她，尽量靠近她，装出可怜兮兮的样子给她看，催生她的同情心！但是，他自己也不想想，按照这个路数来调情，那得调到猴年马月才能把"这个"情调剂成"那个"情？就他那猴儿急的性格，他能等那么久吗？还有，没看见她徐小梅身边还有一帮子卫士吗，这帮卫士绝非等闲之辈，看那信文，看那字体，便可略知一二，再有，更别说还有个顶顶厉害的守门员小燕……咳！如此看来，我们这位蒋大干事通往成功的路上还真是困难重重啊！"但是，"他鼓起精神对自己说："管它呢，试试再说，大活人总不能让尿憋死。"

随后，不知从什么时候开始，蒋干事好象变了个人似的（当然是特指在徐小梅面前，在别人面前原来啥样现在还啥样），不再像原来那样趾高气扬，风趣幽默，而代之以一脸忧伤，心事重重的样子，连说话的音调都比原来低了好几度，还略带点沙哑。徐小梅也搞不清是真是假，只觉得有点可笑，又有点可怜，她甚至还冒傻气生出点同情。注意"同情"二字！这正是蒋干事想要得到的，这不是，果真说来就来了，蒋某人真是高手，不服不行！

那天早上八点上班时间一到，徐小梅就按时来到团部会议室，她推开会议室大门一看，里面只有蒋干事一人在。他脑袋上扣着皮帽子（往常不论多冷他都只戴一顶单军帽，上面的红五星格外醒目，令整个人看着倍儿精神），身上裹着羊毛里子的军大衣，一会儿抽抽鼻子，一会儿轻轻咳两声，正拿着一叠文件之类的在看。徐小梅尊敬地打了个招呼："蒋干事，你在呢。"蒋头也没抬，一副带着病还专注于工作的样子，用有点沙哑的声音"啊"了一声就算是回答了。徐小梅觉得这会议室里又阴又冷的，就走到屋子一角的大铁炉子跟前，拿起靠在墙上的炉勾子把炉盖拨开，一看里面的底火半死不活，赶紧把炉勾子伸到炉箅子底下勾了勾底灰，又用小煤铲往炉子里加了点块儿煤，然后拿起地上放着的烧水铁壶，从一旁的水桶里用水舀子舀水把铁壶盛满做在炉子上，又舀了点水浇在手上把手洗干净，这才准备来向蒋请示工作。蒋这半天一直在偷偷观看徐小梅的动作，觉得她的一举一动都那么优雅，那么好看，那么动人，她燃起的炉子发出的热量更是暖得让人心都发勃！正胡思乱想间，忽见她要向自己走来，赶紧把头低下，装作一直在专心看文件的样子。

徐小梅走近蒋干事，规规矩矩地站着问道："蒋干事，你安排我干什么？"蒋干事略微抬了下头，用一只手示意了一下旁边的一叠纸张道："你坐这，"徐小梅顺从地拉了旁边一把椅子在那叠纸张前坐下，蒋道："你把这些材料，"他用手指着一小叠纸说："用复写纸每页复写四份，空白纸在那儿，"他用手指了指另一叠纸道。徐小梅问："那复写纸呢？"蒋手指他那间小屋道："在那间屋的桌子上。"徐小梅起身奔那屋子去，很快手拿一盒复写纸出来，回到坐处又问："有原珠笔吗？"蒋把皮大衣掀开一点，从上衣口袋里摸出一枝圆珠笔递给她。徐小梅接过圆珠笔，坐下，开始翻看那叠材料。粗略看了一下，应该是向上汇报本团各方面情况的材料，基本上都是文字，但也有一些简单的表格，"还得画表格呀，"她心里想。

徐小梅把复写纸在每张白纸下垫好，一共垫了三张复写纸，也就是说，连最上面直接往上写字的那张，她一次可以复写出四份材料来。她把这些准备工作做完之后，就伏下身来认认真真地开始复写了，由于垫了三张复写纸，要让下面的三张纸都能复写清楚，还真是要费点劲的，何况她已经有好久不写字了，这样用力写了不久，手就有点酸了。她把拿笔的手腾出来，带笑地眯着一只眼睛使劲地把手甩了几下，缓了缓发酸的手，才又继续执笔复写。她的这些细微动作，都被蒋干事看在眼里，蒋虽然一副专心看文件的样子，可心思哪在文件上呀，他的目光时不时脱离开文件向一旁溜去，溜到徐小梅的身上、头发上、手上、脸上，再看看自己的肘尖，离着她的肘尖那么近，只要往那边再挪一点就碰上了，但他实在找不到挪动过去的理由，都坐得好好的，平白无顾挪过去碰人家一下算是怎么回事，是不是太唐突了？距离呀！这小小的，可恨的距离呀，他真恨不得一下突破这点小距离，扑进那梦中的温柔乡里……可理智在不停地警告他："不行！不行！！千万别胡来！"他不安地坐着，艰难地抵抗着欲望的折磨，无论他如何努力，旁边这个女性就像吸引力巨大的磁石，吸得他无法在椅子上坐稳，吸得他不由自主地要向磁石方向运动，他只好站起来，披着大衣在徐小梅身后的空地上来回走，徐小梅感到有点奇怪，侧过脸看了一眼，又继续专注于她的工作。蒋在徐小梅身后来回走经过她时，有几次故意把大衣的衣摆蹭到她的后背上，他见她并无反应，顿时胆气上升。在又走了一个来回后，忽然双手插腰，停在了她的身后，走近到差不多挨着她的后背，弯下身来，以领导者关心下属的姿态看她写得怎么样，那被两只插腰的手掀起的大衣，差不多从后面把徐小梅整个人都包围覆盖了，这还不够，又伸出两只胳膊把两手撑扶在徐小梅两边的桌沿上，这样一来，差不多把人家都搂到怀里了，以往他就总爱趁着靠近她时假装无意地碰碰她，蹭蹭她，交接东西时"无意"中握住她的手而且想多握一会儿。可每次都会被她敏感地躲开，闪开，避开，而现在他这样把她整个人都差不多裹到大衣里了她居然一动不动！他的内心一阵狂喜，其实他哪里知道，徐小梅哪里是不躲避，她实在是无处可躲，前面是桌子，左右和后面都是蒋的身体，她又不好得罪领导，所以尽管心里有多反感多腻味，都只好强忍着，假装没事儿似的专注于工作。这时，做在炉子上的铁壶里的水烧开了，白色的水蒸汽扑扑地响着从壶嘴冒出来，"呀！水开啦，"徐小梅急忙站起来朝炉子赶过去，总算突出了蒋干事的重围。

正当徐小梅忙着把铁壶提起来，把炉子盖重新盖好，再把铁壶放回到炉子上的时候，会议室的门被人推开了，徐小梅抬头一看，是团长和一个三十来岁的军人走了进来，蒋干事连忙迎了过去。团长看见徐小梅也在，主动招呼了一声"啊，小梅同志也在呀，"说完就和那军人还有蒋干事就近靠着桌子坐了下来，徐小梅赶紧把铁壶提过去，走近后对团长说："好几天没见你了老团长。"说完就把桌子上放着的几个缸子移了三个到自己跟前，提起铁壶给每个缸子盛上热水，再把缸子移到每位跟前。团长说："我下去各连蹲了些天，这不刚回来，哦，对了，我还去你那个连了，你们班长和班里的战士还让我代她们问你好呢"团长笑着说，徐小梅心里一阵感动，说："我也挺想她们的。"团长对那二位说："看见没有？战友情深呀，哈哈，"停顿片刻，又指着那位军人对徐小梅说："这位是十连的王连长，"徐小梅赶紧站直了面对王连长说："王连长你好！"王连长点头微笑作答。徐小梅转身往回走时边走边想：十连，不就是志远那个连吗，那这位王连长一定就是志远他们的连长了。

徐小梅把铁壶在炉子上放好后，回到自己的坐位处坐了下来，继续认真地进行复写工作，她一边写着，一边断断续续听到那边传来的三个人的谈话声，谈的无非都是各连的情况和问题等等。只听见蒋干事的声音不再沙哑低沉，人也不再病快快的，完全换了个人，变得和先前没啥两样，那他那副可怜兮兮的病态样子是装的？装给谁看？装给我看？她心里忽然觉得好笑，差点在脸上显露出来。

徐小梅又埋头继续专心地进行复写，不知何时那边三人的谈话已经结束，团长和王连长起身往会议室外走，他们一走，屋里又只剩下蒋干事和徐小梅两个人了，望着团长的背影消失在门口，徐小梅心里有点发慌，还没来得及多想，就见蒋干事又往自己这边走来，她赶紧低下头继续工作。

蒋干事向着徐小梅走过去，双手插腰很有点领导的气势，被胳膊肘撑起的两面大衣的衣摆仿佛是老鹰张开的宽大翅膀，带着凶猛的老鹰盘旋着，转悠着，看准了猎物准备一头扎下去。

徐小梅感觉到蒋干事正在向自己靠近，知道这位"领导"又要站在自己身后弯下腰来"关心工作"了，他那男性的身影像巨大的黑幕正在向她覆盖过来，她心里一紧张，写字的速度随着心跳的加速越来越快，下笔也越来越重，当蒋的两只手再次出现在她两边的桌沿上的时候，会议室大门被咣地一声推开，小燕那张带着掩饰不住怒气的脸出现在门口。

"怎么回事，她不是正在值班吗？"蒋干事有点猝不及防，连忙直起身来望着小燕，两人对视了片刻，小燕一声不吭径直往蒋干事的小屋快步走去，蒋干事慌忙离开徐小梅也向那间屋子赶去。小燕先进了屋子，蒋干事随后跟进去，顺手掩上了门。

徐小梅忽然感到很心烦，她恨不得马上把这复写的活儿干完离开这里，于是加快了速度拼着劲地写，但是一抬头，看见眼前还有那么多没复写的材料堆在那里，她一时间觉得有点头晕，于是离开坐位，绕到桌子对过，拿了一个缸子走到炉子跟前，提起水壶给自己倒了一杯开水，然后返回到坐位。

徐小梅坐在坐位上，一边吹气一边喝着滚烫的开水，这时小屋里传出来小燕和蒋干事两个人说话的声音，声音时大时小，断断续续，小燕的声音好像越来越高，口气听着有点激烈，像是在争执什么，蒋的口气则像是在哀求，然后声音突然中止，过了一会儿，两人叽叽咕咕的声音又再传来。徐小梅努力使自己不要去注意小屋传来的声音，恨不能用棉花把耳朵堵上，集中精力快点把手头的工作做完。

过了一段时间，小屋的门忽然被打开，小燕面带愠色快步往会议室大门走，蒋干事披着大衣在后紧追，两人很快消失在门口。徐小梅心里松了一口气，端起缸子喝了口水，正要接着往下写，就听见院子里有人大声喊："开饭啦，走吧，吃饭去吧。"徐小梅心想："怎么？开饭时间到了吗？"边想边站起来走到门口看看动静，头刚探出大门，只见蒋干事正在门外站着呢，看着有点发呆的样子，他看见徐小梅，说了声"先去吃午饭吧"，徐小梅说："我晚上要值班，下午不能来了，明天上午接着写吧。"蒋说："好吧。"徐小梅回到会议室里，把那堆纸张和材料等整理了一下，然后离开了会议室向宿舍赶去。

29

那天下午，徐小梅因为晚上要值班，所以就待在宿舍里休息，这时小燕和小苏也在宿舍里，小燕对徐小梅的态度明显敌视，两人互相不说一句话，令屋里的气氛有点紧张，徐小梅想找机会向小燕解释一下，但转念一想又觉得十分可笑，有什么必要向她解释？解释什么？解释了她会信吗？真是的，我又没干什么，爱怎么想就怎么想去吧。她忽然强烈地感到这里的整个氛围好无聊，无聊得令她有点难以忍受，原来在连队里哪会有这些烦人的事，连里无论是本班的姐妹，还是连里上下的战友和领导，大家都是敞开心扉相处，一起生活，一起劳动，一起说笑逗乐……即使有些小矛盾，也是直来直去，用不着怎么样就化解了，咳！那是一种多么舒心的环境啊，她越想，越怀念连队，怀念连里的人们，怀念那里的一切，甚至连那萦绕着姐妹们絮絮话音的土坯房，那散发着姐妹们熟悉气味的大炕，都令她极为怀念，她甚至生出了要求调回连队的念头。但是，一想到魏志远，这种调回去的念头又大打折扣了，先前两人身处两地分隔了那么久，那么长的时间音信全无，那种相思的煎熬是何等痛苦，现在仍能深深感受到，现在好不容易调到比较靠近的地方，见面不再那么困难了，再要像原来那样杳无音信地长久分离，她简直想都不敢想了。因此，她的内心极为纠结，各种念头轮番出场，你推我撞，互相打架，搞得她心烦意乱。这时，她忽然想起了章青峰给她的那些小说的拆开本，连忙从枕头底下翻出来，高兴地拿在手上反复端详，好像得到了治愈心病的灵丹妙药，然后靠在床铺上，把书页捂在胸口上，闭上双眼静静地过了几秒钟，然后突然睁开闪亮有神的双眼，两手把书页展开移到眼前，视线全部集中到那些久违的、熟悉的、亲切的、能变幻出无穷意境的铅字上，津津有味地读起来，把刚才的烦恼全部抛在脑后了。

小苏坐在自己的床铺上，一边打着毛线，一边默默观看小燕和徐小梅两人上演的哑剧，心想："这两个人是怎么啦？因为啥事闹成这个样子？"

而此时，蒋干事正在那间小屋里，斜靠在床上吸烟，地下丢了好几个烟头，满屋子烟雾缭绕。他平时一般是不吸烟的，他并没什么烟瘾，只是在心烦或不高兴时偶尔吸一下以舒缓心情，所以上个春节回家时，他从他爸那儿偷偷拿走的几盒"大前门"香烟一直都没怎么打动。可是最近不行了，他动不动就想拿一根来抽，照此速度，那几盒"大前门"用不了多久就要消耗殆尽了。之所以会这样，是因为有件事令他十分头痛：最近师里有几个上军校的名额，小燕特别想去，蒋本人也挺想让她去，一来毕竟是相好了这么久，给她安排个好点的去处也是情理中的事，二来把她打发走了，就可以免去自己追求徐小梅时受她的干扰，三是小燕越来越能缠人，大小事情都来烦他，他越来越感到不胜其烦了……总之，这时候有这么一个好机会把她打发走，实在是再好不过了。他于是积极地为她办理此事，动用了上上下下各种关系，经过一番努力，总算是落实得差不多了，他得意地向小燕夸口："没问题啦，你等着瞧吧。"没承想啥时候师里冒出个比他关系还硬的人，硬是把他已经拿到手的名额给夺走了，他得知此事后差点儿气背过去，一边咬牙切齿大骂一边抓耳挠头想招儿对付。一想自然想到他爹，师里好几位领导原来都是他爹的部下，让他爹出面谁还敢不给面子！于是他急忙联系他老爹，老爹没联系上，联系上他的警卫员了，把此事如何来去一说，让警卫员赶紧找他爹说去，过了两天警卫员来电话了，说，首长说了，走后门的事别找他！蒋一听一屁股坐在椅子上半天没缓过气来。事到如今，此事彻底泡汤了，他倒没啥，生生气而已，但小燕不干了，人家都早已做好上军校的精神准备了，甚至都想好了自己有什么计划，有什么打算，有什么美好的发展前景等等，还把这个"好消息"告诉了众多亲朋好友，现在突然说不行了，那打击是何等巨大，足以令人崩溃！再一听说，那明明是自己的名额，是生硬让别人给夺走的，这就更是气愤难平了，她怨蒋没有尽全力给她争取，骂蒋是个窝囊废，让人家如此欺负都不敢放个屁，光知道整天在她面前充好汉，吹大牛，到了关键时刻屁也不是……正在这极度闹心的时候，竟又发现他和徐小梅在会议室里犯亲热，姑奶奶的，给我联系正事儿你没本事，跑这儿来和骚女人亲热你倒挺来劲儿！你算是个什么东西！小燕气得对他不依不饶，弄得他像个败兵似的东躲西藏，只有到了小燕值班的时候才能松口气。

蒋干事靠在床上想着想着，忽然觉得夹烟的手指传来一阵灼热和巨痛，原来是烟头燃到手上了，他赶紧丢掉烟头，把烧痛的手指伸到嘴里使劲哈气减轻痛疼。

"对！明天下连队去！"他忽然灵机一动，想起这个暂避风头的好办法。到各连队去转它个把星期，既可以摆脱小燕的缠闹，又可以出去散散心，还显得自己挺善于深入基层，一举多得，对了，再把双管猎枪带上，把刘参谋也叫上，他和自己一样爱好打猎。马塔尔湾林子里的野鸡和野兔这会儿正是最好打的时候，到时打它几只，拿到湾子附近的十六连，找上好哥们儿孙连长，在他们那儿把猎物炖它一大锅，一帮人吃肉喝酒侃大山吹大牛是何等痛快！犯得着在这受你个小丫头片子的气吗？想到这，他的心情顿时豁然开朗，身体像弹簧一样从床上蹦起来，出了小屋又出会议室，直奔对面政治处那间屋子去找刘参谋去了。

30

第二天早上八点多，徐小梅又来到会议室昨天坐的地方，一看那堆材料旁边放着一张条子，用圆珠笔压着，她拿起条子来一看，蒋干事那熟悉的字体映入眼帘：

"小梅，我有事要下连队去几天，材料复写好后交给政治处李干事或崔副团长。"

徐小梅看完条子，不禁轻轻出了一口气，觉得一下子轻松了许多。她麻利地把会议室各处收拾了一下，用铁盆盛了点水均匀地洒在砖地上，等水渗得差不多了，就用一把高粱穗子条帚轻轻把地扫了一遍，然后又把炉子捅旺，这才回到坐位处坐下来，开始接着进行昨天没完成的工作。

会议室里很安静，炉子里的火窜上来的呼呼声听得真切，炉子散发出的热量很快传遍室内的整个空间，让人感到温暖而舒适。

徐小梅专心致志地复写着，没有了"领导的关心"，也就没有了干扰，她就得以集中精力地全力以赴地完成手上的工作，她越写越熟练，越写越好，越写越快，连她自己都惊异自己的高效率和高质量，心里很有些得意，也就越干越带劲。临近中午的时候，她已经把全部

材料都复写出来了，连那几个原先看着不太好画的表格也都很满意地
画出来了，她把复写好的四份材料分成四叠整整齐齐地摆在眼前的桌
面上，满意地望着它们，很有一点成就感。在对自己的劳动成果进行
了一番欣赏之后，她就把它们集中起来，连同原稿一起，双手捧着，
出了会议室大门，向院子对面政治处走去，要把它们交给李干事。她
推开政治处的门，见李干事正在里边，说声："李干事，你在呢，这
些材料复写完了，蒋干事让我交给你。"李干事说："哦，是的，他
出门之前给我交待过。"边说边把材料接过来，一手扶了扶眼镜，就
翻看起来，看了两眼，笑着说："徐小梅，你的字写得真不错！"徐
小梅谦虚地笑笑，李干事又问："你会不会刻蜡板？"徐小梅想了想，
想起在学校时曾经帮老师刻过蜡板，就回答说："上学的时候刻过一
点。""啊那太好了！"李干事把材料放在桌子上，双手扶着眼镜转
向徐小梅望着她，好像要认真把她研究一番似的，弄得徐小梅有点不
好意思了，李干事高兴地问："完了需要刻蜡板时，你能来帮忙吗？"
徐小梅答道："那当然能了，您需要的时候随时叫我就是了。"李干
事一连说了几声"太好了。"徐小梅就告辞出去了。

　　跟着到来的那个星期天，吃过早饭，搞完内务之后，徐小梅坐在
床铺边上，手上拿个小圆镜，也开始打扮自己了，往脸上抹了点雪花膏，
用梳子把头发拢了拢，又用手指把额前的刘海仔细弄了弄，望着镜子
里的自己。想着自己为啥这样认真修饰，一时羞得有点脸红，忙偷偷
往两边扫视，却正好和小苏对上了眼，小苏其实一直在注意观察她呢，
心想："她又有好事了。"徐小梅赶紧转移视线假装没看见，这时小
燕拉开门进来了，满脸的沮丧，一声不吭倒在床铺上，从旁边扯过来
一件内衣盖在脸上。徐小梅和小苏两人面面相觑，一个微微摇头，一
个轻声叹气。

　　徐小梅正准备出去，听见门外有人喊："徐小梅，在吗？"是通
信员小赵的声音，徐小梅忙从床铺上下来紧走几步到门口把门拉开，

见小赵正站在门前，双手捧着一个用旧报纸包着用纸绳扎好的纸包，对徐小梅说："快接着，这是魏志远昨天晚上让我交给你的，还有个条子，"他把手伸进衣服口袋里摸出一个折成方形带燕尾的便条，连同纸包一块儿交给了徐小梅。徐小梅打开便条一看，魏志远那钢劲有力的字体写道：

"小梅，明天兵团来人拍纪录片《兵团战歌》，我们都得出动，明天不能去见你了。这些书页是方伟民和郎信玉让我交给你的，章青峰给你的那些如果看完了就让小赵捎回给我。"

徐小梅看完条子对小赵说："小赵你稍等一下，"转身回到床铺边把纸包打开，把里面的书页取出来，从枕头底下把已经看完的书页翻出来，用现成的旧报纸包起来，也用纸绳扎好，三两步来到门口把纸包交给小赵，让他交给魏志远，还不忘说一声"辛苦你啦小赵，"小赵笑笑，接过东西转身离去。

徐小梅靠在床铺上，欣喜地把刚到手的"拆开本"一本本翻看着，这些拆开本来自四、五部不同的小说，共有七、八本之多，加起来差不多有一部长篇小说厚了，虽然零七散八完全没个顺序，但她已经习惯了这种不按顺序的特殊阅读方式，一样可以读得津津有味。小苏见徐小梅光摆弄书页，完全没有出门的意思，好奇地问："你不是准备出去的吗，怎么又不走了？"徐小梅把今天兵团要拍纪录片的事告诉了她，然后就靠在被枕上准备看书了，小苏看着她手里捧着的书页道："这帮男兵儿什么习气，把好好的书拆成这样。"徐小梅只是笑笑，没有回答，她心里其实挺理解嗜书者不择手断要书看的"恶习"。她在想，虽然今天和志远相见的事儿被特殊情况耽误了，但她可以静静地待在屋里过一天看书的瘾，也是件挺愉快的事。

31

　　而此时在十连的营区里，情况可就热闹了，刚吃过早饭没多久，全连就在操场上列队集合，王连长给全体讲了兵团今天要来人拍纪录片《兵团战歌》的事，其实这事昨天大家就都知道了，人人都有点小激动，都想上个镜头什么的。王连长讲了一些注意事项，特别强调，一会儿解散后，回宿舍抓紧时间把自己的形象整饰一下，别穿得随随便便邋里邋遢的，收拾得精神点儿像个革命军人的样子，把该带的干活儿工具都带齐：去菜地的把锄头、铁锹等带上，去砖窑的把背砖的背板儿等备好，拉小平板车的把车子收拾利索了，一会儿听到集合的哨声马上回到操场上集合，说完清了一下嗓门儿，喊道："稍息——立正——解散！"队伍"嗡"地一声散开，人们纷纷奔各自的宿舍而去，整理军容的整理军容，准备工具的准备工具，都在抓紧时间进行，十多分钟之后，哨声在各排宿舍前响起，收拾利索了的人们带着各自的工具纷纷走出宿舍，来到宿舍前面的空地上列队集合，集合完毕后由各排排长带领向操场集中。没过多一会儿，全连在操场集合完毕，连长刚说了几句话，忽然从营区边大道的方向由远而近传来一阵极为高亢雄壮的歌声，把全连人——包括连长——的注意力都给吸引过去了，大家纷纷扭头向那个方向望去，只见黑压压一大队扛着枪支的队伍唱着歌子喊着号子迈着整齐的步伐正离开大路向操场这边开来，"武装连！"人们立刻反应过来了，那是个多么令人羡慕和向往的名称！那时兵团的建制里每个团只有一两个武装连，武装连是真正给每个战士发枪的准军事连队，那时人们对枪的迷恋到了近乎发狂的地步，与"军人的第二生命"——枪——作伴，成了多少热血青年的梦想。人们都热切盼望自己的连队能被荣幸地定为武装连，那些被正式确定为武装连并被庄重地授予钢枪的战士们一个个像中了大奖似的差不多高兴地昏了头！而那些落选连队的"战士"们则个个都在心里饱受失落感的折磨，这反过来更使"武装连"的战士们倍感骄傲和得意。

"武装连"走近操场了，离开他们后面不远处跟着一些零零散散的人，有的扛着摄影机，有的扛着小梯子，有的提着各种辅助设备，还有一些团部的人，蒋干事也在其中，一边走一边对扛摄影机的比比划划显得十分活跃，显然这些人就是兵团派下来拍纪录片的。

"武装连"气势雄伟浩浩荡荡开进了操场，他们没有立即站到十连旁边专门给他们预留的位置上，而是齐刷刷地从十连面前列队经过，显然是要在这些非武装连的面前展示一下军威，过一把炫耀的瘾。在几百双羡慕的目光的注视之下，那些扛枪的男女战士们一个个把胸脯挺到极限高，握拳甩动的那只胳膊的甩幅达到了夸张的程度，步子迈得大而有力，故意要把地面踏出很大的响声，再看那战士们的表情，全都目不斜视，直盯着正前方，满脸威严，着实让十连的"兵儿"们深刻地领教了一回啥叫"神气活现"，啥叫"牛气冲天"！再看他们手上的武器，四列纵队排头的四个身材高大的战士每人肩上扛着一挺苏式转盘机枪，这太吸引眼球了！人们只在一些电影里——比如《上甘岭》、《英雄儿女》等见过这种威风凛凛带着杀气的武器，今天在如此近距离看见它们被战士们扛在肩上行进着，真是有一种震撼的效果。

转盘机枪后跟着的是扛着苏式莫辛．纳甘7.62步枪的男战士们，那种枪的刺刀在枪口外是拐个小弯才伸出去的，这使那枪扛在肩上特显威风，近两百根这种长而尖的枪刺在战士们的肩上密集整齐地斜伸上去，那气势相当震人。

步枪列阵过去之后，紧跟上来的是女排的战士们，她们满脸透着骄气和傲气，头上毛绒绒的狗皮帽子把一张张英俊的脸衬托得极为生动。她们双手紧握挎在胸前的冲锋枪，那是通体全钢的花口折把式冲锋枪，枪身蓝黑色的钢壳反射着黝暗的寒光，让十连的男生们羡慕得眼珠子都快飞出来了。

武装连列队绕着操场走了一圈，然后才来到给他们预留的位置上，此前拍纪录片的那些人已经在操场一个角落面对着连队队列的位置用三脚架架好了摄影机，协助拍摄的人像没头苍蝇似地拿着设备跑来跑去，蒋干事俨然像个大导演似地在那儿发号施令威风十足。武装连的队伍立定之后，随着一声扯着脖子喊出来的口令："立正！枪放——下"，"哗"地一声，那些机枪步枪一下子从战士们的肩上转到胸前，然后"咚"地一声枪拖戳到地面上。胸前挎着冲锋枪的女战士们则利索地把冲锋枪向身后一摆，齐刷刷地把冲锋枪斜背在身后。列队站在他们旁边的十连的人们，看着人家手里威风凛凛的钢枪，再看看自己手里拿着的铁锹、锄头、背砖板带等等土家伙，真是自惭形秽，一个个都抬不起头来。

这时武装连连长，一个中等身材，皮肤黝黑，利索干练的军人，来到连队面前站定，满意地欣赏了一番自己这支训练有素的队伍，又侧转头用稍带点坏笑的眼神瞥了瞥站在一旁的十连王连长，那种挑衅的意味明白无误："怎么样王头儿，你的兵儿没我的棒吧？"牛过之后，武装连长面对本连大声说："唱个歌子怎么样？"他显然是想用歌声来进一步对十连进行精神虐待，"好——"他的兵儿们扯着脖子拉长了声音回应他。这时队伍前面一个持转盘机枪的高大男子把机枪往旁边的人手上一塞，迅速出列，来到队伍前面，面向队伍举起双手，做好了打拍子的准备，他思索片刻，嘴里冒出一句唱："说打就打"跟着吼一声"唱！"双手往下一分，全连男女混合雄壮的歌声响了起来：

说打就打，
说干就干，
练一练手中枪，
刺刀手榴弹
……

一曲下来，武装连的战士一个个得意之色跃然脸上，十连则被轰得抬不起头来，这时只见大个子冲十连一挥手喊道："十连的——"全连一块儿喊："来一个！"王连长一看这是公然挑战了，伸手指了一下站在队伍前面的一排长，那意思是让他上来指挥唱歌，一排长赶紧出列，面向全连站好，两手像端个尿盆似地在胸前摆好，想了想，起了一句："雄伟的井冈山"，觉得起高了，再起一遍，却又觉得起低了，这时武装连已经有人在捂着嘴笑了，一排长不好意思地清了清嗓子，又起了一遍，这回总算是不高不低，他跟着喊一声"唱！"全连人就唱开了。一排长机械死板地打着拍子，全连的歌声有气无力，还时不时有些唱错的声音混杂在里面，搞得王连长甚至担心他们能不能把歌子唱完，那状况真是有点惨不忍睹。就这样，在王连长的提心吊胆中，歌子总算勉强唱完了，王连长也总算是松了一口气，这时就听武装连大个子喊："十连的唱得怎么样？"随之全连齐声高喊："不怎么样！"大个子又喊："再来一个要不要？"这回跟着的声音就乱了，有的喊"要"，有的喊"不要"，接着就是一片起哄的笑声。这时，十连的队伍里突然站起来一个身姿矫健的女性，狗皮帽子下的短发潇洒地分在耳后，脸庞像工笔画勾勒出来般标致有形，面色红润，面容秀丽，眉宇间透出一股英气，这形象很容易令人联想起穆桂英、花木兰等巾帼英雄的形象，此人正是十连女排的三排长，只见她镇定自若地走到队列前面，冲着女排一摆手喊道："女排注意！"然后静静地盯着战士们看了几秒钟，突然起了一句"黄河之滨"，紧接着有力地喊了一声"唱"，女排坚定有力的女声骤然响起：

黄河之滨
集合着一群
中华民族优秀的子孙
......

　　这歌声整齐辽亮，坚定有力，一扫刚才全连合唱时的颓气，令武装连的人刮目相看，再看女排长那指挥的姿式动作，优美而富于变化，两只手腕一会儿频频翻动在胸前比划，一会儿回搂一会儿前推，一会儿分拨一会儿合拢，突然伸出左手招呼这边，又猛然高扬右手招呼那边，双臂忽而洒脱地向上高举，忽而坚定有力地向下劈打，动作时而平稳流畅，时而激情迸发，似体操比体操含蓄，似舞蹈比舞蹈内敛。全部动作虽然只局限于身前范围，却似能掀起狂涛巨浪，这绝妙精彩令人眼花缭乱的指挥，仿佛魔幻般调动起全体歌者的情绪和气力，把一首歌子演唱得词曲生辉，华彩纷呈！现在该轮到武装连指挥唱歌的大个子自惭形秽了，这种高超的指挥水平他根本休想达到！再要上去班门弄斧，他都觉得有点不好意思了。当歌声随着女排长一个坚定的手势戛然而止时，全操场的人，包括十连和武装连，还有那些正在拍纪录片的人，都使劲鼓掌叫好，这回十连开始发起反攻了，干连长亲自出马带领全连人高喊："武装连，比一个！"武装连只好打起精神应战，不过这回他们的嚣张气焰没有了，歌子唱得中规中矩，声音也不够响亮，很明显，他们在气势上已经落了下风，一曲下来，一个个神色黯然，自己都觉得不好意思了，可十连不依不饶，继续猛攻，只见女排长手势一招唤，女排个个如急待出山的猛虎，近两百双眼睛放射出胜利者的威光，随着女排长一个起头一声"唱！"二百多个女声合成的音响有若美丽动人的"卡秋莎"齐射光彩耀眼声声震撼：

　　　　我是一个兵，
　　　　来自老百姓，
　　　　打败了日本狗强盗
　　　　消灭了蒋匪军
　　　　……

待一曲将尽时，女排长右手伸出二指往上一举，歌子一下变成了二重唱，那二重声部一重盖一重的气势在女排长恰到好处精彩完美的指挥调度下仿佛排排浪涌冲击而来，还没等武装连的人回过神来，女排长又将右手一举，这回不是二指了，而是三指！也就是说紧接而来的是三重唱！如此凶猛的火力武装连的人还真没领教过，正惊诧间，排排巨浪已至：

我是一个兵
我是一个（兵）
我是一个（兵）
来自老百姓
来自老百（姓）
来自老百（姓）
打败了日本狗强盗
……狗强盗
……狗强盗
消灭了蒋匪
消灭了蒋匪
消灭了蒋匪军
……

那整齐辽亮的三个声部互相呼应，互相叠加，互为助推，互为加力，层次分明，梯次衔接，造成极为震撼的效果：

谁敢发动
谁敢发动

谁敢发动战争，

坚决打它

坚决打它

坚决打它

不留情！

女排长的手势从高高的上方一划到底做了一个有力的结束动作，声音戛然停止，全场静默了一两秒钟，突然爆发出高声的叫喊和热烈的掌声。王连长高兴得哈哈大笑，边笑边用目光寻找站在那边的武连长，武连长不好意思地低头讪笑，这时，不自量力的大个子不甘心失败，还想作最后的顽抗，跳出来想再比一回，却不料被旁边人的脚绊了一下，一个踉跄差点扑在地上，逗得全场哄然大笑，武连长连忙冲他使劲摆手，那意思是"快回去吧，丢人还没丢够，别再比了！"

王连长一边笑着向武连长走过去，一边用食指连连点他，那意思是："你小子这回吃败仗了吧？" 两人走近后互相亲昵地拍肩膀捶胸脯，这时武装连长悄悄对着王连长耳朵说："我说老兄，把你们这女排长调给我们连行不？"王连长先惊诧后鄙夷道："你小子，啥好事还都想归你，你干脆把女排都要去好不好？"武连长一听这话大眼一瞪："好啊！真的给呀？"王连长一脸不屑道："你小子安的什么心，你想让你的兵每人娶俩媳妇儿，我的兵尽他妈的打光棍？"武连长一听哈哈大笑，忍不住当众弯腰给了王连长屁股上一巴掌，王连长正言道："注意点儿形象"，可这一幕早让全场的人看见了，大家都笑了个前仰后合。

斗歌大战到此结束，十连大获全胜，武装连铩羽而归。二位连长轮流上前作了一番评论和总结，都高姿态地把对方连队夸了一番，然后大致讲了一下接下来的安排，他们讲完后，轮到早已站在一旁的蒋干事上场讲话，他主要讲了一些拍摄的安排和拍片时的注意事项等等。

各位领导讲话完毕后，队伍在一声声号令中开始行动，武装连留在操场上，他们还要拍一些军事训练的镜头，十连则列队走出操场，一部分向砖窑方向开去，另一部分向蔬菜基地方向开去。

32

刚刚在斗歌中打败了武装连的十连战士们军心大振，斗志高昂，他们要在接下来的生产劳动场面的拍摄中再好好表现一番，争取让自己的镜头出现在纪录片里。去蔬菜基地的这部分战士到达蔬菜基地后，立即奔赴菜地各处，有的用锄头铁锹整地，有的两人一对抬筐运土，有的拉着小平板车到离菜地边不远的小沙丘那边装沙子运到地里，以改造胶质的碱性土壤，这些都是他们平日里进行的工作，他们一来自然就按部就班地干开了，拍纪录片那帮人啥时候到说不准，反正他们没到，就先该干啥干啥，不过心里都知道要先悠着点儿干，到了该表现的时候再使劲表现。

而在离十连操场不远的砖场这边，已是一片紧张热烈的气氛，今天砖场的任务是装窑，男女战士们背着有点像敞开的背包并在底部加装了一块木板的背板儿，在一排排垒起的土坯垛子间把凉干的土坯往砖窑上运。背土坯的人专门背土坯，有人专门负责往他们背着的背架上装土坯，当装土坯的人双手夹起一摞摞土坯往战士身后的背架上放时，背坯人双腿分开站稳，身体略微前倾，承受着身后渐渐加大的重量，男的一般一次背二十多块，女的背十来块，装好之后就往土坯凉晒场外不远之处高高耸立的像个倒扣的大斗似的砖窑走去。来到砖窑前，再沿着坡道攀行把土坯背上窑去，这一段路是最考验人的体力和意志的，那又陡又窄的坡道容不得有半点闪失，前些日子就有人不注意跌倒滚下去受了伤，所以人们到了这儿都要先吸一大口气，憋足了劲，然后一鼓作气地往上攀行，直到转进窑里才能松气。背土坯的战士们一个跟着一个在土坯凉晒场到砖窑之间的路上来来往往，拍纪录片的人不知何时已把摄影机对着他们开始了拍摄，他们拍了一阵运土坯的全景之后，又来到坯垛间想拍些装土坯的近景，这边魏志远和章青峰正忙着给轮着上来的战士的背架上装土坯。魏志远身强力壮，动作利索，两手夹起一摞摞土坯"刷刷"地往战士的背架上放，没两下子就装满了一个人的背架，下一个人很快又跟上来。再看章青峰，个子高，身板儿薄，每次夹起来的土坯只有魏志远的一半，那腰一弯一起的好像细柳枝上坠着一筐土，重心极不稳，看着怪费劲的，魏志远看着他那干活的样子，心里暗暗直乐。下一个上来的是王紫薇，她的后面跟着方伟民，魏志远给王紫薇装土坯时小声对她说："慢点儿，别累着。"王紫薇笑笑逞强道："没事儿，你只管装吧。"魏志远特意给她少装了两块，这时忽听旁边有人大声说："来来来，给这位小女战士拍几个镜头，"魏志远和王紫薇抬头一看，说话的正是蒋干事，他正在指挥扛摄影机的人要拍他俩，本来被拍片上镜是谁都高兴的事儿，但他们一看是姓蒋的在指指划划，就没了好感，想不搭理他，继续该干嘛干嘛，这时就听蒋干事对着王紫薇说："小战士，你先别走，我们给你拍几个镜头，"又吩咐魏志远道："来，给这位小战士多多加上土坯，咱来拍个带劲儿的！"跟在后面的方伟民一听这话，脸色骤变，抢上来一步瞪了蒋一眼厉声道："这么弱小的小姑娘你想把她压趴下？"同时用手轻推一下王紫薇说："走你的！"蒋没料到会在这种场合让一个大头兵给呛一顿，很有点尴尬，禁不住想发火，但和那大头兵对视了一下，看到他的眼眸里似乎隐藏着凶光，这人有点面熟，好像在哪里见过，但又一时想不起来，心里想"妈的碰上硬碴儿了，这种人还是别理他的好。" 也就没再说什么，继续领着拍片的人到别处拍去了。王紫薇等四人相对一笑，又接着干活了。

33

再说蔬菜基地这边，人们一边干着手上的活儿，一边时不时往那条由营区通往这里的土路上张望，看看拍纪录片的人来了没有，望了好多回都不见有动静，大家慢慢感到有点失望和泄气，觉得他们可能不会来了，也就再懒得往那边张望，只顾低头干活儿了。过了一阵子，大家正闷头干活间，忽然一声清脆的马鞭声由土路那边传来，众人抬头一看，只见马班的两辆马车分别由严子俊和郎信玉赶着正往这边快速赶来，前面严子俊赶的马车上坐着一些陌生人，好像在颠簸的马车上用手护着什么，那一定是摄影机等设备，郎信玉赶的马车跟在后面。车上男男女女的坐了不少人，有人抱着卷起来的红旗，有人抱着一大团红布，还有人抱着鼓拿着钗，一看就知道是团部文艺队的，马车来到菜地边停了下来，车上的人纷纷下车，正在菜地里干活的男排和女排的排长赶紧向那些人迎去，只见王连长和蒋干事也在其中，他们和两个排长会合后比比划划地商量了几句，两位排长就赶紧向自己的人跑去，这时扛摄影机的和拿各种辅助设备的人已经开始找位置架机器了。团部文艺队的人在蒋干事指挥下在来到正在整地的战士们的旁边，把那一大团红布拉展开来，只见一条长长的标语横幅便赫然出现在菜地里，上面粗大的白字异常清晰，那几个字是："扎根边疆，建设边疆，保卫边疆"。几个战士用事先准备好的锤子、铁杆等把展开的横幅固定好，又把红旗插在标语两边，打鼓的和打钗的就站在红旗旁边，然后几个拿着快板儿的女文艺兵来到标语的一侧准备开演，只见蒋干事对正在好奇地围观他们摆布阵势的战士们大声说："马上就要开拍了，大家都打起精神来，该干嘛继续干嘛，"又对那几个拿快板的女文艺兵说："准备！"然后冲那边的摄影机大声喊道："开始！"话音刚落，身后的锣鼓和钗子响了起来，说快板的女兵"呱叽呱叽"打起了快板，一边移步挥手摆出种种造型，一边大声熟练地说着快板词儿：

> 同志们呀
> 加油干呀
> 祖国边疆
> 要变样呀
> ……

那边的摄影机缓缓地扫动着，这边的人们卖力地表现着，干活的战士们都使出平时没有的劲儿，以至动作都有点夸张，但这样拍出来效果肯定不错，这样拍了一阵之后，又忙着变换机位，开始拍抬筐运土的。这抬筐的战士一看摄影机对着自己要拍了，两个人一前一后抬起筐来就跑，后边那位一不小心把鞋跑掉了，把大伙儿都给逗乐了，那几个打快板的女兵更是捂着肚子笑弯了腰。

菜地里的镜头拍得差不多了，蒋干事又带着一帮人往菜地边小沙丘那边去，要拍装沙子拉沙子的镜头，那些正在干活的战士们一看轮到拍自己了，一个个都兴奋起来，装车时每一锹铲起来都是满满一铁锹结成块状的沙子，在半空中抡上大半个圆圈把沙子扣到围着柳巴的小平板车里，姿势优美潇洒，一锹又一锹，没多一会儿一辆小车就装满了。拉车的和推车的把身子往前一扑一发力，车轮子碾着软软的沙地动起来，再加把劲一阵猛拉猛推，车子就挣脱了沙地跑起来了，十几辆小平板车有来有去穿梭不停，蒋干事站在摄影机旁，一会儿指指这儿，一会儿指指那儿，时不时发出几声"好！好！"，大约是觉得这画面效果不错，挺有动感的。当这组镜头拍得差不多时，蒋干事又来了灵感，他转身冲停在不远处路边上的马车连连招手，让马车到他这边来，严子俊和郎信玉一看招呼他们过去，就扬鞭策马把车子往前赶，蒋干事让摄影机调转镜头冲着马车拍摄起来，又扬手示意让马车来到近处时从镜头前面经过，如此这般拍了两三次，刚要觉得差不多了，蒋干事又生出新点子。他把正在他前面经过的郎信玉的马车叫停，对摄影师说了一句"给我拍一段"，就跑到马车边爬了上去，他让郎信玉把车子赶到离开摄影机一段距离的地方停下来，然后让郎信玉和他调换位置，他坐到车倌的位置，郎信玉坐到他身后，郎信玉有点不放心道："你行吗？"蒋道："没问题。"说着就抖动缰绳嘴里喊着"驾！驾！驾！"想让马走，可那三匹马左看看右看看就是不走，郎信玉一看这状况，喊了声"得儿秋！"那马才迈动蹄子走起来。快走到镜头前面时，蒋想让马走快点，一边使劲抖缰绳一边大声大喊："快！快！驾！驾！"，可那马还是不紧不慢地走着，蒋干事急了，把插在车辕上的长杆马鞭拔出来，郎信玉一看想阻止，还没来得及说出口，蒋已经把长鞭挥动起来了，他想挥鞭抽打马屁股，一使劲，马屁股没打着，鞭子却脱手飞了出去，在空中翻了个个儿，硬木制的鞭把掉下来正好砸到在一旁看热闹的文艺兵手里拿着的大钹上，"吮嚓"一声惊响，三匹马耳朵一竖，忽然放开蹄子狂奔起来，这一下来得太突然了，郎信玉毫无防备一下子从车帮上滚了下去。只剩下蒋干事一个人在车上傻了眼，慌乱中一边乱扯缰绳一边大声喊"吁！吁！吁！"可他越喊那马越是发狂跑得更快，从马车上滚落下来的郎信玉一个骨碌从地上爬起来，一看不好马惊了，正拉着马车冲着不远处人们集中干活的地方狂奔过去，他撒腿就追，边追边冲那边干活的人大喊："马惊啦，快躲开！"那边正在干活的人们听到喊声，抬头一看，一辆失控的马车正像飓风般向他们扑来，惊得丢下手里的工具四散躲避，王连长和两个排长连喊带叫让大家躲避时，马车已经冲进人群中，闪电般擦着好几个人的身体一扫而过，把王连长惊出一身冷汗！受惊的马拉着马车在菜地里胡乱转着圈子疯跑，把菜地里干活的人们冲得七零八落四处躲闪险象环生，正在照看自己的马车的严子俊早就看出了险情，连忙把马车交待给跟车的人，以百米冲刺的速度向着马车将要经过的前方横切过去，在马车从身前一擦而过的瞬间，紧跟马车急跑几步，双手抓住车帮猛地一跃扑到了车上。慌乱地爬到车辕后面，在马车剧烈的颠簸中，看准了车闸的铁扳手伸出双手猛地一扑，把扳手抓在了手里，然后使足了全身力气把车闸扳手死命往后一拉，随着一连串"咔啦啦啦"的声响，马车一下滞重慢下来，蒋干事赶紧往车下跳，却不料被后面探出来的车栏撞了一下扑倒在地上，三匹马还挣扎着要往前跑，可刹了闸的车身太重了，那些马没拉几下就泄了气，老实了。

郎信玉最先赶到扶起了蒋干事，紧接着连长和排长们也赶到了，急切地连声问："伤着没有？伤着哪儿了？"蒋干事脸色煞白，一边喘着乱气一边摇头说："没事……没事……"。大伙一看蒋干事没受伤，都松了一口气，连长恼火地责问郎信玉："你怎么搞的？怎么能让蒋干事一个人在车上！""我……"郎信玉有口难辩，欲言又止，蒋干事一边拍着衣服上的土一边说："算了吧，也不怪他。"

蔬菜基地的拍摄就这样在一场有惊无险的压轴演出后结束了，人们开始爬上马车要往回返，那几个女文艺兵说什么也不敢上郎信玉的车了。有人讥笑她们道："看把你们吓成这样，现在是真正的车把式赶车了你们还怕啥，"这话说得蒋干事挺不好意思，可那几个女兵非要上另外那辆车，没办法，那辆车上的几个男的只好跳下来和她们调换。全部人都坐好后，赶车的一声口令，马匹们听话地用力一拉，车子"咣咣"地动起来，不紧不慢地向着原路返回，他们走后，菜地里又恢复了平静。

严子俊和郎信玉赶着马车把车上的人送到了团部，人都下车离去后，二人正准备往十连返，严子俊忽然想起应该去问一下徐小梅，看看她要不要给魏志远捎什么话，他把这意思和郎信玉一说，郎信玉说是应该去问问，你快去吧，我给你看着车。

严子俊也不知道徐小梅今天上啥班，心想直接到她的宿舍碰一碰吧，心里这样想着，就径直往她的宿舍走去，到了门口外面，犹豫了一下，用不大不小的声音喊了声"徐小梅"，徐小梅此时正在屋里呢，她此前靠在被枕上看了相当长时间的书，眼睛有点累了，这会儿刚刚合上眼皮让双眼休息一下，就好像听见门外有人叫她。她疑惑地睁开眼望望正坐在对面铺上打毛线的小苏，小苏说："有人找你呢，"刚说完，门外又响起一声"徐小梅"，这下听清楚了，是严子俊的声音，她赶紧蹬下床铺，趿拉上鞋快走几步到了门口把门拉开，严子俊正在外面站着呢，徐小梅高兴地走出来随手把身后的门掩上，对严子俊说："你怎么来啦？就你一个人吗？"严子俊就把大致的情况给她讲了一下，讲到菜地里有惊无险的一幕时，两人都笑了起来，末了他告诉徐小梅，他和郎信玉是来送人回团部的，顺便来看看她，看她有没有话要捎给魏志远，徐小梅不好意思地说"没啥话要捎……"，严子俊说："那我就走啦，郎信玉还在外面等着我呢，"徐小梅感激道："谢谢你严哥。"严子俊告辞而去，刚转出院子，徐小梅忽然看见蒋干事的身影从院子口外闪过，"他回来了？"她脑子里闪出一句，随后就听见外面传来吉普车发动的声音，只见团部那辆北京 212 吉普车从大院外面开了过去，透过车窗隐约看见蒋干事坐在里面，"他又要出去了。"徐小梅心里想。

那天傍晚吃过晚饭后，魏志远正和方伟民、章青峰等人围着院前的双杠聊天，魏志远一边听着别人说话，一边心里惦念着徐小梅，原本今天要跟她见面的，那是他多么渴望的时刻啊。他一天一天扳着指头数日子，就等着这一天呢，总算等到了，却又让意外的拍纪录片给耽误了，他心里好一阵惋惜，但又宽慰自己道：没关系，现在离得近，随时都有机会见面的。这时就见严子俊、郎信玉二人从马班方向远远向他们这边走来，看他们的脸上表情好像有什么好事相告，等他们走近了，加入到聊天中，把今天菜地里拍纪录片时发生的精彩一幕绘声绘色地和大伙一说，众人都乐得哈哈大笑，院子里一时充满着欢乐的气氛，魏志远也被这种气氛感染着，暂时减轻了思念之苦。

34

　　几天之后的一个下午，快下班的时候，当徐小梅值完班往宿舍走经过政治处时，听到有人喊她，她寻着声音一看，是李干事正站在政治处门口喊她呢，她连忙走过去，问道："李干事，有什么事吗？"李干事招手让她进了办公室，指着桌上的一份手稿说："你不是会刻蜡板吗，今天晚上帮我把这份简报刻出来行不行？"徐小梅翻看了一下那叠手稿，不算很多，估计有两三张蜡纸就差不多了，便说："我有好久没刻了，不知道还能不能刻好，我试试吧。"李干事一听挺高兴，问道："你看你是在这里刻还是到对面会议室去刻？"徐小梅想了想，觉得这屋子又小又乱，火墙的那点热量也不死不活的，还是会议室好些，就说："那就去会议室刻吧。"李干事说："那好，咱们现在就把东西拿过去吧。"于是两个人就一块儿把手稿、刻板、蜡纸等拿到会议室去，李干事又给徐小梅讲了下要求和一些要注意的地方，然后二人就各干各的事去了。

　　傍晚的时候，外面起风了，旷野里的寒风呼号着将团部那一圈房子团团围住，如狼似虎般窜进大院的各个角落里尽情发威，将所有能吹动能掀起的大小物件搅得满院子乱滚乱飞，到处都是叮铃咣啷的声音，人们都躲进屋子里，紧闭门窗，升着暖烘烘的炉火，蜷缩在温暖的炕头，任狂风在外面肆虐发疯。

　　吃过晚饭后，徐小梅把皮帽子扣牢在头上，裹紧棉大衣，冒着寒风直奔会议室而去，进到会议室后，赶紧把门关严，把寒风隔在了门外，顺手一拉灯绳，昏黄的灯光刹时照亮了整个室内空间，屋子因为大，显得空空荡荡，冷冷清清。徐小梅先奔大铁炉子去，一看里面底火还挺足，赶紧勾了勾灰，加了点块儿煤，外面的风大，炉筒子的抽劲也大，没过多久火苗子就窜上来了，在炉子里发出呼呼的声音，与屋外的风声混合成一种杂乱的声响。炉子着旺了，炉身和炉筒子的热量在不断散发，屋子里慢慢暖和起来。徐小梅来到放着手稿、刻板、蜡纸的桌前，把周围大致收拾了一下，然后坐下来准备开始刻蜡板。她毕竟有很久没接触过这项工作了，现在乍一干起来，实在感觉有点手生，她努力凭着记忆摆弄着，把那薄薄的奶油色的蜡纸平铺在刻板上，然后拿起笔头像钢针似的尖尖的刻笔，先在纸边上试着划了一小道找了下感觉，然后就一笔一划地刻起来。

一开始她刻得很拘谨，越是想刻好，手越是不听使唤，刻出来的字有点像低年级小学生写的字，字体笨拙不说，还有点东倒西歪，但她认真坚持刻下去，没过多久就找到了感觉，手也不生了，笔也听话了，刻笔的钢尖透过蜡纸划在刻板上，发出均匀而柔和的沙沙声，白色的文字便在奶油色的蜡纸上显现出来，她越刻越熟练，渐渐进入了佳境。可以任意挥洒地刻写，她的字体的特点和优美之处也得以尽情展现出来，她一边欣赏着自己刻出来的字，一边心情舒畅地继续刻着，体验着得心应手的快感。一个人在全副精力专注于某件事情的时候，时间的消逝是不知不觉的，而且快得出奇，当她把稿纸一张一张拿开，拿完最后一张，还要习惯性地伸手再拿时，才发觉已经没有稿纸可拿了。也就是说，全部稿子都已经被她刻写完了，几乎刻满了整整三张蜡纸，她这才直起身子来做了个深呼吸，满意地欣赏着自己的劳动成果，而且还有点意犹未尽的感觉。

屋外的风还在呜呜地刮着，也不知道是几点钟了，徐小梅把桌上的东西规整了一下，正准备起身回宿舍，忽然隐约听到屋外的风声里夹杂着汽车发动机的声音，正疑惑间，一声很大的关车门的声响传了过来，接着就听见脚步声由远而近冲这边来了，未及多想，会议室的门被人"咣"的一声推开，风尘仆仆的蒋干事竟然出现在门口！

35

那天下午，蒋干事和刘参谋两个人在马塔儿湾岸边的树林里打了一只野兔和两只野鸡，满心欢喜地找到附近十六连的孙连长，这时连里已经开过晚饭，孙连长把二人领到炊事班，炊事班此时只剩下两个炊事员，孙连长连忙招呼他们过来帮忙，把野兔和野鸡拔毛，开膛，切块，下油锅，没过多久一大锅野鸡炖兔肉就做出来了，孙连长先给两个馋得流口水的炊事员每人盛了一大碗，然后端着盛肉的大盆伙同蒋干事和刘参谋一块儿来到连部他的宿舍，三个人钻进屋里把门一关，开始了野味儿大餐。孙连长是个"酒民"（比说酒鬼好听点），屋子的角落里总是藏着有酒，这时不知从哪儿翻出一瓶衡水老白干，那二位一见高兴得手舞足蹈，三人随即开始吃肉，喝酒，行令，猜拳，吹牛，放屁，侃大山，谈论时事讲的是国内、国外、洲际、星际、银河系……谈论体育吹的是乒乓球、篮球、排球、月球、地球……酒喝多了，吹牛也没底线，只管往大了吹，只有想不到的，没有吹不到的，越吹越能喝，越喝越能吹，衡水老白干喝光了又摸出一瓶二锅头……三个人酒越喝越多，牛皮越吹越大，头也越来越大，越来越沉，脚却越来越轻，全都站也站不住，坐也坐不稳，最终都变成个"大"字就地躺下了。

也不知过了多久，蒋干事在迷迷糊糊中感觉有人在拨弄他的脑袋，他努力睁开眼睛一看，天早就黑了，屋里亮着昏黄的灯光，灯光下孙连长正在喊他醒醒呢，孙连长毕竟是酒民，长期的酒水征战练就了一身海量功夫，喝倒躺下后没过多久就醒过来了，脑袋也清醒了。一看那二位还像烂泥似的躺在那儿喘粗气呢，他忽然想起蒋干事跟他说过，明天团里有重要事情，他们今晚无论如何得赶回去，再看二人这个状态，这怎么回去呀？这一睡还不睡到明天早上去了？这可不行！他想了想，起身去隔壁办公室，给团部司机班打了个电话，让他们开个车子来接蒋、刘二人回团部。打完电话后，回到宿舍屋子这边，就开始连拍带打叫醒二人，还真是费了一番劲才把二人叫醒，又给每人弄了缸子热水喝下去醒醒神，跟他们说别再睡了，一会儿团部的车就到了。

三个人坐在屋子里等车，蒋、刘二人一会儿喝口热水，一会儿半迷糊着，静静地听着狂风在屋子外面肆虐嚎叫，当一股子强悍的蛮风带着撕裂般的呼啸正面向营房猛扫过来时，室内到处都传出不安的声响，仿佛营房都要给它撼动了似的。

十六连离团部不很远，也就是十多公里，团部派出来的"212京吉普"在狂风怒号的漆黑旷野里凭着两道长剑似的灯柱的照亮在凹凸不平的土路上颠簸行驶了几十分钟，总算到达了十六连。正当孙连长等三人有点纳闷车子怎么还没到时，一道耀眼的灯柱刺破夜暗从玻璃窗扫进屋里，三人一兴奋，睡意全无，喊道："车来了！"赶紧起身，蒋、刘二人忙着穿大衣，戴皮帽，捂得严严实实的，然后出门冲着停在院子里的车子紧跑，上车，关门，从车窗里向站在连部门口的孙连长摆摆手，车子"轰"的一声加大油门窜了出去，车身黑乎乎的一团，只能看见车灯的两支光柱在黑暗中摆来摆去越去越远，没过多久便消失在夜幕中。

车子像发着羊角疯似的在狂风怒吼的黑暗中挣扎跳动着前行，蒋干事蜷缩在副驾驶的坐位上，双手对插到大衣的两个袖筒里，头靠在靠背和车窗之间的角落里想打盹，但剧烈的颠簸打消了他的睡意，思维开始不安分了，他把脑门子贴在车窗玻璃上向外看了看，车窗外面一片漆黑什么也看不见，再望望车前方，只有车灯射出的两条光柱在忽上忽下地跳动着。驾驶员是个来自北方某小县城的小伙子，嘴特别乖巧，一看蒋在张望，赶紧问："首长是不是觉得太颠了？"蒋不当回事地答道："没事，你只管开吧。"说完往后一靠，双眼一闭，思绪便开始活跃起来。

离开团部有好些天了，这期间只有那天送那帮拍纪录片的人去团部时回去过一次，当时待也没待就又下连队去了。现在可是真的要回去了，对于那个熟悉得不能再熟悉的地方，他的内心里竟然产生了一种莫名的新鲜感。那地方有一种强烈的吸引力在牵动着他的心，特别是那间小屋，那里反复上演过的激情戏是那样难忍地撩动着他的心，在这天寒地冻的夜晚，在那炉火烧旺的温暖小屋内，在那柔软舒适的被窝里，拥着那个珠圆玉润的可人儿，将是怎样一种美妙的感受……一想到这，思绪马上变得狂放不羁，荷尔蒙的活力瞬间被激活，浑身的血脉喷张，人也变得焦燥不安起来。

可是，小燕会让我碰她吗？上军校的事没给她办成，瞧她气成那个样子，好像差不多要和我彻底翻脸了，咳，想起这事真他妈的恼火，就这样眼睁睁的让师部的人把名额抢了去，窝囊！窝囊！太窝囊了！他恨不能像打野鸡似的用双管猎枪把抢走名额那人一枪撂倒才解气！

"啊！猎枪！"他忽然想起了猎枪，忙回头问刘参谋："喂，刘参，猎枪你拿了吗？"刘参谋正斜靠在后坐上打盹，听蒋一问，吃一惊道："我还以为你拿了呢！""得，都忘了，那就让孙连长玩几天吧。"他无奈地想。

车子在一个深坑处猛地颠了一下，蒋干事被颠得从坐位上跳起来脑袋差点碰到了车顶，司机小伙子不好意思地侧脸看了他一眼道："蒋干事没事吧？"蒋若无其事地摇了下头，又闭上眼继续想他的心事。

车子这一颠，把他思绪中的小燕给颠没了，却颠出个徐小梅来，她的那张面孔，那张他在照片上狂吻过无数次的迷人面孔一但出现在脑海里，就再难消失，这面孔虽无一丝妖媚之气，却从含蓄的内里透出一种更加难以抗拒的魅力。自从认识她的第一天起，他的那颗心就一直在这张迷人面孔的折磨中痛苦地挣扎，不管他如何想尽办法去讨好她，接近她，她都总是像虚无缥缈的海市蜃楼般可望而不可及，以至于他不止一次指天发誓：要把这永远不可能到手的女性从他的心里彻底驱逐出去，把那些折磨他的因子来个大扫除，清除它个一干二净！但是这谈何容易，所有的发誓也好决心也罢，一但面对，或者根本不用面对，仅仅是想一下她那迷人的面孔，便都化作了乌有，他的整个身心又自觉卑微地臣服于她的精神苦虐之下了。他甚至都后悔把她调来团部，早知如此，何必当初，就让她待在那遥远的地方好了，眼不见心不烦！有时他又想，如果我干脆就大胆地当面向她表白，勇敢地扑上去拥抱住她，她又会怎样反应？会拼命挣扎彻底翻脸，还是半推半就欲拒还迎？或许她会……又或许她会……啊，这真是太诱人又太可怕了，赌？还是不赌？快下决心吧！下了吗？还没下？怎么又退缩了？咳……就这样，光是这没完没了的犹豫不决，就时时把他折磨得死去活来。"美人啊！祸水啊！你害死我啦！"他的内心对自己发出阵阵怜悯，无可奈何地哀叹道。

当蒋干事闭着眼睛还沉浸在思绪中时，车子忽然减速，随着一声不大的刹车响，车子一下停住了，司机小伙儿面带微笑转过脸来对他说："首长，到了。"他这才意识到已经到团部了。他望了望团部大院，觉得好像什么地方有点异样，待他从车里钻出来抬头一看，心里不禁一惊，这么晚了，会议室里竟然还亮着灯光！是谁？谁会这么晚了还在会议室里？他对刘参谋和司机简短交待了两句把他们打发走后，带着砰砰的心跳直奔会议室而去。

36

当他一把推开会议室的门，眼前的情景几乎令他晕眩，只见他一路上都在苦思苦想的那个人，此刻正在桌子对过面对他站着，表情和他一样，也是一脸的惊诧，屋子上方的灯光虽然昏黄暗淡，此刻在他眼里却像是灿烂辉煌，空空荡荡的大屋子仿佛一下变成了金光耀眼的宫殿！

"小梅，你……你怎么会在这？"他说这话的时候心都快从嗓子眼里跳出来了，边说边把身后的门关上，挡住了跟进的寒风。

"李干事让我帮他刻蜡板，刚刚刻完，您……您刚回来？"徐小梅回避着他的目光说。

"啊……是啊，"他的心在狂跳，准备迈步往他那间小屋走，却又怕离开大门。

"那您早点儿休息吧，我——"她正想说"我走了"，就听蒋干事用近乎哀求的声调对她说："小梅，帮我把炉子升着好吗？"

徐小梅犹豫了一下，点点头说："好吧。"说完便往小屋走去，心里揣着一丝不安，从他一进门，她就看出他的脸色不对，又像发红，又像发白，好像刚刚经历了什么可怕的遭遇逃出来似的，仍然带着未定的惊魂。她想快点帮他把炉子升着，然后赶紧离开。

她推开小屋的门，感到一阵阴冷，这是多日没点火升炉子的缘故，她摸到灯绳拉了电灯，只见冷清的铁炉子旁边的地上散放着一些劈好的木块和旧报纸。有这两样东西在，炉子是很容易点着的，她走近炉子蹲下，先往炉子里放了些团成团的旧报纸，又间隔着放了一些木块架在上面，这样只要从炉箅子底下一点火，那些报纸和木块就马上会燃烧起来。

蒋干事见徐小梅往小屋走，赶紧离开大门跟了过去，他整个身心狂躁得像害了热病，嗓子发干，喘气混乱，然而内心深处有一个声音在拼命警告他阻止他："蒋世杰呀蒋世杰，你他妈的冷静点！理智点！她不是小燕，你千万不能乱来，不然会闯出大祸！现在兵团正在贯彻中央精神，严厉打击这种事，你别撞在枪口上！你是党员，又是干部，一但事情闹大了，后果不堪设想！你承受得了吗？"但是，再严重的警告，再可怕的后果，此刻都好像抵挡不住那带着酒劲的心魔的冲击，他已在不知不觉中乖乖当了心魔的俘虏，被它驱使着朝那令人恐怖的方向闯去。

徐小梅拿起一小张撕开的旧报纸想要点着它，转身向蒋干事要打火机，她吃惊地发现，跟在她后面走进来的蒋干事脸上表情近乎狰狞，而且带着一股明显的酒味，"他喝酒了！"她恐怖地想。

"蒋干事,有火柴吗?"她怯生生地问。

蒋干事指了一下小桌,她一看有盒火柴放在上面,就直起点腰伸手拿了过来,取出一根黑头饱满的火柴,在火柴盒一侧的黑面上一划,火柴霍地一下着起来,她连忙把小张报纸点着了伸进炉箅子底下,很快,炉子里面的报纸和木块便轰轰地燃烧起来。她正准备用炉勾子打开炉盖往炉子里放煤块,忽听门锁"咔哒"一声响,她惊愕地回头一看,只见蒋干事满脸通红,把皮大衣和皮军帽脱下来就地一放,像个醉汉似的跌跌撞撞向她走来,她吓坏了,转过身来面向着他,还没来得及反应,蒋干事突然急走几步到了她的跟前"扑通"一声跪在地上双手一下抱住了她的双腿!

"梅!救救我!救救我吧!我活不了啦!"他凄厉地叫着,把脸紧紧贴在她的双膝上。

"别……别这样!你放开我!放开我!"徐小梅吓得浑身瑟瑟发抖,拼命乱动着双腿想挣脱出来,但他的双臂像铁箍一样哪里挣脱得动,再挣扎就要失去平衡了,她一边使劲挣扎一边努力使自己不要倒下,不停地哀求"你放开我吧!你放开我吧!"她突然往后一使劲,觉得身后一下闪空了,马上要向后边倒去,蒋干事趁势猛地站起来,双臂一下把她连身体带胳膊紧紧抱成一团。带着浓烈酒气的热辣辣的嘴向她的脸部狂吻过来,一边剧烈喘息一边不停地发出"我爱你!我爱你!我想死你啦"的气音,她拼命想抽出手来阻挡他的臭嘴,但两只胳膊被他死死箍住根本抽不出来,她只好用力向后仰头和向两侧摆头来躲避那张疯狂饥渴的嘴,一下没站稳失去了重心,连带着紧搂着她的蒋干事一同向后连连退步一直退到床边。这时她觉得自己的力气马上就要用完了,再加上过度的惊吓,她浑身开始发软,即将失去抵抗力,这个变化让蒋某人敏锐地觉察到了,他对此太熟悉了,他知道所有女人都一样,在男性冲天激情的猛攻下都将顽抗不了多久,抵抗很快就会变作配合,激动人心的美妙时刻即将来临!这一连串闪现的念头像强劲的兴奋剂，对方越是挣扎越是令他的欲望激动勃发，力气大得像一头恶鹰在收拾一只小鸡，这时徐小梅的哀求已经变成了哭求，她想大声叫喊，又本能地觉得不能叫喊，她急得想哭，但却连哭的力气都没了。就在她被蒋干事用力压向床铺就要倒下去的瞬间，她的头从蒋的肩膀上方探了一下，一眼看见了地上立着的铁炉子，她拼尽全身力气用没有被压住的那条腿向铁炉子狠命蹬去，就在她倒在床上的同一刻，只听"咯吱"一声，炉筒子和炉口的接合处被蹬开了，竖直的那根炉筒子半吊在空中晃了两下"叭"地一声掉下来，正好倒在了蒋干事的背后。带下来的热烫的黑灰洒了他一脑袋，受惊的他松开了紧抱徐小梅的手猛地转过身来，只见剩在半空中通往窗户的那截炉筒子一下坠断了屋顶上细细的铁丝眼看也要掉下来，他赶紧躲闪，却被横在地上的那根炉筒子绊了一下摔倒在满是黑灰的地上，屋子里一时间烟雾弥漫黑灰纷扬，趁着蒋干事还趴在地上，徐小梅从床上翻身站起直扑门口，用慌乱发抖的手打开了门上的插销，不顾一切地冲了出去。

　　徐小梅带着急促的喘息和未定的惊魂来到院子里，冷风一吹使她头脑清醒多了，她拍了拍身上的炉灰，整了整头发，抹了一把脸上残留的泪迹，一个铁定的决心在她心中形成了，"对！就这样！就是明天！"她一边想着，一边迈开坚定的步子向宿舍走去。那天晚上，她恶梦连连，一会儿梦见那大色狼又向她扑来，她想跑却怎么也迈不开腿，一会儿又梦见志远提着一把菜刀向那色狼冲去……，她惊吓得尖声大叫，把没有值班正在睡觉的另外两人吵醒了好几回，望着仍裹在被子里大声惊叫的她，都纳闷地想："这人今天是怎么啦？是中邪了还是怎么回事？"

37

　　第二天早上上班时间一到，徐小梅直奔团长办公室，老远就看见团长和一个军人正站在办公室门外说话，走近看原来是志远他们连的王连长。这时刚好蒋干事也从他那小屋里出来，昨晚上他"好事"没干成，落了个鸡飞蛋打炉倒烟熏狼狈不堪，小屋不能住了，只好回到宿舍大院那边自己的屋子去睡觉，这会儿刚刚回会议室那小屋去取东西，取完一出门就透过会议室的窗户看见徐小梅正快步向团长走去，他惊得倒吸了一口凉气，身上的寒毛都竖起来了！

"完蛋了！她要告发我！这娄子闯大了，弄不好我的党籍军籍都要……"种种不祥的念头闪现在他的脑际，他屏住呼吸，靠在窗边仔细观察。

徐小梅走近了团长，团长一看，心想这小姑娘眼圈怎么好像有点红呀？好像有什么事要跟我说呢。

"徐小梅同志，你怎么啦？"没等徐小梅开口，团长先开口问道。

"我……我要调回连队去！"

"什么？调回去？为什么呀？"团长吃惊地问。

"我……我坐不了机房，一进去就头晕恶心。"

"哦，是这样，那也用不着——"团长原本想说"哭鼻子呀"，但又改口说："那你和蒋干事说过吗？"

徐小梅低着头不作声，团长侧脸冲王连长笑了笑，只见徐小梅忽然抬起头来，一双大眼直盯着团长的眼睛说："老团长，您答应我吧！"

团长心里有点吃惊，她看起来决心好大呀，而且不找蒋干事非要直接找我，这里面会不会有什么原因？

"老团长，好吗？"徐小梅又跟了一句，听得出这回是近乎哀求了。

团长沉默了一下，忽然拉着王连长的手把两人的脸转向一边，小声对王连长说："怎么样，把她调到你们连？小姑娘挺能干的，还能写写画画，文武双全呀。"王连长笑着点了点头，算是答应了。

"徐小梅，你看这样好不好。"徐小梅一听团长竟用商量的口气和自己说话，心里倍感亲切，两眼望着团长那慈祥的面孔，等着听他接下来的话，只听团长说："你的身体不适应现在的工作，要求调动，这可以理解，要不这样吧，你不要回你原来的连队了，那边太远了，我们万一有事找你也不太方便，你干脆就近调到王连长那儿，你看好吗？"

徐小梅万万没想到团长会说出这样的话来，简直有点不相信自己的耳朵，一时竟不知道说什么好，团长见她吃惊不说话的样子，问道："怎么样？你愿意吗？"

"是真的吗？"徐小梅心怀暗喜想再确认一下。

"这孩子，我说的，当然是真的。"

"当然愿意！"徐小梅高兴得差点要蹦起来，要不是在两位领导面前，她一定蹦起来了。

团长看她高兴的样子，笑着对她说："你先回去准备一下，一会儿王连长派人来接你。"

徐小梅激动得双手合在胸前大声说了声"是！"转身就往宿舍跑，刚跑出两步，又停住脚步转过身来冲着两位领导敬了个礼说："谢谢首长！"这才转身往宿舍跑去。团长望着她的背影笑着对王连长说："真还是个孩子。"

而这段时间里，蒋干事一直怀着忐忑不安的心情，屏住呼吸躲在会议室的窗户后面偷偷注视着徐小梅和团长说话的情形，他知道一切都无可挽回，令人胆战心惊的场面即将出现，他做好了面对最坏情况的心理准备。可是看着看着，既不见徐小梅伤心哭述，也不见团长勃然大怒，反倒见他们好像有说有笑，完全不像是告状的样子，这真是把他搞糊涂了，直到他看见徐小梅冲着团长敬完礼后欢天喜地转身跑了，这才恍然大悟：徐小梅没有告发他！这简直令他像死刑犯马上就要执行时忽然听到宣布无罪释放一样，喜极之情令他差点晕眩。他快步走出会议室大门向团长走去，团长一见他出来，向他招招手说："刚好要找你，"然后就把徐小梅调动的事儿和他说了，蒋干事一听正是求之不得，心里一个劲儿地感谢老天爷开恩，强压暗喜用最正常的语调对团长说："好的，具体事情我来安排吧。"说完就往政治处办公室走去。

38

当天中午收工后不久，严子俊、郎信玉等马班的人刚回到驻地，连部通信员就来找马班长，说连长让马班派个人去团部接一个姓徐的女兵，那女兵是电话班的，要调来本连。严子俊他们正忙着洗脸，他们在刮风天里干了一上午装沙子拉沙子的活儿，满头满脸都是细沙子，甚至连嘴里都进了沙子，上下牙一碰咯吱咯吱直响。正洗着，就见马班长走进屋里说："严子俊，你去团部一趟，电话班有个姓徐的女兵要调来咱们连，你到团部接上她直接送到咱连部去。"严子俊一听这话，惊得瞪大了眼，以为自己听错了，说了声："什么？"马班长说："你没听见？"严子俊赶紧说："听见了！听见了！"一边说一边冲站在一旁同样惊得直瞪眼的郎信玉使手势，让他赶紧去找魏志远把这消息告诉他。郎信玉心领神会，用毛巾随便擦了一把脸就往门外跑，严子俊也跟出门去，来到马厩牵出一头小毛驴，套上一辆小平板车就往团部赶去。

严子俊赶着小毛驴车向团部走着，来到离团部不远处时，远远看见团部大院外有个人站在路边的高处冲他招手，他一眼便认出是徐小梅，赶紧催促小毛驴加快速度向前奔去。原来徐小梅一经得到团长批准调动，便迫不及待回宿舍收拾东西，小燕和小苏看着她风风火火的样子，心里都挺吃惊，小燕忍不住问："怎么说调走就调走了？"徐小梅没作声，只是点了点头，又继续收拾东西，那二位一脸的不解：这人是怎么啦？好好的团部电话班不待着，非要下连队去吃苦，真是有意思。

徐小梅那点东西很快就收拾好了，还是那老三样：一个小帆布箱，一个被子和枕头打在一起的背包，再加一个装着脸盆、缸子、毛巾等杂物的网兜。她把这些东西在床铺边上放好，然后对二位说："我出去看一下接我的人到了没。"说完便开门出去了。

徐小梅刚出了大院来到路边，就看见远处有辆毛驴车向这边急急赶来，定睛一看正是严子俊，她高兴得冲他使劲招手，严子俊也向她招手，车子没一会儿就来到徐小梅跟前，严子俊急忙跳下车，一边快步往前走一边大声说："真没想到，你居然调咱连了，连里让我来接你，这到底是怎么回事？"徐小梅当然不会说蒋干事的情节，只说她自己在电话班待烦了所以想调，直接找的团长，团长就批准了。严子俊告诉她已经让郎信玉去给魏志远等人报信儿了，"志远知道了还不得高兴死了！"他兴奋地说。

两人边说边走很快来到徐小梅宿舍门口，屋里的小燕和小苏已经听到了动静，打开门只见人和车已到，就转身帮着往外拿行李，最后由严子俊把帆布箱子提出来放到了车上。东西都放好后，严子俊问徐小梅："还有事吗？没事咱就走吧？"徐小梅向小燕和小苏说："那我走啦，你们有空来连里玩儿吧，"二位微笑着点头应答，心里却都乱乱的说不清是个啥滋味儿。

车子往院外走经过政治处时，徐小梅下意识地朝那里望了一眼，只见屋子靠里边那张桌子那儿蒋干事正在低头写什么，也不知道是真没看见还是假装没看见他们，倒是坐在靠近门口的李干事见他们经过，一只手扶着眼镜走出门来，走向徐小梅，好像有话要说，严子俊赶紧拽了一把缰绳把毛驴车停住，只见李干事来到徐小梅跟前说："怎么，说走就走啦？"徐小梅"嗯"了一声点点头，李干事"咳，咳，"叹息了两声，苦笑着摇了摇头，那意思是"真可惜"，徐小梅心里觉得有点抱歉，不知该说什么好，只说道："那……李干事，我走啦，"李干事点了点头，严子俊就牵着毛驴车继续往外走去。

而在连队这边，郎信玉的报信儿给魏志远等人带来了意想不到的惊喜，方伟民一副先知先觉的样子说："我这几天老听见外面树上有喜鹊叫，就觉着要有啥好事，这还真的挺准。"说罢赶紧去女排找王紫薇，没多一会儿就把高兴得眉飞色舞的王紫薇领过来了，一帮人也顾不上吃午饭了，说说笑笑就往营区外面的路口走。

一干人等来到路口没多久，就远远望见团部方向有个人牵着辆小毛驴车，车上坐着个女的，正往这边走来，不用说肯定是严子俊和徐小梅了。王紫薇兴奋得连蹦带跳朝那边使劲挥手，那边坐在车上的徐小梅也频频向这边招手，只见严子俊这时用缰绳尾巴朝着驴屁股上抽了一下，小毛驴蹄子一加快跑了起来，严子俊也随着车子小跑起来，车子越来越近，严子俊也跑得有点气喘嘘嘘了。魏志远望着徐小梅那张高兴得像灿烂花开的脸，心里充满了甜蜜感，他做梦也没想到徐小梅竟然会调到他这个连，那也就是说，从此以后，他俩又可以像在学校时一样，在同一个集体里生活和工作了。而这种同处一个集体的感觉是那样美妙，他曾经体验过并为之陶醉，但后来命运却无情地把他们分开了，让他们分处两地，尝尽了分离之苦，然后命运又象捉弄人似的，让他们绕了一个圈之后，又重新会合到一起，令人觉得冥冥之中好像有什么神奇的因素在对命运进行摆布似的。

魏志远还在凝思时，车子已经来到众人跟前，大家都迎上前去，反倒把魏志远一个人拉在后面了，这时方伟民回头冲魏志远大声道："志远你发什么呆呢，小梅都到了你还不赶紧过来接驾！"魏志远楞怔了一下，赶紧快步向前凑过去，徐小梅正准备下车，他赶忙伸出双手上前去扶，当两个人的手碰到一块儿时，两颗心都被一股暖流陶醉了，但他们很快就松开了手。因为徐小梅双脚刚刚着地，王紫薇就扑过来了，她双手一下攀住了徐小梅一边的臂膀，高兴得直蹦高，把徐小梅扯得有点喘不上气来了，方伟民故作严肃道："你想把小梅的胳膊拽下来呀？"大伙儿闻声而笑，王紫薇冲方伟民一噘嘴做出个不满的动作，然后又把头亲昵地靠在徐小梅肩头上。大伙围着徐小梅七嘴八舌地说话，都奇怪她怎么事先一点风声都没有，然后说调来就调来了，实在是太出乎意外了，这高兴事儿也来得太突然了。

徐小梅在众人簇拥下来到连部门口，王连长正在门口边站着，徐小梅赶紧上前立正道："王连长，徐小梅前来报到。"王连长笑着说："欢迎欢迎，"说完看了看大伙儿，又道："哈，咱连你有这么多熟人呀，"大家正想回答，王紫薇抢先说："我们都是同一个学校的！"连长笑道："哦，那么说你们是老同学大聚会了，"连长的话引得大伙儿一片笑声，连长停顿了一下，又对徐小梅说："听团长说你对菜地的活儿挺熟悉，你还给团长当过几天徒弟呢，哈哈是不是，那就安排你去后勤排菜班怎么样？我已经跟他们班排长打过招呼了。"徐小梅赶紧答道："服从领导安排！"然后大伙儿就和徐小梅一块儿往菜班走，到了菜班的女宿舍跟前，见战士们正在吃午饭，菜班姓蔡的班长忙迎上前来，其余几个战士也撂下碗筷过来帮着拿行李，很快就安顿好了徐小梅的铺位。送徐小梅的这几位便和她告辞也要回自己的宿舍去吃午饭了，魏志远离去时回过头来微笑着给了徐小梅一个眼色，徐小梅则还给他一个痴情的凝望，他们老早就谙熟了这种无言的交流方式，随时都能心领神会，心照不宣，一切尽在不言之中。

待这伙人和车返身离去，徐小梅和班长等人进到屋里，就听班长吩咐道："小红，拿个碗和一双筷子过来，"叫小红的那位立刻把碗筷拿来了，班长把筷子往徐小梅手上一塞，自己拿着碗到饭盆和菜盆那儿给徐小梅盛了一碗菜，上面放了个馒头，然后递给徐小梅道："徐小梅，先吃饭吧，要不菜都凉了。"徐小梅接过碗一看，菜是猪肉炖粉条，闻着挺香，就听班长笑着说："你挺有口福，一来就赶上改善伙食。"徐小梅欣喜地笑笑，端着碗就近一踮脚尖坐上炕沿，津津有味地吃起来，折腾了一个上午，她实在是饿了。

39

　　徐小梅又重新开始了她熟悉的集体生活，班里的人从班长到战士都对她热情友善，使她很快就融进了这个集体当中，相较于团部机关，她觉得这里没有太多复杂的人事关系，有的是简单、真诚、实在的战友之情，生活和工作虽然比在团部机关要艰苦些，但却让她感到身心愉快，精神充实。特别是，她现在和志远同在一个连队里，虽然由于那个时代的社会风气、道德规范和心理定式，特别是那种隐形的准军事组织的纪律要求等等方面的约束，他们不可能整日相依相偎卿卿我我，但那种穿透任何人为障碍的近距离的情感信息交流，那种时不时或近或远相遇时的一颦一笑所传达的浓浓的情意，是随时都会无可阻挡地直达二人心田的，这种精神上的享受，使他们时时沉浸在醉人的幸福感之中，人的精神面貌也由此变得蓬勃而充满生气。

　　那天晚饭之后的自由活动时间里，魏志远来到土坯凉晒场的一个角落，这里离菜班宿舍不远不近，可以躲在一排排坯垛后面观察菜班宿舍前面的情形而不让那边的人看到自己。天刚黑，外面的气温有点低，还好没有刮风，感到冷时用力活动一下四肢就不觉得冷了。魏志远观察了没多久，徐小梅就出现在房头，并且在向这边张望，一如他所料的那样，他们在中午分手时相互间的一瞥，就已经彼此心照不宣地确认了现在的会面，此刻他看见，她正站在房头朝四下里观望，他赶紧从坯垛后面探出脑袋，她一下就看见了他，再看看周围没什么人，于是就往他这边走过来。

　　徐小梅往土坯凉晒场走着，时不时把两只手捂在皮帽子下露出一半的耳朵上，走动时哈出的白气一阵一阵清晰可见。没多一会儿，她就来到魏志远所在的坯垛后面，魏志远伸出双手一下把她的双手握住，那手冰凉冰凉的，他连忙把它们拉到嘴边使劲往上哈热气，刚哈了没几下，忽然听到有说话声传过来，二人赶紧低下头，从土坯之间的空隙里往外观察，魏志远一下就认出了是去砖窑接班的几个人从这经过，他用食指竖在嘴唇上冲徐小梅做了个鬼脸，二人静静地等着接班的人走远，直到听不见他们的说话声，说明他们已经走远了，才面对面笑起来。魏志远还想给徐小梅哈热气暖手，一看她已经把两手对插到两个袖筒里了，干脆一下把她整个人搂起来，一开始两人的棉衣都是冰凉的，像又冷又硬的铠甲，刚一接触互相感觉凉嗖嗖的，过了一会儿，他们的体温才渐渐传导出来，两个紧紧相拥的身体之间才有了温暖感。

徐小梅把头紧靠在魏志远阵阵起伏的胸脯上，似乎能听到他砰砰的心跳，静默中，他们都想起了前不久那个寒冷的夜晚，在她原来连队附近的干渠边上，他们相拥而泣的情景，两人的思绪久久停留在那一刻，反复品味着，辛酸、苦涩、甜美……五味杂陈，令人刻骨铬心，这时就听志远说：

"我知道你在想什么。"

"我也知道你在想什么。"小梅回应道，二人会心地笑了，小梅把插在袖筒里的双手抽出来，环抱住志远，二人拥抱得更紧了。

"想家吗？小梅。"志远忽然问。

小梅蹭着志远的胸脯点了点头。

"有没有想哭鼻子的时候？"志远带笑问。

小梅笑了笑反问道："你呢？"

"有过！"志远承认道："上次去看你的路上，天又黑又冷，忽然想起北京，想起天安门来，接着就想到爸妈和家里人了，眼泪就差不多要下来了。"志远感觉到他在说这些话的时候，小梅搂着他的手搂得更紧了，他把臂膀略松了一下，然后重新更用力地把小梅抱紧。只听小梅说："我有时也会想家想得难受，特别是刚到兵团那会儿，不过现在不会了，真的不会了。"

"咱们的小梅变坚强了！"魏志远用赞许的口吻说。

"咱们大家都变坚强了！"徐小梅低声但却肯定地说。魏志远十分理解地点了点头。

"小梅，"魏志远的思维这时有点活跃起来，他用了一种有点新奇的语调说："你说我们会永远待在这个地方吗？"

徐小梅沉默了一两秒后说："我还真没想过这个问题。

"我也从来没想过，但不知怎么回事，这会儿就突然想到了。"魏志远若有所思道。

这个大家都从来没有认真想过的问题的提出，一时间使他们陷入了沉默，在沉默中，他们的思绪在努力登高向前方的远处眺望，但远处却一片迷茫，什么也望不到。

"你说，几十年以后，咱们会在哪里？"魏志远好像想到什么，突然冒出来这么一句。

"你说呢？"徐小梅想像不出来，只好问志远。

"我也不知道，"志远笑着承认，"那时候，我们都会变老的吧，变得比咱们现在的父母亲还要老了！"

"真的吗？"徐小梅从没想过这些，显得有点吃惊。

二人又沉默了一会儿，只听志远用近乎一板一眼的语气说："时间要是永远停留在现在该多好啊！"

小梅在志远紧紧的怀抱中用力点了点头。

但是，时间是不可能停留的，它像大河流水片刻不息，一天天，一月月，一年年，在不知不觉中流逝着，高兴也好，悲伤也罢，幸福也好，愁苦也罢，都将在时间的流逝中变作过往的片断，停留在越来越远去，越来越模糊的记忆里。

那天两个人在一起没待多久，就分手各回各的宿舍去了，因为入夜的气温越来越低，又起了点风，且有渐渐加强的趋势，两人身上的热能在不断消减，无论怎样都再难抵御寒冷的侵袭。再说天黑了出去太久容易引起班里人的注意，造成不好的影响，在那个年代，个人行为的影响好坏是极为重要的，它不但关系到个人的自尊，更关系到自己的政治前途，在人人都想靠近组织，要求上进的大环境里，如果你的行为太出格，就会成为让人瞧不起的异类。所以他们二人也特别注意这一点，尽量避免成为别人注意和议论的对象。虽然见面的时间相对短暂，但对于他们来说，能够如此方便地说见就见，已经是大大超出预期的奢望了，是他们原来想都没想到的。

在其后的时间里，徐小梅很快就完全融入了这个连队的大集体，成为了其中普通的一员，和战友们一起出工，一起收工，一起开会，一起学习，一起娱乐，一起睡大炕……，而她和魏志远之间，最多也就是在各种场合看到对方时用眼神来交流，把思恋掩藏在心里，把爱意紧揣在胸间，每当夜深人静时，在被窝里轻轻呼唤对方的名字……，当然，每隔一段时间，他们也会有短暂的约会，那约会虽然时时伴随着高度警惕带来的精神紧张，但对他们来说仍然无异于一场精神的盛宴，每次约会带给他们的幸福感足够他们回味很久很久。

40

时间实在像个高明的隐行者，在人们睁大的眼前无声无息地溜走，春来夏到，秋临冬至，周而复始，当人们猛然回首，扳起指头一数，才意识到整整五年时间已悄然逝去。这五年时间，正是人生中最美好的年龄段，古今多少文人墨客不惜笔墨描写之，形容之，赞美之，感天动地的诗文章句比比皆是，还有那些花里胡哨的用词，诸如"花样年华"、"金色年华"、"豆蔻年华"、"韶光年华"等等。就在这人的一生中最美好的年龄段，这些从内地大城市来到偏远荒寂的北部边疆的年轻人们正在经受着人生的历练，简单清苦的物质生活和日复一日的艰辛劳作使他们的身心都发生着深刻的变化，这种变化造成的影响在他们以后的人生道路上会以各种形式表现出来，以至伴随他们终生。

对于徐小梅和魏志远这一对来自北京的年轻人来说，这五年里发生的很多事情，都将深深刻印在他们生命的旅程里。

那是在第二年秋季的一个夜晚，紧急集合号声和尖利的哨声响彻营区，虽然人们已有过多次半夜紧急集合演练的经验，但这一次的气氛人人都能感到与以往完全不同。从连长指导员一反常态的严肃表情和短促坚定的命令，人们能感到事态的严重，"苏联就要打过来啦！"这是人们在条件反射下立刻就想到的，因为广播报纸的宣传和日常的时事政治学习使人人都知道一个严俊的现实，那就是，在距离他们不远的北部方向，在大青山后面草原对过边境线的那边，由无数坦克、装甲车、火炮、导弹、战机等等组成的苏联军队的钢铁洪流时刻都在虎视眈眈地面对着他们，"防备苏联社会帝国主义的突然袭击"这一警示性说法是时时刻刻都被反复强调的。他们也知道，他们之所以大老远奔赴这里屯垦戍边，也是为了防备着有朝一日对面的入侵者打进来，那时他们就将成为抵抗入侵的最初的防线之一。他们都知道吃人的巨兽就伏在对面，他们不但毫不惧怕，而且还希望那巨兽快点扑过来以便与之搏斗，这种心态现在的人们是根本无法理解的，我们也曾是有着何等战斗精神的民族和人民啊！外敌的军事威胁引起的不是恐惧，而是高昂的战斗激情！或许正是因为这种全民的钢铁意志和战斗决心，才使得对方始终不敢轻举妄动。

那天晚上，全连男女战士们被带到野外一处面向北方的位置挖掘战壕，王连长是经历过战争的军人，他根据自己的经验指点着战士们这样挖，那样挖，望着眼前这几百个男女青年挥汗大干的身影，他的脑海里浮现出抗美援朝时的一幕幕惨烈情景。他知道这样的简易工事，在几颗航弹或一顿炮火之后，往往一连人剩不下几个活着的，但军人不能顾及这些，是命令就得无条件执行，今天的命令来得如此突然如此急切，他只知道情况紧急，但到底是怎么回事，不但他不知道，就是他的上级，上级的上级，再上级的上级，一直到他们所属的北京军区的最高上级，都不知道是怎么回事，都只知道情况紧急，要准备打仗！全军区，全兵团，和全国全军一样，迅速进入到了紧张的临战状态。人们哪里知道，这时的中国，正在发生着一起注定要震惊世界的特大事件——党和国家的第二号领导人，居然叛国投敌了！鉴于当时中苏双方军事对峙的紧张关系，任何风吹草动都可能引起战事，更何况一国的二号人物叛逃到另一国，更恰似一根擦着的火柴逼近了盛满汽油的油桶，那种大战的危险令最高当局不得不立即作出决定，让全国军民进入了临战状态。

在战争阴云密布的那段时间里，十连的战士之间盛传着一个激动人心的消息：十连就要改成武装连啦！不久就要发枪啦！这回看来真的是要打仗了！大家的心情都为之振奋，个个磨拳擦掌，眼睛成天盯着北部的天际，哪一天那天际突然变成红色，随后传来滚雷般的轰响，天空中传来密集的嗡嗡声，出现数不清的银白色小点……那就是铁与火的战争在召唤了！然而这样的情景最终只存在于人们大脑的想象中，现实中连丝毫的影子也没看到，而且随着时间一天天过去，形势好像越来越不那么紧张了，改成武装连和发枪的事也被证明是一厢情愿的谣传，人们的激动情绪也随之渐渐消退，没过多久，一切又都恢复了平常。

后来的某一段时间，从各个方面传来了消息：林副主席出事了！人们面对这突如其来的消息全都傻了，蒙了，之前谁都绝不相信他会出事，可他偏偏出事了，这带给人们的震惊、疑惑和不解是那么巨大，那么说不清道不白，令人如坠五里雾中。不久，中央关于事件的文件传达下来了，在一连几天的时间里，连队停止了出勤和一切不相干的活动，集中传达学习中央文件，直到这时，人们才大致清楚了事件的经过，而这个事件给人们心理上造成的冲击，是久久不能平复的。

时间是最好的稀释剂，震惊也好，冲击也罢，世间发生的一切以及这一切所引起的或悲或喜的情绪和感受都经不住时间的稀释和冲刷，最终都将归于平淡。该事件在人们的心中和脑中搅和了一阵之后，最终也是不请自退，淡出了人们关注的中心。这时探亲假制度开始实施了，兵团的这些年轻人离开家那么久了，是该让他们回家看看了。这可是关系到每个人切身利益和感受的事情，自然一时间成了大家热议的话题。从这时开始，连队里不断有人离队回城探亲，每个人的暂时离去，都牵扯着众多人的心，大家都在想着何时轮到自己，去踏上那新奇的旅程，去体验和重温那曾经熟悉的、久违的一切。探亲回来的人们像春风带来春天的气息和活力般带来了城里的新气息和新信息，有些男兵团战士穿回来了好看的三接头皮鞋，女战士则在外面穿的绿军装的领口和袖口这些地方露出有点透明的淡雅底色上有着浅色花饰图案的衬衣——"的确凉"。多么好听而又多么能勾起人们想象力的名字，尽管只露出那么一点点，已足够使人们的想象力由那美丽的一点点向着少女们婀娜的全身扩展而去，想像出身着这种"的确良"衬衣的少女们是多么的美丽动人。至于战争，那是越来越少被人们提及的了，据说周恩来总理在北京机场见过苏联总理柯西金之后，两国的紧张关系有所缓和，至少一触即发的战争气氛是没有了，听说京城里不少人们的兴趣开始从"枪杆子"转向了"扁担子"——也不知是哪几位多才多艺的北京老爷们儿发明了用扁担做沙发的伟大工艺，一时间人们竞相模仿，兴起了一股用扁担做沙发的热潮。毕竟北京人民在赶潮流方面是有着"光荣"传统的，诸如"忠字舞"、"打鸡血"、"红茶菌"、"甩手运动"等等，据说有位大领导还甩手甩得失了足从小院儿的阶梯上滚下去"光荣负伤"，当然领导人家里是不会用扁担做沙发的，那都是操着京腔儿的北京小市民们的名堂。苦只苦了那些土特产门市部和五金店，库存的扁担、锄头把儿、铁锹把儿等等只要是粗点儿的棍儿状的玩艺儿全都让人们买得精光进货都来不及……这些回城探亲的人们带回来的林林总总的各路消息令人们既兴奋，又感触良多，不知不觉中开启了他们从思念故地发展到思忖着有朝一日重回故地的念头。是的，那故地原本就是他们应该待着的地方，他们现在却不待在那个地方而待在这个地方，对此感到愤愤不平的怨气开始在一些人的思想中萌生。那时人们经常挂在嘴上的一句话是：只要能回北京，让我扫大街都行！多少年之后，最终回到北京的人们里面有的人还真的扫开了马路，不过那都是出于无奈，可不是"都行"那么痛快。这自然是后话了。

在这段时间里，魏志远和徐小梅以及他们的几个老同学都陆陆续续回京探过亲，当他们的父母望着眼前这些几年前离家时还是稚嫩的中学生现在已变成脸色晒得黑红身体发育成熟的兵团战士的孩子们时，心情是即高兴又复杂，内心有太多的感慨。而他们这些"外地人"也感到了故地的变化，他们离京时还满大街随处可见的戴着红袖箍的中青年人似乎不见了，代之以一些戴着写有"红小兵"字样红袖箍的小学低年级小学生们在老师的带领下一队队的在街上行走。"轮到他们造反啦？小屁孩儿们懂啥呀！"有一次，探亲在京的魏志远一个人在街上行走时，看到一队这样的小儿一边伊伊呀呀一边跟在老师屁股后面走着，心里忍不住一阵阵发笑道。

魏志远被批准第一次探家的时间比徐小梅和其他老同学都早，他算得上是个打前站的，所以肩负的任务不轻，各位老同学的家他都得去造访，或带信或捎话。今天是星期天，他头一个去的就是徐小梅家，她家前不久刚搬离了原来所在的离他家挺近的社区，现在要坐车和倒车折腾两次才能到达，至于徐小梅的父母，他仅在那年下兵团时在北京火车站乱轰轰的人的洪流中隔着老远见过她爸（应该是她爸）一次，印象不是很深，只记得他戴付眼镜，属于比较有学问的那种类型。他盘算着见到小梅父母时要不要说出自己就是那个给他们写那封奇怪的信的人，想像着如果说出来，他们将会如何地问这问那，他又应该如何应对等等。

他行进在北京的街道上，一会儿走路一会儿坐车，只见不管走到哪儿，不管大街还是小巷，到处都能见到一种临时垒起来的一人高点儿的简易墙，墙体一律刷成灰色，据说那是为了准备迎接美国总统尼克松的到访而临时赶建的，为的是要让这位第一次踏上中国土地的美帝国主义的总统瞧瞧社会主义中国的首都是多么的干净整洁漂亮！而被这些简易灰墙遮挡住的后面都是些有碍观瞻的场所：拉圾堆放点、临时工地以及各种太破烂太见不得人的场景等等。当然，除了要让美国客人看到象样的物质景观之外，还要让他们看到中国人民全新的精神面貌，据说各大中小学都教给学生们见到外宾时应该如何如何，以至于后来到处都在流传着一个精典的事例：两个小男孩正打架在地上滚成一团，这时有几个外国人从旁边经过，两个小男孩见状一骨碌从地上爬起来，先是互相握手（说明我们不是打架），继而齐刷刷地面向老外鞠躬致意——啧！啧！啧！多么有素质的北京人哦！这两个小男孩的故事被人们传说着，热议着，夸奖着，都差不多快成了民族英雄了。

至于造访徐小梅父母亲一事，事后证明也没那么复杂，两位长辈现住在一个比较老旧的社区里面一幢五层楼房的第四层，当他们见到来自大老远女儿所在连队的人时，自然是非常高兴，魏志远因此临时决定还是不说写信的事了，免得引起他们多问岂不是自找麻烦，要说就报喜不报忧地说一些大致的情况让他们放心就行了。但他很快就看出小梅的父亲有点古怪，不太爱说话，眼镜片后面的目光总是回避与人接触，透出一丝惶恐不安的神情，这是那个年代挨过批判的人特有的表情，所以魏志远心里自然起了疑问：难道他政治上有问题？但是，徐小梅那么正直善良积极要求上进的人能出自有问题的家庭吗？这个问题细想起来只能越想越混乱，干脆不去想它了。还好小梅的母亲是个热情好客的人，她生得端庄标致，气质高雅，虽然上了点年纪，但风韵犹存，小梅之前告诉过志远她母亲姓陈，魏志远自然管她叫陈阿姨，陈阿姨除了询问小梅的情况，也问一些魏志远本人的情况，魏志远当然只挑高兴的事儿说，说得陈阿姨开心直乐。在他们两个人说话期间，小梅她爸就坐在饭桌对过拿着张报纸在看，几乎不参与他们的谈话，只是偶尔转过头来客气地对魏志远笑笑，显示他并没有怠慢客人，他还是在参与会客的嘛。陈阿姨和魏志远说了一会儿话，她让志远喝茶，自己转身进了里屋，过了一会儿两手捧着一个大玻璃瓶子走了出来，那瓶子有两手的手指头圈起来那么粗，半尺多高，里面满满地装着褐黄色的物质，陈阿姨让志远把这瓶子带给小梅，并告诉他，这是小梅她姐从东北建设兵团托人带回来的用当地产的黄豆做成的豆瓣酱，她自己又把它们加工成了肉炸酱，魏志远一听是肉炸酱，馋得暗流口水。就听陈阿姨说："带回去后让小梅分一些给你，你也尝尝，"魏志远心里直乐道："还分一些给我，肯定大半都是归我的！"

从徐小梅家告辞出来，魏志远原本打算接着去造访下一家，但是一想，自己手上提着个大酱瓶子上人家里去好像不太好，就临时改变主意先直接回家，其他同学的家改天再去吧。他知道今天是星期天，爸妈和弟妹都在家，妈一定正在张罗丰盛的午饭呢，这么一想肚子就觉得有点饿了，看看手上提着的肉炸酱，嘴里一阵发馋真想尝一口，刚好经过小花园路边有个长椅空着，他走过去坐下，把酱瓶子从小布袋里取出来，想打开抠点出来尝尝，但一看那瓶子盖让小梅她妈用医用白胶布缠了一圈又一圈，又打着十字从盖子顶上往下粘了好几层，封得严严实实的。一但打开了，肯定是再难粘回原样去的，回头让小梅看出来他打开偷吃过，一定会笑话他嘴馋，想到此只好打消了偷尝的念头，起身赶紧往家去，家里有好吃的在等着他呢。

41

十几天的假期很快就结束了，当魏志远告别了家人，坐上那熟悉的绿皮列车，行进在返回内蒙古的路上时，他的心情和当年离开北京

时是完全不一样的。他用双手把车窗向上提起来打开，让迎面而来的
劲风吹在脸上，迷缝起双眼，望着窗外不断向后掠过的景物，脑海里
不觉浮现出当年离京时的情景。那时他还是个不到十七岁的大男孩，
从来没有远离过家人，在经过了最初的政治热情带来的兴奋和激动之
后，一但突然坐上了火车，马上就要和家人分别，前往那遥远莫生的
地方时，那种迷惘和心酸的心情就一下子冒出来了，泪水忍不住一阵
阵往外涌流，心也在颤抖，北京啊，家啊，我何时才能再回来……，
可现在的他，已经是个经过历练的成熟的兵团战士了，那些伤感的情
绪不会再来袭扰他，他健康，他乐观，他开朗，对于现在要去的地方
有一种"家"的感觉，那营房，那土路，那路边的沙枣林，那林间的
草地以及散布其间的羊群，那兰天之下恣意匍伏在黄土高原之上缓缓
流动着泛着黄色光泽的河水的黄河，那远处隆起的南干渠的渠坝，以
及渠坝那边广阔的大漠……这一切似乎都在招唤他，迎接他，他的眼
前出现了战友们亲切的脸庞，他的耳边似听见他们的笑语欢声，而他
们当中的一位女性，正是他日夜思念的心上人，离开了仅仅十几天，
却像分别了很久，那种盼望相见的心情是那样急切，恨不得马上就回
到她的身边。

　　发着隆隆轰响冒着黑烟的黑色火车头牵引着长长的绿皮列车沿着
京包线、包兰线这条横卧在黄土高原上向西延伸的漫长轨道隆隆开进，
这趟西出塞外的列车，当年承载了多少来往于各大城市和建设兵团之
间的年轻人们的壮志与理想，欢乐与豪情，失落与迷惘，伤感与惆怅，
情思与忧伤……这条线路，是他们心中永留印迹的一道划痕。

　　夜幕降临，天色渐黑，车窗早已放下关紧，车窗外的远近景物在
挨晚的暗色中变得混沌不清，点缀在远处黑暗中的黄色灯火在缓缓游
动，时而一盏刺眼的灯光靠近车窗闪现飞驰而来，转眼又象流星般向
后逝去。

　　魏志远的视线离开了车窗，往车厢里扫了一眼，只见车厢里的人

挤得满满的，连过道和两排坐位之间的空间都挤满了人，有的站着，有的就地坐下，有的干脆躺下来，任凭来来往往的人的脚在他的脑袋旁、腰旁、两腿间踩来踩去，照样呼呼死睡。魏志远庆幸自己通过熟人关系买到一张靠窗的票，可以少受点拥挤之苦，可是那车厢里的混浊空气是不得不呼吸的，看看那车厢的空间，弥漫着一层蓝色的烟雾，抽着各种劣质香烟的烟鬼们大口大口地吐出一缕缕残烟，不断增加着车厢内烟雾的浓度。空气中混合着烟味儿、汗味儿，臭脚丫子味儿，甚至还有尿骚味儿，把人熏得头昏脑胀，魏志远皱着眉头想憋住呼吸，结果憋了一会儿憋不住了，猛地大吸一口，反倒吸进去更多浊气，呛得他一阵晕眩，他只好闭上眼睛——眼不见为净，把鼻子捂到靠在小桌上的手臂上，闭上眼睛让自己快快入睡。正当他随着车厢有节奏的晃动将要朦胧入睡时，他感觉列车好像停了，正待睁眼观察，猛听身边的车窗响起砰砰砰一阵急促的敲响，他睁眼探头一看，车窗外站着三个穿着白楂皮袄的年轻人，其中一人正踮起脚尖扒在窗玻璃上使劲敲打，魏志远隐约听见他在喊，但听不清他在喊什么。便用双手把车窗向上提起，这一提起不要紧，那年轻人一蹦高扒住窗框就要往里爬，后面的两个同伴一起向前搬起他的腿把他整个人往车窗里塞，年轻人手脚并用连抓带蹬，慌得里面的人连忙收取各自放在小桌上的物品，年轻人转眼间已爬进车厢，又转过身来接应窗外两位同伴塞进来的大麻袋，接过麻袋转身就往过道上或坐或躺的人缝中塞，麻袋里装满了又圆又硬的东西，可能是土豆，顶得麻袋到处突起，那麻袋进来一个又一个，一共进来三个，居然还都塞进了原本看起来根本没有一点空隙的人堆中，尽管惹得怨声四起，小伙子我行我素根本不管这一套，他把他的大麻袋都安顿好后，又探出脑袋冲车窗外的同伴摆摆手说了几句粗话算作告别语，这时列车咣当一响，又重新启动了。小伙子在密集的人堆中艰难跋涉向厕所方向移动过去，一但进去了就再也没出来，可能是把厕所占为自己的地盘了。

小伙子折腾完后，车厢里重新恢复了平静，魏志远静静坐了一会儿，睡意又再袭来，他靠在坐背上，闭上双眼。想象着明天凌晨，列车到达巴音高勒站，他将如何下车，如何前往离车站不远的团部转运站，如何爬上转运站的卡车，驶过横跨在黄河上的坝桥，进入包围在大小沙丘中的那条土路，向连队方向驶去……想着想着，就迷迷糊糊睡着了。

42

两天之后的一个傍晚，回到连队的魏志远相约上方伟民、王紫薇、章青峰等人去菜班宿舍找徐小梅（自己一个人去怕别人说闲话），当他把徐小梅母亲托他带给小梅的大酱瓶子呈现在徐小梅面前时，徐小梅故意双手捧着瓶子左看看右看看，然后笑道："有没有打开偷吃过？"

"我郑重声明，绝对没打开过！"魏志远心里没愧，理直气壮地说。

"谁偷吃过谁是小狗。"徐小梅强忍笑道。

"我郑重、强烈、庄严声明，我不是小狗。"魏志远话音还没落，旁边几个人已经忍不住大笑起来，王紫薇笑得上不来气说："小梅姐，有你这样的吗，人家志远辛辛苦苦大老远给你带回来，你不但不奖励人家，还见面就审讯。"大家又哈哈笑成一堆，等大家笑得差不多了，徐小梅往旁边走几步把酱瓶子放到院子一侧一个当桌子用的木墩儿上，对众人说："你们等等，"说完转身进屋，不一会儿拿出个空的装酱菜的小玻璃瓶和一双筷子，来到木墩儿旁，把大酱瓶子密封的白胶布撕掉，又把盖子旋开，用筷子把肉酱往小瓶里装，王紫薇双手稳稳地扶着小玻璃瓶，等差不多装满时，她抬眼望望小梅，小梅说："好啦，"然后把大酱瓶子盖上，往志远胸前一递说道："我有那点够了，这些你们几个拿回去分了吧。"志远说："你再装点儿，"大伙也附和说"是啊你再装点儿"，小梅拿起小瓶子向众人一亮道："你们看，早装满了。"众人你望望我，我望望你，心里挺感激，又不好再说什么。众人又说了一会儿话，就和小梅告辞了。志远趁众人不注意，回头给了小梅一个眼色，小梅心领神会，知道他的意思是完了到老地方单独会面，她微笑着颔首示意：知道了。

日子一天天过去，虽然探亲假之风在人们心头吹起一阵阵涟漪，甚至掀起小小波澜，但是作为兵团战士，每一天该怎么过还得怎么过。时间在悄然流逝，在这流逝的时间里，人们渐渐感到，这些外表上没啥大变化的兵团战士却在其他某些方面不知不觉地发生着某种变化，男女之间的关系由过去的泾渭分明慢慢呈现出互相溶进的苗头，男女战士之间的接触由偷偷摸摸躲躲闪闪渐渐演变成公开、大方、自然的交往。比如不知起于何时，女战士们开始热衷于给男战士们洗衣服，当男生们那不知穿了多久的，从来不洗的，被汗腌得像盔甲一样，特别是领子那一圈蛆黑油亮的"军装"，在女生们那灵巧麻利的双手反复揉搓洗涤之后，竟神奇般地变回了柔软舒适的棉织物，再穿回到男生们的身上时，那似乎仍带有女性温柔气息的衣物带给男生们的岂止是温暖和舒适，更有着一种甜美的感受，甚至还能引申出更多一点的"想法"！

兵团的风气正像季节更替般无可阻挡地慢慢演变着，自然规律的不可抗拒性注定了成熟的两性之间必然生发出强大的吸引力，任何人为的压抑、禁固、限制最终都将归于徒劳。连队生活看似平淡无奇，出勤、收工、开会、学习、吃饭、睡觉……但平静的水面之下涌动着青春的波澜，人们之间越来越多地流传着各种男女之间的传闻，后来便有越来越多的原退伍老兵和大龄的兵团战士就地结婚成了家，住在专门为他们赶建的一排排家属房里，过起了苦中有甜的小日子。当一些天真无邪的来自大城市的年轻战士到这些老兵家里串门时，有时会傻傻地问他们"着啥急成家呀？"言外之意是：像我们单身汉多自在！这些老兵总是脸上带着坏笑暗示这帮小年轻说："你们懂个屁！不结婚哪能知道那个……滋味儿，"说完嘿嘿嘿一阵奸笑，而听者有的开窍领会，有的傻头傻脑啥也不懂，只知道傻笑。

随着风气的日渐开放，魏志远和徐小梅之间的接触来往再也不用像地下党从事地下工作那般艰险了，连里谁和谁好这类事情慢慢地都浮出了水面，成为公开的密秘，所以也用不着太担心被人看见，用不着太刻意回避他人。他们二人现在每个星期天都相约会面，会面的地点改在他们喜欢的地方——上次一帮老同学一块儿出游时路过的那片沙枣林旁边一片柔软的沙丘地，那里成了他们的幸福之地，每次在那里的相会都使他们沉浸在浓浓的柔情蜜意之中。但徐小梅在这醉人的甜密过程中也怀有一种越来越大的隐忧，她明显感到二人的激情正越来越向着某种既难以抗拒又令人恐怖的方向发展，志远明显的越来越不满足于语言精神方面的交流，越来越显示出对肌肤接触的渴望和迷恋。她自己也被一种莫名的冲动驱使着想去迎合他的渴望，但是每每这个时候，一个声音就会出现在她的脑际——不行！坚决不行！至于为什么不行，她自己也说不清，但就是不行，不行就是不行！每当这时她都会用温柔的方式向志远传达"不行"的信号，志远则总能像个乖孩子般服从她的意思，将头枕在她的腿根，把发热的脸埋在她的腹部，让她用一遍遍的轻抚来平复他的躁动。此时他们都应该意识到但却没有意识到，他们都已经到了男大当婚女大当嫁的时候了。

43

冬去春来，转眼之间，徐小梅和她的同伴们来到兵团的时间已经进入第五个年头了。这年的春天仿佛比往年来得早，冬季里时常在内蒙高原大地上施虐的西伯利亚寒流好像早早就躲藏起来再也不来光顾了，大地在明媚阳光的照射下渐渐回暖，苦熬了一个严冬的万物开始重新萌发出生机。在已经解冻的南干渠两边的湿地里，那看似枯萎的蒲草在柔软枯叶的遮掩下正在悄悄萌生新芽，旁边沙丘周围的竹芨草的老叶顽强挺立着似乎在护卫着中心部位嫩芽的生长，在远一点的沙枣林里，沙枣树的枝条不再象严冬时那般硬脆而变得有了韧性，枝条上那坚持了一冬天都不肯落下的残叶和新叶的鼓包混在一起迎接着看似冻僵的树体的新生，令人讨厌的小飞虫早早就来光顾这片沙枣林了，它们隐身在树身、树枝和树叶上那霜一样的白粉中，一但树木有点动静就轰的一声飞起来形成一个大团雾状的虫阵，吓得敢于光顾它们领地的入侵者狼狈逃窜，还有那些令人生厌的沙漠里的大苍蝇，兴奋地在一株株红柳枝头上飞来窜去，好像在装模作样地干着蜜蜂的营生。

忽然，林间的某个地方响起两声脆亮的喜鹊叫声，原来远远地有四个年轻人正向这边走来，走近看是两对青年男女，一对是魏志远和徐小梅，另一对是方伟民和王紫薇，今天是星期天，他们是出来约会的。魏志远和徐小梅来到小沙丘边就不走了，方伟民和王紫薇跟他们打了个招呼继续向远处的干渠走去，看来他们是要上到渠背上去了。待他们走远后，魏志远拉着徐小梅的手说："走，咱们到林子里摘点沙枣尝尝。"

魏志远牵着徐小梅的手小心翼翼地往沙枣林里钻，绕过几棵低矮的枝桠相互交织的沙枣树，来到林间的一处空地。魏志远步子越走越慢，突然回过身来把小梅的手朝自己猛地一拉，把小梅整个人拉到自己怀里，双手一圈把她紧紧抱住，紧接着就要吻她，小梅瞬间感到体内涌起一阵酥人的热流，即刻就要将她溶化，她猛地警觉起来，使劲拍了拍志远的胳膊，来回摇头闭开志远的嘴，说道："别这样，志远，你不是说要给我摘沙枣吗？"志远一下清醒过来，乖乖地松开双手说："好的，我这就给你摘。"说完就走到几棵树旁转来转去观察上面的沙枣，终于选定了一丛较低的上面有不少暗红色沙枣的枝叉，踮起脚尖够着树枝抓住用力一扯，没承想"嗡"的一下，随着树枝上白色树粉的纷纷落下骤然腾起一阵密得像雾团一样的小飞虫，魏志远赶紧转身拉起徐小梅的手就往林子外面跑，一边跑一边碰到的树枝上同样腾起阵阵飞虫，他俩边跑边笑不顾一切钻出了沙枣林，这才松了一口气。两人都脱下上衣，用力抖落上面的白色树粉，志远又用上衣的一角把小梅头发上沾上的白粉弹干净，然后指着不远处的小沙丘说："走，咱们到那上面坐会儿。"

两人牵着手来到小沙丘上坐下，小梅把头靠在志远的肩膀上，志远双手握紧小梅的一只手，就那样静静地坐着，望着远远的长满竹芨草的开阔地那边土黄色的连队营房，渐渐地陷入了沉思。五年来的情景，一幕一幕出现在他们的脑海里，从刚来兵团时被分到相隔老远的两个连队，到经历了那么长时间的相思之苦后又走到了一起，到了同一个连队后，又不知不觉过了这么久，现在两个人越来越觉得难舍难分，恨不得整天待在一起。但这是不可能的，他们只能每个周末才有较长的时间在一起，这种状况要延续到什么时候？这时他们忽然想起了那些成家的老兵，心里不禁自问：难道我们将来也要像他们一样，在这里结婚成家吗？想想也是呀，不是一直以来宣传、学习、喊口号都是要人们"扎根边疆"吗？原来就是这样"扎根"呀！小土屋、老婆、孩子、热炕头？如果是这样，他们还情愿所谓的"扎根"吗？肯定嘴上不说心里是不情愿的，可是，不这样做又该怎样做才叫"扎根"呢？只有到了这时，他们才恍然意识到，原来他们跟着喊了这么久的这个充满激情的口号，其实都是跟着瞎喊而已，内心深处原来根本就不想扎什么根的。那么，不扎根又该怎么办呢？从哪儿来回哪儿去吗？这似乎又是不可能的事，怎么回去？回去干嘛？想来想去，这也不行那也不行，终是一片茫然。他们以前可从没这么认真地想过这些问题，现在一但认真思考起来，顿时觉得一片迷茫，不知如何是好。好在现在还有另外一个有点可能的机会，那就是，那个传言了相当长时间的要在连队中推荐报考工农兵大学的事已经证实是真有其事，上面已经下来通知了，让各连队告知有意报考的战士抓紧文化复习准备考试，当然还有一条，要经过全连推荐通过才能参加考试，他们俩觉得凭着他们的良好表现，这个应该没有问题。两人的家里闻讯后都紧急寄来了好多书，有初中的也有高中的课本，由于他们离开学校到兵团时只上到初一多一点，就是这点底子经过这几年也忘得差不多了，所以他们不得不一切从头开始，整天一有时间就抱起那些语文、数学、历史、地理、政治等课本拼命看，他们都在为那个憧憬的目标加紧努力着。他们都已报了名，填了表，现在距离考试时间还有两个多星期，他们得抓紧时间了，他们昨天收工后，除了吃晚饭，一直看书看到吹熄灯号，今天出来相会，放松一下，回去后准备啥都不干了，好好看它一天的书。

"你准备得怎么样？"魏志远一边抚摸着小梅的手一边问。

"不知道，心里一点儿底都没有，你呢？"

"我也是，反正，全力以付准备到最一天，到时怎么样，看运气呗。"

小梅轻轻地点了下头，用力握了一下志远的手。

这时远处从团部方向通过来的路上出现两个人正向这边走来，看得出两个都是女的，开始他们二人并没在意，等她们走近了，才看出是团部电话班的小苏和小林。徐小梅赶紧站起米和她们打招呼，她俩也没想到会在这里遇上徐小梅，吃惊之余也都笑着上前打招呼，毕竟是在一起相处过些日子，好久没见了，还是感到挺亲切的。她们相互问了一些分别后彼此的情况，小苏也斜着看了一眼魏志远，冲徐小梅做了个鬼脸说："这是你的那位？"徐小梅笑着点了点头，忽然想起什么，连忙问："电话班还是你们三个人吗？我走后又调来人了吧。"小苏说："老的就剩我和小林了，另外两个是新来的。"徐小梅问："那小燕呢？"小苏吃惊道："她的事你没听说吗？都传遍了呀！"徐小梅表示真的不知道，她自己这段时间光顾着看书准备考试了，对这一类的传闻根本没去注意。小苏告诉徐小梅，小燕和蒋干事乱搞搞出事来了。徐小梅问出了什么事？小苏说，小燕怀了蒋干事的孩子，蒋干事让小燕流产，小燕不干，逼着蒋干事和老婆离婚和她结婚，蒋干事不同意，俩人就闹开了，一来二去闹得蒋干事他老婆也知道了，来到团里找到蒋干事和小燕，三个人在团部大闹，真有热闹看，最后蒋干事挨了处分，调走了。徐小梅问调到哪儿去了？小苏说，听说他老爸一生气，通过组织关系把他调到内地三线的一个在深山里施工的部队"锻练改造"去了，那里可没有女人可搞，要搞只能搞母山羊了，小苏说到这哈哈笑起来。徐小梅问，那小燕呢？她心里对小燕起了恻隐之心。小苏说，小燕回家打胎去了，孩子都好几个月了，怪可怜的。小苏停了片刻又说："蒋干事好像对你挺好的……"徐小梅摇摇头说："好啥呀，不提这些。"其实这时她心里还真的不由生出了一丝对蒋干事的怜悯之心，蒋干事千里之外要是知道了这个情节，还不得感动死了。

小苏小林和徐小梅又说了一会儿话，就也往干渠那边去了，魏志远和徐小梅目送着她俩远去，魏志远笑了一声说："姓蒋的这回遭了报应了吧。"徐小梅微微一笑没有作声，志远又说："你是不是有点可怜他了？"小梅说："他有啥好可怜的。"志远说："我还不知道你，你这个人呀，就是太心软。"小梅以笑作答，停了一会儿，自言自语道："小燕挺可怜的。"这时，他们看见从干渠的渠背上面走下来好几个人，好像有人还牵着马，他俩好奇地盯着看，走近了才看出，有方伟民和王紫薇，另外三位各牵着一匹马的是严子俊和郎信玉，还有一位，他们想了一下想起来了，是被安排到后勤排的原来林场的老职工洪金山。

"他们几个去哪儿了？"魏志远正想着，严子俊和郎信玉已经在向他俩招手了，只听王紫薇大声喊着说："我们正在渠上呢，就看见他们三个从大老远水泥桥那边过来了，说是进沙漠寻宝去了！"

等几个人来到跟前，魏志远好奇地问："你们寻什么宝去了？"严子俊刚要开口，郎信玉嘿嘿一笑指指洪金山道："连长让老洪领着我们进沙漠里找羊粪去了。"

44

　　原来，随着天气的日渐转暖，种菜的节气马上就要到了，可菜田里的肥料明显不足，这将严重影响蔬菜的生长，趁着开种之前把肥料备足，已成为当务之急，那时候没有什么化肥，全靠有机肥料。主要来源一是马班和饲养班积存的畜粪，二是全连几百号人的粪便，但是这些宝贝粪便冻了一个冬天，才化冻不久，还得经过一段时间的沤制发酵才能用，但就是这点粪便也是远远不够的。连长为此事急得挠头，召集各排长在连部开会商讨解决办法，这时后勤排长说，他们排的林场老职工洪金山这方面挺有经验，不妨把他叫来问问，连长当即让通信员去叫洪金山，没过多久洪金山就毕恭毕敬地来到正在开会的房间门口，张着大嘴望着连长，意思是：连长你叫我？

　　洪金山三十多岁，中等个头，穿一身当地老乡常穿的那种对襟的黑棉袄，戴一顶破旧褪色帽檐变形的单帽，帽檐下的脸略显瘦长，面色黑黄，剑眉下一双显得精明聪慧又略带忧郁沧桑的眼，和人说话时不是直盯着你就是看着地面，令人想起"抬头娘们低头汉"这句俗语。他原来是林场里出色的车把式，外号"洪鞭杆"，他那一声清脆的响鞭打起来再调皮的马都立马乖乖的，由于他脑袋瓜子灵活，精明强干，林场把好多重要的工作都交给他干。但聪明人往往被聪明误，他在为林场买草料时贪污了二十块钱和十几斤粮票，事发后没少挨批斗，还给戴了顶"贪污分子"的帽子，见人颇有点抬不起头来。林场建制划归了兵团之后，他被分配到后勤排，他热心地教马班的人各种赶车养马的方法窍门，俨然成了个"技术指导"，他特想好好表现，干活、学习、开会、发言都积极参加，有一次连里开批判会，批判一个落后战士，这小子竟敢用动画片《草原英雄小姐妹》里插曲的调子编了一段歪歌到处乱唱，什么"天上闪烁的星星多呀，星星多呀，不如毛主席给我们的窝头多……"这还得了？很快被人告到领导那儿，这下子正好被当作阶级斗争新动向的典型来批判，在一次批斗会上，洪金山义愤填膺地站起来发言，指着那臭小子道："你球大个东西，胡说八道甚了，窝头咋来来，爷吃窝头撑死，美的来来，你个灰猴不吃，紧顾唱曲，饿球死，嘿嘿嘿，爷看你个灰各泡小子是吃窝头呀还是唱曲呀！"他这一通发言把全连人包括连长都逗乐了，连站在台上挨批那小子也忍不住用手捂着嘴笑，连长不得已大声喝道："都严肃点儿！"

此刻洪金山站在连部正在开会的房间门口望着王连长，王连长冲他招了一下手让他进来，他走进屋里，找了个角落坐下，就听王连长问他："老洪，咱连的菜地缺肥料，你有啥好办法，给大伙说说。"他低下头望着地面望了一会儿，忽然抬起头对王连长说："连长，我知道哪有肥料。"王连长忙问："哪儿？"洪金山答："沙漠里。"王连长不解道："沙漠里怎么会有肥料？你是说骆驼粪？那才能有多少？""不是骆驼粪，我说的是羊粪。""羊粪？"王连长还是不明白。洪金山站起来，用手整了整变形的帽檐，开始给大伙讲这是怎么回事。原来南干渠对面大沙漠的边沿地带千百年来原本都是放牧的牧场，后来随着气候的变化和沙漠的移动，这些牧场渐渐被人们遗弃，变成了荒漠，那里面有不少废弃的羊圈，那羊圈经年累月不知积攒了多少羊粪，有一年林场种菜没有肥料，他们就进沙漠里找那废弃的羊圈，找到一个羊圈，他们试着挖了挖，那厚厚的羊粪层挖了半尺深还不见底，光一个羊圈，起出来的羊粪就多得堆成个小山……王连长一听，高兴得脸上放光，马上让洪金山第二天带上马班的人进沙漠去找羊粪，一但找着，连队马上出动去把羊粪弄回来。第二天一早，洪金山就领着严子俊和郎信玉，骑着马，带上干粮和水，进沙漠找羊粪去了，他们在沙漠里转了整整一天，天黑了就在沙漠里露宿了一晚上，今天天亮了才往连队返，结果就在渠坝上遇见方伟民和王紫薇了。

"那你们找到羊粪了吗？"魏志远关心地问。郎信玉拍拍洪金山的肩膀说："多亏老洪领路，我们居然找到三处羊圈，连长要是知道了肯定高兴死了。"洪金山得意地咧着嘴笑着，严子俊说："咱们赶紧回去给连长报信去吧。"说完三个人都骑上马，向魏志远他们四人挥了挥手，便策马向连队奔去。方伟民对魏志远和徐小梅说："咱们也回去吧？""走吧。"魏志远应道。说完四人就往连队走，徐小梅和王紫薇互相攀着胳膊边走边说话，魏志远和方伟民并肩而行。方伟民忽然想起一件事,高兴地说:"你们别忘了，今天晚上要放电影。""啊，是呀，真的差点忘了。"徐小梅高兴地扭过头来对方伟民大声说，又回过头来问王紫薇："是啥电影来着？"王紫薇说："好像是罗马尼亚片子，叫——""《多瑙河之波》，"没等王紫薇想起来，方伟民已脱口而出。"呀，那一定好看！"徐小梅高兴地说， 她是特别爱看电影的，而且一听说是外国片，就更加想看了。她心里计划好了，回去赶紧抓紧时间把正在复习的课本好好看一下，到晚上来个彻底大放松——看电影！想到这，她扭头偷偷看了魏志远一眼，只见他正和方伟民热烈地议论着什么，好像也是关于这部片子的话题，她抿嘴笑了笑，又让王紫薇拉转头说话了。四个年轻人都在想着和说着看电影的事，不觉加快了脚步向连队走去。

再说严子俊、郎信玉、洪金山三人骑马直接骑到连部门口，纷纷跳下马来，急匆匆进屋找王连长，连长正在打电话，一看他们三人进来，连忙招手让他稍等，他三言两语把电话讲完，就急忙问："怎么样？你们找到了吗？"连长一看三人的表情，就知道肯定有好消息，只听严子俊激动地说："我们不但找着了，还找到了三处！""啊，是吗，那太好啦！"这个喜讯令他两眼放光，满脸欣喜，他两手放在严子俊肩膀上重重地拍了拍说："你们辛苦啦，赶紧把情况说说。"说完就让三人在靠墙的长板条椅上坐下，自己也拉了一把椅子靠近他们坐下，开始听他们讲这趟进沙漠找羊粪的经过。等他们一讲完，他就站起来说："你们赶紧去吃饭，休息，睡觉，明天咱们就出动去把那羊粪弄回来。"等他们三个离去后，他立即让通信员把各排长叫来商量安排明天的行动，按照计划和安排，明天除了菜班、饲养班和炊事班不出动，其余全部出动，小平板车全连只有二十来辆，显然不够，大家分头去想办法，找周边连队或老乡去借，凑得越多越好，又让后勤排长去吩咐炊事班，明天早上要把进沙漠的这些人的干粮准备好，吃完早饭后他们要带上干粮出发。再把炊事班积存下来的大麻袋都翻出来准备好，到时候要用来装羊粪。明天的计划和任务讲清楚后，各排的排长分头回去做准备，屋子里只剩下王连长一个人，他在屋里转了两圈，忽然想起晚上放电影的事，心里笑道："晚上让年轻人们好好乐一乐，明天要大干一场啦！"

45

　　傍晚天还没全黑，操场上已经在两根竖直起来的又粗又直的橡子之间挂起了大大的银幕，天气晴好无风，气温宜人，正是户外放映的好时机，将黑的夜空中已经有几颗星星在眨眼，仿佛早早就在天上等待着电影开映。连队的各班排已陆续到达现场，人人都带着小板扎，在离开银幕一定距离之外按队列坐好，队列周边围着很多闲散人员，有团部的人，有家属，还有远近赶来的老乡，特别是在队列后面的电影放映机周围，更是围了一群小孩，都好奇地抬着头，张着嘴，在看放映员摆弄那神奇的机器，不管放映员怎么喝斥让他们离远点，他们总是刚退了两步又围了上来，气得放映员除了喝斥两句之外毫无办法。现场一片低声说话议论的嗡嗡声，放电影对于这里的人们来说差不多就像赶集一样热闹。好长时间才盼来一次的电影放映，给人们带来了一种令人兴奋的欢快气氛，银幕旁挂着的那盏大瓦数灯泡发出的黄光映照出一张张亢奋的脸和一双双期盼的目光，在黑压压的人群中，总有人不时地来回张望着在寻找什么，那是有人想要在人群中找到自己心中的那位，和他或她在一起看电映，虽然隔着一点距离，那感觉也是挺好的。魏志远就是这些人中的一个，他正在张望着，忽然感觉身边有人在笑，侧头一看是章青峰，章青峰个子高，早就看见了徐小梅，他笑着对望着自己的魏志远用下巴朝前方一摆道："在那儿呢。"魏志远顺着他示意的方向望去，果真一下看见了徐小梅，徐小梅也正在张望呢，不用说她也是在找自己呗，魏志远稍稍直起点身子来使自己从攒动的人头上突显出来，一下子让徐小梅看见了，两人相互交换了个调皮高兴的眼色，又很快坐下了。

发着黄光的大灯泡忽然熄灭了，全场一下陷入到黑暗之中，一束清晰的白光从人群后面呈发散状投射到银幕上，电影开始了，全场一下安静下来。故事片开始之前照例要放映一些新闻纪录片，多是党和国家领导人接见外宾的场面，银幕中出现了北京的镜头，长安街、天安门、人民大会堂……这使来自北京的战士们感到那么熟悉和亲切，仿佛一下置身其中，回到了自己的家乡北京。

新闻纪录片在人们饶有兴致的观看和小声激动的议论声中很快结束了，银幕在一片白光上闪过一道道黑斑儿秒钟后，忽然随着莫生的异国音乐的响起，片名《多瑙河之波》几个大字被投射在银幕上，人们一下子都停止了所有的议论，全被画面和配音吸引住了。放映机在静静的人群后面唰唰地转动着，那异国的画面和音乐把人们的思维和想象带到了二战时期的遥远的欧洲、罗马尼亚、还有那条深情的缓缓流动的多瑙河。影片的情节引领着人们的思绪一起走进了故事之中，随着情节的跌宕起伏，一块儿体验着剧情的紧张刺激和剧中人物的激情、欢乐与悲伤，影片中最吸引人眼球的是那位美丽性感的女主人公安娜，她那极富曲线的体形和那一身使体形突显的上面紧身下面飘逸的连衣裙令在场的人们觉得好像那裸体都要呼之欲出了。这可是他们长这么大头一回在银幕上看见这样的形象，个个都觉得怪不好意思的，只顾瞪大了傻眼，一眨不眨地盯着看，看得心旌荡漾，特别是当影片中出现男女主人公调情、搂抱、接吻等亲热镜头时，观影的人们都感觉到一种无声压抑着的内心的躁动。人人都不好意思看自己身边的人，同时又怕身边人的注意自己，除了电影里的声音外，人人都怀着一种异常拐扭的感觉悄无声息地端坐场内，全场笼罩在一种奇怪的尴尬气氛中，当银幕上再次出现男女主人公亲热的镜头时，忽然从现场的某个角落里，传出一个女生实在憋忍不住迸发出来的强压的笑声，大家的心刹那间都像被电击了一下似的，都在黑暗中暗暗感到羞愧。魏志远的思绪老是忘情地把女主人公想象成是他的小梅，小梅要是也穿着这样的一身衣裙，有着这样的一头发型，那将是多么美丽迷人啊，而他则像那位善良健硕带点野性的男主人公米哈依那样把小梅抱起来打转转……他简直想入非非了。

那晚的电影奉献给了人们一顿精彩的精神大餐，令他们散场后回到宿舍钻进被窝里睡觉时还在不断回味着。

46

第二天吃早饭的时候，各班来食堂打饭的人都领回了早饭以及配给每人一份的路上吃的干粮，男的每人三个馒头，女的每人两个馒头，另外还有一些咸菜——腌萝卜条。吃过早饭之后，人们把馒头和咸菜放进随身的挎包里，把行军壶灌满水背上，拿上铁锹、镐头等工具，在各排宿舍前列队站好，然后前往操场集合。徐小梅所在的菜班被安排留下来继续干一些零星工作，她们此刻正聚在宿舍前的院子里，看着远处连队集合的情形，她们知道连队今天要去沙漠里拉羊粪，只见集合的人们扛着各种工具，队列旁边停满了小平板车，这些小车将把大量的羊粪拉到菜地来，那贫瘠的田地就再也不用发愁没有肥料了。

连队集合完毕后，连长简短地讲了几句话，队伍就出发了，先是扛着铁锹和镐头的队列，接着是几十辆小平板车，最后是马班的驴车和马车，浩浩荡荡离开了操场，沿着大道向南边干渠的方向行进。几百个人和几十辆小车行进中踏起搅起的黄尘随着队伍的移动跟进着，留下的浮尘在队伍后面的空气中飘浮弥漫。

连长在队列靠前的一侧，正迈着大步走着，他的后面跟着充当向导的洪金山，洪金山快速捣腾着两条有点罗圈的腿使劲追赶着连长，他赶马车是好手，徒步行军可就不行了，差不多要小跑起来才能跟上连长的快步疾走。

大队人马沿着大道行进着，过了那座简易水泥桥后不久，就离开了大道向着沙漠的方向进发。天气晴朗无风，太阳透过片片丝状的薄云将温暖的阳光洒在人们身上，让人感受到春天的舒适与平和。进入沙漠之前是一大片开阔地，仿佛像沙漠张开着巨大的臂膀在迎接走向它的人们，开阔地上零零星星地散布着长着白刺丛的小沙包，白刺丛周围跳跃着一种头上呈现一撮尖毛的浅灰色的小鸟，当队伍经过时，惊得它们噗噗地飞起来飞到远一点的地方落下，好奇地看着这支浩浩荡荡行进的队伍。随着越来越靠近沙漠，地面上的植被也发生着变化，长着白刺丛的沙包越来越大，慢慢变成了大沙包，已经冒出绿色新芽的沙蒿越来越多，越来越粗大，它们有的底部被流沙掏空，只剩下粗壮的老根把一丛丛枝桠四溢的蒿丛离地托起，有的把奇形怪状的长长根部暴露在地面上逶迤拖拽而去。行进中的人们脚下的沙地越来越软，当队伍走进沙漠时，那些原本在远处看时觉得平缓起伏的沙丘越来越显高大，相比之下人和队伍显得越来越渺小，连队这时已处在沙漠之中了。

队伍沿着两面都是沙丘之间的低处行走着，这里的地面相对硬一点比较好走，但有时也不得不翻越横阻在前面的沙丘，这时那些小平板车和马车驴车等就是空车也十分费力，好在人多，众多的人帮着推一辆车，再难走的地方也轻易走过去了。但是当回来的时候，车上满载着羊粪，可就没这么轻松了，拉车和推车的人都这样暗暗地想。队伍每走一阵，王连长就问一句洪金山"这样走对不对？"洪金山总是胸有成竹地答道："对的，连长，您放心吧，这一带我熟得很。"

在又连续翻过了几个大沙丘之后，队伍来到一处比较平缓的高地上，王连长看着走得气喘嘘嘘的战士们，问洪金山："老洪，大概还有多远？"洪金山两手扶着帽檐往来时和前面两个方向望了望，想了一下说："大概走了一半了。"王连长看了一下手表，计算了一下时间，照这样走法，十一点钟左右可以到达目的地，到达后先让战士们休息上十几分钟，吃了干粮，然后开始挖粪，装粪，再往回返，怎么算都可以赶在天黑前回到连队驻地，时间不是很紧张，于是他命令队伍停下来，就地休息一下再继续前行。

大家在柔软的沙子上坐下来，有的喝水，有的聊天。魏志远、方伟民、章青峰三个人正凑在一起议论着什么，好像挺热烈，吸引了附近的几个人也围上来凑热闹。原来他们是在议论昨天晚上看的电影，一开始还你一言我一语的，说着说着就剩下章青峰一个人在侃侃而谈，大家都支着耳朵听了。他讲到这部片子的来由，讲到当年怎样在欧洲被争相上映，怎样感动了整个欧洲，顺便就讲到了多瑙河，那是怎样一条世界上流经国家最多的河流，河流两岸的各个国家怎样在历史上产生过众多的音乐、艺术、文学等世界著名大师和作品等等。魏志远看着他不慌不忙娓娓道来的样子，联想到平时一和他说起有关政治、历史、文学、艺术这方面的话题时，他总是会说出一大套令你意想不到的相关知识，而且越说越不是泛泛之辞，而是相当深入地把具体内容和相关知识一一道来，简直令人诧异他哪里像个没毕业的初中生，简直就是个多学科的教授！魏志远每每在他说话的时候，盯着他的大脑门子想：这家伙的脑门子里是什么时候又是如何装进了这么多的知识？简直令人不可思议，他喜欢看书，咱也喜欢看书，而且也没少看呀，怎么咱就没他那么多的学问呢？莫不是老天爷从一开始就多秤了点脑浆子搁他那大脑门子里了？难怪前些时候有一天魏志远问他有没有准备报考工农兵大学时，他竟用一种十分不屑的口气说："报考上学？他们教我？我教他们还差不多！"此刻魏志远望着他正在讲话的轻轻晃动的大脑门子，心里默默地想，这家伙真是个人物，用"人物"做他的外号倒挺般配的，他哪里想到，此刻正望着章青峰专心听他讲述的方伟民的心里也不觉跳出这两个字来，这真是不谋而合了。

过了一段时间，连长看了看手表，已经休息了有十来分钟了，该出发了，于是他站到一个相对高点的地方，朝战士们大声喊道："全休起立！"全连战士闻声纷纷站起，噼里啪啦地拍打沾在屁股上的沙子，扛起工具，拉起小车，走在队伍最后边那些拉车的马还嘶鸣了两声，那嘶鸣声在这空旷寂寥的沙漠里显得特别清亮。随着连长一声"走"，队伍又继续向前移动了，这时后面忽然传来一声清脆的鞭声，只见郎信玉赶着马车一阵狂奔超过了行进中的队伍，跑到队列前面去了。"这家伙着什么急呀？"魏志远望着他的背影心想。

队伍按着洪金山的指引，沿着高地走了一程，又下到一座座高大起伏的沙丘间折来折去地行进了不知多久，在又攀到一个大沙梁上面时，赶着马车走在队伍前边的郎信玉一下认出了前方不远处他们两天前来过的地方，他兴奋地在马车上站起来大喊："快到啦！前面就是！"连长和洪金山往前紧赶几步，洪金山指着前面沙丘间一片较大的开阔地说："对的，就是那。"

所谓的羊圈，从远处根本看不出来，走近了才看出，那是差不多一亩地见方的一块平地，平地四周还残留着没有被沙子完全掩埋的作为羊圈围墙的白刺垛，在平地的一角有一个不大不小的沙包，仔细看原来是座被流沙掩埋了大部分的土屋，被厚厚的沙子埋住的屋顶下露出门的一角和干裂变形的窗框，从窗口望进去，里面早已被沙子填死，看起来，由于土屋突出在地面上，阻挡住了流沙，流沙便在土屋周围聚集起来，越积越多，最后就将土屋掩埋了。

洪金山领着连长和队伍来到羊圈前面，他把连长叫到羊圈里，让连长看他演示挖羊粪，他用一把铁锹把地面上的沙子铲开，铲了几下铲到差不多半尺深时，下面就露出褐黑色的羊粪层来了，他回过头来得意地对连长说："看，羊粪！"连长一看喜出望外，连声说："太好啦！太好啦！"正要安排大家开始干，洪金山拉着连长的衣袖说："别忙，这边还有一个呢！"说着就拉着连长往外走，走到离那个羊圈大约一百多米的地方，果真又隐约看出是个羊圈的大致形状，可见这里原来有两家离着不远的羊圈，这下连长看清楚情况了，他急匆匆回到正在等待他的队伍处，把各排长叫来安排布置了一下分工，刚好男女排搭配，每个羊圈两个排，任务明确后，连长看看手表，已经是中午十二点，是吃午饭的时间了，他命令全连马上休息吃干粮，吃完之后开始动工。

　　没过多久，就着水壶里的凉水吃完干粮的各班排战士们就已迫不及待地来到各自指定的位置上干开了，两个相隔百多米的羊圈里到处都是男女战士们，一时间镐头抡动铁锹挥舞，铲沙子的铲沙子，刨羊粪的刨羊粪，到处尘土飞扬，说笑声阵阵，令这空旷荒寂的沙漠里呈现出一派热气腾腾的场面。没过多久，随着沙子被战士们不断铲去，原来覆盖着厚厚一层黄沙的羊圈露出了大片大片褐黑色的羊粪层，这些羊粪层在战士们手中的镐头和铁锹的不断刨铲之下，很快断裂破碎，变成了一堆堆松散的羊粪，这时小平板车、马车、驴车都上来靠在粪堆旁，开始把羊粪往车上装，大块的羊粪直接装到围着柳巴的大车小车上，小块的和破碎的装到麻袋里，装满后再压到柳巴围着的羊粪上，才干了有一个多小时，几十辆小平板车和马车驴车就都装满了，连长把铁锹插在沙地上，一手摘掉军帽，另一只手擦了擦额头上的汗，看了看手表，时间将近下午两点，他感到非常满意，招呼几个排长过来，让他们马上去集合队伍准备回返。不少战士正干在劲头上，都嚷嚷着不想停下来，各排长劝阻了一阵才把他们劝停下来，车辆人员集中到一起后，连长让各班排把人员都均分到每辆车子旁，车子都是超载超重的，回去这一路肯定是异常艰难，拉车的和推车的要时常替换，到了翻越大沙丘时更是得全体都上去帮着推拉才行。连长看着集合好的队伍，突然想起什么，对全体大声说道："有要大小便的，现在赶紧解决了，"大家一阵哄笑，连长接着说："别等到了路上，一会儿大便一会儿小便的，那样非有人掉队不可，再走丢个人，那问题就严重了。"他抬手指了指不远处相隔着一段距离的一南一北两个大沙丘说："男的到这边这个沙丘后面，女的到那边那个沙丘后面，现在有要去的就赶紧去吧。"大伙儿一听，一下子差不多都走光了，连原先不想大小便的人也受了影响觉得有此需要了。

连长看看时间差不多了，大声招呼全体集合，各班排清点人数，还有几个解决"问题"太慢的战士被大伙儿一阵大呼小叫给叫得提着裤子从沙丘后面跑出来，全体总算集合完毕，连长一声令下，队伍行动起来，开始往回返。

这往回返可没有来时那么轻松了，那些羊粪装得满满的大小车辆的轮子深深地陷进沙子里，必须好多人又拉又推才能缓缓向前移动，每前进一米都不是轻松的事，好在人多，一帮人累了另一帮人立刻替换上去，这才勉强保持了一定的行进速度，洪金山尽量挑选地面硬一点的地方让大家走，但有时遇到横在前面的大沙丘或大沙梁时，那就一点办法也没有了，只好完全靠众多的人力帮着车辆翻越。不过到底是人多力量大

，大家喊着号子奋力推拉，那一处处看似难以翻越的沙丘和沙梁到底都让这些生龙活虎的年轻人征服了，洪金山边走边喘着气对连长说："这帮年轻人真是了不得，我先前还发愁这些地方车子咋过去呀。"连长嘿嘿笑了两声，心里很为自己的战士感到自豪。

队伍在沙漠中艰难行进，因为必须赶在天黑之前走出沙漠，所以得尽量抓紧赶路，中间短暂休息了两回，喝了点水，又继续前进了。随着太阳西沉天色渐暗，人们赶路的心情越发急切，个个都默不作声只管加快脚步赶路，长长的队列只听见一片喇喇的脚步声和车轮子压在沙子上的吱吱声。终于，在天色完全黑下来的时候，连队走出了大漠，

来到了沙漠边缘一处地势较高的地方，站在这里，可以看见黑沉沉的远方有一排排小小的黄色的灯光，"连队！"人们的心头为之一振，一股暖流涌遍全身，那亮着小小黄色灯光的地方就是他们的营房他们的家！"到家啦！"大家顿时精神大振，疲乏劳累以及沙漠带给人们的压抑之感一时间都消失得无影无踪，说笑之声又出现在队伍里，有人说："咱们这趟这么辛苦，回去炊事班拿什么犒劳咱们呀？"这话立刻引起很多人的响应，因为这时大家的肚子都饿了，便纷纷猜测晚饭有啥好吃的，连长听着大家的议论忍不住嘿嘿笑起来，他忽然转过身来，对着全队人马大声说："大家听好了，我早就让炊事班给大家准备了好吃的啦，"靠近连长的几个战士忙问："连长，啥好吃的？"连长笑着拉着长音大声说："猪——肉——炖——粉——条！""噢！"大家高兴得跳起来，恨不得跑过来把连长抱起来丢到空中去。

半个多小时以后，队伍行进到了连队驻地的路口，女排先回驻地，男排则一股作气把羊粪拉到菜地卸了车再回驻地。回到宿舍的战士们纷纷站在宿舍前面的空地上拍打衣服和裤子上的尘土，脱下鞋来倒掉进了一鞋的沙子，然后打来洗脸水好好洗掉满脸的征尘。炊事班之前已把各班排的饭菜盆都集中到了炊事班，这时候他们把热气腾腾的饭菜一大盆一大盆地直接送上门来了，饿极了的战士们洗完脸后都迫不及待地用自己的大碗盛上冒着热气的香喷喷的猪肉粉条大烩菜，抓起白胖胖的大馒头，狼吞虎咽大口大口地吃起来，心中倍觉连队这个大家庭的温馨。

第一天的出征十分顺利。第二天，连长让连队提前了半个小时出发，这回有经验了，正所谓"轻车熟路"（当然回来时可就不是"轻车"了），所以任务完成得又快又好，当队伍满载而归回到驻地时，天都还没完全黑，连长望着遍布菜田里的一堆堆羊粪，心里那个高兴劲儿就甭提了。

47

　　这天晚上，魏志远刚吃完晚饭没多久，就听见有战友笑着喊他："魏志远，你的那位找你来啦！"魏志远一听赶紧冲门外走，一出门就看见徐小梅那袅袅的身姿，她正站在院子里等自己呢。魏志远赶到徐小梅身边，一手轻轻握住她的手，两人并排向宿舍尽头的拐角走去，一拐过墙角，魏志远立刻张开双臂准备拥抱她，徐小梅的脸微微上仰微笑着闭上双眼等待着，正在这时，旁边传来一声咳嗽，是有人走近了，他俩赶紧恢复了常态站着，开始说话。魏志远绘声绘色地给徐小梅讲述他们这两天在沙漠里挖粪运粪的经过，讲他们以前从未深入过的大沙漠里面的情景，徐小梅饶有兴致地听着，不时被志远讲的精彩情节逗得乐出声来，过了一会儿，小梅问道："你们还要去几次？"志远回答说明天是最后一天了。小梅说："好啊，等你们运完了羊粪，咱们再抓紧时间把考试的功课好好准备准备，我还有些不太清楚的地方要问你呢。"志远答道："好啊，如果咱俩都搞不懂，可以去问章青峰，这家伙好像没有他不懂的。"说着俩人都笑了起来，停了一下，小梅关心地问："这两天很累吧？"志远笑着说："没什么，你放心。"徐小梅没接话，一手伸到衣袋里，掏出一个纸袋来递给魏志远，魏志远连忙伸手接着，凑近眼睛往张开的袋口里一看，是大白兔奶糖，志远问哪来的？小梅说昨天和姐妹们去小卖铺，碰见有这种糖，就买了，平时一般是没有的，刚好赶上了。徐小梅说："累的时候吃这个能解乏，你把它带着路上吃。"魏志远感激地用一只胳膊把小梅紧紧搂住，把脸贴到她耳根的发稍上，两个人就这样静静地站了一会儿，志远忽然想起什么，伸手往裤兜里掏，掏出一块有半个鸡蛋大小的鹅卵石来，这是他在沙漠里捡到的，那椭圆形的鹅卵石呈紫红色，浑圆光滑，温润如玉，握在手上特别舒服，志远把它往小梅手上一递道："送你个小玩艺儿。"徐小梅接过来端详着问："这是什么东西？"魏志远说：

"我在沙漠里捡的，你看它多圆多滑溜，颜色也漂亮，简直完美无瑕，握在手上还特舒服，不信你试试。"小梅把它握在手上体会了一下道："真是的，握着都舍不得撒手了。"志远见小梅喜欢，高兴地笑了，徐小梅忽然抬头望着他故意嗔怪道："我送你奶糖，你就送我大石头呀！"魏志远说："什么？你不喜欢呀，那还回我吧，"边说边伸出双手，徐小梅嗔笑着双手把鹅卵石往胸口一揞道："送人家东西还想要回去呀！"说着两人都笑了。这时附近传来动静，两人赶紧正经站好，徐小梅把鹅卵石放进衣袋里，说道："你们明天还要早起，你早点回去休息吧。"魏志远两手握着徐小梅两手的指尖，恋恋不舍地望着她，还想说什么，徐小梅抿嘴微笑着摇了摇头说："快去休息，明天回来再说。"魏志远顺从地点了点头，放开了徐小梅的双手，两个人互相依偎着向魏志远宿舍的门口走去，到了门口，魏志远停住脚步，和徐小梅挥手道别，他目送着徐小梅的背影消失在前面那排房子的拐角处，自己仍依依不舍地站在原地，目光停留在徐小梅的消失之处，回想着她刚才的一举一动和每一句话，心中奇怪地生出一种有点像要久别的感觉。一阵冷风吹来，使他打了一个冷颤，他收起奇怪的念头，转身向宿舍门口走去。

魏志远回到宿舍里，爬上自己的铺位，把帆布箱的盖子掀开一点，伸进一只手去，在那个熟悉的角落里摸到那条手绢，轻轻抽出来，摊开铺展在睡铺上，把刚才小梅给他的那袋大白兔奶糖放在上面，那纸袋很不结实，随时都会破了掉出糖来，他要用手绢把它包起来。他把手绢的四个角系上包好，放在枕头边上。那天晚上，熄灯号响过之后，他侧身躺在铺上，把脸紧紧贴在这个小包上，那手绢，那奶糖，满都是小梅的气息，他就那样嗅着她的气息，甜甜地进入了梦乡。

就在这个寂静的夜晚，在远隔数千公里之外的太平洋的上空，一股强大的暖气流正在快速向偏西北方向移动，而来自遥远的西伯利亚的一股强劲的寒流也正在向偏东南方向移动，这两股大气环流汇聚的地方，正是蒙古高原区域的上空，这种冷暖气流的骤然相遇，将在高空形成气流紊乱并演变成低气压，进而形成风暴雏形，之后将以越来越快的速度发展，在大范围的区域内造成极端天气气象事件……

夜晚静得出奇，连往常偶尔传来的狗吠也听不到一声，一切都像是沉睡了。

家属院的一间房子的门吱地一声打开，走出来的是洪金山，他披着棉袄来到院子的一个角落里撒尿，撒完尿看了看天，只见当空的明月被一圈大大的半明半暗的光圈包围着，"要起风！"他的心头一震，浑身在清冷的空气中打了个勐，赶紧把披着的棉袄紧了紧，提着裤子匆匆进屋去了。

48

第二天早上六点多天刚蒙蒙亮，队伍就开始集合准备出发了，因为计划中今天要开挖的最后一处羊圈离头两天挖的那两个羊圈还有一段路程，虽然昨天连长已提前派了一部分人前去开挖了大部分，但今天要把剩下的全部挖完和运出来，还是需要相当时间的。连长今天没让女排出动，因为连着干了两天，连长怕女战士们太累，就安排她们今天休息了，只出动两个男排和后勤排的马车班去完成这最后收尾的一趟。

魏志远和大伙都在急匆匆地收拾行装准备出发，他把分发的五个馒头（包括早饭的）和用旧报纸包好的咸萝卜条放进挎包里，再把那个用手绢包着奶糖的小包小心翼翼地塞进挎包里最稳妥的地方，又把装满水的行军壳背上，然后跟在方伟民和章青峰等人后面走出了宿舍。出了宿舍后，每人拿上靠在墙根上的自己的工具，或铁锹或镐头，站到已经开始站队的队列里，不一会儿全排人都到齐了，排长喊着号令带领队伍前往操场上集中，待全部人马都在操场上集合完毕后，连长简单讲了几句鼓劲儿的话，大意是今天是最后一趟了，大家要鼓足干劲，把这最后一仗打好等等，说完就命令队伍出发了。

今天的天气比头两天要凉，而且还刮着微风，不过走起路来的人们不会在乎这一点凉意，反倒觉得那带有凉意的微风还挺给人提神的。急匆匆的行进把战士们残余的一点睡意驱赶得一干二净，他们迎着习习的凉风，呼吸着清凉的有点发潮的空气，一个紧跟一个，一辆车接着一辆车，迈着大步匆匆向前行进。

当队伍行进到沙漠的时候，天已经大亮，望着眼前一座座耸立的沙丘，大家都不约而同感觉今天的沙漠好像有点说不出来的异样，或许是前两天没有刮风，一切都是静止的，而今天有了微风的吹动，使那些沙漠里的植物，白刺、沙蒿、红柳、甚至沙子，都有了动感，反倒是那些最有动感的头上长着尖毛的小鸟，今天却一个都见不到了。但是整个沙漠的颜色看起来也有点不大一样，也可能是天太早，光线不足的缘故？大家心里揣着隐隐的疑问，向着这既熟悉又陌生的沙漠深处走去。

大约又走了半个钟头，连长看了看手表，是吃早饭的时间了，他于是让队伍停下来，让战士们吃点干粮再走。

魏志远和方伟民、章青峰三人走在队伍靠后的位置，他们的后面就是严子俊和郎信玉的马车，队伍停下来后，他们几个人聚到严子俊的车尾，把车尾当桌子，把挎包、水壶都放在上面，然后或坐或靠在车沿的围栏上，开始吃干粮，吃着吃着，魏志远忽然想起什么，说："我有好吃的！"大家说："有啥好吃的？"魏志远取出挎包里的手绢小包，打开来，抓起奶糖就给各位发，严子俊问哪儿来的？魏志远说昨晚上小梅给的，大伙一听说是徐小梅给他的，说啥也不要了，都说，人家小梅是心痛你给你的，你给我们吃了这算是怎么回事，不能要。坚决给他塞回去，魏志远和各位推来推去，最后大伙推不过，每人勉强接受了一颗，魏志远只好把剩下的又用手绢包好塞回挎包里，继续就着凉水吃干粮。

吃完当早饭的干粮后，队伍又继续前进。洪金山边走边对连长说："连长，看这天气，今天可能会起风呀。"连长看看天道："刮点风不怕，干活人还凉快，"洪金山不语，连长又说："你看，这风现在是迎面刮来的，等咱们往回走的时候刚好在后面推着咱们，咱倒还省劲儿了。"洪金山笑着应了一声，继续低头赶路。

当队伍路过前两天挖过的那两个羊圈时，风势感觉有点越来越大了，前方要去的那个方向好像有点迷蒙，周围的大小沙丘不时被阵风掀起一阵阵黄尘，看着有点像蠢蠢欲动要活跃起来的样子。

队伍继续前行，渐渐远离了两个开挖过的羊圈，战士们不时回头望望那片两天前汇聚了他们的笑语欢声的地方，随着那个地方越离越远，最后消失在沙丘后面，他们的心里竟然生出了一种莫名的孤寂感。

大约又行进了半个多钟头，队伍来到了感觉十分莫生的最后一处羊圈，没等连长吩咐，战士们就冲进羊圈里熟练地干了起来。这时风刮得一阵紧似一阵，耳边已能听到呼呼的风声，阵风旋起的沙尘不时迷住人们的眼睛，周围的沙丘好像在慢慢长高，那是沙丘顶部的沙子被风扬起来造成的错觉。连长原本想让大家吃了干粮再干，一看这个天气，不宜在沙漠里久留，要尽快干完回撤，所以他吩咐大家抓紧干，谁饿了自己随便吃点干粮，不统一安排休息吃干粮了。其实不用连长说，大家心里都急着赶紧把活儿干完早点回撤，狂风本身就在催促他们，这风看着来头不小，整个沙漠好像渐渐地要沸腾起来，抬头透过弥漫的风沙看看天上的太阳，虽然是晴天，但太阳象被一层厚厚的红黄色的纱幔隔着，射出的阳光显得惨淡而苍白，于是整个天光都暗下来，时间好像不是中午，而是临近傍晚了。大家（除了洪金山）虽然都没有经历过沙漠风暴，但各种各样的传说是没少听说过的，尤其是严子俊和郎信玉他们，经常赶着马车在外面跑，接触当地老乡多，在和他们聊天时，时常能听到他们描述的种种令人恐怖的有关沙漠风暴的传说，据说有一年，大概也是这个季节，有一支蒙古人的骆驼队，就在这个沙漠里，遇上了几十年不遇的沙漠风暴，整个骆驼队永远消失在沙漠里，连一星半点痕迹都没留下。看着眼前风沙越来越沸腾起来的沙漠，想起这些传说，不禁令人毛骨悚然，这种恐惧感令大家加倍奋力地干，没过多久就把活儿干完了，该挖的差不多都挖完了，该装车的也都装好了，队伍很快集合完毕，可以开始往回返了。连长站在一个高处，为了压住风声，他把嗓门扯到最大，喊着说："有要拉屎尿尿的马上就地解决！不许走开！更不许半道上停下来拉撒！都听清楚没有？"随着一阵"听清楚啦！"战士们纷纷开始就地解决"问题"，一阵骚乱之后，队伍重新站好，连长下令"出发！"，队伍就冒着滚滚黄沙踏上了归途。

风越刮越大，卷起漫天的黄沙铺天盖地而来，这支行进在黄沙沸腾的沙漠里的队伍，就像怒海当中的小舟，显得那么渺小，那么孤立无援。连长来时估计得没错，回去时是被风推着走，但是那推劲也实在太大了，大到人站都站不稳，全都得弓着身子以减小风的推力防止跌倒，脚下的沙子被狂风吹得哗哗流动，路面越来越虚软，使大小车辆的车轮深陷其中行进困难，全体人员都加入到推车当中奋力推行，才使得车子得以继续前行。连长和大伙一起推了一会儿车，直起身子来朝队伍前后望去，这才发现，刚才还能看见队首和队尾，此刻已经看不见了，只能看见离自己七八米远的地方，他心里一惊，赶紧向队首跑去，跑到队首，只见两辆马车走在最前面，每辆车后面都有十来个战士在推车，但是突然，马车停了下来，整个队伍也跟着停了下来，这是怎么回事？连长赶紧驱前去看究竟，只见洪金山站在最前面那辆马车的前面，一会儿四处张望，一会儿弯腰看地，连长赶过去大声问："老洪，怎么啦？"洪金山把嘴凑到连长耳朵边说："连长，脚印和车辙都让流沙遮没了，方向也莫法搞清楚，"连长吃惊道："你什么意思？迷路啦？"边说边用两眼严肃地瞪着洪金山的眼睛，洪金山没答话，突然向跟在后面的那辆马车那匹拉边稍的枣红马跑去，上去就往下解车套，连长紧跟了上来，赶车的郎信玉和头辆车的严子俊也都围了上来看是怎么回事，郎信玉说："不知怎么回事，这老红马老是不听话，老想往一边走。"洪金山说："这就对了！"说着，就把枣红马从解开的车套中牵出来，把空下的车套放到车上，又从车帮上解下来一条三米多长的马综绳，把绳子接在枣红马的笼头缰绳上，然后把它牵到队伍最前方，手放开笼头，只抓着绳子的末尾，喊了声"得儿秋"，枣红马就乖乖地朝前走去，洪金山跟在马后，回身对连长和队伍大声喊道："走吧！跟着我走！"说完就跟在枣红马后边走开了。

严子俊和郎信玉一看就明白了，洪金山是要让老红马带路，马班的人都知道，这老红马可不是一般的马，它是来自骑兵部队的真正的军马。当年驻内蒙古的骑兵部队，为了准备应付苏联军队坦克机械化集群的入侵，纷纷改装为炮兵部队。这样一来，大量的军马就要下放到地方，洪金山当时参加了团里派出的接收军马的小组到部队去接军马，在交接马匹时，老红马所在部队的战士告诉接马小组的人，这老红马（战士们都尊敬地称它为"老红马"）可是一匹在西藏平叛战斗中立过战功的战马，它还曾经在一次借给地方上的地质勘探队使用时，带着几乎绝望的勘探队走出了刮着风暴的有"死亡之海"之称的大沙漠。部队战士对接马的人千叮咛万嘱咐一定要好好善待它，所以老红马到了十连马班后，大家都对它特别爱护，不让它干重活儿，只让它拉个边稍什么的。郎信玉这时候明白了，怪不得刚才老红马不听话不好好走，老是想往旁边走，原来是它觉得赶车人让它走的路不对头！

洪金山跟着老红马往前一走，整个队伍又动起来了。郎信玉的马车少了一匹拉车的马，只好多上来几个战士帮着推车。连长和洪金山并排走在老红马后面，边走边问："老洪，这马真能认得路吗？"洪金山答道："没问题，老话说'老马识途'嘛，何况是这匹老军马。"连长庆幸地点了点头。

队伍在老红马的引领下继续前行。风势越来越猛，耳边只能听到呼啸的风声，凶神般发作起来的狂风把沙漠搅得如同倒海翻江，四周只见一片浑黄什么地形地物都看不见，抬头看天，透过时而散开的团团沙雾，只见天空已变成了深紫色，偏西的太阳在弥漫的沙雾后面变成了一圈微弱的光团，使翻腾的沙海显得越来越暗。连长和洪金山跟着老红马走了一会儿，回身看了看队伍，只见身后队伍的大部分都隐没在风沙中，连长放心不下，交待了洪金山两句，就返身向队伍后面跑去，他一边跑一边大声叮嘱战士们"跟紧了！都跟紧了！快！快！不要拉下！"他一直跑到队伍的最后面，喘着粗气问正在推车的战士们："你们是不是一直在最后边？"战士们回答"是"，连长又问："你们后边肯定没人了吧？"战士们说"肯定没人了"，连长还是不放心，又问："有没有人在你们后面停留过？"战士回答"有过一两个撒尿的"，连长一听，这正是他最担心的，他大声吼着说："你们听好了，绝对不能让任何人落在你们后面！"战士们齐声回答："是！连长你放心吧！"连长交待完后，又向队伍前面跑去。

连长经过正在奋力推车的魏志远、方伟民和章青峰三人身边时，忽然想起什么，他大声喊魏志远，魏志远停住脚步直起身来问："连长，你叫我？"连长拉住他的手说："魏志远，我给你个重要任务，"魏志远一听，振作精神道："连长，你说，啥任务？"连长指指队伍后面道："你给我到队伍最后边去，负责押后阵，绝对不能让一个人掉队！"原来，连长知道魏志远体育方面特别好，长跑更是强项，所以决定让他负责押后阵。魏志远一听，马上拼着最大嗓门说："连长，你放心，我绝对不让一个人掉队！"说完冲连长敬了个礼，便头也不回地朝队伍后面跑去。

魏志远来到队伍最后边，也加入了推车的行列，旁边一个战士问他："你不是在前面的吗，怎么跑到这来推车？"魏志远答道："连长怕拉下人，让我来押后阵。"战士说："是得有个押后阵的，要不老有人停下来干这干那。"正说着，就见有人出了队列，停下来解手，魏志远连忙离开小车快步赶到那个战士身边道："怎么搞的，连长不是说过不许停下来小便吗！"那战士边尿边答："没办法，实在憋不住了。"魏志远着急地望了望越走越远已经开始有点模糊的队伍，催那战士道："快点！快点！马上就看不见队伍啦！"那战士在他催促下，尽快完了"事"，提着裤子和魏志远一块儿追赶队伍，直到赶上队伍入了列，魏志远才放下心来又去帮着推车。

天色越来越暗，黑夜正渐渐降临这风沙喧啸的沙海，队伍在继续顽强行进着，连长不时地跑前跑后让战士们跟上！跟紧！这时他又跑到队首，来到牵着缰绳跟在老红马后面的洪金山身边，两人并排走了一会儿，他有点不放心地问："老洪，这马领的方向不会有问题吧？"洪金山答道："应该不会有问题，咱们要相信这匹老军马。"其实话虽这样说，他心里也不免有些打鼓，和走在队伍靠前的严子俊、郎信玉等几个人一样，他们总感觉老红马走的方向和他们觉得应该去的方向不一致，他们的直觉觉得应该朝这边走，老红马却偏偏朝另外一边走，这让他们感觉十分不对劲。但洪金山自己有过切身体验，也听老人们说过，每当出现这种感觉的时候，一定不要相信自己的感觉，而要相信马的感觉，一定要按照马走的方向走，如果你怀疑了，动摇了，选择不按马走的方向走，而要按照自己感觉的方向走，最后结果肯定证明你是错的，马是对的。这样想着，他就更坚定了信心，同时给了连长一个满怀信心的笑脸，继续跟着老红马前行。

魏志远此时仍在队伍的最后面推车，他刚刚又阻止了两个试图离队的战士，一个想要停下来大便，说是实在憋不住了，要拉在裤裆里了，魏志远发火道："你不想活啦？等你拉完屎你还能找到队伍吗？连长专门交待过，就是拉到裤裆里，也不许停下来大便！"在魏志远的坚决阻止下，那战士只好强忍着便急回到了队列；另一个战士是突然离开了队伍向旁边急跑，魏志远急忙追上去问是怎么回事？那战士说帽子给风刮跑了，魏志远朝那战士手指的方向看去，风沙弥漫的黑暗中根本看不见什么帽子，便劝那战士道："算啦，刮跑了就刮跑了吧，千万不能去追了。"那战士只好光着脑袋回到了队列。劝阻完战士之后，魏志远又回到了推车的人当中继续推车，他边推边想：连长让他押后阵真是太有必要了，在这样恶劣的天气下，如果任由战士们随便停留，那不知要产生多么严重的后果。这样想着，他更不敢光是低头推车了，他要把注意力集中在前面的队伍上，绝对不能放过任何一个试图停留的人！

魏志远一边想着，一边注意着队伍，一边奋力推车，走着走着，又见一个战士停了下来，站在行进的队伍旁边揉眼睛，魏志远连忙赶上前去，问是怎么回事？那战士说两眼都进了沙子，无法睁眼看路了，魏志远赶紧帮着他把眼皮翻开，让他蹲下来脸朝上，自己迅速把水壳盖打开，把壶嘴对着战士的眼睛一顿猛冲，然后问道："感觉怎么样啦？"战士说好像好点了，魏志远不由分说拉起战士就向那即将消失在黑暗和风沙中的队伍追去，直到追上了队伍，看着那战士入了队列，他才松了一口气。

魏志远继续推车前进，忽然车子往低处一冲，一下带倒了身边的几个人，原来这有一处大的洼坑，黑暗和风沙中谁都没看见，魏志远也差点被带倒，不过他努力站住了，可就在这一刻，他的右脚猛地崴了一下，痛得他一下放开了推车的手就地坐了下来。他忍住痛疼，长吸了一口气，双手抱着右脚轻轻揉动，急盼痛疼快点消退好马上站起来去追赶队伍，揉了一会儿，他试图站起来试试，但脚一着地痛得钻心，又不得不坐下来再度揉脚，这时眼见队伍越走越远，他顾不得痛疼了，咬着牙站起来一拐一瘸地朝队伍追去。

队伍在漆黑和风沙呼啸的沙漠里奋力前行，人们虽然又累又饿又渴，但谁都不想停下来，都怀着急切的心情想尽快离开这个令人恐怖的地方。洪金山在连长陪伴下跟着领路的老红马走在队伍最前面，他的心里一遍一遍地乞求："老红马呀老红马，你可千万别走错路呀！"

但越是这样想，越是觉得现在走的路好像和来时的路不一样，虽然在黑暗和风沙中看不见地形，但是凭着上坡和下坡的感觉能大致知道现在是什么地形地质，他觉得来时好像没有经过这样的地形和地质，凭脚下的感觉，他感到这里很莫生！他的内心涌出一阵不详之感，但他不敢把自己的疑虑告诉连长，只好铁了心继续默默地跟着老红马走。其实连长从洪金山的沉默中已经感觉到他的疑虑和动摇，但他知道他绝不能把自己的想法流露出来，这样会影响洪金山的决心和判断，现在这种时候是最忌讳三心二意的，所以每当洪金山那掩饰不住有点慌神的目光偶尔望向自己时，他都给他一个坚定的鼓励的目光。

队伍又不知行进了多久，连长想看看表，但他的表没有夜光，他把手表靠近眼睛，瞪大眼使劲看却怎么也看不清到底是几点了，但他估计应该是晚上八点多了。这时地形又开始上坡了，他感觉这时风势虽然越来越强，但能见度似乎稍微好了一些，他低着头憋足了劲儿向坡上走，当他感觉坡度减缓趋平，可能已经上到坡顶时，抬起头来一看，竟被眼前的景象惊得浑身一勣，呆在那里不动了，只见黑沉沉的远方居然出现微弱的灯光！他有点不相信自己的眼睛，用手揉了揉眼睛再看，确实是灯光！再看看眼前不远的地方，已经不再是座座沙丘，而是一马平川的平地了！洪金山几乎同时也看见了那远处的一排排灯光！

"到家啦！"他几乎带着哭腔大叫起来。

洪金山这一声大叫使得整个队伍沸腾了起来，战士们激动得欢呼雀跃，一片欢腾，严子俊、郎信玉等好几个战士冲上来抱住老红马的脖子又亲又抚，老红马像个威严的军人似的规规正正地并腿站着，把脖子直起来，马头不慌不忙地来回摆动，看着两边激动的战士，忽然扬首发出一声长长的庄严的嘶鸣。那嘶鸣声是那么响亮，仿佛能穿透呼啸的风声传到很远很远，这时只听有人激动地大喊："老红马万岁！"顿时众多的战士都跟着跳起来喊："老红马万岁！老红马万岁！"

连长心里总算卸下了重负，松了一口气，他高兴地看着全体战士，正准备带队出发，忽然觉得应该把整个队伍再巡视一遍，于是他开始从队首向队尾走，一边走一边带着微笑回应战士们亲切地喊"连长"的叫声。当他走到队尾最后一辆车时，没有见到魏志远，他有点奇怪，问站在那辆车旁的几个战士："魏志远呢？"那几个战士你看看我，我看看你，都摇头说没看见，连长说："他不是和你们一块儿推车的吗？"战士们说，他一会儿在一会儿不在的，我们也没注意他什么时候走开了。连长心里一惊，赶紧沿着队伍往前找，边走边问经过的战士："魏志远在不在？"一直走到队伍最前面，也没找到魏志远，连长浑身打了个冷颤，突然意识到事情可能严重了，他一边朝队列里大声喊着魏志远的名字一边又向队尾跑去。严子俊和郎信玉见连长这么着急地找魏志远，也感觉到事情有点不妙，他们马上也跟随连长向队尾跑去，边跑边问经过的战士谁看见魏志远了，可得到的回答都是说"没看见"，当他俩见到方伟民和章青峰时，急切地问道："志远不是和你们在一起吗？他人呢？"两人说："让连长叫去押后阵了呀！"严子俊一听，话也不说转身就向队尾跑去，郎信玉匆匆对二人说："魏志远找不着了！"说完也紧随严子俊跑去，方伟民和章青峰一听，二话没说离开车子就往队尾跑。等连长和几个人都汇聚到了队尾时，可怕的结论被证实了——魏志远掉队了！这一可怕的消息立即在战士们之间传开了，整个队伍顿时骚动起来，大家都在吃惊地议论着，着急着，看着连长和排长们惊慌失措地跑前跑后，大家都不约而同转身面向身后黑漆漆的沙漠，两百多双眼睛使劲盯着那沉沉的黑幕，希望魏志远会突然从黑幕中走出来——让大家庆幸原来是虚惊一场，但事实却是，那黑幕好像愈加浓重和狰狞，根本不可能出现令人"虚惊一场"的奇迹，这时大家耳边传来了连长那凄历的呼喊声："魏——志——远——"，这喊声在狂风的怒号中显得那么微弱，简直气若游丝，于是全队人都拼尽最大嗓门喊了起来："魏——志——远——！"可回答他们的除了风声还是风声。

　　大家拼命喊了一阵之后，看看一点希望都没有，连长心想这样不行，得马上采取行动！他和洪金山商量了一下，把正副排长们召集到一块儿，让他们带领队伍先回驻地，剩下他自己和洪金山、方伟民、章青峰、严子俊、郎信玉一共六个人组成搜救小分队，再把两辆马车的马都卸下来，大车就留在原地，明天白天再来把它们拉回连去。卸下来的马加上老红马一共六匹马，六个人一人骑一匹，马上沿着来路去找魏志远。作完决定之后，马上把组成小分队的人召齐，连长问方伟民和章青峰能不能骑不带鞍的马？二人说没问题，因为他们平时常去马班玩，没少骑过光板马，连长自己小时在老家农村也当过几天马倌，所以骑马也不成问题。人马准备好后，连长又特别嘱咐排长们，要他们告诉战士们回到驻地后一定不要声张这事，一切等小分队回去再说。如果小分队迟迟不归，那是搜救情况的需要，不用担心他们。他们每人都有一匹马，不会走迷路的。事情交待完后，马上开始从车上卸马，很快马匹就都从车套中钻出来了，六个人一人牵着一匹马准备出发，连长又想起来，让排长们看看谁还有吃剩的馒头和喝剩的水，集中一下给六个人带上，事情都完后，连长冲排长们喊了声："你们立刻带队先回去吧！"便和另外五人翻身上马，向弥漫着风沙的黑漆漆的沙漠奔去。

49

　　再说魏志远在崴了脚后，痛得坐在地上揉脚，他不敢多停留，揉了一会儿就忍着剧痛一拐一瘸地追赶队伍，他追一会儿，痛得实在忍不住了，就坐下再揉一会儿，同时两眼紧盯着前面的队伍，一但队伍有点模糊不清了，他就赶紧站起来一拐一瘸地追上去，总之他必须保持能看见队尾的黑影才行。当他这样走走停停行进了一段路之后，他透过弥漫的风沙隐约看见队尾那黑乎乎的影子似乎停止不动了，他带着疑心向它走近，越走近越觉得不对劲，他心中一惊，再急走几步靠近看时，才发现原来那根本不是队尾，而是一个凸起的白刺沙包！原来，在他刚才经过的这一带分布着不少白刺沙包，他在视线极差的黑暗中错把一个又一个的白刺沙包当成队尾了！那么队伍在哪里？他着急地往四下里张望，但四周在风沙和黑暗的笼罩下什么也看不见，他有点慌了，大声叫喊："喂！喂！有人吗？"喊了几下他发现这样喊根本就是徒劳，呼啸的风声压得他那点可怜的声音根本就传不出去。怎么办？是追还是不追？追，往哪里追？不追，队伍会越走越远，他一下陷入了两难的境地，他站在黑暗的狂风中，努力使自己冷静，镇定，脑子在飞速思索应该怎么办？但那鬼哭狼嚎般的风声使人很难静下心来思考，它像个凶神似的在催促你快点作出决定。他怀着万分急切的心情犹豫来，犹豫去，几度举棋不定，最后终于决定还是要追！他伏下身来察看沙地上留下的车辙印或脚印，只要能找到这些印迹，就能判定大致的方向，可他趴在沙地上找了一气也没找到，这说明他已经被白刺沙包误导走偏了相当一段路了，现在他必须往回返，回到他偏离队伍的起点，在那儿一定可以找到队伍印迹。这样想着，他就又摸索着辩认着自己的脚印往回走去。

当他往回找了一段时间后，终于意识到他不可能回到那个起点去了，别说车辙印了，就连他自己不久前的脚印他都找不到了，脚下的沙子在哗哗流动，整个沙漠的沙子都在流动，小腿部能清楚地感觉到飞沙不停的强劲的击打，一切印迹都不可能留下，都被流沙无情地掩埋了，他一下陷入了茫然。

怎么办？怎么办？他焦急万分，但想来想去也想不出个办法来，他开始慌了神，和一切慌了神的人一样，都会本能地按着直觉去行动，他的直觉告诉他必须往高处走，不管是呼喊还是察看，都是高处比低处有利。但他忘了，现在即便他处在再高的地方，喊也是白喊，看也是看不见，但他不管这些，队伍正在越走越远，他必须争分夺秒立即行动，这行动就是往高的地方去！于是他摸索着，凭着脚下的感觉，向着他觉得是往高处去的方向摸去。

　　他漫无方向地凭着脚下的感觉乱走，脚痛也顾不上了，走着走着他感觉地面开始倾斜，是斜坡！而且坡度越来越大，"是个高地！快点！快点！到了上面就有希望了！"他抓住这根救命稻草，拼尽全力踩着虚软下陷的沙子手脚并用向坡上爬，爬了一大气后，他感到奇怪，这沙坡怎么这么高呀？一般的大沙丘他最多停歇一次，最多也就是两次，就肯定能上到顶部了，可是这个沙坡，他把力气拼到了极限，实在爬不动了才停下来喘息，就这样已经停了四、五次了，还是不到顶。要不是脚下那一陷一陷的沙子说明这是个沙坡，那感觉简直就像是在爬山呀！他正这么想着，爬动时两只时不时摸着沙子的手一下摸空了，坡度忽然没了，"到顶啦！"他一阵兴奋，直起腰来舒了一口气，迈步走上了坡顶，他在坡顶来回走了几步想再证实一下确是到了顶部，走着走着，突然一脚踩空了，整个人顺着极陡的坡度翻滚而下，身后的沙子顺着他的翻滚向他纷纷涌来，后面更多的沙子在向下倾泻，那势头像是要吞噬他，他慌乱中挣扎着想站起来，发现沙子已经没到了大腿，他急中生智猛地向下扑去，借助陡坡造成的下坠的力量从流沙中挣脱了双腿，立刻身体趴下，连滚带爬向下猛烈运动，拼命逃脱流沙的追逐，翻了不知多少个个儿，打了不知多少个滚，翻得五脏六腑都要错位，天旋地转两眼满是金星，他忽然感到坡度骤减，下意识告诉他已经到坡底了。可身后被他触发的大面积的流沙还在像雪崩一样从高处急速涌下来要将他埋没，他不顾一切地从地上爬起来，拼着百米冲刺的速度向前狂奔，脚痛早已忘到了脑后，心里只有一个念头，快点跑！快点远离那吃人的流沙！跑着跑着，他突然被什么东西绊了一下，重重地摔倒在地上，他趴在地上回身摸了一下，感觉绊他的应该是那种在沙漠中常见的暴露在地面上的沙蒿根，他意识到这里有沙漠植物了，那就应该远离了那吃人的沙山了。他不用再狂奔了，他也实在跑不动了，他摸索着，发现此处确实有些沙蒿，他踉踉跄跄地找到一丛较密的长在一处小土坎下的沙蒿丛，觉得这里可以作为栖身之处，就坐了下来，偎在沙蒿丛边使劲喘粗气。

等到呼吸慢慢恢复了平稳，他的脑子也渐渐清晰起来，刚才在沙山半坡上被流沙追逐的惊心动魄的一幕，回想起来仍感到不寒而栗，他努力使自己从惊魂中挣脱出来，恢复平静，以便冷静地思考接下来该怎么办。

经过这一番令人精疲力尽的折腾，他心里已不得不承认，他是不可能很快找到队伍的了，现在看来最好的办法不是主动去找，而是待在原地等待别人来找。如果连长他们很快发现他掉队了，马上派人来找他，他被找到的可能性是存在的，想到这他又很后悔刚才不该不冷静，乱跑乱闯离开了最初掉队的地方，现在离那地方也不知道有多远，再回到那个地方去似乎是不可能的了，再要乱走很可能错上加错，越走越远，而且还有另一种可能，连长他们也可能一直都没发现他掉队，直到回到连队驻地才发现，那他们出来找他的时间又不知道要推迟多久了……经过反复权衡，他决定还是待在眼下这个地方哪也别去了，就耐心等待战友们来找他吧，如果一个晚上都不见有战友来找他，那他就在这里待它一晚上，好好休息一下，以便恢复体力和精力，等明天天亮了再作打算。这样决定之后，他就静下心来了，这时候，饥渴感开始袭来，他想喝口水，摇了一下水壶，发现水只剩小半壶了，天刚黑那会儿给迷眼的战士冲眼睛时用掉了不少水，他知道，现在的处境水对于他来说有多重要，他要尽量忍住不喝水，不到忍耐的极限绝不能动那宝贵的水。但是越这样想，越是口渴难忍，他好几次都把壶盖拧开了，但是一想到水喝光后的严重后果，他又把壶盖拧上了。除了口渴折磨他，饥饿也在折磨他，他明知路上带的馒头和咸萝卜条早在中午和回来的路上都吃光了，但他还是忍不住伸手往挎包里掏，一掏就触到那个包着奶糖的手绢包了，他连忙把它取出来，打开系着的手绢，取出一颗糖剥掉糖纸放到嘴里，三两下就嚼碎咽到肚里了。就这样一连吃了三颗，嘴里又甜又干更想喝水了，这时他对自己下了天大的保证，保证只喝一点点润润嘴就行，于是拧开壶盖，小心翼翼地倒了一点水到嘴里，那感觉真是太爽了，太无法抗拒了，他忍不住又喝了一小口，然后毅然拧上了壶盖，内心好一顿自责，责备自己不该违反了保证。这时，毕竟是吃了点东西喝了点水，他的饥渴感稍微减退了一点，他强令自己再不要想食物和水的事，把身体蜷缩起来，更靠近沙蒿丛，准备就这样捱它一夜。风还在不停地刮着，那令人讨厌的呼啸声响得人耳膜都难受，也不知道什么时候才能停息，"该死的风，总不能没完没了地刮下去，响下去吧！"他心里恶狠狠地骂着，同时让自己尽量不要专注于那风声，而是专注于想自己心里的事，把那讨厌的风声忘掉！就这样，他浑身缩成一团闭上双眼，慢慢进入了瞑想。

战友们现在走到哪里了？他们发现我掉队了吗？他们如果发现了，一定会立刻派人出来找我，找我的人如果出发了，他们现在到了哪里？在这风沙怒吼黑古隆咚的沙漠里，他们能找到我吗？我该用什么方法告诉他们我在这里呢？除了喊，还有其他办法吗？但他已经尝试着喊过无数遍了，他的喊声在狂暴的风声中根本传不出几米远，还显得那么微弱、凄凉、可怜，连自己听着都像是垂死的哀鸣，什么作用都起不了，反倒徒使自己胆寒，所以喊了一会儿喊累了之后，他就再也不想喊了。但除了喊，他把脑子里搜遍了，再也想不出其他办法来了，没办法，那就只好干等着，等着战友们碰运气能找到这里来吧。

夜深了，沙漠里的温度越来越低，刚才一直在剧烈运动，还没觉得怎么冷，现在一但停止下来，身体的温度就抵挡不住寒冷的侵袭了。他虽然长期坚持洗冷水澡，就是三九寒冬也一直坚持，练就出比较强的抗寒能力，但是在经历了一天的疲劳饥渴和惊吓之后，身上的体能和热能已大大透支，此刻在寒气的侵袭下，他冷得浑身瑟瑟发抖，无法自持，只能拼命蜷缩四肢自我抱成一团，使劲往沙蒿丛里靠，争取保持一点热量。

在这饥寒交迫倍感孤独的凄然之际，他想起了小梅，心里顿时产生了强烈的思念，他急忙把手又伸进挎包里，摸到了那包着糖块的手绢，那手绢永远带着小梅的气息，只要摸着它，就感觉是触到了属于她身体的一部分。他用手抚着那手绢，想到昨天晚上他们还相聚在一起，他还握着她的指尖，感受着她的体温，今晚他却独自一人处在这凶险的沙漠里，小梅现在在干什么？她一定在焦急地等待自己，她一定在竖着耳朵听屋外的动静，看看是不是去沙漠的队伍回来了，如果回来了，那他一定在这队伍当中，她一定会感到心里暖暖的，虽然不一定有机会马上见到他，但她知道他就在离她不远之处，但是，她哪里会知道，他竟不在那队伍中，他一个人被遗落在了这令人恐怖的沙漠里！如果她知道了，她会怎么样？他简直不敢想，不行，我一定要走出这沙漠去，我一定要回到她的身边，就像那年我去看她，迷失在半路中，我最终还不是走出去了吗！我们最终不是在那结了冰的渠边紧紧拥抱在一起了吗！这回也一定会是这样的！别管这风，别管这黑夜，别管这寒冷，别管这大漠，只管好好歇息，明天天一亮，我就要鼓起生命赋予我的全部力量冲出这大漠！想到这，他调整了一下卧姿，把水壶塞进挎包里当枕头枕上，把包着糖块的手绢紧贴在脸侧，就像昨天晚上睡觉时那样，努力使自己入睡，入睡……，渐渐地，他的意识开始模糊起来，耳边的风声也好像没那么喧闹了，在这荒蛮的大漠，在这飒飒抖动的沙蒿丛边，魏志远开始了他人生中的第一次荒漠之眠。

50

再说连长等六人组成的搜救小分队离开了大部队，毅然重新进入到凶险万分的大漠之后，他们原本想按照原路往回找，但走了一段之后发现根本不可能，在如此凶猛的沙暴和黑暗之中，根本无法依靠地形地物辨别道路，脚印和车辙早已被流沙覆盖，只能驱使马匹按照大致的方向走。但走着走着难免会走偏，依靠马匹认路也不可能，因为虽然老一点的马匹对于回家的路有天然的识别能力，但对于去陌生的地方，它们就无能为力了，只能按照马主人驱使的方向走，如果马主人不硬性驱使它们往某个方向走，而是信马由缰让它们自己走的话，它们走着走着又会自然而然地转到回家的方向去。怎么办？洪金山想了想，想出一个办法，就是先由着马自己走，等马经过一阵犹豫和试探后明显加快了速度径直走的时候，就说明马匹已经找到了回家的方向了，这时，身后的方向就是小分队要去的地方，这时再强迫马匹调转头向后走，如此走上一段路之后，再重复以上的做法就行了。就这样，他们前进一大段路程，回返一小段路程，不断重复这个过程，持续地向着大漠深处走去，并沿着这个大致的线路作"之"字形的搜索。时间不断过去，他们迟迟找不到掉队的战友，个个心急如焚，一路走一路大声喊叫，六个人的声音此起彼伏不断响起，但在狂风怒吼的压盖下显得十分微弱，他们此时早已疲劳到了极点，他们在如此恶劣的天气中已在沙漠里苦战了一个白天，现在就算是马上直接回到连队驻地，也累得差不多趴下了，而现在他们不但不能回去休息，还要冒着风险重新进入沙漠进行不知要持续多久的搜救，其疲劳程度可想而知。可是他们为了拯救战友，全都咬牙忍着，累极了，歇一会儿，接着走，接着喊，再累极了，再歇会儿，再接着走，再接着喊，到最后一个个都喊不出声来了，嗓子都喊哑了，气力也没有了，又累又困，弓着身子双手撑在马背上，让风吹得摇摇晃晃随时都可能栽下马来，只好从马背上下来，牵着马走。而那马也不情愿走了，好像蹄子沉重迈动艰难，要连喊带拉它们才肯迈步，这也难怪，它们自早上出来就一直都没饮过水，也没吃过草料，它们也快支持不住了。

　　虽然小分队人和马都已精疲力尽，大家心里也十分清楚，像这样漫无目标地找，找到的可能性是很小的，但大家的心情都是一样的，都不愿停止搜索，因为只要搜索还在进行，就说明希望还在，而一但搜索停止了，那就等于放弃了希望，放弃了战友，而那是他们绝对不能接受的。虽然他们的体能和精力在极度疲惫的折磨下已接近枯竭，但他们深知魏志远现在的状况肯定比他们还坏，估计他的干粮和水也差不多耗尽了，孤单一个人在这鬼域般的大漠中正在经受着怎样的饥渴和恐怖的折磨。想到此，他们焦急万分心如箭穿，又不顾一切地奋力抬起沉重的腿，拉着不愿迈步的马匹继续前行，同时不停地用有气无力的沙哑的嗓音喊着战友的名字，尽管被风声压盖得连他们自己都听不清，但他们还是不停地喊着叫着，同时竖起耳朵仔细在风声中辨别着，希望能听到失踪战友的回应。

话说连长带着小分队离开后，队伍随即开拔往连队驻地返，沿途谁都不说话，大家都在心里替掉队的战友着急担心，都惦记着连长等六人此刻的行动，乞求幸运之神能帮助他们顺利找到魏志远，最后大家一个不少地平安归来，乐呵呵地来个大团圆！当他们到达连队驻地时，已经是晚上九点多了，熄灯号已经响过，留在连里的战友们已经就寝了。"连长他们现在怎么样了？他们能找到魏志远吗？他们累了一天了，现在还在沙漠里奔波，他们能支持得了吗？"大家默默地洗漱，默默地吃饭，默默地想着同样的心事，而后郁郁寡欢地钻进被窝，在极度疲惫的侵蚀中昏昏入睡。

51

早前熄灯号响过之后，徐小梅虽然和大家一样都爬到大炕上自己的睡铺钻进被窝里，睡不睡也作出个睡的样子来，但她半点睡意也没有，两只耳朵高度警觉地注意着营区里传来的动静。心里一直在想着还没回来的队伍，惦念着志远，谁能想到今天的天气突然会变成这个样子，正好让志远他们赶上了，正常情况下他们早该回来了，志远和她说过的，今天剩下的活儿已经不多了，早上出发得又早，一定会早早就回来的，他们还约定了吃过晚饭后见面呢，可现在都这么晚了，他们还没回来，他们一定是遇到什么情况了，不然怎么会这样？在这样恶劣的天气里，他们会碰到多少艰巨的困难，承受怎样的艰辛！他一定又累又饿又渴……想到这，她实在躺不住了，在被窝里辗转反侧，最后实在忍不住坐了起来，这时她听到营区里好像有动静，屋里有几个姐妹也从被窝里钻出来支起身子注意聆听，只听靠窗的一个战士兴奋地说："回来了！回来了！他们回来了！"原来大家都和徐小梅一样，都没能安睡，都在支着耳朵等着听营区里传来的动静，这时候大家都一骨碌爬起来，争相凑到靠窗的大炕那边往外看，看到营区里人来人往的，确认是队伍回来了，大家心里都一块石头落地，总算是松了一口气，各自回到自己的睡铺钻进被窝里，这回可以踏踏实实地睡觉了。

徐小梅重新钻进被窝里，把被子紧了紧，伸手从枕头底下摸出那块鹅卵石，用双手把它捂在胸口上，心想，这会儿志远他们应该正在洗脸呢，这会儿他们该吃饭了（这是晚了多久的晚饭啊），这会儿他们该钻被窝睡了……她想像着，明天他们见面的时候，她要用这块暖暖的圆圆的鹅卵石在他脑门上轻轻一顶，说："你们昨天晚上让人好担心！"他一定会用他那特有的温柔的语调笑着说："我们一大队人马呢，有啥好担心的。"想着想着，困意不知不觉袭来，那颗鹅卵石被她捂在胸口上捂得暖暖的，她一起一伏的胸脯在细细感受着它的温润，她的嘴角带着微微的笑意，慢慢地进入了朦胧的梦乡。

在朦胧和混沌中，她觉得眼前渐渐清亮起来，原来前面是一汪明晃晃的水，是南干渠吗？南干渠没有这么宽呀，是黄河吗？黄河水也没有这般丰沛宽阔，只见那水湛蓝湛蓝的，清澈见底，泛着粼粼的波光，她记起儿时常听见父亲唱：Danube so blue……啊！她恍然想起来了，这就是那条美丽的多瑙河呀！她望了一眼水中自己的倒影，自己身上居然是一袭电影《多瑙河之波》里安娜那样的上面紧身下面飘逸的白色的裙子。她惊讶自己竟如此的漂亮，简直像个从天而降的花仙子，这时前面传来了志远的催促声："快点过来呀，小梅。"他边说边向她伸出手，她抬头看去，只见志远身穿雪白的衬衫，头上的解放帽不知何时变成了大檐帽，那大檐帽前面翘起的帽檐和帽檐下黑色发亮的帽舌，把他那张青春的脸衬托得格外精神帅气，比电影里的米哈伊好看多了，米哈伊有点粗鲁，胸毛黑乎乎一片怪吓人的。她伸出手去，搭在志远的手上，他轻轻一拉把她拉过去，就势一下子把她横着抱起来，转了一个圈又轻轻地放下，她的裙子在旋转的时候宛若白天鹅展开的翅膀，她完全淘醉在幸福甜蜜之中，连出气都不均匀了。忽而一阵轻柔的江风将裙子的下摆旋了起来蒙在脸上，她连忙用手将裙子掀开，却见志远的双手在空中一挥，整个人滑落到河里，她慌忙用手去拉他，在她的手即将触到志远伸向她的手时，一阵浑浊的激流涌过来将志远冲开了，他在水中挣扎着，离岸越来越远，她急得想追却迈不开腿，想喊也喊不出声，眼睁睁看着志远被河水卷走，河面上只剩下那顶大檐帽在随波晃动，"啊！"她一声大喊，眼睛一睁，惊醒了，暗黑的屋里静悄悄的，只有姐妹们此起彼伏的轻微鼾声和偶尔传来的一两声咬牙声。她忽然想起她一直握着的那颗鹅卵石，在惊梦中不知弄到哪里了，她赶紧在自己睡铺的被窝里外四处摸索，终于在一个角落里摸到了，她把它紧握在手，重新钻回被窝里躺好，回想着那个可怕的恶梦，心想明天一定要把这个梦告诉志远。这样想着想着，又慢慢睡着了。

第二天早上天刚蒙蒙亮，徐小梅就醒了，她有一种莫名的心情想快点见到志远，她盼着时间快点过去，起床号快点响起，然后马上起床穿衣，然后洗漱，然后吃早饭……，然后就找机会见志远一面，哪怕是远远望他一眼都行，那样她就放心了，这一晚上的惊魂就会散尽。好容易等到早饭时间到了，她和刘小红各端着一个大盆子去炊事班打本班的早饭，她觉得连里今天的气氛怪怪的，有一种莫名的压抑感，大家见面都不打招呼，还好像有意回避她的目光，在炊事班排队轮到她打饭的时候，炊事班长亲自往她端着的大盆里一大勺一大勺地盛粥，态度特别体贴，说话特别温柔，别人都站在一旁不说话，默默地看着炊事班长给她盛粥，她心里觉得好奇怪，打完粥端着盆快步往宿舍走。刘小红端着盛满馒头的大盆走在前面，徐小梅紧走几步跟上去和她并排走着，边走边问："连里出什么事了吗？我觉得大伙儿好像都有点不对劲儿。"刘小红道："是呀，我也觉得不对劲，但是，能出啥事呢？"

吃早饭的时候，蔡班长比大家先吃完，出去了一趟，等大家快要吃完时，她回来了，脸色很难看，大家心里都觉得奇怪，就听她宣布说，接到排长通知，今天女排和咱们都休息。大家更觉奇怪了，昨天去沙漠拉羊粪的人今天才应该休息，怎么反倒让我们这些没去的人休息呀？

徐小梅一听说今天休息，马上把碗一放就往门口走，要去找魏志远，蔡班长急问："徐小梅你干什么去？"徐小梅应了一句"我出去有点事"，便头也不回地出去了。她快步穿过一排排营房，越走越觉得气氛异常，连里的人好像东一伙西一伙地站在各自宿舍前面的空地上议论着什么，而且在她走近的时候都立刻不说话，都用一种奇怪的眼神望着她，她心里有一种不详的预感，脚步不觉加快了，在临近一个房子的拐角时，听到拐角那边传来几个人的说话声，其中"失踪啦"，"没找着"几个字听得真切。她一转过拐角，那几个人大吃一惊立刻闭了嘴，她怀着呼呼的心跳几乎是跑着向志远那排房子赶去，一转过房角，正看见方伟民、王紫薇、章青峰等几个人聚在一起，都低着头，他们发现徐小梅突然出现在房头，全都惊呆了，都怔怔地望着她，一声不吭。

徐小梅双眼盯着众人，一步一步地向他们走过去，待走到王紫薇面前，双眼盯着她的眼睛问："志远在吗？"

王紫薇咬着下嘴唇和她对望了一两秒钟，突然扑上去一下把她抱住，剧烈地抽泣起来，徐小梅当下什么都明白了！

章青峰示意方伟民拉开王紫薇，对她说："紫薇，别这样，搞得小梅难过，"又对徐小梅说："小梅，志远掉队失踪了，连里正在组织营救，你先别难过。"他接着就给徐小梅讲了魏志远掉队失踪以及他们一个晚上搜索营救的大致经过，他说，他们几个人和连长在沙漠里找了一晚上，直到凌晨四点多还没找到，大家全都支持不住了，连长说这样下去不行，搞不好人没救成再把大家都搭进去，必须停止搜索，暂时撤回连队，等天亮了再组织营救。他们回来才刚刚睡了一两个小时，又睡不着起来了。

徐小梅静静地听着章青峰把话讲完，她怎么也不相信志远会掉队，谁掉队他也不会掉队，他那么强健，人人都知道他是长跑健将，他怎么可能会掉队呢？但是事实摆在眼前，又不得不信，她急转身就要走，大伙问她"去哪？"她说："去连部！"说着就往连部走，大伙赶紧跟上去，王紫薇挽住她的一只胳膊紧随她走。

转过连部前面的那排房子，就见连部门口外已经聚集了很多人，严子俊和郎信玉也在其中，他们也是没睡多久就实在心里着急睡不下去了，就都来连部了，大家看见徐小梅来了，都默默地为她让开一条路。她径直向连部门口走去，老远就听到斜对着大门的连长那间办公室里传来连长大声打电话的声音，她在门口停住脚步，手扶门框，静静地听着。听得出连长是在和团长通电话，他向团长讲述了魏志远掉队失踪的经过，讲了他们搜索营救的情况，讲了接下来的计划和办法，还特别强调，鉴于失踪者已经断粮断水，能够支持的时间不过两三天，必须争分夺秒全力进行营救，本连的力量显然不够，最好由团部组织协调全团力量展开大范围搜索，必要时向师部和军区甚至空军求援，总之时间就是生命，失踪战士的生与死全系于这几天的搜救努力。今天风势稍有减弱，能见度转好，是难得的机会，一定要抓住这个机会全力进行营救。团长听连长汇报完情况后，立刻表示，马上布置全团展开营救，成立临时营救指挥部抵近到沙漠边缘进行指挥，团长亲自前往临时指挥部坐阵指挥，现在就立刻通知周边各连派出人马前往临时指挥部集合，各连有指南针的把指南针带上，同时马上与师部联系恳请与上级部门协商，必要时请空军出动支援，又着重讲了营救中的注意事项，绝对不能再出现人员失踪的情况等等。徐小梅听着连长讲电话，心里像翻江倒海一般，一会儿感到有希望，一会儿又感到失望，甚至绝望，只见连长一讲完电话，立刻往门外走，几个排长随后跟了出来，连长看见方伟民、严子俊等几个人，问道："你们怎么没去睡觉？"方伟民回答说："我们已经睡了一会儿了。"连长问："你们还能支持吗？"几个人一块儿回答说："能！"连长说："好，你们都先回各自宿舍去，等候命令。"众人齐声回答"是"，说完便纷纷往回走，方伟民对王紫薇说："你陪着小梅回去吧！"紫薇点点头，挽起徐小梅的胳膊往回走，徐小梅表情呆滞，木木地被王紫薇挽着胳膊半拉着走，到了宿舍，大家都同情地把她俩让到屋里让徐小梅坐在炕沿上，徐小梅两眼发直，一言不发，姐妹们都围了过来，蔡班长走到徐小梅身边抚着她的胳膊说："别难过，别着急，大家正在全力营救，他一定会平安回来的。"班长说到这，有的姐妹眼圈红了，把脸转了过去。蔡班长又对王紫薇说："你先回去吧，我们会照顾她的。"王紫薇点了点头，一步三回头，于心难舍地离去了。

徐小梅坐在炕沿上发呆，姐妹们都想安慰她但又不知说什么好，这时刘小红端来了一缸子热水，慢慢递给她，她双手接了过来。

"小梅，喝点……"刘小红有点哽咽。

徐小梅双手端着缸子静静地坐着，视线慢慢移到了缸子里面，缸子里的水清亮清亮的，还冒着热气，她突然一惊，想起志远带的那点水，现在还有吗？如果没有了怎么办？她打了一个冷勤，想站起来，又怕让姐妹们担心，就努力坐着没动，可心里却急得差不多要失控。

"志远他现在怎么样了？他一定在沙漠里艰难地走着，昨天一晚上，他又饿又渴又冻，是怎么熬过来的？好在现在天亮了，风没那么大了，太阳好像也要出来了，他身上应该暖和一点了吧？对了，他还带着我给他的奶糖呢！幸亏前天晚上给了他那些奶糖，他吃了多少？还剩下多少？我怎么当时没多买点，让他多带点啊？咳！多带也没用，他肯定会分给别人吃……"

"小梅，喝点水，别太着急，连长又带着人出发去找魏志远了。"这回是班长在说话，班长在她身边坐下，边说边用手轻抚她的腿。她轻轻点了下头，端起缸子强使自己的嘴唇沾了一下水又放下，仍端着缸子继续想事。

"他一定刚刚吃过那奶糖，吃了奶糖后，他肯定会感觉好些，他一定会趁着精神和体力有所恢复，出发去找回来的路，他那么强壮，他是长跑健将，这点困难挡不住他的，他一定能走出沙漠的，那年他去看我，不是也曾在沙漠里迷路了吗？他不是最终走出去了吗！我们不是最终彼此见到了并拥抱在一起了吗！这回也一定会是这样，他有沙漠迷路的经验，他知道应该怎样应付面临的困境，再说团里派出了那么多人去找他，他们一定能找到他！他们找到他的时候，一定会激动地抱在一起又蹦又跳！"想到这，她的情绪忽然有所好转，转身对坐在身边的班长说："班长，我没事了，咱们今天干啥活儿？"班长有点吃惊，她的情绪这么快就转过来了？于是说道："就是的，咱们一定要有信心！"屋里的姐妹们一看徐小梅情绪好转并说话了，都轻轻出了一口气如释重负，屋里气氛有点活跃起来，大家又都找些宽心话来说，徐小梅心里很感激，又想问班长今天干啥活儿，话还没说出口，就听班长说："咱们今天不出勤了，大家随便处理一下自己的事情吧。"

52

　　此时全团正在展开一场空前的营救行动，团部周边的连队都接到了命令，各连的男排全部出动，所有马匹都拉出来，尽快赶到水泥桥那边公路一侧的沙漠边缘集合，团长在给师部领导打完电话后，立刻带着几个参谋、干事和通信员，坐着那辆北京 212 吉普车前往准备作为临时指挥部的地点。团部那辆旧嘎斯车也拉着一些人带着大卷的平时用来当标语用的红布等物跟了上来，再后面团部机运连的东方红拖拉机也开出来了，一路碾压着土路卷起滚滚黄尘，全速赶往临时指挥部所在地。团长的吉普车率先到达沙漠边缘后，立刻在车顶上高高地竖起了一面小红旗引导各路人马往此地集中，嘎斯车到达后，团长让车上的人立刻把那卷红布拿下来裁成一尺见方的小块红布用来作信号旗，旗杆是来不及安了，就直接用手挥舞着用吧，吩咐完这事后，就忙着和参谋干事们商量具体部署，不久各路人马陆陆续续到达，哪个连先到就先给哪个连布置任务，按照指定方向进入沙漠搜索，让他们把小块红布带上，搜索时每隔几百米（一定要确保在可视范围内）留下一个人手拿红布作为联络员，并规定了几个简单的表达意思的动作，要求联络员随时密切注意指挥部传来的命令，及时传导到下一个联络员，绝对不许打瞌睡开小差，如果贻误了命令的传达，将按严重违反军纪严加惩处。安排吩咐完毕后，就让他们出发了。王连长带着队伍到达后，团长指示他们按照他们上次进出沙漠时的大致路线进行重点搜索，团长看看天，天阴沉沉的，早起那阵看着好像要出太阳，这会儿却又阴云密布了，风大一阵，小一阵，这种情况说明可能还要刮大风，昨晚听收音机上说近日本地区还有大风，说不定今天还真是个难得的实施营救的机会。想到此，团长嘱咐王连长一是要抓紧时间，二是要保持好相互策应，布置好信号员，随时保持联系。连长接到命令后立即带着人马出发直奔昨天搜过的区域，准备来个拉网式的搜索。

全部四个连队的男排外带东方红拖拉机全部派出后，按照团长的部署，形成了一个扇形的搜索面，大约可以覆盖几十平方公里的地面，希望用这样的办法能够尽快把人找到。团长把事情一一安排完之后，坐回到吉普车里，接过通信员递过来的馒头和水壶，一口馒头一口凉水地吃起来。

53

那天早上天刚蒙蒙亮，魏志远就被饥饿和口渴折磨醒了，他从被他卧成了一个小沙坑的沙蒿丛边站起来，拍了拍浑身上下的沙子，伸展了几下弯曲了一晚上变得僵硬的四肢，开始观察四周因昨晚太黑没能看清楚的环境。这时风已有所减弱，黄沙不再扑面而来，但整个沙漠仍然笼罩在由弥漫在空气中的极细的沙尘形成的黄雾里，视线大约能望出去一二百米，再远就是一片黄雾什么都看不见了。他忽然想起昨天晚上从上面坠落下来的陡坡，转身向那沙坡望去，他的视线随着陡斜的坡面往上移，越移越高仍不见坡顶，他心里一惊，猛地仰头一望，不禁吸了一口凉气，这哪里是一般的沙丘啊，这简直就是坐沙山。而且像山脉一样向远处延伸下去，直到消失在黄雾中，怪不得昨晚从坡的那边向上爬的时候爬了半天也爬不到顶，感觉简直就像是爬山，原来如此！只见那沙山的顶部呈现着一团朦胧，与浑黄的天幕溶为了一体，陡斜的坡面在无风的相对静止状态下也不时一片片地向下滑落着流沙，如果再稍有打动，就像他昨晚从上面往下坠落一样，势必引发大面积的流沙滑落，像雪崩一样把一切都掩埋，他昨晚居然能稀里糊涂地从坠落的流沙中逃脱出来，真是天大的幸运！他一边望着周边的环境，一边思索着今天应该如何行动。回到沙坡的那边去吗？他望了望那陡斜的坡面和不停滑落的流沙，摇了摇头，他再也没有勇气从这儿爬过去，只能沿着沙坡往下走，一直走到高度较低坡度较小的地方再考虑爬过去吧。好吧，就这样决定吧。拿定了主意后，他在沙蒿丛旁边一个小土坎上坐了下来，把当作枕头的水壶从挎包里取出来，用力晃了晃，水已经剩下不多了，这点水还能支持多久？全喝光了怎么办？想起来令人恐怖，他不想去想，但又不得不想，这时他的嘴里干得连唾液都几乎没有了，嗓子一咽一咽地噎得慌，他想喝一口水，于是用手慢慢拧着壶盖，边拧边问自己：你还能再忍一会儿吗？如果能忍，还是再忍忍吧！这样想着，拧壶盖的手就停住了，而且开始往相反的方向拧，直到把壶盖拧紧为止。这时，他感到饥饿一阵阵揪心，连忙把包着糖块的手绢小包从挎包里取出来解开，数了数还剩九颗糖，他从中取出三颗，剩下的重新包好放进挎包里，然后开始一颗接一颗地吃糖。那奶糖有点粘牙，他的口腔里干得像干面皮，几乎是囫囵吞枣般把糖嚼碎了往肚里咽，咽着咽着，有一个碎糖块一下滞留在干涩的嗓子眼里，憋得他差点上不来气，他连忙拧开水壶盖喝了一口水，才把那碎糖块冲了下去，他喝完水后，马上心痛地把水壶晃了晃，感觉水更少了，心里不禁一沉。他想，这吃也吃过了，喝也喝过了，再不能耽搁了，要开始行动了。

魏志远重新鼓起了精神，在沙蒿丛边站起来，背上挎包和水壶，告别了睡了一晚上的栖息之地，向着沙坡延伸的方向走去。

天色越来越亮，抬头望天，天是阴沉沉的，但天空某个部分的阴云发白发亮，是太阳吗？是太阳要出来了要晴天了吗？他心里一阵兴奋，脚下的步子不觉加快了。他边走边想，连里的人这时候肯定已经出动来找自己了，他要尽快赶回到昨天掉队的地方去，以便让战友们容易找到他，这样想着，他又加快了脚步。他一直沿着沙坡走，但那沙坡的高度一点也不见降低，坡度也不见减缓，他越走心里越打鼓：这样一直走下去要走到什么时候？如果一直找不到豁口怎么办？就算找到了豁口，爬到那边去了，但还能找回到原来的地方去吗？这样一想，他对自己的计划开始怀疑了，动摇了，他望着那高耸的沙坡，心里好犯愁，但是望着望着，他心里猛然一振！

他忽然想起，这道横挡在这里的像山形一样的大沙坡，会不会就是他们以往每次站在南干渠渠背上远眺沙漠时，都会看到的那道处于沙漠深处的蓝灰色的高地或沙梁呢？如果是的话，那岂不是意味着，沙坡面对的方向就是连队驻地的方向了吗？这个发现令他兴奋，他冷静了一下头脑，思索着到底是不是这么回事，越想越觉得有道理，对，就是这么回事，一定是这么回事！他只要向着沙坡面对着的方向走，就一定会离连队驻地越来越近，那样就会更接近出来营救自己的战友，就算碰不上这些战友，只要他一直这样走下去，一定会走着走着，就忽然看见沙丘后面没了沙丘，展现在眼前的，是一马平川的开阔地，开阔地的那边就是南干渠，南干渠再过去就是连队，就是团部，就是家！想到此，他有点激动起来，浑身也觉得有劲了，他立刻改变了行进路线，不再沿着沙坡走了，而是转向沙坡面对着的方向大步走去，一边走一边心里想，我每走一步，就离小梅近一步，我只要坚持不懈走下去，这暂时隔在我们之间的距离就会越来越小，最终变成零，我最终又会站在她的面前，双手握着她的指尖，欣赏着她那美丽动人的笑脸，给她讲述我迷路的惊险故事，和她一起分享这段经历的刺激和兴奋。

就这样，在兴奋和激情的鼓舞下，带着对小梅的强烈思念，他继续奋力向前行进，踏着柔软下陷的沙子，翻过一座又一坐座大小沙丘，走了感觉相当长的一段路后，他回头望了一眼大沙坡，那沙坡远远地还能看见。他依据沙坡作为座标，校正着自己行进的方向，又继续前行，当他越来越远离大沙坡，时时被身后隆起的沙丘挡住看不见大沙坡时，他怕偏离方向，就在每上到一个沙丘顶部时，都预先看好前方两座能够与自己所在的沙丘构成三点成一线关系的沙丘，再尽量按照这三点连成的路线走，他想，这样应该就能大致保证不走偏了。

风越来越小了，笼罩着沙漠的细尘渐渐退去，视线变得清晰起来，能够望到更远的地方。天还是阴天，连早上看起来要露出太阳来的天空的某个部分现在也看不出来了，整个天际都是阴沉沉的。

他一股作气按照既定的方向走，走了感觉差不多有一个多小时后，他来到一个沙丘顶部，一边喘着粗气，一边眺望前方，只见前方还是无尽的沙丘，并没有到达沙漠边缘的任何迹象。他给自己解释说，不可能这么快就到达沙漠边缘，想想他们过去站在南干渠的渠背上远眺那道沙梁时，感觉那距离是那么遥远，简直就像在天边，哪能这么快就走到了，坚持接着走就是了，只要方向不错，剩下的距离只能越来越少，不会越来越多，总有走到头的时候。这样想着，他又坚定了信心，鼓足了气力，准备和这剩下的距离作拼死的一搏。为了鼓励自己，他拧开水壶盖抿了一小口水，趁着嘴里有些湿润，又吃了两颗糖，然后又继续向前走去。

而此时，团长亲自指挥的大规模搜索正在全面铺开加紧进行，趁着天气好转，风势减弱，沙雾减退能见度较好，各路人马在呈扇形的几个方向上对沙漠来回进行搜索，恨不能把每个角落都梳它个遍，但时过晌午仍没有任何好消息传来。团长心里十分焦急，因为他接到参谋们和当地气象部门联系得到的气象预报说，从今天晚些时候开始，近几日都会有大风甚至强烈风暴，剩下的适合开展营救的时间不多了，如果天气变坏，继续大规模搜索就难以进行了。团长一边调整着计划布署，一边随时注意着天气的变化，只要看着天象不对劲，随时下令全体撤回，现在这么多人散布到沙漠里，而且越走越远，他十分担心一但风暴来临，会造成更严重的后果。

54

这是魏志远失踪的第二天了，在这天的整个白天里，徐小梅的心都被极度的焦虑折磨着，蹂躏着。今天连长带着男排的人前往沙漠参与团部组织的大搜救去了，剩下女战士们在家休息自由活动，闲下来的人们或休息聊天，或洗这洗那，缝缝补补，或收拾睡铺整理内务。徐小梅却什么心思都没有，光是坐着发呆，时不时站起来望望窗外，再不就是走出宿舍，靠在墙根上往营房那边的路口张望，她心急地盼着那路口那边会出现归来的队伍，盼着队伍里的人脸上都是笑容，一看就知道是成功找到人了！志远就在队伍里！但无论她怎样期盼，路口那边总是空空的，静静的，这令人压抑的空静分明意味着搜索没有结果，搜索还在进行，而随着时间的不断过去，上午，中午，下午，那空旷安静的路口给人造成的焦虑越来越强烈，简直不堪忍受，最后她终于忍不住了，向着路口那边走去。在经过王紫薇那排房子时，正好看见王紫薇出门往她这边走来，原来紫薇和她一样，眼见得到现在了还没有一点动静和消息，也被焦急的心情折磨得受不了了，正打算来找徐小梅呢，两人走近一块儿，面对面站着，都沉默不语，站了一两秒钟，就手挽手向路口走去。王紫薇见徐小梅衣着单薄，问她冷不冷，要不要回去穿上棉衣，徐小梅摇摇头，只顾拉着她的手往前走。

徐小梅和王紫薇两个人到了路口，停下看了看，就顺着大路走去，走了一段路后，就远远看见那座水泥桥了，她们知道，队伍就是从那桥上过去之后没走多远就离开公路向沙漠插过去的，志远当时就是这样走在队伍里，随着队伍走向了大沙漠。如今他孤身一人，就在眼前这片沙漠里，就在这沙漠里的某个地方，可他却走不出来，她也见不到他，她多么想变成一只小鸟，飞到这沙漠之上，使视线脱离所有那些大大小小的沙丘的阻挡，把整个沙漠看个一目了然，一眼就看见了他就在前方的某个地方，然后就不顾一切地向他飞去！扑去！但这只是幻想，在这浩瀚无边的大沙漠面前，她无比渺小，微不足道，无法发挥一丝一毫

的作用，只能是干看着，干等着，干着急，只能等着那飘渺的幸运之神的光顾，想到这，她的心里如同刀割般痛苦异常。

她们手挽手正往桥边走着，忽然身后由远而近传来一阵急促的马蹄声，她俩停住脚步回头望去，只见几个骑在马上的战士正策马向桥这边奔来，她们认出那是武装连的战士。他们身上背着的钢枪在剧烈的颠簸中闪动着寒光，转眼之间，马队带着马蹄踏起的黄尘从她俩旁边的路上疾驰而过，一溜烟直奔水泥桥而去，过了桥没多久，就从公路上消失了，只留下一阵飘浮的黄尘。

等她们二人也赶到水泥桥时，那几个骑马的战士已经远远地跑到了前往沙漠边缘的开阔地上，远远望去，沙漠边的小沙丘旁，正停着一辆吉普车，她们一看就认出是那辆熟悉的北京 212 吉普车，车顶上高高地竖着一面小红旗，在这单调浑黄的荒漠背景中显得格外醒目，她们知道那就是指挥整个营救行动的临时指挥部。车子旁边围着一些人，有的在来回走动，有的凑在一起说着什么。在通往就近沙漠的路上，有几个人正匆匆地往沙漠里面走去，而从沙丘的后面，偶尔也冒出一些人来，往吉普车这边赶。只见那几个骑马背枪的战士到达指挥部后，连马都没下，骑在马上听站在地上的人冲他们指手划脚地说了些什么，就策马往沙漠里快速奔去。

徐小梅和王紫薇站在桥头，手扶破损的栏杆，久久注视着指挥部那边的情形。下午即将过去，黄昏将要来临，再过不了多久天就要黑了，如果再找不到志远，他又要一个人在沙漠里过夜了，他没水没粮又饥又渴又冷，怎么在沙漠里熬啊！徐小梅想到这，心里一阵绞痛，不由打了个冷颤，竟猛烈地咳嗽起来，王紫薇忙说："你看，穿少了吧，这样你会感冒的，咱们回去吧。"徐小梅倔犟地摇摇头，依然一动不动地盯着远方，王紫薇心痛地从一侧搂住她，想用自己的体温给她的身体增加一点热量。天色越来越阴暗，旷野里吹来的风越来越大，前方的景物有点迷朦起来，忽然间，从沙漠里传出来几声枪响，划破了大漠寂静的上空，显得清澈而凛冽，惊悚着人们空落的心灵，那枪声好像舍不得隐去，在天际缭绕了一会儿才慢慢地静下去，待到余音将尽时，又一串响亮的枪声从沙漠里传出来，那枪声显得那么凄凉，孤独，无助，在响了一阵又一阵之后，最终归于平静，大漠和旷野还是原样的凝重，冷酷，无情。

风势越来越猛，已经可以感觉到风从大漠那边带来的沙尘，只见指挥部那边一片忙乱，好几个人拿着红布冲上沙丘顶部，和原来就站在上面的人一块拼命地向沙漠里面挥动着红布，而在进入沙漠的那两座沙丘之间，陆陆续续走出来越来越多的人，渐渐地在吉普车旁边聚集了一大片，看到此情此景，徐小梅的心都凉了，搜索的人们马上就要撤回来了，今天看来是没有希望了！强烈的失望使她又剧烈地咳嗽起来，眼前一阵晕眩，急忙用双手扶住栏杆，王紫薇一看这情形，执意要拉她离开桥头往回走，眼里噙着泪水劝道："小梅姐，咱们回去吧，你这样要生病的！"在她的一阵强拉之下，徐小梅拉不过她，只好一步三回头地离开了桥头，由紫薇搂着她，半推半拉地向营地返回。

当王紫薇陪着徐小梅回到营地走近紫薇的那排宿舍房时，见菜班的刘小红等几个人正在宿舍门口，她们是来找徐小梅的，因为她出去多时没回来，这马上就要吃晚饭了还不见人影，蔡班长不放心，就叫刘小红等几个人到王紫薇这来找她，结果在这就遇上了，几个人随即一起回到了菜班，王紫薇又安慰了徐小梅几句，就回本班吃晚饭去了。

蔡班长见徐小梅衣着单薄地走进来，带着关心的语气责备道："你怎么穿这么点出去待这么长时间，这要是冻病了怎么办？"徐小梅低着头不说话，蔡班长又说："咱们吃饭吧。"徐小梅默默地点了点头。她走到自己的铺位，扯过棉衣来穿上，不禁打了个喷嚏，蔡班长说："糟糕，你一定是感冒了。"徐小梅强作笑脸道："没事的。"

一班人默默地吃着晚饭，谁也不说话，大家都心情沉重，因为人人都知道，到了这个时候，还没有找到人的消息传来，就说明今天的搜救是失败了。失踪的人继续没吃没喝地留在沙漠里意味着什么，大家心里都清楚，但没人敢说出口，都憋在心里默默难受着。

徐小梅坐在炕沿上，双手拿着碗放在腿上，她怕姐妹们为自己担心，几次勉强把碗端起来凑到嘴边，但心里一阵阵强烈的翻腾使她根本吃不下一口饭，又一次次把碗放下，刘小红见此情景，走出去到过道的炉子那儿倒了一缸子开水端了进来，递给徐小梅道："小梅，喝点开水吧。"徐小梅默默地放下碗，接过了开水。

此时，屋外的风势越来越大，又刮得天昏地暗到处乱响，听着一阵紧似一阵的风声，大家的心情更加沉重了。

55

在早前两个多小时，就在徐小梅和王紫薇刚到桥头的时候，魏志远正坐在大沙漠深处的一个大沙丘上大口喘气，这之前他一直在和自己认定的那段最后的距离作着拼死一搏，由于他认定，只要按照这个方向走，一小时不行两小时，两小时不行三小时，最终肯定能走出沙漠，然后就会令人兴奋地看到，　马平川的开阔地上再也没有沙丘了！在这个意识的支配下，他使出全部劲头奋力向前走。为了节省体力，他尽量沿着沙丘的底部走，走了一段之后，再爬上一个沙丘去看看路线。就这样，在走过一段很长的路程后，当他看到前方又横着几座特大的大沙丘时，就心想，这个沙丘的后面可能就是平地了，可是当他用尽全力上到坡顶时，才发现前方仍然是望不到边的沙丘，这时他不断地鼓励自己：不要气馁，看不到边就说明还没到边，还需要再接着走！反正离沙漠边只能越来越近，不会越来越远，继续坚持走就是了。现在，他又站在了一个沙丘的坡顶上，大口大口喘着粗气，他毫不犹豫地拧开水壶盖，往渴得冒烟的嘴里倒进一点水，再趁势嚼颗奶糖咽下去，又继续往前走。当他如此这般地，前进一大程，消耗一点水，吃下一颗奶糖，再继续前进，直到只剩下最后一颗奶糖时，他来到一个特大的沙丘面前，他心想，这可能真的是最后一个大沙丘了，现在就要开始最后的冲刺了，他这样想着，咬着牙，低着头，一股作气地往上攻，当他上到沙丘顶部时，发现前方不远处还有一排更高的沙丘，他心想，这下没问题了，这肯定是沙漠边缘了，沙漠边上一般都会有几个大沙丘的，只要再攻上前面的那座大沙丘，就一定能看到呈现在眼前的令人激动的沙漠外面的世界，他将怀着狂喜的心情冲过最后那几个微不足道的小沙丘，来到那片开阔地，再冲过开阔地来到南干渠的渠边，再冲上高高的渠坝，像猛虎下山一样直扑渠岸，伏身趴在渠水边，把整个脸浸到水里痛饮那浊黄的渠水，管它干净不干净，管它喝了拉不拉肚子，拉了肚子再找卫生员打针去吧！

可是当他一股作气爬到坡顶，抬起头来放眼向前望去时，顿时浑身发软一下趴在了沙地上，只见眼前仍然是波涛般连绵起伏一眼望不到边的沙丘，他简直不相信自己的眼睛，眨了眨眼再望，没错，是无边无尽的沙丘，这里根本不是沙漠的边缘！这个事实对他的打击太大了，他的意志力几乎瞬间崩溃，瘫倒在沙坡上，异常痛苦沮丧。刚才不顾一切的连续攀爬已耗尽了他的体力，剧烈的喘气几乎令他窒息，而持续大运动量的走、跑、攀、爬使他大量出汗，加速着体内水分的挥发，口中那干渴冒烟的感觉令他一阵阵晕眩，他连忙坐起来，抓过来水壶，先是晃了晃，惊觉水壶里好像没有动静，他慌忙加力又晃了晃，才感觉到里面还有一点水，他心里明白，这肯定是最后一口水了，水彻底喝光后意味着什么，他心里十分清楚，饥饿可以忍受较长的时间，它是慢慢地咬啮你的胃部，让你在痛苦中慢慢完结，但干渴可没这么好的耐性，它会令你在对水的颠狂的渴求中迅速完结！但他顾不上这些了，先解决眼前这最要命的口渴再说，他用颤抖的手把水壶盖拧开，用嘴小心翼翼地把整个壶嘴含住，然后向后一仰头把水壶一抬，久久保持着这个姿势，让最后一滴水流进自己的嘴里，然后放下水壶，闭上嘴，想让那点倒进去的水在嘴里多停留一点时间，可那水一进嘴里，就像一滴水滴在干燥的沙地上一样，一下就被火燥的身体系统吸得没了影，那被润了一下的令人抓狂的干渴感没过几秒钟就又回来了，而且更加令人难以忍受。他无奈地放下水壶，趴在了沙地上。

他僵滞地趴在沙地上，不想再看眼前的情景，他没有勇气面对残酷的现实，就这样，他在沙地上趴了足足两三分钟，才慢慢坐起来，环顾了一下四周。四周都是无情的望不到边的沙漠，他现在在哪里？他该怎么办？继续走还是不走？要是走，往哪个方向走？他还能走得动吗？他已经精疲力竭了，两腿沉得像绑上了铅块，腿肚子痛得差不多要抽筋，更可怕的是他已经没有一滴水了，在这种情况下，无论他往哪个方向走，即便是有幸走对了方向，也是难以到达的。他突然恐怖地明白了自己面临的凶险处境，绝望之念不禁在心头泛起，之前他一直是满怀信心，自认为他有足够的体能突出沙漠的重围，从未感到过绝望，现在他终于明白了，他可能真的走不出去了。他感到一阵难过，一阵心酸，难道结局这么快就要到来了吗？难道我再也回不到营地，回不到战友身边，回不到小梅身边了吗？难道我最终真的要变成一副白骨永远留在沙漠里了吗？他的喉头一阵哽噎，眼眶一阵发热，想流泪却没有了泪水。这时沙漠又起风了，而且风势在不断增强，沙尘又蠢蠢欲动要活跃飞舞起来，天色正接近黄昏，天地渐渐暗淡下来，视线慢慢变得模糊不清，恐怖的沙漠之夜又将来临了。

魏志远坐在沙丘上一动不动，黄昏的余光勾出他的身形轮廓，像一尊半埋在沙丘顶上的孤独的雕像，许久许久，忽然，从沙漠的某个方向传来了枪声！那枪声热烈而急切，一下子惊醒了麻木呆滞的魏志远，那是战友们发出的信号！那是战友们在找他！他灰冷的心一下燃烧起来，急忙站起来往四面张望，判断着枪声的远近和方向，那枪声又一而再再而三地响起，但却越听越觉得遥远，越听越搞不清方向，他既没办法回应战友们发出的信号，也无法前往战友们所在的地方，他着急得直跺脚却束手无策。枪声在响过几轮之后，便悄然无声了，魏志远心里那刚刚燃起的希望之火也很快随之熄灭，他像个在黑夜的茫茫大海中航行的海轮上跌落海里的落水者一样，任凭怎样哭喊呼救都无济于事，眼睁睁看着那海轮越开越远，最终孤零零地被遗落在夜幕笼罩的大海里。

他沮丧绝望地一屁股坐在沙地上，心中感到一阵恐怖袭来，浑身不禁打了个哆嗦。天色越来越暗，风势越来越猛，被风卷起的沙尘迎面扑来迷得人睁不开眼睛，时不时有粗大的沙粒打在脸上生痛生痛的，他不得不转过身去背对风向。他惶恐地望了望四周，远近景物在弥漫的风沙中渐渐变得模糊不清，能见度越来越差，最终什么都看不见了，四周完全笼罩在沙雾里，他所在的沙丘就像怒海当中一座孤立的小岛，可怜地兀立在黄沙弥漫的沙海之中。

在经过了这一番绝望——希望——躁动——最后复归绝望的反复蹂躏之后，他此刻的心情反而平静了下来，他想了想，觉得没必要再待在这沙丘顶部经受狂风的吹袭，因为待在这里什么都看不见，也没有人能看见自己，他于是艰难地弓着身子站起来，拖着沉重的双腿向沙丘背风的一面走下去。

来到沙丘底部，和所有动物所具有的本能一样，他选择了一个勉强可以算作角落的地方蜷缩在那里，准备熬过即将来临的大漠之夜。

天渐渐黑下来了，沙丘的轮廓在不知不觉中消失，与黑暗的夜幕溶为了一体，四周漆黑一片，只听得风在不停地狂啸。魏志远蜷缩在沙丘底部的这个小角落里，双手抱着腿，闭上双眼，任凭打着旋子的阵阵蛮风在身边肆虐，他的脑子里一片空白，好像一时忘记了自己的存在。就那样呆呆地缩着，直到过了相当一段时间后，他才慢慢恢复了正常的感觉，这时首先感到难受的是胃部，饥饿感一阵比一阵凶狠地啃啮着空虚的胃部，令人揪心般难忍，他忽然想起还有一块奶糖。伸手到包里取出那卷起来的手绢，小心地把手绢摊开，取出那最后一颗奶糖，拿近眼前使劲睁大眼睛在黑暗中端详了一会儿，然后迫不及待地撕掉糖纸，把糖塞进嘴里，他不敢用力把糖嚼碎，怕那样会粘在干涩的口中无法下咽，所以只能稍微用点力把糖块咬裂一点，然后就使劲往喉咙里咽，废了好大劲才使糖块通过了干涩的喉咙进到肚子里。等吃完了这最后一颗奶糖，呼吸平静之后，他心中自言自语道："这下水也没有了，吃的也没有了，你还能坚持多久？"他很害怕想这个问题，他默默地望着前方无尽的黑暗，望着望着，他想起来，就在前天晚上的这个时候，他还和小梅在一块儿，他接过小梅递给他的奶糖，心中一阵感激，一只胳膊紧紧搂住她，把脸贴在她耳根的发稍上……仅仅隔了一两天时间，就已经差不多是生死两重天了，他知道他其实一定离她并没有多远，顶多也就是十几二十公里，但就是这点距离，仿佛就永远无法跨越了，就要让他们两人永远分离了，他越想越不甘心，不行！我不能认输！我不能屈服，我还没倒下，我的脑子还清醒，我还没到只剩下最后一口气的地步，我以往也曾遇到过种种难关，也有似乎过不去的绝望时刻，但最后都闯过去了，这回怎么就过不去了呢？这回怎么就例外了呢？例外在哪儿？例外在——没水了，是的，没水了，没水了，没水了！他反复地念叨这三个字，只要有水，怎么都好坚持，可是没水了，我用不了多久就会渴得昏过去，就会失掉了知觉，就会任干燥的沙漠不断蒸发我体内残存的水分，直到把水分彻底蒸发干净，到那时候，我就将成为一具干尸。怎么办？怎么办？他的脑子在飞速地乱想，实际的，不实际的，甚至荒诞的离奇的，都在脑际里飞来转去，最后他忽然想到尿，对呀，他曾在书上看到过的呀，人渴急了可以喝自己的尿，喝尿是可以救命的呀！这时他想起刚才在沙丘顶部喝光了最后一滴水后，他曾想把成了累赘的水壶扔掉，幸亏没扔，要是扔了，拿什么来接尿呀！想到这，他赶紧摸了摸水壶，谢天谢地，水壶还在，这他就放心了，这时他开始运气，想把尿运出来，可是怎么努力也没有想尿尿的感觉，他心里只好自我宽慰道：现在没有，晚点总会有的吧，随时做好准备接尿就是了。只要接到了尿，我就有水了，我一定要加倍珍惜这点水，明天就靠这点水作最后一搏啦！

想着想着，困意悄悄袭来，他就在朦朦胧胧的状态中靠在冷冰冰的沙地上昏睡过去了，他实在是太累太乏了。

56

就在魏志远昏睡过去的同一时刻，在沙漠的外面，在兵团的驻地，在十连的营区里，另一个人是注定要长夜难眠的了。

徐小梅躺在自己的铺位上，睁着一双大眼，望着黑洞洞的窗外，听着呼呼的风声，心里一刻也不能平静，她那颗被蹂躏到几乎破碎的心在呻吟，在乞求，在呼唤，在无助地挣扎。自打和王紫薇一块儿离开了那座水泥桥，她就知道今天是肯定没希望的了，她将面临的是巨大的不知何时能了的精神折磨，她的心在在泣血，在哀鸣，但又抱着一丝侥幸心理，希望会出现奇迹。几小时之前，天将黑的时候，当出去搜索的男排的人们回来时，她一听到动静，就赶紧披上棉大衣往门外走，蔡班长连忙喊她"你别出去了，你都感冒了"，但她还是出去了，她先到了王紫薇的宿舍，叫上紫薇，两个人一块儿往魏志远的那排宿舍房走，到那儿后她们把方伟民叫到屋外，章青峰也从后面跟了出来，看着他俩脸上严肃的表情，不用说心里都知道是怎么回事了，但是徐小梅还是忍不住问："到底怎么样了？"章和方呆呆地不回话，大家都不说话，默默地在寒风中站着，过了一会儿，章青峰说："听连长说，明天还要继续找，但天气变坏，不能派这么多人进沙漠了，只能抽几个人组成小分队去找，我和伟民，还有马班的严子俊和郎信玉都要参加明天的行动。"

章青峰说的确实是那么回事，今天将近傍晚，开始变天起风的时候，坐阵临时指挥部的老团长果断地下令全部人员马上撤出沙漠。命令一下，各路手持红布站在沙丘上的联络员立刻使劲挥舞红布传出回撤的信号，这信号经过一个又一个联络员的传递很快到达正在沙漠里进行搜索的各支队伍。带队的领导赶紧收拢队伍集合人马向沙漠外面撤出，老团长怀着不安的心情，一直站在吉普车旁，紧张地注视着不断从沙丘后面出现的队伍，一直等了很长时间，直到队伍全部撤出，最后清点人数一个没少，这才心里一块石头落地，立刻下令各连各自返回驻地，留下带队的领导和他一同回团部去开会商讨明天的行动。

　　傍晚，在团部召开的由团长主持的各连负责人会议上，参会者根据今天的搜索情况进行了讨论，都认为由于天气转坏，明天不能再继续像今天这样投入这么多人去搜索了，那样很容易会出问题。可以改成组织多支由精悍人员组成的小分队，每支小分队一定要配备马匹、指南针、枪支、以及足够的饮水和干粮等，再安排一个熟悉本地情况的原林场老职工随队，按照此模式明天继续进行搜索。大家也很客观地摆明，按照人体的承受能力，在沙漠这样极其干燥的环境里，在断粮断水的情况下，明天如果再找不到人，估计失踪者生存的可能性是很小的了。但即便如此，大家还是一致同意要再多搜索几天，人人心里都明白但谁也不愿说出口的是，往后几天即便是找到人，也不一定是活人了，但就算是尸体，也一定要找回来。会上还有人提出是否应该由师部出面与上级部门联系出动空军支援的问题，对这个意见，团长回答说，已经就这个问题和师部联系过了，师部也很快通过北京军区与北京空军司令部联系过。北空司令部表示可以提供支援，但当前的气象条件完全不符合飞行要求，只能等到天气好转，气象条件达到飞行要求才能出动飞机参与搜索，但据气象部门提供的气象预报显示，未来近一周时间都将是大风天气，有些区域还会有沙暴，等到天气好转沙暴过去，还有必要出动空军吗？结论肯定是否定的，所以空军支援的问题也就只好放下了。

　　徐小梅一声不吭地听章青峰把情况讲完。一阵冷风刮来，大家都缩着脖子紧了紧身上的衣服，徐小梅更是感到周身冰冷，不禁打了个寒颤，又剧烈地咳嗽起来，她在设身处地想象着，现在志远一个人在沙漠里经受的那种寒冷、饥渴、凄苦、孤独、无助，那是怎样的一种令人难以忍受的处境。她除了焦急、痛苦、悲伤，一点办法都没有，只能无奈地等待和期盼，只能在心里不断默默乞求幸运的光顾，而当她猛然发觉所有这些都根本无济于事时，她的精神承受力就接近了极限，感觉自己差不多要崩溃了。

大家见她咳嗽得厉害，都说这样不行，这样下去人要垮掉了，劝她赶紧回去歇着，别再往屋外跑了，有什么消息大伙儿会随时告诉她的，章青峰对王紫薇说："你赶紧陪小梅去趟卫生员那里量一下体温，要点药，然后送她回宿舍去吧。"方伟民也说是的，让王紫薇赶紧陪徐小梅去，正说着就见蔡班长和刘小红出现在房头，她们是看见徐小梅没吃几口饭就出去了，老半天没回来，外面刮着大风天又冷，放心不下，所以出来找她，蔡班长见她咳得厉害，二话不说就拉着她往连部走去找卫生员，王紫薇和刘小红也跟着一块去了。章青峰和方伟民二人望着她们的背影，都深深叹了口气，转身回到宿舍。

在连部卫生室里，在昏黄的灯光下，徐小梅表情痛苦地坐在一张椅子上，卫生员给她的腋下夹了一根温度计，四个人围着她站着，默默地望着她，卫生员看她难受的样子，问道："是哪里不舒服？"徐小梅咬住下嘴唇不说话，蔡班长冲卫生员摇了摇头，示意别问了，卫生员恍然明白，点了下头，魏志远失踪的事，魏志远和徐小梅的关系，在这一天时间里早都传得全连无人不知了，大家都对此事感到难过，都对徐小梅深表同情。

卫生员让徐小梅取下温度计递给她，接过来一看，说是"有点发烧"，让别再受风着凉了，多喝开水，好好休息，边说边给开了点药，又开了两天的病假条，还开了两天的病号饭条子让交给炊事班，然后三个人就陪着徐小梅离开了卫生室。半道上，徐小梅对王紫薇说："小薇，你回去吧。"紫薇握着徐小梅两只冰凉的手，胸口起伏不止，却不知道说什么好，末了用力握了握，即松手转身离去。

此刻徐小梅躺在睡铺上，内心经受着痛苦的煎熬，夜晚对于她来说实在是太可怕了，白天虽然内心一样痛苦一样受折磨，但白天有战友姐妹们在身边，她们的说话，她们的走动，她们对自己表示出的同情和关心以及她们虽然嘴上不说却表现在行动上的种种细微之处的安慰，多少能使她的内心不太那么过于聚焦在这件令人心碎的事情上，多少能分散一点内心的痛苦。但夜晚就不一样了，当那盏昏黄的灯泡熄灭后，战友姐妹们都钻进大炕上自己的睡铺睡觉的时候，她就恐怖地感到，那折磨人的痛苦之网正在向她罩过来了，尤其是当姐妹们渐渐都入睡了，屋子里一片寂静，只剩下她们轻微的鼾声的时候，她就感到失去了所有精神上的支撑，只剩下自己孤身一个人面对着痛苦的重压，而那痛苦此时较之白天仿佛放大了许多倍，令她的内心实在不堪忍受，只能发出惨痛的呻吟。今天是志远他一个人在沙漠里度过的第二个夜晚了，在那狂风肆虐的沙漠里，他的精神是怎样经受那鬼域世界般的恐怖和惊吓？他的身体是怎样承受饥渴和寒冷的折磨？他现在在哪里？他一定蜷缩在大漠的某个角落里苦捱着，他现在是个什么状态？他的神志还清醒吗？他会不会冻病了？我吹了点风都病了，他可是将近两天没吃没喝一直暴露在大风天里，再强健的身体也有个支撑的极限，他还能坚持下去吗？这些问题一个接着一个地出现在她的脑际，死缠着她，追问着她，折磨着她，令她无论如何也无法摆脱，她感到床铺就像针毡，令她越来越无法安卧，翻来复去躁动着，最终忍受不了了只好坐起来，望着黑洞洞的窗外，听着呜呜的风声，心里是无限的悲切，眼泪顺着脸颊不住地往下流，坐了一会儿，觉得冷意袭来，忍不住咳嗽了几下，怕惊动了别人，又赶紧躺下钻进被窝里，用被子蒙住头，用力咳了几下，这才过了那个要咳的难受劲儿。她把手伸进枕头底下，摸到了那颗鹅卵石，把它贴在脸颊上，任泪水把它润得湿滑湿滑的，同时尽最大的努力抑制啜泣的抽动，生怕影响到身边睡着了的同伴。

对于徐小梅来说，这是一个多么艰难的夜晚啊！

第二天听到起床号起床的时候，徐小梅感到浑身的每个骨节都异常酸痛，她想强使自己坐起来，却感到一阵头晕目旋，又不得不趴下了，旁边铺上的刘小红刚刚穿好套头毛衣，一看徐小梅这状况，忙问："徐小梅，你怎么啦？"对过靠门边炕上的蔡班长听刘小红这么一说，再看看徐小梅，赶紧披着棉衣过来，用手一摸她的额头，吃惊道："呀，发烧好厉害！"随即吩咐刘小红道："你赶紧穿好衣服去卫生室把卫生员叫过来吧！"

卫生员很快就提着医药箱过来了，她先给徐小梅量体温，温度计塞好后，大家都不说话，默默地等着，时间一到，取出来一看，吓人！体温将近四十度。卫生员赶紧从医药箱里取出注射器和针剂，一番准备工作之后，开始给她打针，围在旁边的众人都屏住呼吸看着那针管里的药剂慢慢推完，才松了一口气。卫生员又给开了点药，嘱咐蔡班长注意观察，有情况随时叫她，如果再不退烧，就得考虑送团部医院了。

开早饭的时候，班友给她打来了病号饭，大米稀粥，里面卧着一颗鸡蛋，还有一点咸菜，她昨天一天都没好好吃饭，这会儿实在是饿了，她披着棉衣坐在睡铺上，接过班友递过来的粥碗和筷子就吃了起来，吃着吃着，又想开了心事，一想心事，又开始闹心再也吃不下去了，端着的碗又放了下来，一阵悲伤涌来，只想马上钻回被窝里。蔡班长观察到她的变化，走过来接过碗递给身边的人，对她说："不舒服就等一会儿再吃吧。"边说边帮她往被窝里躺好，又把被头被脚给她掖了掖，对拿着粥碗的战士说："放到炉子边温着吧。"

早饭之后没多久，王紫薇来看徐小梅，在过道里碰见蔡班长，蔡班长告诉她徐小梅发高烧了，已经打了退烧针，吃了点东西，现在正躺着呢。

王紫薇轻轻走近徐小梅的铺位，爬上去凑近她的脸部，徐小梅知道紫薇来了，睁开了带着泪痕的双眼，静静地望着她。紫薇告诉她，方伟民、章青峰、严子俊、郎信玉他们几个今天又随连长带领的小分队进沙漠去找志远了，他们走前让她给小梅捎话，让她别难过，好好养病，他们说什么也要把志远找回来！徐小梅紧咬着下嘴唇感激地点了点头。

早饭后，蔡班长被通信员叫到连部参加全连班排长会议，因连长带着搜救小分队去沙漠找人去了，会议由指导员主持，指导员在会上要求班排长们回去后要向战士们强调，不要把失踪人的事情向外扩散，特别是不要在给家人和亲朋好友写信时提及，一是因为搜救还在进行，事情还没有结论，二来消息扩散出去会造成不良影响等等，要向战士们讲清楚，这要作为政治纪律严格执行。然后就讲到工作安排，由于近日持续刮大风，风刮得人都站不稳，所以除了烧砖窑的工作不能停止外，其他的工作都暂停进行，改为政治学习，散会后各班排就到食堂集合，听指导员作时事政治报告。

散会后，蔡班长回到班里，让大家穿暖和了，准备到礼堂去听指导员作报告。走前，她盯着徐小梅把剩下的粥和鸡蛋吃了，又特别关嘱她别胡思乱想，静心休息，又用个大号的搪瓷缸子盛了满满一缸子开水，把缸子放在一个脸盆里（怕缸子倒了水洒在铺上），再把脸盆放到徐小梅的床头，让她多喝开水，但起来时要注意别着凉。完事后，就带着一班人奔礼堂去了。

屋里只剩下徐小梅一个人，她昨天晚上折腾了一宿没睡好，身心疲惫到了极点，刚吃了点东西，感觉稍微好些，可能是打的针和吃的药起了作用，她待着待着，感觉一阵发困，就不知不觉迷糊睡过去了。

57

就在徐小梅彻夜难眠的那个晚上，在狂风呼号的大漠里，蜷缩在沙丘底下的魏志远给冻醒了好几回，醒来之后，饥饿和口渴立刻开始折磨他，他想起了积存小便的事，便站起来，用水壶对准小便处使劲运气想尿出点尿来，可是努力了半天还是尿不出一点，他只好放下水壶，重新回到已经被他卧出一个浅浅的小沙坑处继续捱着。大概在黎明时分，他突然被一阵憋尿感惊醒了，他赶紧爬起来，抓过来水壶对准小便处就往里尿，终于听见了一阵细细的尿尿的声响，尿出了不多一点，但不管怎么说，总算是有一点了。尿完之后，他立刻想尝一下，但又觉得有点恶心，心想，觉得恶心就说明还没渴到那个份儿上，那就继续忍着吧，这可是最后一点维持生命的水了，不到万不得已是绝对不能动它的。

天色渐渐亮起来，风势没有一点减弱的迹象，大漠完全笼罩在黄色的沙雾之中，天空也是黄色的，视线勉强可以望出去一百多米，再远就什么也看不见了，一切都溶进了黄雾里。魏志远强忍着饥渴的折磨，思考着他应该怎么办。在昨天视线还较好的时候，他已经看清楚了，四面都是望不到边的沙漠，这就令人犯难了，他根本不知道应该往哪个方向走，就他现在的体力和仅有的那一点尿水，他能走到哪里去？哪里都走不到，只能加速消耗体力和存水，那样结局会来得更快，所以不能再走了，但是原地待着不动，岂不是坐以待毙？当然不能坐以待毙！总得采取点行动，比如现在，我在这沙丘的底下待着，万一战友们来找我，就在沙丘那边走过，大家谁也看不见谁，那不就错过了得救的机会了吗！想到这，他决定离开现在这个地方，到一个尽量高一点的沙丘上去待着，那样容易被救援的战友看见，增加得救的机率，这样想着，他就站了起来，背好挎包和水壶，准备往右后方一个离着有一百多米远的一个高大的沙丘转移，但是刚一迈步，就觉得腿发软，头一阵晕眩，他这才意识到，饥饿和干渴已经把原本强壮的他削弱到如此地步，以至连简单的行动都感到困难了。

他咬着牙，冒着迎面猛刮过来的狂风，拖动着沉重的双腿，一步一步艰难地向大沙丘走去。在临近沙丘底部时，他看见一个小沙包下露出一段沙蒿的根，有将近一握粗细，他用手一拉，没想到竟然拉出来了，原来那是一截干枯的断根，他双手拿起来看了看，觉得可以勉强当作拐杖用，有它支撑，多少可以省点力气。

他柱着沙蒿根，拼尽全力向沙丘顶部爬去，每爬两三下，都要停下来喘息好大一阵，平时一股作气就能冲到顶部的沙丘，现在对于他来说真是好艰难，他爬爬歇歇，有好几回，饥饿引起的晕眩令他趴在沙坡上好久没缓过劲儿来，等到最终爬到顶部时，整个人瘫痪在沙地上动也动不了了，他感到自己马上要昏迷过去了，这样不行！他马上伸手把水壶移到身前，迅速拧开壶盖，喝了一小口尿，那尿液有一股强烈刺鼻的气味，又苦又涩又辣，呛得他差点上不来气，但这毕竟是水分，是难得的水分，喝了这点水分，他就脱离开昏迷的边缘，又恢复了清醒。

魏志远喝过尿后，又趴在沙地上喘息了一会儿，觉得缓过一点劲儿来了，他就地坐起来，环顾了一下四周，四周的沙丘都比他现在所在的这个沙丘低，这个沙丘突兀其中，算是个不错的地形。他待在这上面，如果四周有人经过，是很容易发现他的，他决定就待在这上面不动了，以仅剩的那点尿水维持着生命，一直这样等下去，他坚信战友们不会放弃寻找他，他们肯定一直都在尽全力找他，"他们会找到我的，一定会！"他暗暗鼓励自己。

他刚要再趴下，忽然想起什么，立刻又坐了起来，不顾天冷脱下外衣、毛衣、绒衣，直到把最里面的衬衣脱下来，光着身子，再赶紧把绒衣毛衣外衣一件一件重新穿上，穿好之后，他把脱下来的衬衣用鞋带绑在那根沙蒿根上，做成一个"旗子"，然后费尽九牛二虎之力把"旗杆"埋在沙子里，把"旗子"竖好，这样即使自己趴下，别人也能够看到。他怕"旗子"竖得不稳，趴下时用臂膀把沙蒿根旗杆搂住，这样"旗子"就不会让风刮倒了。他在忙着竖旗子的时候，把碍事的挎包和水壶从身上摘下来放在一边，一阵狂风袭来，险些把挎包和水壶刮跑，被他及时一把抓住了，他再也不敢把它们放在地上了，先把水壶背好，再背挎包时，忽然想起挎包里还装着那条手绢，折腾了这半天，手绢会不会掉出来了？这一想真把他吓坏了，赶紧伸手进包里去掏，一掏，手绢还在，他松了一口气，他觉得手绢再放在包里太不保险了，于是把它掏了出来，掏出来后，他双手握着它，死死地盯着它看，脑际里跳出来几年前离开北京前夕的那个夜晚，在学校前面的那条水渠旁，他双手握着这条手绢对小梅说的那句话——"我就是死，也要把它带在身上。"

他想了想，自己点了点头，然后把手绢环绕在左手的手腕上，用右手和牙齿把手绢的两个对角系了一个又一个死结，一直系到手绢角太短了再也系不上为止，然后抬起左手来，转动手腕仔细看了看，这才放心地搂着旗杆趴下了。

在随后的时间里，他就那样搂着旗杆趴着，每隔大约一两个小时就坐起来或抬起头来往四周望望，渴得实在受不了了就用尿水润一下嘴，再往后，他坐起来或抬起头的次数越来越少，也不再留意天时是上午中午下午还是晚上。意识有时清楚，有时迷糊，就那样一动不动地在大沙丘的顶部趴着。

58

就在魏志远突出大漠的努力失败，决定待在大沙丘的顶部等待救援的时候，周边各个连队按照团部指示组成的救援小分队也正分布在沙漠的各处努力搜寻着他。

这天天刚亮没多久，王连长就急不可待地带领着十连的搜救小分队出发了，小分队成员有洪金山、方伟民、章青峰、严子俊、郎信玉等人，他们从最早就参加了搜救，算得上是比较有经验的了，所以搜救小分队基本上就固定由这几个人组成。他们每人牵着一匹马，马背上安好了从武装连调来的军用皮马鞍，每匹马都驮着四个水壶，还有馒头窝头等干粮，马背上还驮了一个捆好的背包，那是准备在沙漠里露营过夜用的，看来他们是要连夜进行搜索了。此外，连长还专门叮嘱马班的严子俊把马灯带上，自己又带上了团部发给各连搜救队的指南针，最后，郑重地背上了他的宝贝"大黑星"——五四式手枪。这一切都准备好后，他就领着小分队义无返顾地向着黄雾笼罩黄沙翻滚的大漠进发了。

连日来，王连长的心被内疚和自责折磨得死去活来，随着时间一天天过去，救援成功的可能性越来越小，他内心所受的折磨也越来越加重，他痛恨自己轻视了沙漠风暴的威力，没有采取足够的防范措施。他百般后悔当时为什么没再多派出一两个押后阵的，那样相互之间也好有个照应，他怎么就没有想到只派出一个人押后阵，这个人万一有点情况怎么办？他越想越后悔，越想越难受，好几次用拳头猛击自己的脑袋来发泄。此时他什么也不想了，只想快快进到大漠里，奔着那几处他心里总觉得魏志远有可能在那里的地点去搜！去寻！去找！说什么也要把他找到！其他几个人的心情也是一样的焦急难受，朝夕相处的战友，声音笑貌犹在眼前，竟然会一下子失踪在大漠里，生死两茫茫，这让他们心理上实在难以接受，每个人的心里都沉甸甸的。他们一个跟着一个行进在通往沙暴肆虐的大漠的路上，望着眼前凶险的景象，心里没有一丝畏惧，只想着快快把战友找到。

而此时在连队的大礼堂里，连队战士们正集合在此，坐在各自的板扎上，准备听指导员做时事政治报告，在报告开始之前，礼堂里一片嗡嗡的议论声，人们议论的话题都集中在失踪的魏志远身上，人人都表情严肃，心情沉重。就连那些平日里最爱说笑逗乐的人也都沉默不语了，大家都对迟迟找不到魏志远感到担心和着急，切盼今天连长带领的搜救小分队能带回来好消息。

在嗡嗡的议论声中，指导员走上讲台，轻轻咳了一声，全场就静下来了，指导员先用沉重的语调讲了一下魏志远失踪的情况，讲了团部如何组织各连力量进行大规模搜救，讲了如何通过师部及兵团和北空司令部联系争取支援。讲了连日来的搜救情况，最后强调，消息不要扩散，特别是在给家人亲朋好友写信中不要提及，希望大家自觉遵守等等，然后就开始做时事政治报告。

指导员的报告持续了大约两个小时，内容涉及国内国际各个方面，既有内地抓革命、促生产、促工作、促战备的形势。也有北部边境中苏军事对恃的动向以及南部边疆抗美援越战争的形势，多数战士都睁着大眼望着指导员那口齿灵利的嘴巴静静地听着，时而感到鼓舞，时而感到振奋，也有一些人表现得莫不关心，两只眼睛来回乱溜，或手支下巴两眼发呆想着自己的心事。报告结束后，各班排回到各自宿舍休息准备开午饭，下午各班排自己组织讨论。

就在指导员的报告还在进行的时候，徐小梅在被窝里迷糊了一阵已经醒过来了，她望着白晃晃的窗外，听着一阵紧似一阵的风声，心里想着不知道连长带领的小分队搜索得怎么样了。还有其他各连派出的搜索队，他们现在都一定正在沙漠里紧张搜索着，她多么盼望营区里会突然传来异常的响动，传来人声和马声，那就说明小分队回来了，或者有人来通报消息了，那也就说明搜救有结果了，但营区里只听到风声，没有其他任何动静，这说明一切还仍然是未知数，还要继续忍受生死不明的煎熬，而这种煎熬的蹂躏已令她虚弱的心灵不堪承受。

不久之后，听报告的班友们都回来了，大家一看徐小梅睁着大眼醒着，都围过来关切地问她感觉怎么样，好点了吗？这些温暖人心的问候给她的心里注入一种抵抗和减轻痛苦的力量，使她不会象晚上那样孤立无援地面对悲痛的折磨。王紫薇趁着没开饭也跑过来探望她，还给她带来了她的班友托她带过来的一小纸包葡萄干，她感激地想给紫薇一个笑脸，却只作出了个难看的苦笑。

外面传来了"开饭了"的喊声，王紫薇帮徐小梅紧了紧被头，转身回去了。去食堂打饭的人同时打来了徐小梅的病号饭，是西红柿鸡蛋煮挂面，徐小梅此时的心情在大伙儿的影响下稍有好转，顺利地吃完了病号饭，又在蔡班长的关照下吃了药，然后又缩回被窝里躺着。

这一天的整个白天，各连派出的搜索队都在沙漠里冒着狂风沙暴奋力搜索，他们是在和时间赛跑，因为他们知道，失踪战友的生命肯定维持不了多久了，今明两天可能是他们拯救战友的生命使之免于死亡的最后机会，他们必须抓紧再抓紧。虽然他们深知，他们这区区几支小分队在这浩瀚的大沙漠里寻找一个人无异于大海捞针，但即使是大海捞针，他们也要奋力捞下去，他们每爬上一个沙丘，每下到一处坡底，都有可能会撞上那个万分之一的机会，只要战友还活着，他们就绝不放弃这万分之一的机会！

王连长这一路小分队，决定回到挖羊粪的地点，从那里开始往回搜索，但是在这风沙弥漫能见度极底的情况下，要想回到那个地点也不是件容易的事。特别是连日的风暴已使很多地形地貌发生了改变，这在沙漠中是很常见的现象，一场风暴过去，你很难再认出原来的地方，一切都改变了，都不是原来的样子了。

王连长带着小分队执着地向挖羊粪的地点找去，最终，凭着洪金山的老经验以及指南针的帮助，他们终于找到了旧羊圈。那旧羊圈老远望去一片平坦，几天前几百人在那里干活的痕迹已被沙暴抹得一干二净，如果不是那露在流沙之外的断断续续的白刺垛，根本看不出来这里原来是个羊圈。

位置确定了，已是中午时分，他们吃了点干粮后，就从这里开始往回沿着大致的线路作"之"字形搜索，沿途爬上一座座沙丘，下到一处处坡底，从中午搜到下午，下午搜到傍晚，傍晚好像过得特别快，天空中最后一点余光在不知不觉中很快消失殆尽，沙漠的黑夜降临了，夜幕在狂风呼号中很快笼罩了大漠，天上没有星光和月光，就算是有，也让沙雾彻底遮没了，于是漆黑愈加浓重，以至伸手不见五指。王连长让严子俊把马班的马灯从马鞍上取下来，在六个人围成严实的一圈中想划着火柴点亮马灯，一连划了几根火柴都让风吹灭了，最后总算划着了一根并触到了灯芯上，灯芯一燃，那马灯霍然放光，映出的一圈光亮一下照亮了六个人严肃而憔悴的脸，那不大的一圈晃动着的灯光在夜暗中竟显得有些辉煌，这正是连长要带马灯的用意，在夜晚的黑暗中，灯光可以传得很远很远，或许这灯光可以让魏志远看见！就这样，六个人爬上一座又一座沙丘，站在沙丘顶上高高举起马灯向四面展示，一边大声呼喊，召唤着迷失在沙海中的战友，他们不断地变换地点，在各个沙丘顶部高举马灯高声呼喊，一个人举累了就换一个人举着，一直举到天色渐变，笼罩大漠的天幕由黑转灰，预示着黎明即将到来，他们才将马灯熄灭，全都困乏得就地坐下，忍不住打起盹来。

　　一天一夜的搜索没有任何结果，人和马都疲惫得无法再坚持下去了，只好暂时撤回连队修整，再作下一步打算，同时也好知道一下其他各连的搜索情况。

　　小分队的无果而归，带回来的是一种令人压抑的肃杀气氛，使人们越来越感到那个谁都不愿直面的可怕结果真的有可能难以避免，大家都有了心理上的准备，准备接受最终的残酷现实。

59

　　此时，在黄沙翻滚的大漠的某个角落里，在那座高高的被沙雾包围着的沙丘上，魏志远一直搂着那根绑着衬衫的沙蒿根趴在坡顶上，疾风吹得"旗杆'时时歪斜欲倒，他不得不转向迎风一面，用肩膀把"旗杆"顶着。他一开始还隔一段时间坐起来观望一下四周，后来就改为时不时抬头望望，再往后就连头也很少抬了，就那样搂着旗杆趴着。他的意识一会儿清醒，一会儿似困似迷糊，他的内心顽强地不承认自己的意识迷糊了，就只当那是困了，困了就睡会儿吧，一睡，就不知道睡了多久，只觉得天空好像一时是亮的，一时是暗的，根本不知道过了多长时间，也根本搞不清是白天还是黑夜。最初每次醒来的时候，还觉得胃部被饥饿折磨得揪心般难受，但在经过频频的折磨之后，那种难受的感觉好像越来越轻了，以至慢慢变成了一种麻木感，而这种麻木感带来的是全身变得像棉花一样绵软，以至连稍微抬一下头都感到困难了。至于那点尿水，在白天埋旗杆的时候，因为用力过猛，差点昏过去，赶紧喝了不小的一口，剩下的那一点点，也在随后几次感觉快要昏迷的时候陆续喝完了，当他把最后一滴尿液滴进嘴里，想闭上嘴尽量感受那滴水份带来的的湿润感时，还没来得及感受，那滴尿液已在干如纸皮的口腔里迅速消失了，这时他心里明白了，自己已经到了和死神面对面的时候了。

在随后的时间里，他的意识清醒一阵，模糊一阵，越到后来，清醒的时间越少，模糊以至失去知觉的时间越长，他已经对时间没有什么感知了。

也不知过了多久，此刻，他恍惚觉得自己的眼睛睁开了，眼前一片黑暗，什么也看不见，照例只有狂风在呜呜地吹，那蛮风一阵紧似一阵好像要把他整个人刮离地面似的，吓得他伸手四处乱抓，却什么也没抓住，他一着急，又失去了知觉，等他不知过了多久——也许是很长时间，也许只是一小会儿——恢复知觉的时候，他马上想到的是：我左手上系着的手绢还在吗？因为他在被刚才的狂风搅得一团糟时，似乎觉得那蛮风要连他的衣服都撕扯掉了，"幸亏我把手绢绑到手上了"，他残存的意识庆幸道，然后把左手腕抬到眼前，天虽然那么黑，但他一眼就看清了，手绢仍然牢牢地绑在手腕上，"放心吧，掉不了的。"但他猛然感到奇怪，天那么黑，我怎么会看得这么清楚的？连那用细细红线绣的小小的"梅"字都清晰可见，这是从哪儿来的光线啊？他随即往四周一望，他看见，四周的沙丘接近顶部的坡面上都泛着一层微亮的黄光，使沙丘顶部的边缘在夜暗黑幕的衬托下显出清晰的轮廓，这时从几座相连的沙丘的背后，有个披着朦胧黄光的物体如初月般缓缓露出来，是什么东西？他瞪大眼睛看着，只见那物体持续不断慢慢地向上升起，是圆的，好像比沙丘还大，终于看清了，那是一个人的头部，先露出来的是头发，头发是奇怪的卷形，一圈一圈贴满头发的部位，再往上升起，脑门露出来了，脑门中间有个包，这形象怎么这么熟悉呀？哦！他恍然大悟，这是个大佛呀！没错，那佛脸渐渐完整地显现出来了，弯顺的眉，缓直的鼻，微闭的嘴，上嘴唇呈现两个柔和的丘形，双耳又长又大，足以垂肩，那大佛下耷的眼皮微微动了动，看样子一下就要睁开眼睛！魏志远想到要和大佛那巨大的眼睛对视，感到一阵恐怖，赶紧闭上了双眼，这时，他感到大佛的手向他伸了过来，他神奇般的就到了大佛的手掌上，大佛把他放在掌心上轻轻地颠着，抛着，旋转着，他觉得满眼都是眩目的金星，体内的五脏六腑都错了位，但却并不感到难受甚至还有点兴奋，围绕他的是一片绚丽夺目的金光，有许多美丽可爱的牛、羊、马、小狗、小猫、小兔……和他一块旋转着，欢叫着，四周的沙丘原来都是一群蛰伏的精灵，这时候全都站了起来，放眼望去，大漠里满是站立着的黄色精灵，挥舞着无数细密修长的手臂欢呼着，雀跃着，像嫦娥挥动的广袖，像岸边轻舞的柳枝，纷纷扬扬，浪花起落，天光闪亮，地壳轰鸣，如此阵势，这是要送我去何方？深空广宇，寒冷寂寥，像无尽的黑洞……小梅，你在哪里？小梅，此一去何时能再相会？小梅，咱俩还能再相会吗？没有回答，只有震耳欲聋的轰响，轰响，轰响……他觉得他在漫游，在茫茫黑暗的太空漫游，漫游到很远很远的地方……小梅……他日若有聚首时，当执子之手，缓缓而行，归去来兮，长相厮守，忽而化作双飞蝶，忽而变作连理枝，所有的悲伤、痛苦、忧思、哀怨都如烟散去，思想或明或暗，意识或有或无，在这无数精灵的欢庆气氛中，在这温暖雾团的包裹下，在这棉絮般柔软舒适的大佛的掌心里，他觉得自己腾云驾雾了，越升越高，越飞越远，以至溶化在无尽的宇宙之中……

60

由团部统一组织的各连小分队的搜索在第五天傍晚时全部宣告结束了，因为按照一般人的生理条件，在断粮断水——特别是断水——的情况下，是根本支持不了这么长时间的，但十连的王连长仍不死心，又多搜索了两天，自然还是以失败告终。在最后那天的傍晚，风暴似将过去，黄沙不再弥漫，视线总算可以望出去老远，天空呈现出多日不见的黄昏的景象，阴云散开成朵朵云絮，云絮的边缘被夕阳染上通红的色彩。王连长和小分队全体站在一个高大的沙丘顶部，望着西沉的落日，想着搜救即将到此结束，这就意味着他们最终没能救出战友，让战友永远地留在了大漠里，人人心里都异常难受，默默无声地肃立着。这时，只见王连长从枪套里抽出手枪，拉了一下枪栓，抬手对天，猛扳枪机，枪声在空旷寂静的大漠上空响起，一声接着一声，每一声枪响都震撼着所有人的心，当连长打完弹夹里的最后一颗子弹时，眼泪顺着他的脸颊流了下来，其他五个人的脸上也都布满了泪水。

第二天，在团部会议室召开的各连领导碰头会上，团长正式宣布搜救行动结束，在交流了各连搜救情况，总结了整个搜救行动后，参会者就自然面临了一个问题：对失踪者怎样定性？有人提出定为死亡，因为所有条件都明摆着，不是干渴而死就是被流沙掩埋，这在沙暴天气中是不足为奇的，但也有更多的人不同意这个观点，俗话说"活要见人，死要见尸"，没有见到尸体，怎么能定为死亡呢？死亡论者又说，你们说这人没死，那他去哪里了？总得有个说法吧！于是大家就陷入了如果人没死，能跑到哪里去的争论之中，死亡论者面带嘲讽理直气壮地问：你们也不想想，这沙漠四周方圆几百公里都是什么情况？他断水断粮孤零零一个人，能跑到哪儿去？这时忽然有人好像有什么重大发现似的，带着极严肃的表情站起来说：大家有没有想过，当前国内外阶级斗争形势复杂，中苏中蒙边境上更是斗争尖锐，情况复杂多变，他会不会是叛国投敌了？这个新鲜见解的提出，霍然打开了很多人的思路，人们随即纷纷就此问题热烈地议论起来，有的说要到他所在连队的战士中去全面了解一下这个人的政治表现，有的说要查一下他的家庭背景，看看他是否有涉嫌外逃的政治的、家庭的、社会的思想基础等等，如此一上纲上线，深入发掘，就有人受到启发，严肃地指出，听说他和一个出身不太好的长得特别漂亮的女兵好的不行，成天热衷于谈情说爱，这说明他的小资产阶级思想没有彻底肃清，有这样的思想基础，一但时机和条件都具备的时候，就难免会走上叛敌投国之路等等。王连长一开始一声不吭光听别人发言，听着听着越听越不对劲了，最后气得站起来把帽子啪地一声摔在桌子上差不多是吼着说："你们全是扯蛋！他是什么人我还不了解？年年都评为五好战士，树标兵还来不及呢，倒让你们说成叛国投敌了，他要是投敌犯，我算是什么？"团长一看王连长真的急了，连忙冲他招手让他冷静一下，王连长擦了一把额头上不知何时冒出来的汗，接着说："你们知道吗？他在临失踪前，为了给战友冲洗眼睛里的沙子，把自己带的水用掉了太多，要不然的话——"王连长说到这声音哽咽了。会场上静悄悄的，再也没有人说话，只有燃烧的烟头冒出的丝丝烟缕在空中缭绕。会场安静了一阵之后，团长说话了，团长说，关于定性的问题，不能扯太远，还是实事求是地定为失踪，并按此上报师部吧。大家都纷纷点头表示赞成。

61

就在搜救进行到第五天的那天凌晨，徐小梅突然失踪了！这是蔡班长、排长和王连长一直都在担心并已暗暗安排了防范措施的事，但事情还是发生了。

在搜索进行的那些日子里，徐小梅经历了她人生中最痛苦的时刻，每天都在白天期望，傍晚失望，晚上绝望的轮番打击中饱受精神折磨。随着时间一天天过去而志远始终没有一点消息，希望眼见得越来越渺茫，绝望越来越加重，她那脆弱的神经已经实在承受不了了，所有的意志力和承受力都行将彻底垮塌，虽然白天的时候，她还尽量装作没事的样子，尽量装作坚强，有时甚至还违心地强装一下笑脸，但是一到了晚上熄灯之后，一到了自己一个人钻进被窝时，她就一下掉进悲苦的冰窖里了。当她手握那颗鹅卵石把它紧紧贴在脸上的时候，她的感情大闸就再也无法控制被悲伤打开了，泪水扑扑落下，枕头被泪水打湿了一片又一片，那枕头整天都是湿湿的，她怕影响到睡在身边的同伴，每到这时都要使劲咬紧下嘴唇拼命压制那抽泣中身体的蠕动和差不多要从胸中冲出来的哭声，实在忍不住的时候就假装咳嗽两声加以掩饰。其实这种情况睡在她两边的班友完全知道，他们只是故作不知，都在心里暗暗替她难受就是了。

徐小梅思来想去，觉得自己实在是很难挺过这一关去，她甚至都想到，如果他真的去了，那她宁愿也随他而去！

她的这种状况，蔡班长都向排长和连长作了反映，连长嘱咐她们要密切注意徐小梅的情绪变化，在最近几天这个特殊时期，要专门安排一个人白天晚上守着她，以防发生不测。刘小红被安排专门负责这件事，她暂时不去出工了，整天守着她，陪着她，挖空心思地找话来宽慰她，尽量分散一下她的注意力，稀释一下她的痛楚。卫生员照例按时来给她打针，开药，刘小红督促她按时吃药，开饭的时候，把病号饭打来，一遍又一遍劝她多少吃点，而她总是双手把碗凑到嘴边碰一下，又慢慢放了下来，她的病情时好时坏，体温刚下来没多久又上去了，搞得卫生员都有点不知所措了，以至于想提出转送团部医院。蔡班长和班友们看着她一天比一天消瘦，个个都是又心急又无奈，只能在心里暗暗期盼她能顶过这一关！

在魏志远失踪第四天的晚上快吹熄灯号之前，刘小红给徐小梅打来开水把药吃了，又帮她把被头掖了掖，然后隔着被子轻抚了她几下，这个动作与其说是对徐小梅的安抚，不如说是为了使自己的心里好受些，因为一直目睹着徐小梅的悲伤，对她自己的内心也是不小的折磨。

徐小梅静静地在被窝里躺着，等待着灯光熄灭，不久，熄灯号响起，蔡班长问了一声"都躺好了吗？"见大家都用沉默表示躺好了没事了，便把灯关了。

黑暗中，徐小梅又把一只手徐徐伸到枕头之下，触到了那颗圆润的鹅卵石，拿出来往脸上一贴，眼泪就扑扑地掉下来了，每当这会儿，是她最伤心的时候，想着志远一个人在大沙漠里，不知正在经受怎样的生死考验，更不知是死是活，想想真是令人心如刀绞，痛彻心扉！她紧咬着下嘴唇强忍着抽泣，思来想去觉得如此难受不知如何是好，就这样在伤心和痛苦的交相折磨下苦苦煎熬着，慢慢地，可能是因为药物的作用，她感到有点恍惚，这恍惚似乎可以稍稍减轻一点心灵上的痛苦，她于是象抓到救命稻草一般期盼那恍惚的感觉快快到来，在她的不断乞求和期盼中，她渐渐感到那恍惚感悠然而至，意识在一点一点迷失，以致最后不知进到了一种什么奇怪的境界中，若虚若实，若真若假，头上似飘着祥云，脚下似踏着碎浪，行进在一种空泛的虚无之中，她在云中漫步，随着轻风飘浮，来到一处空旷之地。放眼望去，苍穹之下，万千浪涛起伏涌动，一直铺排至天边，她径直向前走去，苍海幻作了大漠，浪涛变成了沙丘，在前面一处最高的沙丘的缓坡上印着一趟脚印，她好奇地寻着那脚印而去，追随脚印转过了一座又一座沙丘，最后脚印在一座颜色发黑的沙丘前消失了，她正迷惑地望着眼前这座奇怪的沙丘，就听沙丘后面传来了一个莫生的声音："快去！快去！他已经挣扎爬到桥头了！"她飞到沙丘上一看，沙丘后面什么都没有，奇怪，这声音是从哪儿来的呢？正想着，忽见前方远处南干渠的桥头一侧有个人在缓缓爬动着，她一下就认出了那是志远，她心中一阵狂喜，真想一步就跨到他的跟前，却怎么也迈不开腿，有什么讨厌的东西缠着她的腿，她使足了劲要蹬脱它，一蹬，醒了。

她在黑暗中眨了眨眼，全力回想着刚才的梦境，其他情节都有点恍惚不清，唯独那奇怪的声音说的那句话印在脑子里格外清晰："快去！快去！他已经挣扎爬到桥头了！"这是真的还是假的？是虚幻还是真实？难道真的是上天或某种超自然神奇现象的提示？她越想越躺不住了。如果他真的是用尽最后一点力气挣扎着爬到了桥头，如果被人发现了，他就能万幸地活下来，如果没有被人发现，等到第二天早上，他的生命就终止了，这是最后最关键的时刻，生死全在这一刻了，她不能再待着了，她要冲出去救他！

她抬起头看了看两边以及整个屋子里的班友，大家都睡得很沉，此起彼伏发着柔和的鼾声，她悄悄地钻出被窝坐起来，以尽量轻的动作穿上衣服，蹭到炕沿边，穿上鞋袜下了炕就往门口走。刚要拉门，想起外面可能挺冷，正要回身爬到睡铺上去取大衣，忽听有人翻了一下身嘟囔了两句，她以为自己被谁发现了，是谁在叫她，立刻停下来静听，却再没听到声音和动静，原来是班友在说梦话，她怕再惊动了班友，不再去取大衣了，轻轻拉开了门，闪到了过道走廊里，再回身凑近门缝侧耳听了一下屋里的动静，确保没人发现她的行动，这才拉开宿舍的木门，来到黑暗笼罩着的室外。

外面风挺大，虽然是暮春时分，凌晨的寒意仍使人瑟缩，黎明前的黑暗愈加浓重，将所有物体都溶进了浓重的墨黑之中，借着天上几颗稀疏残星的微光。徐小梅凭着对营区的熟悉半摸半看地往营区外面的路口走，一直走到通往那座水泥桥的大路上，她一边走着，一边想起志远和她说过，当年他去看她时，大清早天还没亮就上路，那情形就像她现在这样，摸黑穿过这一排排营房，然后走到大路上，一路上经历了那么多艰难，最终两人在那结冰的渠边见到了彼此，相拥而泣……今天，我还能像上次那样见到他吗？上天不会无缘无故传递给我那个信息的吧，人们不是常说，心灵感应一定是因为有事而生的吗，这"有事"就一定是暗指志远他肯定就在那里！他一定是经历了千辛万苦拼着生命中的最后一点力量爬到了那里！他的生命正在一点点消逝，她顾不上天黑了，也顾不上寒冷了，心急如火越走越快，最后索性跑了起来。

徐小梅浑身不知哪来的劲儿，一路向着那桥头的方向奔跑，跑到实在喘不上气来了，就停下来喘两口气，然后以更快的速度往前跑。这时天幕的浓黑有点减淡，视线稍微可以望得远一点了，她一边气喘嘘嘘地跑着，一边睁大双眼死死盯着前面桥头的方向，在跑到急喘得差不多窒息时，她不得不再次停下来喘气，同时睁大双眼向前方眺望。她一下在昏暗的前方辩认出了那座桥模糊的形状，志远他们五天前就是从这桥上通过之后，没走多远就离开了公路向沙漠走去的，他要是回来，也肯定是向着这个方向，沿着这条大路，通过这座桥回来！她没等气喘均匀，就又匆匆向前赶去，随着离桥头越来越近，她的脚步慢了下来，带着急促的呼吸和呼呼的心跳，一步一步向那桥头靠近。忽然间，她看见水泥桥过去不远的路边有个模糊的物体，她的心头不由一震，再仔细看，那物体好像在动，她浑身的血液这时差不多要沸腾，狂跳的心脏几乎要从胸中窜出，激动的眼泪盈满眼眶即将夺眶而出，她冲上桥面，通过桥面，向那微动着的物体走过去，将近到了跟前，那物体一抬头，两只闪着微光的眼睛和她一对视，她才看清了，眼前原来是一头小黄牛！

徐小梅一下僵止不动了，抬头望着远处黑莽莽的沙漠，两行眼泪顺着脸颊流了下来。

久久地，徐小梅一动不动面向沙漠呆呆站着，任泪水在脸上流淌，任冷风一阵一阵往身上吹袭，她怎么也无法相信，活生生的一个志远，几天前还和她在一起有说有笑谈论着人生，商量着复习考试，计划着种种事情，憧憬着未来，转眼之间说没就没了。她无论如何也无法接受这个结论，她总觉得他最终一定能走出沙漠，她甚至有预感，说不定他一会儿就会出现在沙漠，于是她睁大眼睛扫视着在黎明的微亮中渐渐显露出原形的沙漠，望着望着，她恍惚觉得远处那些沙丘间出现了一个小黑点，那小黑点慢慢地向这边移动着，就和那年她站在路边的高坡上等志远时看到的一样，只见那黑点越来越近，越来越大，终于看清了，那是个人，那人就是志远！她眨了眨眼，再看时，黑点消失了，人没有了，近处只有那头小牛在低头吃草，远处是晨光中莽莽肃然的大漠，她眼前一阵晕眩，身子一软，倒在了地上。

在徐小梅离开宿舍一段时间以后，刘小红醒了，她本能地侧头看看徐小梅，想给她披披被头，一看觉得有点异样，伸手一摸被子，被窝是空的！她赶紧轻声唤蔡班长，蔡班长也刚刚醒来，一听小红叫自己，小声问："什么事？小红。"小红坐起来指着徐小梅的被窝说："徐小梅她，她，她人没了！"蔡班长一听大惊，衣服也没披就从对面炕上下地靠过来，一看，倒吸了一口凉气，急道："赶紧跟我出去找！"

二人以最快速度穿好衣裤和鞋袜，一前一后开门出了宿舍直奔厕所跑。那座用土坯垒起来的简易厕所就在离房头不远的地方，二人转进去一看，厕所里空无一人！蔡班长想了一下，转身就往王紫薇那排宿舍跑。在那间宿舍里，王紫薇这时也刚醒，正想着过一会儿去看望徐小梅，听见宿舍外面有动静，心想这是谁呀？这时就听见过道门被人打开了，紧接着房间门也被推开，进来的竟然是蔡班长和刘小红，王紫薇睁着疑惑的眼睛看着她俩正想问话，就听蔡班长急喘着气问："徐小梅有没有上你这来过？"王紫薇一听全明白了，这也正是她一直担心的事，她迅速起来穿着好，拉着二人就要出门，一下又想起啥，回身一把将自己的大衣扯过来抱上，和二人急急出了宿舍。

三个人从宿舍一出来，王紫薇就向营区外面跑，蔡班长和刘小红紧跟在后面，蔡班长边跑边问："紫薇，咱们这是去哪呀？"王紫薇急促答一句："我知道她在哪儿！"就再顾不上说话了只顾一个劲地跑。三个人跑出了营区，跑上了大路，在大路上又拼命跑了一阵之后，都累得上气不接下气，只好放慢步子改为快步走，走了一段，气喘上来了，就又接着跑，就这样跑跑走走，终于远远地望见了晨曦中呈现在前面的那座桥。但桥面和桥两边是空空荡荡的，并未见到有人，王紫薇心里生出不祥预感，加快了脚步向桥冲过去，当她来到桥跟前，上到桥面时，一眼就看见了伏在桥那边地上的徐小梅。她的眼泪一下涌出了眼眶，冲到徐小梅身边，跪下一条腿，双手轻轻搬起她的上身，把她的头枕在自己的臂弯里，勐抖着喊了一声"小梅姐"，就哽咽得再也说不出话来了。徐小梅缓缓睁开满是泪痕的双眼，望着紫薇，艰难地苦笑了一下，就昏过去了。

蔡班长和刘小红随后也赶到了，她们手忙脚乱地把徐小梅扶起来，趴到蔡班长的背上，由蔡班长背着她，王紫薇又把大衣给她从后面捂盖严实了，然后和刘小红一左一右在两边护着，一起向营区走去。

62

疯狂肆虐了一个多星期的风暴在把大漠反复蹂躏了个够之后终于悄然离去，翻腾喧嚣的沙海总算沉寂下来，一时间显得格外平静，安宁。仿佛什么都没有发生过，但却又让人感觉到有点异样，细看时，才发现，以往那座沙丘的弯月形棱边没有了，不管大小沙丘都一律变成了浑圆的形状。更大的变化是，你原本以为是一成不变的地貌也发生了改变，你印象中原本在左边的某个大沙丘，可能就会变成了在右边，你印象中原本应该是一片平地的地方，可能就会出现一座意想不到的沙丘，大漠就是这样多变，这样反复无常。当你登高远望，眼前的那些大大小小的沙丘，这时就像是刚经过激烈恶斗之后累极了的斗兽，全都温顺地伏卧在苍穹之下，一动不动，延绵起伏，一直铺展至天边。此时已是晚春时节，在温暖阳光的普照下，大地滋养的万物都在以蓬勃的姿态迎接着初夏的到来，红柳枝上的苞芽开心地吐出了新绿，顽强的老沙蒿根托举起来的沙蒿丛在微风中摇曳着带着绿意的枝丛，和沙地上新冒出来的细沙蒿丛交相呼应着，那被流沙堆起来像沙包一样的白刺丛不甘寂寞地将它那灰白色带刺的枝丛悄悄染上绿意，在微风中招展炫耀着，在白刺丛沙包的底部，谨慎的沙鼠在小小的洞口探头探脑，褐灰色的沙漠蜥蜴在贼头贼脑地四处爬窜，在一旁的小沙丘上，几个屎壳郎正在奋力地滚动着不知从何处收获的牲畜的大粪球，忽而几只头上带着尖毛的黄灰色的顽鸟吱吱喳喳地飞落到白刺丛的粗枝上，把下面的小动物惊得四处躲藏，只有屎壳郎们依旧旁若无人地推着，滚着，忙着。

在离开沙漠边缘一里多地的南干渠两岸的湿地里，初夏的召唤使这里更加充满了生气，在大大小小的水面上空，各种各样的鸟类在空中飞翔盘旋，有长嘴长颈长腿的，有短嘴短颈短腿的，有硕大的，有小巧的，有黑的白的灰的……在水滩边的草丛里，传出一片叽叽喳喳的鸟叫声，偶尔传来几声咕咕的长叫，禽鸟们都在忙碌着，或来回走动，或低头啄弄，它们都在忙着准备养育后代。传宗接代的大戏正在这里频频上演，于是草丛中到处都出现了禽鸟们小心构筑的小窝儿，每个小窝里都静静摆放着几个或大或小的浅灰色带黑斑的鸟蛋，用不了多久，幼鸟就要破壳而出了，生命就这样在大自然敞开的怀抱里延续着。

在离开此地两里多地的团部医院里，一缕柔和的阳光透过玻璃窗投射在一间病房里，病房里共有四张病床，徐小梅在靠窗的一张病床上半躺着。床头的铁架上挂着输液瓶子，乳白色的细细的导液管从倒置的瓶盖中引出下垂到徐小梅放在床边的一只手的手背上，连接到用胶布固定在手背上的针头上，导液管中间显示输液速度的小粗囊里的药液在不紧不慢地滴落，挂着的药瓶里不时翻起一两个水泡向上冒去。徐小梅双目微闭，额头上散落着几根头发，脸色苍白而憔悴，她住进团部医院已经是第四天了，那天她被蔡班长、王紫薇、刘小红三个人轮流背回到连部卫生室，卫生员一看她的状况，赶紧让送团部医院。

马班的严子俊和郎信玉很快把马车赶到连部门口，几个人七手八脚把徐小梅往车上抬，郎信玉在车上接应，把她在车上安置好，盖上棉大衣，然后卫生员和几个人也上了车围着她坐好，严子俊冲拉车的马一声喊，马车就快速向团部医院赶去。到了团部医院，经过验这，验那，X光透视等等一系列折腾，最后诊断出来了，是急性肺炎，立刻决定住院治疗。在住院的几天里，她老老实实地配合治疗，检查，化验，拍片，打针，吊瓶……规规矩矩地按照医生和护士的要求做：吃药，喝水，吃饭，别想那么多，放松心情……她长这么大从来没住过院，现在住在医院里，给人这样温柔地折腾着，伺候着，感觉好象回到了童年时代生病的时候。那时候，一说生病，就不用上学啦，在家由姥姥伺候着，关心着，惯着，那种遥远的温馨感一下又仿佛回到了身边，让她身病和心病的痛苦都减轻了些许。医生和护士们都知道了她的遭遇，都在心里深深地同情她，护士对她说话的声调格外的温柔，动作也轻轻的，充满了关照之意，军医是个年近五十的老军人，说话严肃，不拘言笑，对她老是那几句话："坚强点，放松心情，配合治疗，很快会好的。"生硬的话语后面隐含着深切的关怀。她心里怀着感激，不想令他们失望，尽量装出没事和乐观的样子。

在徐小梅住院的日子里，连里的战友们时常都会过来看她，王紫薇更是一有机会就往她这里跑，她的病床周围总是围着有人，相比之下，其他那三张病床就显得有些冷落，那三张床上的女病人，一个来自比较远的连队，另外两个是家属，所以较少有人前来看望。有一天是星期天，方伟民、王紫薇、章青峰、严子俊、郎信玉几个人结伴来看她，他们围着她的病床，尽量设法说些让她分心的话题，希望她能早点从悲伤中走出来，方伟民忽然带着高兴的表情说："小梅，我给你带来好消息啦！"小梅和大伙儿都转脸望着他，只听他说："小梅，很快就要开始上大学文化课啦，这回全连都推荐你去呢，赶紧安心把病养好了回去准备参加考试吧！"没承想一提这事，又勾起了她的悲伤，原本准备和志远一起复习一起考试的，现在只剩下自己一个人，一想到这，她的眼圈又红了，方伟民一看，自知失口，后悔不该说，王紫薇用拳头狠狠地在他的腿上捶了一下。过了一会儿，她平静了一些，静静地望着大伙，心里总忍不住，想问问这些天有没有志远的消息，大伙儿一看她这眼神，就知道她想问这事，都有点紧张怕她张嘴问话，小梅望着大家的表情，心里明白是怎么回事了，也就不难为大伙儿不再问了。这时，郎信玉觉得自己找到了分心的话题，说道："小梅，过几天你出院，我赶小毛驴车来接你吧，你还没坐过毛驴车吧？"严子俊不屑地望他一眼道："人家小梅早就坐过，谁稀罕你。"这话把大家都逗乐了，小梅也难得地露出了一丝笑脸，气氛因此活跃起来，大伙儿都松了一口气。

三天之后，徐小梅可以出院了，这天中午，还是严子俊赶着马车来了，一块儿跟车来的还有王紫薇和卫生员，王紫薇跑着办出院手续，老军医向卫生员交待了注意事项，护士又把继续要吃的药拿来交给了徐小梅。然后徐小梅就告别了军医和护士以及同屋的病友，和王紫薇等人离开了病房，经过长长的有点阴暗的过道，来到大门口，一出大门，外面正是晴朗的艳阳天，阳光刺得徐小梅眯上了双眼，在病房里待久了，觉得光线反差太大有点不适应了。在不远处，严子俊正站在马车的车辕处冲她招手，大家来到马车前，严子俊和王紫薇扶徐小梅上车坐好，随后几个人也都上了马车，大家都坐稳后，严子俊特意打了个清脆的响鞭，仿佛是欢庆徐小梅出院的鞭炮，鞭声响过后，马儿们就稳稳地拉着马车向连队驻地走去。

团部医院离连队驻地也就大约二里地远，没多久就到了，严子俊把马车赶到徐小梅的宿舍门前停下来，蔡班长和班友们已经站在门外迎接她了。

王紫薇陪着徐小梅在班友们的问长问短声中进了宿舍，卫生员在门口和蔡班长交待了一些注意事项，特别强调要静养些天，按时吃药，注意控制情绪等等。吩咐完后，就和严子俊分头回去了。宿舍屋子里，王紫薇扶徐小梅坐上炕沿，又说了几句宽心话，就和蔡班长和班友们告辞后离去了。

徐小梅看看自己的睡铺，睡铺被班友们收拾得整整齐齐的，自从那天凌晨大黑天里匆匆离开之后，有好多天没有碰过自己的这个"窝儿"了，只见被子被叠得方方正正，上面端正地摆着枕头。她忽然想起那颗鹅卵石，爬上铺位把手伸进被子底下一摸，一下就触到了那圆圆的石体，她知道一定是班友们专门为她收好放在这儿的，心生感激的同时，内心的伤痛又给触动了一下，但她很快就控制住了，这时就听凑在旁边的刘小红说："你的宝贝我们给你收好了。"徐小梅转过头来，给了她一个会意的感激的微笑。

63

这天是徐小梅出院后的第一个星期天，早饭后王紫薇来找徐小梅，徐小梅悄悄对她说："我想再去……那个地方……看看。"王紫薇明白她的意思，就对蔡班长说，今天天气挺好，她陪小梅去外面走走散散心，蔡班长点头答应，又嘱咐她们别走太远别累着。

王紫薇拉着徐小梅的手来到方伟民的宿舍，叫出方伟民和章青峰，对他俩说，小梅想去桥那边看看，方伟民和章青峰二人沉吟片刻，方伟民说，去那儿太远了，怕累着小梅。其实他心里是怕徐小梅到了那个地方触景生情又勾起伤心事。他话刚说完，就听章青峰说："还是去吧，小梅想去，咱们就陪她去吧。"章青峰有他自己的想法，他觉得，很有必要去，必须要去。然后对方伟民说："你去趟马班，让严子俊他们赶个毛驴车过来吧。"方伟民心领神会立刻往马班跑。

很快郎信玉就赶着毛驴车过来了，车上坐着方伟民和严子俊，车子到了徐小梅跟前停下，三个人跳下车来，让徐小梅靠车辕坐好，紫薇坐在车帮上，手放在徐小梅肩膀上半扶半搂着她，然后郎信玉牵着驴车，和大伙儿一起向营区外走去。

这天的天气很好，好些天没见到这样的晴天朗日了，天空瓦蓝瓦蓝的，像水洗过的一样，几丝薄云点缀其间，更显明净空远，和煦的阳光照在人身上暖融融的，令人特别提神振作。路两边的枯草全都泛青了，青绿色的嫩叶和黄灰色的老叶混杂在一起，更显出勃发的生机。远一点的沙枣树的树枝上全都长出了暗绿色的新叶，树下有一群绵羊正在吃草，偶尔有一两只不老实的绵羊用后腿站立起来，把前腿踏在树干上，抬起头来够那嫩叶子吃，把树枝拽得一晃一晃的。

郎信玉牵着毛驴车走在前面，后面章青峰、方伟民、严子俊三个人一路跟着，一群人沿着大路缓缓向水泥桥的方向走去。夜间可能下过露水，润湿了土路上的浮土，车和人行走时带不起尘土，行走起来利索轻快多了。过了沙枣林没多久，就远远地望见那座水泥桥了，那桥的栏杆有些断裂损坏，孤零零地座落在那里，好像是在等候着他们的到来。

大家谁也不说话，默默地向着那桥走去，徐小梅感觉到王紫薇的手在微微加力抓她的肩头，急促的呼吸通过她的手让她明显感觉到。

在距离桥头还有十来米的地方，车和人都停了下来，徐小梅离开毛驴车下到地面，怔怔地向桥上走去，章青峰用手示意大家待在原地，让她一个人走，不要打扰她。

徐小梅慢慢地走上桥头，走到桥的尽头，一只手扶在残破的栏杆上，向着大漠的方向呆呆地站着，大家静静地伫立在后面望着她。只见她站着站着，肩头开始抖动，跟着浑身也勤动起来，然后她慢慢地蹲了下来，双手捂在脸上，接着，一声尖细的哭声从她瘦弱的身躯里传了出来，随即越来越大，越来越凄惨，越来越压抑不住，最后变成了放声痛哭，多少思念，多少心酸，多少悲痛，瞬间都随着这哭声喷涌而出，恰似一江春水延绵东流……

也不知哭了多久，只见她慢慢收住了哭声，缓缓站起来，抹了几下眼泪，整了整头发，转过身来，一步一步地向大伙儿走过来，大伙儿向她迎了上去。相距剩下一两步的时候，王紫薇突然向她扑过去，两个人紧紧抱在了一起，剧烈的抽泣使她俩几乎站立不稳，方伟民赶紧上前把她们扶住。大伙儿围着她俩站着，个个都泪流满面。

64

大约一个星期之后，招收大学工农兵学员的工作就在全团各连队正式铺开了，招收采取自愿报名和群众推荐相结合的办法。徐小梅早就报了名（那时魏志远也报了名），而群众推选早在十多天前就进行过一次摸底，十连多数战士都推荐徐小梅，一是大家一致认为她各方面表现都挺不错，二是大家都有一个共同的心愿，想让她借这个机会离开这个伤心之地，魏志远的失踪，不仅是徐小梅个人的悲痛，也是全连战士的悲痛，让她离开这个伤心之地，可以使得不但徐小梅本人，而且全连战士的心里都好受些。推荐结果报到团里之后，有人提出了不同意见，认为徐小梅的家庭出身可能有点问题，对此，十连王连长在一个相关的工作会议上陈述了坚决反对的意见，认为那根本算不上是什么问题，她的父亲不过是北京一个文化部门的中层干部，运动一开始受点冲击，隔离审查了一段时间，不久也就解放了，这能算啥问题？持异议者又说，听说她爸的爸是小业主什么的，反正不是工人阶级贫下中农，王连长不屑道："什么？她爸的爸？那你能保证你爸的爸的爸的爸没问题吗？哪有这样较真儿法的。再说了，就算退一步讲她的家庭出身真的有问题，那也主要是看个人表现呀，组织上不是一再强调'有成份但绝不唯成份，重在表现'的原则吗！"后来，这事反应到了团长那里，团长说："扯什么出身问题，那小姑娘我了解，表现挺好的。"这以后就没人唱反调了，徐小梅随即被列入正式名单，准备参加考试。

徐小梅心里十分清楚战友们的良苦用心，万分感激之下，下决心不辜负大家的心意，努力控制自己的情绪，把悲伤埋藏到心底，再也不让别人看见自己流一滴眼泪，抓紧时间复习准备考试。在复习期间，她一有问题就去找章青峰，章青峰不但学识丰富，而且特别善于教人，能把复杂的问题讲得简单明了，一下就抓住重点，让人印象深刻便于记忆，给了她极大的帮助。

几天之后，考试在团部小学的教室里进行，徐小梅满有把握地完成了各科的考试，非常自信地交了卷，走出了考场。

大约过了一个星期，录取通知就下来了，徐小梅被内地某高校录取，她的人生迎来了重大的转机，兵团生活即将结束，新的生活在向她招手了。

再过几天，徐小梅就要离开连队了，她开始抓紧时间收拾自己的东西，在收拾东西的时候，又看到了志远留下的那两样物件：那年他通过她的家里转寄给她的信，还有那颗鹅卵石，看着这两件东西，一阵强烈的心酸又涌上心头。但她已学会控制自己，把伤感沉淀到内心深处，尽量不让情感外露，仍旧静静地收拾着自己的物品，还不时平静地回应着班友们偶尔的关切问话。她把信和鹅卵石用一方小白毛巾包好，又用一段纸绳把它牢牢地扎起来，然后塞到小帆布箱内她认为最保险的角落里。

在离开连队前的头天晚上吃过晚饭之后，她来到王紫薇的宿舍，把紫薇叫到屋外，轻声对她说，她想再去桥头望一眼，王紫薇明白她的心思——她是要去向志远告别，但王紫薇有点不放心，犹豫片刻，说，不如叫上方伟民章青峰他们一块儿去，小梅拉着她的手，脸上略带微笑平静而温柔地对她说："不用了，就咱们两个人去吧，看一眼就回来。"王紫薇看看她的神情气色，知道她的心境已有所改变，不会再悲情大暴发了，就默默地点了点头，和她手牵手向营区外走去。

　　两个年轻女子手牵手走在营区外的大路上，初夏夜来的湿气弄潮了脚下的路面，踏上去柔软无声，营区的灯火越离越远渐渐变成一片昏惨的黄光留在身后。星光下，前方的道路像一条灰白色的布带伸向远方，直至溶进浓浓的夜色之中。初夏高原的夜晚凉爽宜人，清风习习送来阵阵带着各种植物新鲜气味的空气，似清泉，若醇酒，令人陶醉。

　　两人在四周一片寂静的夜暗中走了约摸十几二十分钟，那座水泥桥的轮廓便在夜幕的背景中渐渐显露出来，徐小梅脑海中一下闪现出那一年她站在高坡上等志远时不断在沉沉夜色中眺望的那座桥……，此时眼前的这座桥静静地座落在前方，显得那么孤单，那么凄凉。

　　二人沉默不语，紧紧握着对方的手走近了桥头，走上了桥面，走到残破的栏杆边，一手扶栏，抬头远望夜幕笼罩下的黑沉沉的大漠。桥那边不远处就是连队战友们从大路走下去时踩出来的发白的印迹，志远当时踩出来的脚印一定也混杂在那些印迹之中，那发白的印迹离开公路后，便径直向茫茫大漠延伸而去，最终消失在黑暗之中，志远当时也是随着这印迹，走向大漠，走向远方，最后消失在大漠里。徐小梅望着前方黑暗中的沙漠，心潮翻腾起伏，"志远，我知道你就在这片沙漠里，你永远留在沙漠里了，这沙漠是你的永存之地，也是我今生的魂牵之地，我明天就要离开这里了，就要远离你了，但我的心，我的魂，会时时守候你，陪伴你，我会回来看你的！会的！一定会的！"徐小梅想到这，蓦然转过脸来，用坚定的语气对紫薇说："小薇，咱们回去吧。"两人使劲握了握攥在一起的手，转身面向营区，缓步离开了孤桥。

　　第二天下午两点多，徐小梅在班友们的陪同下走出了宿舍，她回过身来深情地望着这排砖坯结构的简陋房子，不舍之情油然而生，这里作为她的"家"已有将近五年时间了，在这五年里，在这虽然简陋其貌不扬的小房子的庇护下，她们不用担心风霜雪雨黄尘沙暴的袭扰，安心地在里面生活，学习，聊天，说笑，冥想心事，憧憬未来，其间有欢乐，也有悲伤，有开心，也有苦恼……这小房子带给了她们家一样的温馨感，在这个小小的家一样的环境里，孕育了深厚的姐妹情和战友情，如今这一去，不知何日才能回来？

徐小梅在班友们的簇拥下走到前面房子的拐角，拐角处走出来她的老同学王紫薇、方伟民、章青峰、严子俊、郎信玉等人，他们也加入到了送行的人群，方伟民和王紫薇得到了连长的特别批准，随徐小梅坐汽车到巴音高勒火车站送她上火车。人群在经过连部时，连长也走了出来，和大家一起往营区外面的路口走，过一会儿团部的那辆嘎斯车要经过那里，徐小梅和送她的方伟民和王紫薇将会在那儿坐上汽车前往几十里外的火车站。

她的行李很简单，一个小帆布箱子，一个放杂物的网兜，洗脸盆没有带，送给刘小红了，此外还有一个大件：一个将棉被和棉大衣打在一块儿的较大的背包。曾有人建议说别要这被子和大衣了，回北京肯定用不上了，但她坚持还是要带上，"要留作纪念！"她很认真地说。

她的行李都由战友们帮她拿着背着扛着，大家伴随着她向路口不紧不慢地走去，没有人说话，在这种时候，有声的话语还不如无声的目光传达出来的心情更真切。

送行的人群在路边等了没多久，团部那辆响着很大噪音的老嘎斯车就开过来了，车厢上站着几个人，驾驶楼里也挤了三个女家属，他们也是去赶火车的。车子开近了，一声夸张的刹车怪响，车子停在了大路边，几个战友上前打开后车厢板，方伟民首先爬上车去，跟着把王紫薇也拉了上去，然后就伸出双手接拿车下战友递上来的行李。车下的人围着徐小梅站成一个半圈，徐小梅低着头站在王连长面前，王连长说："到了学校好好用功，给咱连争气！"徐小梅咬着下嘴唇频频点头，她已经暗自下过决心，一定不要哭，所以她极力忍着。连长说完后，蔡班长伸出双手抓住她低垂的两只手，说了一声"小梅"，就哽咽住了，停了片刻才说："再见了，我们大家会想你的。"话音刚落，徐小梅终于忍不住了，一下扑向蔡班长，两个人抱在一起，无言地抽泣着，围在旁边的战友们的眼圈都红了。过了一阵，王连长双手拍拍二人的肩头，柔声地说："别哭了，咱们高高兴兴地送徐小梅同志走。"二人听话地分开，徐小梅用袖子擦了一把眼泪，转身要上车，几个男的马上上前连扶带推帮她上到了车上。司机从窗口探出头来，看看人都上齐了，便轰地加大油门，汽车缓缓启动了。

徐小梅站在车厢后面，一手抓着车帮——王紫薇在旁边扶着她——一边不停地朝着向她挥手道别的战友们挥动着手臂，车越开越快，人群越来越远，车轮带起的黄尘使视线受到阻碍，人群渐渐变得模糊，但仍能看见那众多的手臂在不断挥动着，挥动着。

汽车行驶在通往几十里外的巴音高勒火车站的路上，汽车上，大家把徐小梅让到车厢前面靠中间的位置，方伟民和王紫薇一左一右站在她的两边，汽车行进中，干燥而生硬的风迎面扑来，使大家都眯上眼睛闭上嘴，耳边只听见呼呼的风响，头发被风吹得在额头上乱飞乱舞。汽车开着开着，离黄河岸边越来越近，沿途的景象是那样的熟悉，宽阔辽远的黄河河道，静静流淌的黄水，沿岸随处可见被河水冲刷成直立状的裂开的河岸，不时有崩塌的岸体轰然向河中倒去，发出吓人的声响。汽车沿着黄河向上游方向行驶，一会儿靠近河岸，一会儿远离河岸，一会儿又驶向沙漠边缘，驶进座座沙丘之间，徐小梅望着汽车两边闪过的一座座沙丘，恍惚中觉得那些沙丘都变幻成了志远的一张张笑脸在目送着她离去，她不顾劲风的吹袭，睁大了双眼，使劲盯着一座座沙丘看，看着看着，两行眼泪不觉顺着脸颊流了下来。

下午五点多，汽车驶近了巴音高勒镇，黄河大坝出现在眼前，这是黄河上一处较大的水利枢纽工程，在偏远荒寂的地方待久了的人们，看惯了平扁矮小的物体，突然面对这种大型的人造工程时，会觉得它是那么恢宏巨大，那么有气势，心灵不免受到震撼。汽车在横跨黄河的大坝上很快驶过，进入了巴音高勒小镇，这是五年前徐小梅这一群年轻人来到塞外高原内蒙古后第一个迎接他们的小镇，如今，她又来到了这里，这回，她是来向它告别的了。

汽车在错落散布着低矮老旧的小平房的小镇中的煤渣路上行驶了一段，转了两三个弯，就来到了巴音高勒火车站，那车站是一座青砖结构尖屋顶的较为高大的平房，红漆刷的窗框有点歪斜，作为进站入口的地方向前突出来一段，尖顶屋檐下的两扇破旧的木门向两边敞开着。汽车开到靠近门口的地方停下，方伟民先跳下车，接扶着徐小梅和王紫薇下了车，又接过车上的人递下来的行李，然后走近驾驶楼，向司机问清楚，汽车在小镇里的团部转运站待到晚上几点开车回团部，他和王紫薇送完小梅后要再坐这车返回连队去。问清楚之后，方伟民一手提箱子，一手抓着半背在肩上的背包，王紫薇一手提着网兜，一手拉着徐小梅，三个人一起往车站里走去。

车站里人不多，三人来到一张空着的长木条椅处，方伟民放下行李，让她们二人坐下，他去售票处买票。很快票就买到了，列车是七点多到站，还有一个多小时，方伟民算了一下时间，送走小梅后，他和紫薇有十几分钟就能走到团部转运站，团部那汽车要八点半才往回开呢，时间足够富裕。

三个人在木椅上坐下来。方伟民刚坐下又站了起来，说要去外面看看有没有卖东西的地方。方伟民走后，剩下徐小梅和王紫薇两个人手抓手坐着，轻声细语地说着话。

不一会儿方伟民就回来了，一手拿着一个纸包，一手拿着一盒猪肉罐头，两手一块往胸前捂着一个大点的玻璃瓶子，急匆匆向二人走来，把东西放在长椅上。那纸包里包的是两个油旋儿，玻璃瓶是糖水白桃瓶装罐头，方伟民把这些东西装进那个网兜里，又嘱咐小梅在车上要吃的时候如果打不开可以找列车员帮忙。徐小梅感激地边笑边点头。

晚上七点多钟，一个身穿蓝色铁路工作制服臂戴红袖箍的矮瘦的女检票员走进候车室，来到通往站台出口处的铁栅前，用浓重的本地口音大声说道:"XXX次火车就要到咧,请旅客盟(们)到载哈尔(这里)排队进站!"旅客们闻声纷纷站起来拿上行李往铁栅处排队,然后开始检票进站,方伟民让徐小梅走在前面,自己和紫薇拿着行李跟在后面,到了检票员跟前,方伟民指着徐小梅学着用本地话说:"恶盟(我们)是来送载(这)女的。"检票员看了他们一眼,剪了徐小梅的票,往站台上一摆手说:"快快儿进个哇。"

三个人来到站台上,站了没多一会儿,一束强烈的灯光从远外照射过来,随后黑乎乎的火车头从昏暗将黑的背景中冒了出来,带着隆隆的轰响和白色的蒸汽由远而近,泰山压顶般开了过来,整个站台都随之震勘起来。

火车头过去之后,列车徐徐停住了,方伟民让王紫薇在原地等着,自己提着箱子背着背包,让徐小梅提着网兜跟在自己身后急匆匆往车门赶,还好乘车的人不多,他们很容易就上到了车上。列车停车时间很短,他得抓紧时间,他领着徐小梅往车厢里走,边走边找坐位,来到一处坐位前,三个人的坐位上坐着一中年一青年两个身穿左胸上印有"千里山钢铁厂"字样劳动布工作服的人。中年的那个高大魁梧,满脸胡楂子,年轻的那个身板单薄,白净的脸上有几颗青春豆,方伟民走近二位,微笑着说:"两位师傅,往里坐一点给这位女同志挤个坐儿。"两位抬头一看,中年的那位先站了起来,往外推了推年轻人,一面热情地说:"啊哈,小姑娘往里坐,往里坐。"他把靠窗的位置让给了徐小梅。徐小梅连声道谢坐到了坐位上,方伟民赶紧把行李放到行李架上,匆匆嘱咐了徐小梅几句,赶紧转身下车,这时列车员已经在催促送行的人下车了。方伟民从车上下到站台,跑过去拉上王紫薇一起快步走到徐小梅所在坐位的车窗跟前,徐小梅把头从打开的车窗里探出来,望着紫薇和方伟民,心里想,这是多好多般配的一对啊,他们将来要是结婚了,可以算得上是一对真正的患难夫妻。

徐小梅两手紧紧地握着二人的手,这时从火车头传来一声粗长的鸣叫，列车徐徐启动了，二人随着缓缓移动的车厢急走了几步，放开了和徐小梅握着的手，改为挥手道别，他们相互用眼睛凝视着对方，眼睛里闪动着泪光。

列车越开越快，徐小梅的车窗越离越远，随后在一节一节跟进的车厢的阻挡下消失在视线中。两人望着节节闪过的车厢，一直到尾车厢从眼前快速闪过，很快越变越小直至消失在夜幕中，只剩下两条空荡荡的铁轨在夜色中微微反射着幽暗的白光。

王紫薇望着冰冷的铁轨，心里空落落的，这时她感到方伟民的手轻轻地搭在了她的肩头，缓缓将她搂近他的胸前，轻声说："咱们走吧。"紫薇点了点头，二人便相依着向位于小镇里的团部转运站走去。

魂 归 大 漠
（第二部）

1

　　在北京三环外某食街的那家东北菜饭庄里，那桌老者们的聚会从上午十一点多开始，到现在已经是快下午三点了，还没有结束的意思，其他的客人早都走光了，现在又不是吃饭的钟点，所以饭庄里其他十几张饭桌都是空空的，只有角落这边围桌而坐的这一圈老者们还在说着什么，而且声音特别低沉，气氛看着挺压抑，服务员小姑娘心里挺奇怪，这帮老人家，在说什么呢？这么投入，这么忘情，她跟老板表示了她的疑惑，老板是个四十来岁人高马大的东北爷们儿，他对小姑娘说："由着这些老人家去吧，别断了给他们上茶水，再给他们上点瓜子花生什么的。"小姑娘点头照办。

　　此刻，一桌人默默坐着，表情严肃，气氛凝重，往事的回忆，沉重的话题，使每个人心中原本早已平复了多年的那潭深水又翻动了起来。那种失去战友的心情，在一开始的时候，确实令人悲痛万分，无法接受，甚至过了好几年，一想起来，还是十分难过。但是年复一年，经过四十多年之后，那种心情已在漫长时间的洗涤下慢慢演变，最终变成了一个抽象的记忆，存放在脑海的极深处，就算偶尔有人提及，那感觉也和说起一个与自己无关的故事，自己只是个旁听者的那种感觉差不多。但是今天，他们好像是穿越了一回时空，回到了当年的那个环境和氛围中去体验了一回，这一下，他们的心情实在是难以平静了。

一桌人就这样默默无言地坐着，他们此刻心里想的都差不多，都在心里暗暗地给四十多年前失去的战友默哀，都带着惭愧的心情在心里暗暗对战友说：真对不起，魏志远，我们都渐渐把你淡忘了……

就这样，大家一时沉浸在重新勾起的伤感难过气氛里，过了好一会儿，他们才忽然醒悟过来，他们今天之所以提起这往事，并不是为了就事论事，简单回忆缅怀一番就完了，而是因为一个很现实具体的问题引起的啊！并且因着这个问题，由章青峰把大家的思路给引到这上头来的呀！于是大家又把目光聚集到章青峰脸上，章青峰只顾低头喝茶，但看得出，他也是在思索。

郎信玉，这个当年赶马车的马倌，后来的某文艺团体负责人，现在的退休干部，抬起他那有点肥大的脑袋，望着章青峰，疑惑地问："那么说，你说这事居然和失踪了那么多年的魏志远有关？这可能吗？"

坐在他旁边的严子俊，这位当年和郎信玉一样，也是赶马车的，后来从某政府机关下海经商，现在已经两鬓发白收手不干了的自由人，也附和着说："是呀，如果说有可能的话，那就太离奇了！"

方伟民和王紫薇，还有另外三位本连的战友，也都表示，这事太不可思议了。

郎信玉还是改不了心直口快的习惯，他嗑了几颗瓜子儿，把瓜子皮往桌上一扔，望着章青峰说："如果说这涉外的事情和魏志远有关，那除非他当年还真的是跑到外国去了，那时团里不也曾经流传过这样的说法吗，说他的失踪没准儿是叛国投敌了。"

方伟民摇摇头说："这根本不可能，这种说法在当年就被彻底否定了，就拿咱们几个来说，谁能比咱们更了解他，从小学、中学、一直到兵团，他是个什么人，咱们心里还不了解得透透的，跟看玻璃人似的，他根本就没有那种思想基础和动机，他往国境那边跑干什么去呀。"他一边说，旁边的王紫薇一边"就是，就是"地附和着。

严子俊也忍不住了，他喝了一口茶，待王紫薇"就是，就是"的话音刚落，他就接话说："咱们退一万步讲，就算志远他真的想越境外逃，他怎么过去呀？中间隔着黄河，隔着大青山，还隔着草原，他除非是神仙，一下飞过去。"

"是呀，"方伟民也想起来了，"我清楚记得，那天咱们出发去拉羊粪的时候，每个人只带了几个馒头，一水壶的水，就凭着这点东西，他能走多远？饿也饿趴下了，更别提翻山过河了。"

大家越说越觉得不可能是这么回事，那到底是怎么回事呢？能涉外的，又称得上是大事的，只有这唯一的一件"可能的"事了，如果连这也不可能，那就只好等到星期六，去听外交部的人宣布谜底吧。

等大家都说得差不多了，章青峰放下茶杯，抬起眼来，环视了一下在坐的各位，慢慢说道："你们说的都有道理，我原来也和你们的想法是一样的，但是，大千世界，无奇不有，当年寻找志远的时候，咱团各连搜遍了那一带的沙漠，不管是死是活连个人毛也没找到，所以，说是死亡，那是推论，不是实论，既然只是推论，那就意味着还存在着另外一种可能，不管这种可能听起来多么可笑多么离谱，但是可能总是可能，这可能是客观存在，因为没有实证去否定它。"

大家都不眨眼地盯着他，听他不紧不慢地讲着，好像在听一堂哲学课，只见他停顿了片刻，呡了一口茶，继续说道：

"给你们说一件怪事。"

他这么一说，大家一下都绷紧了神经，眼盯着他那张总是会说出别人意想不到的话的嘴，侧耳静听他往下说，只听他继续说道：

"我在原来那家外企任职的时候，有一年，我陪老总到北方邻国一个离我国边境不远的地区去考察投资环境，那地方真荒凉，比咱们那时候兵团所在的地方还荒凉。我们要去的地方是一个矿石场，我们开的越野吉普车在漫漫戈壁荒原中开了三十多个小时才到了离那矿石场不远的地方，路的两旁总算偶尔能看到三三两两的牧民的帐篷，这时你们猜怎么着？"

"怎么着？"大伙瞪大了眼珠子纷纷问。

章青峰和大伙儿的惊愕眼睛对视了一两秒钟，低头又呡了一口茶，说道：

"我在车上坐着，望着车外的情景，心里忽然生出一种奇怪的感觉，"

"什么感觉？"众人屏住呼吸问。

"我觉得，我觉得这地方我好像来过，好像挺熟悉，好像还在这有熟人！"

大家死盯着他，连呼吸都快停止了。

"可又一想，这地方我从没来过呀！别说这儿了，就是这个国家，我也是平生第一次来呀！怎么就会产生这种似曾相识的感觉呢？甚至老觉得这里有熟人呢？是我累了？迷糊了？产生幻觉了？都没有啊，我的精神状态很好，我的精力很充沛，我的大脑清晰极了，不可能会因为疲劳而产生什么幻觉，但是我的这种感觉又是因何而生的呢？我想呀想，忽然一个名字从脑海深处跳出来！"

"谁？"众人几乎是同声问。

"魏志远！"章青峰一字一字说出这个名字。

"这话怎么说？"差不多惊呆的听者中有人几乎要小声叫起来了。

"我也不知道这话该怎么说，但就确确实实是那样一种强烈的真切的感觉。我想，这感觉不会是凭空而来，一定是有原因的。"

在大伙儿的静默中，他停顿了片刻，又说道："自那以后，我就改变了对原本已有结论的整件事情的想法，我觉得还是那句话，大千世界无奇不有，说不定某一天，会有意想不到的奇迹出现。所以，当我一听方伟民说外交部的人找咱们，我稍加分析和联想，就想到可能是和这事有关。"

大家听章青峰说到这，都纷纷出了一口气，这时就见性急的郎信玉站起来说："章青峰，听你说这半天，弄得我们就跟听神话故事似的，都让你给绕进去了，好吧，就算按你说的，大千世界无奇不有，可能性是客观存在，但也得有一个最重要的事情能说通了才行呀，那就是，志远他是怎么跨越了那段根本不可能跨越的距离，到达那边的呢？"

郎信玉的话令大家纷纷点头，章青峰望望大伙儿，面露微笑轻松地说："要不这样，咱们先等星期六，去见了外交部的人，看他们说的事是不是和魏志远有关，如确系有关，咱们再来探讨志远他当年是怎么过去的，好吗？"

"对的，对的，"大家纷纷表示赞同。这时服务员小姑娘又来添茶水来了，还递上一碟花生，边倒水边说："叔叔阿姨们，你们边吃边喝边聊，还需要啥随时叫我。"说罢就转身忙去了。

这时，众人的话题就转到了星期六——也就是后天——哪几个人去见外交部的人，以及在哪里集中，在哪里坐车，怎么坐车等等细节上去了。一致的意见是，去的人有：方伟民、王紫薇、章青峰、严子俊、郎信玉，这时有人提出应该把徐小梅也叫去，她才是最重要的角色，大家都说"对"，唯有章青峰不说话，他沉吟片刻后说："还是先别叫她去，咱们先去听听是怎么回事，回来再决定有没有必要跟她讲，怎样跟她讲，她这些年来不容易，现在总算过得比较安稳了，咱们尽量不要没事找事打扰她的平静生活。"大家一听都觉得章青峰说得有道理，还是这位"人物儿"考虑事情周到，于是纷纷点头表示赞同。

要紧事说完了，大家又喝了会儿茶，吃了点儿花生，嗑了会儿瓜子儿，唠了唠闲话，方伟民抬手看了下手表，已近下午五点钟了，这场马拉松式的聚会居然进行了差不多六个钟头，现在该散席回家了。方伟民这一提醒，大伙才如梦初醒般惊叹道："啊，这么快，都快六点了！"于是纷纷站起来，穿外套的穿外套，拿包的拿包，开始离席往外走，服务员小姑娘凑近招呼道："叔叔阿姨们，你们这就走吗？干脆留下吃晚饭得了呗。"章青峰轻拍一下她的肩膀说："走，咱们结账去。"便和小姑娘一块儿向柜台走去。

　　大家在饭庄门口说了一些告辞的话，然后三三两两地向停车的地方走去，到了一排轿车旁，大家在说着各自回家的线路，谁坐谁的车合适，这时章青峰也结完账从后面赶了上来，大家议了一下，最后坐车安排如下：另外那三位本连战友，两人坐严子俊的车，一人坐郎信玉的车，方伟民和王紫薇坐章青峰的车。安排好了，众人开始上车，严子俊的车上齐了人，先开了出来，那是一辆紫红色的马自达，严子俊管它叫"老红马"，他还是忘不了当年的那匹老红马，他从打开的车窗里和大伙儿招了招手，就把车子开了出去。郎信玉的车和章青峰的车并排停着，他的车是辆银灰色的半新的别克 G28，他望着章青峰那辆蓝色老款四档的看起来又扁又小的普桑笑着说："章青峰，你收藏的那一屋子老古董哪一样卖出去都够买辆高档豪华车了，你咋还开这破车？"章青峰微微一笑道："东西还是用惯了的好使。"郎信玉笑着摇头道："我真是服了你，我都换了多少回车了，你还是守着你这辆破车，真拿你没办法。"方伟民和王紫薇坐进车子之后，章青峰也打开车门上车，郎信玉看着章青峰那么高的个头，弯着腰往那矮扁的普桑里钻，觉得滑稽极了，忍不住笑出声来，他招呼坐自己车的那位本连战友上车之后，跟章青峰和方伟民两口子道了一声别，就把车子开了出去。章青峰和方伟民两口子在车里坐定后，章青峰问他俩："直接送你俩回家吗？"两人想了一下，王紫薇说："要不咱们顺便去小梅姐那看看，有好些天没见她了。"方伟民和章青峰一听说，都表示赞同，王紫薇说："等等，我先打个电话。"说完就用手机拨徐小梅家的电话，电话拨通了，一通长长的音乐响完了也没人接电话，"怎么回事？"王紫薇自言自语道，又改拨她的手机，这回一拨就通了，那熟悉的音乐响了一会儿之后，就听手机里传来徐小梅亲切的声音，王紫薇赶紧说："小梅姐，我和伟民还有青峰哥在一块儿呢，我们这就去你那看看你。"只听徐小梅高兴地笑了一下，回话说："我和我姐正在山上呢，我们都来了好几天了，要后天才回去，我回去后再跟你们联系。"王紫薇回了一句"那好的，回头见。"就挂了电话，抬头对二位说："小梅姐上山去了。"二位一听"上山"，就知道说的是山上的一座寺庙，徐小梅又上寺庙那儿去了。"那咱就回家吧。"王紫薇说，章青峰点头道："好的。"说完把车发动着，缓缓开出了饭庄。

2

徐小梅此时所在的那座寺庙，位于京城西北方向一百多公里外的一座大山上，寺庙建在起伏相连的几座山其中一座的半山腰上，寺庙后面有更高更大的山，寺庙前面的山体则高度逐次降低，最后经过几个小山坡后便连接上了广袤的华北平原。初夏时节，平原上笼罩着一层淡紫色的薄薄的雾霭，农田和村舍在雾霭的掩映下依稀可见，视线十分开阔。

远看寺庙，处在半山之上，显露着红墙绿瓦，好像周围除了山就是山，没有什么可供人活动之地，实则不然，通往寺庙有一条在阴暗的山间里弯来弯去的小路，刚刚够一辆小轿车通过。当车子经过数不清多少个弯，最后终于上到了寺庙的"地盘儿"时，才发现前面的地势霍然开朗，一片篮球场大小长满青青野草的平坦地面上座落着两尊逼真的和真大象一样大的水泥大象。经过大象所在的青草地，再开上一个小坡，就来到了劈山开出的一块平地上的寺庙所在的院落，寺庙周围长着许多柿子树，树枝上那深绿色的圆而挺阔的叶子被风一吹轻轻地聒噪着，柿子树下和四处的山坡上都长满了野酸枣，尖尖的酸枣刺蓬勃张舞着，警告一切想靠近的人离远点。院落中长着几棵老杨树，粗大的老树干上长出新枝，新枝上的叶子异常嫩绿，被逆射的阳光一映显得玲珑剔透，几近耀眼。寺庙的大殿背靠山势而建，由于角度的关系，一角的斗拱飞檐看似冲出天际，横陈半空，映衬着飞檐下的远山，看去颇有气势。大殿正梁上金边黑底的牌匾上写着"XX 寺"几个金色的正楷大字，从大殿正门一进入大殿，光线略暗的空间里是盘腿而坐的三世佛的巨大金身迎面矗立着，中间最大的那座是现世佛释迦牟尼佛，两边较小的分别是过去佛和未来佛。只见三世佛面目慈祥，低眉顺眼，略带微笑，半闭半睁的佛眼俯视着身前的众生，使信佛与不信佛之人都产生一种神圣的敬畏之感。

此时已是傍晚时分，大殿里正在进行诵经活动，整个大殿弥漫着一种庄严肃穆的气氛。

小梅姐姐每次上山，都拉要着徐小梅一块儿去，说，不管你信不信佛，去山上走走，换换环境，呼吸呼吸山上的新鲜空气也好呀，强似整天待在家里，徐小梅虽然不信佛，但觉得姐姐说的有道理，所以就跟着来了。上山后果然感觉好极了，觉得真是应该来，早就应该来。她们每次上山都是徐小梅她姐夫开车送她们来，回去时再开车来接她们回去。她姐夫年逾七十，是一位八十年代末的军转干部，虽然离开军队这么多年了，生活作风和生活习惯还依然保持着军人的本色。严谨，利索，干脆，一丝不拘，雷厉风行，是徐小梅暗暗崇拜的偶像，她一看见他，就不禁想起兵团的老团长和王连长，一种特别的亲切感便由然而生。这次徐小梅和她姐到寺庙来已经住了有一个星期了，寺庙的院子里有一圈坐北朝南的小平房，里边有六七间房子是专门提供给居士们住的，里面的陈设极为简单。两张木架子单人床，硬硬的木床板上铺着薄薄的棉褥子，一床不太厚的棉被和一个荞麦皮的枕头，两个床头中间放着一个床头柜大小的简易小矮桌，除此之外就再无它物了。院子的老杨树下有一张石桌，石桌的四周有四个坐人的石墩子，院里院外散养着一些鸡、鸭等，它们悠闲地走来走去，不时发出"啾啾"和"呱呱"的叫声，它们可不是养来吃的，而是不忍杀生的信众们送到庙里来的，它们在大山的环境里随意各处觅食，也吃一些庙里做饭时摘出来的烂菜叶和菜头菜尾，自由自在地活着。在院子里走动的还有几只小猫和小狗，都是主人不想养了送给信众们或是信众们自己收养的流浪猫狗带到庙里来的，它们在院子里和其他小动物互不侵犯，互不争斗，和谐相处。那圈平房一侧的空地上有几畦子菜地，种着一些常见的蔬菜，引来山上的泉水浇菜，整个院子呈现一种宁静、祥和的气氛。寺庙的作息时间是凌晨三更起床，四更念经，五更吃早饭，然后一直到下午四点都是听师傅讲经或集体诵经的时间，中间有两次短暂的休息，下午四点开饭，然后就是"过午不食"，或诵经，或休息，直到晚上睡觉。寺庙里的伙食非常简单，不大的饭厅里摆着几张圆桌，每餐的饭菜，主食之外自然都是素菜，最多有点豆腐、木耳之类，而且每次吃饭都要求吃光，不允许有一点浪费。总之，寺庙里的物质生活是简单清苦的，他们追求的不是物质上的奢华，而是精神上的升华，居士和信众们上山来住在此地，就是要脱离山下尘世间那花花绿绿吵吵闹闹的都市生活，在简单清苦的物质生活和清静、平和的环境中专心听师傅讲经，认真随师傅念经，使身体和精神从山下都市生活造成的紧张疲惫状态中解放出来，达至一种精神上清澈，明净，脱俗的境界，最终使身心和人性得到的全面修复。

徐小梅和她姐住在那圈平房中的一个小房间里，每天按着庙里的作息时间活动，听着晨钟暮鼓，迎着清风晓月，或颂经，或听讲经，或做各种仪式，她虽然并不信神信佛，但对师傅和信众们保持着尊敬，对神灵表现出敬畏。既然到了庙里，也得"入乡随俗"，参照着别人怎么做她就怎么做，努力按照庙里的规矩和仪式行事，她虽然对佛教只有一点点粗浅的了解，对经文更是似懂非懂，但那经文的一些词句和现场庄严肃穆的气氛还是很打动人的，使人的内心得到抚慰，精神平和，身心放松，无欲无望。在上香许愿时，在为家人一一许完愿之后，她总是不由想起内心深处的那个人，她也要为他许上一个愿，愿他在天之灵安息，愿来世有缘相聚。

此时的诵经活动还在进行中，徐小梅和她姐处在后排靠边上的位置，因为她姐知道小梅不懂诵经中的规矩，该念不念，该起不起，那个慌乱劲儿一看就是一副俗人的样子，所以拉着她靠边站，免得丢人现眼。

3

这一年徐小梅已年逾六十。她外面穿着一件敞开的中长款浅灰色的薄呢翻领外套，以抵御山上一早一晚的凉意，上身着紧身米色线衣，下身是黑色的修腿长裤，脚蹬一双再普通不过的中跟黑皮鞋。头发简单地弯曲波浪几下拢在脑后，其间已见丝丝白发，她既不穿金戴银，也不刻意化妆，只是略施粉黛，基本上是一副素颜的样子，她虽然腰不弯背不驼，体形也没有太大变化，那张年轻时美丽俊俏的脸上的每一个部位的细节都在显示着对于美丽的顽强坚持，但岁月的沧桑留在脸上的特征毕竟是掩饰不住的。最能识别人的辈份和年龄的莫过于幼小的孩子们，他们具备先天的识别功能，他们绝不会把阿姨辈的叫成奶奶，也绝不会把奶奶辈的叫成阿姨。不管你怎样修饰化妆打扮，往孩子们跟前一站，他们要是喊你"阿姨"，那你就是阿姨，他们要是喊你"奶奶"，那你跑不了肯定是奶奶，准着呢。徐小梅那些年忙忙碌碌，没太注意岁月流逝给自己带来的变化，总觉得自己好像永远跟"老"字不沾边，一开始听到有小孩子管自己叫"奶奶"时，还觉得挺可笑，可越是到了后来，进进出出听见管自己叫"奶奶"的孩子越来越多，她这才开始认真留意起自己来，这一留意，她不得不承认，孩子们的眼光是精准的，她确实已不可逆转地进入到了"老太太"的行列了。当然，她的容颜如果不是由"孩童鉴别专家"们来鉴别，而是以一般成年人的眼光看起来，除了眼角上多了几道鱼尾纹，整个人看上去还是挺精神的，要是再好好化一下妆，再充个多少年的嫩，也是不成问题的。但谁让她不兴这一套呢，五年艰苦的兵团生活，五载边疆的风雨洗礼，在她身上留下了难以磨灭的印迹，吃苦耐劳，勤俭节约，不喜虚荣这些原本应该是中国农民特有的品质，在她身上也有所体现，而且还无法改变，看来是要陪随她终生了。而那难忘的兵团岁月，一转眼已过去四十多年了，真是光阴似箭啊，但想想又好像是不久前的事情，那一处一地，一情一景，想来都那么真切，就像刚刚发生过的一样。

那一年，她报考工农兵大学离开兵团后，回到京城到某高校就读文科。她牢记和连队战友们分手时王连长的嘱咐——好好用功，给咱连争气。她用功倒是非常用功，上学期间，把全副身心精力都投入到学习中去，勤奋刻苦攻读学业，很少休息娱乐。但说起"争气"来，好像也没干出什么特别争气的事来，从学校毕业后，先是在一所中学任教，任高中语文老师，她满怀信心一心一意想把本职工作干好，备课常常备到三更半夜，她上的课学生都爱听，而且学生还特别听她的话。就连那些最不省心的淘气学生在她面前也都跟绵羊似的，在那段时间里，她觉得一切都顺风顺水，无需担忧什么，只要好好工作就行了，但奇怪的是，她的事业发展不是往上去，而是往下走，在高中教了没多久，国家的政治形势发生大变，她这一类的工农兵学员慢慢变得不吃香了。学校原来的老领导对她挺重用的，让她觉得在这么好的领导之下工作心情挺舒畅，但是后来换上来了几位"新锐"领导，那作风作派和老校长完全不同，他们一心要打造所谓重点中学，越来越看不上徐小梅这一类学历是工农兵学员的教师，视他们比鸡肋都不如，鸡肋还食之无味弃之可惜呢，新领导是巴不得把他们快快打发走，以便把位子让给他们看中的"新人"。于是徐小梅就从教高中改为教初中，再过些日子，又好像连教初中都不够格了，新领导每每放出风来让他们最好调到别的学校去。徐小梅是自尊心极强的人，一看领导是这个意思，不用你说破，她自己就开始另寻出路了，她联系了京城里的好几所中学，那些学校的领导一听说学历是工农兵学员，一个个都态度冷漠，最多应付上几句，就把她打发走了。后来她一想，干嘛这么死心眼儿，中学不行就试试小学呗，小学有什么不好，成天和单纯的孩子们在一块更简单快乐，于是她又开始联系小学，经过一番努力，终于在某个靠近郊区的地方联系到了一所小学。该校的女校长原来也是个知青，在新疆生产建设兵团的学校里当过老师，后因父母年迈身边无人照顾调了回来，她一看了徐小梅的简历，立刻决定接收，很快办妥了调动手续，徐小梅也就从在市内的中学教高中"荣升"到郊区的小学教小学生了。不过她也挺想得开，并不怨天怨地，还是尽心尽意把本职工作干好，再加上那些单纯的孩子们稚声稚气的话语声和欢笑声，时时给她的心灵带来一种轻柔的抚慰，经常令她感动，她于是安心地在这所学校干下去，一干就干到了退休。

4

在徐小梅离开建设兵团两年多后，她的那些兵团战友也都陆陆续续回到了城里，其时正当国家的各项政策大调整时期，轰轰烈烈地存在了七年多的内蒙古生产建设兵团也走到了尽头，成为了一个历史的符号。兵团战士们回到城里后，各找门路，各奔前程，开始了他们人生中的一个全新的充满辛酸的适应探索过程，各人的发展参差不齐，差距越来越大，最终有人高居社会上层乃至顶端，多数人则沦落社会底层，成为芸芸众生。但不管身居何方何处何等层级，难忘的兵团岁月都在他们的心灵深处留下了不可磨灭的印迹。

形势的不断发展对回城知青们产生着各种不同的影响，有人如鱼得水，有人苦闷彷徨，徐小梅的那些同学战友也一样经历着这变化的一切，章青峰就感觉到，形势的发展对他这类学识丰富的人来说是越来越有利。这么些年来，每个人的日子都是一天天地过来的，有人不管过了多长时间，消逝了多少日子，知识水平还是停留在原地，而章青峰这类人则不同，他们每天都没闲着，每天都在读着，看报，思考着，每天都有新收获，每天都在长进，这么多年积累下来，再加上本身天生绝顶聪明，他们达到的知识水平已不是一般人可以望其项背的，而是需要仰视的了。章青峰在回城后没多久，居然被某高校聘去当了课坐教授，一个只有一半初中学历的人给一大群大学生讲课，讲授欧洲文学史等知识量极大的课目，他的学识、风度、授课技巧和无处不在的幽默风趣，使他的课成为了当时最受欢迎的课，甚至引起了一些同僚的忌妒，相互间打听此人是什么来头？何等名校毕业？是何学历？这话通过一些和章青峰比较熟近的人之口传到章青峰耳里，章青峰从来都是轻蔑地一笑回之曰："学历？我从来都对拿学历不感兴趣，我只对发学历感兴趣。"再有不自量力者想通过和他多聊聊探探他的深浅，则多半谈不了多久就会发现，此人学识水平之高之丰富，绝对在自己之上，与再聊下去自己恐怕就要露怯了，于是赶紧借故或打哈哈离开，再也不敢深聊了。章青峰在大学任课时间不长，但却收获了无数的尊崇、敬佩甚至爱慕，拿今天的话来讲就是"粉丝"无数。他后来的妻子，就是这些粉丝之一，这也算是他在大学授课期间的一大收获吧。

　　章青峰后来离开了大学，到了一家有名的跨国公司当高管。他去这家外企的经过也有点离奇。某休息日，他正在父母家里看书（那时他还没结婚，仍跟父母住在一起，父亲是个"三八"式军队老干部），忽然电话铃响，他一接，听筒里传来一阵一听就是外国人讲的那种不太流利的音调有点滑稽可笑的"普通话"，章青峰问是哪位？有何事？对方说他是某跨国公司的某某，公司对他章青峰很感兴趣，可否到公司来见面谈谈。章青峰心里奇怪，你们怎么会知道我和我的电话？又一想，莫非是自己平时闲来喜欢到咖啡馆去喝咖啡，在和老外闲聊时，有些聊得来的，是曾经留过电话，难道是他们打来的？章青峰想的没错，确实是他在喝咖啡和人聊天时，被某外国猎头公司派出的"探子"

盯上了，该"探子"从他所在国家的总部一来到驻华分部，分部老总就告诉他，北京是个历史悠久，文化底蕴深厚的城市，这种地方会隐藏着不少"人精"，他先说了"Super smart guy"，又用怪腔怪调的所谓"京腔"把"人精"这个词强调了两遍，"探子"点头领会，随后，便在这繁华大都市的茫茫人海里开始了他的专业搜寻工作。某日，在一处咖啡馆喝咖啡时，见到邻桌有一中国年轻人正在和一中年外国人聊天，那年轻人一会说英语，一会儿说法语，一会又讲几句德语，不紧不慢侃侃而谈，再一细听谈话的内容，显示的知识量极大！"探子"一阵惊喜，眼前的这个年轻人显然就是老总所说的那种"人精"，他绝对不能放过。于是他很自然友好地加入到聊天中，越聊越发现这年轻人了不得，不但是"人精"，而且是个超级"人精"！聊到热烈时，"探子"主动给了章青峰自己的名片，章青峰没有名片，就给他留了电话号码，就这样，章青峰就上了猎头公司的名单了，之后，猎头公司又把他向自己的客户公司，也就是现在给章青峰打电话的这家公司作了推荐，于是该公司就打电话联系章青峰了。

　　章青峰听明白了电话里老外的意思，便和老外约定了时间到公司见面。见面那天，在该公司人事部的经理办公室里，四十岁出头的人事部经理博杜安先生坐在自己宽大的大班台后面，章青峰坐在大班台前面一侧的沙发上，开始了对话。博杜安先生问他可以用法语交谈吗？不行的话用英语也行，章青峰说都行，随你便，这样，双方就用法语开始了交谈。博杜安先生先说了两句客套话，转而就习惯性地用对待应聘者的口气开始了寻问，他先问章青峰什么学历？接下来肯定就是问哪个高校等等之类的问题，没想到章青峰一听他头一句话就问到学历，就微笑着用不屑但却不失礼的口气对博杜安先生说："我从来对拿学历不感兴趣，如果说我对学历还有点兴趣的话，我只对发学历感兴趣。"说完之后，两只闪烁着睿智目光的眼睛直盯着博杜安的眼睛看他什么反应，博杜安从来没遇见过这样的应聘者，着实让这年轻人给了个下马威，一下子气势就被打掉了不少，赶紧离开大班台，走到挨着章青峰坐的沙发旁边的沙发坐下，他决定要好好跟这年轻人聊聊。这一聊，他就被章青峰吸引住了，脊背在不知不觉中离开了沙发靠背，而且再没靠回去过，身子越来越向前躬，差不多慢慢像个恭敬的小学生了。聊着聊着，博杜安提出干脆咱们别这么正儿八经地在办公室聊了，咱们一边喝咖啡一边聊吧，章青峰客随主便，跟着博杜安先生到了公司附近的一家咖啡馆，博杜安给二人要了咖啡和甜点，一场面试谈话就这样变成了朋友间的交谈。而且越谈，博杜安越发现，此人的知识面那不是一般的深和广，简直是深不可测，广不可言，他试着找了几个冷门刁钻的话题来试试，没想到话题一到了章青峰嘴里，就滔滔不绝地往深里广里说开去了，差点惊掉了博杜安的下巴，对这年轻人简直佩服得五体投地，再也不想找什么话题试他了，而是由着兴趣所至自由自在地开始了一场真正意义上的朋友间的聊天。

就这样，章青峰就到了这家跨国公司当上了高管，至于后来的情况，本书一开始就交待过了，章青峰在这家公司干了多年之后，觉得足够对得起公司对自己的重用和厚待，剩下的时间，应该干点对得起自己的事了，因此就离开了那家公司。

5

在知青纷纷回城，也就是徐小梅从工农兵大学毕业后到中学教书的那段时间里，徐小梅和老同学老战友们时不时都会聚会见面，那时候的聚会不像后来动不动就到饭馆酒店吃喝一顿，而是纯粹的见面聊天，地点都是在某某人家里，谁家方便就去谁家。在和战友们见面时，徐小梅会将心中的苦闷向他们倾诉。有一回，当她向战友们讲到工农兵学员所受的不公正对待时，大家都感到忿忿不平，章青峰气愤地说："这帮鹦鹉学舌的假洋鬼子，要是碰上我，看我怎么教训他们。"大家接着又给她说了很多宽心话安慰她，王紫薇就说："小梅姐，你还算不错的了，有了那么适合自己的工作，你看我和伟民，连工作都没着落呢，你受的那点委屈算什么呀。"徐小梅想想也是，比起那些工作没着落，整天发愁，东奔西跑忙着找工作的战友们来，自己也还算是比较幸运的了，所谓"比上不足比下有余吧。"因此，她应该更多地关心战友们的境况才是。不过还好，过了一年半载多的时间之后，战友们都陆陆续续找到了各自的工作岗位，不管满意不满意，总算是有个着落了吧，回想起在兵团的时候，大家聊天时常说的"只要能回北京，让我扫大街都行"，现在所干的工作，总比扫大街强吧。

在随后的时间里，人们都在忙忙碌碌地为生计奔波，时间在不知不觉中流逝，一转眼好多年过去了，大家再见面时，一个个都结婚成了家。章青峰不用说了，他在大学授课期间的其中一个崇拜者"粉丝"，成了他的妻子，成家后还一口一个"章老师"地叫，这辈子可能都难改口了。严子俊在某政府机关上班，经人介绍和他们街道办的一位女工作人员结婚成了家，听说近来工作不顺心，特别是和上级关系搞不好，无法适应机关里那种迎逢拍马，整天不是说违心话就是说假话的风气，正计划着离开机关，下海自己干呢。郎信玉的境遇还不错，靠着他爸那些老同事的关系在某文艺单位谋了个职，文艺单位里漂亮姑娘多，郎信玉觉得自己挺有眼福，整天看着这些漂亮姑娘挺养眼的，看着看着就找了个比自己小好多岁的小美人当了老婆。方伟民和王紫薇就更不用说了，早就是铁定的一对了，在两人都落实了工作之后不久，就正式结婚成了家，成了一对真正的患难夫妻。方伟民在一家国营电子管厂的工会里工作，王紫微在一家大集体的厂子里当出纳，两人虽然收入不多，但风雨一心，同舟共济，小日子也过得也挺温馨。在他俩结婚的那天，这帮老同学老战友都到齐了，大家追抚往事，话旧说今，感慨、激动、开心、伤感五味杂陈，在人人都情绪有点失控，情感大开放之际，大家一会儿大笑，一会儿流泪，都喝了不少酒。连平时滴酒不沾的徐小梅也主动喝了不少，手里拿着个小酒杯，动不动就和别人干杯，而且还一饮而尽，直喝得天旋地转，忽笑忽泣，最后倒在了王紫薇的怀里。大家看着她的样子，忽然都不说话了，一阵心酸从各人心头涌起，有人眼泪都在眼框里打转了，现在这帮战友里，就只剩下徐小梅是单身一人了。

6

徐小梅离开兵团后，虽然人回到了京城，但一直不能从痛失志远的心境中走出来，上学期间，她想用将全部心思都放到学习上的办法来压制这种心情，但总不能一天二十四小时都在学习吧，只要脑子一停止了学习的思维，另一种思维，那种会引起悲痛的思维，就又会回到脑子里掌控她的情绪了，她每天晚上睡觉，都要握着那颗鹅卵石，把它捂在胸口，不然就会像是丢了魂似的。

在刚回到京城没多久的某一天，她在下午放了学，又做完了自习之后，专门去了一次她和志远六年多以前下兵团离京之前的那天晚上约会——那也是他们有始以来第一次约会——的地方。那地方离她现在上学的学校挺远，那天她离开学校之后，倒了好几回车，又走了不少的路，等到了那所她上初中的学校附近时，已经是傍晚时分了。她沿着熟悉的道路向着那个地点走去，转过了学校围墙的墙角，就看见了那片空地，那个地方现在已经不太开阔了，周边都盖起了小平房，她听同学说过，学校后来要搞"学工"活动，在附近盖了些小平房当作小车间，眼前的这些小平房大概就是那些小车间吧。她缓步走着，在这变化了的环境中寻找当年和志远待过的那条水渠边，只见那水渠的两头都快被填平了，好像是要修路的样子，只有斜对着学校的一段还没有填，还依稀能看出当年的样子，她慢慢地走近这段残存的水渠边，努力辩认着当年的旧迹，终于在一处有点突出的土坎处，认出了那就是他俩曾经坐过的地方！此情此景令她心里一翻腾，眼泪盈满眼眶。她一动不动地默默站着，两眼在傍晚将黑的余光中盯着那小土坎使劲看，看了一会儿之后，慢慢蹲下来，用手在那土坎的平面上轻轻地抚摸，似乎要体验他俩当年留下的体温，摸着摸着，眼泪顺着脸颊流到嘴边，滴落到土地上，她掏出手绢来擦了一下眼泪，慢慢站起来，转过身，坐在了小土坎上。这时天边的余光已经褪尽，天完全黑下来了，附近的楼房接二连三地亮起了灯光，望着被远处映过来的昏黄灯光模糊照亮的眼前的一切，她的心又回到了六年多前的那个晚上，她还记得当时自己问志远："你说咱们以后还能像现在这样，坐在这里吗？"她记得当时他俩默默互望着，一言不发，过了一会儿，志远突然冒出来一句："能！"她问："为啥这么肯定？"志远说："就是实际上不能，做梦也让它能！"她当时被志远这句话逗乐了，现在想起这句话，不由地越加心酸，眼泪流得更凶了。她望着当年她站在这里等志远时志远出现的那个方向，回忆着他从学校围墙那边拐出来后走进这片空地里，在皎洁的月光下像一阵风似的向她跑过来……，如今物是人非，只剩下四周一片冷清，那个像一阵风似的向她跑过来的人再也不会出现了。

那天她回到家时已经很晚了，母亲看她的神色有点不对头，关心地问她怎么啦？是不是哪里不舒服？她只是摇头，默不作声，母亲以为她在学校碰到感情问题。母亲认为这很正常，这个年龄正是恋爱最易发生的时期，学校里又都是年轻人，遇到什么人引起感情纠葛，也是在所难免的，但后来细心的母亲经过一段时间的观察，又好像觉得不是这么回事，种种迹象显示女儿根本没有谈对象，那是为什么呢？为什么时不时会看见她一个人带着难以掩饰的伤感久久地陷入沉思，好像在沉思中和另外一个人对话……母亲又注意到她老是爱打开那个从兵团带回来的小帆布箱，在那里面翻找什么，自己一但靠近，她就会马上把那箱子盖上，假装没事似的找些闲话来说，以转移她的注意力。母亲知道，那箱子里放的都是她从兵团带回来的东西，"那里面一定隐藏着什么秘密，"她这样想，但她是很尊重女儿的隐私的，她绝对不会私下里去翻女儿的东西，她知道，谁都在内心深处有一块属于自己的小天地，这小天地只能自己知道，别人是不应触碰的，就让女儿保持她那小天地的安宁吧，除非有一天她主动向自己说出。但她看得出，每当女儿打开那箱子翻找完东西后，情绪就会起变化，变得有点低沉，所以她有时会劝女儿：别老是看那些旧东西了，生活在继续，时代在变化，该成为历史的东西，就让它成为历史吧。直到又过了两三年后，那时徐小梅的那些同学战友都回到京城了，母亲才从他们的口中得知了事情的原委，知道了原来女儿心中隐藏着巨痛，明白了女儿所有奇怪表现的起因，她不想直接向女儿提起这件事，她只在机会和气氛合适的时候向她说一些含有相关事理的话，希望女儿能从她的话里受到启发，早日从目前的心境中走出来，开始正常的新的生活，但这对于徐小梅来说，可能是十分艰难的。

由于徐小梅总是走不出那样的心境，她的婚姻问题就一直得不到解决，随着日子一天天，一月月，一年年过去，她的那些老同学、老战友、还有单位里同年龄甚至比她还小的同事，都陆陆续续结了婚，成了家，再后来，一个个都有了孩子，又眼见得那些孩子们渐渐长大，有的都上小学了……只有她还是形单影只，孑然一身。她倒不是没有机会，她的机会是太多了，在这期间不知有多少人追求过她，只是她一直都难以被这些情情爱爱所打动，就像那颗坚硬冰冷的鹅卵石，始终关闭着自己的心扉，不向任何人开放。

徐小梅的父母亲都是很开明的人，他们虽然认为女儿早就应该谈婚论嫁了，但他们不会表现出任何催促她的意思，他们知道女儿那沉重的心事，理解女儿要从那当中走出来是很艰难的，是需要过程和时间的，所以不能急，不能催，只能让她自己慢慢地扭转。徐小梅也明白父母的心思，她常为自己不能做到使越来越上年纪的父母满意反而还让他们为自己着急担忧而感到自责，她其实经常很深入地想过这个问题，觉得再也不能无限期地拖下去了，她实在不忍心看着父母再继续因此事为自己难过，她不断逼迫自己快点改变心境，冲出重围，开始新的令父母高兴的生活。但想是这样想，真正做起来却是太难了，志远的形象嵌入她的内心太深了，除非连她的内心一块儿挖掉，否则实在是无法移除。父母觉察得出女儿正在努力，他们为此感到欣慰，他们在静静地等，等待女儿有朝一日成功地突出精神上的重围，回到正常生活中来。事情就这样一拖再拖，反反复复，在又过了几年之后，在她离着"奔四"没多远的某年某月的某一天，她突然奋然决定，不再拖了，为了父母，再大的感情牺牲也应该付出，就找个人家嫁了吧！就硬着头皮去完成母亲常说的女人应有的生命程序吧。在做了这个决定之后，她很快把自己的想法告诉了她的姐姐，她姐和姐夫一直都很关心她的事，也曾给她介绍过几个人，刚好最近姐夫的老战友又给他介绍了个人，是老战友的亲戚的儿子，也曾经在东北建设兵团待过，现在是机关干部，各方面条件都挺不错，但就是离过一次婚，但没有孩子。她姐开导她说："你都这个年龄了，还想找啥样的呀？咱们得现实点儿，离过婚的有啥呀，相处久了，相互了解了，一样是可以产生感情的，只要他人品端正，能跟你好好过日子就行呗。"其实不用她姐开导，她也能接受此人，因为她从心里根本就没有把此事看得太重，更谈不上什么情不情爱不爱的，她只是牢记着母亲的话：要完成女人应有的生命程序。她姐和姐夫一看她没有推脱的意思，很开心，谢天谢地小妹总算想开了！他们赶紧和老战友联系，安排见面。

7

见面在一间小咖啡馆里进行，她姐和姐夫把她领到这个约定的地方，他们一进门，就看到对方的介绍人和那"对象"已经先来一步在那儿等他们了，落坐没多久，她姐和姐夫以及那个介绍人就借故离去了，只剩下徐小梅和那"对象"两个人慢慢谈。徐小梅心里迫使自己不要用志远的标准来看待对方，尽量客观地看人家的优点，但潜意识里还是不由自主地老是把他的一举一动和志远进行比对，比对的结果自然是不能令人满意，但还好她挺清醒，每当自己心里进行这样的比对时，她就暗暗地劝自己：不能这样做！不能这样做！要是老这样比，你这辈子也完不成应该完成的任务。

这位"对象"姓唐，叫唐育平，岁数和徐小梅差不多，也是快"奔四"的人，中等个头，梳一小分头，脸有点削瘦，五官没啥大毛病，就是嘴唇厚点，眼睛小点，突出的特点是鼻子比较高，间于中国人和外国人之间，不过这倒使整个人看起来比较精神。他虽然有过一次婚姻失败的经历，但却还是显得那么不成熟，动作有点慌手慌脚的，说话时还会脸红。这些对于徐小梅来说都无所谓，总起来说还算看得过眼去，总不至于像整天看着连食欲都受影响的那种。看得出来，这位"唐对象"对徐小梅何止是满意，简直是喜出望外。按捺不住的高兴劲儿全写在脸上，他殷勤地向徐小梅示好，搜肠刮肚找些可能会令徐小梅高兴的话来说，其实徐小梅心里想，你完全不必这样，我只不过是完成任务，你再咋表现我也不过是完成任务，这时就听他说起了最能拉近二人距离的有关兵团的话题，他问徐小梅在兵团待了多久，徐小梅说待了五年多，他一听惊讶道："天呀，待了这么久！"徐小梅奇怪地问："这算很久吗？那你在东北兵团待了多久？""唐对象"咧嘴一笑说："我只待了半年，""什么？才待这么短时间！你这也算在兵团待过？"唐解释说，他刚到兵团没多久就害了一场大病，兵团条件差，治不了，只好回北京住院治疗，这一回来，就再没回去。徐小梅心里想，还不知道是怎么回事呢，说不定是称病不回呢，这时就听这位"唐对象"用开玩笑的口气说："哈哈真有意思，咱俩一样，都是逃兵哈！"徐小梅一听这话，脸一拉，瞪了他一眼说："谁跟你一样！""唐对象"

意识到自己说错话了，十分懊悔自己嘴巴子跑火车，连忙找话打圆场说："开玩笑，开玩笑，纯粹是开玩笑，说实在的，当时回不去兵团了，我心里还挺难受呢。"徐小梅心想："鬼才信你！"心里对这位"唐对象"产生了一点轻蔑感。

和对象见过面回到家后，姐姐和姐夫都着急地问她："谈得怎么样？感觉行不行？"徐小梅淡淡地答道："就那样呗。""就哪样啊？"她姐着急地追问，"行呗。"徐小梅只崩出这两个字，"啊？真的？你看中啦？"姐姐和姐夫二人瞪大眼睛问，"唔"，徐小梅呶着嘴发出应声。"哈哈哈"，姐姐、姐夫二人高兴得差不多跳起来了，"张牙舞爪"地转身直奔电话去了。

却说唐育平那边，二人见面结束后，徐小梅先走了，剩下他自己一个人坐在咖啡馆里，他心里吓得要死，知道自己说错话了，也看出了徐小梅的不满，心想完蛋了，一句臭话把个大好事给毁了，他那个后悔哟！恨不得抽自己大嘴巴子，要不是周围坐着顾客，那大嘴巴子是一定狠狠地抽到脸上了，而且还不止一个！所以后来当他听到介绍人传来话说，没问题啦，那边同意啦，他的感觉简直和起死回生造化升天了差不多，要是面前有个神像佛像啥的，他是一定要跪下拼命磕头，直磕到满脑门子出血方休的。

二人的事就这样定了，喜事在不久后也办了，简简单单，没有张灯结彩，也没有宴请四方，就是两家人和就近的亲戚等聚在一起吃了个饭，说点走过场的吉利话，婚姻大事便大告成功，总算可以让父母和所有关心她徐小梅的人放宽心了。

徐小梅是事后才把自己成婚的消息告诉战友们的，他们都表现出很吃惊的样子，怎么之前一点预兆都没有呀，说成就成了？他们曾经劝过她多少回，也给她介绍过不少对象，但都是无果而终，如今说成就成了，未免令人吃惊，不过吃惊之余又都替她高兴，她总算从那往事的心境中走出来了！可以过正常人的生活了！这是他们盼望了多久的事情啊！

　　婚后的某一天，徐小梅上街买了一把锁头，她要把从兵团带回来的那个小帆布箱锁起来。在上锁之前，她把箱子盖掀开，把包着志远给她的那封信和那颗紫红色的鹅卵石的毛巾小包打开，摆在衣物的最上面，面对着这两样东西，凝视了很久，然后依旧把它们包好，塞进原来的角落里，闭目沉思了片刻，然后把箱子盖盖上，把锁头挂到锁扣上，用力一按，"咔"的一声，箱子被锁上了，那段经历也被锁进心灵的深处了。

8

　　徐小梅的个人生活一但正常了，日子就在平静、安稳中不知不觉过去，就连生孩子，养育孩子这些事，都作为女人生命程序的一部分了。在没有什么太大的感觉中自然而然地完成了，尽管其中也有过一些小波折，比如生孩子时，毕竟是"高龄产妇"，曾面临过一些风险，但最终也都是有惊无险，一切都顺利完成，自己抱上了个大胖小子，老爸老妈也见到了孙子辈。

　　20世纪80年代正是全民经商最火热之时，人人都梦想着做成一笔生意，特别是做成所谓的"外贸"生意，赚它一大笔。于是不管男的女的，上班的和不上班的，人人兜里都揣着个小本本，上面记着某某亲戚某某朋友有钢铁多少，水泥多少，煤炭多少，某某同学某某战友有汽车多少，电视机多少，电冰箱多少，相互间一见面，话没说几句，就开始了"你有什么？""我有什么？"之类的信息大交流，俗称"对缝儿"，几乎只要是个能喘气的人，就都忙着"对缝儿"。对得那个认真，那个热烈，那个不亦乐乎，其实那些煞有介事地自称有这有那的人，实际上压根儿谁也没见过自己所说的那些玩艺儿，都是经过了不知多少人传来传去的"炒剩饭"信息，别说是二道贩子三道贩子了，可能连十道贩子都不止，由此可想而知这"对缝儿"能成功对上的机率有多高，但是全国各族人民、各阶层人士、海内外同胞侨胞都仍然热火朝天百折不挠地朝着那"缝儿"对着，真是声势浩大蔚为壮观啊！

唐育平——徐小梅的"老公"他的衣服（那会儿应该是西装了）兜儿里就揣着好几个这样的小本本，分别记着来自各个方面的"生意"信息，不管是在家里还是在单位里，有空就拨电话"对缝儿"。在单位打电话时怕别人听见，尽量压低了嗓门说话，一边说着一边拿眼睛扫视办公室在坐的同事，看看有没有引起别人注意，后来发现，他打完电话后跟上来打电话的下一个同事，在电话里说的也是这一类的事，于是他就大大地释然了。再以后打电话说这种事时就不用像偷鸡摸狗似的了，再到了后来，不但互相之间不回避了，而且还都有点炫耀开了，看谁的这类电话多，好像谁电话多谁本事大似的。回到了家里，也是啥事都不干，啥忙都不帮，都让徐小梅一个人忙着去，自己整天抱着电话机忙"对缝儿"，徐小梅跟他说啥也听不见，还一个劲儿地摆手让徐小梅"小声点儿，小声点儿，人家正有重要信息呢，这单子大买卖差不多就要成啦！"也不知吹了多少回"就要成了"，最后也没见他"成"过一回。

徐小梅对唐某的这一套好心烦，但又不好说什么，人家热情那么高涨，又是为了家里好，就由他折腾去吧，自己关进小屋里，不是哄小孩就是看书或者备课，省得整天听那"对缝儿"的噪音听得心烦。

唐育平风风火火地忙"对缝儿"，对来对去也没对成过一回，倒跟几个从南方过来的操着广东潮汕口音的所谓"生意伙伴"打得火热。整天连班也不好好上，光是穷应付，到单位露个头，就找借口开溜出去和这几个人"谈生意"去了，时间长了让领导察觉了，先是指出，再后来是批评，再再后来是警告，唐育平一开始还有点收敛，但做生意赚钱的瘾头实在太大，控制不住自己和这些人来来往往。最后领导不得不找他谈话，严肃地指出，要么好好上班，要么离开单位想怎混怎么混，唐育平把领导这话和几个"潮汕佬"一说，这几位哈哈一乐技招儿道："离开怕个鬼，晃正（反正）你上班也赚不到几过（个）钱，我们几过（个）人办过（个）公司，你当花人代表（法人代表，花读第三音），我们几过（个）一起花大财（发大财）！"唐育平被几个人鼓动得心里好痒痒，想成立个公司，自己是响当当的"法人代表"，也就是大老板，多神气，多威风！于是准备回家和徐小梅说说这事，徐小梅也知道那阵子正时兴"下海经商"，整个社会上上下下的气氛都是鼓励人们去"创业"，她的同学战友也有这样干的，比如严子俊等，她都听说过，所以听唐育平这么一说，倒也没觉得有啥不妥，只是有点不放心，问他"你行不行呀？这些人可靠不可靠的呀？别让人家骗了，最后鸡飞蛋打一场空！"唐育平大包大揽道："你就放心吧，我对他们太了解啦，我们是再好不过的合作伙伴，我们是优势互补强强联合，一但干起来，肯定'花大财'"他也不由自主地操着潮汕口音说"发大财"了。

就这样，唐育平毅然离职下海，和这几个潮汕人成立了个公司，叫什么"运达莱国际贸易有限公司"，名字起得不伦不类不土不洋。本来唐育平的意思是叫"茵达莱"，这样听着看着都挺洋气，再配上"国际贸易"这几个字，更显大气，可几个合作伙伴不同意，非要叫"运达来"，说这几个字吉利！来财！运达来，运达来，就是好运发达到来！唐育平实在觉得这名字太土气，叫着丢人，争来争去，又给这几位讲字意，讲引伸意思，讲字的美感，讲组合起来的气势，讲了半天也不知道这几位有没有听懂，最后双方妥协，把"来"字加个草字头，变成"莱"字，这样看起来没那么直白，还带点洋气儿，于是达成一致，就用"运达莱"这名字了。

公司成立那天，唐育平回家挺晚，进门满脸通红，酒气熏人，一身西装笔挺，左胸口还别着一束装饰花，说是参加宴会去了，"VIP"贵宾胸口上都别着这玩艺儿，觉得挺好看的，宴会完了也没舍得摘下来，就这样戴着回家了。唐育平见徐小梅好像在仔细端详那花上的"VIP"这几个字母，得意地问徐小梅："你知道这三个字母是什么意思吗？"徐小梅忍住笑没作声，唐接着说："这V，是'非常'的意思，这IP两字母，是'重要人物'的意思。三个字母加一块儿，VIP，那就是非常重要的人物的意思，懂了吧？"徐小梅暗自发笑，无奈地摇了摇头，转身进里屋备课去了。

　　打这时候起，唐育平就忙开了，三天两头不着家，听说在哪个繁华地段租了房子作为公司办公地点，动不动就打电话回来跟徐小梅说公司晚上有事不回家了，还时不时飞这飞那，一会儿广州，一会儿深圳，一会儿福州……，人好容易回家一趟，刚进门找他的电话就跟着打过来了，一口一个"唐总"的，还真像那么回事儿似的，你还别说，这人要是让别人叫啥叫久了，那形象还真的就往那啥上变，本来就有了一点啤酒肚的他，再一让人叫"唐总"，肚皮子再有意无意地往前一挺，那啤酒肚就明显突出来了，这啤酒肚一突出，"老总"的派头就带出来了，带着"老总"的派头在人前晃来晃去，心里不免有几分得意。至于赚钱嘛，据说大凡公司初创，赚不到钱甚至是亏钱都是正常的，那"快成了，快成了"的美好前景总在激励着人们去拼搏，"爱拼才会赢"嘛，这首到处都在学着用嗲声嗲气的闽南话传唱的歌子不就是这样唱的吗。所以一开始唐育平折腾半天拿不回钱来，徐小梅也觉得没啥不正常，也不说他什么，有时甚至唐育平身上没零花钱了（据说资金都用在周转上了），张口管徐小梅要钱，徐小梅也二话不说，只要有，就给他，但是如此这般时间一长，徐小梅就有点受不了，钱光出不进，家里家外的开销全靠她一个人的工资，这怎么维持呀？她时时感到有点难以应付，但是，也怪了，好几回，眼看到了差不多山穷水尽的时候，唐育平就突然现身了，神气活现地将厚厚一沓人民币往桌子上一甩，得意地说："还你的钱，够了吧？"那当然够啦，只多不少。徐小梅总算松了一口气，不然都快接济不上了。虽然每每到了关键时刻钱总能接上，但老是这样的话，搞得徐小梅一天到晚提心吊胆的，说不定哪天又接济不上了，让人怪闹心的。

9

这样的日子过了大概半年多，某一天，徐小梅一个人在家的时候，接到一个奇怪的电话，打电话的人说他是广东汕头海关稽查科的，问唐育平在不在家？徐小梅回答说不在，对方又问他最近在不在？徐小梅说有好些天没回家了，对方说，如果他回来了，让他立刻和汕头海关稽查科联系，并留了电话，徐小梅说好吧。挂了电话后，徐小梅的心里不安起来，听对方讲话的口气挺严肃，又是海关稽查科的，显然不是什么好事，会不会唐育平他们公司有什么违法的事情让人家发现了？这样越想心里越着急，但又联系不上唐育平，留下个小 BP 机吧又只能联系市内，他天南地北到处跑，他要是不主动打电话回来，上哪儿去联系他呀！徐小梅急得团团转，连备课都没了心思。再往后，每隔一两天，海关稽查科就打来一次电话，寻问唐育平回来了没有，而且口气还有点越来越不信任徐小梅，好像她说唐育平不在是撒谎似的，还很严肃地告诉徐小梅，他是奉国家海关之命在办理"公事"，希望她给予配合。吓得徐小梅一听到电话响就心惊肉跳，都快不敢接电话了。

终于在一天晚上，徐小梅正在心事重重胡思乱想的时候，家里的大门忽然传来响声，徐小梅一个激灵离开椅子站起来直奔大门而去，只见大门打开处，唐育平神情沮丧地站在门口，两眼不敢和徐小梅对视，发了一会儿呆，这才进门，徐小梅一看这情形，就知道情况不妙，待他关了门，换了鞋，进到大厅时，徐小梅急不可待地问："发生什么事了？为什么你这副样子？汕头海关三天两头来电话找你呢。"唐育平来到饭桌旁坐下，像个犯了错误的小学生似的低着头说："我让这帮潮汕佬给耍了。"徐小梅着急地问到底是怎么回事？唐育平这才用好像差不多快要断气的断断续续的声音把事情的大致经过告诉了徐小梅。

原来，他的这几个"最好的合作伙伴"根本不是要正儿八经地做什么进出口生意，而是打着公司的这块牌子尽搞些斜门歪道，他们一致推举唐育平当法人代表，是想让他当挡子弹的冤大头，他们在后面胡搞乱搞，怎么省事儿怎么来钱快就怎么搞。管他违不违规，甚至管他合不合法，出了事有"法人代表"顶着，他们一看风声不对就开溜，唐育平自己也不太懂那些海关呀，报关呀，手续呀，这规定呀，那规定呀之类的事情，由着这帮人折腾，这三折腾两折腾，就折腾出事来了，让海关查出他们公司逃税二十万，这下唐育平傻眼了，想找这几个人问原因，想对策，但却一个人都联系不上了，好像全都人间蒸发了。现在只剩下唐育平光杆司令一个人去面对海关的追查，他自己还什么都说不清楚，一问三不知，海关的人恼火地说，什么都不知道你当什么法人代表呀？你不知道出了事要负法律责任的吗？这"法律责任"四个字像颗打进他心口里的炮弹，炸得他打了个哆嗦，脑子里一片空白，不知如何是好，海关的人一看他这副模样，就知道他不是那种刁钻之徒，肯定又是个让人利用的冤大头，这种事他们见得多了，于是对他说，这样吧，给你们半个月时间，你们公司尽快把这税钱补上，到时如果补不上，就要走法律程序了。海关给他宣判了"缓期执行"后，他赶紧去找熟人朋友咨询：万一走了法律程序，结果会怎么样？朋友笑道："怎么样？坐牢呗。""坐牢！"唐育平像遭了晴天劈雳般，腿一软差点没趴下。

"那现在怎么办？"徐小梅着急地问。

"有啥法子？想办法凑钱呗。"

"啊？凑钱？二十万呐！上哪儿凑去呀？"徐小梅惊得差不多叫起来。在当时的1990年，这个钱数对于一般人来说是一笔天大的巨款啊！

那天晚上，夫妻二人愁得唉声叹气，不知如何是好，徐小梅躺在床上翻来复去睡不着，唐育平一会儿坐在床边双手抱着脑袋发呆，一会儿站起来幽灵般地在屋里来回踱步，弄得睡在小床上的孩子一会儿一惊醒。

上哪儿去凑这二十万呢？他们夫妻二人搜遍了脑子里所有的认识人，也没搜出一个有可能在这件事上能提供帮助的人。离海关限定的时间只剩下不到十天了，在这仅剩的时间之内如果他们拿不出这二十万来，等待他们的结果只能是一个——唐育平进监狱！一想到这，二人真是不寒而栗。

第二天一早，唐育平就匆匆出门了，说是去找亲戚朋友想办法去。徐小梅送完孩子去幼儿园，来到学校，心神不定，完全没心思上课，讲课时老说错话，课上得枯燥死板，完全一反常态，搞得班上学生个个都觉得好奇怪，这徐老师今天是怎么啦！同事们也看出来她不对劲，都以为她病了，问她还能坚持不，不行就别勉强，跟校长请病假去。

晚上夫妻二人回家碰面，徐小梅问唐育平找着什么解决办法没有？唐育平光是唉声叹气，看来还是什么办法都没有，啥能帮忙的人都没找着。时间又过去一天了，这可怎么办呀？二人急得像热锅上的蚂蚁。整个一晚上，又是在发愁难眠中渡过，直到天快亮了，才困得迷糊了过去，好在第二天是星期天，不用去上课。

大约在早上八点多钟的时候，一阵急促的电话铃声把夫妻二人惊醒了，他们惊慌地对视了一下，那意思是谁去接电话？唐育平指指徐小梅，意思是让她接，徐小梅生气地说："你接呀！你都回来了还不接！"唐育平没办法，只好在铃声一声紧似一声的催促中拿起了电话。

唐育平揣着颤抖的心刚"喂"了一声，就听见听筒那边传来一个热情而熟悉的声音，唐育平一听就听出是王紫薇的声音，这才大大松了一口气，握电话的手都不知何时出汗了。

　　唐育平连忙把电话递给徐小梅说："你的电话，紫薇打来的。"徐小梅接过电话，有气无力地喂了一声，就听那边紫薇说："你怎么这个声调呀？是不是病了？""没有，睡晚了，刚醒。"徐小梅勉强振作精神道。"该不是和……恋床吧，嘻嘻。"紫薇发坏笑道。"去你的！有啥事儿，快说。"徐小梅没心思开玩笑。

　　王紫薇在电话里对徐小梅说，老战友们今天要聚会，咱们一块儿去吧。徐小梅心情烦躁，哪有心思聚会，她犹豫片刻，本想说身体不舒服，不去了，但潜意识里忽然冒出个想法：或许战友们能为她解决当前的难题出点什么好的点子或主意，于是便答应王紫薇说她去，并约好了碰头的时间和地点。

　　战友聚会在一间环境比较安静优雅的小饭馆的二楼小包间里进行，由章青峰做东，他现在收入挺可观，隔三差五总想和大家聚聚，有钱大家一块儿乐是他的一贯想法。

　　大家见面后，既高兴又兴奋，离上次聚会虽然不算太久，但却像好久没见面似的，个个都抢着说话，各种话题被大伙儿轮番热议着，这种热议给他们带来特别过瘾的感觉，大家边吃边喝边议，沉浸在战友欢聚其乐融融的气氛中。但大家很快发现，徐小梅不怎么说话，好像心事重重，愁眉不展的样子，大家忽然都不说话了，热闹的场面一下子冷清下来，大家面面相觑，不知道该说什么好。这时章青峰拿起茶杯呡了一口茶，环视了一圈众人，最后目光停留在徐小梅身上，轻声问道："小梅，你怎么啦？有什么不开心的事吗？"王紫薇一看章青峰说话了，也赶紧跟着问道："是不是那家伙欺负你了？他敢！"徐小梅抬眼望望大伙儿，不知该如何表达心中的郁闷，更不知该如何向战友们讲述那档子丢人的臭事儿，又低头垂下了眼，大家一看这情形，知道肯定是有事了，就纷纷让她给大伙儿说说，到底是怎么回事，咱人多力量大，有啥难题咱集思广议想办法，别总自己一个人闷着。

　　在众人热心真诚的劝解下，徐小梅才把唐育平惹的那桩大祸告诉了大家，大家一听都傻眼了，我望望你，你望望我，谁也想不出个办法来，而且这也不是什么办法不办法的问题，这是直接需要真金白银才能解决的问题，不然再过不了几天，徐小梅她老公就要进监狱了！这可真要命！这可如何是好？他们这几个人，如果能拿得出钱来，是一定会拿出来给徐小梅救急解难的，可他们现在别说二十万了，就连一两万都拿不出来。方伟民和王紫薇不用说了，两个人再加上个孩子，都靠那点死工资生活，每月紧巴巴，过着省吃俭用的生活。

至于严子俊，境况也不太妙，自从离开了单位自己打拼，一会儿经商，一会儿办企业，跌跌撞撞，起起落落，折腾来去也没啥太大起色，前不久还欠了一大笔债，让人家追得东躲西藏，自身都难保，更别说出钱帮徐小梅了。

章青峰听着大伙儿的议论，心里想，这可怎么办呀？总不能眼睁睁地看着徐小梅的家人进监狱吧，原来还想着，大家一人出一点儿，自己多出点儿，再向别的战友借点儿，凑够了数先把眼前的难关过了再说，现在看起来谁也拿不出来，自己能拿出来的钱数和需要的那个数还差着远呢，咱们这帮战友呀，哪个也不是做生意的料，咳！这到底该怎么办呢？他的脑子在转悠，在思索，忽然间，他想到了一个办法，但却像挨了一枪似的，心里猛地颤了一下。

那天的战友聚会在一片愁云中结束，谁都没心思吃喝聊天，都在发愁该怎么办，一时间也想不出办法来，只好纷纷安慰徐小梅，别急坏了身体，大家下去后再分头想办法等等。徐小梅看见把大家为难成这样，心里实在过意不去，原本压抑的心情就更加沉重了。大家分手时，王紫薇握着徐小梅的双手，默默无语，不知该说什么好，这时，就听站在一旁的章青峰用坚定的语气说："小梅，别发愁，我们一定帮你渡过这个难关！"大家都惊异地转头望着他，他把"一定"两个字说得特别重，是不是他想出什么办法了？大家都想听下文，但他却不说话了，绷着个脸，好像在下什么天大的决心似的。

10

那天的战友聚会结束后，章青峰回到家里，把自己关进房间，靠在床上，望着放在书架上的几件古董发呆，那都是他爱不释手的宝贝。收藏古董是他的一大爱好，岂止是爱好，也岂止是上瘾，已是到了嗜藏如命的地步，他为了想一件看上的古董，可以像陷入热恋般茶饭不思，为了错失一次得到一件看好的古董的机会，又会像失恋般难受，眼前的这几件古董，都是他百倍珍爱的，看着这些年代久远的古代器皿上那发绿的锈色，那不规则地变化凹凸的文字和图案，那种苍桑的历史感就好像从中缓缓流出，将千百年前的故事娓娓道来，他的思维就会和古董传出的信息溶为一体，进行超越时空的对话，这使他感到极为惬意和享受！可是今天，他就要决定将它们其中的一件拿去出手变现了！他看呀看，选呀选，哪件都舍不得出手，出手哪件都像割他的心头肉，他好几次犹豫，想打退堂鼓，但一转念，想到徐小梅要遭大难，想到除此之外没有任何更好的办法能够帮她，是古董重要还是人重要？这还用说吗？自己要是在这关键的时刻原本有能力帮她，仅仅因为自己的爱好，因为舍不得割爱而没去帮她，这将使自己的良心遭受何等巨大的永远无法消除的谴责！这样一想，他的决心又坚定了：一定要忍痛割爱帮徐小梅渡过难关！割爱引起的难受和战友遭难引起的难受，两相比较，后者更令人不堪忍受，所以只能选择割爱！他决心一下，便猛地从床上蹦起来，开了房间门，直奔大厅的电话而去，他要给一个老年藏友打电话，那老年藏友早就看中了他的一件古董，出大价钱缠着他要买，虽然被章青峰婉拒了多次，但仍锲而不舍，每隔一段时间就来电话试探他，看他改变主意了没有，今天要是告诉他自己决定要出手了，老先生还不得乐晕了。章青峰一边想着，一边伸出食指开始拨电话了。

又一个周末来到了，那天徐小梅夫妇俩正坐在家里发愁，所有该找的人都找过了，能试的人也都试过了，连不该找的人也硬着头皮找过了，结果仍是毫无希望，就连那天战友聚会时章青峰说得那么肯定"一定帮你渡过难关"，这个让人寄予最大希望的话，说过之后就再也没了动静。眼看着离海关限定的时间只有两三天了，看来是难逃进监狱的命运了，二人万念俱灰，没有了任何侥幸心理，也不想再去想任何办法，做任何努力，只是抓紧时间在内心筑起迎接大难到来的防波堤，准备经受大难来临时的心理冲击。唐育平甚至都开始收拾整理东西，给徐小梅交待种种事情，准备进监狱了。连年仅三岁的小儿子羊羊也看出了大人们的反常表现，再也不吵着闹着缠大人，而是自己一个人低着头乖乖地玩玩具，整个家庭笼罩在一片凄凉的愁云惨雾中。这时电话铃突然响了，那铃声像凄厉的警车声，一声紧似一声，令夫妻二人像触了电似的一阵战栗，绝望地互视了片刻，唐育平鼓起勇气，以大丈夫敢做敢当视死如归的悲壮心情毅然走到电话边，伸手抓起了话筒，他只"喂"了一声，脸上表情一阵惊诧，把话筒向徐小梅一比霍，用差不多要断气的声音说："找你的电话！章青峰！"徐小梅急走几步到了电话前，接过唐育平递过来的话筒，勖抖着叫了一声"青峰哥"，然后咬紧牙关，瞪大双眼，静听着章青峰说话。当她听到章青峰说"钱已经解决了"的时候，她的腿一软差点站不住了，唐育平赶紧抓过一把椅子塞到她屁股下面，徐小梅顺势坐下，呼吸急促地把听筒贴紧在耳朵上，章青峰听徐小梅不说话，听筒里好像传来抽泣声，他非常理解地等了两三秒钟，然后用平稳柔和的口气对徐小梅说："小梅，不用再发愁了，问题解决了，你该高兴才对，""嗯，"徐小梅的应声是哭腔，坐在电话旁的她已是泪流满面。这时就听章青峰在电话里亲切地笑了一下说："小梅，别这样，谁都难免会碰到困难的，咱们战友之间互相帮助，那是理所当然的事。"徐小梅边流眼泪边"嗯，嗯"地点头。章青峰接下来就说到了具体的安排，他说这钱现在没办法通过转帐的方式交给海关，因为唐育平公司的帐号已经给封了，私人帐号往公家帐号里转钱按当时的规定也是不行的，就算是行，也不放心，所以必须要由当事人亲自携带现金直接交给海关，当面完成现金的交接手续才行，这样，唐育平就必须跑一趟汕头，去把这事办了。章青峰考虑，让唐育平一个人去办这事，让人不放心，他决定和唐育平一块儿去汕头。所以他让徐小梅现在就把唐育平的身份证号码告诉他，他要立刻订机票！听完章青峰的电话后，徐小梅夫妇二人简直就像死刑犯得了大赦一样，激动惊喜之情实在难以形容，不知是该哭还是该笑，大眼瞪小眼，呆呆地互相傻望了老半天。

第二天，章青峰就和唐育平一块儿，提着装有二十万元现金的手提箱，乘飞机到达了汕头市，然后直奔海关稽查科，把现金如数交纳，并办妥了一应相关手续。此时距离海关限定的时间仅差一天。

由唐育平惹出来的这档子事儿总算顺利了结，唐育平脸上露出了多少天以来未曾有过的轻松笑容，对章青峰千恩万谢，一口一个"还是咱兵团战友呀！真是没说的！"信誓旦旦一但有了钱立刻还给章青峰，章青峰嘴上说"不急，不急，"心里其实压根儿就没指望他哪天能还钱。至于那件出手的古董，那件章青峰的心肝宝贝，几年之后，市场价格噌噌地往上涨，得到它的老藏友心里乐开了花，失去它的章青峰心里可不好受，但是一想到因为自己作出的牺牲，解救了战友的大难，这种心灵上的快感，是足以慰籍因经济上遭受点损失而引起的不快的。

章青峰、唐育平二人办完了大事儿，浑身轻松，订了第二天的回程机票，找了家酒店开了房间休息了一下午，休息完后上街转了转，晚上到一条食街吃海鲜，饭店的服务员端上来被油爆得通红上面洒满葱花姜丝的香喷喷的大虾大蟹，二人又要了一扎冰镇啤酒，边吃海鲜边喝啤酒边聊天，唐育平本来就异常兴奋，两杯啤酒下肚就更不得了了，话那个多呀，恨不能把肠子肚子都倒出来，还老爱扯他那只有半年多的"兵团经历"，听得章青峰心里直乐。吃着吃着，章青峰问他，今后有什么打算？唐育平说，还没想好呢，公司是不能干了，但也不是直接关门那么简单，还有一堆遗留的麻烦事要处理，回去后马上就得着手办，想想也怪闹心的，办这个破公司，钱没赚着，倒惹了一身骚。章青峰想了想，说道："等你处理完了手头上这些遗留的事务，如果没有什么更好的计划或打算的话，咱们可以尝试搞个什么项目，比如办个小厂子之类，这样你也有事干了，还能解决一些战友或他们家里人工作没着落的问题，你看怎么样？"唐育平一听，高兴得把盛满啤酒的杯子举起来往章青峰的杯子上一碰，也不管章青峰喝不喝，自己一仰头咕嘟咕嘟把一杯啤酒喝了个尽，抹了一下嘴巴子道："太，太，太好了！"唐育平其实心里正为这事发毛呢，公司关门了，他也傻眼了，一时不知道干啥好，总不能让徐小梅养活自己吧，一个大男人让女人养活，丢死人了，章青峰有这个想法，简直是大慈大悲的活菩萨，不但救人于危难之中，还一救到底连生计都想好了，自己是哪一辈子上修来的这等因缘这等福份！简直是太激动了！

11

不久之后，由章青峰出钱，唐育平牵头，聚集了十几个兵团战友或他们的家里人的小厂在北京近郊的一个什么庄儿里组建起来了，生产一种采用新工艺的建筑上用的辅材，他们租了当地的一个农家大院当厂房。唐育平任厂长，对外称经理，唐经理，这样好听点，战友朗信玉他二大爷的小姨子的老公的四叔家的儿子当业务员，小伙子姓刘，人挺机灵，业务能力挺强，又能跑，相当得力。就这样，一帮人风风火火地干起来了，还真别说，这厂子建的还真是时候，正赶上北京要办亚运会，亚运村等一大批工程刚好需要他们厂子生产的那种辅材，一时订单纷至，厂子全班人马加上临时雇的工人加班加点二十四小时马不停蹄地干也赶不及交货，整天让人催命似地催货。要货方背景牛逼，财大气儿粗，价格给得高，定金下得足，结款倍儿痛快，这么好的客户打着灯笼也没处找呀！眼见着每天一趟趟地出货，账上的到款一笔接着一笔打进来，把唐育平一班人乐得屁颠儿屁颠儿的，个个都庆幸自己运气咋这么好。

唐育平总算从公司倒闭自己差点进监狱的惨境中出走了出来，重新抬起了头，挺起了胸，脸上一副艳阳天，整天笑盈盈的样子，虽然忙得灰头土脸，但心情愉快，干劲冲天。整天忙着厂子里的事，一个月都回不了几趟家，偶一回家，就面对着徐小梅牛气烘烘地把小啤酒肚一挺，从西装口袋里掏出一沓子钱"啪"地一声甩在桌上道："给！钱！"那种感觉真是好极了！徐小梅心里暗笑道："牛啥呀，还不是章青峰帮的你，要不是他，你小子现在监狱里待着去吧。"

工厂的好光景持续了相当一段时间，红红火火的亚运会结束之后，订单就没那么多了，营业额一下掉下来不少，但在大家的辛苦努力下，总算得以维持正常运转，除了养活工厂这十几口子人外，还能略有节余，日子基本上还算过得去。

平凡的日子一天接一天过去，一眨眼好几年过去了，厂子也没啥太大发展，还是那样平平稳稳地经营着，默默无闻地养活着这十几个人。本来要是大家都本本份份，兢兢业业地干下去，也不会有啥大问题，问题在于谁都不满于现状，都想谋求更大的发展，对于一件看起来没有多大发展前景的事，干着干着就厌烦了，心思就不那么专一了。先是郎信玉那亲戚的儿子小刘，好像是身在曹营心在汉，对厂子的事只是应付，最大的心思显然是用在了别处，而且还发现这小子把本厂的业务往外拐，经济上也越来越不清不楚，这人一但发展到这个地步，是显然不能再用的了，唐育平把状告到郎信玉那儿，郎信玉发火道："妈的，这兔崽子，不行就开了！"厂里人一合计，就把这小子给开了。但这小子一走，厂子的业务就明显更不行了，要不小兔崽子离厂时敢放话说："我走三天你们这破厂子就得关门！"这小子虽然牛皮吹大了，关门倒不至于，但经营不景气那倒是真的。再往后，厂里的人也个个都三心二意，各有各的小算盘，各有各的想法和打算，对厂子都是应付，厂子的状况也只能是惨淡经营，勉强维持了。

这时候，股市上不断传来诱人的消息，谁谁谁买的股票今天又涨停板啦！谁谁谁用了多少钱去炒股票现在都变成多少多少啦！谁谁谁买股票发大发啦等等，这些消息挠得人们心里那个痒痒，个个心猿意马，坐立不安，蠢蠢欲动，渐渐地就把持不住自己了，先是投一点钱买点儿试试，一但试开了就收不了手了，钱越投越多，恨不能有点儿闲钱就都买了股票，而这一但入了股市，哪里还有心思想别的干别的，整天一心光惦记着自己买的那几只股票，是涨了还是跌了，如果涨了，都涨了这么多了，是不是该卖了？如果不卖跌下来怎么办？但是卖了它要是还不停地涨，那岂不是可惜死了？如果股票跌了，是不是得赶紧割肉出来？要是刚出来了它又涨上去了，岂不是又闹心死了？就这样，厂子里的人一个学一个，全都迷上了炒股票，整天凑到一块不说别的，光议论股票，一帮人动不动就凑在厂子里的那台破电视前面看经济台播出的股市行情，互相分析交流，你买的啥股，我买的啥股，走势如何如何，互相打听各路消息，各种传闻，听说这个股票要狂涨啦，听说那个股票能翻多少倍啦，赶紧换股追进去呀！别再守着你那破股啦，一个个炒得心红火热，这哪里还像个工厂呀？都快成了股市沙龙了，如此一来，这厂子就遭殃啦，人们谁都不爱提厂里的事，一提都心烦，费劲赚那点辛苦钱真没劲，这股市上一个涨停板就进账多少多少，客户来联系业务也带理不理，送出去的货有问题了，客户找来了，谁都推给别人自己躲一边儿去，就连该收的款都懒得去追讨，至于工人干活偷工减料，下班往家里夹带私货，也睁只眼闭只眼谁都不带要去管，至使这种行为"蔚然成风"。就这样，这个干了这么多年，养活了这么多人的小厂子，终于到了风雨飘摇，快要关门儿的地步了。

在这场炒股大潮中，唐育平自然是不甘落后的，他把这些年来攒的钱和借别人的钱，总共有个十来万块钱，全都投到股市里，整天跟着大伙儿追涨杀跌，股票涨的时候，像打了鸡血般亢奋不已，跌的时候捶胸顿足唉声叹气。回到家里没说两句话就扯到股票上去，一说就是他买的股票又涨了多少多少了，徐小梅要用钱时，让他卖点股票，他一会儿说正涨呢，千万不能出，这一但出了就会少赚多少多少；一会儿又说正跌呢，得守着不能动，等着它涨回来，反正是涨也不能出，跌也不能出，啥时候出都不合适，就只有待在股市里不动最合适。时间一长徐小梅也习惯了，那股市里的钱根本就指望不上，有跟没有差不多，涨的时候是精神享受，跌的时候是精神折磨，合着这炒股票是玩精神呢！

唐育平就这样一门心思炒股票，都快成了专业股民了，至于战绩如何，那就不好说了，他那两下子注定成不了"股市高手"，充其量也就跟一般股民差不多，光知道追涨杀跌，结果是挨套的时候多，赚钱的时候少，好容易股价上涨赚了点儿钱吧，还舍不得卖出，最后还是落个挨套，成天巴望着"解套"成了多数时间的"常态"。而且也神了，有个奇怪的规律好像总也无法逃脱，每到股票赚钱的时候，家里总也没啥情况需要花钱，不用为了花钱而卖股票，而一但到股票下跌亏了钱的时候，家里就总有紧急情况需要花钱，最后不得不忍痛"割肉"，把唐育平心痛得跟挖心肝儿似的。这样一来二去，股票账上的钱肯定是越来越少，搞得唐育平好不闹心，总盼着能来个大牛市，逮住一只大牛股，一连多少个涨停板，把损失捞回来，再赚它个盆满钵盈！但实际情况却与这盼望的美事儿背道而驰，情况是越来越不妙，他脸上的表情老是阴沉沉的，这前景实在是堪忧啊。其实广大股民也都是这副模样，那脸上的表情就像交易所里的显示屏，股价一涨满面红光，股价一跌满脸阴绿，而多数时间都是阴云笼罩，愁眉不展。

12

也不知道是老天爷可怜他这个倒霉蛋还是心痛他那善良的妻子，总给他玩山穷水尽柳暗花明的把戏，每当到了困境降临前途渺茫之际，机遇就悄然而至了。

某日，徐小梅接到王紫薇兴冲冲地打来的电话，说是咱兵团战友要在某某酒店开个大的聚会，有好几百号人参加呢，还欢迎带家属，据说是咱兵团的某某人做生意做大啦！发财啦！成了大老板啦！钱太多了烧得不行，要把大家聚一块儿乐一乐！

到了聚会日那天，徐小梅带着唐育平到了聚会所在的那家酒店，只见酒店门前一侧立着一块大红牌子，上面用大刷子笔刷出"热烈欢迎兵团战友光临"一溜儿醒目的大字，老远就看见酒店门口聚集着三五成群的人正在往里走，一派客人纷至的景象。进到大堂里，几个胸前斜披着写有"欢迎光临"字样的红绸宽带的女服务员赶紧上前来招呼，把客人引进大宴会厅，一进大宴会厅，只见里面黑压压的一片，人头攒动，人声鼎沸，像炸了锅似的。一张张大圆桌边都围满了人，有的坐着，有的站着，有的在喊，有的在招手，不断地有新到的人穿行在各桌之间，往自己熟悉要好的人那儿凑，好像人人的嘴巴子都在动着，但又听不清在说些什么，只听见一片嗡嗡的声音。徐小梅领着唐育平刚一进入宴会厅，眼睛还没来得及适应里面的光线，就听见有人喊自己的名字，定睛一看，不远处的一张圆桌那边王紫薇正在喊自己呢，再一细看，旁边尽是熟悉面孔，章青峰、方伟民、严子俊、郎信玉等人都围桌而坐呢，大家有些时间没见面了，相见之下格外高兴，再加上整个会场气氛的熏染，人人都处在亢奋之中。

徐小梅夫妇二人来到战友们这桌前，满心欢喜地和大家互相问候了一番，然后徐小梅挨着王紫薇坐下，两人的手自然而然地攥在了一起，传达着多日不见的思念和见面的激动。唐育平大家先前都认识了，是熟人了，所以就不用专门介绍了，然后大家就开始问长问短，絮叨近况，近来还好吗？忙什么呐？听说谁谁谁如何如何了……之类，正说着议着，接近大厅里边的一个入口处的那几桌人忽然呼隆一下都站了起来，不少人离开座位向入口处围过去，吸引得整个大厅里人们的目光都往那边望去，从站起和围上去的人们的间隙中，可以看到几个显得与众不同的人物正在人们的簇拥下往大厅里走，被众人围住的那个核心人物个子稍高，留着顺溜儿的背头，穿一身深色的西装，白衬衫前面严谨地打着一条咖啡色的领带，此人身形显胖，前突的肚皮使腰板显得挺直，再加上抬头挺胸，突显示出一副大老板的气派，他边挪动步子边不停地和前后左右的人们打招呼，间或停下来和几个满脸激动的人说着什么，在他的脸转向徐小梅这边和人们打招呼的刹那间，徐小梅一下认出了此人正是当年的蒋干事！"是他！"徐小梅心头一震，与此同时，在坐的战友们也都认出此人就是蒋干事，大家互相传递着异样的眼神，特别是在和徐小梅的目光相遇时，都含有一种特别的意味，只有唐育平傻乎乎的什么都不知道。这时就听到左右邻桌的人都在议论此人，时不时听到"蒋干事"或"团部的蒋干事"的声音从各个方向传来，真可谓"蒋"声鹊起了，还有人打趣地说"蒋委员长来啦！蒋委员长您总算回来啦！"引起一片笑声。经过一阵红火的交头接耳的议论之后，人们都明白了，原来今天出钱举办这个大型聚会的大老板，就是这位当年的蒋干事！如今他的身份是南方沿海某大城市的一家著名上市公司的董事长，公司股票代码是…1318，"1318？这不就是谐音'要升要发'的那只有名的大牛股吗！"唐育平听着人们的议论，浑身的热血一下子涌到脑门儿上，仿佛看见一轮红艳艳的晃得人睁不开眼的旭日冉冉升起！他的内心忽然生出一阵强烈的感激之情，感激老天爷真是有意思，总是把自己的命运安排得能和运气碰个脸对脸！哈哈！

这时，只见蒋某在几个人的前后伴随下走到了宴会大厅的讲台上，来到造型有点倾斜的褐色木纹小讲桌旁站定，先前一直走在前面引路的那位西服革履身板儿有点单薄的男子——今晚聚会的主持人——先走到讲桌后，用手扶定麦克风，笑容满面地对全场来宾大声说："各位战友们，各位来宾们，咱们内蒙兵团七师203团的战友大聚会现在就算开始啦，"说完自己先鼓掌，全场的人也跟着鼓起掌来，"我先来给大家介绍一下这位，"他边说边弯腰摆手恭敬地把蒋某让到自己身边。接着对全场说道："哈哈哈，其实不用我介绍，很多战友都认出来了是不是？"底下有人应声："认得认得，是蒋委员长！"这话引起一片笑声，主持人和蒋某互相笑着望了望，又对着麦克风说："这位当年咱们团的蒋干事，蒋世杰同志，现在的身份是——著名上市公司海狼控股的董事长，蒋大老板！蒋总！今天这个聚会就是由蒋总的公司独家出钱赞助的！"说完自己使劲鼓掌，带动全场鼓起掌来，掌声响了一会儿后，他摆了摆手示意大家停止鼓掌，其实他不示意大家也很快停下来了，接着，他以开玩笑的口吻向全场问道："请问在坐的战友有没有爱炒股票的呀？"他这一问，立刻有超过一半的人回应道："有！"然后他又像出抢答题似的问："有谁知道蒋总公司的股票代码吗？"这一问，引起好多人象齐声朗诵似地大声喊道："要升要发！"哈哈哈哈哈！全场一块儿大笑不止，主持人这下更来劲儿了，用了一种近乎有点滑稽的腔调说："你们炒股票的要想让自己的股票'要升要发'，今天可别错过机会哟！"这话又引起全场一片笑声，这时只见蒋世杰谦虚地冲主持人摆了摆手，那意思是让他别扯这些了，主持人笑着点了点头，然后对全场说："那么，我们现在就以最热烈的掌声欢迎蒋总给大家讲几句话！"

一阵掌声之后，蒋世杰站到了小讲桌的后面，先清了下嗓门儿，然后用轻松幽默的语调说："大家别听小杨子瞎扯，我可没让大家买我公司的股票啊，炒股票风险要自担的，你们亏了钱可别来找我哟。"哈哈哈哈，台上台下又是一片笑声。

　　幽默完了之后，讲话转入正题，这时蒋总的大老板风度就充分体现出来了，他用他那特有的带磁性的嗓音，以不快不慢的语速娓娓道来。发音纯正，吐字清晰，中气十足，发出来的声音既似洪钟轻碰，又似大鼓慢擂，音色相当悦耳，再加上无处不在的幽默风趣，听得台下的人们一会儿一乐呵，场面十分活跃。在下面坐着的唐育平更是被这位有名的"要升要发"上市公司的大老板的风度迷得如痴如醉，不时站起来用力鼓掌大声叫好，徐小梅嫌他失态丢人，一个劲地揪他的裤子捶他的大腿他愣是没有察觉，气得徐小梅心里直骂："瞧你个没出息样儿！"在坐各位都看出了徐小梅的窘态，都带着滑稽的神色偷看她，王紫薇不时捏捏她的手传达着自己的感受。

　　蒋世杰的讲话在一片掌声中结束，两个酒店的斜披着红绸宽带的漂亮妹子一左一右挽着他的胳膊，在几个随从的伴随下，挺着肚子，迈着潇洒的步子走下讲台，来到留给他的靠近讲台的一张圆桌边的位置上坐下。

　　该讲话的都讲过了，面子工程总算收摊儿了，接下来宴会开始！上菜开始！这才是人们真正需要的，一个个都瞪大眼睛竖起脖子瞭望服务员端上来的是啥菜，菜摆上了桌面，一阵礼让之后，放菜的玻璃转盘转动起来，十来双筷子轮番出击，桌桌都是如此，随着服务员把一盘接一盘的菜式端上来，整个大宴会厅进入了另一类的高潮。满大厅嗡嗡的声音变换了声调和节奏，那是嘴巴边吃边喝边说话发出的声音，只见整个宴会厅里时而这桌举杯共祝，时而那桌推杯换盏，觥筹交错之声不绝于耳，真是酒气风发，食欲大振，场面甚是热烈。忽然大厅的某个角落里出现一阵骚动，只见那里围桌而坐的人们纷纷站起来，全都向着走近他们的另外一拨人举起酒杯，原来这是蒋大老板在一帮随从的陪伴下到各桌向人们敬酒来了，只见蒋总手执一个小酒杯，用非常斯文优雅的姿势和各位碰杯，碰过之后只在嘴唇上轻触一下，意思意思就行了，而每逢女士时，必笑脸多一分，弯腰多半度，尽显上流人士之素养，而碰杯之后的男士们都将杯中酒一饮而尽，表现出对蒋大老板的极大敬意。蒋某此时虽然忙于征战各桌，然而细心的人可以看得出，他在忙于应筹交杯之际，眼睛总是不忘抽空向大厅各处观望，像是在寻找什么人。

徐小梅这桌的战友们一边吃着说着，一边注意着渐渐接近本桌的以蒋某为首的这帮人，当他们终于来到本桌跟前时，大家都礼貌地站了起来，蒋某和随从们站定在桌边之后，端着酒杯刚要说话，目光一下和徐小梅相遇，脸色顿时惊得像炸开了一样，五官纷纷向四处扩张。他们二人自从二十年前那个寒风呼啸的夜晚发生的那件事之后，就再也没有见过面，蒋某不管是在深山沟里"锻炼改造"，还是后来历经了种种变迁，徐小梅的那张脸时时都会出现在他的心头，令他反复不断地品味，漫无边际地遐想。徐小梅这么多年来脑子里偶尔也会闪现一下蒋某，但那只是作为往事的回忆出现一下而已，而那个寒冷之夜发生的那件事的种种细节更是不堪回首，越彻底忘掉越好。此时徐小梅眼前的"蒋干事"，比当年胖了两圈都不止，那肚皮挺起来的气势，与在坐各位男士的肚皮——特别是唐育平那小啤酒肚——相比，真有点高山比小丘了，只见他脸色红润，神采奕奕，容光焕发，当年那风度迷人的嘴角依然如故，且更隐含丰富意味，那蓄满秋水的多情的迷眼除了多情之外，还增添了几分老辣和奸雄之气。

蒋世杰和徐小梅在众目睽睽之下惊诧地对望了片刻，蒋某心里生出一阵感叹：真是难得的大美人啊，二十多年过去，你不但美貌依旧，而且还增添了一种经历过苍桑的成熟女性之美，美得更有韵味更加耐看！真是……

徐小梅则完全不同于蒋世杰，她吃惊地和他对望了片刻之后，就垂下了眼皮。望着徐小梅的冷淡态度，蒋世杰知道她仍然没有忘记自己当年的恶行，他真恨不得满含冤屈地向她大喊："小梅呀小梅，这么多年过去了，你还不原谅我呀？人就不兴改变的吗？"可他哪里

知道，他若是真的向徐小梅说了这话，徐小梅肯定会这样回答他："你
这种人还能改变？你只能越变越坏！"

正当大家处在尴尬的气氛中不知如何是好之际，蒋大老板终于开
口说话了，紧绷的气氛总算松弛下来。

"啊，梅……哦，哦，徐小梅，真没想到在这儿见到你，你这些
年来还好吗？"

"一般般吧。"徐小梅不冷不热地答道。

"大家知道吗？"蒋世杰转而面向众人说："我和徐小梅原来在
团部是在同一个部门工作的，我们算是老同事，老战友啦。"在坐的
战友当然知道，所以都不失礼地笑着点了点头，蒋世杰的随从可就不
知道了，他们只是觉得蒋总对这个女人的态度非常特别，由此可以想
见这个女人在蒋总心目中的份量，所以他们对徐小梅的态度也一下变
得十分恭敬起来，笑脸中都带着谄媚。唐育平就更是万万没有想到，
自己的老婆居然和这位众人敬仰的著名上市公司的大老板有着这样近
的关系，看得出来这位蒋总对徐小梅可不是一般的认识熟悉那么简单。
二人之间那种与众不同的关系性质是明眼人一眼就能看出来的，他知
道自己的老婆年轻时漂亮招人，曾被不少人追求过，这位蒋总说不定
也是当年的追求者之一呢，可小梅从来没跟自己提起过这个人呀？想
到此，他的心里暗暗生出一阵得意。

"在坐各位和小梅当年都是一个连的吗？我好像看着各位有点面
熟。"蒋世杰想多找点话说。

"是呀，"方伟民和王紫薇答道，脸上没啥表情。

"是呀，咱们当然是见过的啦，"严子俊的回答是话中有话。

"是呀，咱们还打过交道的，您不记得了吗？"郎信玉狡黠的目
光里带着点嘲笑，说话的腔调有点滑稽，他想起当年一帮战友合计着
如何对付这位"蒋干事"的趣事。

章青峰默不作声，一双犀利的眼睛从眼镜片后面注视着眼前的一

切，脸上带着藏有一丝讥讽的微笑。

"啊哈哈，这一晃二十多年过去了，今天大家能在这里聚会，真是令人高兴，要是走在大街上，咱们可能面对面谁都不认识谁呢，哈哈。来，咱们一块儿为咱们今天的大聚会干一杯！"蒋世杰说罢，让随从把他的酒杯斟满酒，先举起了酒杯，众人也随之举起酒杯，一齐大声说："干！"然后一饮而尽，蒋世杰在把酒倒进嘴里之前，偷瞥了一眼徐小梅，然后带着类似未饮先醉的感觉，一仰脖子把酒全倒进嘴里，来了个痛快的干杯！

放下酒杯后，蒋世杰看出站在徐小梅旁边的唐育平有点与众不同，就客气地问他："这位是……，"唐育平一看蒋总问自己话了，很有点受宠若惊的样子，赶紧弯腰半躬毕恭毕敬地要回话，却一时卡住不知说啥光是"呃呃"了两声，郎信玉连忙介绍道："这位是咱兵团战士的家属，""家属？"蒋世杰有点奇怪道。"是的，是家属，他就是徐小梅的老公！"郎信玉说到"老公"两个字的时候，脸上露出了掩饰不住的坏笑。"啊？啊！"蒋世杰先是惊愕，继尔满脸堆笑道："啊，是这样，您好啊，请问贵姓？"唐育平赶紧答："我姓唐。""哦，唐，唐就是糖，糖就是甜蜜，那就祝你和徐小梅生活甜甜蜜蜜啦！"哈哈哈，众人都笑了起来，蒋世杰心里想："小梅呀小梅，你怎么找了这么个窝囊废老公呀！真是的！"

众人笑过之后，蒋世杰从西服口袋里掏出名片递给唐育平，唐育平赶紧毕恭毕敬地接了过来，仔细看着名片上的一大堆华丽头衔，脸上绽放出兴奋的笑容，一个劲儿地"谢谢"。蒋世杰又从口袋里掏出几张名片，给在坐的人分发，最后派到章青峰时，觉得此人气度非凡，于是用试探的口气礼貌地问："请问这位是……，"章青峰带着自然流露出来的高傲的笑脸，从口袋里掏出一张名片递给了蒋世杰，蒋世杰定睛一看，心里不禁一惊，名片上的跨国公司的大名如雷灌耳，他早就听闻有个咱兵团的人在该公司当高管，不想竟是眼前这位！

"啊！章先生，你好你好！早就听说咱兵团有人在这个公司，原来就是章先生！幸会幸会！不行，咱俩得干一杯。"章青峰笑笑表示同意，蒋的随从们赶紧给二人满上酒，二人执杯彬彬有礼地朝对方比霍了一下，然后慢慢把酒喝光。放下酒杯后，蒋世杰半开玩笑地说："章先生这样的人才真是难得呀，是不是可以考虑到我那儿咱们合伙干呀？"在场的人全都满脸堆笑地注意听着二人的对话，只见章青峰笑而不答，两只深邃的闪着睿智目光的眼睛直盯着蒋世杰的双眼，那眼神已经把要说的话明白无误地传达给对方了："你说呢？"蒋世杰毕竟是聪明人，一下就领会了，连忙给自己下台阶道："哈哈哈，开个玩笑，开个玩笑，还是《智取威虎山》里杨子荣假扮胡彪唱的那一句——人各有志，不能强勉，哈哈哈！" 大家也哈哈哈地笑起来。

蒋世杰在离开徐小梅这桌继续前往下一桌之前，来到徐小梅和唐育平身边，对徐小梅说："小梅，可以留个电话吗？"徐小梅正犹豫间，唐育平赶紧掏出自己的名片给蒋世杰递上，那还是他那小厂子的名片，名片上印的是：新世纪新科技材料有限公司经理唐育平，那上面印有"公司"的电话，在旁边的空白处还用钢笔写上了家里的电话，蒋世杰看了一下名片的内容，心里笑道："名字还挺时髦的，"然后望着唐育平说："哦，是唐经理啊。"唐育平赶紧不好意思地说："不敢不敢，就是一个解决十几个人吃饭问题的小厂子而已。"蒋世杰会意地点头笑笑，对徐唐二人说："咱们以后有机会再聚聚。"说完就带着随从们向下一桌走去。

那天的聚会在吃完了丰盛的大餐之后就接近了尾声，一些人开始陆陆续续离席，一些人还在边吃水果边喝茶边聊天。徐小梅这桌也有几个人先离席走了，剩下徐小梅夫妇和方伟民夫妇以及章青峰、严子俊、郎信玉几个人还在说话。大家在一起有说不完的话题，但有时也会忽然都停止了说话，默默地坐着，但这时心里都感觉对话还在进行中，进入了一种所谓隔空心灵对话的状态，他们在几十年的交往中已经很熟悉这种状态了，并且内心都很享受这种特殊的精神交流带来的愉悦之感。聊天之中，大家都谈到了工作中和生活中的压力，就连章青峰，虽居那样的位置，也一样是感受到精神上的重压，身心是疲惫的，而不是潇洒的。由此大家自然而然地回想起在兵团的岁月，那时大家是多么的天真烂漫，仗着青春赋予的生气、豪气和胆气，对工作和生活中的一切困难都不当回事不以为然，什么忧愁烦恼都在心里呆不了几分钟，整天就知道傻干，傻折腾，傻高兴，就像一群打谷场上发着叽叽喳喳叫声的欢快的小鸟，那岁月那年代是多么令人怀念啊！大家在感慨之余，又谈到了未来，眼见着各位战友的孩子都渐渐长大了，这也从一个方面印证了大家都人到中年了，时间过得飞快，接下来，就要向老年进发了。说到这，大家都互相嘱咐要多加注意身体，不要在现在这个人生中最累人的阶段落下什么毛病，大家都要好好坚持下去，坚持到退休，那说起来也不会是多么遥远的事啦，到那时，大家就都解放啦，都轻松啦，咱们还要好好地一块儿聚，一块儿玩，一块儿乐。咱们还要在生命的旅程中，像那南干渠边沙枣林中的沙枣树那样互相抵靠，互相支撑，互相抓紧，互相抱团，以防被狂风吹倒刮散，长久地把人和心结在一起相依相伴呢！大家越说越激动，人人心里都涌起一股暖流。

就这样，那天的聚会在意犹未尽中结束，大家在依依不舍中告别分手，各自又踏回到各自的生活轨道中去了。

13

在接下来的那个星期六，唐育平正在家里因为厂子的事发肝火，厂子是人心思散，办不下去了，大伙儿一合计，散了就散了吧，也办了这么多年了，再凑合下去也没什么意思了，大家就各奔前程，八仙过海各显神通吧。但是散伙是散伙，总得好聚好散呀，总得把乱七八糟的事情都妥善处理了，把屁股擦干净了再走人呀，但有人偏就不这样，把一堆"乱麻团"往唐育平身上一推，自己来个泥鳅开溜又快又利索，剩下一摊子麻烦事全让唐育平一个人去处理，气得唐育平一口一个"这帮兔崽子"地臭骂。徐小梅正在里屋辅导孩子功课，听见唐育平在外面厅里气急败坏地一会儿打电话骂，一会儿自言自语骂，吵得她和孩子都不能集中精力看功课了，好几次开门出来劝他："你小声点好不，吵得我和羊羊都不能温习功课了。你急啥呀，那些事慢慢处理呗，又没人催你逼你的。"

除了厂子的事让唐育平恼火之外，还有一件事更令他揪心，那就是股票，最近的股市行情不好，他买的股票连连下跌损失惨重，他的心情糟到了极点，偏偏这时候徐小梅又提出说家里这要用钱那要用钱。其中包括羊羊报考这个班那个班等等，让他从股市里出点钱来用，这更是要他命的事，总想多拖几天等股价涨回来点再卖出，但却每每事与愿违，越等股价越往下走，股价越往下走就越舍不得卖出，这样就形成了恶性循环，最后又和以往历次的情况一样，又是等股价跌到惨不忍睹的时候才不得不卖出，到了那种时候卖股票，那感觉何止是割肉，简直是剜心了。今天是星期六，你看着吧，等一会儿徐小梅给孩子辅导完了功课，肯定会出来和他说需要用钱让他卖股票的事，他怕死这一幕出现了，恨不能赶紧逃出去回避，但那也不是办法，总不能老不回家老不面对老婆吧！

哎！怎么办呢？唐育平沮丧地想。那天参加兵团战友大聚会，认识了那个大妖股"要升要发"的大老板蒋总，他公司的这只股票，那真是既诱人又吓人，涨起来高不见顶，跌起来深不见底，上串下跳跟过山车似的，要是没有可靠准确的消息去碰它，不是你玩它，而是它玩你，能把你活活玩死！唐育平就试着买了一点想体验体验，结果让它整得差点神经错乱，心脏不行的人准保要犯病。对付这种妖股，一定要有可靠消息才行，现在认识了这妖股的大老板，要是能从他那儿得到准确消息，等合适的时候砸锅卖铁凑集所有的钱买进这…1318，准能一扫晦气赚它个狠的，捞回损失不说还得跟着它不断地上升！上升！涨它个不停，赚它个痛快！但是怎样才能跟这位蒋大老板私下接触上呢？自己虽然手上有他的名片，但总不能冒冒然就直接给他打电话吧？自己和他又没什么交情，不过是酒宴上见过一面，人家大老板接触来往的要紧人物那么多，谁还记得你个小破厂子的所谓"经理"。可以看得出来，徐小梅和他的关系非同一般，要是小梅出面和他联系，这位蒋总肯定巴不得呢，那天他离开他们这桌时不是留了话说"以后有机会再聚"吗！这不就是最好的机会吗！可唐育平试探了徐小梅几次，让他和蒋总联系，她的反应总是很冷淡，很不情愿，她是怎么回事呀，她为什么这么反感见人家呢？人家对你这么热情，你借着这机会把我和他密切接上头多好呀！那不是就一好百好了吗？那不是就到了金矿边儿上就等着往里跳了吗？徐小梅你怎么这么傻呀！唐育平想到这，心里急得像有一群发情的青蛙在乱跳，这会儿他又不怕徐小梅辅导完功课从那屋里出来了，他甚至急切地盼着她赶紧完事出来，他要再和她好好商量商量这个最最最最重要的大事！

"呤呤呤呤……"

唐育平正想着，电话铃忽然响了，"谁呀？这个时间来电话，肯定不会是厂子里的人，他们躲我还来不及呢，那会是谁呢？多半是徐小梅的战友。"这样想着，唐育平走到电话机旁，抓起话筒，用一种熟人之间很随便的还带有一点不耐烦的口气对着话筒说：

"喂，谁呀？"

"是我，我是蒋世杰。"

话筒里传来的这熟悉的带磁性的洪钟般的声音惊得唐育平一下僵直地站着，从大脑到全身全都丧失了反应能力。

"喂——"听筒那边又传来一声，唐育平这才反应过来了，连忙应道：

"啊，啊，是蒋总啊……"

"是呀，你是唐经理吧？"

"啊，啊，是的是的，我是小唐。"

"嘿嘿，"蒋世杰轻轻笑了一声又道："唐经理，徐小梅在吗？请她接下电话。"

"好的好的你稍等！"唐育平放下听筒，带着一颗狂跳的心飞快地来到徐小梅正和孩子温功课的那间屋外猛地推开门用有点发勌的声音对屋里的徐小梅说："快！快接电话！蒋总找你！"

徐小梅看见唐育平猛地打开房间门满脸惊慌的样子，以为发生了什么事情，一听说是蒋世杰来电话找她，虽然有点出乎意料，但随即用不屑的语调对唐育平说："我还以为是什么十万火急的事呢，至于这样吗？一惊一乍的。"一边说着，一边起身向屋外走。

徐小梅缓步来到电话机旁，拿起话筒"喂"了一声，只听话筒那边传来的那个熟悉的声音和当年一样，带着掩饰不住的急切和热烈之情，仿佛有一股风从听孔处冲出来灌进她的耳朵里。

"啊！梅，哦不，小梅，你好啊！"

"你好，蒋总。"

"别！别这样叫我，还是像当年那样叫我好了。"

徐小梅轻轻地笑了一声，这笑声立刻被蒋世杰捕捉到了，令他抑制不住地激动和兴奋起来。

"蒋总——哦，对，蒋干事，你找我有事？"

"小梅，看你说的，一定要有事才能找你吗？这么多年没联系了，我想——"

蒋世杰正想接着往下说，徐小梅打断他说："我正在给孩子辅导功课呢。"

"啊，小梅你别急，你别急，我不会占用你多长时间的，我只是有几句话想要跟你说，这几句话在我心里憋了二十多年了，你就让我把它说出来吧！"蒋世杰用了一种诚恳的近乎是哀求的语调说。

"你说吧。"徐小梅轻声道。

"小梅！小梅……"徐小梅听到听筒里传来的蒋世杰的声音带着明显的喘息。

"唔，你说吧，我在听。"徐小梅平静地说。

"小梅……我想说的第一句话是——我想请求你原谅我，我实在是，实在是太对不起你啦！"蒋世杰几乎是喊着说。

"别提这事了，蒋干事。"

"小梅，你不提可以，可我不能不提，我要是不把'对不起你'这句话说出来，我会难受一辈子！"

徐小梅有点被蒋世杰的这句话打动了，她没作声，继续听蒋世杰往下讲，只听蒋世杰又说道：

"小梅，我想向你解释，不管你信不信，我那天晚上真是喝多了酒，我自己完全失控了，我不想那样做的，我虽然喜欢你，这你看得出来，但我是尊重你的，我是不会对你胡来的，可是那酒，那酒让我完全失控了！"

"唔，应该是这样吧。"蒋世杰的倾情之述使徐小梅心里生出了原谅他的念头。

"小梅，我要说的第二句话是，我要感谢你，不，不是感谢，是感激，是感……感……我也不知道应该用什么词才好，我想说的是，当初你要是向团长告发了我，我的党籍军籍肯定都一抹到底，我的政治生命就彻底完蛋啦！可你没那样做，你放过了我，给我留了一条活路，你真是太善良啦！太好了！我真的不知道怎样向你表达我内心深处的这份感激……"蒋世杰说到这，有点哽咽起来。

徐小梅静静地听着，她相信蒋世杰说的都是真话，她心软了，她没有出声，电话那边的蒋世杰也没有出声，他一时沉浸在对不堪的往事的悔恨之中。过了一会，徐小梅才用感概的语气说：

"咳，蒋干事，过去的事，咱们就不提它了吧，那时候咱们都年轻，现在咱们都人到中年了，好些事情也都看开了，咱们大家都好自为之吧，我祝你工作顺利，事业发展，当然，最要紧的还是要保重身体，咱们都不是年轻人了啊！"

蒋世杰自打认识徐小梅以来，头一回听她说出这么推心置腹的话，感动得眼泪一个劲地在眼眶里打转，不停地"是是是"应答着。

蒋世杰总算得到了徐小梅的原谅，多年来纠结于心的恩怨总算可以了结，蒋世杰心里感到由衷的舒畅，在结束通话之前，他用征询的语气对徐小梅说："小梅，我想和小唐，唐经理说几句话。"徐小梅说："好的，你等着。"

唐育平一直坐在放电话的桌子对过的椅子上注视着徐小梅讲电话，用心观察她脸上表情和说话语气的变化，揣测着她和蒋在说什么。他注意到徐小梅的态度在发生着变化，一开始明显很冷淡，甚至有点敌意，令他很担心她会很快借故结束通话甚至突然压断电话，那样一来刚出现的希望就又要破灭了，"徐小梅你可千万别呀！"他心里苦苦乞求着，但是慢慢地，他看出徐小梅的态度起了变化，由冷淡慢慢变为平和，再慢慢地竟变得有些感慨，到最后临近结束通话时，已变得和那几个要好的战友们说话时的态度差不多了。他心里想，徐小梅和蒋总当年一定是相互之间存在着某种很深的芥蒂，如今经过这电话里的一番沟通，已经冰释前嫌了，这正是他巴不得的，他是多么希望她和蒋总的关系能和那些战友一样热络起来啊！

唐育平正在注意听着，想着，忽见徐小梅把话筒向他递过来，说是蒋总要和他说话，他又惊又喜，连忙伸手接过来，努力抑制住激动的心情，用尽量平缓的语气对着话筒说："喂，蒋总，你找我？"听筒那边随即传来亲切的老熟人之间说话语气的声音，蒋世杰在电话里对唐育平说，他想找个时间和他们夫妇俩一块儿喝个咖啡，好好聊聊，他怕自己请不动徐小梅，让唐育平帮他好好请请她，如果实在请不动，也不要勉强她，那就你唐育平自己来吧，咱哥俩坐一块儿聊聊。"哥俩"！蒋总竟然这样称呼他们两个的关系，唐育平刹时觉得自己就像那屁股上点了火"呼"地一声窜到天上的"窜天猴"一样，喜极之下都不知道自己是在天上还是在地上了，他按捺住狂喜，连声"好好好"地答应着。

唐育平和蒋世杰讲电话的时候，徐小梅已经回到那间里屋去继续给孩子辅导功课了，唐育平和蒋世杰结束通话放下电话后，立即直奔那屋而去，当他正要推门的时候，他忽然想到，不能这样冒冒失失地跟小梅说这事，那样会引起她的反感的，更何况她此时正在一门心思给孩子辅导功课呢，他这时候去找她说这事，那岂不是哪壶不开提哪壶自讨没趣吗？闹不好把好事也搞成坏事了。这样一想，他把已经伸出的手缩了回来，他要找个合适的时机，合适的气氛，小梅有着合适情绪的时候再和她说这事。"对，就这样！"他心里暗暗决定道。

14

几天之后，在天色刚擦黑不久，亚运村附近的一家咖啡馆像往常一样，正迎候着喜欢在这个时间出来喝咖啡聊天的人士，咖啡馆门外摆着几张简易的圆桌和环形的咖啡椅，店里柔和的黄色灯光透过落地橱窗映射出来，给外面的桌椅和地面涂上一层暖融融的橙黄的色调。透过旁边一小片疏密相间的小竹林的枝叶，从隔壁一家日本料理店那边隐隐传来悠扬的萨克斯风吹奏的《卡萨布兰卡》的乐曲声，带给人们一种温馨和优雅的感觉。初夏的晚上气温宜人，时而轻拂而至的晚风洗却了人们一个白天的忙碌带来的紧张和焦躁，代之以轻松和安逸。陆陆续续来到的客人们有的走进店里，有的就近在围着小圆桌的咖啡椅上闲适地坐下来边喝咖啡边聊天，低声的絮语和悠扬的音乐声混合成一种舒散的漫不经心的氛围，使这里成为适合慢聊和静思的场所。

在咖啡馆内一角一个临窗的位置上，唐育平正和蒋世杰隔着咖啡桌面对面坐着聊天，他们先前已经打过两次交道了，更主要是再加上徐小梅这层关系，他们此刻已经像老熟人老朋友一样可以畅聊了。徐小梅没有到场，这是蒋世杰意料中的事，"女人总是高傲的嘛，可以理解，也就不为难她了，"蒋世杰大度地想。二人一开始漫无边际地聊着，看来蒋世杰很享受这种脱离了整日缠身的生意场上和公司里的没完没了的事务的轻松时刻。他的话题总是说着说着就扯到徐小梅身上，他连真的，带想象的，甚至带点胡编的讲出许多有关徐小梅的有趣可笑的往事，说得有鼻子有眼的，引得唐育平一阵阵发笑，这些趣事都是唐育平第一次听说的，他老婆徐小梅平时是不太爱跟他说这些事的，简直把他当作一个异类，而不是像那些要好的战友那样什么都敞开心扉说，他对此一直有点耿耿于怀。相比之下，这位蒋大老板似乎比他更了解他的妻子，他有着那么多的吹牛资本，而他唐育平自己，狗屁也不知道，这真是令人有点难为情。他又想起第一次和徐小梅相对象那天，自己愚蠢透顶地说出的那句屁话——"哈哈咱俩一样都是逃兵！"这话真是大大地得罪了徐小梅，这无异于在他们二人之间竖起了一块隔板，使他和徐小梅之间再也不能像那些要好的战友之间那样拥有那种令人羡慕的深深的战友之情。看看眼前这位蒋总扯起那些往事来是多么得意，自己真是有点自卑了。

唐育平和蒋世杰二人一边品着咖啡，一边聊着，扯着，话题慢慢转到了现在，蒋世杰问唐育平在忙些什么，唐育平就把自己和战友办小厂子办不下去了，炒股又连连失利的窘况告诉了蒋世杰。蒋世杰说，现在办企业做生意没那么容易了，当初离开单位下海的好多人后来混得不好都回到原单位去捧那铁饭碗了，你为什么不联系一下原单位回去上班？唐育平带着点羞愧说，实在是不好意思回去，让人家笑话。蒋世杰心想这人是死要面子活受罪。沉默了一会儿，蒋世杰问他眼下怎么打算？唐育平说，还是想试试股票的运气。唐育平说这话时，眼晴盯着蒋世杰，希望他能说出自己盼望听到的话来。只见蒋世杰呷了一口咖啡，身子往后一仰靠在椅背上，慢慢地说："炒股票不能这样炒法。"

"那怎么炒法？"唐育平一听蒋世杰这样说，赶紧竖起耳朵，身子前倾，双手扶在桌面上，眼睛直盯着蒋世杰问道。

蒋世杰没有马上回话，而是和他对视了片刻，身子也慢慢前倾靠近桌子，又呷了一口咖啡后说："咱们再要点甜点怎么样？"

唐育平急着听他说炒股票的事儿，哪有兴趣吃什么甜点，他等不及了，直接问道："蒋总，我买你们公司的股票怎么样？"只见蒋世杰笑而不答，光是望着他，好象是在研究他的脸形似的。

"我想全部买进…1318，你看合适吗？"唐育平进一步表明自己的想法，急切地等着蒋世杰表态。

蒋世杰的目光离开了唐育平的脸部，转而望向正在用手把玩着的咖啡杯子，他知道唐育平此刻正全神贯注等着他说话，他把玩了几下杯子，手扶在桌面上，眼睛突然一抬，望着唐育平说："你不知道上市公司的高层炒本公司的股票是违法的吗？"

唐育平完全没有料到蒋世杰对他的问话竟是如此反应，一时有点发蒙，不知该说什么，只好苦苦地望着蒋世杰，希望他开导开导。

蒋世杰叫来了服务生，要了两份甜点，一人一份在桌前摆好，自己先用叉子叉起一块，咬了一小口，边嚼边对唐育平说："小唐，你也尝尝，这点心味道不错。"

唐育平礼貌地应付着，也叉起一块来慢慢咬了一小口。

蒋世杰嚼了一会儿点心，又呷了一口咖啡，这才慢慢地说："厂子办了这么多年了，办不下去了，换着炒炒股票，也挺好的，"唐育平连连应声"是的是的"，蒋停顿了一下接着说："但是像你这样玩法，想靠这个来赚钱养家糊口，那是没啥指望的，只能是玩玩而已，"唐育平一边是是是地应着，一边急着听他往下说，但蒋世杰说到这不说了，慢慢地从口袋里掏出一张自己的名片，管服务生要来一支圆珠笔，在自己名片的反面写了一串字，然后递给唐育平，唐育平赶紧接过来，定睛一看，那写的一串字是电话号码，后面跟着一个"钱"字。这时就听蒋世杰说："你完了和这位钱先生联系一下，就说是我介绍的，他会告诉你应该怎么办的，你按他说的做就肯定没错，我过两天要回×市去了，咱们有事随时电话联系。"唐育平两眼放光，看着手上的名片，听着蒋世杰说的这些话，高兴得如获至宝，连连感激地使劲点头。

15

又过了几天之后，唐育平已经坐在了某证券公司的大户室里，这是钱先生为他安排的。该证券公司在位于三环路边不远一幢有着墨绿色玻璃幕墙的高层大厦里，第十八层楼是散户大厅，十九楼是中户室，二十楼是大户室。唐育平所在的大户室里有四个位置，连他一共三个客户，有一个客户很少露面，只有一个高个儿头操东北口音的人们管她叫"周太太"的胖女人经常光顾，这位周太太年近五十左右，脸上涂抹大胆，穿金戴银，身上从上到下都是名牌，她每天按时按点到证券公司，就像上班一样，但她上午休市之后就回家了，下午不再来，只剩下唐育平自己一个人。唐育平巴不得这位周太太快点离去，这女人话太多，什么都说，什么都问，害得唐育平好心烦，还不敢表现出来，有时出于礼貌应付她两句，她倒以为你在认真听她讲话了，于是更多涛涛不绝的废话从嘴里涌出来差不多能把人淹死！所以唐育平在她不停地向自己放话的时候再也不敢应声了，只是一声不吭地盼着她那烦人的唠叨快点结束，结束之后千万别再响起，但事实上这很难做到，只有等到中午休市后她才会走，才会带走了那折磨耳朵的噪音，房间里才总算清静下来。中午休市后，证券公司管一顿午饭，服务员把盒饭送上门来，那饭菜非常对唐育平的胃口，他每回都吃得津津有味,有一回他正在享用可口的饭菜时,周太太折回来拿遗落下的东西,看见唐育平在吃饭,大惊小怪地走近前来猫了一眼,作出一副受不了的神态说:"哎哟哟!这样的饭菜怎么吃得下哦?我看见都够了。我要回家喝汤的,一顿没汤我都受不了的。"唐育平知道她又要显摆她如何如何爱喝广东人用慢火煲的汤,什么鸡汤、参汤之类,那汤多有营养多补人等等,唐育平心想:就你这体型还成天补啥呀?不怕哪天补爆了。

那天唐育平按照蒋世杰留的电话号码和钱先生联系上之后,就按照钱先生的指挥一步步地行动,先是到现在这家证券公司找到该公司姓谢的经理,谢经理三十多岁,矮胖,圆脸,戴一副黑边近视眼镜,他知道唐育平是钱先生介绍来的,见面非常热情,带着他把户开了,又亲自领他到了位于二十楼的一间大户室,让他以后就在这里看股票。大户室宽敞整洁舒适,地上铺着驼绒色的地毯,靠一侧墙的一长溜黑色光滑的电脑卓上摆着四台电脑,每台电脑前配有一张厚重的包皮大班椅,在离开电脑桌和大班椅几米远之处围着一张玻璃面的大茶几摆着一圈皮沙发。在门口正对着的房间那头,是一溜宽大的窗户,挂着厚厚的紫红色绒面窗帘,拉开一点窗帘向外望去,京城高低错落鳞次栉比的楼屋建筑尽现眼底,笼罩在一层薄薄的蓝灰色的雾气之中,楼下近旁的三环路上各形各色的车辆像流水般穿梭不息,无数汽车引擎发出的噪音隐约可听见。

在这间舒适安逸的大户室里,唐育平开始了与先前完全不同的炒股生活,再也不用挤在情绪激动人声糟杂的人堆中长时间地仰头看那排得密密麻麻的红绿光相间的股价大屏幕,而是坐在大班椅上,伏在光滑宜人的电脑桌上,随意敲击着电脑键盘调看各种想看的东西。周太太不在的时候,还可以把脚放到电脑桌上放肆地打挺,感觉有点累时,随时可以离开电脑桌到那圈沙发那儿大躺下睡觉,相当惬意自在。但是,在刚来的头几天,他可没这么自在,他从来没到过这样的场合,一举一动都十分小心谨慎，生怕被人笑话，活像个拘谨的小学生，而且他很快了解到，能安排到大户室里的人，账上都最少是几百万甚至上千万的，自己竭尽所能凑到的这二十来万，连到中户室都不够格，就更别说大户室了，所以来到这样的地方，心理上难免自卑，尽量不和别人说话交流，只是一个人闷头看电脑。偏偏又碰上个周太太爱说爱问的，他只好每每装作正潜心研究行情，没有注意她在说什么，或故意口齿不清地胡乱应付两句，这使得周太太经常评论他说："小唐，你这人不太爱说话哈，""小唐，你这人性格挺内向的哈，有点像我们家那位，""你看得这么入迷看的是啥股票呀？"说着就凑过来，吓得唐育平赶紧敲键换别的内容，但有几次没来得急转换，让周太太看见了，她就不屑地说："你咋老盯着看这妖股？你看我买的都是啥股，"说着就数出一二十个股票的名字来，唐育平心里暗暗嘲笑道：这就是钱先生所说的散户思维，成天就知道追涨杀跌，和自己原来一样，老子现在不跟你们一个玩法啦，瞎摆乎啥呀，等着瞧咱好看的吧！

16

话说唐育平按照钱先生的电话遥控把全部资金都买进了…1318后，成天眼巴巴盼着它快点涨，但它一直没有涨的意思，光是在五元左右的区间忽上忽下像跳踢踏舞似的，看久了好令人心烦。而这期间周太太的股票捷报频传，一会儿这只涨停板，一会儿那只涨停板，令她兴奋得大呼小叫，话匣子更是收不住了，废话汹涌而出，直往唐育平耳朵里面灌，烦得他离开座位在房间里走来走去没处躲没处藏的，他甚至认真想过明天要带一团棉花来把耳朵塞住。这周太太不但噼里啪啦不停地敲击键盘来回看她自己那十多二十只股票，还在"百忙之中"多管闲事不忘关注唐育平关注的股票，看着他买的那只股票一边蹦蹦跳跳一边向下滑溜，忍不住哈哈大笑道："小唐，你买的是什么破股呀？快点抛了算啦，买我这几只股票吧！你看看这走势，啧啧啧！"唐育平没吱声，故意把电脑屏幕稍稍侧向她的方向，好让她看见自己并没有看她所说的股票，而是在看各上市公司的字资料介绍呢。过了一会儿，周太太炫耀了一气之后，忽然不出声了，唐育平奇怪地偷看了她一眼，见她正在看从楼下报摊上买来的大大小小的各种证券类小报，房间里出现了难得的平静，唐育平悄悄把电脑屏幕转回自己一侧，正要敲…1318，忽听周太太发出一声大笑把他吓了一跳，他转头望去，只见她拎着报纸离开座位，带着笑得"惨不忍睹"的笑脸直奔自己的座位而来，到了他跟前把报纸往他眼前一展，指着右下角一处版面有书页大小的文章对唐育平说："哈哈哈小唐你看看，讲你那只股票的，笑死人啦！"唐育平定睛一看，只见那故意用粗肥的东倒西歪的字体营造滑稽气氛的文章标题是——《花心大萝卜的股票比花心大萝卜还花心》，周太太把报纸往唐育平手上一丢，双手捂着肚子跺着脚发着哈哈哈的大笑往自己座位那走，仰身倒在大班椅上边笑边喘息道："笑死我了笑死我了！"唐育平拿起那张报纸，一看就知道是那种极不严肃的专靠传布花边新闻吸人眼球让人掏钱买它的下三烂小报，再看那文章的内容，无非是借分析股票之名，卖弄所谓"一手"得到的蒋世杰及其公司的内幕，其中涉及蒋世杰的各种桃色新闻，一会儿是和某模特如何如何，一会儿又是和某歌星如何如何，用竭尽戏谑、挑逗、嘲笑、挖苦的笔调可劲地爆料，捕风捉影，真真假假，胡编乱造，只图吸人眼球逗人傻乐，唐育平草草看完，就扔一边去了，心想这算什么证券报呀，简直是无聊透顶。

伴随着周太太的欢欣喜悦和一惊一乍，唐育平全仓买进的这只所谓"要升要发"股票的表现实在是太令人失望了，不但一点都没有向上涨的意思，反而老是在重复着预势，在某一个价位上跳一阵踢踏舞之后就又向下滑落一个台阶。唐育平眼看着自己的股票资金越来越缩水，着急、焦虑、担心的心情轮番折磨着他，再加上周太太那边一片大好形势的反衬，更加让人心烦意乱，信心动摇，他好几回想打电话问问钱先生这是怎么回事？是不是还要继续傻守着这"不升不发"，但一想又觉得这样不好，蒋世杰不是明明白白告诉自己"按照钱先生说的做肯定没错"吗，你还问啥呀？这不是不信任人家吗？问了又怎么样？莫非你想去追周太太那些股票？以前自己追涨杀跌的苦头还没偿够吗？人家钱先生没说让你动，就说明不能动，这还不够明白吗？还乱想啥呀？在这待着受不了，干脆回家去，不来看了，眼不见心不烦。这样一想，他决定在家待上几天不来了，换换环境，调整调整情绪，免得老受周太太的影响。但是在家待着有一样不好，那就是吃不上证券公司提供的那顿可口的午餐了，吃午饭还得自己动手做，这些日子老在证券公司吃饭，徐小梅也不给他准备午饭所需的米菜等等了，他自己又好久没做过饭了，再做起来手都有点生了，做一顿再简单的饭都觉得好麻烦，在头一天中午做饭的时候，他在厨房翻了半天只翻出来几个凉馒头，啥菜都没有，他一想，干脆中午饭就凉馒头白开水就酱豆腐对付算了。

光在家待着也待不住，就打开电视机调到任何一个正在播放股市行情的频道收看行情，那几百家上市公司的股票在屏幕上不断滚动，滚动半天才轮到他期盼的那只股票出现，且一闪而过，又得等上半天才能轮到它再次出现，这对于习惯了在证券公司里同时观看几台电脑，随意敲击调看任何想看内容的他来说，真是一种难耐的煎熬。特别令人心烦的是，眼看着屏幕上翻红的股票越来越多，渐渐成了一片红海洋，全都在上涨，只有稀稀落落的十几个股票仍然显示绿色，仍在下跌，而自己买的股票就在这为数不多的仍然显示绿色的股票之中，这真是令人沮丧到了极点，幸亏是在家里，要是在证券公司，那位周太太又不知道要怎样奚落嘲笑他，鼓动他快快换股呢，想想都令人烦死了。

唐育平无聊地在家待了几天，干啥都没心思，心里光惦记着股票，那魂儿像被电视屏幕牵着似的，时不时走到电视机前看两眼，但见那"不升不发"一路颓势，在一片红色纷纷上涨的其他股票的映衬下显得特别扎眼，看着令人闹心极了。如此情形持续了好几天，某日，唐育平上街买了点菜回来准备做午饭，先把电视打开，出乎意料的是，连续几天满屏幕一片通红的股票突然都变成了绿色，股市出现了全面暴跌。唐育平惊吃之余，那种看着别的股票涨自己的股票不涨的难受劲儿反而得以缓解，这时他特别想知道自己那只股票在这一片惨绿的大跌中是什么表现，他放下了手中的所有事情，拖过来一张小板凳就近坐在电视机跟前，眼睛盯着屏幕，急切地盼着那滚动的屏幕快点出现自己那只股票，随着那些越来越熟悉的股票一个接一个滚动出现，他知道自己那只股票马上就要出现了，他瞪大了眼睛注视着，突然，在不断显现的清一色绿色的股票后面，跟出来一条红得耀眼的股票，他错鄂地定睛一看，竟是他那只股票…1318海狼控股！涨幅已是8％！那一刻他的心情就像是从天上降下来一张舒适的大班椅，他坐上去之后，那大班椅便嗖的一声上天了，他兴奋得头都有点晕了……，饭也不想做了，坐定在小板凳上一次又一次地等待着…1318的再次出现，只见它的走势有时上去，有时下来，眼看着快要封死在涨停板上了，又一下子打开了，不但打开了，还快速地回落，一度回落到差不多要变成绿盘，害得唐育平像坐过山车似的一会儿兴奋一会儿惊慌。见它上涨时，就像赛场上的啦啦队拼命喊加油似的心里使劲给它鼓劲儿，见它回落时，恨不得像伸手拉一个落水者一样把它拉上来！

唐育平让这股票折腾得像个神经病人，再也在家待不住了，上午休市之后，草草弄了点午饭，一吃完就急急出门往证券公司赶。上午休市时…1318接近涨停，但没有封死，下午开市后会怎样？这太吊人胃口了，太令人急不可待想知道了。

唐育平来到证券公司，此时正是休市时间，大厦里进出来往的人较少，显得比较清静，他乘电梯到达二十楼，经过一段宽敞而空荡的走廊，来到自己那间大户室。此时周太太已经回家去了，房间里静悄悄的，唐育平高兴地在房间中间的地毯上单腿旋了个圈，然后急跨两步倒在一张沙发上，他要美美地睡个午觉，攒足精神准备迎接下午的开市，看看这只该死的折磨人的…1318将会有什么惊人表现。

正如唐育平预感的那样，下午一开市，…1318就封死在涨停板上，屏幕上"钱龙系统"右下方显示买盘和卖盘的位置上，显示的买盘数量在快速增加，很快就成了长长的一串数字，而卖盘几乎没有，这说明很多人争着想买，而愿意卖出的人几乎没有，因此涨停板被封得死死的。唐育平心里一块石头落地，这股票总算开始涨了，总算摘掉了"不升不发"的帽子，还原了"要升要发"的本色！多日密布心头的乌云总算散去，迎来了灿烂明媚的艳阳天！心情的舒畅和惬意简直无法言喻，他一会儿坐在电脑前看两眼，一会儿在屋子中间的地毯上胡蹦乱跳发两下羊角疯，一会又倒在沙发上两脚冲天使劲乱蹬，正发疯蹬着，忽然觉得有人走进房间，惊得他急忙停止发疯，从沙发上支起身来回头一看，我的妈呀！是周太太来了！原来，周太太一般下午是不来的，但今天股票的大跌令她惊慌失错不知如何是好，也不知道股市接下来是什么走势，实在放心不下，所以回家吃过午饭休息了一会儿之后又赶紧回到证券公司，死盯着这行情的发展，同时也好向股民们打听一下各路消息，是什么情况令得这股市突然大跌。

"小唐你来啦？你怎么好些天没来呀？你这是在干嘛呢？"周太太一连串的问话把唐育平问得不知所措，他心想是不是自己刚才发疯的一幕让周太太看见了？一时羞得恨不能钻地缝里去。但周太太这会儿根本不关心这些，她只关心行情的发展，只想着自己买的那一堆股票是不是还在继续下跌？这会儿止跌了没有？如果再狂跌下去如何是好？

唐育平尴尬地应付了周太太两句，赶紧从沙发上起身往自己的座位上走，眼尖的周太太一眼就看见他的电脑屏幕上显示着…1318的走势图，她心情复杂地凑过来说："小唐你的股票逆市狂涨啊！这会儿涨停了吧？"她凑近电脑一看，"哎呦！还真的涨停了，小唐你咋这么神机妙算呀？你肯定是有消息吧！"

唐育平赶紧装出一脸的沮丧说："我倒霉死了！倒霉死了！刚刚全部抛掉了它就涨了，气死我啦！气死我啦！"

周太太一看就明白了，原来刚才自己进门时见他在沙发上蹬腿发疯那是气的呀，可以理解！可以理解。这一下，她可算找到了同病相邻的人了，心里略微感到好受一点。

"你怎么就都抛了呢？太可惜了，太可惜了呀！"周太太很愿意进一步发掘和放大别人的倒霉痛苦以减轻自己的痛苦。

唐育平没有回答，只是一个劲儿地摇头和唉声叹气，回到自己的座位后，赶紧把屏幕显示换到了别的股票上。在接下来的时间里，他都得趁着周太太不注意时快速敲到…1318上看一眼，然后赶紧转换到别的股票上去，简直就像做贼一样，还好这股票封得死死的，今天是绝对不可能打开的，他这一下午可以尽管放心。他一边从电脑中调出各种有关评论饶有兴致地看着，一边时不时偷看周太太两眼，看到她愁容满面的样子，心里很有点幸灾乐祸。

在整个下午的开市时间里，在深沪两地股市指数惊人大跌，数百只股票纷纷跌停板的惨况下，…1318就像一骑神勇的猛将手执青龙偃月大刀从溃逃的败军中突然逆势杀出，牢牢地封死在涨停板上，文丝不动，直到股市休市，毫无悬念地结束了一天的走势，成了万绿丛中一点红的耀眼大明星！

看着…1318的这个走势，唐育民高兴得心花怒放，但他不敢丝毫表现出来，他得尽量装出满面愁容痛不欲生的样子，好让周太太在精神上有个作伴儿的，而他心中美滋滋的感觉使他装起倒霉蛋来装得特别带劲，装得特别形象逼真，以至于周太太反倒同情起他来，是呀，最惨最惨，最令人痛不欲生的莫过于此种情况——本来满仓买的都是这只股票，风风雨雨中坚守了那么久，受尽了各种难以忍受的精神折磨，在最后最关键的时刻，终于受不了了，一下子全抛掉了，刚一抛掉，股票就疯狂上涨了，人就像从飞驰的列车上掉下来一样……咳！可怜的小唐啊！她实在不忍心看着唐育平悲痛欲绝的样子，以"理解万岁"的伟大精神劝解道："小唐，想开点吧，炒股的人嘛，谁没经受过这种打击呀！"其语调之诚恳，言辞之切切，未免令人感动！

就这样，唐育平怀着狂喜的心情，尽心尽力地当了一下午的演员，活灵活现地演绎了一个倒霉透顶的倒霉蛋的形象，休市后回家的路上，他一路走一路回想着自己的表演，两手捂着肚子笑得死去活来，引起一些路过行人的注意，以为这是个从精神病院里跑出来的病人。

回到家里的唐育平一反常态，嘴里哼着曲子，脚下迈着舞步，自觉殷勤地帮徐小梅干这干那，徐小梅对此早已是见怪不怪，股票一涨就是这副德性，改天股市一跌，又成了驴脸了。不过这一回徐小梅的观感出了偏差了，他不但今天是这样，而且在接下来的十几天里天天都是这样，一进家门见到她的第一句话就是："哈哈哈！又涨停啦！"

情况确实如此，这个…1318涨起来简直像头疯牛，一连十几天，天天一开市就封死在涨停板上，根本不给想跟进的买盘一点儿机会。股价就那样每天以10%的幅度向上急升，令万千股民看傻了眼，令买了它的人乐翻了天，令卖了它的人痛断了肠。

17

经过十多个涨停板，唐育平所持股票的市值已接近百万，他入市那二十多万在不长的时间里变成了百万这么多，这是他万万没有想到的。这令他兴奋不已，整天沉浸在美不可言的心境里，但是随着股价的日愈走高，他的心情开始变得复杂起来，既高兴，又有点紧张，越往后越坐立不安，是不是到了该卖出的时候了？已经赚了这么多了，那可是已经到手的真金白银啊！要是还不卖出，万一跌回去，岂不是白高兴一场？自己以前炒股时吃过的这种亏还少吗？那种跌回去的感觉可真是不好受，何况现在已经到了上百万这个惊人的数字，如果真的再跌回去，那感觉可真是跟从这二十楼上跳下去没啥区别了。一想到这，他甚至有点心惊肉跳了，那感觉大约和有恐高症的人站在高处往下望差不多。但是，眼看着那股票每天以百分之十的涨幅在继续涨着，现在的百万市值一天就增值十万，这种吸引力实在是太大啦！反过来说，你要是抛掉了这股票，它要是每天还这样不停地涨的话，那就等于每天损失十万计，这也太可惜太令人受不了啦！更重要的是，钱先生并没有通知我卖出呀，到了该卖出的时候，他能不通知我吗？蒋总不是说了吗，听钱先生的就肯定没错吗，人家钱先生没说要卖，那就说明还不到卖的时候呗，那就说明这股票还没涨到头，还有说不定多大多惊人的涨幅呢，想来想去，还是听钱先生的吧，自己千万别擅自乱动！但又一转念，他钱先生那种大忙人，万一忘了通知自己呢？那就惨了！所以，还是打个电话问问他吧。刚决定要打电话，又想到，自己是蒋总亲自介绍给他的，他怎么可能把自己忘了呢？自己动不动就打电话问，会不会让人家笑话？再说了，现在这涨停板封得死死的，你问人家干啥呀？要问也等涨停板打开了再问呀。这样一想，他又打消了给钱先生打电话的念头了，"还是别想那么多了，继续集中精神密切注视这股票的走势吧。"他拿定了主意这样想。

在那个星期连着五天的股市交易时间里，…1318都牢牢地封死在涨停板上，毫无悬念地结束了一周的走势。周五收市后，唐育平没有马上离开证券公司，他从茶几上周太太留下的那一堆证券报中挑了一张，半躺在沙发上看着。这段时间里…1318成了报纸上评论的热点，各路股评人士纷纷发表高论，预测走势，观点大相径庭，说啥的都有，令人越看越糊涂，越看越不知如何是好。唐育平看了一会儿报纸，忽然想起周末收市后证券公司在十八楼散户大厅有股评活动，由公司的专职分析师给股民们讲解大市点评个股，不妨下去听听。他于是下到十八楼，来到散户大厅，只见大厅里聚集了满满的人，有的坐着有的站着，全都伸长了脖子面向着大厅前面一个手拿麦克风的人，那人是证券公司的分析师，正在给股民们讲评一周来的大市状况，预测未来一周的走势，股民们全都在专注地听讲，静静的大厅中只响着分析师那带湖南口音的声音，那声音从大厅传出来，在空荡的走廊里回响。唐育平来到大厅靠后面的一个角落，站在众股民身后听分析师讲评，只听分析师讲着讲着就讲到了…1318，他分析说该股走势坚挺，从 5 元起一直涨到今天，股价已突破 30 元大关，结合该公司基本面看，该股未来还会有巨大涨幅，涨到 60 或 80 元都不是没可能的，谁要是买了这股票，那简直就跟买了台提款机差不多！这话引起股民们一片笑声。分析师又说，从种种迹象看，该股在下周有可能会打开涨停板，出现震荡，这正是买进的好机会，不过大家在高位买进，要注意提防风险，可以尝试做一下高抛低吸。

唐育平默默地站在后面，边听边注意观察股民们的反应，看见很多人在分析师讲到…1318 时表现出来的那种羡慕的表情，心里美滋滋的， 这时忽觉有人轻触他的腰窝，他回转身一看，是证券公司的谢经理。谢经理做了个手势，那意思是让唐育平跟他出来有话说。

唐育平跟着谢经理来到走廊里，谢经理先是向他恭贺了一番，说他是这段时间里全证券公司做得最成功的投资者（不称股民了），唐育平听闻此话心中得意，不免谦虚一番，谢经理接着说，公司对做得好的投资者有优惠政策，可以给他们放贷款。唐育平先前听说过这事，据说这里的某个大户，原先自己股票的市值是三百多万，按百分之百的比例贷款，手上一共就有了六百万资金，结果股票翻了一倍多，一下子成了千万富翁！唐育平当时也就是听听热闹而已，并没有认真想过这事，现在谢经理专门来找他说这事，他才意识到这事并不是听听热闹开开玩笑那么简单，是完全具有现实可能性的。谢经理说，他们公司的几个分析师一致认为，…1318 将会长期走牛，即便是不再老涨停板了，那走势也是震荡向上行的，在这种情况下，他唐育平不如贷点款，加大投入的资金量，这样可以获得更大的收益。谢经理在如此分析和建议时，又不忘把本公司那位投资者利用贷款快速成为千万富翁的成功事例讲了一遍，以此来激励唐育平大胆投资，快速获益！唐育平听着听着，内心开始活动起来，人的欲望就是这样，当只有二十万的时候，只盼望着能涨到三四十万，不会妄想几百万，而当自己有了上百万时，就会想几百万的事了，再当有了几百万时，就会觉得上千万的目标也不是不可能的了。唐育平心里盘算着，自己现在的股票市值是一百几十万，如果再贷款一百几十万，加起来近三百万，这要是翻上一倍……再翻上一倍……那岂不是……天呀，这将是什么状况？成为千万富翁？这是以前想都不敢想的啊，可现在那机会就明明白白地摆在自己面前啦！唐育平越想越激动，心跳加快且紊乱，血压怕也升高了不少，他强作镇定地对谢经理说："你让我想想，你让我考虑考虑，下礼拜一我再找你商量。"谢经理说："好的，你最好抓紧点，下礼拜一可能会有买进机会，机会难得呀。"

18

到了星期一，…1318果然打开了涨停板，一时间买盘和卖盘数量剧增，想必是有不少股民觉得赚够了不想再冒险了赶紧把赚到的钱拿到手再说因而忙着抛股票，而另外一些先前没有买进该股票这些日子看红了眼的股民则趁着涨停板打开的机会赶紧买进，买卖双方的大进大出使得股票走势出现剧烈震荡，波澜起伏惊心动魄。

唐育平怀着躁动的心情在开市之前就来到了证券公司自己的房间里，顾不上理会周太太的废话，坐在电脑前眼睛紧盯屏幕调看着各种相关信息，紧张地等待着开市时间的到来。开市时间一到，…1318果真出现了分析师和谢经理预测的那种走势，唐育平也顾不上周太太是不是在注意自己了，把屏显固定在…1318上，全神贯注盯着它的走势。其实周太太这时也在看这只股票，她已经动作神速，在这股票涨停板一打开的时候就立刻买进了不少，随着股价忽上忽下大幅剧烈变动，她惊得像坐过山车似地不时大呼小叫，害得唐育平一惊一乍的差不多要得心脏病了。周太太原先还被唐育平的"表演"迷惑了，以为他真的全部卖出了，还对他的倒霉境况表示过同情，但从后来他掩饰不住的兴奋表情中，她看出他是在骗她，他根本没有卖出！他一直满仓捂着！这兔崽子赚海了去了！周太太一肚子羡慕忌妒恨。

唐育平正全神贯注盯着屏幕看，忽听身后有人叫他，他扭头一看，是谢经理正站在门口，他赶紧离开坐位，在周太太怀疑目光的注视下朝门口走去。

唐育平和谢经理二人来到走廊里，谢经理说："怎么样，我没说错吧，涨停板打开了，估计用不了多久又会封上，这可是买进的好机会呀，你想好了吗？贷不贷点款？"

其实这个问题唐育平已经在周六和周日反反复复考虑了两天了，他觉得，反正钱先生那边没有任何一点让卖出的意思，说明这股票正像股市上各路消息所传的那样，还是要继续往上涨，既然如此，那就贷点款试试吧。主意已定，现在谢经理一说，他马上表示可以贷点试试，先少贷点，来个十万如何？谢经理说十万太少了，没多大意思，最少还不来个二三十万的，唐育平想了一下，说，那就先弄个二十万试试吧。谢经理说好吧，随即把早已拿在手上的贷款合同递给唐育平，唐育平也懒得看那些密密麻麻的条款了，只在金额上写了个二十万元，又草草地签了名，就交给了谢经理，谢经理说我这就给您去办，钱马上就到你帐上，你看好了机会，大概跌幅达到5%左右时就坚决买进！

唐育平回到电脑前坐下，继续注视着股票的走势，不时查看一下"可用资金"，看看贷款到了没有，果真没过多久，当他再次查看"可用资金"时，上面显示有二十万元，这说明贷款已经到账了，他赶紧把屏幕调回到股票的画面查看走势，一看…1318在经过一阵急跌之后正在快速回涨，很快就从绿盘变成了红盘，唐育平面对此情十分犹豫，是马上追进去还是耐心等它回落？犹豫来去决定还是再等等看，又过了十几分钟，当…1318一路上涨到4％时，突然掉头向下急速下跌，很快又由红变绿，并继续向下深探。唐育平一看机会来了，屏住呼吸紧张地盯着走势图，当跌幅达到将近5％时，他怕错失了机会，一口气把二十万全都买进了，但买进之后跌势仍在继续，并且加快了速度，很快就跌到了将近跌停板的位置。唐育平一出手就亏了钱，心里好不舒服，但是既然已经买了，也没有办法，只好耐心观察走势吧。果不其然，正像谢经理估计的那样，该股在临近中午休市时，突然从接近跌停板的位置发力向上，以惊人的速度上升，很快再度由绿变红，之后竟像大鹏飞天般扶摇直上，没过多久便达到了接近涨停板的位置，然后在此停留了片刻，吓唬人似地回落了一下，在还差几秒钟就要收市的时候，突然一发力直窜到了涨停板，以此结束了一上午惊心动魄的走势。初战告捷，唐育平高兴极了，这种一下子额外多赚那么多钱的感觉真是妙极了，他想起谢经理说的话，贷款太少了没多大意思，要贷就多贷点，那玩起来才痛快。于是他离开大户室直奔楼下谢经理的办公室，正赶上谢经理出来，两人碰了个面对面，谢经理大笑道："怎么样？我没说错吧。"谢经理一笑，脸显得更圆了。唐育平满脸堆笑道："没错！没错！可惜就是贷少了。""哈哈哈！"谢经理大笑道："我说贷少了没意思吧，你不信。"唐育平连忙说："那再增加点行吗？""你想再贷多少？"谢经理问，唐育平想了想说："再来三十万行吗？"谢经理笑着微微摇头道："你还是太胆小，下了半天决心才是这个数，人家好些大户都是按百分之百比例贷款。你的关系和消息那么可靠，何不放手一搏！"唐育平毕竟是头一回干这种事，没经历过大场面，怎么也脱不了谨小慎微的套路，他沉思片刻下决心道："那就五十万吧。"谢经理既理解又无奈地笑道："好吧，五十万就五十万吧，不过你很快就会后悔的，嘿嘿！"说罢转身和唐育平一块儿回到办公室，很快就给唐育平办完了贷款手续。谢经理问他："准备何时买进？"唐育平说想下午开市就买进，谢说："今天不一定有机会了，下午涨停板多半打不开，看看明天的吧。"

到了下午开市时间，…1318果然稳稳地封死在涨停板上再也没有打开，一直到下午收市。唐育平所增加的五十万贷款早在开市之前就已经划到他的账号上了，他手里握着资金准备买入，却干瞪眼看着涨停板无法买入，着急后悔得要命，要是早听谢经理的多贷点就好了，现在资金有了机会却没了，后悔药没得吃，只好再等机会吧，可谁知道这股票一但封上涨停又要封多久呢，这要是再像以往那样，没完没了连着上涨，岂不是闹心死了！唐育平越想越觉得闹心。

在回家的路上，他一路都在安慰自己，没买进就没买进呗，又没亏钱，难受啥呀？自己刚买进…1318的时候才有二十万，现在都变成一百几十万了，你不但不高兴，还闹开心了，咳，真是的，要不怎么说，这人心多会儿也没个满足的时候，还是想开点吧，别太贪了吧，知足吧，高兴起来吧！这样想着想着，他的心情就慢慢好转了。

到了家，推开大门，听见里屋有动静，心想小梅今天怎么回来这么早，抬头一看挂钟，时间也不早了，自己收市后没有马上回家，还看了半天电脑，时间就不知不觉过去了，这时就见里屋门一开，徐小梅披着一条紫红色的纱巾走了出来，他刹时感到眼前一亮，觉得老婆今天格外漂亮，冲上去一下把徐小梅抱住就要亲嘴儿，徐小梅奋力挣脱，小声道："胡闹啥？孩子在里边呢！"唐育平干笑一声，只好作罢。

对于唐育平这一套，徐小梅真是太熟悉了，只要股票一涨，人就来神了，脾气也好了，性格也温柔了，再接下来，食欲也好了，性欲也来了……果然不出所料，到了晚上，徐小梅还在给羊羊辅导功课，唐育平就一会儿一开房间门看看他们完事了没有，活像那动物园笼子里的走兽，躁动不安地走来走去。好容易熬到徐小梅把一切都干完了，把羊羊安顿得在大厅的一角处隔出来的一个小间里睡安稳了，刚回身进到里屋，唐育平就像饿虎般扑上来抱住她，嘻皮笑脸地说"咱俩好一会儿吧，嘿嘿，"说着就要干"那事儿"，徐小梅使劲挣脱开他的纠缠，疲惫地坐在床上说："今天不行，来了。"此话令他一下子像泄了气的皮球一样沮丧地倒在床上，心里想，你这位亲戚一到股票涨就上门光顾，也是一位股票迷呀！

19

唐育平的运气还真不错，第二天…1318并没有像他最担心的那样一直封死在涨停板上，然后再连着多少天都不打开，而是一开盘就出现了较大的回调，当回调跌幅达到3％时，他把五十万资金买进了一半，再等跌幅达到5％时，他再也沉不住气了，把剩下的一半资金一下子全都买进了。还和上次一样，该股的走势好象故意和他开玩笑似的，当他把五十万资金都买完后，走势仍然跌跌不休，又一度跌到接近跌停板的位置。这样的走势虽然令他吃惊，但他现在并不十分担心，他已经比较熟悉该股这种大起大落的走势了，别看它时时表现出这种吓人的走势，但它整个走势的形态还是向上的。所以，让它跌吧，不用管它，他心里给自己打气道。

待到这一天的走势结束，结果还真的和唐育平估计的差不多，…1318收在了红盘之上，落了个涨幅3％。第二次出战又获胜，唐育平满心欢喜，觉得自己已经很好地把握了该股的走势了。在此后的几天里，该股天天都呈现类似的走势，在整个开市时间里不停地上上下下来回震荡，但最后总能收在红盘之上，小涨个百分之几的。

在…1318继续这种走势又过了些天后，已经又累积了相当的涨幅，这时唐育平想起了那天贷款五十万时谢经理说的那句话：你才贷这么点款，很快你就会后悔的。他此时确实是越想越感到后悔，那天要是听了谢经理的，大胆多贷点，现在多赚了多少啦？这摆在眼前的白花花的银子，赚与不赚全在一念之间啊！现在这股票的股价已经接近 40 元了，满市场都在传言它至少还能再翻一倍长到 80 左右，这个大好的机会绝对不应该白白放过啊！他越想心里越活动，越想越躁动不安，要不要下决心再增加贷款？要不要？到底要不要？他心中那架天平的法码正在越来越多地向"要"那一边增加，但他的心里始终还是有点隐隐的担忧，总觉得还是应该联系一下钱先生，从他那儿得到更准确更可靠消息后再实施如此重大的行动比较稳妥，但他又很犹豫，钱先生显然是那种说一不二，没有一句废话的人，整天问三问四会让人家瞧不起你，唐育平又是脸皮特薄自尊心特强的人，让人瞧不起的事他是最怕干的，所以犹豫来去，老下不了决心打这电话。有一天，正当他在家里坐在桌旁面对着电话机百般犹豫给不给钱先生打电话的时候，电话铃忽然响了，把他吓了一惊，连忙伸手去抓话筒，拿起来贴到耳朵上一听，一个熟悉的声音传来，竟然是钱先生！

唐育平万万没有想到钱先生会来电话，真是又惊又喜又紧张，一时竟不知道该说啥，他镇定了一下自己，迅速调整思路，要赶紧抓住这个难得的机会说出一直想说的话，问清楚一直想知道的情况。

钱先生真是一句废话都没有，一听是唐育平，直接就问："股票还拿着吧？"唐育平赶紧回答："还拿着。"说完这句话，他还想趁机多问两句，还没来得及说，就听钱先生说："那就继续拿着吧。"唐育平一听，这正是自己想问的最关键的问题，钱先生这句话，不是已经把一切都说明白了吗？还用问什么吗？这样一想，他竟一时没话了，只是应了一声"好吧"。钱先生又说："蒋总挺关心你，让我打电话问问，既然没什么问题，那就这样吧。"唐育平赶紧说"谢谢，谢谢"，就听那边说了声"好，就这样，再见，"就挂了电话。唐育平手里还拿着电话，心中一阵感激，"蒋总真是够哥儿们，"他心中感慨道，又一想，还是自己老婆的面子大！俺这老婆真是太可爱啦！

想到这，要是徐小梅在，他又要死皮赖脸地上去抱住人家要亲嘴了。

接了钱先生这个电话，听他说了那句明白无误的话，唐育平的胆子陡然大了起来，第二天一到证券公司，他就直奔谢经理的办公室而去，谢经理正坐在办公桌旁低头整理桌上的一堆资料，抬头一看唐育平兴冲冲地向自己走过来，他的小圆脸一笑，黑边眼镜后的小眼睛一睁。说道："唐先生今天看起来好精神啊！嘿嘿，有事吗？"唐育平走到他跟前，在他的眼前伸出竖得直直的食指说："我要贷这个数。"谢经理小眼睛一放光道："一百万，哈哈，行啊行啊！"

谢经理很快就给唐育平办好了贷款手续，把唐育平签过名的一式三份的贷款合同撕下来粉红色的那联交给唐育民，唐育平看也不看就塞进口袋里，谢过谢经理后就直奔自己那间大户室而去。大户室这两天又安排进来一位姓牟的中年男子，此人体形高瘦尖嘴猴腮，戴副窄到刚好把眼睛遮住的细长溜眼镜，特别爱说话，爱发表高论，一副自我感觉良好的股市高手的气派，周太太这下子可有了说话的伴儿了，其实唐育平巴不得这样，有了这位牟先生，可算把自己从周太太的骚扰下解放出来了。

那天唐育平瞅准了…1318一个回调的机会，一下子把一百万到手的资金全都买了进去，他非常得意于自己的大手笔，觉得自己挺牛气，像个大户的气派，而周太太之流，还有楼下的那些中小散户，都不过是些小家子气的玩法，令他觉得他们是又可怜又可笑。在随后的日子里，…1318一直保持着坚挺的走势，虽然时不时会有些小幅的回调，但都是有惊无险，无碍大局，股价在一路持续上升，先后突破了50元大关，60元大关……，令市场人士目瞪口呆，都不知道它要涨到哪里去。看着它的这个走势，周太太和唐育平都不禁想起那篇"花心大萝卜"的文章，都不约而同地在心里想，这花心大萝卜如今变得一点儿都不花心了，变成了实实在在的牛气冲天的实心大萝卜了！

人的欲望是永无止境的，有了这个数的金钱以后，就难免要念想下一个数的金钱，对于金钱的追求似乎是永远没有满足的时候，所谓比上不足比下有余。人们更多想起的是"比上不足"，而"比下有余"这半句多半是不放在眼里的，有几百万的时候，和那上千万的一比，觉得自己好穷酸，简直抬不起头来，等到有了上千万，和那上亿的一比，还是觉得自己钱太少，仍然是抬不起头来……就是这种恶性思维，驱使人们在追求金钱的道路上一个劲儿地闷头走下去，不撞南墙是绝对不会回头的。

在…1318 一路慢牛上攻的那些日子里，唐育平对它的升势已经没有了一开始那种激动和兴奋了，觉得这只股票的本性好象就是应该这样上升，上升，不断地上升，因此，他陆陆续续不断地增加贷款金额，从一百万，到两百万，又到三百万……当他的贷款金额和本金的比例超过了二比一的时候，连谢经理都有点替他担心了，时不时提醒他注意防范风险，差不多了就开始减仓吧！可唐育平仗着自己从钱先生那里得来的可靠信息，再看着自己的帐号每天以十几万二十几万乃至更多的速度在增值，那种贪婪的心态膨胀得越来越大根本收不了手，他现在的目标直盯着千万而去，什么风险不风险的早都抛到脑后去了。

在那些日子里，唐育平活得是何等的乐哉悠哉，每天一睁眼就想，今天又有多少多少万的银子进帐了，那感觉真是惬意极了，徐小梅在的时候，他总是在她跟前晃来晃去，嘴里一口一个"千万富翁"的，听得徐小梅都心烦了，你有那么多钱，赶紧买部小汽车你自己去接送孩子上学放学呀，别光是在那吹牛，我这又要上班又要接送孩子的，都紧张死了累死了。每逢徐小梅提起这事的时候，他老是应付道："马上就买，马上就买，你别着急，等涨完这拨儿一定买！"徐小梅根本不信他的，他那股票上的钱再多也只是个精神享受，有和没有差不多，啥时候能变成实实在在的物质啊？你等着吧！

看起来一切都十分顺利，…1318 在平静中不断慢慢地稳稳地上升，很快即将突破 70 元大关，市场上的股民、分析师、专家等等的感觉和看法也渐渐变得和唐育平差不多了，都在不知不觉中习惯了它的这种走势，觉得没什么奇怪的，它就该这样走，因此有越来越多的后知后觉者在不断跟风买进，以至有专家预测说，该股有可能长期走牛，突破100元，涨到200元都不是梦！又引证说美国纳斯达克市场上的某某股票就是连着走牛了多少年，从几美元累积长到几千元，咱们中国的股市早晚也会出现这种奇迹，这不是，…1318就已经有这种苗头啦！证券公司的谢经理算是比较清醒的市场人士之一，他好几回见到唐育平都提醒他最好适当减仓以降低风险，并让唐育平仔细看看贷款合同中的条款，其中提到一但贷款人所购股票出现太大的跌幅危及到贷款本金的安全时，证券公司可是要强行平仓的！唐育平每次都自信地回答说："放心吧，没事的，我心里有数。"而市场形势的发展还真如他所说，完全看不出什么风险，一个月、两个月、三个月过去，该股牢牢地站稳在所到价位上，似乎在不断构筑新的坚固平台，最多也就是在原地调整调整，最终还是要继续上升，更何况整个大市也在不断向好屡创新高，看来一轮空前的大牛市是确定无疑的了，在这种大牛市中，什么奇迹都是有可能发生的。这样一来，反倒显得谢经理是庸人自扰了，连他自己都怀疑自己是不是太多虑了。

　　大牛市真是来也匆匆，在市场长时间的低迷之中突然说来就来了，如艳阳破云而出光洒苦海，使饱受套牢之苦的广大股民总算可以重见天日，整个市场是一片笑语欢声！足足有一个多月，广大股民们都沉浸在股票上涨的激情荡漾中，专家们不断刷新着他们对本轮牛市最高点位的预测，对于…1318这只在本轮牛市中一马当先的大牛股，更是受到市场人士和广大股民的热烈追捧，以傲视群雄的姿态高居涨幅榜前例的显赫位置，真是风光无限好。

　　在大牛市期间，炒股赚钱的消息充斥着整个社会，各行各业各阶层的人们都在议论着股票，都被股票的赚钱效应诱惑得坐立不安，就连那些从来不碰股票的人心里都怪痒痒的，都越来越按捺不住入市的冲动行将蠢蠢欲动。也就是在股票市场持续向好，节节攀高，鹦歌燕舞之际，一场杀伤力巨大的风暴正在悄然临近。

20

在股民们经历了大牛市给予的那几十个欢快的日子，正在编织更加美好的发财梦的时候，市场像个性格乖戾喜怒无常的恶人说变脸就变脸了。

在某个风和日丽一切都显得很美好的一天，唐育平因为买菜（他最近在家中表现特好，经常会主动帮徐小梅买菜），在股市开市将近一个小时后才来到证券公司，他在一路上经过另外两家证券公司的时候，觉得那些进进出出的人脸上的表情都不太对劲，不像往常一样个个都喜笑颜开的，而是带着一脸的紧张，还隐约听到人们嘴里发出"跌"的声音，令人感到一种反常的气氛。唐育平心想这是怎么啦？难到市场有什么不妙情况出现？一边这样想着一边加快脚步往证券公司走。来到证券公司那幢大厦，他决定先到十八楼散户大厅看看，那里人多，信息丰富，更能感知市场情况。

唐育平来到散户大厅门口一看，满大厅的人都伸长了脖子聚精会神地盯着前面几乎占满整个墙面的电子显示屏，再看那显示屏，竟然是满屏的绿色！"大跌！"这两个字像一股强烈的冲击波撞击着唐育平的心脏，他即刻转身离开散户大厅，也顾不上等电梯了，急爬两层楼梯来到二十楼，直奔自己那间大户室跑去，一推开大户室的门，只见周太太和牟先生都在，二人全都阴沉着脸坐在坐位上，探着脑袋紧盯着电脑，对他的到来没有一点反应。

唐育平很快来到自己的坐位上，急急打开电脑，熟练地敲击那几个以往敲了无数遍的数字键，令他完全没想到的是，屏幕里跳出来的该股的走势图居然不是吓人的绿色，而是令人欣喜的红色！他一下松了一口气，身子往后一仰靠在椅背上。

…1318 居然没有随着大市的暴跌而下跌，居然还是红盘！居然在逆市上攻！这真是太牛了！唐育平真为自己所持的股票感到骄傲，再看看那边那两位，肯定手上的股票跌得一塌糊涂，要不这两个令人生厌的话匣子怎么这么安静一声不吭呢。

一个上午下来，到中午收市时，…1318 收在红盘之上，微涨百分之一多，这在满市场几百只股票纷纷跌停板的背景下，显得格外引人注目，简直就象那万绿丛中的一点红，妖艳反差惊人。

中午休市时，周太太回家去了，牟先生到别的大户室去交流情况，屋子里只剩下唐育平一个人，他吃过服务员送来的快餐，正要在沙发上躺下来休息，谢经理出现在门口，唐育平招呼他进来，两人坐在沙发上，谢先说道："真没想到股市突然这样暴跌，看来近期情况不妙，牛市说不定走到头了。"唐育平微笑着应付道："也许吧。"谢道："那你可要小心了，不行就先减点仓吧。"唐育平道："你放心吧，我自己会把握好的。"谢又道："我算是提醒过你的啦，你自己把握好啦。"两人又说了些闲话，谢经理就告辞出去了。

在接着而来的整个下午的开市时间里，…1318 一直保持着坚挺的走势，在股市一片惨绿遍地哀鸿的境况中，像艘风浪中不沉的继续坚定航行的海轮，令许多股民认定它是股灾中的诺亚方舟，纷纷换股买进它以逃避大市下跌的风险。在随后的几天里，它基本上都是保持着这个形态，让那些抓到这根救命稻草的股民们感到无比欣慰。

股市在经过一轮暴跌，几百个点数被无情削斩之后，进入了相对稳定的调整时期，正在那些因为买了…1318 的股民感到庆幸的时候，…1318 这艘一直在风浪中稳稳航行的海轮好象突然遭遇了巨大的龙卷风，毫无征兆地突然变脸下跌，其下跌速度之快，就像那遇难的海轮没过多久就没了顶一样，在极短的时间里就跌到了跌停板，而且一连三天都封死在跌停板上，令那些为了躲避风浪拥挤在海轮上的人们逃都来不及逃就被下沉的海轮带到了海底。

三天之后，恐怖的大跌总算止住了，这时唐育平面临着困难的选择：是马上出逃还是继续坚守，出逃的话意味着百分之三十的损失就成定论了，不过还能保住相当一部分胜利成果，但是如果不出逃，继续跌下去怎么办？他强使让自己冷静再冷静，思考着到底应该怎么办？经过一番思考，他的大脑得出如下结论：一，钱先生那里并无不利消息传来；二，整个大市已经止跌回稳险情不再；三，…1318一贯都是这种故意吓人的走法，如果给它吓出来，它肯定就调头向上窜，让你成为冤大头。这样一想，他决定：不逃！坚守！于是，在其他股民都趁着跌停板打开了纷纷逃跑之际，唐育平仍然坚守着他的满仓股票，谢经理得知此情后，心里真为他捏了把汗。然而紧接下来…1318的走势似乎印证了唐育平的想法，它不跌了，调头向上了，而且还一度涨幅不小，令那些出逃的股民悔青了肠子，用最解气的脏话咒骂这个浑蛋透顶的大妖股，有的股民一看不对劲又马上买了回去。但是这一回好景不长，几天之后，这股票又开始大幅下跌，再要跌下去，唐育平那高比例贷款买进的股票就危险啦！这时他感到恐怖了，前面摆着两条路：逃，巨大损失无可挽回；不逃，有可能遭致灭顶之灾，怎么办？怎么办？想来想去，一切全取决于这股票后期的走势，到底跌完了没有？这是关键的关键！而这个最关键的信息，只有钱先生这种人才能知道，到了这种生死悠关的时刻，还有什么好不好意思的，赶紧打电话问问吧！

下午收市急急赶回家后，唐育平毫不犹豫地抓起话筒就给钱先生拨电话，一串号码拨过后，听筒里的嘟嘟声刚响了两下，电话就通了，听筒里传来了钱先生那客气沉稳的声音：

"喂，请问哪位？"

唐育平马上应道："钱先生，是我。"

钱先生一听是唐育平，马上改用熟人之间说话的语调说："哦，唐先生，请问有事吗？"

"呃……"唐育平犹豫了一下该怎么说，然后道："钱先生，您看咱这股票的走势……会不会有啥问题呀？"

钱先生轻轻"哦"了一声后，只说了四个字："正常调整。"

"还会跌很多吗？"唐育平急切地问。

"应该差不多了吧。"钱先生不紧不慢道。

唐育平一听此话，心中的担忧一下子减去大半，他又抓住时机再问道："那您看，我买的股票要不要动一下？"这句话是最最关键的，唐育平说完后，支着耳朵屏住呼吸等着听钱先生回话。只听电话那边沉默了一两秒钟，那平静的声音又再传来：

"如果不是急着用钱，就先别动吧。"

OK！一切都清楚啦！想知道的都知道啦！唐育平感到一阵轻松愉快，又和钱先生说了两句客套话，便挂了电话。

现在，情况基本上都明了了，该轮到唐育平做决定了，他的脑子在计算着，现在自己账号上的情况是，股票市值本金算下来大概还剩几十万，加上贷款，市值总共有几百万，资金量还算较为可观，守住这股票，只要它涨上去，收复失地是没有问题的，而一但没了这资金，那损失掉的钱就再也捞不回来了。现在有了钱先生这可靠的消息，他一定要坚守住，守到股票重新上涨，收回失地，捞回损失，不能在关键时刻被甩掉，成为冤大头！

唐育平在关键的时刻下了最后的决心作出了继续坚守的决定，然而他的决定完全作错了，错误的决定最终导致了可悲的结果。

21

在唐育平做了那个生死悠关的决定决心坚守下去之后，整个大市看起来表现平稳，进入了相对稳定的调整阶段，这很容易让人感到风

险已经散尽，最起码短期内大市是不会有什么太大的波动了。…1318
的表现也和大市一样，平稳地进行着小幅的调整，看不出有什么大的
动静。这使唐育平紧绷的神经总算放松下来，密切注视着它的走势，
盼着它经过一阵调整之后，再度重新发力涨起来，从而使他捞回损失，
重新进入到赚钱的佳境。他不情愿想，也不敢想，他现在所持股票的
市值虽然说起来有几百万之多，但细算起来其中大部分都是贷款，自
有资金仅剩一小部分，这也就意味着，只要股票出现稍微大一点的波
动，他就将全军覆没，他实际上已经走在了危险锋利的刀锋上！但他
已经顾不上这些了，他只记得前些日子股票没跌的时候，他手上已经
有了实实在在属于自己的几百万，而那几百万在大跌之中说没有就没
有了，他不甘心，实在是不甘心！他说什么也要把它捞回来！抱着这
个强烈的念头，他不管市场上吹什么风，人们怎么议论，谢经理等人
怎么提醒，始终死死地坚守着满仓的…1318决不动摇。

就这样过了一个多月，在唐育平对…1318无惊无险的走势已经感
到习以为常的时候，突然某一天，它竟像一辆汽车在夜间开到了悬崖
边上，再继续往前一开，一下子从悬崖边上栽了下去一样，毫无先兆
地突然大跌起来，看着电脑屏幕上那显示下跌的绿线不断地下探，唐
育平的心脏收缩得像攥紧的拳头，浑身的血液都似乎停止了流动，只
有急促的呼吸还在一出一进地维持着，他知道再这样跌下去，不但他
自己所剩的几十万资金很快会灰飞烟灭，更可怕的是那下跌的凶恶虎
口已经撕咬到了接近证券公司的贷款部分，证券公司面对如此险情将
会很快作出反应——强行平仓，把贷款资金撤出！证券公司的贷款资
金一但撤出，他手上还剩下什么？什么都剩不下了，股票以后再怎么
涨都跟他毫无关系了！他将输得精光！成为一个光杆儿！

那天全天股票的走势在反反复复的挣扎中一度跌到了接近跌停
板，然后又死鸡硬蹬腿般往回调了调，最后收市时收在了跌幅百分之
七左右。

　　唐育平一收市就低着头急急走出大户室，离开了证券公司，他不想和任何人说话，也怕碰到熟人找他说话，更怕碰到证券公司的工作人员，他只想着快点回到家，回到老窝里，像一头受了致命伤的野兽只想找个安静的角落缩成一团钻进去，闭上眼，等待命运的发落。

　　第二天一开市，…1318就又开始无情地大幅下跌，唐育平这时已经算不清自己的本金到底还剩下多少？他心里只乞求证券公司不要平仓撤出贷款，也许这是最后的一跌了，只要贷款还在，他就能起死回生，抱着这样的心态，他也顾不上什么面子不面子的了，赶紧起身去楼下办公室找谢经理，求他千万别在这个节骨眼上撤出贷款资金，再给他两天时间，也许股票就要转跌为涨了。可是他跑遍了所有办公室，都找不到谢经理，问其他工作人员他上哪儿去了，个个都说不知道，他预感到大事不妙，赶紧回到自己的房间，在电脑桌前坐下，把大班椅拉近电脑桌，用勤勤微微的手敲击键盘，敲进自己的股票帐户，定睛一看，在那显示市值之处，平时早已习惯了的一大串数字竟然只剩下可怜的四位数，也就是几千块钱！不用说，证券公司已经强行平仓了，把资金撤走了。唐育平两眼一发黑，面如土色，身子往后一倒，像个死人般靠在了坐椅靠背上，似乎连出气都停止了。

　　唐育平也记不清自己是怎样离开的证券公司，怎样经过那段曾经走过无数次的街边的人行道，怎样回到自己的住处，只在到了自家门口时，才像梦游初醒般认出这是自家的大门，本能地掏出钥匙打开大门往里迈腿，进去之后也不管家里有人没人，低着头直奔里屋，推门进去之后急跨两步一下扑倒在床上，感觉好象全身的骨头、血液、神经、元气都飞跑了，只剩下一堆瘫痪的肉体。

　　他的脑子里一片空白，思维也好象停止了，意识也不存在了，唯一的感觉就是身体下面的这张床铺，以及顶在脑门上的枕头。就这样，在死人般地瘫痪了大约半个多钟头后，他的意识才慢慢恢复，大脑开始有了思维。

"我只剩下几千块钱了。"这是他恢复思维后出现在脑子里的第一句话。

怎么会是这样的呢?我前不久还有几百万,有几百万呀!我从来没有过那么多钱,那些钱要是拿出来花,买什么不行呀?干什么不够呀?现在却说没就没了,简直像做梦一样,不但赚的几百万没了,连最初投进去的二十万也打了水漂,这怨谁呢?怨钱先生吗?人家怎么知道你不但贷了款而且还贷了那么多呢?要是让人家知道自己偷偷贷了那么多款,导至落得如此下场,还不让人家笑话死了!丢人呀!太丢人啦!这一切只能怨自己,只能怨自己太疯狂,太不明智,太贪心,太不走运……

正在唐育平满脑子自责悔恨痛苦不堪的时候,大门响了,是徐小梅和孩子回来了。

徐小梅和羊羊推开里屋门,看到唐育平一动不动趴在床上,喊他道:"孩儿他爸,羊羊今天考完试了,咱们带他去吃麦当劳吧。"唐育平既不作声也不动弹仍像个死猪一样趴在床上,羊羊走过去推了一下他的腿说:"爸爸,你听见妈妈说了吗?你快起来呀!"只听唐育平不耐烦地冒出一句:"一边儿去!别碰我!"羊羊气得爬上床去,用小巴掌在他的屁股上用力拍了一下说:"你这个大坏蛋,大白天还睡觉!"徐小梅赶紧拉羊羊下来说:"不许这样骂大人,没有礼貌。"徐小梅一看就知道肯定是今天股票情况不好了,股票一跌就是这副样子,她早已对此见惯不怪,于是对羊羊说,:"爸爸可能不适服,咱们两个人去好了。"羊羊说:"什么不舒服,我才不信,他和我们班的珠珠一样,就爱装病!""不许乱说!"徐小梅忍住笑拉着羊羊的手出了房间,上街去了。

徐小梅不知道,这一回唐育平可是跟以往不一样了,不是随着股市的涨涨跌跌时而情绪高涨时而情绪低落那么简单了,他这回是彻底输得精光,彻底破产了,把全部投进股市的钱亏得只剩下点渣渣,他今后将何以安身立命？真的只靠徐小梅的那份工资支撑这个家吗？他的面子，他的自尊心，他的人格往那儿搁哪儿摆？他还有脸面对老婆面对孩子面对这个家吗？他感到绝望，感到人生的路似乎走到了尽头，好象在一个长长的黑洞里跑着跑着最后一头碰在了黑洞尽头的硬壁上，眼前一片漆黑，无尽的漆黑……，他又想到那些亏了钱跳楼的人，他以前一直觉得不可思议，现在他理解他们了，以他现在的心情，他也有点向往那种"壮举"了，他想到了从二十层楼的高度望下去的情景，在那样恐怖的高度，只要飞身一跃，一切就都了结了，什么精神上的绝望痛苦折磨就都一笔勾销了，灵魂将脱离开苦难的肉体向空中飞去，在天上自由自在地飞翔……，但他无论如何是不会从那样的高度上跳下去的，他很佩服那些敢于跳楼的人的勇气，他承认自己没有这个勇气，他十分爱惜自己的身体，更珍惜自己的生命，他想到那凌空飞跃下去的重重的身体在触地的一瞬间发出的令人胆寒的"啪"的一声巨响，自己可爱的身躯转眼变成一滩令人恐怖的血肉伏在血迹四溅的地上，那情景只要想一下都足以令他魂飞魄散浑身起鸡皮疙瘩。他又想到离家出走，逃离开不想面对的一切，但他身上只有那区区几千块钱他能去哪里？就像一艘失去了动力的小破船，只要待在港湾里尚能苟活，要是离开了港湾，进入大海，结局除了翻沉，还能是什么？而家就是这样的港湾，是永远都可以躲避风浪的港湾，想到这，他又忽然很想见到老婆和孩子了，甚至有种冲动恨不能扑到老婆的怀里大哭一场！

唐育平一直一动不动地趴在床上，满脑袋塞满了后悔、绝望、痛苦的思绪，直到傍晚徐小梅和孩子从街上回来。徐小梅给他带回来一份麦当劳套餐，跟他说今天不做晚饭了，你就吃这套餐吧，他光是嘴里"嗯"地应付了一声，也不起来吃，仍然趴在床上不动，徐小梅和羊羊一看他这个死人样儿，都不理他了，转身进了大厅，羊羊看电视，徐小梅收拾家务。

就这样，一连好几天，唐育平都像个半死的人一样，白天不是躺在床上发呆，就是坐在椅子上发楞，徐小梅做好的饭他应付着吃点，徐小梅上班后他连饭都不做不吃，到了夜深人静的时候，忽然会像死人诈尸似地离开躺了不知多久的床，在个不大的屋子里像个幽灵似的没完没了地来回踱步，扰得徐小梅想睡觉也睡不踏实，心想这人怎么啦？以前随着股票的涨涨跌跌，他的情绪也经常都会时好时坏，变化无常，但从来也没有像这回这样丧魂落魄到如此地步，好象出了什么天大的事似的，可是，能有什么事呢？最多也就是股票下跌，还能有什么大事呢？有一天徐小梅和他商量说，能不能卖出点股票，家里有需要用钱之处，他低个头默不作声，两眼发直，好象没听见一样，徐小梅很认真地再问他时，他还是不作声，光是微微地摇头，徐小梅心想，难道是股票套得太深了舍不得卖？你不久之前不是还整天吹牛说你有几百万再过些时候就要上千万了吗？怎么连这一点钱都舍不得拿出来？你炒了半天股票也不能一点都不管养家糊口的事吧？而且徐小梅觉得他近来很反常，好象很回避提股票这回事，对股市显得一点都不关心，和他这么长时间以来的表现截然不同，这就太奇怪了。有一回，徐小梅在看电视选台的时候，无意中看到某台在屏幕下方移动显示的信息中显示…1318又涨停了，她赶紧把这好消息告诉唐育平，却不料他对这"好消息"不但没有表现出一点以往一定会表现出来的那种高兴的样子，反而像挨了一刀似地痛苦得勐抖了一下。这令徐小梅心里充满了疑惑，但又不好问他，她知道他一向在股票状况不好的时候是不能问的，一问就会像触电似地差不多要跳起来，可是你为什么对股票涨了也高兴不起来呢，为什么对股市表现得这么冷漠这么莫不关心呢？徐小梅不断地在心里自问："这人怎么啦？究竟是怎么啦？"

唐育平在经受了致命的打击几乎要崩溃的状态下痛苦地捱了一段时间之后，慢慢地冷静下来了，心理上调整得比较能够坦然接受股票亏光了的残酷现实，不再难受得要死要活的了，他开始认真思考接下来自己的人生道路该怎么走，这时候他才发现，真正恐怖的事情是，他看不到出路何在，一个四十多岁的男人，没有工作，没有存款，没有特长，他该干什么？他能干什么？想来想去都想不出一条适合自己走的生存之路来，就像是跌进了一个密实的看不见光亮的深不见底的陷阱里，细想起来真是令人绝望。

在一个周日的上午，唐育平正靠在里屋的床上想心思，羊羊在大厅看电视播放的卡通片，徐小梅在厨房里忙着做午饭，他忽然隔着房间门听见大厅电话铃响，响了几声之后，就被从厨房赶出来的徐小梅接起了，一听说话就知道是什么熟人的电话，从电视机吵吵闹闹的声音中，隐隐约约听见徐小梅在说了一些客套话之后，连着说了一连串的"不要了，不要了，真的不要了"，然后就被电视吵得听不清楚了，过了一会儿电视声音小了之后，又听见徐小梅的声音说"我不去了，我不去了，我还要给孩子辅导功课呢"，唐育平心想，这肯定又是小梅那帮战友叫她去聚会呢，正想着，就听见徐小梅在大厅冲这屋喊道："唐育平，出来接电话！"唐育平正心想："找我？谁呀？"房间门就被羊羊推开了，羊羊伸进个小脑袋来说："爸爸，快点接电话！"唐育平起身向门口走去，出门时摸了一把羊羊的脑袋，走近拿着电话的徐小梅问："谁呀？"徐小梅边递电话边说："蒋世杰。"

唐育平心情复杂地接过电话，用有气无力的有点沙哑的声音对着话筒说："喂，蒋总，您好。"

那边的蒋世杰听闻此声有点吃惊道："小唐，你的声音怎么这么不对劲儿啊，听小梅说你最近情绪低落，怎么回事？股票形势这么好你应该高兴才对呀。"

蒋世杰这话一下刺到了唐育平的痛处，他一时无言以对，沉默了一两秒钟后长叹一声道："咳，一言难尽啊。"

"到底出了什么事？"蒋世杰好奇地问道。

"我……我……我的股票没了。"

"什么？"蒋世杰大吃一惊道："怎么就会没了呢？"

"就是上次……上次跌得实在太狠了。"唐育平心有余悸道。

蒋世杰一听不解道："跌得再狠也不至于没了呀，再说那下跌不过是正常调整而已，后来不是很快又涨上去了吗？"

"可我……可我……"唐育平不知道该怎么说，他实在不好意思说出他贷款了，更且还疯狂地贷了那么多。

"你怎么啦？"蒋世杰不解地追问。

"我……我……"唐育平还在犹豫着说还是不说，这事说出来实在是太丢人了。

"你是不是贷款了？"看来什么都瞒不过蒋世杰。

"咳！是的。"唐育平不得不承认。

电话那边一下子没了声音，这短暂的静默令唐育平感到心悸。

"哈哈哈哈！"突然一阵大笑仿佛带着强烈的气流从听筒里传过来冲击着唐育平的耳膜，"你贷了多少款？"蒋世杰边笑边问。

"没……没贷多少……"唐育平不好意思说实情。

"得了吧小唐，"蒋世杰带着善意的讥讽笑道："我还不了解你们这些人？你要是贷款不多，怎么会连这点调整下跌都经不住？怎么会死得那么快？哈哈哈哈！哈哈哈哈！"

听着蒋世杰的连声大笑，唐育平心里想："人家都倒霉成这样了你还在那儿大笑。"这时就听蒋世杰接着说："人家震荡调整是为了把一些中小散户给震掉，特别是要把像你这种贷了那么多款的'老鼠'仓给震掉，却不料把你老弟给震掉了，哈哈哈哈哈哈！"唐育平听着那边蒋世杰笑得差不多快要叉气了，心里又羞又愧又后悔，要是蒋就在跟前，他恨不得钻地缝里去了。

"这样吧，"过了一会儿，蒋世杰收住笑声道："我昨天有事刚到北京，今天有点空，咱们两个出来坐坐吧。

"好吧。"唐育平有点木纳地回答。

22

　　这天的傍晚，还是在唐育平和蒋世杰上次见面的那家咖啡馆里，唐育平和蒋世杰两个人又见面了，蒋世杰让唐育平把贷款导致股票亏光的经过讲给他听，唐育平一看这事反正蒋总也已经知道了，也就没有什么好不好意思的了，于是就将详细经过一五一十地告诉了他，蒋世杰听完后说："看来这事不怪人家钱先生，人家根本不知道你贷了款，更是作梦也想不到你居然贷了那么多，就是我，也是万万没想到啊！小唐你可真是够胆大的！不过，像你这样干的人也不少，咱这股票这次如此剧烈的大幅震荡就是为了把那些兔崽子给震掉，却没承想到你也这样干了，成了洗盘的牺牲品。"唐育平让蒋世杰一番话说得羞愧地低着头，望着两手中间的咖啡杯子干笑。

　　蒋世杰说完这番话，沉默了一会儿，呡了一口咖啡后问道："那你以后有什么打算？打算怎么办？"

　　唐育平抬眼望了一下蒋世杰，又垂下眼道："我能有什么打算？我都不知道该怎么办才好。"

　　两个人都不说话了，静静地坐了一会儿，唐育平的眼睛只顾望着咖啡杯子，两只手在不停地摆弄那杯子的把手，蒋世杰身子向后靠在椅背上，两只眼睛望着唐育平那颗有点滑稽的脑袋，好象是在鉴赏一件物品。

　　"那你总不能光在家待着吧？"蒋世杰沉默了一会儿后说道。

　　唐育平当然知道蒋总这句话的言外之意是：你总不能让徐小梅养活你吧。这话令他感到羞愧万分，于是他赶紧答道："那是，那是，我也正在考虑这事呢。"

　　"那你怎么考虑？"

　　"我……我……"唐育平实在说不出个所以然来。

　　"你要是没有什么具体考虑，能不能考虑……"蒋世杰若有所思道。

"考虑什么？"唐育平急忙问。

"考虑去我那儿干？"

"这——"唐育平一时语塞，这太出乎他的意料了，他万万想不到蒋总会有这个想法。

蒋世杰微笑着望着唐育平，等待他的反应。

"我……我行吗？"他又惊喜又有点不自信地问。

蒋世杰身子往前倾了一下，拿起咖啡杯子，轻轻地呡了一口，说道："我那儿正缺少一个办公室主任，你在政府机关干过，我看你干这工作挺合适。"

"是的，那类工作我是比较熟悉的。"唐育平赶紧说道。

"那就这么定了吧，小唐，你就去我那干好了。"蒋世杰望了一眼唐育平那张兴奋的脸，又道："可是你老婆会不会同意你去呀？这你可是要跟我到南方×市去的呀。"

"我想她应该会同意的。"

"不过你经常会有机会回北京的，咱们公司在北京这边有太多的事情要办，你少不了要三天两头往这边跑。"蒋世杰停了一下，又笑着用带点酸不溜溜的语气说："倒是你，离不离得开老婆呀？"

"那当然不是问题啦！"唐育平语气坚定地笑着说，说完两人对视哈哈大笑，各自端起杯子来喝了一口咖啡，这口咖啡对于二人来说，各自有各自不同的特殊滋味和感觉。

23

那天晚上唐育平回到家里把蒋世杰要他去南方的公司干的事和徐小梅一说，徐小梅想都没想当下就表示同意。最近这些日子，她眼看着唐育平成天情绪低落，一幅失魂落魄的样子，自己心里也不好受，虽然唐育平没有告诉她自己在股市上亏了个精光的实情，但从他很长时间一分钱也拿不出来，又表现得对股票漠不关心的情形来看，他一定是遭受了特别巨大的损失这是确定无疑的了，她也不想刨根问底地问他事情的真相，她知道他每逢这种时候都特别反感别人问，更害怕别人问，就算问明白了是怎么回事，又有什么用？何况这么长时间以来，她已经对那和抽象数字差不多的股市上的钱变得越来越不感兴趣了，股票的钱多钱少都不过是一种精神上的感觉而已，那钱似乎永远都只能在股市里进行涨涨跌跌的游戏，很难变成实实在在的有用的物质。它的或涨或跌，或多或少，就都只有精神上的意义，而没有什么实际意义，她觉得这股市唯一有点用的地方，就是让唐育平看起来有点事干，有点像上班，又有点像在从事一项事业，这样人可以过得充实点，不至于沉沦颓废。但是最近这段时间，他竟一反常态表现得对股市一点不感兴趣，甚至还老是回避股市的话题，看到电视上播放与股市相关的消息时也赶紧换台，难道他不炒股票了吗？他不炒股了那他干什么呀？既然不炒股票了，那就把钱取出来呀，那钱呢？怎么也不见呀？这些疑问一直困扰着她，她一开始还不知道唐育平已经不去证券公司"上班"了，而是天天扎在家里，后来慢慢察觉到了这情况，心里也是好发愁，一个大男人的整天扎在家里总不是个事儿呀，总得出去干点什么呀，但唐育平又什么都不跟她说，什么都不跟她商量，光是一个人在那儿闷头胡思乱想，让人看着怪闹心的。所以现在一听说要去蒋世杰的公司干，她当然是巴不得了，不管人家给的钱多钱少，那样好歹能让他打起精神来活得像个正常人。看着他讲述这事时的那个兴奋劲儿，以及那脸上露出的久违的笑容，就像那连绵阴雨多日后总算从散开的乌云缝里射出来的阳光，让人心里感到一阵敞亮和轻松。第二天唐育平主动跟徐小梅说，学校放学的时候他去接羊羊，然后一家人一块去吃麦当劳，徐小梅笑着说："好吧。"傍晚天将黑的时候，一家三口围坐在麦当劳餐厅里的一张小方桌旁吃着各种食品，唐育平的好情绪影响到徐小梅和孩子，一家人好久没有这样心情愉快高高兴兴地聚在一起用餐了，人人脸上都挂着欣喜的笑容，羊羊更是作出各种又淘气又可爱的动作，不时说出让人忍俊不住的孩子话，逗得唐育平和徐小梅忍不住用手捂着嘴直个劲儿地乐。

当天晚上一家三口吃完麦当劳回到家中没多久，蒋世杰就打来了电话，是唐育平接的电话。蒋世杰问他和徐小梅商量过没有？唐育平说商量过了，没问题，她同意。蒋世杰又说了一下他的行程安排，他后天就要回×市去，让唐育平准备准备到时跟他一块儿走。不用带太多东西，就跟一般出差一样带点随身用的就行了，到了那边什么都有，再说过不了多少天就又要往北京跑，临时想起来什么再拿不迟。唐育平连连点头应许。蒋世杰说完这些事后，让唐育平叫徐小梅接下电话，徐小梅这时刚好从里屋出来，唐育平连忙叫她接电话，边说边把话筒递到她手上。

蒋世杰在电话中把唐育平随他南下的事情和自己的想法和打算向徐小梅作了"汇报"，末了半开玩笑地说："你是不是真的同意小唐去我那儿干呀？别到时说我拆散你的家庭我可担待不起呀。"徐小梅说："他自己的事自己作决定，我没意见。"蒋世杰笑了笑又说："小梅你放心，我会帮你管好他的。"他不说这话还好，一说这话，徐小梅反倒觉得十分可笑："你连自己都管不好，还能管好别人？你们两个家伙凑一块儿去别互相学坏就谢天谢地了。"其实徐小梅也不是没有想过唐育平到了南方×市那种花花世界，再跟上蒋世杰这种花心大萝卜式的人物，会不会受到影响发生变化之类的问题，但她对这些问题是挺想得开的，因为她一贯认为，一个人要是想往好了发展，他自己就会努力管好自己，严格要求自己，如果不想往好了发展，要往坏了堕落，你就是再多人再使劲也是阻止不住的，说到底这完全取决于个人自己，又不是几岁小孩子了，还走到哪儿都要大人看着呀。

蒋世杰又告诉徐小梅说，他们公司在北京有很多事情要办，唐育平兔不了要三天两头往北京跑的，他有的是机会和家人团聚，再进一步说，等唐育平适应了工作，稳定下来之后，如果徐小梅愿意，干脆一家子都迁到南方去算了，他可以给徐小梅和孩子联系条件最好的学校等等。徐小梅谢了蒋世杰的好意，说现在她和孩子不可能过去，孩子上学需要稳定的环境，变来变去会影响孩子的学习，再说她自己这么多年来早已习惯了现在的工作和生活环境，换个地方肯定很难适应，所以还是待在本地哪也别去的好，必竟是人到中年了，唐育平他有精力身体也来得了就让他跟你去闯闯吧。蒋世杰说"也是，也是。"二人又互相说了些注意身体之类的嘱咐话，就挂了电话。

那天晚上，羊羊好象特别明白大人的心思，早早的就乖乖地在自己的小间里安稳入睡了。唐育平和徐小梅两个人在小屋里，唐育平望着坐在床边上慢慢叠着衣服的徐小梅，望着她那被柔顺的头发遮住一半的好看的侧脸，心理涌起一阵强烈的爱怜和不舍之情，三两步走上前去一下跪在了小梅前面，把头伏在她的腿上……不知有多少天了，糟糕的心情严重地影响了二人正常的夫妻生活，今天唐育平突然激情迸发，像一团燃烧的烈火，凶猛的火舌要舔食吞没一切，徐小梅也变得特别温柔，以似水的柔情接受和融化他那狂热的激情，那晚的缠绵简直就像是新婚久别……

24

初到南方×市的唐育平感到眼前的一切都十分新鲜，在高气温的严实笼罩之下，这里的一切都似乎蒸腾了起来，样式别致色泽新颖的高楼大厦从各个方向拔地而起，争先恐后地向空中涌去，使城市的天际布满由大大小小的楼宇组成的曲直线。有些街景光鲜的大街中间的隔离铁栅上，装着大大的交通警示标语，那些红色的标语大字，每一个字写在一个大白板上，连起来看，那标语居然是个大病句——攀爬护栏是你生命的悬崖！ 再看那街上的行人和车辆，也都显得行色匆匆，都在心急地奔着一个特定的目标而去，这目标就是——钱！来到这里的这些来自天南地北五湖四海的人们都只把自己定位为简单的赚钱机器，他们感兴趣的话题都是和赚钱有关的，那些北京人爱说的高层次的话题在此地为大多数人不屑提及，更没时间和精力去关注和体验那些高雅高尚的精神文化生活，顶多就是寻点如坐过山车般瞬间刺激一下的玩艺儿，听听或疯狂激跃令人心野，或缠绵悱恻令人心碎的流行歌曲发泄一下情绪，如快餐般来得快，咽得快，拉得也快。

唐育平这个初来乍到的北方人，对炎炎烈日下带着闷人湿气的高气温感到浑身不适甚至有点头晕目眩， 及至进到公司所在的大厦时，又被那里面的空调放出的冷气吹得凉嗖嗖的差不多要起鸡皮疙瘩。不过这里有一个情景使得唐育平眼前一亮精神振作，这里的年轻女性们都漂亮得令人眼花缭乱，她们一个个身材窈窕，面容姣好，脚蹬高得有点夸张的高跟鞋，那步子走得有点像T形台上的模特，若有点急事需要快走两步时，两条修长的美腿微微弯曲着向前快速移步，显出一种格外优雅的体态。美女们性情活泼温柔，性格大胆热辣，一口一个"唐主任"或"唐经理"的叫得唐育平心里美滋滋的。她们和唐育平说话的时候总是热情大方地靠得他那么近，有时那隆起的胸部差不多要触及到他的身体，那秀美的带着莫名香气的柔发时不时触碰着他的皮肤，令他实在是有点魂不守舍，特别是那些女孩子们的着装，总是在或前或后的什么地方有着大胆暴露的肉体，令人的心思不由地沿着那纤嫩的肉体向那迷幽之处延伸而去……

来到这个什么都感到新鲜的新世界，唐育平一开始显得有点呆头呆脑不知所措，但是他很快就适应了这里的一切，北京的那种保守老土的习气很快就被大胆、生猛、灵活的品性所取代，连说话的"儿化"音都越来越少，变成了简单好使的直舌头。在上班期间，他呼风唤雨般地指使着美女们在自己身边忙来忙去，在公司的一些迎来送往的对外交际活动中，让这些大美女笑盈盈地站在自己身边帮着招呼客户，脸上觉得好有光彩。特别是在一些公司内部组织的活动中，比如到卡拉OK时，和这些美艳的女孩子们身子挨身子地坐在一起，她们唱歌和说话时身体一动一动地蹭着他，令他心里感到又痒痒又舒服，尤其是当她们突然因为一句什么话弯腰大笑时，会一下子"无意地"把一只手按在他的腿上，这时他真想用自己的手把那只柔软的手按住，但每逢这时徐小梅就会出现在他的眼前，她那无语的形象特别是那闪着柔光望着他的善良的双眼会令他一下打消了那种不安分的念头，微笑着用手轻轻地把按在自己腿上的女性的手慢慢拨开。他的这种行为很快为他赢得了美女们给他起的一个外号——北京老头！

在头几年的时间里，他确实是三天两头往北京跑，算下来每个月差不多有一半的时间是在北京，看着他这样活力充沛地忙着，又经常能回来和家人团聚，徐小梅心里感到挺满意，当然更不用说那份丰厚的收入了，它使家里的经济状况大大地好转，徐小梅这当家的也不会感到钱总是那么紧巴巴的了，手头一松快，大人小孩都高兴。唐育平总是说想给徐小梅买部小轿车来开，但徐小梅好象天生对机械这东西不入门，方向感也极差，属于那种只善坐车不善开车的类型。唐育平提了好几次，见她老是不感兴趣和一提开车就表现出难办的情绪的样子，也就再也不提这事了，顶多给她多点钱有需要时叫出租车好了。

时间就这样在轻松愉快和谐的境况中不知不觉地溜走，一转眼又是好几年过去了，羊羊都上中学了，个儿头也快有徐小梅高了，他那随随便便的一举一动都会带有小伙子的特点。在"孩子"这个最明显的参照系的参照之下，徐小梅意识到自己越来越上年纪了，中年这个人生阶段正在渐行渐远，而下一个人生阶段正在不紧不慢地向自己靠近。

在这段时间里，唐育平在蒋世杰的公司里干得相当带劲，他十分庆幸自己找到了非常适合自己的工作和位置，在这里，他的特长和才干可以充分地发挥出来，并在这过程中惊喜地发现，自己原来竟有着如此巨大的潜力，这潜力在应对各种局面和挑战中不断出乎自己意料地纷纷涌现出来，令他时时忘情地陶醉在自我得意之中。他现在俨然成了蒋世杰不可或缺的得力助手，蒋世杰的事业越做越大，最近又连续收购了几家公司，更是忙得不可开交，于是把越来越多的重要事情放心地交给他来办，这使得唐育平的位置越来越重要，权力越来越大，差不多都快顶上半个老总了，拿的钱越来越多那更是不消说的了。他有时会情不自禁地想起那年兵团战友大聚会时第一次见到蒋世杰时他说的那句玩笑话：姓唐？唐就是糖，糖就是甜蜜……哈哈，现在自己心里确实是感觉甜蜜蜜的。他的甜蜜感不但来自于工作中得心应手的成就感，也来自于心理和生理上的感受。经过这么多年的商界熏染，他早已不是当年那个还带着纯朴本性的"北京老头"了，在这美女如云的"仙境"中，在坊间流行的"家里红旗不倒，外面彩旗飘飘"的观念影响下，他越来越把持不住自己了，而他心中的那根曾经的"定海神针"，他那曾经美得令多少人羡慕嫉妒的老婆徐小梅，也越来越不具备"定海"的功能了。唐育平在心中拿她和身边那些年轻美艳的靓女们一比，立刻就显出了老婆那令人不敢恭维的无可挽救的"黄脸婆"的样子了。靠这可怜的黄脸婆显然是抵挡不住这些令人眼花瞭乱的妖艳女子的合围攻势的，于是他在这欲海的水面上挣扎了没多久，就彻底丧失了挣扎能力，完全没了顶，随波逐流地沉沦下去了。

徐小梅对于唐育平的变化是在数年之中慢慢察觉出来的，从一开始的有点感觉，到半信半疑，到不敢相信，直到最后确信无疑。头一两年，唐育平确实是三天两头往北京跑，往家里跑，家对他来说像块磁石，不论走到哪里都牵着他的心，吸着他的魂，只要一有机会，他都要高高兴兴地回家和家人团聚，让徐小梅和孩子都觉得，他虽然上班的公司远在千里之外的南方，但实际上并没有什么距离感，比起前些年办厂的时候，回家次数多多了，那时动不动就十天半月不回家，都成了家常便饭了。

唐育平拿回家来的钱越来越多，对于这些钱，徐小梅除了在孩子身上用一点之外，其余的基本上都存了起来，准备应付日后孩子之用，因为她和唐育平有个计划，准备等到孩子上高中的时候送他到国外去念书，虽然她知道唐育平一定会为此事拿出足够用的钱来，但她不知道为什么，总是觉得还是要自己手上有点钱心里才踏实。她平时的用度主要还是靠自己的那份工资，她觉得工资的那些钱也基本上够用了，她俭省惯了，钱再多也似乎改变不了，不管吃的用的，还是习惯性地挑便宜的买，能省一分就省一分。唐育平为了纠正她的这个"毛病"没少说过她，但是怎么说也没用，还是动不动就会带出这老"毛病"来，唐育平后来也懒得管她了，反正钱给你了，爱怎么花就怎么花吧。

随着唐育平拿回家的钱越来越多，人回家的次数却越来越少，从三天两头回来一趟，到十天半月，再到一两个月，再到更久，间隔的时间越来越长。回家次数少，这可以理解，在公司地位越来越高了嘛，事情越来越多，越来越忙了嘛，自然是不能再像原来那样老往家跑了。但他对徐小梅的态度也在发生着明显的变化，尽管表面上仍是一团和气，但让人感觉那不是出于真心的，而是刻意表现出来的，是应付，特别是夫妻间的细节那是装不来的，以前随时都会很自然地做出来的种种亲昵行为，不知从什么时候开始变得越来越少，以至到后来就完全不再出现了。就连夫妻生活都很长时间难得有一回，就算难得有上一回，干起来也都跟老木匠干活推刨子似的，发力机械，了无情趣，以至徐小梅在一次"行事"时半开玩笑地说："你都快成了老虎了，一年就一次。"唐育平对此的回应是老一套：实在是太忙啦太累啦，再加上"哈哈哈"，一听就不是实话。

有几次战友们聚会，大家都觉得挺奇怪，怎么老是不见唐育平露面呢？他以前可不是这样的啊，从来都是像个跟屁虫似的跟在徐小梅的屁股后面往咱们战友堆里来凑热闹的呀。郎信玉就忍不住问过她：

"小梅，你那位'甜老公'呢？怎么不老在你屁股后面跟着啦？"王紫薇也说："这家伙怎么回事，是不是有二心了？小梅姐，你可要防着点儿他，不是都说'男人有钱就变坏吗'——"刚说到这，又笑望着章青峰改口道："哦，也不对，不能一概而论哈，咱们青峰哥，钱再多也是个大好人！"这话引得大伙儿都纷纷笑起来。

对于战友们善意的提醒，徐小梅一开始只是笑笑，她不想深入地想这种事，因为那样会把她的思想和情绪引入到不愉快的境地，她受潜意识的影响，还是不想正视现实，宁愿采取一种宁信其无不信其有的态度。但事实终归是事实，不会因为你的不想正视而消失，随着时间的过去，负面的消息越来越多地传到她的耳朵里，甚至呈现到她的面前。有一次唐育平好久没回家，某日，她吃惊地听别人说，这期间唐育平其实回过北京，而且回来过不止一次。他回北京竟然不回家！竟然连告诉都不告诉她一声！这太不正常了，太令人不能接受了！她想问问他，但还是忍住了没问，她想等着他自己说出来，而且还能说出一个能让她接受的"特殊原因"，但他根本不说，他以为她不会知道。这对徐小梅的内心真是个不小的打击，令她好久都闷闷不乐。还有的时候，唐育平刚回到家不久，一些女人的电话也会随之跟到家里，这些电话一听便知都不是和工作和业务有关的，有的缠绵多情哼哼唧唧，有的热烈火辣哇里哇啦，有一个电话，徐小梅刚一接，就听对方在电话里大骂道："唐育平，你个臭不要脸的东西，你想甩了我找那小妖精去……"，徐小梅心想，怎么这些人打电话全都不问一下对方是谁就张口乱说的？难道她们不知道唐育平家里是有老婆的吗？或是她们根本就不把她这个所谓的老婆当回事？有一回唐育平回家后因有事出去了一下，走时忘了拿手机，他走后没多久手机响了，徐小梅一向是自觉不碰老公手机的，但这回因怕误了老公的要紧事，就不禁伸手去接了，手机刚贴到耳朵上，还没来得及说声"喂"，手机里已传来一个女人慵懒娇嗔的柔声："育平，你什么时候回来呀，一个人好没意思……"，徐小梅默默放下那还在不断传来女人妖声的手机，呆呆地站着。事情坐实了，不由得你不信，你还能不面对吗？其实早在这之前她就应该看明白一切的了，唐育平对她的态度，已经由以往的表面上还强装热情虚假应付一下，慢慢变得连应付都懒得应付了，冷漠之情越来越掩饰不住地出现在脸上，就连那像大型猫科动物老虎一样一年只有一次的"行为"也都不知何时中断了之后就再也没有发生过了。一开始徐小梅在这个问题上并没有想太多，心想也都人到中年的了，没有"那事儿"似乎也不足为怪，但偶尔她和唐育平一块儿在外面碰到熟人，时不时会听到别人说："哟，你俩真显年轻，看着就像四十出头的！"这时就会勾起她内心的想法：在此种身体和精力的状况下，"那事儿"是不是结束得有点太早了？他的精力都跑到哪儿去了？这个想法一但出现，就会越想越多，越联想越广，就会把各种看似孤立的偶然的事情联系起来分析，琢磨，最后所有的线索都清楚地指向一个结论：他有外遇了，而且可能不止一个。她联想到唐育平曾经说笑话似的给她讲南方那边的"趣事"，说什么那些"刁人"（从南方人那学来的词，）都时兴"家里红旗不倒，外面彩旗飘飘"的生活方式，徐小梅当时就瞪了他一眼道："你是不是也想这样？"看来现在他还真就追求上这种生活了。现在这个女人的电话，不是把一切都说明白了吗！

怎么办？徐小梅心里很明白，流水落花春去也，有些事情变化了之后，是不可能再变回来的了，特别是男人的心，一但被别人掠走，那是十匹马也拉不回来的，更何况他还是处在那样的环境里。到底应该怎么办呢？徐小梅想来想去，无非是三种选择：一是大闹，一是离婚，一是顺其自然。大闹，这不合她的性格；离婚，唐育平对家对孩子甚至对她都还在尽着做丈夫做父亲的责任，离婚对孩子应响太大，就是想离，也不能现在，现在孩子正处在学习的关键时期。所以考虑来去，似乎没有别的选择，只能选择一个"忍"字，也就是顺其自然了。

在这样的境况之下，徐小梅在不知不觉中把对男人的向往和依恋慢慢转移到了儿子羊羊身上，儿子看一天天长大成人了，越来越具有了成年男性的特征。一句话，一个眼神，一个动作，都会显示出男子汉特有的魅力，比如有时抢着帮母亲做某件事情的时候，那有力的手稍微有点粗鲁地把徐小梅往旁边一拨，那动作带出的男子汉气派时时会给徐小梅带来一阵欣喜和宽慰。

那一年学校的同事们都在议论着那部刚刚上映的电影《泰坦尼克号》，徐小梅是很少看电影的，不是她不爱看，她年轻时也曾是十分迷恋电影的，现在之所以少看，是她觉得现在拍出来的电影低俗、浅薄、无聊得很，思想性、艺术性、故事性一样都谈不上，花里胡哨，华而不实，胡编乱造，只追求所谓眼球上的冲击效果，令她觉得反感。她感兴趣的还是以前那个年代的国产的或进口的黑白片。在一个周六，王紫薇来电话说："小梅姐，《泰坦尼克号》这个片子你一定要看，我已经给你买了票了，你、我、还有伟民，咱们三个一块儿去看吧。"徐小梅笑着答应了，她想放松一下，也想看看久违了的电影，特别是听到学校的老师们议论得那么热烈说得那么好，也引发了她的好奇心想去看看到底有多好。当她和王紫薇手攥着手地坐在映院的坐位上，灯光一下熄灭，银幕亮起来的时候，她一下想起了那年在兵团时，在那个寒星闪烁的夜晚，在露天的广场上看罗马尼亚片《多瑙河之波》时的情景，她的心被猛地触动了一下。

随着电影情节的展开，徐小梅心里那根掩藏多年的神经被撩拨得颤动起来，泪水止不住地涌出眼眶，身子微微颤抖，王紫薇及时递来纸巾，她用发颤的手接过纸巾，擦湿了一张又一张……

自那以后，她迷恋上了电影的主题歌《My hart will go on》，她喜欢夜深人静的时候靠在床上戴着耳机听。她在参加工作之后曾努力自学过一阵英语，所以能听懂并很好地领会歌词的意境，每当听到那深情的女声唱到"Far across the distance and the spaces between us, You have come to show you go on"时，她的眼泪就禁不住顺着脸颊一个劲儿地往下淌，她有时也喜欢那个"黑鸭子"组合的几个小姑娘用汉语的演唱。当她们用缓缓的柔声唱到"每一夜梦里见到你，感觉你，穿越千里万里来到我身边，我感觉你没有远去"时，志远那带着青春活力的形象就会清晰地出现在她眼前，他有时会穿着那身暗绿色的兵团服，戴着毛绒绒的狗皮帽子，有时又会变幻成穿着雪白的背心，头上戴着大沿帽，大沿帽那黑硬的帽舌闪着光亮，衬托着他那张青春帅气的脸，那是她永远记得的那个梦境。她有时会忍不住从屋子角落的储物柜里移出当年那个小帆布箱，用毛巾轻轻抚掉上面的积尘，久久地凝视着它，忍不住想打开它，看看当年那些物件，尤其是那封信和那颗鹅卵石，但当她的手触及到那冰冷的锁头时，她都劝自己，还是不要打开吧，好不容易合上的伤口，就别再轻易揭开了吧。

　　儿子羊羊对父母的细微变化是很敏感的，他早就觉出父亲的心已不在家里，不在母亲身上了，虽然父爱没有改变，但他觉得把母亲排斥在外之后剩下的父爱是残缺的，不完整的，一点都不象小时候那样美好，反而让人感到凄凉。他注意到母亲老是爱听那首《My hart will go on》，听的时候眼角总是闪动着泪光，他猜测母亲心里一定藏着感人的故事，有一回，他用带着点调皮的口吻笑着对母亲说："妈，你当年是不是也曾有过一个 Jack？"徐小梅瞪了他一眼说："小孩子，别乱说。"嘴上这样说，心里那根神经确实是被孩子的话重重地触动了一下的。

　　在不知不觉中，羊羊已经初中毕业了，按照唐育平和徐小梅早先定下的计划，他们联系好了羊羊到澳大利亚去读高中。在羊羊要启程前往澳大利亚的那天，徐小梅和姐姐、姐夫，还有王紫薇、方伟民夫妇把羊羊送到机场，在和大家都说完了告别的话，由徐小梅陪着他走近安检，母子将要分手时，羊羊突然双臂环抱住母亲的肩臂，深情地望着她说："妈，你看我像不像你心中当年的那个 Jack ？"徐小梅一把将羊羊搂过来紧紧抱住，哗哗的泪水打湿了他的肩头。

25

孩子长大了，出国念书了，这下没有什么顾虑了，徐小梅决定要解除她和唐育平之间的婚姻关系，她找姐姐和姐夫商量这事，姐姐和姐夫满脸愧疚之色，觉得没给小妹找对人，找了个"臭流氓"，害得小妹到了这个年龄了还打离婚，实在对不起已经去世的父母亲。徐小梅自己倒很看淡此事，时下堕落的社会风气给此类事情的滋生提供了沃土，现如今的人们对这类事情的发生已经不但不感到悲哀而且还津津乐道，各种大小媒体上都充斥着此类"花边新闻"，直把无耻当荣耀，把臭粪当金子，把人渣当明星……，在此种大背景下，个人的这点事也就成了"新常态"下的平常事了，只是她不愿老背着这个精神包袱，想把它甩个一干二净，落个心里清静。她联系唐育平，让他抽时间回来一趟把离婚手续办了，唐育平总是找各种理由推拖，他既不想离婚，又不想停止胡搞乱搞，徐小梅可不干，追逼着让他赶紧办，他推拖不过，干脆玩开了"失踪"，让徐小梅总也联系不上他，徐小梅又不想通过法院判决离婚，事情就这样一直拖了下来。

没过多久，徐小梅也到了退休年龄了，退休之后，校方觉得她的课教得实在是好，极受学生和学生家长们的欢迎，又返聘她干了几年，待到真正退下来完全不干时，都已近花甲之年了。

闲下来没事了，她时不时会和老战友们相聚，大家都是退休之人，都有时间和精力参加聚会，并把这种聚会当成了一种精神寄托，在这种充满战友之情的聚会中，他们能够体验到逝去的青春的余韵，找回一点点那个激情燃烧的岁月的感觉，沉浸在对兵团往事的怀念和感慨之中，忘掉当下的各种烦恼以及种种不顺心之事。战友的聚会，竟成了一种治愈精神疾患的妙药。

　　有时她也喜欢到姐姐家去坐坐，姐姐住在奶奶留下的老房子里，那老房子坐落在紧挨北京市中心的一条胡同里，沿着那窄窄的胡同走去，身子贴在墙上让过一辆辆驶过的小轿车。经过不知多少个院门，这才看到了姐姐家那熟悉的院子大门，那两扇厚重的大门不知经历了多少岁月风霜雪雨的侵蚀，上面的红漆早已老化成了红不红黑不黑的难看的怪色，干裂的漆皮翘起无数鱼鳞状的漆片，将近一尺高一拃厚的木门槛被踩得中间部分明显地凹下去，早都掉光了漆的原木被蹭得黑不溜秋的。不大的院子中间原先有个小水溏，中间还有座小假山，与水溏中的几丛水草和三两片浮萍相映成趣。大地震那年让院子里一家不讲理的人家借搭防震棚的名义把那小水溏占为己有了，盖起了一间怪物似的小平房，不伦不类地兀立在院子当中，还从此就立在那儿不拆了，任谁闹腾就是不拆，时间一久，大家也只好认了。走进院里，一条青砖铺的甬道原本是优雅地从小水溏边经过的，现在也只好从"怪屋"和院墙之间窄窄的空间经过，一直通到姐夫家那老式的青砖旧屋的大门。眼前和附近的这些破落院子，老旧平房，没承想最近竟然热火起来了，随着房地产业的兴旺，北京胡同里的那些老四合院一时间竟成了稀世珍宝，价格一个劲儿地往上长，没多久全都成了天价房，算下来拥有那些低矮破旧的老房子的北京胡同儿里的"老北京儿"们个个都在一夜之间成了千万富翁！也不用奋斗也不用折腾，光守着这房子就自然而然成了千万富翁，乐晕了的爷们儿娘们儿们都不知道该感谢谁了。

魂 归 大 漠
（第三部）

1

此时，在位于北京西北方向一百多公里外的大山里 XX 寺院内，那大殿里的颂经活动还在进行中，徐小梅手执一本姐姐递给她并告诉她念到哪儿了的经书，一边看着书一边嘴唇微微翕动着好象是在念，其实那是在应付，是为了显得和别人一样。念着念着，忽然手机响起来，姐姐狠狠地瞪了她一眼，"早就嘱咐你关掉手机，为什么不关？"在姐姐一顿恼火之下，徐小梅赶紧开溜，正好她"靠边儿站"的地方就挨着大殿的侧门，她调皮地回望了一眼姐姐，一转身就出了侧门。

来到大殿外的回廊里，徐小梅赶紧把还在响的手机贴在耳朵上，刚"喂"了一声，就听那边传来王紫薇那亲切悦耳的声音，王紫薇说想去看她，一块儿去的还有伟民和章青峰，徐小梅听后心里一阵欢喜，她也是很想见他们，但她告诉紫薇她还在山上，要后天（也就是星期六）才回家，到时候再联系见面吧。徐小梅和王紫薇通完电话后，又进到大殿里，在姐姐不满的目光注视下规规矩矩地站回到自己原先的位置，一本正经地拿起经书，偷望了一下眼睛正盯着自己的姐姐，赶紧把目光移向经书，嘴巴动起来，好让姐姐看清楚她是在乖乖地念。

又过了一天，也就是星期六那天早上，当徐小梅和姐姐正坐在姐夫开的车子里往京城返回的时候，她的那几个老战友也正在向外交部附近的一间酒店集中。大约在八点半左右，方伟民、王紫薇、章青峰、严子俊、郎信玉这几个人都到齐了，他们坐在酒店大堂里的一圈沙发上聊着天，快到九点的时候，方伟民低头看了一下手表，再抬头时，就见一个穿着深蓝色西装，打一条蓝黑细格领带，戴着一副细边眼镜的年轻人走进了大堂，从衣袋里掏出手机，只见他刚一拨完号，方伟民的手机就响了起来，不用说这位就是外交部的那位肖书林了，方伟民赶紧站起来迎了上去。肖书林一看方伟民径直向自己走来，他身后还站起来几个上了年纪的长辈，心想这肯定就是他约的那些"兵团战士"了。

肖书林和方伟民相互走近到还剩下两三步的时候，不约而同地向对方伸出了双手，随后就像老熟人般把手握到一起，肖书林亲切地喊"方大伯"，方伟民也亲切地喊"小肖"，然后就是一番"你好！你好！"，肖书林指着在沙发边上站起来的人问："方大伯，他们是您的战友吧？"方伟民笑道："是的！是的！"一边说着一边挽起肖书林的手臂向众人走去，来到众人跟前，方伟民向大家介绍道："这就是外交部的小肖，肖书林。"郎信玉冲小肖开玩笑道："我们大伙早就通过你方大伯的嘴认识你了。"说完大家都乐起来。

肖书林和众人一一握手问好，待轮到章青峰时，他不叫"大伯"了，而是尊敬地叫"老师您好"，年轻人眼挺尖，一看这位长者的风度气质就知道称呼他"老师"比叫"大伯"更能表示敬意。章青峰会意地微笑了一下。

相互介绍问好之后，肖书林把众人领到酒店的一个包间里，待各位长辈都落座之后，他问大家这么早出门都吃过早餐没有，方伟民说我们都是上了年纪的人，早上起得早，都是吃过早餐才来的，肖书林点了点头，让服务员把茶水送上来，给每个人的茶杯倒上茶，又给每人还是上了一份简单精美的糕点，看看一切都打点得差不多了，他就隔着两个空位坐了下来，看样子是还有人要来。

肖书林坐下之后，招呼大家喝茶吃糕点，一边吃着喝着，一边把话转入了正题。

肖书林说，本来今天是他和他们处的秦处长一块儿来迎接大家的，结果部里临时有点事需要秦处长处理，他要晚来一会儿，由自己先来迎接大家，并代秦处长对此表示歉意，咱们先喝茶聊会儿天，秦处长一会儿就到。大家都说没关系没关系，你们都是大忙人，我们都是不上班的人，多等一会儿就多等一会儿呗。

其实大家都是抱着天大的疑问而来的，都想快点知道答案，但又不好冒然乱问，只好客随主便，像耐心看一部电影似的看这情节怎样一步步发展下去吧。

大家心不在焉地有一句没一句地聊着，过了一会儿，忽听包间走廊里有人走动，紧接着包间门被推开了，随着服务员推门的手，一个五十岁左右的男子出现在包间门口，此人个子较高，体形健硕，脸形方阔，脸色略显黑红，脸部靠近耳根处有浅浅的疤痕，浓眉之下长着双眼皮的双眼闪烁着友善的令人感到亲切的柔光，他身穿一件拉链拉开的墨色夹克衫，里面的白衬衫前潇洒地系着一条褐红色的领带，显得随意而不失庄重风度。

肖书林一见此人进来，连忙起身向大家介绍道："大伯大妈，这就是我们处的秦处长。"众人一下全站起来，纷纷用笑脸向秦处长致意，秦处长走近桌旁连连向大家摆手示意大家坐下，等大家都坐下之后，抱拳向大家作揖道："不好意思，不好意思，让大家久等了。"大家纷纷以笑脸回应，那意思是：没关系，别客气。

客套完之后，秦处长在肖书林旁边的位置坐下，然后开始自我介绍，通过他的介绍，大家才知道到这位秦处长原来也是军人出身，怪不得一看就觉得这人有军人风度呢，他是在新疆靠近边境的某地当兵，转业之后分配到外交部工作的。大家一听秦处长也是当兵出身，也有过保卫边疆的经历，一下子就感觉亲近多了，一开始还有点对外交部大员的那种莫生感和敬畏感全都一扫而光，大家说话交谈的语气和气氛一下子就变得和老熟人似的了。更令大家没有想到的是，这位秦处长的哥哥也曾是内蒙古生产建设兵团的战士，和他们一样在那块边疆的土地上度过了七年多，正因为如此，秦处长对去过兵团的人有着一种特别的亲切感，对有关兵团的事情也多了一份热心，而今天他把大家找来，就是为了一件与兵团战士密切相关的事情！

秦处长的自我介绍，特别是最后说的——召集大家到此来的目的——这一番话，一下子把大家的注意力全都高度集中到他接下来要说的话上去了，那个数日来令大家费尽脑筋百思不解的巨大悬迷马上就要揭晓了，大家都瞪大了眼睛注视着他，特别是注视着他那张将要说出迷底来的暂时还闭着的嘴，浑身的细胞如果也都长有耳朵的话，那无数的耳朵此刻一定都已把听力最好的那一侧的耳朵对准了秦处长那张即将要说话的嘴了。

秦处长用真诚的，带有对年长者尊敬之心的目光把在坐的"兵团战士"们逐一地望了一遍，眼前这一张张和善的脸，令他想起了自己的哥哥，想起了哥哥给他讲述过的有关兵团的种种往事，心中不禁对这些年长者们肃然起敬，他用缓缓的，吐字清晰的，发音标准的普通话对在坐各位说：

"各位尊敬的长者，我今天劳驾各位到这里来，是想请你们给我提供一点帮助。"

大家一听秦处长说要请他们提供"帮助"，更是万分好奇，个个都凝神注目于他那正在讲话的嘴，急等着听他说出跟着的话来。

于是，秦处长的话就在大家期盼的目光中缓缓道来，慢慢展开了。

秦处长说，他当年从部队转业来到外交部之后，曾在我国驻北方邻国的大使馆里工作过几年，为了贯彻上级"不但要重视官方外交，也要积极开展民间外交，通过多途径发展两国人民之间的友好关系"的精神，他认识了一些当地的朋友，其中一个朋友名字叫那顺·巴特尔。他在位于该国首都的一所医学院的附属医院里工作，当年是该附属医院的某科室主任，秦处长是在去该医院看病时结识巴待尔主任的，他在和巴特尔主任交往期间，曾几次听他提起过一个名叫腾格日·卓奇尼的神秘人物，而这位腾格日·卓奇尼先生，可能会和在坐的各位有某种联系！

秦处长讲到这，把大家的眼珠子都快惊得掉出来了：这位神秘人物居然可能和我们有关系？这到底是怎么回事？

秦处长望了大家一眼，低头拿起茶杯呡了一口茶，镇定了一下情绪，然后接着说：

"我的这位外国朋友，那顺·巴特尔先生，现在是他所在的那间附属医院的副院长，他们医院和我国内蒙古的一家医院有着业务上的合作关系，他刚刚和呼市的这家医院谈完合作事项回到北京，此刻，他就住在这间酒店里！"

秦处长望了一眼惊得目瞪口呆的众人，接着说道："我原先准备和巴特尔院长一同来见大家的，可巴特尔院长昨天晚上因故很晚才回到北京，我怕影响他的休息，就没敢过早叫醒他，而是我自己先来见大家，却不想我自己也因故晚到了。"秦处长说到这轻笑了一声，抬起腕子看了一眼手表，自言自语道："现在差不多可以去叫他了，"说完扭头对肖书林说："小肖，你去大堂给巴特尔院长房间打个电话，然后过去把他请过来吧。"肖书林说了声"好的"，就起身出包间奔大堂去了。

肖书林出包间带上门后，秦处长继续对大家说："想必大家听了我刚才说的话，特别是我提到那位可能和大家有关系的腾格日·卓奇尼先生之后，心里一定都充满了好奇，想知道这到底是怎么一回事，那就请大家稍等片刻，等一会儿巴特尔院长来了之后，由他亲自向大家讲述那位腾格日·卓奇尼先生的故事吧。"

大家怀揣惊奇、紧张、兴奋的心情你望望我，我望望你，全都一言不发，秦处长招呼大家吃点心，大家也都没心思吃，有人出于礼貌拿起一块点心在嘴唇上碰一下，有人拿起茶杯呡一口茶，却都在支着耳朵等着听那包间过道传来动静。

在众人的盼望和等待中，过了一段沉闷的时间，包间过道由远而近传来了脚步声，随着包间门一下被推开，肖书林领着巴特尔院长出现在门口，秦处长赶紧起身迎上去握住他的手，嘴里叽里咕噜说了几句大家听不懂的话，巴特尔院长也用汉语说了几句见面的问候话，他说的汉语咬字基本上没错，但每个字的发音全都是第四声，听着有点可笑。

众人眼前的这位巴特尔院长，年龄和在坐的"兵团战士"们差不多，应该都是同年龄人，脸形圆胖，脖子短粗，一头稍微带卷的浓密头发基本上见不到白发，而且不像是染的。他个头中等偏低，体形看看有点往宽了去，一看就令人想起草原上"那达穆"大会上那剽悍的摔跤手，但巴特尔院长的相貌却是一副性情和善的上年纪人的样子，不大的眼睛上的眉毛靠近中间稀少，好像都集中到两边去了，肉肉的鼻子下是一张看着老象在笑的嘴，也许是两个嘴角微微上翘的缘故。

秦处长握着巴特尔的手站定在桌边，微笑着向大家介绍道："这位就是巴特尔院长。"

大家一听此言纷纷离坐站起来，微笑着向巴特尔院长点头致意，巴特尔院长也笑着一边向大家点头，一边连着说了几遍发音全是第四声的"你好！你好！"

秦处长指着众人用汉语对巴特尔说："他们就是腾格日·卓奇尼先生说的当年的那个内蒙古生产建设兵团七师203团十连的战士，我通过神奇的现代网络技术居然很容易地就找到了他们，现在，你就把腾格日·卓奇尼先生的故事讲给他们听，让我们共同来揭开这个困扰了我们多年的迷底吧。"

秦处长说完后，向众人摆了摆手，请大家都坐下，又客气地请巴特尔也坐下来。

看来巴特尔的汉语相当熟练，听、说都完全没有问题，只是发音几乎全都用第四声，就当是有地方口音的普通话吧。大家都坐下来后，巴特尔冲在坐的各位微笑着点了下头，然后就开始了讲述。

以下是他的讲述。

2

说起来那是 40 多年前的事了。20 世纪的 70 年代，我从苏联西伯利亚共青城的一家医学院毕业回国后，被分配到我国首都医科学院的附属医院工作，我刚到医院时，当时的老院长领着我到医院各处巡视，向我介绍医院的科室、部门、以及员工的情况，在介绍完员工情况之后，老院长忽然又想起一事，笑着对我说："对了，我们这里还有一位特殊的员工——腾格日·卓奇尼先生。"我听老院长这么一说，觉得挺奇怪，怎么还会有"特殊员工"？怎么个特殊法？老院长看出了我的疑惑，笑着对我说："走，咱们现在就去看看这位腾格日·卓奇尼先生。"我于是就在老院长的带领下向医院本部大楼后面院子里的一排平房走去。

老院长领着我来到那排平房最东头的房子前面，这里和别的房子的前面不同，周边一圈用齐胸高的木栅栏围成一个单独的小院子，院子里靠木栅栏的边上种着向日葵，向日葵正开着大大的花盘，不时有蜜蜂围着花盘嗡嗡飞舞。当老院长和我推开木栅栏的小门正要走进院子时，房子的门被人从里面推开了，一个头上包着白底紫花头巾的二十出头的年轻女子两手各拿着条帚和长柄簸箕走了出来，她是医院的护理员。

"其木格，你好呀！"老院长亲切地唤那女子。

"噢，老院长你好！"年轻女子尊敬地弯腰点头回应老院长。

"腾格日·卓奇尼先生还好吗？"老院长问。

"还好，还好，他刚吃过东西，现在正在上课。"年轻女子答道。

　　我一听更觉得奇怪了，这里又不是课堂，怎么会在这里上课呢？上的是什么课？　抱着这样的疑问，我跟在老院长后面向屋子里面走去。

　　屋子里有七、八个年龄比我小的年轻人，他们围在一张苏制的可摇动手柄调整倾斜角度的病床四周，病床上躺着一个病人，他们正在聚精会神地在听一个身穿白大褂头戴白医帽的中年人在讲话，我一听就知道他是在讲人体结构，看来这中年人是个教师，那几个年轻人应该是他的学生，他们一定是位于我们医院旁边的我们医院所属的那家医科学院的学生和教师，此刻正在这里上实习课呢。

　　教师和学生们看见我和老院长走进屋来，都向我们转过脸来向老院长问好，老院长领着我走近病床，指着躺在病床上的病人对我说："这就是我们的特殊员工腾格日·卓奇尼先生。"

　　我往病床的床头靠了靠，注意观察了一下眼前的病人，只见那病人长着一副东方亚洲人的面孔，年龄应该和我差不多，他面容削瘦，面色苍白，两眼微闭，静静地躺着，像是在昏睡。

　　老院长和那位老师简单说了几句话，向众人摆了摆手，意思是"你们继续上课"，就领着我转身往屋外走。

　　一出到院子里，我就禁不住巨大的好奇心想马上问老院长："这是怎么回事？这位腾格日·卓奇尼先生看着根本不像这儿的本地人，甚至不像是我国的人，他从哪儿来的？他怎么会成了我们医院的特殊员工呢？"

　　老院长看出我的满腹疑问，边用手轻轻推开院子的小木门，边对我说："走，到我的办公室去，我给你讲这位腾格日·卓奇尼先生的来历。"

　　我跟着老院长走过医院后边的大院，回到医院本部那幢四层的楼房，来到位于二楼的老院长的办公室。

　　老院长让我在他办公桌对面的一张椅子上坐下来，他绕过办公桌回到自己的坐位上坐下，然后两手握在一起，把两肘轻轻靠在办公桌的桌面上，对我说道："我知道你很想知道腾格日·卓奇尼先生的故事，那我现在就跟你说说吧。" 于是老院长便向我慢慢道来。

老院长说，去年晚春的时候，医院突然接收到一个来自偏远的中南部靠近中国边境的牧区送来的病人，由于那牧区地处偏僻，交通不便，病人先是被用马车送到几十公里之外的矿石场，再由矿石场拉矿的货车经过三十多个小时跑了上千公里才送到我院的，据送病人来的司机说，病人是在前天一场特大风暴过去之后的第二天凌晨被牧民发现的。被发现的时候浑身赤裸遍体鳞伤到处红肿，处于昏迷之中，已经是奄奄一息，牧人们把他用羊皮袄裹起来，用马车把他送到附近的矿石场后，由矿石场懂点医的兼职卫生人员经过简单的处理后就抬上汽车往这边送，也算这病人命大，在那样的状况下居然能够挺过三十多个小时上千公里的颠簸路程熬到我院。来到我院后，经过抢救治疗，虽然脱离了生命危险，但是一直没有终结昏迷状态，在我们采取了所有的办法对他进行促醒之后，他仍然没有醒过来，最后经我院的医生和前边医学院的教授会诊之后一致认为，他已进入植质状态的不可逆昏迷中，只能是维持生命，康复是不可能的了。

由于这个病人来历不明，没有任何社会关系可以联系，也没有任何方面可以接收，他只好暂留我院，等有关方面联系到他的家人，或他的所属地，再作打算。当时有关方面认为他最大的可能性是来自中国，因为边境上双方人员迷路和牲畜走丢越境进入对方国土的事情时有发生，虽然当时双方关系紧张，处于军事对峙状态，但出于人道主义的民事处理机制还能勉强维持，边境线上的双方有关人员会定期或临时举行会晤，协商处理此类问题。我方多次就发现这位来历不明人员的事与中方协商，希望中方接收，但是中方回应说他们拿着我方提供的照片查遍了边境附近区域的所有人员聚居地，并未发现有此失踪人员，而此人被发现时是赤身裸体的，身上没有任何物证可以证明他是来自中国的，所以中方也不便接收。

　　事情就这样拖下来了，我院出于人道主义精神，负起了维持该病人生命的责任，专门安排了刚才我们去的那房子作为他的病房，并由护理员其木格专职护理他。后来前面医学院的人听说我们收留了这样一位没有家属和任何社会关系的病人，和我们商量可不可以把这个病人作为活的人体模型供他们教学之用，我们考虑之后觉得这样做对病人来说不但没有什么不好，反而可能会有好处，因为经常有人员接触比起长期无人接触对于人的身体系统来说应该是有益的，至少可以使之不易发生退化。于是，这病人在继续维持生命同时，就成了医学院用于教学的人体模型，因为他是在用自己的身体配合着教学工作，大家都把他当作本院的员工来对待，对他十分尊敬，称他为"腾格日·卓奇尼先生"，这个名字是发现他的牧民给起的，我们就一直沿用下来了。

　　经过老院长这么一说，我才明白了这位"特殊员工"原来是这么一回事。

　　腾格日·卓奇尼先生就这样在我院待下来了，到现在不知不觉已经有四十个年头了，可以这样说，我和他二人，作为这个医院里的"老同事"，一起在这个医院里度过了从青年到老年的这四十年的时间。

　　这期间我院换过几任院长，但大家在对腾格日·卓奇尼问题的处理上都继承了老院长的做法，把这看成是我院不变的规章。在我担任院长之后，我认识了来我院就诊的当时中国使馆的工作人员秦先生，也就是现在这位秦处长（巴特尔说到这，和秦处长对望着友好地笑了笑），我向秦处长提起腾格日·卓奇尼先生的事，希望他能帮助查一查，秦处长说他向国内有关方面反映了这件事，经过多方查询都没有任何下落，不过这也可以理解，毕竟当时就没有留下任何物证和线索，又经过了这么长时间，一切都实在是无从查起。秦处长当时还问过我，这个病人的名字是怎么得来的，我说是当年发现他的牧民给起的，秦处长问我这名字在我国的语言里是什么意思？我说有"天外来客"的意思，秦处长当时沉默了一下说，既然怎么都查不到他的来历，只好真的把他当作天外来客了。（巴特尔说到这笑了起来，秦处长也笑了。）

天底下的怪事真是让人想也想不到，就在我们对腾格日·卓奇尼先生的现状早都习已为常，以为一切都将就此延续下去，直到他终老的一天为止的时候，事情竟然起了意想不到的变化。

事情是这样的，随着近年来贵国和我国的关系不断改善和发展，双方的各种交流越来越频繁，涉及的方面也越来越广，就拿我们医院所属的那所医科学院来说，就和贵国的一所医科学院有着业务上的交流合作关系，我国的这所医科学院对贵国中医的针灸技术非常感兴趣，提议进行这方面的合作交流，贵国的学院积极响应我方提议，很快就向我国的学院派出了一位经验丰富的医师进行学术交流，并且不定期地前来对我们的学生进行授课和培训。

这位派来的医师姓赢，我们都尊敬地称他"赢教授"。说来也巧，这位赢教授还是秦处长的朋友。（秦处长插话道："是的，我们是相识多年的朋友。"）这位赢教授到了我们这里后，很快听说了腾格日·卓奇尼先生的事，并且对他发生了极大的兴趣（秦处长又插话道："是的，赢医生和我说过这件事，我也给他说了我当年在驻这个国家大使馆工作时了解到的一些情况，并告诉他我和巴特尔院长也是朋友。"），这样，我，秦处长，赢教授三个人，就在无形中为这件事情走到一块儿来了。（巴特尔说到这儿，和秦处长都笑了起来。）

据赢教授介绍说，他近年来一直在探索一种用传统的中医针灸方法辅助促醒植质状态不可逆昏迷病人（就是俗话说的"植物人"）的方法。经我们同意，他在给我院的学生上针灸课时，专门选取了一些具有促使身体各种功能恢复的穴位在腾格日·卓奇尼身上进行进针的实际操作演示，希望能在给学生上课的同时，也对病人产生有益的作用。

在赢教授施用他的针灸技法对腾格日·卓奇尼进行了一段时间的

针灸后，有一天，护理员其木格突然向我报告说，最近病人出现了一些这么多年来从未有过的变化，有时呼吸会平白无顾地加快，浑身和四肢也有点微动，眼睛睁开的次数增加，睁着的时间延长，仔细观察瞳孔似乎有细微变化，特别是在显示脑电波的电脑显示屏上，那像风吹散发一样的杂散波形有一次竟然出现了往一块聚合的现象。这是人脑里出现意识活动的表象，其木格当时以为这是自己眼花产生的错觉，为了证实自己看到的情况，她走近显示屏，盯着看了较长一段时间，正当她看得眼睛疲劳想要停止继续看的时候，她忽然清楚地看到显示屏上的散状波线又明显地往一块聚合了一下，几乎形成了一条正常的波形，这下她看清楚了，这确实是真实的情况，不是错觉。我得到其木格反映的这个情况后，立即告诉了赢教授，赢教授说，他在最近给腾格日·卓奇尼把脉时也发现了一些新的变化。如此一来，大家决定要加强对病人的观察，看看接下来会不会出现什么意想不到的情况。

就在大家密切注视着腾格日·卓奇尼的征状的时候，有一天晚上挺晚的时间，大概有十一点多，赢教授正准备睡觉时，忽然有一种奇怪的强烈的感觉促使他一定要去看一下腾格日·卓奇尼，于是他就披了一件厚长外套，离开了寝室，往腾格日·卓奇尼的小院子走去。

赢教授走进了腾格日·卓奇尼的小屋，夜间顶替其木格的一个小护士正在病房外间过道的长椅上打瞌睡，屋里没有开灯，借着从窗户映进来的院子里的灯光，赢教授走近病床观察了一下似乎正在深度沉睡中的腾格日·卓奇尼，然后转身来到放置电脑显示器的桌旁坐下，打开了墙上电插座上插着的一个小小的照明灯的开关，在昏弱的灯光下翻看护理员写的护理记录。

赢教授正在翻看记录的时候，忽然听见身后传来一声说话声！他吃惊地转身望向病床，只见腾格日·卓奇尼仍和刚才一样一动不动地静静躺着，"是自己的错觉吗？"赢教授心里揣着疑问，起身走向病床，来到床边的一把椅子那坐下，两眼注视着腾格日·卓奇尼的面部。

　　赢教授久久地注视着，可腾格日·卓奇尼没有一点动静，仍是静静地睡着，过了一会儿，赢教授刚刚屁股离开椅子要站起来，忽然感觉腾格日·卓奇尼好象微微动了一下，赢教授赶紧弯下腰注意观察，这时就见他的脸部肌肉抽动了一下，然后眼睛慢慢睁开了。病人睁眼并不奇怪，这在平时也是偶尔会有的现象，但这时他睁开的眼中传出的不是平时那种呆滞的、麻木的、无意识的目光，而是看着像有意识的，像是想表达意思的那种目光！赢教授两眼紧盯着他双眼的瞳孔，同时一遍遍轻声唤道："喂，你听见我说话吗？"腾格日·卓奇尼没有反应，而且眼皮又慢慢要闭上，似乎又要回复到沉睡状态，赢教授有点失望。正待要直起身，猛见他的嘴好象要动，赢教授聚目凝神紧盯着那嘴，是的，他的嘴是在微微翕动着，然后，一个低沉的但却清楚的仿佛来自遥远之处的声音从他的体内通过那微动的嘴传了出来：

　　"七师……203团……十连……二排……六班……"

　　赢教授紧闭呼吸，几近窒息地侧耳静听，捕捉从那嘴里冒出来的一个接一个的字，调动起最大的记忆力记住它！记住它！在腾格日·卓奇尼说完"六班"这两个字后，话音没再继续，双眼一闭，又回复了睡态，赢教授赶紧离开床头来到桌旁，抓起绑在记录本上的圆珠笔随便翻开记录本一页就往上记录他刚听到的话——七师203团十连二排六班。

　　第二天早上七点多，我刚刚起床正在穿衣服，就听见电话铃声大作，我和夫人都挺奇怪，谁这么早来电话呀？我一接电话，电话里传来赢教授激动得有点变声的话音，他在电话中告诉我昨天晚上发生的一切，我一听也是激动万分，匆匆穿好衣服，连早餐都没顾上吃就往医院赶。来到医院见到赢教授，他给我讲了情况，又给我看了他记录的病人说的话，这记录下来的话真是太重要了！太重要了！有了它，我们就有了查找病人来历的线索了！由于一直没有任何线索，经过这么多年大家早把病人来历这回事彻底忘掉了，而万万没有想到，此刻这线索竟然横空出现，这太出乎所有人的意料，太不可思议，太令人震惊了！我和赢教授交流完情况后，立即一同赶往腾格日·卓奇尼的病房，我们把情况告诉了其木格，让她去找护理部门的领导再安排两个人，连同其木格一共三人轮班，全天 24 小时值守。并专门配备一部手机，固定在录音功能上，一但病人说话，立刻录下来。

安排完这些事情后，我首先想到的是，应该让赢教授马上和秦处长联系，把这个极其重要的消息告诉他。赢教授当即就用手机通过微信联系上了秦处长，告知了他详情，并把记录在纸上的腾格日·卓奇尼说的话拍了照片用微信发给了秦处长。

3

巴特尔说到这，停住了话音，环视了一下正在聚精会神听他讲述的在坐的各位，又转脸望着秦处长笑了笑，秦处长接过话来说：

"我收到赢医生的微信后，既震惊，又激动，心想这下我们总算可以有线索追查这位腾格日·卓奇尼的来历和身份了，如果能够查明他确实是我国公民，因不明原因失落在异国四十年，最终能返回祖国和家人团聚，那将是怎样一件令人激动的事情啊！"

秦处长说到这，和各位"兵团战士"交流了一下激动的目光，同时也使自己的心情稍微平复一下，然后接着说：

"我当时立刻想到，要马上通过各级政府部门追查落实这件事情才行。我随即把情况向我们司的领导作了汇报，司领导责成我总揽负责处理此事。我接受任务后，想了想觉得我们掌握的线索还是太少了，只凭病人一句话，说出这么个不明不白的单位来，真要展开调查，好象有点无从下手，我想来想去，觉得根据病人所说的单位，肯定是属于军队的，我于是立刻通过组织关系在军队系统中进行查找，查找我军在历史上是否有过这样一个单位，但通过组织关系反馈回来的查找结果是：我军从来没有过这么一个单位。我又不禁有点怀疑：这会不会是病人说的一句糊话？但想想又觉得不太可能，糊话哪能说得如此明确细致，我一边想，一边反复细看手机照片上这一长串的单位名字，看着看着，我忽然觉得这'七师'两个字怎么好象有点熟悉，好象在哪儿听说过，再一想，我顿时恍然大悟，我是从我哥哥嘴里听到过，他在和他的战友们聊天当中，讲到他们兵团的往事时，经常会提到这个师，那个师，其中好象提到过'七师'！我于是马上打电话和我哥哥联系，问他，他们兵团有没有这么一个单位？我哥一听就肯定地说：'有！'我赶紧把这事的来龙去脉向他大致讲述了一遍，问他应该如何通过组织关系，怎样去查才来得快捷？对此，他一下觉得有点茫然，兵团早在三十多年前就撤销了，组织都早已不存在了，还能通过什么组织关系？正在我俩都不知如何是好之际，我哥哥忽然在电话中喊道：'我有办法啦！'我连忙问是什么办法，他激动地说：'手机！手机！就用手机！通过微信！通过我们战友的群！'他这么一说，我也顿时觉得眼前一亮，事情这回真的有希望了！"

秦处长说到这，笑着拿起放在桌面上的手机，向大家晃了晃，然后接着说道：

"现代人都知道，这事情一但到了网上，那网上的办事能力之神奇，办事速度之神速，真是出人意料，我哥哥把这事往他们的战友群上一发，各路信息立刻蜂拥而至，多得令人应接不暇，细得让人惊讶不已，通过这一网联一网，一群窜一群的，没有什么事情是打听不到的。要是还按照老办法，通过那一层一层的'组织关系'来查，还不知道要查到牛年马月去，这两者的速度和效率之比，真好比那乌龟和跑车赛跑，那是根本没得比的呀。"

秦处长说到这，大家都笑了起来。

秦处长接着说：

"就这样，我哥哥通过他们的兵团战友群，不但很快找到了'七师203团十连二排六班'这个具体的单位，而且找到了具体的人，也就是方伟民大哥，以及他的电话号码，又通过他，今天把大家召集到这里来了。"

说到这，秦处长和大家互相望了望，都发出了轻松的笑声。

秦处长停顿了片刻，表情回归严肃，望着眼前那一张张恍然顿悟的脸，慢慢地，几乎是一字一顿地说："那么，现在轮到我问在坐的各位老哥老姐了，你们连，是不是在 20 世纪 70 年代中期，失踪过一个人？"

回答秦处长的，是全体"兵团战士"不约而同地站了起来，用激动不已的声音说：

"是的！"

"他叫什么名字？"秦处长激动地问。

"魏志远！"六个人的声音一起说出了这三个字。

现场一下子静默了，一种压抑着快要暴发的情感的静默。

秦处长连忙摆手让大家坐下，他担心面前的这些长辈会因为太过激动而有什么身体上的不良反应，他注意地观察每个人，看到他们每个人都没有什么异常现象，除了表情异常激动之外，其他方面都显得健康、精神、充满活力，这才放下心来。他让小肖把服务员叫来，给大家换上热茶，招呼大家喝点茶，缓解一下过于激动所造成的紧张情绪，然后接着说：

"我这手机上有这位病人的照片，大家来辨别一下。"说完把手机里的照片调出来，把手机递给了章青峰。

大家一下都离开了坐位，围到章青峰两边，弯腰低头凑近手机看那上面的照片。

只见照片上的病人在病床上半躺着，身穿兰白道相间的病号服，白色的被单盖到胸前，两手放在身体两侧，压在被单上。他的大半个脸覆盖着长而密的胡子，看着有点像古希腊的雕塑象，眼睛自然地闭着，眉毛很长，遮挡住一部分上眼皮。这样一副形象，与大家心目中的形象完全对不上号，如果说是多年不见了，老了，那多少也应该能看出一点特点来呀，但这样一个像古希腊雕像一样沉睡着的形象，能看出什么特点来呀！要是他的眼睛睁着，好歹也可以通过他的眼神来和他们过去熟悉的志远的眼神对照一下，可他却闭着眼，什么都看不出来。

大家端详了半天这照片，都似乎都有点疑惑：这照片上的人，是魏志远吗？怀着这样的疑虑，大家从章青峰两边散开，回到了自己的座位上。这时方伟民不解地问："为什么要给他留胡子呢？"秦处长望了一眼巴特尔，巴特尔解释说："一开始我们是胡子长了就给他剃的，后来发现给他剃胡子的时候皮肤很容易破损，也可能是病人长期缺少活动造成的身体组织弱化，所以，为了防止经常破损造成感染，我们就不再给他剃须了，最多是胡须太长了就用剪刀剪一下。"

巴特尔说完后，秦处长看着大家既激动兴奋又略带疑惑的表情，说道：

"虽然通过咱们的情况交流，初步可以判断腾格日·卓奇尼就是当年你们连队失踪的战士魏志远，但这还仅仅是判断，还不是最终的证实，再说病人现在还是基本上处于昏睡状态，除了这句被我们偶然听到的话外，不能向我们提供更多的信息，而在现实生活中，大家也应该听到过种种不可思议的事情，比如某个和某件事情根本不相关的人，会在某种状态下突然准确地说出那件事情的详情之类，这样的传说是很多的，这涉及到种种不可知的神奇现象，这些现象是真是假我们可以不去管它，但是为了慎重起见，我们还是要等到有进一步确凿的证据后，才能对这件事下结论。"

大家都纷纷点头表示赞同。

4

告别了秦处长、小肖、巴特尔三位，在回家的路上，大家的心情依然激动不已，他们怎么也想不到，如果这个所谓的"腾格日·卓奇尼"最终确认就是魏志远的话，那他们这位年轻时代的战友，在失踪了四十多年之后，在几乎所有人的心里都早就认定他已不存在这个世界上的时候，竟然会令人意想不到地突然出现了！竟然会告诉大家他还活着！告诉大家他这么多年来其实一直是和大家生活在同一片兰天下！在场的各位，除了章青峰，都被此事搞得神志有点恍惚了，都怀疑自己到底是在梦中，还是在现实里，而章青峰的感受，则更像是经过重重努力，终于破解了一个几乎无法破解的难题，得出的结论和预想的结论完全相符时所特有的那种轻松、满意和释然的感觉。

这时大家不约而同地想到，应该马上把这个重大的消息告诉徐小梅，她才是这件事情中最重要的角色，大家刚才由于太激动，都忘了告诉秦处长还有这样一个重要人物没有出场。至于魏志远的家人，他们前几年就听说他的父母亲都已经过世了，当年魏志远失踪的事对他们的打击太大了，他们自那以后身体一直不好，因此大大折寿也是在所难免的。魏志远还有一弟一妹，听说早在 20 世纪 80 年代末就都出国了，弟弟在欧洲，妹妹在澳大利亚，都已经定居多年，和国内没有太多联系了。

大家简单议了议，决定马上一块儿去徐小梅家，去把这个惊人的消息告诉她，之所以要大家一块儿去，是因为这个消息实在是太令人震惊了，徐小梅得知这消息后的反应可想而知，多一个人在现场，就会多一份心理支撑。

众人议定后，王紫薇马上用手机给徐小梅打电话，电话很快接通了，那边传来徐小梅轻柔的"喂"声，王紫薇用压抑不住激动而有点变音的声调对着手机说："小梅姐，你在吗，我们几个老战友在一块儿呢，我们，我们要一块儿，一块儿去看你……，我们有……，我们有重大的消息要告诉你！"说到这王紫薇忍不住哽咽起来，慌忙把手机从嘴边移开，另一只手在擦眼泪，方伟民赶紧掏出一张纸巾递给她。

电话那边的徐小梅在专注地听着王紫薇讲电话，心里觉得有点奇怪，这紫薇的声音怎么好象有点不正常，有点变声，是不是感冒了？生病了？正想关心地问一下，就听见她说着说着好象带出哭腔来了，再听她说大家要一块儿过来，有重要事情要告诉她，这到底是怎么回事？她正感到疑惑，就听电话那边的话音忽然中断了，她连着"喂"了几声，那边才重又传来紫薇的声音，话说得急促而简短："小梅姐，你等着吧，我们很快就到你家，当面告诉你一切！"没等徐小梅应声，就挂了电话。

在电话这边，王紫薇挂了手机，把手机收进挎包里，用纸巾擦了擦眼泪，和大家一起快步向酒店停车场赶去。

5

徐小梅满腹疑惑，这些战友突然间要来看自己，还说有重大的事情相告，紫薇还带着哭腔说话，什么事情这么重大？什么事能令人激动至此？莫非是他们之中某位特别亲近的人或某位战友有什么不测？想想应该不会，近年来这一类的事情也陆陆续续碰到过，顶多是心情压抑话音低沉，也不至于如此激动啊，到底是什么事情令她激动成这样？徐小梅怀着不安的心情不停地在心里揣测着。她想起那天在山上XX寺的大殿里，当她随着众人颂完经，排着队慢慢走向佛祖那巨大高耸的金身塑象，往塑象前面的香座上香，双手合抱，持香向佛祖许愿，为能想到的亲人和战友都一一许过愿之后，单独想到了心灵深处的那个人，默默地为他许了一个深埋心里的特别的愿，许完之后她仰头看了一眼佛祖的时候，她觉得佛祖那半睁半闭的眼好象微微动了一下，她想这应该是自己的错觉，但仔细看看又确实觉得佛祖的面容表情有点异样，难道是什么人在通过佛祖向她传达某种信息？她半信半疑地想。

徐小梅随便收拾了一下大厅各处，大厅里的各种物件都规规整整地摆放在应有的位置，很少被人打动，好象在静静地等候着什么人，儿子羊羊出国念书去了，带走了他那令人慰藉的笑语欢声和充满活力的身影。唐育平一年都不回来一次，回来也没什么话说，不过是为了翻找什么东西，翻完了抬屁股就走，他在这个"家"根本待不住，徐小梅向他提离婚的事，不管你怎么说，他就是一个战术——不出声，而对付这招儿徐小梅是最没办法的，她生性温柔，不善大闹，顶多就是自己生闷气，遇见唐育平这种沉默战术，她就完全没了办法，事情只好拖下去吧，拖到什么时候为止她也不知道，反正他也难得露面，有这个人和没这个人差不多，因此离不离似乎也不是什么太要紧的事了。除非她想要另外嫁人，有的战友也曾经这样鼓动过她："你一点都不显老，你还挺好看挺迷人的，好歹打扮一下，都能迷死那些老头子们，遇见合适的赶紧找一个吧！"但她觉得自己此生是不可能再嫁人的了，当初和唐育平结婚也是为了体量父母的心情，当作完成任务去做的，现在都这个年龄了，就更不可能考虑这种事了。

徐小梅略略地收拾完大厅，回到睡觉的里屋，在小桌旁的椅子上缓缓坐下，身子伏向小桌，双手捧起摆在桌上的相框细细地端详着，那是儿子出国前和她的合影，照片中的她平静地微笑着望着前方，鬓角的一缕白发清晰地显现出来，儿子羊羊满面风光，笑嘻嘻地微微把脸侧向自己，徐小梅好象又听见他在说："妈，你看我像不像当年你心目中的那个 Jack？"徐小梅看着看着，眼眶有点湿润，她随手拿起放在桌上的手机，调出那首听了无数遍的《My hart will go on》来，手指轻轻一点"播放"，那凄美的音乐声随之响起，当那深情而略带哀宛的女声唱到"Far across the distance and spaces between us, You have come to show you go on（跨越阻隔你我的距离和时空，你来到我面前，让我看到你仍旧是原来的你）"时，一颗豆大的泪珠滴落到相框上，她赶紧放下相框，从纸巾盒里抽出一张纸巾捂在了双眼上。

一曲下来，徐小梅的心情久久不能平复，她站起来，慢慢走出房间，来到大厅，想找点什么摆弄一下，好调理一下心情。这时，就听见门外楼道里传来了动静，她知道，一定是战友们来了。

徐小梅正想去开门看看，大门已传来敲门声，她赶紧走过去把门打开，只见王紫薇、方伟民、章青峰、郎信玉、严子俊几个人齐刷刷站在门外，和以往见面时的轻松愉快不同，这回大家全都表情严肃，用一种异样的目光看着她。王紫薇一见徐小梅，叫了声"小梅姐"，上前深情地抱住她，好象久别重逢一样，徐小梅能感觉到拥抱的时候她的胸部起伏明显，显然是因事而致。拥抱过后，徐小梅向众人说："大家别老在门口站着了，赶紧进来吧。"

众人进到大厅里，徐小梅让大家在沙发上坐下，沙发上坐满了，她赶紧去搬大厅一角放着的椅子，严子俊一看，赶上前去把椅子轻轻夺下自己搬过来，靠着沙发放下，自己坐上去，让徐小梅到沙发那儿和王紫薇坐在一块儿。徐小梅屁股刚挨沙发，又站起来往外走，说是给大伙儿准备茶水去，王紫薇连忙站起来跟上去，帮她拿茶杯之类，茶杯摆好之后，王紫薇看看没啥忙可帮了，慢慢回到沙发上轻轻坐下，大家静静地看着徐小梅，看着她走来走去，一会儿弯腰，一会儿直起，忙着给大家倒茶。徐小梅一边倒茶一边心里寻思，这些可亲可爱的老战友们今天是怎么啦？怎么一个个都不说话，就连最爱说笑的郎信玉，也好象绷着个脸，她心里不禁泛起一阵阴云，等着听他们说出什么令人不快的事情。

等她把茶倒完，又想去拿条毛巾来把洒在桌子上的茶水擦一下时，章青峰轻轻阻止她说："小梅，别忙乎了，咱们又不是外人，你赶紧坐下吧。"话音没落，王紫薇已站起来，伸出手将她轻轻拉到自己身边让她坐下，自己也随之坐下，用两只手把她靠自己一侧的手紧紧握住。

大家都坐好后，徐小梅见大伙全都低着头拿眼睛望着自己面前的茶杯，轻轻笑道："你们都怎么啦？全闷着头想什么呢？"这句话使众人的头抬了起来，和她的目光对视一下，又互相望望，还是没有人说话。徐小梅稍稍用力攥了一下王紫薇的手，侧过脸对她说："小薇，你不是说有什么事要告诉我吗？"王紫薇把头抬起来，两眼盯着徐小梅的双眸，双唇紧闭象在强忍着难以抑制的情绪。这时就听章青峰说：

"小梅，有个情况要告诉你，你听了别太激动。"

"什么情况？"徐小梅瞪大了吃惊的双眼望着章青峰问。这时王紫薇靠近徐小梅的那只手放开了紧握着的徐小梅的手，缓缓地伸到她的背后将她轻轻搂住。

章青峰犹豫了一下，然后用尽量平静的语调说：

"志远，他可能，还活着！"

王紫薇感觉到徐小梅猛地战栗了一下，然后木然不动，似乎连呼吸都停止了。

大厅里安静极了，似乎连空气都凝结了，只有每个人尽量抑制下的呼吸声隐约可闻。气氛就这样静止了几秒钟之后，就听徐小梅慢慢地发出柔弱的话音：

"青峰哥，这到底是怎么回事？"

"小梅，事情是这样的。"

章青峰于是开始简要地复述巴特尔和秦处长讲的情况，他那深沉的略带共鸣的男中音把静静聆听的徐小梅带到了遥远的异国，带到了四十多年前那个多风的春天，她默默地听着，全神贯注捕抓从章青峰嘴里冒出来的每一个字，四十年前那一幕幕情景浮现在眼前，直到章青峰停止了说话，她依然沉浸在那情景之中，两眼呆呆地望着半空，一言不发。

众人默默地注视着徐小梅，他们一开始担心的那种情况并未出现，徐小梅并没有太过激动的表现，也许就像一颗在土壤里埋了几十年的残损的炸弹，那炸弹的爆炸威力早已让大地和时间消失殆尽了。她只是静静地，一动不动地望着半空发呆。

令人压抑的静默持续了十几秒钟之后，章青峰的话音重又响起，他说：

"小梅，情况就是这样的。秦处长说了，他们要将这情况马上告知各有关部门，以便通过正式途径尽快查明此事，确认志远的身份，好为接下来的步骤——主要是接返工作——做准备。但从目前情况来看，事情的进展可能会面临不少困难，虽然当年发现病人的时间点和志远失踪的时间点基本相符，这个疑似志远的病人又说出了那么明确的具体单位，但那些都只是推理，还缺少物证，来证实这件事情的真实性。而且据说病人现在的身体状况很不好，体内各器官的衰竭趋势明显，能不能再度醒来都很难说。"

徐小梅静静地听着，王紫薇搂住她的那只手只能感到她在微弱呼吸时的一点动静，在章青峰说到"病人现在的身体状况很不好"时，她明显地勖动了一下，然后又复归平静。

章青峰话说到此，忽然想起了什么，连忙掏出手机，在上面摆弄了一会儿，抬起头对徐小梅说：

"对了，我这有秦处长传给我的病人的照片，你认一下。"说罢把手机向徐小梅递过去。

徐小梅接过手机，拿近眼前定睛一看，脸上先是显出吃惊之色，但很快地，她又继续专注细看，看了一会儿，她抬起头来，眼眶噙满泪水，用勖抖的声音对章青峰说：

"这是志远，是志远……"

章青峰吃惊地问："你怎么能够确定？"边说边离开了沙发，凑到徐小梅这边的沙发扶手边上，俯身细看徐小梅拿着的手机上显示的照片，众人也都离坐凑了过来围在后面观看，王紫薇一边侧头注意看这照片，一边更用力地把小梅搂紧。

徐小梅用指尖指着照片上病人躺在病床上放在身体一侧的一只手的腕子说："看这！"众人的视线随着她的指尖看去，只见病人的手腕上好象缠着一圈布样的东西，徐小梅用手指把照片拉大，把图象移到手腕的部位，指着手腕上缠着的布状物，用抑制不住激动的声音说："这是……我当年……送他的……手绢……他说过……他到死……都要……带……在……身……上……"说到这里，已泣不成声。郎信玉赶紧到餐桌上把纸巾盒拿过来，抽出几张纸巾递给了王紫薇，王紫薇腾出一只手来，接过纸巾，轻轻地给徐小梅擦拭眼泪。徐小梅努力镇定了一下情绪，用带着哽咽的声音说："这手绢的一个角上，我曾用红线绣了一个'梅'字"。

徐小梅一边轻声抽泣着一边又把放大的图象移到脸部，指着病人的左眼皮上差一点就让长长的眉毛遮盖住的部位说："看，这里，有个小小的，疤……痕。"众人认真看时，果真隐约看出是个疤痕。这下确凿无疑了，照片上的人就是魏志远！

章青峰决定马上把新的情况告诉秦处长，他从徐小梅手里要过手机，走到离开众人远一点的地方，去给秦处长打电话，剩下众人都围在徐小梅身边，尽量安慰她，缓解她的心情。

秦处长的手机一拨就通了，章青峰激动地把徐小梅的情况以及她和魏志远的关系向秦处长作了陈述，然后着重告诉他徐小梅辨认照片的情况，通过她的辨认，已经可以百分之百确定照片上的人就是当年失踪的兵团战士魏志远。秦处长听到章青峰讲的这些情况，也非常激动，他深深地被魏志远和徐小梅的故事感动，他特别对手绢一事很感兴趣，因为他原来在接触这件事情的过程中并未听巴特尔和赢医生提起过这回事。他决定马上给巴特尔打电话询问此事，同时再通过微信和正在北方邻国的赢医生联系，让他设法再确认一下。他让章青峰放下电话等着，他马上就和上述二位联系。

　　章青峰挂断电话后，走回到沙发这边，示意大家都坐下，他自己也随之坐了下来，徐小梅弯着腰，低着头，两手拿着纸巾揾在眼睛上，轻轻地抽泣着，王紫薇用一只手不断轻抚她的背部安慰她。大家静静地坐着，气氛沉闷，伤感。虽然人人都不作声，但每个人的心里都在翻腾，魏志远的突然出现，使他们的心理受到巨大的震动和冲击，仿佛经历了一场生死翻转的命运轮回，每个人的心里都久久难以平复。大家就这样静静地坐着，各自在内心体验着千丝万缕的复杂心情，过了好一会儿，章青峰的手机响了起来，大家都像从梦中惊醒般猛地抬起头来望着他，只见他把手机贴近耳朵，轻声地喂了一声，那边传来的果然是秦处长的声音。秦处长在电话中说，他打电话问过巴特尔了，巴特尔说确实有这么回事，病人的手腕上是系有一条手绢，当年发现病人的牧民把病人送到医院时，曾告诉负责接收病人的医生说，病人手上系着的那圈布，是病人的护身符，千万不能打动，如果打动的话，可能会要了病人的命！病生们有点半信半疑，但出于对牧民的尊重，他们当时就没有打动这腕子上系着的东西，后来在对病人进行清洗和处置时，他们嫌那布碍事，想把它解下来，但这一解不要紧，病人全身马上发生了严重的反应，各项指标都达到危险程度，他们一看这情况，想起了牧民特别交待的"符身符"一说，赶紧把已经解下来的手绢系上。说也怪，这手绢一但系上，病人的严重反应就很快消失了，各项指标也都回复了正常，从这时起，医生们就再也不怀疑牧民们的说法了，再也不试图把那手绢从病人手腕上解下来，只是尽量把它弄得松一点，以方便治疗和护理工作的进行。

　　秦处长接着说，他和巴特尔的通话结束没多久，赢医生也从国外发来了微信，他说他刚一接触病人的时候也发现病人手上奇怪地系有这样一条手绢，又听这的医生们说那是病人的护身符，他一开始并没太在意，以为只是当地人一种迷信的说法。现在听秦处长把情况一说，才认识到这手绢的重要性，他立刻就赶到病人的房间，在护理员其木格的协助下，小心翼翼地翻看那手绢各处，没有发现任何标志，他们又用尽量轻慢的动作解开那手绢的结子，还好，当他们这样做的时候，病人并没有什么明显反应，他们把手绢解开后，没敢把手绢抽出来，而是就着手腕仔细翻看，果真在手绢的一角发现一个小小的用红线绣着的"梅"字！他马上用手机拍了下来，然后让其木格再把手绢系上。赢医生还说，近来病人呈间歇性苏醒状态，一天有一两次左右，但苏醒的时间非常短暂，病人的身体状况也越来越差，希望政府方面的身份确认工作和接返工作能够加快进行。秦处长说完这些情况后，让章青峰代表他向徐小梅表示问候，并说他会尽力联系促请各方面加快相关工作的进行，有情况会随时告知他们。

　　章青峰结束了和秦处长的通话后，把秦处长电话里讲的情况告诉了大家，众人你望望我，我望望你，在百感交集中，总有一个心结解不开：那就是，志远究竟是怎样到了北方邻国，然后被那里的人发现的呢？莫非当年有人提出的"投敌叛国"一说，还真的并非完全没有道理？郎信玉就忍不住把大家心中的这个想法说了出来，众人都不约而同地把求解的目光望向章青峰，章青峰凝神沉思了一会儿，慢慢说道："现在追究志远是怎样过去的，已经没有太大意义，最重要的是，他仍然活着。当然，如果一定要追究的话，那首先有一条是肯定的，那就是，他不是主动跑过去的，而是被某种大自然的力量带过去的，就象这样，"章青峰说着，从纸巾盒里抽出一张纸巾，用手团了团放在茶几上，低头对着它吹了一口气，纸团立刻被吹到茶几的另一边去了。然后他接着说："大家都见过沙漠里的龙卷风吧，我想大概就是类似的道理，如果他是有意跑过去的，如何解释他被发现时是浑身赤裸遍体鳞伤的？"大家听着都轻轻点头，但郎信玉还是心有不甘地问："这，这可能吗？"章青峰接话说："有什么不可能，人都过去了，成为事实了，还问可能不可能。"

大家议论着，这时时间已是下午，徐小梅急着起身说要给大家弄点吃的，章青峰连忙劝阻说不要了不要了，大家今天都已离家挺久，现在要回家去看看了，志远这事他会和秦处长保持密切联系，根据情况看看下一步应该怎么进行，有情况随时会给大伙儿通报，大家这几天都把手机开好了，以便随时联系。章青峰说完后，大家又把徐小梅安慰了一番，完了就要告辞出门，这时王紫薇忽然提出说，她今天不回家了，要留下来陪徐小梅，大家说这样也好，方伟民一看这样，也说道："那我也留下算了，我和紫薇两人一块儿陪小梅，我晚上睡沙发就行了。"大家一听更放心了，于是众人就告辞出门回家去了。

众人走后，徐小梅要去厨房做晚饭，方伟民连忙走过去说，你和紫薇坐着说话吧，晚饭我来做，说完便挽上袖子，戴上围裙，按照徐小梅的简单交待，哪是菜，哪是油，哪是米等等，把徐小梅一阵轻推赶出了厨房，自己开始做起晚饭来，徐小梅只好回到沙发坐下来，继续和紫薇说话，等着吃现成的。

吃过晚饭后，徐小梅给姐姐打了个电话，把这个重大的惊人消息告诉了她，姐姐那些年老为她的婚事操心，后来从母亲口中得知，小梅迟迟不婚，是因为魏志远的事，她为此没少开导过小梅。如今徐小梅突然报来这个消息，真是太令人震惊了，她和姐夫两个人怕徐小梅情绪太激动，一个人待在家里怕会出什么意外，说要马上过来看她，徐小梅说天都晚了，你们别过来了，这里有老战友陪自己呢，你们就放心吧，明天白天再过来吧。姐姐只好说"好吧"，又宽慰了她一番，二人才挂了电话。

晚上，徐小梅把方伟民安排到大厅一角隔出来的小间里去睡觉，自己和紫薇睡里屋。那大厅隔出的小间原来是羊羊睡觉的地方，只有一张简易的单人床和一个小床头柜，徐小梅安顿完被褥等事走出去后，方伟民坐在床上，看着羊羊用过的这些东西，想着羊羊睡在这里的情形，想着他现在在澳洲，也不知道情况怎么样了，心里生出了一阵思念，羊羊是他打小看着长大的，现在分开久了，还挺想念小家伙的。

入夜，紫薇和小梅两个人睡在里屋的大床上，盖着同一张大被子，挨得紧紧的，脸对着脸，这使她俩不禁想起在兵团时睡大炕的情形。两人一会儿说话，一会陷入沉思，慢慢地，紫薇的困意上来了，说着说着就再不作声，睡着了。

房间里只有一盏插在插座上的小小的夜间照明灯亮着昏黄的灯光，徐小梅睁着两只大眼睛，望着暗黑中的天花板，听着紫薇轻轻的鼾声，没有一丝睡意，整个身心被千丝万缕的思绪所占据，内心的空间好象越来越明亮，越来越宽敞，封存记忆的大门忽然被打开了，那些鲜活的记忆，那些隐藏心底多年的往事都蜂拥而出，像放电影一样一幕一幕地出现在脑中，她怎么也想不到，事情都过去四十多年了，原本以为只能作为一个记忆保留在心灵深处的那段痛彻心扉的经历和那个曾经生死相依的人，却突然真实鲜亮地复活了。告诉她，他其实并没有离开这个世界，这么多年来，在她悲伤欲绝，痛苦消沉，几经反复挣扎终于回复正常生活，然后结婚成家，守贤妻良母之道，尽相夫教子之责，不知不觉已步入晚年，满目尽是夕阳映出的漫山红叶之时，他其实一直躺在遥远的北方邻国那间医院那间病房的那张病床上。多少个孤寂的夜晚，她想念他，希望能和他在梦中相见，却怎么也不能象人们常说的那样，日有所思，夜有所梦，她越是想要梦，就越是梦不到， 而这时，他就在远方那病床上静静地躺着，一直那样地躺着，他有过片刻的清醒吗？他的脑子里会闪出记忆的片段吗？他会想到千里之外她在泣血想他吗？命运是多么的捉弄人，原本以为她和他已是阴阳之隔，要想见面只有等到了另外那个世界，却没想到事实上并非如此，他们其实都生活在这个地球上，都生活在同一片蓝天下，分融他们的，不是阴阳之界，而是信息，是距离，是命运。

徐小梅躺在床上辗转反侧无法入睡，她怕惊醒了安睡中的紫薇，就轻轻地挪到床边，趿拉上拖鞋，披上一件衣服，坐在了床边的椅子上。

徐小梅在椅子上静静地坐了一会儿，她忽然坐不住了，弯腰轻轻拖开床头柜最下面那个小抽屉，在最靠里边的角落里摸到那套着小铁环的小钥匙，她把小钥匙拿在手上，关上抽屉，站起身来，蹑手蹑脚地走到屋子一角的壁柜前，轻轻打开壁柜门，伸手在黑黑的壁柜的角落里摸到那个小帆布箱熟悉的把手，把箱子从壁柜里提了出来。她把箱子平放在地上，蹲在地上静静地望着它，这箱子已经很久没有打开过了，她记得最后一次打开它是在她结婚后不久，为了开始新的生活，她把那些满含过去的历史、记忆、情感的物件都珍藏在这小小的帆布箱里，在用一把小锁头把箱子锁上的同时，也把自己内心深处最隐蔽的角落锁上了。曾经有几次她在思心太切之下很想打开它，但都被理智劝阻了，但是今天，她再也忍不住了，她一定要打开它，因为那里面最珍贵的物件原先的主人"复活"了！"重生"了，她现在要重新面对这些物件，也将重新面对物件原先的主人。她把小钥匙换到右手上，借着夜间照明灯那微弱的光线，把小钥匙捅进挂在小帆布箱锁扣上的小铁锁里，轻轻地一拧，"咔"的一声，小铁锁打开了，她轻轻地掀开箱子盖，一眼就看见了摆在箱内最上面的小白毛巾包，那里包着的，是牵扯着她那颗心的物件，她缓缓地把小白毛巾包打开，里面露出了放在一起的那两样东西——那封信，和那颗鹅卵石。

徐小梅像雕塑一样蹲着，静静地望着眼前的这两件物品，耳朵里好象传来志远的声音："徐小梅同学，中学一别已近一年，你在边疆还好吗……请你到时到你们连的路口去迎接他们……"那带有一点北京腔的话音是那样真切地在耳边萦绕，那颗浑圆的鹅卵石似乎渐渐发出光辉，那圈光辉的中间，出现了志远那张青春帅气的脸，他正咧开老爱装作"老练"而故意紧闭的嘴唇，露出一排洁白的牙齿，内有一颗犬牙有点调皮的歪斜，冲她深情地笑着。看着看着，她的视线模糊了，眼前的物件好象变成了水中的幻影，眼泪像断线的珍珠般滴落在地板上，这时，她感到一只温暖的手放在了她的肩膀上，然后身后的人是王紫薇和她一样蹲了下来，双臂紧紧地拥着她。

过了好一会儿，徐小梅把箱子盖关上，牵着王紫薇的手站起来，两人来到床边坐下，默默地对望了一会儿，突然，徐小梅双手抓住王紫薇的一只手捂在胸口上，抑制不住激动地大声说："我要去见他！我要马上去见他！"

王紫薇含着眼泪使劲地冲她点头。

6

第二天早上，徐小梅和王紫薇起床之后，听见屋外传来动静，原来是方伟民早就起来了，他正在忙着做早餐呢，他一见徐小梅和王紫薇从里屋出来，就冲她俩说："你俩赶紧洗脸刷牙，早餐马上就弄好了。"王紫薇说："哟呵，你可真勤快！"方伟民说："看你说的，让小梅听着好象我平时不勤快似的。"徐小梅笑了笑，转身去卫生间洗漱，王紫薇凑到方伟民跟前，跟他讲了徐小梅和她的想法，方伟民一听就说："我昨个一晚上也在想这事呢，越想越觉得咱们得尽快去看看志远，等会儿吃完早餐咱们马上就和章青峰他们联系说这事。"紫薇听他这样一说，也赶紧转身去卫生间洗漱去了。二人洗漱完毕来到大厅时，方伟民已经把早餐做好摆在饭桌上了，一人一碗西红柿面条，里面卧着鸡蛋，洒了点葱花，淋了点香油，还有一小碟酱菜，一小碟凉拌黄瓜。方伟民招呼二位赶紧坐下趁热吃，三人便各自坐下，拿起碗筷，慢慢地吃起来，大家静静地吃着，谁都不说话，都在想心事，只听见轻轻吸面条和喝汤的声音。

早餐之后，方伟民收拾完饭桌，洗完碗筷，擦擦手正准备要去打电话，电话铃就响了，方伟民快走两步来到电话跟前，伸手拿起话筒一听，是严子俊的声音，严子俊告诉方伟民，他昨天晚上想了一晚上志远的事，想的和方伟民一样，都觉得应该尽快去看志远。他一大早就给郎信玉打电话说这事，郎信玉说他也正这样想呢，他说他正在帮老婆和面烙馅饼呢，手上尽是面粉，让严子俊赶紧和其他人联系，严子俊说好的，他马上打电话和各位商量此事。严子俊和郎信玉一通完话，就马上把电话打到徐小梅这来了。

方伟民挂了电话后，又接着拨章青峰的电话，电话那边总是忙音，他间隔着拨了好几回，忙音一直不断，他放下话筒，心想等会儿再拨，忽然想起直接打他的手机吧，一边想着一边正准备要拨章青峰的手机号码，电话铃就响了，他抓起话筒一听，正是章青峰打来的。

章青峰说他刚才一直在和秦处长通电话，秦处长说巴特尔院长今天就要回国了，他主动打电话给秦处长说，应该尽快安排腾格日·卓奇尼（他还是习惯这样叫，叫了几十年了）的亲人去看望他，秦处长说他自己也是这样想的，但魏志远在国内已经没有太近的亲人了，不如让他当年最要好的那几个战友去，特别是那位当年的恋人徐小梅去。巴特尔一听激动地一个劲说"对对对"，巴特尔又再三请求秦处长抓紧联系有关部门尽快落实接返病人回国的事，因为病人的身体状况越来越差，毕竟植质状态几十年了，一直躺在床上，身体功能全面退化衰竭，再加上又上了年纪，情况就更不容乐观，病人能坚持活到现在，已经算是奇迹了。秦处长说他会全力以赴促成此事，但是再努力也还是需要时间的，正规官方的各种手续是很繁锁的，特别是这样一个失踪了几十年的人，国内又没有什么人能配合认证，徐小梅的认证虽然百分之百是没问题的，但问题是徐小梅只是病人当年的恋人，并非法律认定的亲属关系，说白了就是非亲非故，她出具的认证只能作为参考，是不具法律效力的，所以还是要联系病人国外的亲属，甚至还需要他们提供 DNA 样本配合认证等等，而这一切的事务、程序、手续，是要耗费很多时间的，秦处长自己只能尽力而为。巴特尔院长说事情确实是这样，他能够理解。那就尽快安排病人当年的恋人和那几个战友去看他吧。秦处长答应会尽快安排。

　　章青峰接着说，秦处长给他打电话的意思是，问他徐小梅和几位战友最近能不能脱开身？如果能的话，最好快点成行前往北方邻国去看望魏志远，他回答秦处长说，据他所知，这几位都应该没有什么问题，大家都是已经退了休的人，家里又没有什么特别牵挂走不开的事情，肯定可以出行，他会立刻和几位联系商量此事。秦处长又告诉他，鉴于我国和该北方邻国之间现今还没有开通旅游及个人游签证业务，要前往该国只能办理商务签证，以商务考察的名义前往。秦处长问他大家都有出国护照没有？章青峰说除了他自己之外，其他几位可能都没有，秦处长说，那就让他们尽快申办，办好之后立刻告诉他。

　　章青峰在电话里最后对方伟民说，情况就是这样，那就由方伟民你马上通知各位立刻开始申办护照吧，在申办过程中有什么不懂的或搞不明白的问题立刻给他打电话，他对这些出国手续还是比较熟悉的。

　　方伟民和章青峰结束通话后，把通话情况告诉了徐小梅和王紫薇，然后又抓起电话给严子俊和郎信玉二位打电话，也把和章青峰通话的内容告知了二位，让他们马上开始申办护照。二位闻讯后当即答应尽快去办。

　　方伟民打完这一连串的电话后，挂上了电话，双手按在电话上，总算松了一口气，望着表情兴奋的二位女子说："那咱们也都尽快开始办吧，你们先等一下，我先在手机百度上查一查，看看这申办护照是怎么个办法。"说完走到沙发那儿坐了下来，认真地在手机上查了起来，徐、王二人也来到沙发处坐下，看着方伟民摆弄手机，方伟民边查边自言自语地念着手机上显示的内容，又猛抬头让徐小梅赶紧拿张纸和笔来，他好把相关内容记下来。徐小梅连忙去拿了纸和笔放到他面前的茶几上，方伟民抓起笔来就记，记好后，把纸递给徐小梅道："就是这么个办法，这纸上都记着呢，你就按着这上的要求把各种材料准备好，明天是星期一，咱们说好早上八点半在出入境管理局碰头吧。"徐小梅连连点头。这时电话铃又响了，徐小梅走过去一接，是姐姐的电话，说是马上要和姐夫一块儿过来看她，徐小梅回答说好吧，我在家呢。说完放下电话，告诉方伟民和王紫薇她姐要来，二位说我俩也该回家了，咱们星期一见，于是便和徐小梅告辞回家去了。

7

办理护照和申请签证都需要一些时间，加起来差不多要一个月左右，在这期间，巴特尔院长和赢医生几次给秦处长来电话和微信问及徐小梅一行人何时能够成行，因为病人魏志远的身体情况越来越差，随时都可能出现状况，拿巴特尔院长的话来说，病人就象一台残旧的老钟，已经摆动了几十年了，现在随时都有可能会停摆，所以要抓紧时间啊。

十五天之后，徐小梅和几个战友终于都拿到了护照，然后通过秦处长的大力协助，没过多少天之后又顺利取得了前往国家的商务签证，他们几个人，将以一个小型商务考察团的名义前往该国。在确定了出发时间之后，他们就开始收拾行装做各种出行前的准备了。此时虽然北京已是初夏时节，但要去的地方据秦处长说气候比北京要冷一些，此时的气温大约相当于北京晚春的时候，一早一晚气温较低，还是要多准备一些御寒的衣服。徐小梅在把衣物和一些日常所需的物品准备妥当之后，想起了两样东西，她决定要把它们带上，一个是在兵团时戴的皮帽子，她把那顶在箱底压了几十年没打动过的皮帽子翻出来，拿在手上来回翻转着看，那帽子早都被压变了形，她用手把它的形状整了整，然后戴在头上，来到卫生间的大镜子跟前，看着镜子中戴着皮帽子的自己，她仿佛看到一点自己当年的风采，但再看容颜，已是历经苍桑的妇女了。她看着当年的帽子和现在的自己结合在一起的样子，凄惨地咧嘴笑了一下。

另一样东西就是肉炸酱，她知道志远爱吃肉炸酱，那年他回北京探亲时，给她稍回来一大瓶她母亲让他稍的肉炸酱，她当时开玩笑问他路上有没有偷吃过，他赌咒发誓说没偷吃，可事后他主动向她坦白说，他曾想偷吃来着，可是小梅母亲把瓶子盖用胶布封得太严实了，他怕打开后再也封不严了，所以才没敢打开偷吃。想起这往事，她觉得又好笑，又不禁一阵心酸。这次她要给他带一瓶子肉炸酱去，不管他的状况如何，不管他能不能吃，她都要给他带去！她把买来的肉和酱下油锅做好，装进一个装酱菜的空瓶子里，把它密封好，再装进一个塑料袋里系紧它，然后放到了行李箱里。

一切都准备好之后，就等着出发的日子来临了。在出发的头天晚上，徐小梅吃过十分简单的晚饭之后，又接了和打了几位战友的电话，互相确认了明天的出发事宜，然后又给姐姐打电话，说好姐姐和姐夫明天几点开车来送她去机场。这些事都干完后，她慢慢走进里屋，斜靠在床上，静静地瞑想着，眼睛望着屋子的墙壁，目光似乎要穿透墙壁，望到外面，望过城市，望过村庄，望过山岭，望过草原……她忽然想起了什么，赶紧欠身坐起，拿起放在床头柜上的手机，调出了那首黑鸭子组合唱的《我心永恒》，轻点"播放"之后，那熟悉的音乐旋律便在屋子小小的空间里响了起来，她靠回到床上，闭上眼睛听着，当歌子唱到"穿越千里万里来到我身边，我感觉你没有离去"时，她的眼里含着泪花，心早已飞到千里之外去了。

8

第二天早上，徐小梅一行六人在被家人或朋友送到机场后，经过边检、海关、办理登机牌、行李托运、安检等一系列手续之后，来到了宽敞、明亮、气派的国际航班候机厅，在离登机口不远的一排皮坐椅处坐下来等候检票登机。他们之中除了章青峰之外，都没有出过国，现在即将迈出国门前往异国，都显得有点兴奋，方伟民和严子俊在坐椅上屁股还没坐稳就又站了起来，走到玻璃幕墙边，像顽童一样把脑门贴在玻璃上，观看机场里边的情景和不时疾飞而过的起降飞机，兴奋得指指点点又说又笑。徐小梅和王紫薇二人习惯性地手攥手靠得紧紧地坐着，头差不多要挨着头，正在小声说话，多数时间都是紫薇在说，小梅在听，一边听着，一边不时点头微笑。郎信玉只顾摆弄手机，还动不动就哈哈笑出声来，用手捅一下坐在身边的章青峰，让他看他在手机里发现的什么笑料，章青峰只好带着微笑应付着看上一眼。

时间不知不觉过去，登机时间到了，随着广播通知声响起，大家纷纷起身，在章青峰引领下前往排队处排队等候，通过检票，走过登机廊，在机组人员亲切微笑的迎接中登上飞机，走进空间显得有点收小的机内，边往里走边东张西望寻找坐位号码，章青峰很快就找到了大家的坐位号码，他安顿大家坐下后，自己也坐了下来。

经过不长时间的等待，飞机广播中传来空姐柔美的声音，让乘客们系好安全带，收起小桌板，飞机不久就要起飞了。飞机开始滑行，感觉飞机在偌大个机场里转来转去，最后停了下来，这时机体内传出越来越大的轰响，整个机身都震颤起来，飞机随之动起来，开始向前急冲，伴随着震耳欲聋的巨大轰响越冲越快，冲着冲着飞机轮子的震动感忽然消失了，巨大的飞机已脱离地面腾空而起，像大鹏展翅般向着高空跃升而去。

9

邻国首都的所谓"国际机场"从空中望去就像在褐黄色的大地上开劈出来的一片没有草坪的褐露着黄土的足球场，候机楼是一座规模偏小的显得又平又扁的两三层的建筑，向着机场里伸出可怜的几条象螃蟹腿一样的登机廊，仿佛象张开的臂膀欢迎着来自世界各地的客人，用带着咕噜咕噜喉音的本民族语言对来访者说："欢迎前来参观访问，机场简陋了点，不好意思，嘻嘻。"

徐小梅一行六人在飞机落地，进入简陋陈旧的机场大楼，前往入境处办理入境手续时，海关工作人员用英语向走在最前面的章青峰提问来访目的，章青峰用流利的英语回答说他们是应贵国有关方面邀请前来考察和洽谈业务的，边说边向排在自己后面的五个人指了指。海关人员一看章青峰的气度，再听他一口流利的英语，马上对他毕恭毕敬热情有加，迅速验证放行，并以同样态度对跟着的五个人验证放行。

六个人从验证处转出来，刚一来到通往机场大楼出口处的前厅，就看见巴特尔院长和赢医生正在前面冲他们招手呢，双方走近后热情握手互致问好，巴特尔院长除了徐小梅大家都认识了，赢医生和大家虽然是第一次见面，但在大家印象中也已经很熟悉了，感觉像老熟人一样。他和大家岁数差不多，属于同龄人，个头比中等个稍高，一头天然的黑发中夹杂着不多几根白发，两个脸颊和鼻子有点发红，双目炯炯有神，上嘴唇上面留着胡子，看着反倒比巴特尔院长更象当地人。

章青峰向巴特尔介绍徐小梅，早前秦处长已和他讲述过徐小梅和魏志远的故事，巴特尔院长深受感动，今天见到了本人，更加欣喜热情，他和徐小梅握过手之后，用欣赏的目光望着徐小梅，用他那几乎全是第四声的"普通话"说："你真像是我们草原上开不败的美丽的格桑花！"这话把大家都说得笑了起来。

六个人在巴特尔院长和赢医生的引领陪伴下，拖着各自的行李箱一个跟着一个走出了机场大楼，来到楼外的几级台阶处，徐小梅抬头放眼向四周望去，只觉外面一片空旷，周围立着三三两两低矮的建筑，水泥地面之外就是裸露着沙石的褐黄色的地面，视线越过眼前的景物往远处望去，只见褐黄色的地面向四处延绵开去，一直向远方铺展，在远处渐渐形成了漫漫丘坡，在几重丘坡之后的远方，隔着一层霭气的蓝灰色的远山依稀可见。

巴特尔院长站在台阶上，冲不远处的一辆白色商务车招了招手，商务车就开到众人近前的路边停下，司机下车走到车后把后盖掀起，帮着大家往车里放行李，行李放毕，关上后盖，打开侧门，招呼大家上车，不久人人都上车坐好了，司机关好侧门，爬上驾驶坐，发动车子，缓缓驶出了机场。

经过一段四面颜色都是枯燥单一的褐黄色的荒郊，汽车驶近了城区，城市远望好像坐落在广阔的平地和漫坡之间，有些房子和建筑洋洋洒洒地建在了坡上，给人的感觉整个城市有些地方聚集紧凑，有些地方涣散分离，倒真有点像草原上大聚会时那些帐篷的随意组合。

车子驶进了城里，沿着一条主要的干道向前行驶，干道两边多是两三层高的排房，不时有些具有民族特色的形似圆包的大小建筑，在一路的街景中，规模较大较旧的建筑都带有明显的俄式风格，粗大的圆柱，曲线回转变化的雕塑，洋葱头式的尖顶……在这些或低矮或陈旧的建筑之间，也偶尔冒出几幢显眼的现代高层建筑，那豪华的玻璃幕墙在高高的城市上空反射着耀眼的光线。各种建筑上少不了五光十色的各种文字的招牌和广告牌，最多的是本民族那种竖排的像甘草根一样向下向两边叉开来的文字，再就是英文，俄文，间或也出现个别中文，看得人满眼乱糟糟的。

车子在市区内行驶了一段时间之后，转进了一条侧道，又开了一会儿，停在了一幢有点陈旧的，深乳黄色的五层楼建筑的前面，众人从车上下来，望着面前的这幢建筑，看那庄重的逐级而上的阶边有点圆形突出的大理石阶梯，卫兵一样沉默伫立的圆柱，大门一圈那多层环绕的大理石装饰框，处处透出显而易见的俄罗斯风格，令人可以想见当年这幢崭新的建筑是何等的气派辉煌，现今虽已年长老迈，但仍透着贵族之气。这就是一行人下榻的酒店了。

众人跟随巴特尔院长经过玻璃旋转门进入酒店大堂，来到一圈样式有点老旧但却是骄傲的真材实料上好牛皮做成的沙发处坐下，赢医生去前台给众人办理入住手续,众人望着赢医生向前台一路走去,鞋子踏在木地板上发出咚咚的声响,心想这俄国人走到哪里都还是钟情于这种长条厚木板铺成的地面,就连在这千里不见树木的国度,也要从大老远的西伯利亚运来这种木地板铺上,似乎只有这样,让穿着大皮靴的高大俄国人在上面一走,发出咚咚的声响,那才够牛够气派。

赢医生很快办好了入住手续回到众人所在处,把房卡发给各位,房间都在二楼,众人便提起行李经楼梯向二楼走去,巴特尔院长和赢医生说什么也要帮二位女士拿行李,二位女士推让不过,只好让他二人帮着拿,自己只背着小挎包跟在后面。那楼梯扶手也是典型的俄式扶手,木制的扶手又粗又圆,边上也少不了繁锁的装饰条纹,及至来到房间,好在老式的门上已换上了感应锁,不然的话还得用那粗大的铜制钥匙在门锁上又捅又拧的,能不能打开门都两说。王紫薇来到她和徐小梅的房间门外,把门卡伸向门锁感应处,感应处亮了一下绿光,那橡树木质的又高又大的门被打开了。

大家都把行李放到各自的房间之后,又聚集到二位女士的房间,商量下一步的行动。此时已是下午四点左右,巴特尔院长提出是不是先去吃点东西,大家都说不用了,中午在飞机上用过餐,现在也吃不进什么东西,还是快点到医院去看望魏志远吧。巴特尔院长很理解各位的急切心情,说这样也好,咱们现在就去医院吧。于是一行人锁好房间门后,跟着巴特尔院长走出酒店,坐上商务车,向医院开去。

医院离酒店没多远,车子大约开了二十分钟左右就到了。众人从车上下来,徐小梅左胳膊被巴特尔院长挽着,右手和王紫薇的手互相攥着,走在众人的前面,赢医生和其他人紧随其后,向医院大楼前门入口处走去。医院大楼也是一幢苏俄式的四层楼建筑,因为年代较久,整体呈现灰黄的色调,每层楼之间的外墙上都围着突出的装饰框,框条中间部分粗圆,两边辅以细条纹,窗户的外框也是被粗细不等的装饰框包围着。医院大门一侧竖直挂着的白色大牌子上从上往下写着一串本民族的文字，那大约就是医院的名字。

众人进到医院大楼里，被引导走进一间较为宽大的房间，房间中间并排放着两排医用办公桌，拼成一个大的桌面，上面散放着各种书、簿、本、纸、笔等物，还有一张开，一合上的两部血压计，看来这是个又当办公室又当会议室偶尔还当诊室的地方。

巴特尔院长招呼众人围着桌子坐下，和几个找他的医生简单说了几句话，交待了一些事情，又叫一个小护士给大家冲奶茶，然后面向大家说，大家先休息一下，喝点奶茶，静一静心，腾格日·卓奇尼（他还是习惯这样称呼）的病房里现在有学生，我们等一会儿再过去。说完又关切地凑近坐在自己身边的徐小梅的耳边小声说着什么，徐小梅边听边感激地点头。打从车子到达医院，还没下车，从车窗里望见医院大楼的那一刻起，她的心就突突地跳起来了，那个分离了四十多年朝思暮想的心上人此刻就在眼前的这个医院里，她现在每走一步，都离他接近一步，他很快就将像梦幻般出现在自己的眼前，想到此，她的心跳越来越加快，浑身有点抑制不住地打颤，王紫薇早已想到也感觉得到她的激动状态，所以在往医院里走时一直挽着她的胳膊，用平和的神态给她以安慰助她镇定，此刻徐小梅正坐在椅子上，静静地等待着那一刻的来临，巴特尔院长给她讲过让她镇定情绪不要太过激动的话，她想努力照着去做，但她做不到，她的心，她的大脑，她的本能，全都不听她的，都由着自己不安地躁动起来。

大家在大房间里坐了一会儿，喝了一会儿茶，这时就见一个护士从门外走进来，走到巴特尔院长跟前，弯下腰轻声跟他说了两句话，巴特尔院长随即抬头对众人说："我们现在就过去吧。"说着，便走近徐小梅要扶她站起来，徐小梅在王紫薇挽扶下赶紧站起来，顺便把手搭在了接扶她的巴特尔院长的手上。还是巴特尔、徐小梅、王紫薇三人走在前面，其他人跟在后面，从大房间走出来，经过一段光线较暗的走廊，来到一处后门，从后门出来，就是医院的后院了。

　　将近下午五点的阳光发着橘红色，明媚、温暖、柔和，遍洒医院的整个后院，将那些不高的树木，树下的小路，路边叫不出名的灌木、以及在其间散步的穿着白底蓝道病号服的病人全都沐浴其中，使这里显得格外的幽静，安逸，平和。徐小梅一行人，在巴特尔院长的引领下，正在向医院后院边上的那一排平房走去，巴特尔院长和王紫薇一左一右走在徐小梅的两边，巴特尔院长挽着她的胳膊，王紫薇紧攥着她的手，其他人跟在后面，徐小梅的步子有点急，巴特尔院长和王紫薇尽量控制着她的行进速度，以便让她走稳。在刚出医院大楼进入后院的时候，巴特尔院长就用手给大家指明，远处那排平房把头的围着一圈矮木栅里面种着向日葵的小院里，就是魏志远所在的病房了，徐小梅双眼盯着那木栅小院，盯着那被向日葵包围着的房子，带着慌乱的喘息和急速的心跳朝着眼前那越来越近的小房子奋力走去，两旁的巴特尔和王紫薇觉得越来越难以控制住她，她像满弦的箭一样，只要一松手，就会飞速地射出去。四十年的分离，四十年的思念，四十年的泣血之痛，四十年的心灵恸哭，在这时全都集中到了她的脚上，她要快点走，尽快走，走完剩下的这几十步路，结束最后一点相隔在二人之间的距离，重新回到四十年前分手之前的那一刻！在那一刻，在当年志远他们那排宿舍房的前面，志远双手握着她双手的指尖，用力地握着，然后突然松手放开，二人就此分离，这一离就是四十年。

　　当她的脚跨进院子的时候，她的心差不多要从心里跳出来了，她感到呼吸困难，胸中堵塞，除了感觉脚还踏在地上走，浑身似乎没了感觉，只有那颗狂跳的心在引领她继续向那小房子的门口走去。

　　其木格早就看到一行人在巴特尔院长带领下向这边走过来，在他们走进小院的时候，她赶紧迎了上去，她事前已经听巴特尔院长给她讲过徐小梅和腾格日·卓奇尼的动人故事，现在一见巴特尔用力拉挽着的这个急急往前走的老奶奶，她就猜出这就是那个动人故事里面的当年那个美丽的小姑娘了，于是她激动地向徐小梅伸出了双手，徐小梅几乎像是扑上去一样和她抱在了一起。巴特尔院长用手轻轻拍着伏在其木格身上胸部剧烈起伏浑身打勤的徐小梅，操着"第四声普通话"，用极柔和的语调说对她说："小梅，镇静！镇静！这样对你和病人都不好。"巴特尔院长这句话，令徐小梅顿时清醒，她抬起头来，满眼含泪望着巴特尔院长，咬紧牙关坚定地点了点头。

徐小梅被其木格和王紫薇一左一右挽着胳膊一步一步地向着病房里面走去，她的脚刚一踏进外间小过道，就隔着里屋打开的门看到里屋病床上躺着一个人，那就是她四十年来魂牵梦绕的那个人，那就是她为之滴血而痛了四十年的那个人，这个人如今终于出现在自己的眼前了，这难道是梦境吗？她竟有点怀疑，不禁用力捏了捏紫薇的手，王紫薇心里明白她的意思，也用力地捏她的手，提示她这不是梦境，是现实，她眼前的这个志远，确确实实是现实中的志远，而不是梦境中的志远。

徐小梅一步一步走近病床，来到床头，那里放着一把椅子，徐小梅走近椅子慢慢地坐了下去，上身微微倾向昏睡中的志远，睁大了双眼望着他。

眼前的志远的形象，她已经在手机上反复看过很多次了，他的模样已不会令她吃惊，而且事前院方知道病人的亲友要来探望后，已适当地给他修饰过面部，虽然不敢刮脸，但也用剪刀把胡子剪短修齐，使得病人的形象比较地接近于正常人，而不再像那古希腊雕塑里的大胡子了。

徐小梅望着沉睡中的志远，望着望着，他脸上的胡子似乎渐渐隐去，脸上的皱纹也消褪了，四十年前那张充满青春朝气的年轻帅气的脸又出现在她的眼前，在那个温暖的春季，在那片离着沙枣树林不远的沙丘地里，在那座他们总是喜欢坐在上面的小沙丘的坡顶上。他就像现在闭眼睡着的样子，把头枕在她的大腿根上，脸埋在她的腹部，嘴巴呼出的又潮又热的呼吸燎烤着她的腹部，她用一只手在他的头发上轻柔地摩挲着，指尖插到头发里穿行着，然后他忽然把脸转向正低头望着他的她，笑脸上绽放出青春的光彩，咧开的嘴唇里露出洁白的牙齿，和那颗好象故意调皮一样有点歪的犬齿，然后有说有笑地讲起什么来……

徐小梅的目光离开了他的脸部，在他的身上游走，停留在他放在身体一侧压在被子上的手上，那手腕上系着的手绢，就是四十多年前离开北京之前的那个月光皎洁的夜晚，在那缓缓流水的小渠边上，她送给他的那条用细细的红线绣着一个小小"梅"字的那条手绢，经过那场灾变，经过四十多年的漫长时间，他身上原有的一切都早已没了踪影，唯有这条手绢还一直系在他的手腕上。她将自己的手轻轻地按在系着手绢的手腕上，耳边又响起了当年他那带着稚气的声音：

"我就是死，也要把它带在身上！"

徐小梅的眼泪涌出了眼眶，她再也抑制不住了，就让眼泪尽情地流吧。有人轻递了几张纸巾在她眼前，那是小薇的手，她接过纸巾，把纸巾捂在了眼睛上。擦完眼泪后，她用双手把志远系着手绢的手轻轻握住，慢慢地把它抬起，抬到自己的眼前，把它捂在了眼睛上，四十年前那个天寒地冻的夜里，在那结了冰的河渠边上，志远正是这样，把这条手绢轻轻地捂在她泪水涌流的眼睛上，然后又把手绢捂在他自己的眼睛上，两人的眼泪把手绢弄得湿湿的……

她忽然觉得有两只温暖的手放在了自己的两个肩膀上，那是王紫薇和其木格的手，她们在用手轻抚她的肩背安慰她，希望她能平复一下过于激动的情绪，这种过于激动的情绪对于上年纪的人来说是应该防止的。她们的轻抚将徐小梅从往事的回忆中唤醒了，她把志远的手慢慢地放回到他身体的一侧，又把手腕上的手绢整了整，然后缓缓地站起身来，她知道，该轮到战友们去近前看望志远了，他们一直都在默默地等着呢。她在王紫薇和其木格的搀扶下来到靠墙的小桌旁的椅子上坐下，看着战友们紧紧围在病床的两边站着，全都俯身靠近志远的头部静静地望着他。此刻在他们每个人的心里，都在把眼前的志远和一直以来在他们心目中的志远的形象进行着比对，希望能从这过大的反差中找出符合自己当年记忆的共同点来，他们看着看着，终于从那覆盖着密密的胡茬子的下面慢慢地看出了当年的那个志远的特点，将眼前的形象和心目中的形象对接上了。他们最后一次和志远见面，是在那刮着沙暴的沙漠里，在那迷眼的风沙中，他们只匆匆望了他最后的一眼，此后他便消失在大漠中了，他们随后为了寻找他，历尽了千辛万苦，在那地狱般昏天黑地的沙漠里顽强地搜索了七天，受尽了身体上和精神上的折磨，最终带着万箭穿心般的痛苦绝望地宣布搜救失败……如今，望着眼前安详地睡着的他，大家都有恍若隔世之感。

在这段时间里，巴特尔院长和赢医生一直站在一旁，百感交集地看着眼前这激动人心的一幕，这生离死别几十年之之后又离奇重逢相聚的命运变幻情节令他们感慨万分，巴特尔院长想起自己年轻的时候由老院长带着第一次认识了这个似乎是从天而降的神奇的腾格日·卓奇尼，与作为医院成员的他相处了从年轻到老年的这么多年，最后终于在上天和命运的安排下还原了他的真实面目，把他的亲人召唤到了他的身前，这是一段多么神奇而感人的经历啊！

这时，只听赢医生说话了，他说："各种老哥老姐妹，希望大家控制一下情绪，不要太过激动，那样容易伤身体，大家毕竟都是上了年纪的人。"经他这样一提醒，大家都醒悟过来，都各自尽量控制自己的情绪，把心情平复下来。然后他又接着说："近来病人的身体状况很不好，毕竟是在这种状态中生存了几十年了，这已经算是罕见的奇迹了，这也许是上天的意思，亦或是他自己的本能要全力坚持到今天，为的就是能和大家重逢，见上一面，完成这场感人的人生大戏。现在病人的各个脏器都处在不可逆的衰竭之中，随时都会出现状况，希望大家要有精神准备。"

这时巴特尔院长接话说："情况确实是这样的，希望大家一定要有精神准备，"他说到这停住了话，用慈祥和关切的目光望着徐小梅，徐小梅眼里噙着眼泪，理解和感激地冲他连连点头。巴特尔院长接着说："据护理人员反映，病人最近这段时间有时会短暂苏醒一下，我真希望他苏醒的时候能见到他的亲人，见到你们，这样既可以了却病人的心愿，我们作为他这么多年的朋友和同事，也可以释怀了"。巴特尔院长说话的时候，大家都拿眼睛望着他静静地听着，等他说完了最后这句话时，大家都纷纷点头表示理解和敬意。

巴特尔院长随后和大家商量，病人已经看望过了，是否先回酒店休息一下，大家从北京出发一直到现在还都没有休息过，实在是应该先回去休息一下了，休息好了明天再来医院，看看能不能遇上病人醒来见大家一面。大家都纷纷点头表示同意。巴特尔院长接着又说，现在差不多已是晚饭时间，他做东请大家吃一顿饭再回去酒店，大家本想客气一番说不用了，但巴特尔院长坚持说按照本民族的习惯是一定要这样招待远方来的客人的，所以大家也不好再说什么客气话了，那就客随主便吧。巴特尔说完之后，正准备领大家出门，又回过头来和其木格说，让她和接班的护理员特别注意观察脑电波显示仪显示的情况，现在的电波显示是像风吹长发一样的杂散的波形，如果这些散乱的波形有聚合的征兆，马上打他的手机向他汇报。交待完此事之后，他就领着大家离开了病房，前往医院附近的一家餐厅去吃饭。徐小梅在离开之前，和王紫薇相挽着胳膊站在病床前深情地望着仍在昏睡中的志远，心中默默对他说道："志远，我们先离开一会儿，很快就会回来看你的，你快快醒来吧。"

巴特尔院长领着大家来到一家羊肉餐馆，叫来服务生让他交待大师傅做几道有当地特色的羊肉菜式，服务生心领神会照办去了，巴特尔想起问大家喜欢吃羊肉不？大家回答说他们都在内蒙古待过多年，都是很喜欢吃羊肉的，特别是高原牧区的羊肉，他们就更是爱吃了，巴特尔院长一听高兴极了，又让服务生上了啤酒，给女士上了果汁饮料。巴特尔院长为了使大家情绪好转，给大家讲了一些有关当地饮食的趣事，大家饶有兴趣地听着，听着听着，郎信玉觉得巴特尔院长那口"四声普通话"听惯了也挺好听的，就说："巴特尔院长，您的汉语普通话讲得不错呀。"大家一听都笑了起来，巴特尔院长一看大家笑了，自己也开心地笑起来。大家一边聊天，一边就着小菜慢慢喝着啤酒和饮料，没过多久，羊肉菜式上来了，热腾腾地冒着蒸汽，散发着浓郁的新鲜羊肉的香味，巴特尔院长连忙招呼大家，用餐刀和叉子从最好的部位上解下来几块羊肉放到女士的餐盘里，又对男士们说，咱们男士就别斯文了，干脆下手吧。说完就给大家示范下手撕扯羊肉，大家一看，也不客气了，都学着他的样子站起来撕扯起羊肉来，气氛变得随意热闹起来，巴特尔院长一看这情形，兴致更高了，又让服务生上了一瓶俄国产的伏特加酒，说大家远道而来一定要喝上一杯，女士就用果汁代替。他一边说着，服务生已把每人的酒杯斟满了酒，他说完话举杯站起，大家也随之举杯站起，只见他按照本民族的习惯，用手指从酒杯里沾了点酒，朝空中和两边弹了弹，然后说了一番祝福大家的话，就和大家一块儿干了这杯酒，干完杯后众人坐下。接下来章青峰也站起来代表大家敬巴特尔院长一杯，大家又站起来向巴特尔院长举杯，巴特尔院长赶紧站起来和大家碰杯，这杯下去之后，大家开始随意喝，这时能喝酒的巴特尔院长、赢医生、方伟民、严子俊、郎信玉这几个人就开始来劲了，你来我往，不断交杯，还说着越来越随便的笑话，不时发出哈哈的笑声，章青峰和王紫薇脸上带笑在观战，徐小梅受到热烈气氛的感染，脸上也露出了笑容。

　　吃过饭后，巴特尔院长要送众人回酒店，徐小梅犹豫了一下，问巴特尔院长，她可不可以留下来多陪陪魏志远，巴特尔院长想了一下，很理解地说道："干脆你和王女士两个人住到医院来吧，腾格日·卓奇尼病房挨着的那间屋子里刚好有两张病床，那屋子现在放杂物用，我马上安排人收拾一下，你们先回酒店拿上行李再坐这车回来，等你们回来，这边屋子也收拾好了。"大家一听，觉得这样挺好，都对巴特尔院长的周到安排表示感激之意。巴特尔院长于是给司机打电话让他把车开到餐馆来接大家，车子不久就到了，众人和巴特尔院长和赢医生道别，巴特尔院长说，你们明天可以充分休息，晚一点再过来，如有情况他会随时给大家打电话，又问章青峰的手机有否开通国际漫游，章青峰说开通了，没问题，有事随时可以手机联系。一切都说定之后，众人纷纷上车，随后车子开出了医院，向酒店开去。巴特尔望着众人离去后，和赢医生转身走进医院，去安排人收拾房间去了。

大约一个小时之后，徐小梅和王紫薇带着行李回到了医院，此时天色已晚，医院早已下班，诺大个医院显得空空荡荡的，只有巴特尔院长一个人在医院大门前的阶梯前迎候二位女士，赢医生因有其他事走开去处理了。

巴特尔院长领着二位女士来到新收拾的那间屋子，她们望着雪白的床单和被子，感到特别温馨舒适，对巴特尔院长由衷地表示感谢，巴特尔说，不用感谢，你们能来到这里，我也感到非常荣幸。待二位女士把行李放下后，巴特尔院长又和她俩来到隔壁的病房，这时其木格已经下班回家了，换上来值班的是一个二十多岁的年轻护理员，巴特尔走到床头看了看魏志远，问了问护理员病人的情况，又向她作了一些交待，然后就对徐小梅和王紫薇说，他也要下班回家去了，有事可让护理员随时打电话给他。二位女士见巴特尔院长为了她们的事一直忙到现在还没回家，心中十分过意不去，一边说着感激的话，一边送他走出病房，走出小院，来到医院的后院，二人还要往前送，巴特尔院长连忙阻止说不用送了，你们回去休息吧，二人才停下脚步，和巴特尔院长挥手道别。

二人转身走回小院，走进魏志远的病房，小护理一见她俩进来，连忙微笑着过来招呼，她能讲几句简单的汉语，但也和巴特尔一样，全都是第四声的，让人听着又亲切又有点好笑。

　　二人来到魏志远的病床前，望着仍在昏睡中的他，王紫薇扶徐小梅在床头旁的椅子上坐下来，徐小梅向前略微倾着身子，双手把志远腕子上系着手绢的那只手轻轻合握住，眼睛一眨不眨地望着他。

　　过了一会儿，紫薇轻声说："小梅姐，你先自己在这坐着陪志远，我到隔壁屋子去把行李收拾一下。"徐小梅眼睛没离开志远，轻轻点了下头，然后紫薇就出去了，小护理也跟着走出去，她要跟王紫薇过去那间屋子看一下，看看她们住的房间里还缺不缺什么东西。

　　她们二人离去后，屋子里就只剩下志远和小梅两个人了。

　　徐小梅坐在椅子上静静地望着魏志远，感觉仿佛又回到了从前两个人在没人的地方相会的时刻，那一幕幕情景是那么真切，就好象是昨天发生的一样。她的眼睛死死地盯着志远闭着的双眼，心里在不停地呼唤："志远，你醒来吧！我是小梅，我就在你的面前！"心里一边呼唤着，眼泪悄悄地爬出眼眶流了下来，她从衣袋里取出纸巾，擦了一下眼泪，就在她擦完眼泪把纸巾从眼前移开的瞬间，她看见志远的眼皮动了一下，跟着，眼皮下的眼珠好像在转动！

10

　　我在哪里？我在什么地方？我的眼前好像发亮，好像有亮光照着我的眼睛，令我觉得有点晃眼，这亮光是白色的，不是日光，好像是日光灯发出的那种白色的灯光，这应该是在室内，是的，是在室内，我是躺在一张床上，是一张床，我感觉到了，我好像已经有过几次这样的感觉了，有时我的眼前是发亮的，就像现在一样，有时又很暗，我记得在我眼前发暗的时候，曾经有一些人走近过我，说着一些我听不懂的好像在哪里听到过的语言，我不是在沙漠里吗？我一定是被人救出来了吧？是什么人发现了我把我救出来的呢？好像不是我们连的人，也不是兄弟连队的人，如果是他们救的我，那我的战友马上就会知道的，他们很快就会出现在我的面前，小梅一定也会在他们之中，可是，在我几次有意识的时候，都感觉我身边的人全是些莫生人，都在讲着我听不懂的语言，好像是在一个完全莫生的地方，周围的人都不是汉族人。他们是谁？我现在是在什么地方？是不是离我的连队很远？是不是离我熟悉的地方很远很远？真奇怪，我怎么会来到这样一个地方呢？我记得不久前，也可能就是十几天前，在那个黑夜里，在我趴在那个大沙丘的坡顶，在疯狂吹袭着我的沙暴中失去知觉前的最后那一刻，我感觉自己好像被一个大佛的无形的手托举起来，然后开始旋转，转得我头晕眼花，五脏六腑都错了位。身体好像掉进冰窖般寒冷刺骨，我还感到有一些大大小小的动物在随着我一块儿旋转，恍惚中觉得自己越转越高，越转越远，好像要转到另外一个世界去，转着转着我就失去了知觉，然后不知过了多少，我又有了一点感觉，感觉自己被重重地摔在什么地方，翻滚了好多圈后被一个硬硬的什么东西挡住停了下来。这一摔，我又失去了知觉，当我恍恍惚惚再次苏醒过来时，我感觉自己像被什么东西包围着，那些东西好像是白色的，柔软的，绵绵的，它们在我身边走来走去，有时还走近我的脑袋舔我的脸，发出咩咩的叫声，哦，原来是羊，可爱的小羊，原来我是被羊群包围着。我浑身冻僵，巨痛感若有若无，时隐时现，脑袋像压着千斤重的石头磨盘。我感觉黑暗中有个像精灵一样的小黑人走近了我，在我跟前站了一会儿，忽然发出一声吓人的惊叫，这惊叫声引来了一个又高又大的黑家伙，他走过来蹲在我的身边，把我的头搬起来靠在他的好像是腿上，叽里咕噜地不知对我念着什么咒。过了一会儿那小黑人好像拿来什么东西递给了这个大黑家伙，他把那东西往我的嘴里一塞，我感到一股又温暖又浓郁又带点咸味的液体进到了我的嘴里，经过我的口腔、喉咙，食管向全身扩散，我僵直麻木的全身瞬间被这缓缓流入的暖流唤醒了，复苏了，感觉好像回到了母腹中快要生出来进到这个世界时的那一刻，既温暖舒适又紧张兴奋，然后我就失去了知觉。直到前几天——我可能昏迷了几天，也可能十几天——我才又有了感觉。我感觉自己像被一团浓雾包裹着，那浓雾有时离开我悠悠而去，有时移近我将我彻底淹没，只要那浓雾离开我，我就会苏醒过来，头脑也变得比较清醒，而它一但调转方向冲我飘来将我淹没之后，我就又会在晕晕乎乎中失去知觉。我记得有几次那浓雾离我而去，我变得越来越清醒时，我睁开眼睛看，周围好像很暗，只有一个角落里泛着微弱的黄光，黄光映出来一个人影，好像是背对着我坐着，伏在桌子上，我想唤他（或她），但我发不出声来，有什么东西堵在我的喉咙里，软软的，绵绵的，弄得我的嘴肌、舌头、牙齿都麻麻的不听使唤。我想动一下四肢，我发现动不了，四肢也完全不听使唤，好像不是长在我身上一样，我忽然想起那条系在我左手手腕上的小梅送我的手绢，那手绢还在手腕上吗？会不会在我失去知觉的时候让风刮跑了？这一想令我吓了一大惊，我想抬起左手来看看，可是我用力抬了半天还是抬不起来，我于是努力蠕动身体，好让胳膊随之动起来，手腕也动起来，这样好帮助我感觉手绢是否还系在手上。经过一番折腾，手腕上终于传来感觉，有东西系在手腕上，是那手绢，没错，就是那手绢，好啦，手绢没丢，这我就放心了，一放心，我就又睡过去了。后来有一次我醒来时，我试了试叫喊，一开始还是发不出声来，可试着试着，我忽然发出声来了，但这时我的周围没有人，只有沉沉的黑暗包围着我，我赶紧试试自己还能不能说清楚话，说什么？就说我的单位——七师203团十连二排六班，我要把它说清楚。这样，有人在的时候，他们就会知道我的单位，就会让我的战友来接我，于是我拼尽全力试着把这些字的发音一个一个吐出来，虽然非常非常困难，但我还是成功了，我要抓紧机会多练，要练得随时能说出来，但这时我已经很累了，在累乏中，那浓雾又向我飘来渐渐将我淹没，我就又失去了知觉。直到有一次，我在昏暗中醒来时，我看见一个戴着医院里医生戴的那种白帽子的人，把脸离得我很近，在一遍遍地呼唤我，我一听，他说的是普通话，总算听到有人说普通话了！我赶紧拼尽全力把我练了好多次的那串单位名说出来，我说两个字，停一停，缓口气，再说两字，又停一停，就这样，总算断断续续地把这串字说完了，我终于干完了这件决定性的大事，我一兴奋，就又失去了知觉。后来，我又苏醒过几次，但是我觉得，我苏醒过来之后的时间越来越短，我浑身也感到越来越无力，越来越虚弱，虚弱得好像全身的每一个部位都懈怠，都力竭，都想趴下不动，心脏懒得跳动，肺部懒得呼吸，脉搏懒得搏动，血液懒得流动，都想罢工了似的，我是不是要死了？我怎么就会死呢？我怎么就会不行了呢？不久前我还那么健壮，那么有力，那么生龙活虎，我还和小梅说好了要抓紧时间看那些课本和参考书，有什么不懂的就去问章青峰，全力以赴准备参加上大学考试的呀，我们还憧憬着我们俩都考上了大学以后会怎样怎样，这才过了多少天？怎么说不行就不行了呢？我不就是渴了，饿了，昏迷了吗？应该很快会恢复的呀，怎么就感觉不是恢复得越来越好，而是越来越差了呢？我才二十多岁，离死还早着呢，怎么就会……战友们啊，你们怎么还不来啊，你们什么时候才能出现在我的面前？小梅！小梅！我的小梅！你此刻一定知道我在这个地方了，你一定会什么也不管什么也不顾地赶来看我的，你会的，你肯定会的，什么也挡不住你的！我这样想着，觉得眼前的白光越来越亮，越来越明，在这白光的召唤下，我慢慢睁开了双眼，我睁开的双眼直视着我的前方，一开始，我觉得眼前好象有一片迷雾遮挡着，一片浑沌，看不清迷雾后面有什么东西，后来那迷雾渐渐散去，浑沌的眼前慢慢变得清晰起来。在这越来越清晰的我的眼睛的前面，逐渐幻化出了一个人的形状，这个人是个女人，她坐在床头的椅子上，用双手握着我的左手，就是系有手绢的那只手，那人的手握住我的手的感觉，那力度，那温度，那皮肤感，好像很熟悉，非常非常熟悉，我想起来了，只有小梅握住我的手时才会有这种特殊的感觉！我于是用力睁大眼睛望着眼前的人，我看见她的眼眶里似乎闪着泪光，这时我的耳朵里传来了她的好像是呼唤的声音，我好像听出她是在喊我的名字，在喊"志远"，那声音是那样温柔，那样亲切，那样宛转悦耳，只有小梅喊我时才会有这种声音。我定睛看着眼前的这个人，令我失望的是，这个人不是小梅，而是个看起来有六十岁的老年人，小梅为什么不来？她最应该最先出现在我的面前，而不是这个不相干的老妇人。我实在想不明白，我满腹狐疑地看着她，看着看着，我好像觉得这个人有点面熟，再看着看着，我想起来了，这人有点像小梅的母亲，是的，越看越像她的母亲，我见过她的母亲，前年回京探亲的时候我去她家里，她母亲还让我给小梅稍了一大瓶肉炸酱，那肉炸酱味道真好，现在想起来还能感觉到那诱人的滋味。这人真的是小梅的母亲吗？有点像，又有点不像，小梅她母亲好像没有这么大年纪，我去年还见过她，怎么才过了一年多就会变得这么老了呢？而且发型也不像我见她时的样子，那她会是谁呢？谁也不可能是，只能是小梅的母亲，我越看她越像，世界上再没有任何人会有这样的模样了，对！这肯定就是她的母亲，肯定是！我要赶紧问问她，我的小梅为什么没有来？我现在是在哪里？小梅又在哪里？我于是运足了一口气，尽量努力把音发清楚，叫了一声："陈阿姨！"

11

徐小梅静静地坐在床头注视着志远的脸部，特别是他的双眼，心里在一遍又一遍地呼唤他，眼里不觉流出泪水，在她从衣袋里掏出纸巾擦完眼泪把纸巾从眼前移开的一瞬间。猛然看见志远的眼皮动了起来，紧跟着眼皮底下的眼珠也明显地动起来，她屏住了呼吸，心脏咚咚狂跳不止差不多要从胸口跳出来，这时，她看见志远慢慢地睁开了双眼，一开始那眼神似乎是僵滞的，麻木的，暗淡的，无意识的，就像盲人的双目，但是慢慢地，那眼里似乎注进了灵光，变得闪亮润泽起来，转动的眼球显出了生气，眼眸里闪动着意识之光。他转动着眼球四下里观望，好像一个刚刚分娩来到这个世界的婴儿在好奇地观察着这个从未见过的世界，看着看着，他的目光游动到了徐小梅身上，游动到了她的脸上，停在了她的脸上，双眼和徐小梅的双眼对视着，那眼神里流露出吃惊、不解、迷惑、狐疑的神色，她用发勔的声音不断地唤他："志远，志远，志远……，"唤着唤着，她看见他的嘴动起来，他要说话了！她抑制住激动，停止了呼唤，眼睛死死盯着他的嘴，等着听他发出声来，只见他的嘴唇动了几下，眼眸里放出光辉，慢慢地发出了微弱的一声："陈阿姨。"

魏志远的这一声叫，把徐小梅叫明白过来了，她突然意识到，她和志远现在虽然近在咫尺，但那只是作为物质的身体近在咫尺，而作为精神上的人，她和志远还处在相隔漫漫四十年前遥远的两个时空里。志远他最近这段时间才刚刚苏醒过来，并在偶尔苏醒之时恢复了部分的意识和记忆，他对时空的感知还停留在他当年失去记忆之前的那一刻，他肯定以为自己只是昏迷了不长的一段时间，以为自己还处在四十年前的那个时代，以为自己现在还是当年的那个年龄，才二十多岁，在这种情况下，他怎么能认知和接受我们这些和他相隔了四十年遥远时空的人呢？想到这，徐小梅感到一阵茫然。怎样才能消弥这四十年的时空差距呢？怎样才能让他搞清楚现在已经是何年何月呢？怎样才能让他意识到他已经在昏睡中渡过了四十年，他现在已经不再是二十多岁的小伙子，而是和我们一样，是六十多岁的上年纪人了呢？说给他听他能信吗？他精神上心理上能承受得了这超乎想象的震撼和刺激吗？这巨大的震撼和刺激会不会令他那原本已经虚弱不堪的身体一下子彻底垮掉呢？

此前不知何时王紫薇和小护理已经回到病房里来了，两人站在徐小梅身后，默默地注视着徐小梅和魏志远之间用语言、眼神、动作进行的交流。当紫薇听到志远管小梅叫"陈阿姨"时，她禁不住着急，甚至有点恼火，想一下靠到床边去把一切的实情都告诉魏志远，但小护理把她拉住了，因为她记住了巴特尔院长的专门交待，如果病人苏醒过来，一定要注意不能让他经受太大的刺激。她把王紫薇轻轻拉回到徐小梅身后，把右手的食指竖在嘴唇中间，示意她别出声，又用另一只手在她一侧的胳膊上轻拍了两下，让她镇静。这时再看魏志远，他又昏睡过去了，他一定是带着重重的疑虑昏睡过去的，这从他那有点皱着的眉头可以看出来。这时已经很晚了，小护理劝徐小梅和王紫薇去睡觉，这里有她守着就行了，有什么情况她会随时过去叫她们的。小护理的汉语说得很差，说话的时候连比划带说，比划多过说话，但也能把意思表达清楚。徐小梅和王紫薇折腾了这一整天，已经十分疲劳，确实是需要休息了，徐小梅把志远身上盖着的被子往上拉了拉，把两只露在外面的胳膊盖到被子下面，又凝神驻目望了他几秒钟，然后离开椅子站起来，手搭在紫薇伸出的胳膊上，转过身来冲小护理微笑着点了点头，然后和紫薇一块儿走出病房到隔壁房间睡觉去了。那晚的前半夜，徐小梅根本睡不觉，虽然身上非常疲劳，但思绪却在不停地翻腾，耳朵高度警觉，注意着从外面传来的动静，这种状态一直持续到后半夜，她才在困累交加中迷迷糊糊进入了梦乡。

第二天一早天亮没多久，徐小梅就醒了，她穿好衣服和鞋袜，怕吵醒了还没醒来的紫薇，轻手轻脚拿上洗漱用具出了房间，往隔壁病房走去。病房外间过道的一角有个小小的卫生间，可以在里面洗漱，她洗漱完走出卫生间时，小护理听到动静从病房走出来，两人见面互问"早上好"，徐小梅把洗漱用具放在过道的长椅上，和小护理一前一后走进了病房。

徐小梅轻轻地走到志远的病床前，在那把椅子上坐下来，把志远身上的被子稍稍整了整，然后略微前倾着身子，静静地望着他。只见他平静地睡着，胸部微微起伏均匀地呼吸着，昨晚有点皱着的眉头已经疏解，表情空静、安祥。徐小梅望着他的脸，心里想："你什么时候才能再醒来？你什么时候才能认出我？当你认出我时，以你还是二十多岁的心态，你能接受我这个老妇人吗？"这时小护理给她端来了一杯煮好的砖茶，让她趁热喝点，她感激地点了点头，接过茶杯，一边吹着热气慢慢喝那有点苦涩的砖茶，一边仍然注视着志远的面部。

徐小梅就这样一直坐在床头边的椅子上，静静地望着魏志远。不知过了多久，病房外传来了动静，，然后王紫薇推门进来了，手里拿着洗漱用具，先走进病房，和小护理打了个招呼，然后走近徐小梅，轻声问："志远怎么样？"徐小梅轻轻摇了下头说："没啥动静，一直睡着呢。"停顿片刻又说："你先去洗漱吧。"紫薇点点头转身向病房外走去。

在卫生间里，王紫薇一边洗漱一边想，怎么才能让志远的思维和意识跨越这四十年的断层呢？没有别的办法，只有把一切都如实告诉他，他接受得接受，不接受也得接受，我看这点震惊和刺激击不垮他，他的性格那么坚强，还能经受不起这个？要告诉他就尽早告诉，晚告诉不如早告诉，老是拖着不告诉他，让他慢慢适应，但他还能拖得起吗？他还有多少时间可以拖？巴特尔院长和赢医生不是一再说了吗，他的身体随时都会出状况，就像一台年头太长的老摆钟，随时都可能停摆，要是他哪天突然走了，没能在他活着的时候让他感到真正见到了小梅姐，那对他们二人来说，将是多么巨大的终生的遗憾！不行！管他三七二十一，我要告诉他！我一定要告诉他。

王紫薇洗漱完毕后，拿着洗漱用具走出卫生间，把徐小梅放在过道长椅上的洗漱用具也拿上，出门往隔壁的住房走去，到了房间里，她放下二人的洗漱用具，想了想，把桌子上摆着的自己带来的小方镜放进她的随身挎包里，又看了看房间四处，发现靠最里边的一张放着很多药盒子的桌子上有一个小台历，她走过去把小台历拿过来，也放进了挎包里，然后拿上挎包，出门往隔壁病房走去。走进小院，见小护理正扫地扫到门外，她冲小护理笑笑，然后进了屋门，往里屋病房走去，来到静静地坐在床前椅子上的徐小梅身后，把双手轻轻搭在她的双肩上。

二人一坐一站，静静地望着沉睡中的魏志远，过了一会儿，小护理扫完地回到屋里，到卫生间洗了洗手，然后来到病房里，对二人比划着说："早饭，"指指自己腕子上的手表，又指指嘴说："早饭。"二人明白她是说吃早饭的时间到了，只见她把徐小梅扶起拉到自己身边，冲王紫薇做了一下手势说："你，这里，"二人明白她的意思是她和徐小梅去食堂，让王紫薇留下看着魏志远。王紫薇笑着点了下头表示明白，然后小护理就挽着徐小梅的胳膊出门往医院职工食堂去了。

屋里只剩下魏志远和王紫薇两个人，王紫薇拿着挎包走到床前的椅子上坐下，注视着魏志远的面部，看了半天见没啥动静，就前倾身子把脸靠近他，试着轻声喊道："志远，志远，你醒醒，""志远，志远，听见我喊你吗？"她间隔一会儿喊一声，间隔一会儿喊一声，连着喊了十来声后，有点气馁和失望，直起身子把背靠在椅背上，伸了个懒腰，再低头看魏志远时，竟发现他已经睁开了双眼，令她大大地吃了一惊！只见他的眼珠子转动着，像在寻找什么，紫薇赶紧把脸凑近他的脸部，这下他的眼珠子停止了转动，目光停在了紫薇脸上，和她对视着，紫薇盯着他问："志远，你认得我吗？"只见他的眼神犹豫，嘴唇勹动了一下，接着好像是从身体内而不是从口内发出一声：

"你是——，"

"我是紫薇呀！"王紫薇紧盯着他的眼睛说。

"紫……薇？"

"是的，我是王紫薇。"

"老……人……家？紫……薇？"

王紫薇一听，心里觉得又恼火又可笑：我老？你以为你不老？你以为你还是大小伙子？美得你！

"什么老老老的，我就是紫薇，王紫薇！"紫薇说完这句话，见魏志远还是满脸疑惑的样子，就紧盯着他的眼睛，用严肃口气对他说："志远，你知道你已经昏迷了多长时间吗？"

"十……几……天……？"

紫薇摇摇头。

"几……个……星……期……？"

紫薇又摇摇头。

"几……个……月……？"

紫薇还是摇摇头。

"那……是……多……久……？"

紫薇把脸凑得离他的脸更近，都能感到他的鼻息了，目光射进他的眸子里，一字一字地说："四——十——年！"她见魏志远没有反应过来，又说了一遍："四——十——年！"然后又加上一句："你已经昏迷了四十年了！"

这下魏志远好像有点反应过来了，两眼发怔，有点说不上是信还是不信的样子。王紫薇回身弯腰从放在脚边地板上的挎包里取出那个小台历，拿近志远的眼前，指着台历画面上大大的 2015 对他说："你看，现在都是什么年代了？你以为现在还是 1974 年吗？"她看见志远的眼睛盯着台历看，越看越吃惊，惊得目瞪口呆的样子，接着说："时间都过去四十年了，我们大家都老了，志远你也老了，你现在跟我们一样，都是上了六十岁的人了。"说完这句话，她又弯腰从挎包里取出小方镜，拿到志远面前，让他看看镜子里的自己，说道："你看，这就是现在六十岁的你。"魏志远两眼一眨不眨地盯着镜子看，看了好一阵子之后，两眼转而望向天花板，盯着天花板怔怔地发楞。这个现实对他的震动太过巨大了，他的思维和理智一下子都失去了反应能力。

王紫薇见魏志远的眼睛盯着天花板久久凝滞不动，又把脸凑近他喊了一声"志远"，这才见他的目光离开了天花板，转而望向自己，但这时他的目光中似乎有一层雾，越来越没有光彩，好像又要恢复到那种无意识的呆滞麻木状态。其实这时，魏志远在经受了刚才的巨大精神冲击之后，正努力想使自己清醒过来正视现实，可这时那片可恶的浓雾又向他弥漫过来了，他还有很多疑问想从紫薇的嘴里得知，可是这浓雾一但淹没了他，他就又变得什么都不知道了，而且也不知道什么时候才能够再清醒过来，他情急之下，尽全力睁着双眼，抵抗着那浓雾的侵袭，他听见紫薇叫他，赶紧用眼睛盯着她，他是多么想让紫薇说出小梅现在的情况，可是他已说不出话来，只能通过眼神传达出渴望的心情，紫薇一看他的眼神又有点要恢复意识清醒的状态，赶紧用急切的声调对他说：

"志远，你别睡过去，小梅姐一会儿就来看你！"紫薇一说"小梅"二字，志远眼中的光泽就象那忽忽闪动行将熄灭的灯芯被人挑了一下一样，忽然又亮起来，紫薇见此情景赶紧加大声音说："志远，你喊'陈阿姨'的那个人，她不是小梅的妈妈，她就是小梅，你听明白了吗？她就是小梅！她就是你的小梅！"说到这，她看见志远的眼角里流出了眼泪，滴落在枕头上，同时眼睛也慢慢地闭上了，她知道，他一定听明白了她说的话了，但他又回复到昏睡状态中去了。

不久，屋外传来了人走动的声音，是徐小梅和小护理从医院食堂回来了，她们进门后，把带回来的王紫薇的早餐放在过道长椅上，叫她出来吃早餐，王紫薇离开床头的椅子，转身迎着走进病房的徐小梅急步走过去，走近后双手抓着徐小梅的双手激动地说："小梅姐，志远刚才醒了，我把真实的情况都告诉他了，他听明白了！听明白了！他一定听明白了！"徐小梅一听大吃一惊！连忙问："他听了以后什么反应？"紫薇说："没有太过激的反应，就是吃惊，发楞，还有流眼泪，然后就又睡过去了。"徐小梅心里想，志远他流眼泪，就说明他听明白了紫薇说的话，就说明他已接受了现实，思维和理智都回到现在这个世界中来了，原本以为让他克服这段巨大的时空差距有多么困难，没想到紫薇一番话就把这差距给弥合了，紫薇你可真是立了大功了！想到这，她激动得一把将紫薇像个孩子似的紧紧抱住，用一只手在她的脑袋上亲昵地乱摸，把她的头发摸得乱乱的，站在一旁的小护理看到这两个上年纪人像小孩子一样的动作，忍不住用一只手捂着嘴笑起来。过了好一会儿，徐小梅才带着仍然非常激动的心情，放开了紫薇，给她整了整头发，让她赶紧去吃早餐，自己紧走几步来到志远的床头边坐下，细细观察他的面部，看到他的眼角有泪痕，她从口袋里掏出手巾纸包，抽出一张来，弯下身去，轻轻地擦拭他的眼角，然后直起身来，默默地看着沉睡中的他，就像母亲守候着熟睡的婴儿。这时过道里传来王紫薇和小护理那不连贯的，有一句没一句的说话声，徐小梅知道那是紫薇在连比划带说地告诉小护理她刚才和志远说话的情况，只听小护理又惊又喜，不断发出"啊啊"的声音。过了一会儿，紫薇吃完了早餐，和小护理一前一后走进病房，来到志远的病床前，紫薇走近徐小梅，将一只手轻轻地搭在她的肩膀上，三个人默默地看着沉睡中的魏志远，心里都在想："你什么时候才能再次醒来啊？你快快醒来吧！你最想念的人，你最想见的人，此刻就在你的面前呢！"可是他没有一点动静，就像往常一样，睡得很沉很沉，胸部在微微起伏，一下一下均匀地呼吸着。脸上似乎带有一丝间于惊喜和错愕之间的表情。这时屋外院子里传来了动静，随后屋门被推开，一前一后走进来了巴特尔院长和赢医生，巴特尔院长见二位女士都在这，亲切地向她们打招呼问早上好，又关心地问她们晚上有没有休息好，徐小梅和王紫薇都说小房间收拾得很好很舒服，她们在里面休息得很好，巴特尔院长听她们这样一说，脸上露出了满意的微笑。王紫薇这时赶紧向他们二人讲述她和徐小梅昨晚和今天早上碰到魏志远醒来，和魏志远进行对话的情况，二人听说后，既有点惊喜又有点隐忧，他们随即走近病床观察魏志远的情况，赢医生要给魏志远把脉，徐小梅赶紧让他坐到床头边的椅子上。赢医生坐下后，开始给魏志远把脉，大家静静地看着他把脉，只见他把着把着，脸色阴沉起来，他把那脉反复把了几次，偶尔侧头和巴特尔院长对视一下，巴特尔院长从他的目光中知道病人的情况很不好，心情沉重地偷望了一眼徐小梅，然后俯身小声和赢医生说着什么。只见赢医生一会儿点头，一会儿摇头，还是一声不吭地把手放在切脉处，过了良久，他才站起来，转身用掩饰不住沉痛的语调对徐小梅说："很难说他还能不能再醒过来，而且……，"说到这他没有再往下说，而是拉着巴特尔院长离开床边几步，在他耳边轻声说着什么，当轮到巴特尔院长说话的时候，赢医生听了一会儿就边摇头边说话，好像是不同意巴特尔院长的意见，但巴特尔院长又说了些什么之后，赢医生就点头表示同意，然后巴特尔院长就把小护理叫到身边，小声对她交待着什么事情，小护理听完交待后，转身走出了病房。

看着巴特尔院长和赢医生的表情，听着他们说话的语气，徐小梅心里非常清楚是怎么回事，她对此早已有了心理准备，准备面对那也许不可避免的一刻的到来。她对二位打了个招呼，说是去隔壁房间拿点东西，便向病房外走去，紫薇赶上去挽上她的胳膊，和她一块儿离去。

徐小梅在王紫薇挽扶下回到隔壁的房间里，打开拉杆行李箱，从里面取出那顶皮军帽和那瓶肉炸酱，把这两样东西揾在胸前，又向屋外走去，王紫薇始终在一旁护着她。她们又走进隔壁的屋子，走进病房，巴特尔院长和赢医生一看她俩来了，赶紧把她俩让到床边，让徐小梅在床头边的椅子上坐下来。徐小梅坐下后，把揾在胸前的皮帽子和酱瓶子放在志远的身边，然后双手轻轻合握上志远从被子下面露出的腕子上缠着手绢的左手。这时只见志远的呼吸越来越弱，连正常呼吸时胸部的起伏都几乎看不出来了。大家都心照不宣，知道这意味着什么，都默默地注视着他。

过了一会儿，屋外传来一阵阵动静，随后屋门被推开，先走进来的是其木格。昨晚的小护理可能是下班了，其木格后面跟着两个医生，医生后面跟着两个护士，一个护士抱着一个较大的纸箱子，上面还摆着一个小纸箱子，另一个护士推着一个放在轮架上的氧气瓶，大家见此情景赶紧让开路，让护士把氧气瓶推到床头后面。氧气瓶就位之后，护士开始安装管子之类，管子安好后，又把鼻吸头接上，然后把鼻吸头安置在魏志远的鼻子上，打开输氧开关，随着氧气瓶发出轻轻的响声，氧气开始输入魏志远的体内。输氧工作完成后，另一名护士从放在桌子上的小纸箱里取出药瓶，往位于病床另外一侧的输液架上挂，挂上之后，又很麻利地接上输液管和针头，把魏志远的右手放置好，把袖口往上撸了撸，然后用碘酒棉球消毒，进针，胶布固定，完成了一系列输液程序，只见输液管中间的小粗囊里开始一滴一滴不紧不慢地往下滴药液，输液开始进行了，那护士又从那个较大的纸箱里取出心脏电击起搏器放在了桌子上。这时巴特尔院长、赢医生、还有那两位刚来的医生四个人走近床边，在病床两侧站着，其中一个医生掀开魏志远身上盖着的被子，把听诊器伸到他的衣服底下，在胸前和两侧各部位探诊着，另一个医生一会儿搬弄着他的头看看这，看看那，一会儿一手摸脉一手看表，两个人忙了一气之后，与巴特尔院长和赢医生离开了病床，来到病房的一角，围成一圈开始小声地商议着什么。

这时屋外小院里又传来了动静，其木格赶紧赶到门边去开门，门开之处，章青峰第一个走了进来，后面是方伟民、严子俊、郎信玉一个跟着一个走了进来，他们亲切地和巴特院长互致问候，和徐小梅、王紫薇、赢医生互递眼色打招呼。然后随着巴特尔院长和赢医生走近病床，围在病床两边，巴特尔院长小声地给站在身边的章青峰说着什么，赢医生也在和另外三人小声说话。屋子里一下进来了这么多人，显得有点拥挤，那两个医生和护士退到外间过道去，两个医生坐在长椅上，两个护士站在椅边。这时王紫薇赶紧离开徐小梅身边，来到众人之中，告诉他们她和徐小梅昨天晚上见到魏志远醒来，魏志远管徐小梅叫陈阿姨，以及今天早上她自己一个人的时候又碰到魏志远醒来，她和他进行了对话的情况，几位一听都非常兴奋，都在内心期盼今天能遇上魏志远醒来，和大家见上一面，以解自他失踪之后这么多年来大家对他的思念之情。但在听了巴特尔院长和赢医生给大伙儿讲的魏志远现在的情况后，大伙儿的心情都变得沉重起来，都把目光转向仍然静静地坐在床头边上双手轻握着志远左手的徐小梅。巴特尔院长说，以目前病人的情况，生命体征正在不可逆转地持续弱化，很难说他还能不能再次醒来，或者说很难预计他还要过多久才能再醒来，也可能就这样在昏睡中慢慢衰竭下去直至死亡，各位如果守候在这里的话，不知要守到什么时候，也不知道要守多久，各位的意见是一直在这守着呢，还是守上一段时间之后先回酒店休息，这边有什么情况再随时通知各位过来？大家伙一致回答说他们要守着，巴特尔院长和赢医生交换了一下眼色，轻轻点了下头表示同意。

又过了一会儿之后，巴特尔院长和赢医生又趋近观察了一下魏志远，然后巴特尔来到外间过道和两个医生商议了一番，让他们先回去。两个护士也回去一个，留下一个就可以了，吩咐完后，两个医生和护士出门返回医院大楼，巴特尔和另一名护士回到病房来，和赢医生商量了几句，然后对大家说，他和赢医生有事要去处理，有事让护士随时给他打电话，大家在这守着，累了可以轮流到隔壁房间休息，过道的长椅也可以休息，中午饭他会安排他们在医院食堂就餐，这些都安排好之后，他就和赢医生出门奔前面医院大楼去了。

那天的整个上午和下午，除了中午到食堂吃饭，大家都守在病房里，病房里椅子不够，其木格和那护士又到那排平房其他的屋子里搬了几把椅子过来让大家坐。几个人有时坐着，有时走近病床，把头凑近魏志远的脸部轻声唤他，这样唤了不知多少回，都不见有什么反应，中间赢医生来过两回，巴特尔院长来过一回，看看魏志远没什么异常情况，大家也没有什么需求和问题，就又去忙他们的事了。下午下班时间到后，巴特尔院长和赢医生又一块儿来到病房，问大家是不是回酒店休息？大家坚持说要守一个通宵，巴特尔院长非常理解大家的心情，回答说那就守吧，但休息只有隔壁那个房间可以轮流休息，大伙儿回答说没问题，院长你放心吧，巴特尔院长又说，那你们现在就跟着赢医生去医院食堂吃饭，晚上有什么问题随时找赢医生，他就住在前面医院大楼里。说完又交待其木格和那个护士，让她们关照好大家，然后就和大家告辞下班回家了，大家则由赢医生领着去食堂吃晚饭。

那天一整个晚上，六个战友把椅子摆在病床两边，坐在椅子上守着魏志远，困了就趴在床边上靠着魏志远的身体打个盹儿，实在累极了就去隔壁房间睡上一小会儿，夜间护士给魏志远换过两回吊针的药瓶，除此之外没有什么特殊情况出现，魏志远看着还算比较正常，胸部有规律地轻轻地一起一伏，呼吸看着也均匀平稳，就象个正常人熟睡的时候一样，大家见此情形，心情放松了许多，都在心里暗暗给他鼓劲：坚持住！志远，快点好起来！志远。

在六个战友们全都困得伏在魏志远的两侧打盹睡着了的时候，黎明悄悄降临了，大自然轮回不断的新的一天又开始了，在越来越转明的黎明天色之中，几只小鸟飞进了小院，在小院当空搧动着翅膀唧唧喳喳地欢叫了几声，随后落在了木栅栏上，它们神气地站在木栅的尖顶上，好象挺胸抬头背着双手的演唱家一样，一边左顾右盼一边发出宛转的啼叫，在它们的啼叫声中，太阳不紧不慢地跳出了地平线，将旭日那金灿灿的辉光洒向大地，这辉光映进了小院，映在挂着露水的向日葵的花盘上，使那在阴暗中显得暗淡的花盘一下子变得鲜亮起来，那一圈整齐的花瓣显出令人心醉的鲜黄色，把里边的花盘围出一个欣欣向荣的笑脸，先是两三只小蜜蜂飞过来围着花盘嗡嗡着，接着陆陆续续飞来更多的蜜蜂，围着各个花盘开始忙碌起来，发出一片柔和的嗡嗡声。

打了一会儿瞌睡的其木格和护士被屋外小鸟的叫声惊醒了，她们轻手轻脚地走近围着一圈趴在床上睡着了的战友中间的魏志远，察看了一下他的情形，再转过头来望望桌子上两台显示脑电波和心律的显示器，脸上顿时泛起了阴云，她们赶紧走到外间过道里，把病房门关上，然后赶紧掏出手机来打电话。

此时沉睡中的魏志远，忽然恍惚觉得有一种熟悉的尖细宛转的声音在召唤他，他的恍惚感在这悦耳的声音中渐渐退去，意识开始变得清楚起来，他想睁开双眼看看眼前的情景，他记得上次醒来见到紫薇时，紫薇说小梅一会儿就要来看他，那小梅现在一定就在跟前，他急着想马上见到她，但眼前那团令人讨厌的雾团还挡在那里，他想避开它，可怎样也避不开，他正着急间，只见一道金光穿透雾团射了进来，那雾团在金光映射之下，很快稀疏，散离，消逝，眼前一下变得明亮清晰起来！他觉得自己被一圈什么东西包围着，他转动着眼珠子察看，看着看着，他看出了那些是人，他们正伏在自己身体两侧，原来自己的身边伏着很多人！他正疑惑间，其中的一个人抬起了头，目光一下子和他的目光对接在一起，那人是个上了年纪的人，他惊喜地冲自己唤道："志远！我是郎信玉！你还记得我吗？"魏志远使劲盯着郎信玉的眸子看，渐渐从那眸子深处看出了当年那个活泼调皮爱发坏的朗信玉来，他欣喜地咧开嘴对他笑了起来，接着又有三个人抬起了头，也都是上了年纪的人，都惊喜地望着他，唤着他的名字，一个说自己是章青峰，一个说自己是严子俊，一个说自己是方伟民，这时魏志远才明白过来，自己原来是被战友们包围着，他一直盼望 着快点来接自己的战友们总算来了。可是来的不是他原先心目中的那群年轻的战友们，而是一群老头，他忽然想起紫薇告诉过他，他自己已经昏迷了四十年了，四十年前的年轻的战友们已经变成了眼前的这些老头子了，自己也已经是个老头子了，想到这，他心情复杂地冲着大家笑了起来。他轮流凝视着每个人的眼睛，用那早已谙熟的和各个人不同但都心领神会的独特的目光和每个人交流着，互相望着对方发出会心的微笑。

大家看见魏志远醒过来了，精神很好，意识清楚，也都认出了大家，这说明他的身体状况一定在好转，这下子好啦！这下子他康复有望啦！不久之后他们肯定可以高高兴兴地接他回国啦！他们看见徐小梅和王紫薇两个人互相抓着对方的手仍趴在床边上睡着，便相互传递眼色，是叫醒还是不叫醒她们二位？她俩昨晚熬得太久了，他们都不忍心叫醒她俩。正在他们犹豫之间，王紫薇已被细微的动静惊醒了，她朦胧般地抬起头，用手擦了一把睡眼惺忪的双眼，惊奇地发现大伙儿早都醒了，都在睁大眼睛看着她和她旁边，她下意识地往旁边一看，竟看见魏志远正冲着自己笑呢！她连忙推身边的徐小梅，边推边用惊异和急促的声调唤道："小梅姐！小梅姐！快醒醒！志远醒过来啦！"徐小梅被紫薇一顿推喊惊醒了，还没抬头睁眼，就本能地把手边的皮帽子一把抓起来戴在正在抬起的头上，双手快速略微整了整，然后把头转向并移近魏志远的脸部，她看见他的双眼闪出惊异的目光，眸子深处传出努力辨识的激动，她盯着他的双眸，缓缓地展现出一个当年两人见面时习惯展现出来的灿烂的笑脸……魏志远刚才听到王紫薇喊"小梅姐"，想努力摆动脑袋看两边，可那脑袋在关键时刻不听使唤，仍旧僵直不动，他只好转动眼珠搜索，还没转几下，就见一个头戴兵团皮帽子的人头出现在自己的眼前。他和这个人对视着，目光射进彼此的眸子深处，渐渐的，在这顶熟悉的皮帽子衬托下的那张有点像小梅的母亲陈阿姨的老人的脸正在变幻着，眼角的皱纹逐渐消失，那缕垂在额头的白发转眼变成了黑发，有点发黄的脸色神奇般地被少女润泽细嫩泛着青春光彩的肤色替代，这不正是小梅那张青春朝气，俊美动人，或忧或喜间还带着一点俏皮和伤感的脸吗！是她！这正是她！他看清楚了，他认出来了，绝对不会错，这正是小梅，这正是他在沙漠中昏迷失忆前和恢复知觉后一直思念着盼望着恨不得立刻就见到的小梅，他激动万分，想一下坐起来把她抱住，可是他动不了，他感觉到小梅的双手正紧紧地抓着他系着手绢的左手，他只能报以微笑，发自内心发自心底的微笑，笑着笑着，两个人在对方的视线里都变得模糊起来，他听见小梅在用颤抖的声音叫他："志远！……"他也努力地用虚弱的嗓音发声:"小……梅……,手……绢……,眼……泪……"
她明白他的意思,她把手绢从他的腕子上解下来,缓缓地捂在了他的
双眼上,拭掉那满脸的泪水,然后把被泪水打湿的手绢捂到自己的双
眼上,就像当年在那结冰的小河边相见时一样,他用这手绢先捂在她
的双眼上,给她擦拭眼泪,然后又把手绢捂在自己的双眼上……

　　病床边战友们的一片唏嘘声把徐小梅从当年的情景中唤回,她用
手绢再次擦了擦志远和自己脸上的泪水,然后把手绢轻轻地系回到志
远的手腕上,接过身后不知是谁递到脸前的纸巾,把脸颊上的泪迹干
了干,然后从志远的枕边移出那装着肉炸酱的瓶子,双手捧起它,抬
到志远的眼前,抑制住哽咽,轻柔地说:"志远,这是你爱吃的肉炸酱。"
志远望着瓶子,眼里放出惊喜的光彩,他的目光在瓶子上停留了一会
儿,然后移向徐小梅,努力微笑着,艰难地对徐小梅说:"我……还……
想……偷……吃……"这话使徐小梅的眼里又涌出滚滚泪水,她赶紧
用纸巾捂住了双眼。魏志远说完这句话后,脸上的表情很快恢复了平
静,眼中的光彩逐渐消失,慢慢闭上了双眼。

　　这时院子里传来不小的动静,接着有人推门进入过道,又推门进
入病房,走在前面的是巴特尔院长和赢医生,后面跟着的有医生还有
护士。他们进入病房后,都围近病床,原先围在魏志远身边的战友们
马上把椅子搬开,让出地方来让医生护士们靠近,只有徐小梅仍像座
雕塑一样坐在床头边上,双手合握着志远的左手,一动不动地看着志
远。巴特尔院长站在病床的另外一侧,俯下身去,先是把手靠近魏志
远的鼻孔,感觉了一下气息,又摸他右手的脉搏,赢医生和另外一个
医生又摆弄了一阵他的头部和身体,然后大家直起身来,都把目光投
向那边桌子上的心律显示器和脑电波显示器,只见那两台显示屏幕上
的绿色曲线运动得越来越慢,上下变动的波幅越来越低,低至接近了
屏幕的最下方,像个快要力竭的挣扎着爬动的垂死的人,爬动的姿势
越来越低,越来越低,最后完全伏下身去,趴在那里,再也起不来,

再也爬不动了。当那曲线最终定格在屏幕最下方，再也没有任何起伏的迹象，只剩下一条单调的直线在不断地从左到右反复游走时，大家的目光都绝望地离开了显示器，回到了躺在病床上的魏志远身上，只见他浑身没有一丝动静，像个静物木雕。巴特尔院长抬起头望着众人，用沉痛的声调咕噜咕噜地说了一句魏志远的战友们听不懂的话，应该是宣布病人如何如何的话，话音还没落，大家竟吃惊地发现魏志远动了一下，他还没有断气！

在那一刻，魏志远的脑子里忽然有了意识，虽然眼前仍然是浓雾重重，并且这雾越来越浓越来越重，发出狰狞的紫黑色，从四面八方向他涌来要吞噬他，把他永世淹没。但他仍然真切地感觉到小梅的手在用力紧紧握着他的手，他的脑海中闪出了他在那刮着沙暴的沙漠中，在一个大沙丘的坡顶上最后失去知觉前闪现出来的那句话——他日若有聚首时，执子之手，缓缓而行，归去来兮，长相厮守……，小梅，我知道我要去了，但是这回我不再害怕了，我不再孤单了，有你在我身边，有你握着我的手，有你牵着我的魂，我再也不会迷失！我要永远握紧你的手，我们再也不要分离！我们要永世相伴……

徐小梅感觉到了魏志远的手在竭尽全力想握紧她的手，可他只能拼出一点点握紧感，于是她双手把他的手紧紧握住抱起来按在自己的胸口上，俯低身子差不多脸碰着脸死死盯着他的眼眸，只见他的双眼瞪得大大的，嘴唇微微动了一下，气若游丝般发出断断续续的几个字："小……梅……，回……咱……连……，"说完之后，手一下松了劲变得绵软，双眼缓缓闭上，停止了最后的呼吸，嘴角带着一丝微笑，平静的脸上透出幸福、满足的神色。这时徐小梅耳边响起了巴特尔院长沉重的话音："他已经走完了他的人生路程，到达终点了。"徐小梅呆呆地离开椅子缓缓站立起来，低头凝视着志远，凝视一会儿之后，忽然俯下身去，把嘴唇贴在他的额头上，闭着眼久久地长吻，然后缓缓不舍地离开了那洒满泪水的额头，边流泪边把他手腕上的手绢认真地整了整，然后直起腰来，向旁边移开一点距离，好让医护人员靠上去干他们应该干的事。这时她感到很多手触到了她的肩上，背上，臂上，手上，她知道这是战友们的手，她知道他们是在用这种关爱的动作帮助她支撑那差不多要倒塌的精神之塔。她用双手就近抓住两只战友的手，她需要他们的扶助，她需要他们的支撑，她紧紧地抓着战友们的手，平静地看着医护人员在料理后事，看着他们把志远抬起来，放到滚轮推床上，用雪白的布单把整个人覆盖上，轻缓地推出了病房。

12

　　一辆白色的七座商务车在通往内蒙古西部的高速公路上疾驰，驾驶汽车的是严子俊，他今天一副专业自驾野游人士的打扮，内穿白色长袖运动卫衣，外面套穿土绿色的到处是口袋的马甲，下半身浅灰色运动裤加白波鞋。副驾驶座上坐着郎信玉，他今天的装束有点美国西部片中牛仔的派头，穿着迷彩色的长袖 T 衫，腰围很低的牛仔裤，肚皮从牛仔裤的皮带上面可笑地往外挤，戴着一副有点匪气的墨镜，头上扣着一顶牛仔帽，还真有点显酷。他精神头挺大，一路上都不闲着，不时和严子俊交谈着什么。车子的后座坐着章青峰和方伟民，章青峰内穿黑灰格衬衣，外面套了一件颜色有点近似当年兵团服的连帽披风，浅褐色的休闲裤下蹬着一双不知啥年代的三接头黑皮鞋，他正靠在坐椅背上打盹儿，旁边坐着的方伟民还是喜欢一身黑色的圆领运动卫衣和黑色的练功裤，这使得他脚上那双白波鞋显得特别扎眼。他侧头望着车窗外，沉默中若有所思。车子中间那排坐椅上坐着徐小梅和王紫薇，王紫薇身着浅底素花的风衣外套，两手挽着徐小梅的一只胳膊，头靠在她的肩膀一侧，随着车身的摆动轻轻地摇摆着，仿佛被摇动着的婴儿床上熟睡的婴儿。

　　徐小梅还是披着那件浅灰色的中长薄呢翻领外套，虽然此时已进入夏季，但在内蒙黄土高原地区一早一晚气温还是较低，需要穿多点衣服保暖。外套的里边，穿着紧身米黄色线衣，外套的两襟拉到两个胳膊肘以下，和双臂一块儿护着一个一尺见方的有着一些简单雕饰的棕色花梨木骨灰盒，这一路上，她一直那样抱紧骨灰盒坐着，很长时间都不变换一下姿势。

在十多天之前，在北方邻国的那间医院里，魏志远走到了生命的尽头，和他的战友和恋人撒手分离，进入了另外一个世界，但他的遗体还留在这个世界上，如何处理他的遗体，成了摆在医院和他的战友们面前的问题。落叶要归根，逝者要马革裹尸还，这是自古以来不变的定俗，但是怎么"还"，当然最好是火化，但该邻国的民族风俗还偏偏不允许火化，就更别说找可以火化的地方了，那么剩下的唯一选择只能是遗体归国了，但这样一来涉及方方面面的问题就多了，解决这些方方面面的问题，完成方方面面的繁琐手续，需要花费大量的时间和大量的精力，办理这些事情，有时都能到了令人精疲力竭，再也难以进行下去的地步。但几个战友不屈不挠，顽强奋进，一回到国内，就分头跑动各个方面，疏通各种关系，找各级管事的负责人，而在北方邻国那边，巴特尔院长、赢医生等人也通过各种关系疏通此事，最后，在遗体所在医院和所在国有关部门和人士、我国有关部门和人士大力协助下，终于克服了种种困难和障碍，办妥了遗体接返的全部手续，决定经陆路运抵国内，并在入境的某边境城市当地的殡仪馆内完成火化。

那天徐小梅和她的战友们从北京来到那座边境城市，接收外方运回来的遗体，送到当地的殡仪馆完成火化，拿到骨灰盒，在殡仪馆里商量骨灰的安放事宜时，一下子感到有点为难，由于事发急促，大家这一段时间也都忙于办理遗体接返事宜，事先没有顾上安排好安放地点，再说此事也要与魏志远在国外的亲属（他的弟妹）联系由他们出面办理，而他们远在国外忙着各自的事情也不是说来就马上能来的，这样一来，大家都有点不知如何是好了，这时徐小梅说："志远临走时和我说他要'回咱连'"，章青峰想了一下，点头道："对，那咱们就遂了他的心愿，和他一块儿回咱连旧地去一趟吧。"大家一听立刻表示赞同，章青峰让严子俊和郎信玉两个人马上去找当地的汽车租赁公司，两个人当即离开殡仪馆，叫上出租车，直奔汽车租赁公司去了。

六个人除了两人去联系汽车租赁公司外，剩下四个人坐在殡仪馆接待室里的简易沙发上等候，魏志远的骨灰盒静静地摆放在徐小梅面前的茶几上，那梨花木的骨灰盒是章青峰挑选的，并由他出钱购买。徐小梅的目光一直望着这骨灰盒，脸色阴沉，王紫薇和方伟民一左一右坐在她的两边，像卫士一样守护着她。大家都沉默不语，在这样的场合，好像说什么都不合适，只能以目光传达情感，各自默想心事。

不知过了多久，沉闷的气氛被门外走廊里传来的郎信玉大嗓门说话的声音打破，只见郎信玉和严子俊两人出现在接待室门口，严子俊对大伙儿道："车子租到了！"章青峰闻声站起身，对徐小梅等人说："走吧，小梅，咱们回宾馆去。"王紫薇和方伟民赶紧起身扶徐小梅，徐小梅离开沙发站起来，躬身把放在茶几上的骨灰盒小心抱起，紧紧地捧护在胸前，在王紫薇和方伟民一左一右的扶护下向接待室门外走去。

六个人来到殡仪馆外面的院子里，那里停着一辆白色的七座商务车，那就是严子俊和郎信玉刚刚从汽车租赁公司租来的车，众人来到车前，打开车门，先把抱着骨灰盒的徐小梅扶上车，在中间那排坐椅靠里边的位置坐好。然后众人纷纷上车，紫薇坐在徐小梅身边，两手挽住她靠自己一侧的胳膊，章青峰和方伟民钻到后排坐位上坐下，严子俊爬上驾驶坐，郎信玉登上副驾驶坐，大家都就位关好门后，严子俊观察了一下前后左右，轰着了油门，商务车徐徐开出了殡仪馆，此时已是下午三点多。

严子俊开着那辆白色的商务车载着大伙儿回到了他们先前从北京

一到这儿就开好了房间放下行李住了一晚上的那间宾馆，准备在这宾馆再住一晚上，利用这段时间和各方面联系好，明天早上一早出发上路。

六个人在宾馆一楼的餐厅里用过晚餐之后，聚集到宾馆八楼徐小梅和王紫薇住的房间里，章青峰、严子俊、郎信玉三人忙着摆弄手机，又是查看前方情况，又是和各地关系人通微信，又是上微信群里问这问那，在忙了一气之后，终于由郎信玉宣布了最重要的消息——他通过战友群里的战友们提供的线索，打听到了当年归属他们马班的原林场职工洪金山的消息！兵团撤销后林场曾恢复了一段时间，后来又撤了，改成了粮库，洪金山退休前在粮库上班，还算是个单位里的"头儿"，管不少事儿，现在虽已退休，但威望挺高，被人尊称"老洪头儿"，可不是"老头"的"头"，而是"头领"的"头"。大伙儿一听这个消息，都十分高兴，有老洪在那边，那就啥事都不用愁啦。接着微信群里的战友又给郎信玉提供了洪金山的手机号码，郎信玉如获至宝，两眼放光，马上按照战友提供的号码用手机拨过去，手机里传来一段"二人台"《走西口》里那小女女带着内蒙临河口音唱的"正月里，正月个正，正月十五挂红灯……"的唱腔，刚唱了几句，唱声被一个声调粗沉的男性的"喂"给打断了，郎信玉一听这正是洪金山那熟悉的声音，虽然几十年没听到这声音了，声音变得更粗更沉了。但那声音声调的特点一下就能听出来，而且随着这声音立刻就在眼前跳出来当年那个戴着帽檐变形的旧单帽，拿着长杆马鞭，脸色黑黄目光带着点狡黠神情的"洪鞭杆儿"，郎信玉一听这声音，一边哈哈大笑一边说："老洪，你还记得我吗？我是马班的"小狼"，郎信玉呀！"郎信玉说的"小狼"，是当年有一次洪金山对他说："你咋姓这么个姓，管你叫小郎吧，咋就像叫那小狼崽子，真是笑死个人咧！"那边洪金山一听郎信玉这一通话，一下子没了声音，大约是楞怔了片刻，突然发出大笑道："啊，啊哈哈哈，是小狼呀，哎呀呀！哎呀呀，你咋介（你怎么）就能寻上我咧？你盟（你们）在哪哈儿（在哪里）咧？"郎信玉告诉他是最近重访连队旧地并在那里被他接待过的战友告诉他的手机号码，并告诉洪金山现在在一块儿的这六个战友都有谁，现在所在的位置，准备护送魏志远的骨灰"回连队"，明天早上一早就出发，洪金山一听，心情沉重地说："咳！小魏可真是个好后生娃娃，当年走丢了真是可惜。你们快快儿带他回来哇。"洪金山早在几天前也已经听说了魏志远找到下落的消息了。郎信玉又和洪金山约好了到了之后如何联系在哪碰头等等，这才挂了手机，绘声绘色地给大家讲述他和洪金山通话的情况，大家一听都十分高兴，严子俊赶紧在手机百度上查路线，很快查出从此地到连队旧地的距离大约有一千来公里，章青峰说："那咱们就早点儿休息，明天早上一大早就出发，这样当天晚上就能赶到。大家早上五点起床行不行？都能起来吗？"三位男的说："能！没问题！再早点，四点半都行！"方伟民说完又扭头问紫薇和徐小梅："你们行不行？"紫薇说："你们行，我和小梅姐也行，"说着把头转向小梅问："对吧，小梅姐？"徐小梅肯定地点点头。"好，那就这样，"章青峰下命令般："现在大家马上休息，明天早上四点半起床，五点出发。"说完四男告辞二女，各回房间休息。

　　第二天凌晨四点多，六个人都开始起床，洗漱，收拾行装，然后互相招呼齐了，一块儿下楼，到前台办理退房，办完退房手续，出门上车，全都在车上坐定之后，负责开车的严子俊冲后边的人摆了下手示意准备开车，章青峰低头看了看手表，刚好五点正，外面还是漆黑一片。章青峰问了一句："都没事儿了吧？"众人道："没事儿了。""那就开拔！"章青峰说这句话时，徐小梅把放在腿上的骨灰盒往胸前搂近搂紧了一点，坐在旁边的王紫薇把身子往徐小梅挪了挪，亲昵地靠近她，右手自然地搭在她的臂弯处。随着车子轰的一声油门响，车子启动，开出了酒店。

　　汽车在灯光昏暗的市内转来转去走了一段路后，来到了高速路入口，严子俊接过从闸口小窗里递出来的路卡，把车开进高速公路，轰地加大油门，车子就在高速公路上飞奔起来。

在黑莽莽的原野中，汽车前灯的两道光束像剑一样刺向前方，将黑漆漆的路面上的白色标志线照射得格外醒目，车外的疾风带着寒气从没关严的车窗缝里钻进车里，将凉意在车内迅速扩散，严子俊赶紧手按车窗开关把窗子关严，寒风一下被隔绝在窗外，噪音也突然变小，只剩下引擎在沉闷地均匀地响着。没过多久，除了开车的严子俊外，其他人都开始随着车子的摇摆震动打起瞌睡来，毕竟起床起得太早了，这会儿一但安坐在车上，让车子像摇篮似的一摇，一个个都犯起困来了。高速公路上的车很少，只是偶尔有一两辆像座房子一样超载超重的大货车出现在前方，感觉慢得像牛一样在艰难爬行，让严子俊打着闪灯一下子飞速超过，转眼间落在后面越来越远没了踪影。

严子俊圆睁双眼盯着前方，视线随着车灯的光束迎接着不断迎面飞速扑来的路面，而天色在他完全没有注意的时候已在不知不觉中演变着，仿佛浓黑的墨汁中溶进了清水，那黑沉沉的苍穹渐渐由黑色向灰色过渡，东方的天际开始发白，车灯照射下的白色路标也不再刺眼，他这时才注意到——天亮了。

郎信玉最先醒了过来，他抬起头用两只迷眼往车窗外望，望了片刻，低头眨了几下眼再望，大声叫道："看！大青山！"

大青山也叫阴山山脉，这是一道沿着内蒙古西行的铁路和公路走向一路横亘在内蒙古大地偏北方向的延绵千里的山脉，在沉沉的天际下呈现着暗淡的青紫色，显得荒莽苍凉。大家原来就有点要醒了，让郎信玉这一嗓子，都给惊醒了，纷纷转头向右边的车窗外望去，对于车窗外这道感觉离他们不远不近的与他们一路随行的山脉，他们真是太熟悉了。四十多年前，年轻的他们就是乘着火车在这道山脉的伴随下一路西行，前往那遥远的前途莫测的前方，如今他们又来了，但他们已不再是四十年前的那群年轻人，而是一群年过六十的老人了，山脉还是那道山脉，原野还是那片原野，真是人生易老天难老，青山依旧在，斗转星移，人间已渡过了数十个春秋。他们默默地望着这雄伟的山脉，这山脉也似乎在用它那饱经历史苍桑的深沉的双眼注视着这些当年轰轰烈烈而来，后来陆陆续续暗然离去，现在又一拨儿一拨儿前来的人们，暗自发着只有大山自己知道的感慨！

车窗外的景物对于车上的人们来说，是既熟悉，又莫生，在这似乎永恒不变的山脉和原野间，不时会出现各种原来不曾有的景物，在经过一些村镇时，可以看到一些混杂在老旧的砖土屋舍之间的样式新潮色彩艳丽的房子，而在一些较大的镇子里，偶尔还会看到比较有现代感的装有玻璃幕墙的高楼，当经过那几个著名的塞外之城时，显露着新气派的楼群建筑更是比比皆是令人目不暇接，而在城镇之外广阔的原野上，随处可见分布排列着白色的风车，那高耸的塔身之上的巨大叶片在无规律地有一阵没一阵地摇转着，仿佛是在天地之间翩翩起舞的精灵，使人望着它那怪异的身影总能生出好多奇怪的联想。

为了赶在天黑前到达目的地，车子基本上没有停歇，严子俊开累了，郎信玉替换上去接着开，两个人来回轮换，一人开车另一人休息，车上早已备好各种软硬食品和饮料，各位随时饿了随时吃喝，只是在需要解手时，才拐进服务区里短时间停留一下，完事之后回到车上继续赶路。

徐小梅一路上就那样抱着骨灰盒一动不动地坐着，大家劝她把骨灰盒放下歇一会儿她也不听，还是保持着那个姿势坐着，似乎与那骨灰盒结成了一个整体，只是在服务区上卫生间时才离开一下。大家都心痛她怕她太累了，可又都拿她没办法，怎么说她也不听，便只好由着她。

汽车在下午时分经过了最后一个较大的城镇之后，那道路上如影随行的山脉就像散放的马群一样信马由缰渐渐远去，山脉的轮廓依稀变成远方地平线的一部分，似乎在向这些远道而来的人们挥手告别。

远处的山脉和近处的城镇消失之后，汽车随着这条不倦地向前延伸的黑色醒目的高速公路进入了广阔无垠的荒漠戈壁地带，放眼望去，苍穹之下尽是浑黄色的缓缓起伏的地形，那地形的某些区域渐渐幻化出一片片颜色单调柔和的小丘，徐小梅认出了那是沙丘，沙丘那边就是大漠，她紧搂了一下骨灰盒使它更贴紧自己的胸口，心里暗暗唤道："志远，我们回来了，我们回到大漠了！"

汽车在经过了一段令人沉闷的人迹罕见的苍凉大地之后，渐渐进入了有人居住的地方，出现在公路两边或近或远之处的各形各色房子越来越多，公路一侧高悬的绿底白字的大幅标志牌上显示，再有十多公里，就要到达他们这一路上的最后一个镇子——巴音高勒镇了。这时已是傍晚时分，落日的余辉将所有的地形地物镀上一层柔和的金红色，仿佛在用这种充满暖意的辉光作为鲜花在迎接这几个当年曾经在这里度过了那么多个春秋，把人生中最美丽的青春奉献给了这片土地的兵团战士！

汽车进入了小镇，这就是四十多年前他们参加内蒙古生产建设兵团乘火车到达的小镇，就是在这里，他们从火车上下来，双脚踏上了这块莫生的土地，在那个时刻，在那内心感到茫然的瞬间，他们完全不曾想到，这块大地最终成了他们终生魂牵梦绕之地，成了他们精神上的第二故乡。

车上的人们透过车窗望着车子经过的一处处街景，回想着当年他们最初来到这里时见到的景象，对现在见到的一切既感到似曾相识，又有几分莫生，当初镇内窄窄的煤渣路已不见了踪影，代之以宽敞笔直的水泥大马路。沿路整齐排列的路灯那探出的灯臂仿佛在向他们热情地招手欢迎他们的到来，当初聚集在道路两边的那些低矮丑陋的和马厩牛舍差别不大的青砖或土坯盖的小平房多被后来新盖的房子取代，要么就是羞涩地隐身于这些新建筑的后面只将那老旧的模样露出一点点，这些新盖的平房或楼房无论是形状、色彩、和采用的建材，都透出鲜明的时代特色，和那些老旧小平房明显相差了一个时代，显现出极大的反差。

车子在镇内没转几下就来到了那座熟悉的黄河大坝的近前，那大坝的外形没什么变化，依然像四十年前那样雄踞黄河之上，像座把守着河道的雄关，慷慨地放过坝下流经的浑黄的河水。车子开上大坝之后，虽然仍感到工程巨大，但却没有了当初恢宏的气势给人带来的震撼效果，也许是一路上见的大型工程多了，眼前的这座上世纪五六十年代留下的工程和那些大工程相比已显不出伟岸的气派了。

车子过了黄河大坝之后，沿着那条永不疲倦顽强延伸的黑色公路驶进了沙丘频现的地区，这使车上的人们顿时感到，他们已接近大漠，他们已感受到大漠的气息了。此时天色渐晚，残留在一座座沙丘顶部的落日的余辉很快褪尽，大漠之上的天穹迅速变暗，座座沙丘很快被灰暗的色调覆盖，且越来越暗，越来越黑，周围的世界开始变得迷朦混沌起来，开车的郎信玉打开了车灯，两道明灿的光柱将前面的道路一下照得雪亮，更加反衬出天地和周边大漠的暗黑。

汽车沿着车灯照亮的穿梭于沙丘之间的公路疾驶，在这笼罩着沉沉夜幕的大漠之中，车外两边一座座高大的沙丘在夜幕的背景下显露着它们黑魆魆的身影，从车窗外接二连三地闪过，它们此刻是沉默的，平静的，驯服的。但车上的人们望着它们，就会想起四十年前那场夺走了他们战友的可怕沙暴，徐小梅紧紧搂住胸前的骨灰盒，好像怕它再被沙暴夺走似的，她侧头望着车窗外黑莽莽的大漠，思绪又回到了四十年前那个令人悲痛欲绝的时刻，那时她和紫薇靠在那座残桥的栏杆上，在西沉落日的余光中，绝望地看着搜索了一个白天一无所获从远处沙漠里撤出来的人们，只觉得万箭穿心几欲崩溃，几天之后，她又在凌晨的黑暗中一个人直奔那座残桥，最后昏倒在桥边……，徐小梅的双眼盯着车行的前方，寻找那座伤心之桥，她知道此时离那桥已经很近了，可是她最终没能看到那座桥，那残桥和这车轮下原本的土路变成了现在的柏油路一样，早已换了模样，和她一路上见到的大大小小的近些年来修建的桥梁没什么两样，根本找不出一点当年的样子，就连那宽宽的南干渠的两岸也都用石块和水泥砌起了河堤，完全没有了原来那种接近天然的风貌，徐小梅心里明白，那些景物已成为历史，只能在记忆中找寻它们了。

按照手机导航的指引，随着车子越来越接近原来兵团团部的位置，大家都纷纷直起身来注视着车行前方，寻找着那些心目中熟悉的标志，郎信玉一手扶方向盘，一手打手机在和洪金山通话，这一路上他都和洪金山保持着通话联系，告诉他到什么地方了，此时洪金山在手机里说他现在已站在路边等他们了，让他们放慢点速度，别一圪蛋跑过了。郎信玉学着用本地话笑答：放心哇，哪能认球不出你个"洪鞭杆儿"。

车行到大约原来团部的位置，他们没看见什么熟悉的景物，反倒看见路边不远处是一排排比平房高大许多的无窗尖脊的建筑，每座建筑的房头上都安着大灯泡，在大灯泡发出的黄光的映照下，那些建筑显露着暗色的长长的身影，郎信玉心想，这会不会就是洪金山所说的建在原先团部旧址上的粮库？正这样想着，就见前方不远处的路边有个人正在向车子招手，不用说，那一定就是洪金山了。郎信玉和严子俊都把车窗降了下来，严子俊把脑袋和一只胳膊伸出窗外，随着前行的车子边挥手边大声叫喊：

"老洪——老洪——！"

车行千里路，终于来到了熟悉的地方，见到了熟悉的人，那种振奋的心情把人们在漫漫旅途中造成的疲惫倦乏一下子冲得一干二净！一直以各种姿势歪坐着斜靠着的他们一下子都变得精神起来了。

车子开到洪金山身边停了下来，郎信玉和严子俊打开两边的车门跳下车去，只见眼前的老洪相较于几十年前那干瘦的体形略显魁梧了些，脸形也圆了些，甚至也没那么黑了，虽然几十年没见，但脸上那些鲜明的特点还是一下就能认出来的。他穿着敞开的浅蓝色的羽绒服，戴着一顶帽檐特长的旅游帽，令人想起他当年老是戴在头上的那顶帽檐变形的旧单帽，觉得十分滑稽可笑。他虽然已是七十多奔八的人了，身体看上去还十分硬朗，活力依旧。

几十年后的当年马班老友重逢令他们感慨万分，互相又拍又捶发泄着旧日友情，严子俊指着车上的人们告诉洪金山都有谁谁谁，车上的人正要下车来和洪金山相会，洪金山赶紧说，先别下车，宾馆招待所离这很近，咱们这就过去，大家听从他安排，又在车上坐好，严子俊换到后坐，让出副驾的位置让洪金山坐上去指路。

车子在洪金山的指引下，经过原来团部的所在地，向前开了几百米，在一个路口右转，又前行了几百米，然后从一处两边有着水泥垛子的院门开进去，来到一个大院子里，在一幢三层高的有着铝合金门窗外墙红白相间的矮楼前停了下来，这里就是宾馆招待所了。洪金山告诉大家，这地方就是当年连队的菜地，现在这个宾馆和大院，就处在菜地的中间，大家一听，都惊奇地四处观望，但四下里早已面目全非，存在于他们脑海中的那片美好的菜地已经全无踪影了。

大家纷纷下车，激动地和洪金山握手，热情地说着多年的离别之言，又互相问长问短，这时只见徐小梅在王紫薇搀扶下抱着骨灰盒从车上下来，洪金山赶紧迎上去扶徐小梅，徐小梅下车站稳之后，洪金山面对徐小梅站着，用手不断轻抚徐小梅抱着的骨灰盒，嘴里不停地说："咳，小魏，你总算回来啦，咳，小魏真是个好后生娃娃，真是个好后生娃娃……"他除了"好后生娃娃"，一时也找不出别的词来表达心中的感慨了。

洪金山领着大家走进宾馆，宾馆里虽然看着比较简陋，但还算整洁干净，但服务台不见有人，洪金山大声喊道："人呢？咋介（怎么）莫人？"话音还没落，就听通往二楼的楼梯处传来一个女性的声音——"来咧！来咧！"随着声音，一个二十来岁的服务员出现在楼梯拐弯处，笑嘻嘻地向楼下赶来。"我刚刚把你们订的房间收拾好。"她笑着对洪金山说。看来这里因为住客少，房间不经常有人住，来了客人还得临时收拾。

洪金山早前已打电话订了三间房，他和服务员一块儿来到服务台，很快办好了入住手续，然后领着众人上二楼，安顿到各个房间。各人放下行李后，又都来到两位女士住的房间。

众人在房间里，以洪金山为中心，有的坐在椅子上，有的坐在床沿上，然后开始你一言我一语，有说有问有答地聊开了。大家好奇地问着各种有关连队旧地情况的话题，洪金山精神十足地给大家讲述着，大家听着洪金山那满口本地话的讲述，一会儿哈哈大笑，一会唏嘘不已，离开这里这么多年了，现在到处变化如此之大，实在是令人感慨。

在大家热热闹闹地聊了一大气之后，忽然都停止了说话，都跟随着洪金山的视线把目光集中到了放在桌子上的骨灰盒上。只见洪金山缓缓站起来，慢慢走到骨灰盒前，用手轻抚着骨灰盒说："咳！小魏，咳！小魏，当年我们是咋介（如何）在沙漠里找你来者！"他好像一下子陷入了沉思，感慨地摇了摇头，想了想，对大伙说道："你们有甚（有什么）打算？，就是个带小魏回来看看，看完了就回北京？"大伙你望望我，我望望你，不知该说什么，最后都把目光望向章青峰，章青峰低头想了想，然后抬头对洪金山道："我们还没想好，只是志远临走时，说要'回咱连'，那我们就先带他回来一趟，了了他的心愿，其他的事，走一步看一步吧。""北京那边找好了安放的地方莫？"洪金山问。章青峰答"还没有"，洪金山又问："小魏在北京现在有甚（什么）亲人？"章青峰答"没有什么亲人，他的亲人都在国外"。洪金山听章青峰讲完，沉默不语了一会儿，忽然抬起头，用发亮的眼睛望着大伙说："要不，就把小魏留在咱这地方吧！"

大家都没想到洪金山会提出这样的建议，都有点吃惊地拿眼望着他。只听他说：

"小魏是从这走丢的，他今天回到这个地方，他也就安心了，他既然在北京也莫有甚亲戚把戏的，干脆就让他安心待在这里好了，北京又吵又乱，哪如咱这地方清静。咱这附近有一处墓地，埋的都是单位职工和职工家属，也有几个当年的兵团战士，那地方风水可好来来，明天我带你们去看看。小魏待在这里，我们，还有我们的子孙后代，都会来看他的，都会经常来打理的，这地方的生灵，那马子、牛子、羊子、那天上飞的雀儿，都会来给他做伴，他一点儿也不会寂寞的。"大家听他这样一说，都在心里出现了一幅美丽动人的画面，都禁不住面带微笑互相望望，传达着自己欣喜的感受，最后都把目光集中到徐小梅身上，她虽然没说话，但大家从她激动闪烁的目光中看出了她的意思。这时就听章青峰说："那好，老洪，你明天就带我们去看看，咱们看完了再说。"洪金山回答说"好"，话音刚落，就听见徐小梅用激动响亮的声音说："就安放在这！就把志远安放在这！"

13

第二天一早七点多，洪金山就骑着自行车来到宾馆招待所。他的车子上驮着一把铁锹，还有一块准备用来作墓碑的二尺来长一拃半宽的厚木板，厚木板上用毛笔黑墨写着：兵团战士魏志远同志之墓。那字一看就是十分认真一笔一划写的，但却显得有点稚气，甚至有点东倒西歪，有着明显的小孩儿字的特点，那是洪金山让他小侄子八岁的儿子写的。

洪金山骑着自行车一进院子，就看见了正在院长里晨练的方伟民，两人热情地打过招呼后，洪金山把自行车停放在招待所大门前的阶梯下，然后和方伟民在院子里散步聊天。

这个院子有三、四亩地大小，由一圈青砖垒成的样子有点像带箭垛的城墙的半人高的围墙围着，那大约是用来防止牛羊等牲口窜进来乱啃的。院子里散布各处种着小杨树，还有一丛丛黄绿相间的不知名的灌木，半沙半土的地面上则分布伏卧着一片片还没长高的白刺，那灰白色细枝上形似细长米粒的多汁的小碎叶子呈现着翡翠绿色，昭示着这种沙漠地区特有的植物的顽强生命力。视线越过围墙往远处望去，开阔平坦的野外是连接成片的几乎望不到边的向日葵，无数带着艳黄花瓣的花盘组成了一幅展现在兰天之下的黄色海洋，由发着墨绿色的杆叶包围着，远远望去令人格外赏心悦目。在向日葵海洋远方的边缘处，隐隐露出座座沙丘，它们看似低矮，坡度顺缓，像是画在画布上的没有生气的假沙丘，令人完全想象不出它们一但发作起来可以把天地搅成昏天黑地的地狱世界。它们现在好像是故意藏在那里，若隐若现地提醒人们别忘了这里是沙漠地区。

二人散了一会儿步，方伟民看看手表，已经是八点过几分了，他便和洪金山一块儿进到宾馆里，向二楼走去，到了二楼一看，三个房间的门都开着呢，可见大家都已经起来了。按照昨天晚上说定的行动计划，一会儿先到外面吃点早餐，然后去墓地。

大家都收拾利索后，一块儿下楼到宾馆外坐车，洪金山和章青峰走在前面，徐小梅小心翼翼地抱着骨灰盒跟着他俩，王紫薇和方伟民一左一右扶着她，严子俊和郎信玉走在最后面。

大家上车坐定，洪金山把铁锹和木板从自行车上解下来，放到车子后排座的后面，关好后盖，坐上副驾驶座，郎信玉便启动汽车，开出了招待所。洪金山指路，先来到一家路边的小餐饮店，大家下车后围着塑料小圆桌坐了一圈，要了奶茶和油条，草草吃完之后，就又都上车，向着墓地开去，半路上在一家小卖部前停下，洪金山下车去买了一包香，一瓶酒，还有一小包点心，然后上车，继续开进。

车子向着原来团部——现在的粮库——的方向开去，在离原团部不远之处向左拐弯，驶上了一条便道，徐小梅感觉这地方好熟悉，她和王紫薇对望了一下，两人都豁然想起这就是那一年她们和战友们一共七个人假日出游的地方！看着眼前熟悉的景物，她们的思绪一下子又回到了那个和现在一样阳光明媚那一天。

　　车子前行不久，来到一片有七八亩见方的由潺潺流水的小渠围着的紫花苜蓿地，苜蓿地中央有一大圈高大挺拔叶子泛着蓬勃绿意的穿天杨，车子开近了可以看出，那圈穿天杨围着的是一块一亩地大小的除尽了杂草的地面，再开近些，就看出那地面上的一个个小土包，那里应该就是墓地了。

　　车子按照洪金山的指引停在路边的树下，大家纷纷从车上下来，洪金山把铁锹和木板取出来，最后是徐小梅抱着骨灰盒在大家有搀有扶的接应下下了车，洪金山领着大家往墓地里走，墓地里有个穿老式对襟黑布衫的少说也有八十岁的白发老人正在用一把大竹条帚扫地，见来了这么一大帮子人，正好奇地抬头观望，洪金山就和他打招呼道："王老汉汉，这么早就来打理啦！"老汉直起腰来对他憨笑着作为回答。洪金山走近老人，凑近他的耳朵说了些什么，老人不断点头，然后放下竹条帚，领着洪金山往墓地里走，大家也跟在后面走，经过一座座精心打理过的坟冢，来到墓地中的一个位置，洪金山一看这位置，感到十分满意，这里靠近墓地的东侧，地势稍微高起一点，围着的一圈杨树在这里间隔稍大，使从这里仰望东方的天空十分开阔敞亮，初升的朝阳会将那暖融融的阳光遍洒这里。洪金山对大家说："就在这个位置，你们看行不行？"众人围着这位置走来走去，左看看，右看看，末了都表示，非常好！非常理想！徐小梅看完了近处，抬眼从间隔开两棵杨树的空间望出去，忽然心中为之一振！她看见紫花苜蓿地出去不远处，是一片沙枣林，她从方位上认出那就是离当年团部不远处的那片沙枣林，四十多年过去，那林子还在！可那些沙枣树已不是当年的样子了，它们虽然没有长高多少，却长粗了许多，而且更加弯曲更加多折，颜色发黑发暗，像一群腰弯背驼的老人，互相伸出手拉着，牵着，勾着，扶着，它们苍老了，干枯了，有的已经倒下了，倒在纷乱的杂草之中，还顽强地举着几枝桠叉……

　　徐小梅的视线离开沙枣林，往左边移望过去，没移多远，就看见一片隆起的小沙丘，徐小梅一下认出了，那就是当年她和志远老是喜欢在那里相会的小沙丘！她望着那沙丘，眼眶一阵发热，泪水忍不住要盈出双眼，她拼命咬牙忍着，她不想再让大伙看到她流泪，但搀扶她的王紫薇能感到她的急促呼吸和身体微微的勖抖。

郎信玉开始在白发老人的指点下挖坑，挖了不一会儿就喘得不行了，他的肚子实在有点太大了，老弯着腰挖坑太委屈那肚子了，他不好意思地停下来挺直肚子喘气抹汗，严子俊上去夺过铁锹继续挖，他挖累了，方伟民又接上去继续挖，没过多久，一个三尺多长，二尺多宽，一米来深的坟坑就挖好了。徐小梅在王紫薇搀扶下，趋前察看那坟坑，正想着什么，就觉有人在后面轻拍她，她扭头一看，是洪金山，洪金山示意徐小梅转过身来，把骨灰盒面向他，他小心翼翼地打开骨灰盒，伸手进去解开那装骨灰的红色绒布袋子上的绳子，把袋子口撑展，然后一只手伸进自己衣袋里，摸出一个小布袋子，从小布袋里抽出一个有年头的制作精细的扁四方形黄铜烟丝盒子，一手拿稳烟丝盒子，一手从撑开的骨灰袋里撮了一小撮骨灰放进铜盒子里，然后把盒盖盖上，放回到小布袋里，再把徐小梅抱着的骨灰盒盖上，示意徐小梅把骨灰盒让他抱着。他把徐小梅递过来的骨灰盒抱好后，把装着黄铜盒子的小布袋递给徐小梅，说道："这个你带回北京去，实在想念的时候，也好有个想上的。""对，北京话叫念想儿。"郎信玉插话道。徐小梅感激地使劲点头。这时，洪金山来到坑边，准备把骨灰盒放进去，徐小梅突然说："等等！"只见她迅速把穿在身上的薄呢外套脱下来，蒙在骨灰盒上，在洪金山的协助下，用外套把骨灰盒包好，然后闭上双目，把一侧的脸颊贴在骨灰盒上，贴了一会儿之后，又把另一侧脸颊贴上去。大家默默无声地看着徐小梅的动作，只见她用双颊贴过骨灰盒后，直身抬起头来，用闪烁着泪光的双眼望着洪金山，轻轻地点了点头。

洪金山示意来个人帮忙，章青峰走到他的身边，他把骨灰盒递给章青峰抱着，自己先跳下坟坑，然后接过章青峰递下来的骨灰盒，弯腰把它平稳地放在坟坑里，又把包着的薄呢外套整了整，这才往坑外爬，章青峰伸出一只手拉他，两人一合力，洪金山就攀出了坟坑。洪金山站在坑边喘了口气，冲拿着铁锹的方伟民点头道："可以埋了。"方伟民持铁锹走过来，望了徐小梅一眼，意思是最后征询一下她的意见，徐小梅轻轻地点了下头，方伟民就开始往坟坑里铲土，他稳稳地，一锹一锹地铲着，徐小梅望着纷纷落下的褐色泥土，看着骨灰盒渐渐被泥土覆盖，心里默默道："志远，你先在这里安息，等我离开这个世界的时候，我会来这里和你相聚的，咱们活着没能长相厮守，咱们死后一定重聚，再也不会分离！"

泥土在不断地落下，骨灰盒已经看不见了，在徐小梅的眼里，那纷纷落下的泥土感觉就像是她心里的泪珠，泪雨，泪的瀑布……

坟坑很快被填平了，方伟民继续把四周的泥土往坟坑上面堆，很快就堆起了一个坟头的形状，这时洪金山从方伟民手里要过铁锹，围着坟头这拍拍，那弄弄，把形状修整得均匀好看，这样，一座新的坟冢就在这片墓地里出现了。

洪金山把放在一旁的厚木板墓碑拿到墓前对大伙说，先暂时用这个牌子给小魏立上，他完了会尽快找人做一个石碑换上。大家纷纷点头赞同。洪金山很快用铁锹在坟前挖了个小坑，把临时墓碑立稳埋好，然后，他用打火机把从小卖部买的香点着，插在墓碑前，又把那小包点心打开，取出来摆上，再用牙齿把那瓶白酒的瓶盖咬开，自己先把酒洒了一点在墓前，然后递给旁人，大家轮流接过酒瓶往坟前洒酒，洒完酒之后，章青峰示意大家面向坟头站好，用深情而坚定的声音喊了一声"敬礼！"大家齐刷刷地举起右手行军礼。

徐小梅行过礼后，慢慢把手放下来，感觉到紫薇那温暖的手接住了她的手，她紧紧抓住紫薇的手，望着坟头，心里想，将来我要是也葬到这里来，羊羊他会同意吗？他会赞成我把这里作为自己的归宿之地吗？我想他会的，他一定会的！他心里一定会恍然大悟道："妈妈，原来你年轻时心目中的 Jack 就在这里呀！"

这时，一阵喧闹的叽叽喳喳的声音从附近传来，徐小梅寻声望去，只见一群小鸟出现在那边两棵穿天杨树之间的空间里，正欢快地在湛蓝广阔的天空飞翔，她看见小鸟群中有一个熟悉的年轻身影，在小鸟的簇拥下向着大漠那边的方向飞去，那正是志远，他回过头来冲她咧嘴一笑喊道：

"我和鸟儿们去大漠那边玩一会儿！"

徐小梅冲他喊道："别玩太久了，早点回来！"

只听志远大声对她喊道："放心吧！小梅，我很快就回来！"

徐小梅凝望着那群越飞越远的小鸟，耳边一直回响着：

"我很快就回来！我很快就回来……"

尾 声

那天我梦醒之后，觉得时间有点不对劲，我抬头望了一下桌子上的时钟，发现时间竟然已经过了中午十二点！ 我这一觉居然睡到了中午，这是从来未曾有过的事情，我一般都是早上五点多就醒，不到六点就起床了，今天竟然睡到这时候才起床，真是创了个人记录。

我虽然醒来了，起床了，但那个刚刚做完的梦还清晰地留在脑际，不像以往做个什么梦，做得再惊险刺激热闹，只要一醒一睁眼，那梦境就像万花筒里的碎片似的很快便在脑中解体，散离，消逝，除了留下一点抽象概念之外，其他什么具体印象都荡然无存。而这次则不同，那梦境的内容不但不消失，反而越来越清晰，越来越具体，总是萦绕在脑际不肯离去，以致令我觉得我必须快点用笔和纸把它记录下来，于是我什么都顾不上干了，取来了纸和笔，伏案开始记录，先是梗概，然后是大致的几个部分，再然后是各个部分的大致内容，我凭着那清晰的记忆使劲写着，记着。等我觉得记得差不多时，才发现已经在不知不觉中记录了好多张纸，我把那一张张散放的纸整理了一下，把它们摞齐，然后从头一张一张地看，看着看着，我忽然觉得，这不是很好很现成的一份小说题材吗？何不干脆把它写出来呢！于是从那天起，我就提笔进入了写作，这一写，就再也没停下来，整整写了十个多月。

在写作期间的某一天深夜两点多钟，我正伏在写字台上，努力地用笔把脑中涌现出来的文思变成文字，这时书房的门被轻轻推开了，一个熟悉的身影出现在书房门口，他披着兵团式的棉衣，没戴帽子，稍微有点凌乱的头发下是那张青春帅气的脸，我说："啊！你来啦，"

他没有说话，只是笑笑，然后就走到我的身后，俯身看我写的文章，看了一会儿，我问："怎么样？"他还是没说话，但从他脸上的微笑可以看出他感觉比较满意，然后他就眨眼间消失了。

在此后的时间里，他时不时都会似这样出现在我身边，看来他十分关心我的写作情况和进度，好像这写作是他派给我的任务，我越想越觉得可能真的就是这么回事，这真的是他托梦给我让我写的，怪不得我时时感到如有神助，一路写下来都没碰到什么太难跨越的障碍，感觉出奇的顺利，原来如此！

在我接近写完全书的某一天凌晨的四点过几分，我刚在写字台边坐下，打开电脑，准备继续写作以完成最后的冲刺，这时他又出现了，他走到桌旁，拿起放在桌上的厚厚的一沓打印稿看了起来。他到底不是凡人，阅读速度之快完全超出我们凡人的想象，几十万字的打印稿他不消几分钟就看完了，我见他看完了，冲他眨眨眼笑问道：

"感觉如何？还行吗？"

他微笑着点点头说："基本满意，可是……"

"可是什么？"我连忙问。

"你竟然把我写得……，"他边说边有点忍不住笑起来。

"哈哈哈！"我知道他的意思，我不禁掩面大笑，笑毕，我正色道："我的良苦用心你还不理解吗？我是为了给你安排一个让人心里感觉舒服点的结局呀！"

"我当然理解，"他感激道："你不知道，当时在那漆黑的大漠里，我是多么……"他说到这，声音有点哽咽。

我连忙劝解道："别难过了，事情都过去那么多年了。你看，我现在这样安排不是挺好的吗？"

"挺好！挺好！真的是挺好。"他的情绪一下子好转了，他接着说道："你真是太有才啦！"

"哈哈哈！"我又忍不住掩面大笑，等我笑玩一看，他已从我面前消失了。

　　到了六点多钟的时候，天已经大亮，我合上电脑，起身出门去散步。我走到小区外面马路对过的河边，俯身靠在河堤的栏杆上，望着眼前那条在郁郁葱葱的河滩地间流过的淡水河，再放眼向远处的天空望去，脑中不觉冒出一句歌词：

　　"放眼望，天水蓝，你就在天水之间……"

　　我看见，天上的彩云在变幻着，时而变幻出一幅幅奇妙的图景，我忽然看见那图景中似乎幻化出一张人脸，我定睛看去，那正是他那张青春帅气的脸，他夹了一下眼角，给了我一个意味深长的笑，我也会意地咧开嘴冲他笑起来。

　　　　　　　　　　　　（2017年4月18日晨6点45分全书写完）

后 记

在 20 世纪的 70 年代（大约是 1974 年），我当时所在的内蒙古生产建设兵团三师二十三团的某个连队的一名战士在一次刮着沙暴的大沙漠里失踪了，此事当时震惊兵团上下，虽然经过各种方式的多次搜救，最终都没能找到这名战士，成为刺痛人心的一大悲剧。随着时间的流逝，此事在人们的记忆中慢慢淡化，变得再少有人提及，以至完全忘却。但是，我没忘记这件事，我经常会想起这件事，它在我的脑子里挥之不去，在几十年的时间里，它时不时会浮现在我的脑海，令我思索，令我想象：他当时是怎样失踪的？他失踪后都经历了些什么？他在生命的最后时刻在想些什么？在做些什么……？这些思绪不时地扰动我，纠缠我，令我禁不住经常去想，想得久了，想得多了，一个故事就在我的心里慢慢形成了，这个故事不断地在我的心里发酵，躁动，弄得我坐立不安，以至成了我的心病，不把它写出来这心病不能去除。终于在某一天，我实在忍不住了，下决心要把它写出来，这一写，就再也停不下来了，整整写了十个多月，当我写完了最后一个字，并在其后划上句号时，我想，我终于像母亲分娩一样，把这个在我心里躁动了那么久的故事和盘托出了，我的心病可以就此了结了。

我想以这篇小说，作为对当年失踪战士的怀念，作为对那一代人青春的怀念，也作为对那个激情燃烧的岁月的怀念。

作者　2017 年 4 月 27 日

图书在版编目（CIP）数据

魂归大漠 / 吴小军著 . -- 北京 : 中国华侨出版社，
2017.8
ISBN 978-7-5113-6921-5

Ⅰ . ①魂… Ⅱ . ①吴… Ⅲ . ①长篇小说－中国－当代
Ⅳ . ① I247.5

中国版本图书馆 CIP 数据核字 (2017) 第 131075 号

魂归大漠

著　　者 / 吴小军
出 版 人 / 方　鸣
责任编辑 / 王　嘉
装帧设计 / 穆　琳
经　　销 / 新华书店
开　　本 /850 mm × 1168 mm　1/16　印张 / 27　　字数 / 369 千字
印　　刷 / 北京朝阳印刷厂有限责任公司
版　　次 /2017 年 7 月第 1 版　2017 年 7 月第 1 次印刷
书　　号 /ISBN 978-7-5113-6921-5
定　　价 /48.00 元

中国华侨出版社　北京市朝阳区静安里 26 号通成达大厦 3 层　　邮编：100028
法律顾问：陈鹰律师事务所

编辑部：（010）64443056　　64443979
发行部：（010）64443051　　传真：（010）64439708
网　址：www.oveaschin.com
E-mail：oveaschin@sina.com

如发现图书质量有问题，可联系调换。